Italo Svevo

Zenos Gewissen

Italo Svevo
Zenos Gewissen

Aus dem Italienischen von Barbara Kleiner

Mit einem Essay
von Wilhelm Genazino

Zweitausendeins

Die hier vorgelegte Neuübersetzung von *La coscienza di Zeno* hat Barbara Kleiner unter Mitwirkung von Edgar Sallager besorgt. Die Textredaktion lag in den Händen von Moshe Kahn.

Gratis Download im Internet für alle, die das italienische Original lesen wollen, unter www.Zweitausendeins.de/Svevo

Deutsche Erstausgabe.
1. Auflage, August 2000.
2. Auflage, Januar 2001.
3. Auflage, März 2001.

Der Essay von Wilhelm Genazino *(Die Relativität des Glücks. Leben und Schreiben des Italo Svevo)* ist seinem Band *Achtung Baustelle*, Frankfurt: Schöffling & Co. 1998, Seite 109–128 entnommen. Er ist ungekürzt und wurde für die vorliegende Ausgabe durchgesehen. Wir danken Autor und Verlag für die freundlicherweise erteilte Abdruckerlaubnis.

Lektorat Martin Weinmann (Büro W), Wiesbaden.
Korrektorat Ruth Hahn, Berlin.
Umschlaggestaltung Fritz Fischer und Dieter Kohler.
Foto auf dem Umschlag Biblioteca Civica di Triest, Museo Sveviano.
Typographie, Satz und Herstellung Dieter Kohler GmbH, Nördlingen.
Druck Gutmann + Co. GmbH, Talheim.
Einband G. Lachenmaier, Reutlingen.
Printed in Germany.

Dieses Buch, einschließlich Schutzumschlag und Vorsatzpapier, wurde auf Recyclingpapier gedruckt, das zu 100 % aus Altpapier besteht.

Dieses Buch gibt es nur bei Zweitausendeins im Versand, Postfach, D-60381 Frankfurt am Main, Telefon 069-420 8000, Fax 069-415 003. Internet www.Zweitausendeins.de, E-Mail info@zweitausendeins.de. Oder in den Zweitausendeins-Läden in Berlin, Düsseldorf, Essen, Frankfurt am Main, Freiburg, 2× in Hamburg, in Hannover, Köln, Mannheim, München, Nürnberg, Saarbrücken, Stuttgart.

In der Schweiz über buch 2000, Postfach 89, CH-8910 Affoltern a. A.

ISBN 3-86150-345-X

Inhalt

1

Vorwort

Ich bin der Arzt, von dem in dieser Erzählung mitunter in wenig schmeichelhaften Worten die Rede ist. Wer etwas von Psychoanalyse versteht, weiß, wo die Abneigung einzuordnen ist, die der Patient mir entgegenbringt.

Über Psychoanalyse will ich nichts sagen, weil hier drin schon genug davon die Rede ist. Ich muß mich entschuldigen, daß ich meinen Patienten dazu veranlaßt habe, seine Autobiographie zu schreiben; Psychoanalytiker werden über eine derartige Neuerung die Nase rümpfen. Aber er war alt und ich hoffte, seine Vergangenheit würde in der Erinnerung neu aufleben, die Autobiographie könnte ein geeignetes Vorspiel zur Psychoanalyse sein. Noch heute erscheint mir meine Idee gut, da sie mir unverhoffte Resultate geliefert hat, die noch beträchtlicher ausgefallen wären, wenn der Kranke sich nicht mittendrin der Behandlung entzogen hätte und mich damit um den Ertrag meiner langwierigen, geduldigen Analyse dieser Erinnerungen betrogen hätte.

Nun publiziere ich sie aus Rache und hoffe, das ärgert ihn. Er soll jedoch wissen, daß ich bereit bin, die üppigen Honorare, die diese Publikation mir einbringen wird, mit ihm zu teilen, wenn er die Behandlung wieder aufnimmt. Er schien so neugierig auf sich selbst! Wenn er wüßte, wieviele Überraschungen eine Erläuterung der vielen Wahrheiten und Lügen, die er hier angehäuft hat, für ihn bereithielte!...

Doktor S.*

2
Vorrede

Meine Kindheit betrachten? Mehr als fünf Jahrzehnte trennen mich von ihr, und meine weitsichtigen Augen könnten ja so weit reichen, wenn nicht das Licht, das immer noch von ihr ausstrahlt, durch Hindernisse aller Art aufgehalten würde, regelrechte hohe Berge: all meine Jahre und ein paar Stunden.

Der Doktor hat mir empfohlen, ich solle mich nicht darauf versteifen, so weit zurückzublicken. Auch Sachen, die gar nicht so lange her sind, können wertvoll sein, und vor allem die Phantasievorstellungen und Träume der letzten Nacht. Aber ein bißchen Ordnung sollte schon dabei sein, und um *ab ovo* anfangen zu können, kaufte und las ich gleich nach meinem Besuch beim Doktor eine Abhandlung über Psychoanalyse, womit ich ihm, der Triest in diesen Tagen für längere Zeit verläßt, seine Aufgabe erleichtern wollte. Sie ist nicht schwer zu verstehen, aber sehr langweilig.

Nach dem Essen liege ich bequem ausgestreckt in einem Clubsessel und halte Bleistift und ein Stück Papier in der Hand. Meine Stirn ist faltenlos, denn ich habe jede Anstrengung aus meinem Geist getilgt. Mein Gedanke erscheint mir losgelöst von mir. Ich sehe ihn. Er hebt sich, er senkt sich ... das ist aber auch alles, was er tut. Um ihn daran zu erinnern, daß er schließlich der Gedanke ist und es seine Aufgabe wäre, sich kundzutun, greife ich den Bleistift. Da legt sich meine Stirn sofort in Falten, weil jedes Wort aus so vielen Buchstaben besteht, gebieterisch taucht die Gegenwart wieder auf und hüllt die Vergangenheit in Dunkel.

Gestern hatte ich versucht, mich vollkommen zu entspannen. Das Experiment endete im tiefsten Schlaf und brachte kein anderes Ergebnis als eine große Erquickung und das seltsame Gefühl, in diesem Schlaf etwas Wichtiges gesehen zu haben. Aber es war vergessen, für immer verloren.

Dank des Bleistifts in meiner Hand bleibe ich heute wach. Ich sehe, erhasche merkwürdige Bilder, die keinerlei Beziehung zu meiner Vergangenheit haben können: Eine Lokomotive, die schnaubend eine Steigung hinauffährt und zahllose Waggons hinter sich herzieht; wer weiß, woher sie kommt und wohin sie fährt und warum sie jetzt hier aufkreuzt!

Im Halbschlaf erinnere ich mich, daß mein Text behauptet, mit diesem Verfahren könne man sich an die früheste Kindheit erinnern, an die Zeit in Windeln. Sofort sehe ich ein Wickelkind, aber warum sollte das ich sein? Es sieht mir überhaupt nicht ähnlich, und ich glaube eher, es ist das Kind, welches meine Schwägerin vor wenigen Wochen bekommen hat und das wie ein Wunder herumgezeigt wurde, weil es so kleine Hände und so große Augen hat. Armes Kind! Von wegen, mich an meine Kindheit erinnern! Ich sehe ja nicht einmal die Möglichkeit, dich, der du jetzt die deine durchlebst, darauf hinzuweisen, wie wichtig es für deine Intelligenz und deine Gesundheit ist, dich daran zu erinnern. Wann wirst du so weit sein zu wissen, daß es gut wäre, dein Leben im Kopf zu behalten, auch jenen großen Teil davon, der dir einmal zuwider sein wird?

Vorläufig aber bist du noch damit beschäftigt, deinen kleinen Organismus unbewußt zu durchforschen auf der Suche nach Lust, und deine köstlichen Entdeckungen werden dir Leid und Krankheit einbringen, in die auch jene dich treiben werden, die das gar nicht wollen. Was soll man tun? Es ist unmöglich, deine Wiege vor Unheil zu bewahren. In deiner Brust, mein Kleines, braut sich ein geheimnisvolles Gemisch zusammen. Jeder Augenblick, der vergeht, fügt einen Wirkstoff hinzu. Zu groß ist da die Wahrscheinlichkeit einer Krankheit für dich, denn nicht alle deine Augenblicke können rein sein. Und dann, mein Kleines, bist du Blutsverwandter von Personen, die ich kenne. Die Augenblicke, die jetzt vergehen, mögen ja rein sein, aber ganz sicher waren es nicht all die Jahrhunderte, die zu dir hingeführt haben.

Da bin ich ganz schön weit entfernt von den Bildern, die dem Schlaf vorausgehen. Ich versuche es morgen noch einmal.

3
Das Rauchen

Der Arzt, dem ich davon erzählte, riet mir, meine Arbeit mit einer historischen Analyse meines Hangs zum Rauchen zu beginnen:

»Schreiben Sie, schreiben Sie! Sie werden sehen, es wird Ihnen gelingen, sich im Ganzen zu sehen.«

Ich glaube, übers Rauchen kann ich hier an meinem Tisch schreiben, ohne zum Träumen in den Sessel zu gehen. Ich weiß nicht, wie ich anfangen soll, und ich rufe alle Zigaretten zu Hilfe, die derjenigen so stark ähneln, die ich gerade in der Hand halte.

Heute entdecke ich gleich etwas, woran ich mich nicht mehr erinnerte. Die ersten Zigaretten, die ich geraucht habe, sind nicht mehr im Handel. Es gab sie um '70 herum in Österreich, sie wurden in kleinen Pappschachteln verkauft, die den Stempel mit dem Doppeladler trugen. Und siehe da: Um eine dieser Schachteln gruppieren sich sofort verschiedene Personen mit einigen ihrer Züge, die ausreichen, um mir ihre Namen ins Gedächtnis zu rufen, nicht aber, um mich über das unvermutete Zusammentreffen zu freuen. Ich versuche, mehr herauszubekommen und gehe zum Sessel: Die Personen verblassen, und an ihre Stelle treten Narren, die mich auslachen. Entmutigt kehre ich an den Tisch zurück.

Eine der Gestalten war Giuseppe, ein Bursche in meinem Alter mit etwas heiserer Stimme, die andere mein

Bruder, der ein Jahr jünger war als ich und schon vor vielen Jahren verstorben ist. Offenbar bekam Giuseppe viel Geld von seinem Vater und spendierte uns diese Zigaretten. Aber ich bin sicher, daß er meinem Bruder mehr davon schenkte als mir. Daher sah ich mich gezwungen, mir selbst andere zu beschaffen. So kam ich zum Stehlen. Im Sommer ließ mein Vater seine Weste gewöhnlich im Eßzimmer auf einem Stuhl hängen, und in ihrer Tasche fand sich immer etwas Kleingeld: Ich verschaffte mir die zehn Soldi,* die nötig waren, um die kostbare Schachtel zu erwerben, und rauchte die darin enthaltenen zehn Zigaretten eine nach der anderen weg, um die kompromittierende Beute meines Diebstahls nicht länger bei mir zu behalten.

All das war in meinem Bewußtsein leicht zugänglich. Es taucht deshalb erst jetzt auf, weil ich vorher nicht wußte, daß es von Bedeutung sein könnte. Da hätte ich also den Ursprung dieser widerlichen Angewohnheit festgehalten, und vielleicht bin ich schon davon geheilt, wer weiß? Um es auszuprobieren, stecke ich mir daher eine letzte Zigarette an, und vielleicht werfe ich sie ja ohnehin gleich angeekelt wieder fort.

Dann erinnere ich mich, daß mein Vater mich eines Tages mit seiner Weste in der Hand überraschte. Mit einer Unverfrorenheit, die ich heute nicht hätte und die ich jetzt noch abscheulich finde (wer weiß, ob dieser Abscheu in meiner Behandlung nicht große Bedeutung hat), sagte ich ihm, ich sei plötzlich neugierig geworden und zähle gerade die Knöpfe an seiner Weste. Mein Vater lachte über meine Neigung zur Mathematik oder zur Schneiderei und bemerkte nicht, daß meine Finger in der Westentasche steckten. Zu meiner Ehrenrettung kann ich sagen, daß dieses Lachen, das meiner Unschuld galt, als sie schon nicht mehr existierte, genügte, um mich für immer am Stehlen zu hindern. Das heißt ... ich stahl schon noch, aber ohne es zu wissen. Mein Vater ließ im ganzen Haus halb gerauchte Virginia-Zigarren auf der Kante von Tischen oder Schränken liegen. Ich glaubte, das sei seine Art, sie wegzuwerfen, und glaubte auch zu wissen, daß unsere alte Dienstmagd, Catina, sie wegwarf. Ich ging sie heimlich rauchen. Schon wenn ich sie an mich nahm, durchlief mich ein Schauder des Widerwillens, denn ich wußte, wie übel mir davon werden würde. Dann rauchte ich sie, bis meine Stirn von kaltem Schweiß bedeckt war und mein Magen sich zusammenkrampfte. Man wird kaum behaupten können, es hätte mir in meiner Kindheit an Tatkraft gefehlt.

Ich weiß noch genau, wie mein Vater mich auch von dieser Angewohnheit kurierte. Eines schönen Sommertags war ich müde und schweißgebadet von einem Schulausflug nach Hause gekommen. Meine Mutter hatte mir geholfen, mich auszuziehen, mich in einen Bademantel gehüllt und mich zum Schlafen auf ein Sofa gelegt und setzte sich dann selbst mit einer Näharbeit zu mir. Ich war kurz vorm Einschlafen, aber meine Augen waren noch voller Sonne, und ich glitt nicht gleich in die Bewußtlosigkeit. Das wohlige Gefühl, das sich in diesem Alter beim Ausruhen nach einer großen Anstrengung einstellt, ist mir deutlich, gegenwärtig wie ein eigenständiges Bild, so deutlich, als wäre ich jetzt dort neben diesem geliebten Körper, der nicht mehr ist.

Ich erinnere mich noch an das kühle, große Zimmer, wo wir Kinder spielten und das jetzt, in diesen platzsparenden Zeiten, in zwei Räume unterteilt worden ist. In dieser Szene taucht mein Bruder nicht auf, was mich wundert, weil ich meine, daß er an dem Ausflug teilgenommen hat und daher auch beim Ausruhen hätte dabeisein müssen. Ob er am anderen Ende des großen Sofas auch geschlafen hat? Ich betrachte diese Stelle, aber sie kommt mir leer vor. Ich sehe nur mich, im wohligen Gefühl des Ausruhens. meine Mutter, und dann meinen Vater, dessen Worte ich widerhallen höre. Er war hereingekommen und hatte mich nicht gleich gesehen, denn er rief laut:

»Maria!«

Mit einer Geste, die von einem kaum vernehmlichen Lippenlaut begleitet war, deutete Mama auf mich, den sie im Schlaf versunken wähnte, auf dem ich jedoch bei vollem Bewußtsein dahinschwamm. Ich mochte es sehr, daß Papa Rücksicht auf mich nehmen mußte, und deshalb rührte ich mich nicht.

Leise klagte mein Vater:

»Ich glaube, ich werde verrückt. Ich bin fast sicher, daß ich vor einer halben Stunde eine halbe Zigarre auf dem Schrank da liegen gelassen habe, und jetzt finde ich sie nicht mehr. Es geht mir schlechter als sonst. Die Dinge entfallen mir.«

Ebenfalls leise, mit einem Lachen in der Stimme, das sie nur unterdrückte, um mich nicht aufzuwecken, antwortete meine Mutter:

»Es war doch nach dem Mittagessen niemand in diesem Zimmer.«

Mein Vater brummte:

»Das weiß ich doch auch, deshalb glaube ich ja, daß ich verrückt werde!«

Er machte kehrt und ging hinaus.

Ich öffnete die Augen halb und schaute auf meine Mutter. Sie hatte ihre Arbeit wieder aufgenommen, lächelte aber immer noch. Bestimmt meinte sie nicht, daß mein

Vater verrückt wurde, wenn sie so über seine Befürchtungen lächelte. Dieses Lächeln hat sich mir so sehr eingeprägt, daß ich mich sofort wieder daran erinnerte, als ich es eines Tages auf den Lippen meiner Frau wiederentdeckte.

Später machte es mir kein Geldmangel mehr schwer, meinem Laster zu frönen, vielmehr stifteten Verbote mich nur noch stärker dazu an.

Ich erinnere mich, daß ich viel geraucht habe, versteckt an allen möglichen Orten. Da heftige physische Übelkeit die Folge war, erinnere ich mich an einen halbstündigen Aufenthalt in einem dunklen Keller, zusammen mit zwei anderen Jungen, von denen mir nur das Knabenhafte der Kleidung im Gedächtnis geblieben ist: Zwei Paar kurze Hosen, die stramm dastanden, weil ein Körper darin steckte, den die Zeit nun in nichts aufgelöst hat. Wir hatten viele Zigaretten und wollten sehen, wer in kurzer Zeit mehr davon wegpaffen konnte. Ich gewann, und heroisch verbarg ich die Übelkeit, die für mich Resultat der sonderbaren Übung war. Dann gingen wir hinaus an die Sonne und an die frische Luft. Ich mußte die Augen schließen, um nicht ohnmächtig umzufallen. Ich erholte mich und rühmte mich meines Sieges. Da sagte einer der beiden kleinen Männer zu mir:

»Mir macht's nichts, daß ich verloren habe, denn ich rauche nur soviel, wie ich unbedingt rauchen muß.«

An diesen gesunden Ausspruch erinnere ich mich deutlich, nicht aber an das bestimmt ebenfalls gesunde kleine Gesicht, das mir in jenem Augenblick zugewandt gewesen sein muß.

Aber damals wußte ich nicht, ob ich die Zigarette, ihren Geschmack und den Zustand, in den das Nikotin mich versetzte, liebte oder haßte. Als ich wußte, daß ich all dies haßte, war es schlimmer. Und ich wußte es mit ungefähr zwanzig Jahren. Da litt ich ein paar Wochen lang an heftigem Halsweh mit Fieber. Der Doktor verordnete Bettruhe und absolutes Rauchverbot. Ich erinnere mich an dieses Wort *absolut!* Es traf mich tief, und das Fieber malte es aus: eine große Leere und nichts, um dem enormen Druck standzuhalten, der sofort rings um eine Leere entsteht.

Als der Arzt gegangen war, blieb mein Vater noch ein Weilchen (meine Mutter war seit vielen Jahren tot), qualmte seine Zigarre und leistete mir Gesellschaft. Beim Weggehen fuhr er mir sanft mit der Hand über die Stirn und sagte:

»Nicht rauchen, hm!«

Da überkam mich eine ungeheure Erregung. Ich dachte: »Da es mir nun einmal schadet, werde ich nie mehr rauchen, aber zuvor will ich es ein letztes Mal tun.« Ich zündete mir eine Zigarette an, und sofort fiel alle Erregung von mir ab, obwohl das Fieber vielleicht stieg und ich bei jedem Zug ein Brennen an den Mandeln fühlte, als ob sie mit einem glühenden Holzscheit berührt worden wären. Mit der Gewissenhaftigkeit, mit der man ein Gelübde erfüllt, rauchte ich die Zigarette ganz zu Ende. Und ich rauchte noch viele andere während der Krankheit, jedesmal unter fürchterlichen Schmerzen. Mein Vater ging hin und her mit seiner Zigarre im Mund und sagte zu mir:

»Sehr brav! Noch ein paar Tage Enthaltsamkeit beim Rauchen, und du bist gesund!«

Dieser Satz genügte. Ich verspürte nur noch den Wunsch, daß er so rasch wie möglich gehen möge, damit ich zu meiner Zigarette eilen konnte. Ich stellte mich auch schlafend, nur damit er eher hinausging.

Diese Krankheit trug mir mein zweites Leiden ein: das Bemühen, vom ersten loszukommen. Zuletzt waren meine Tage angefüllt mit Zigaretten und mit Vorsätzen, nicht mehr zu rauchen, und, um gleich alles zu sagen, von Zeit zu Zeit sind sie es immer noch. Der Reigen der letzten Zigaretten, der mit zwanzig eröffnet wurde, dreht sich immer noch. Der Vorsatz ist nur weniger streng geworden, und meine Schwäche trifft in meinem alt gewordenen Gemüt auf mehr Nachsicht. Im Alter lächelt man über das Leben und über alles, was dazugehört. Ja, ich kann sagen, daß ich seit einer gewissen Zeit viele Zigaretten rauche... die nicht die letzten sind.

Auf dem Titelblatt eines Wörterbuchs finde ich in Schönschrift und mit ein paar Schnörkeln verziert diese Eintragung von mir:

»Heute, am 2. Februar 1886, wechsle ich vom Jura- zum Chemiestudium. Letzte Zigarette!!«

Das war eine sehr wichtige letzte Zigarette. Ich erinnere mich an all die Hoffnungen, von denen sie begleitet war. Ich hatte mich über das Kanonische Recht geärgert, das mir so weltfremd vorkam, und nun lief ich zu der Wissenschaft über, die das Leben selbst ist, wenn auch reduziert auf ein Reagenzglas. Diese letzte Zigarette stand eben für den Wunsch nach Betätigung (auch manueller Art) und nach einem klaren, nüchternen und soliden Denken.

Um der Kette der Kohlenstoffverbindungen zu entrinnen, an die ich nicht glauben konnte, kehrte ich zur Rechtswissenschaft zurück. Leider! Das war ein Irrtum, und auch er wurde mit einer letzten Zigarette verzeichnet, deren Datum ich in irgendeinem Buch aufgezeichnet finde. Auch diese war wichtig, resigniert und mit den besten Vorsätzen kehrte ich zu den Verwicklungen von mein, dein und sein zurück, wodurch ich endlich die Verkettungen der Kohlenstoffmoleküle löste. Ich hatte mich für Chemie als wenig geeignet erwiesen, nicht zuletzt wegen meiner fehlenden manuellen Geschicklichkeit. Woher hätte ich die auch haben sollen, wenn ich weiterhin rauchte wie ein Schlot?

Jetzt, wo ich dabei bin, mich zu analysieren, befällt mich ein Zweifel: Ob ich die Zigarette vielleicht deshalb so sehr geliebt habe, damit ich die Schuld für meine Unfähigkeit auf sie abwälzen konnte? Wer weiß, ob ich, wenn ich mit dem Rauchen aufgehört hätte, zu jenem Ideal eines starken Mannes geworden wäre, das ich von mir erwartete? Vielleicht war es dieser Zweifel, der mich an mein Laster fesselte, denn es ist ja so bequem, sich dank einer latenten Größe für groß zu halten. Ich stelle diese Hypothese auf, um meine jugendliche Schwäche zu erklären, aber ohne rechte Überzeugung. Jetzt, da ich alt bin und niemand mehr etwas von mir verlangt, gehe ich trotzdem noch von der Zigarette zum Vorsatz und vom Vorsatz zur Zigarette über. Was haben diese Vorsätze heute zu bedeuten? Möchte ich vielleicht, wie jener alte Gesundheitsapostel, den Goldoni* schildert, gesund sterben, nachdem ich das ganze Leben lang krank gelebt habe?

Als Student bin ich einmal umgezogen, und da mußte ich auf meine Kosten die Wände des Zimmers tapezieren lassen, weil ich sie mit Daten vollgekritzelt hatte. Vermutlich zog ich aus diesem Zimmer aus, eben weil es zur Grabstätte meiner guten Vorsätze geworden war und ich es nicht mehr für möglich hielt, an diesem Ort neue zu fassen.

Ich finde, die Zigarette hat einen intensiveren Geschmack, wenn es die letzte ist. Auch die anderen haben ihren besonderen Geschmack, aber weniger intensiv. Die letzte bezieht ihre Würze aus dem Gefühl des Sieges über sich selbst und aus der Hoffnung auf eine baldige Zukunft voller Kraft und Gesundheit. Die anderen haben ihre Bedeutung, denn indem man sie anzündet, behauptet man die eigene Freiheit, und die Zukunft voller Kraft und Gesundheit bleibt zwar weiter bestehen, rückt allerdings etwas ferner.

Die Daten an den Wänden meines Zimmers waren in den unterschiedlichsten Farben gemalt, auch in Öl. Der Vorsatz, jedesmal in Treu und Glauben von neuem gefaßt, fand seinen entsprechenden Ausdruck in der Intensität der Farbe, welche die für den vorherigen Vorsatz aufgewendete zum Verblassen bringen mußte. Bestimmte Daten mochte ich besonders gern wegen ihrer übereinstimmenden Zahlenfolge. Aus dem vorigen Jahrhundert erinnere ich mich an ein Datum, das, wie mir schien, für immer den Sarg verschließen würde, in den ich mein Laster betten wollte: »Neunter Tag des neunten Monats des Jahres 1899«. Bedeutungsvoll, nicht wahr? Das neue Jahrhundert bescherte mir noch viel klangvollere Daten: »Erster Tag des ersten Monats des Jahres 1901«. Noch heute scheint mir, ich wäre imstande, ein neues Leben zu beginnen, wenn sich dieses Datum wiederholen könnte.

Aber im Kalender ist an Daten kein Mangel, und mit etwas Phantasie ließe sich jedes von ihnen mit einem guten Vorsatz in Einklang bringen. Da es mir einen im höchsten Maße kategorischen Imperativ zu enthalten schien, erinnere ich mich an das folgende: »Dritter Tag des sechsten Monats des Jahres 1912, 24 Uhr«. Das klingt, als würde mit jeder Zahl der Einsatz verdoppelt.

Das Jahr 1913 machte mich einen Moment lang stutzig. Es fehlte der dreizehnte Monat, um ihn mit dem Jahr abzustimmen. Aber man glaube nun nicht, man bräuchte so recht viele Übereinstimmungen in einem Datum, um eine letzte Zigarette gebührend hervorzuheben. Viele Daten, die ich in Lieblingsbüchern oder auf Lieblingsbildern verzeichnet finde, fallen durch ihre Formlosigkeit auf. Zum Beispiel der dritte Tag des zweiten Monats des Jahres 1905, sechs Uhr! Wenn man es recht bedenkt, hat das auch seinen Rhythmus, denn jede einzelne Zahl negiert die vorhergehende. Viele Ereignisse, vielmehr alle, vom Tod Pius' IX. bis zur Geburt meines Sohnes, erschienen es mir wert, mit dem üblichen eisernen Vorsatz würdig begangen zu werden. Meine Verwandten staunen über mein Gedächtnis für die frohen und traurigen Jahrestage in der Familie und halten mich für sehr liebenswürdig!

Um nicht vor mir selbst dumm dazustehen, versuchte ich dieser Krankheit mit der letzten Zigarette einen philosophischen Gehalt zu geben. Mit großartiger Gebärde sagt man: »Nie mehr wieder!« Aber was wird aus der Gebärde, wenn man das Versprechen hält? Die Gebärde kann man nur dann ausführen, wenn der Vorsatz immer wieder erneuert werden muß. Und außerdem: Für mich ist die Zeit nicht dieses unvorstellbare Etwas, das nie stehenbleibt. Bei mir, bei mir allein kommt sie sogar zurück.

* * *

Krankheit ist eine Überzeugung, und ich bin mit dieser Überzeugung auf die Welt gekommen. An die, die ich hatte, als ich um die zwanzig war, würde ich mich kaum erinnern, wenn ich sie damals nicht einem Arzt geschildert hätte. Es ist schon seltsam, wie man sich besser an gesprochene Worte erinnert als an Gefühle, die nie dazu gekommen sind, einen Lufthauch zu bewegen.

Ich war zu diesem Arzt gegangen, weil man mir gesagt hatte, er heile Nervenkrankheiten mit elektrischem Strom. Ich dachte, ich könnte aus der Elektrizität die nötige Kraft beziehen, um das Rauchen aufzugeben.

Der Arzt hatte einen dicken Bauch, und sein asthmatischer Atem begleitete das Ticken der elektrischen Maschine, die gleich bei der ersten Sitzung eingeschaltet wurde, was mich enttäuschte, weil ich erwartet hatte, der Doktor würde mich untersuchen und das Gift entdecken, das mein Blut verunreinigte. Er hingegen erklärte, er fände mich von gesunder Konstitution, und da ich über schlechte Verdauung und schlechten Schlaf geklagt hatte, vermutete er, mein Magen produziere zu wenig Säuren, und die Peristaltik (er verwendete diesen Ausdruck so oft, daß ich ihn nicht mehr vergaß) sei bei mir wenig rege. Er verabreichte mir auch eine gewisse Säure, die mein Verderben war, denn seither leide ich an Übersäuerung.

Als ich begriff, daß er von sich aus nie und nimmer das Nikotin in meinem Blut entdecken würde, wollte ich ihm helfen und äußerte den Zweifel, ob mein Unwohlsein nicht etwa darauf zurückzuführen sei. Mühsam zog er die breiten Schultern hoch:

»Peristaltik... Säure... Nikotin hat nichts damit zu tun.«

Siebzig elektrische Anwendungen waren es insgesamt, und sie würden noch immer weitergehen, wenn ich nicht befunden hätte, daß es genug sei. Ich erwartete mir durchaus keine Wunder, sondern ging zu diesen Sitzungen in der Hoffnung, den Doktor davon zu überzeugen, daß er mir das Rauchen verbieten müsse. Wer weiß, wie alles gekommen wäre, wenn mich ein derartiges Verbot damals in meinen Vorsätzen bestärkt hätte.

Und hier die Beschreibung meiner Krankheit, wie ich sie

dem Arzt gab: »Ich kann nicht studieren, und auch die wenigen Male, die ich zeitig zu Bett gehe, liege ich bis zu den ersten Glockenschlägen wach. Deshalb schwanke ich auch zwischen Jura und Chemie, denn beide Wissenschaften erfordern eine Arbeit, die zu einer bestimmten Zeit anfängt, während ich nie weiß, um wieviel Uhr ich auf den Beinen sein kann.«

»Die Elektrizität heilt jede Form von Schlaflosigkeit«, befand dieser Äskulap, die Augen nach wie vor auf seinen Quadranten gerichtet statt auf den Patienten.

Schließlich konnte ich so mit ihm sprechen, als ob er die Psychoanalyse verstehen könnte, die ich zaghaft vorwegnahm. Ich erzählte ihm von meinem Elend mit den Frauen. Eine genügte mir nicht und viele auch nicht. Ich begehrte sie alle! Auf der Straße war meine Erregung enorm: Sowie sie vorübergingen, gehörten sie schon mir. Frech musterte ich sie, aus dem Bedürfnis heraus, mich brutal zu fühlen. In Gedanken zog ich sie aus, die Stiefelchen ließ ich ihnen an, ich nahm sie in die Arme und ließ sie erst wieder los, wenn ich mir ganz sicher war, sie alle zu kennen.

Vergebliche Aufrichtigkeit und vergeudeter Atem! Der Doktor rang nach Luft:

»Das will ich hoffen, daß die elektrischen Behandlungen Sie von dieser Krankheit nicht heilen. Das fehlte ja gerade noch! Nie wieder würde ich eine Ruhmkorffsche Spule[*] anrühren, wenn ich eine solche Wirkung zu befürchten hätte.«

Er erzählte mir eine Geschichte, die er höchst vergnüglich fand. Ein Patient mit derselben Krankheit wie ich war zu einem berühmten Arzt gegangen und hatte ihn gebeten, ihn zu heilen; die Heilung gelang vollständig, der Arzt aber mußte auswandern, weil der andere ihn sonst umgebracht hätte.

»Meine Erregung ist nicht die richtige«, brüllte ich. »Sie kommt von dem Gift, das mir in den Adern brennt!«

Betrübt murmelte der Doktor:

»Keiner ist mit seinem Los zufrieden.«

Und um ihn zu überzeugen, tat ich selbst, was er nicht tun wollte, und analysierte meine Krankheit, indem ich ihre sämtlichen Symptome zusammentrug: »Meine Zerstreutheit! Auch die hindert mich am Studium. Ich war in Graz* und bereitete mich gerade auf das erste Staatsexamen vor, ich hatte mir sorgfältig sämtliche Texte notiert, die ich bis zum letzten Examen brauchen würde. Es endete damit, daß ich wenige Tage vor der Prüfung bemerkte, daß ich Dinge gelernt hatte, die ich erst in ein paar Jahren brauchen würde. Daher mußte ich die Prüfung verschieben. Zwar hatte ich auch von diesen anderen Dingen nicht so viel gelernt, schuld daran war ein Mädchen aus der Nachbarschaft, das mir im übrigen nichts gewährte als eine ziemlich dreiste Koketterie. Erschien sie am Fenster, sah ich meinen Text nicht mehr. Ist das nicht ein Trottel, einer der solche Sachen macht?« – Ich erinnere mich an das kleine, weiße Gesicht des Mädchens am Fenster: oval, von duftigen, rotblonden Locken umrahmt. Ich betrachtete sie und träumte davon, dieses Weiß und dieses rötliche Gold auf mein Kissen zu drücken.

Äskulap murmelte:

»Koketterie hat immer etwas Gutes. In meinem Alter werden Sie nicht mehr kokettieren.«

Heute weiß ich mit Bestimmtheit, daß er vom Kokettieren rein gar nichts verstand. Ich bin jetzt 57 Jahre alt und sicher, daß, wenn ich nicht aufhöre zu rauchen oder wenn die Psychoanalyse mich nicht heilt, mein letzter Blick vom Sterbebett aus Begehren für meine Krankenschwester zum Ausdruck bringen wird, sofern das nicht meine Frau ist und sofern meine Frau zugelassen hat, daß sie schön ist.

Ich war aufrichtig wie im Beichtstuhl: Eine Frau gefiel mir nicht als Ganzes, sondern ... stückweise. Bei allen liebte ich die kleinen Füße, wenn sie in hübschen Schuhen steckten, bei vielen den schlanken oder auch den kräftigen Hals, und die Brust, wenn sie klein war, klein. Und ich fuhr in meiner Aufzählung der Bestandteile der weiblichen Anatomie fort, aber der Doktor unterbrach mich:

»Diese Teile machen ja die ganze Frau aus.«

Darauf sagte ich etwas sehr Wichtiges:

»Gesunde Liebe umfaßt die ganze Frau und nur sie allein, mitsamt ihrem Charakter und ihrer Intelligenz.«

Bis dahin hatte ich eine solche Liebe gewiß noch nicht kennengelernt, und als sie mir begegnete, machte auch sie mich nicht gesund, aber für mich ist es wichtig festzuhalten, daß ich die Krankheit dort aufgespürt habe, wo ein Fachmann nur Gesundheit sah, und daß meine Diagnose sich dann bewahrheitet hat.

In der Person eines Freundes, der kein Arzt war, fand ich jemanden, der mich und meine Krankheit besser verstand. Das brachte mir zwar keinen Vorteil, aber einen neuen Ton in mein Leben, der noch heute nachhallt.

Mein Freund war ein reicher Herr, der sich seine Mußestunden mit literarischen Studien und Arbeiten verschönerte. Er sprach wesentlich besser als er schrieb, und daher konnte die Welt nicht wissen, was für ein guter Literat er war. Er war groß und stattlich, und als ich ihn kennenlernte, macht er gerade mit großer Willenskraft eine Abmagerungskur. In wenigen Tagen hatte er schon ein großartiges Ergebnis erzielt, derart, daß auf der Straße alle gern auf ihn zugingen, in der Hoffnung, neben ihm, dem Kranken, die eigene Gesundheit besser zu fühlen. Ich beneidete ihn, weil er es verstand zu tun, was er wollte, und für die Dauer seiner Kur wich ich nicht von seiner Seite. Er erlaubte mir, seinen Bauch zu befühlen, der jeden Tag kleiner wurde, und boshaft vor Neid und weil ich ihn in seinem Vorsatz wanken machen wollte, sagte ich zu ihm:

»Aber wenn die Kur zu Ende ist, was machen Sie dann mit all dieser Haut?«

Mit großer Gelassenheit, die in seinem ausgemergelten Gesicht komisch wirkte, antwortete er:

»In zwei Tagen fängt die Massagebehandlung an.«

Seine Kur war in allen Einzelheiten vorausgeplant, und es war sicher, daß er jeden Termin pünktlich einhalten würde.

Dadurch faßte ich großes Vertrauen zu ihm, und ich schilderte ihm meine Krankheit. Auch an diese Schilderung erinnere ich mich noch. Ich erklärte ihm, daß es mir leichter schiene, auf die drei Mahlzeiten am Tag zu verzichten als auf die zahllosen Zigaretten, derentwegen in einem fort derselbe mühsame Entschluß gefaßt werden mußte. Mit einem solchen Entschluß im Sinn bleibt einem keine Zeit für etwas anderes, denn nur Julius Cäsar war imstande, mehrere Dinge gleichzeitig zu tun. Sicher, niemand verlangt von mir zu arbeiten, solange mein Geschäftsführer Olivi am Leben ist, aber wie kommt es nur, daß ein Mensch wie ich nichts anderes zu tun weiß auf dieser Welt, als zu träumen oder auf der Geige herumzukratzen, für die ich überhaupt keine Begabung habe?

Der abgemagerte dicke Mann antwortete nicht gleich. Er war ein methodischer Mensch und dachte erst länger darüber nach. Dann erklärte er mir mit professoralem Gehabe, welches ihm aufgrund seiner großen Überlegenheit in dieser Sache auch zustand, meine eigentliche Krankheit sei der Vorsatz, nicht die Zigarette. Ich solle versuchen, dieses Laster zu lassen, ohne es mir vorzunehmen. Seiner Meinung nach hatten sich in mir im Lauf der Jahre zwei Persönlichkeiten herausgebildet, von denen die eine Befehle erteilte und die andere nichts war als ein Sklave, der, sobald sich die Aufsicht lockerte, aus Liebe zur Freiheit dem Willen seines Herrn zuwiderhandelte. Man müsse ihm daher absolute Freiheit geben, und gleichzeitig müsse ich meinem Laster ins Gesicht sehen, als ob es neu wäre und ich es noch nie gesehen hätte. Ich dürfe nicht dagegen ankämpfen, sondern solle es nicht beachten und in gewisser Weise vergessen, mich ihm hinzugeben, solle ihm die kalte Schulter zeigen wie einer Gesellschaft, die man als seiner nicht würdig befindet. Ist doch ganz einfach, nicht wahr?

Tatsächlich erschien mir die Sache einfach. Nachdem es mir mit großer Anstrengung gelungen war, jeden Vorsatz aus meinem Sinnen und Trachten zu verbannen, gelang es mir wirklich, mehrere Stunden lang nicht zu rauchen, aber wenn der Mund sich dann gereinigt hatte, war das ein so unschuldiger Geschmack, wie ein Neugeborenes ihn verspüren muß, und ich bekam Lust auf eine Zigarette, und wenn ich sie rauchte, hatte ich ein schlechtes Gewissen, weshalb ich den Vorsatz erneuerte, den ich hatte abschaffen wollen. Der Weg war länger, aber er führte zum selben Ziel.

Dieser Schuft von Olivi brachte mich eines Tages auf eine Idee: meinen Vorsatz durch eine Wette zu bekräftigen.

Ich glaube, Olivi hat immer so ausgesehen, wie ich ihn jetzt kenne. Ich habe ihn immer schon so gesehen, leicht gebeugt, aber kräftig, und schon immer kam er mir alt vor, so wie ich ihn heute als alten Mann sehe, da er achtzig Jahre ist. Er hat für mich gearbeitet und arbeitet noch für mich, aber ich mag ihn nicht, weil ich der Meinung bin, daß er mich daran gehindert hat, die Arbeit zu tun, die er macht.

Wir wetteten also! Wer als erster rauchte, würde zahlen, und dann würden beide ihre Freiheit wiedererlangen. So versuchte der Sachwalter, der mir aufgezwungen worden war, um zu verhindern, daß ich das väterliche Erbe verschleuderte, das mütterliche zu dezimieren, über das ich frei schalten und walten konnte.

Die Wette erwies sich als äußerst unheilvoll. Nun war ich nicht mehr abwechselnd Herr, sondern nur noch Sklave, obendrein von diesem Olivi, den ich nicht mochte! Ich rauchte sofort. Dann überlegte ich, ihn zu beschwindeln und heimlich weiterzurauchen. Ja, aber wozu dann diese Wette? Da machte ich mich auf die Suche nach einem Datum, das mit dem Datum der Wette in einer schönen Beziehung stehen sollte, um eine letzte Zigarette zu rauchen, von der ich mir gewissermaßen würde vorstellen können, daß sie auch von Olivi selbst als solche bemerkt werden würde. Aber die Rebellion hielt an, und vor lauter Rauchen bekam ich es mit der Angst zu tun. Um mich von dieser Last zu befreien, ging ich zu Olivi und beichtete.

Lächelnd kassierte der Alte das Geld und zog sofort eine dicke Zigarre aus der Tasche, die er sich anzündete und mit großem Genuß rauchte. Ich hatte nie Zweifel gehegt, er könne die Wette nicht eingehalten haben. Die anderen sind natürlich ganz anders als ich.

Mein Sohn war eben drei Jahre alt geworden, als meine Frau auf eine gute Idee verfiel. Sie riet mir, mich für eine Weile in einem Sanatorium einschließen zu lassen, um von dem Laster loszukommen. Ich war sofort einverstanden, vor allem, weil ich wollte, daß mein Sohn, wenn er in das Alter käme, mich zu beurteilen, einen ausgewogenen und heiteren Menschen an mir finden sollte, dann aber auch aus dem dringlicheren Grund, daß es Olivi schlecht ging und er mich im Stich zu lassen drohte, weshalb ich hätte gezwungen sein können, von einem Tag auf den anderen seine Stelle einzunehmen, und weil ich mich mit all dem Nikotin im Leib zu so großer Betriebsamkeit für wenig geeignet hielt.

Zunächst hatten wir vorgehabt, in die Schweiz zu fahren, das klassische Land der Sanatorien, doch dann erfuhren wir, daß es in Triest einen gewissen Doktor Muli gab, der dort eine Klinik eröffnet hatte. Ich betraute meine Frau damit, ihn aufzusuchen, und er bot ihr an, mir ein kleines, abgeschlossenes Appartement zur Verfügung zu stellen, in dem ich von einer Krankenschwester beaufsichtigt würde, der noch weitere Personen zur Seite stünden. Als sie mir davon erzählte, mußte meine Frau teils lächeln, teils lachte sie laut heraus. Die Idee, mich einsperren zu lassen, belustigte sie, und ich lachte von Herzen mit. Zum ersten Mal unterstützte sie mich bei meinen Versuchen, mich zu kurieren. Bis dahin hatte sie meine Krankheit nie ernst genommen und immer gemeint, das Rauchen sei nichts weiter als eine etwas seltsame und nicht allzu langweilige Art zu leben. Ich glaube, sie war angenehm überrascht, nachdem sie mich geheiratet hatte, mich nie meiner Freiheit nachweinen zu hören, beschäftigt wie ich damit war, ganz anderen Dingen nachzuweinen.

Wir gingen an dem Tag ins Sanatorium, an dem Olivi mir sagte, er würde keinesfalls länger als bis zum Ende des nächsten Monats bei mir bleiben. Zu Hause packten wir etwas Wäsche in einen Koffer und gingen noch am Abend zu Doktor Muli.

Er empfing uns höchstpersönlich an der Pforte. Damals war Doktor Muli ein gutaussehender, junger Mann. Es war mitten im Sommer, und er, klein und drahtig, das feingeschnittene Gesicht von der Sonne gebräunt, was seine lebhaften schwarzen Augen noch kräftiger funkeln ließ, war die Eleganz in Person, vom Kragen bis zu den Schuhen ganz in Weiß. Er erregte meine Bewunderung, doch offenkundig war ich auch Gegenstand der seinen.

Etwas verlegen, da ich den Grund für seine Bewunderung verstehen konnte, sagte ich zu ihm:

»Bestimmt glauben Sie weder an die Notwendigkeit dieser Behandlung noch an die Ernsthaftigkeit, mit der ich sie antrete.«

Mit einem leichten Lächeln, das mich gleichwohl verletzte, antwortete der Doktor:

»Warum? Vielleicht ist die Zigarette für Sie persönlich ja schädlicher, als wir Ärzte einräumen wollen. Nur begreife ich nicht, warum Sie, anstatt *ex abrupto* mit dem Rauchen aufzuhören, nicht vielmehr beschlossen haben, die Anzahl der Zigaretten, die Sie rauchen, zu reduzieren. Man kann ja rauchen, man sollte es nur nicht übertreiben.«

Eigentlich hatte ich dadurch, daß ich unbedingt ganz zu rauchen aufhören wollte, an die Möglichkeit, weniger zu rauchen, noch gar nicht gedacht. Aber in diesem Augenblick konnte der Ratschlag meinen Vorsatz nur wanken machen. Ich sprach ein energisches Wort:

»Da es nun einmal beschlossene Sache ist, lassen Sie es mich mit dieser Behandlung versuchen.«

»Versuchen?« und der Doktor lachte mit überlegener Miene. »Wenn Sie sie erst einmal angetreten haben, dann muß die Behandlung Erfolg haben. Wenn Sie der armen Giovanna gegenüber nicht Ihre Muskelkraft zum Einsatz bringen wollen, kommen Sie hier nicht heraus. Die Formalitäten, um Sie freizukriegen, würden so lange dauern, daß Sie inzwischen Ihr Laster längst vergessen hätten.«

Wir befanden uns in dem für mich bestimmten Appartement, das wir erreicht hatten, indem wir wieder ins Parterre hinunterstiegen, nachdem wir in den zweiten Stock hinaufgestiegen waren.

»Sehen Sie? Diese verriegelte Tür verschließt den Durchgang zum anderen Teil des Parterres, wo sich der Ausgang befindet. Nicht einmal Giovanna hat die Schlüssel dazu. Sie selbst muß, wenn sie ins Freie will, in den zweiten Stock hinauf, und nur sie hat den Schlüssel zu der Tür, durch die wir auf diesen Treppenabsatz gelangt sind. Im übrigen ist im zweiten Stock immer Wachpersonal. Das ist doch nicht schlecht für ein Sanatorium für Kleinkinder und Wöchnerinnen, nicht wahr?«

Und er lachte, vielleicht bei dem Gedanken, mich mit Kindern zusammen eingesperrt zu haben.

Er rief Giovanna und stellte sie mir vor. Sie war ein kleines Frauenzimmer unbestimmbaren Alters, zwischen vierzig und sechzig. Sie hatte lebhaft leuchtende kleine Augen unter völlig grauen Haaren. Der Doktor sagte zu ihr:

»Das ist der Herr, mit dem Sie sich auf einen Boxkampf gefaßt machen müssen.«

Sie sah mich forschend an, wurde sehr rot und kreischte schrill:

»Ich werde meine Pflicht tun, aber ich kann bestimmt nicht mit Ihnen kämpfen. Wenn Sie mich bedrohen, rufe ich den Wärter, der ist ein starker Mann, und sollte er nicht auf der Stelle kommen, lasse ich Sie gehen, wohin Sie wollen, denn meine Haut will ich nicht riskieren!«

Später erfuhr ich, daß der Doktor ihr diese Aufgabe unter Zusicherung einer ziemlich üppigen Entlohnung anvertraut hatte, und das hatte zu ihrem Schrecken beigetragen. Jetzt aber ärgerten mich ihre Worte. Eine schöne Situation, in die ich mich da freiwillig hineinmanövriert hatte!

»Aber was denn für eine Haut, zum Kuckuck!« brüllte ich. »Wer soll denn Ihre Haut anrühren?« Ich wandte mich an den Doktor: »Ich wünsche, daß diese Frau angewiesen wird, mich nicht zu belästigen! Ich habe ein paar Bücher mitgebracht und möchte in Ruhe gelassen werden.«

Der Doktor richtete ein paar ermahnende Worte an Giovanna. Um sich zu entschuldigen, attackierte die mich weiter:

»Ich habe Töchter, zwei, ganz kleine, und ich muß auch leben.«

»Ich fände es doch unter meiner Würde, Sie zu ermorden«, antwortete ich in einem Ton, der die Ärmste sicherlich nicht beruhigen konnte.

Der Doktor schickte sie fort mit dem Auftrag, irgend etwas im oberen Stock zu holen, und um mich auszusöhnen, schlug er mir vor, jemand anderen an ihre Stelle zu setzen, und fügte hinzu:

»Sie ist keine ungute Frau, und wenn ich sie ermahne, etwas zurückhaltender zu sein, wird sie Ihnen keinen Grund mehr zur Klage geben.«

Bemüht zu zeigen, daß ich der Person, die mich beaufsichtigen sollte, keinerlei Bedeutung beimaß, erklärte ich mich einverstanden, sie zu ertragen. Ich verspürte das Bedürfnis, mich zu beruhigen, holte die vorletzte Zigarette aus der Tasche und rauchte sie gierig. Ich erklärte dem

Doktor, daß ich nur zwei mitgenommen hätte und Punkt Mitternacht mit dem Rauchen aufhören wolle.

Meine Frau verabschiedete sich von mir, zusammen mit dem Doktor. Lächelnd sagte sie:

»Da du dich nun einmal dazu entschlossen hast, sei stark.«

Ihr Lächeln, das ich so sehr liebte, kam mir höhnisch vor, und just in diesem Augenblick keimte in meiner Seele ein neues Gefühl auf, das bewirken sollte, daß ein mit so großem Ernst unternommener Versuch alsbald kläglich scheitern sollte. Auf der Stelle fühlte ich mich unwohl, aber worunter ich litt, wußte ich erst, als ich allein gelassen war. Wahnwitzige, bittere Eifersucht auf den jungen Doktor. Er war schön, er war frei! Man nannte ihn die Venus unter den Medizinmännern. Warum sollte meine Frau ihn nicht lieben? Beim Hinausgehen war er hinter ihr hergegangen und hatte ihre elegant beschuhten Füße betrachtet. Es war das erste Mal, seit ich geheiratet hatte, daß ich eifersüchtig war. Was für ein Jammer! Bestimmt kam das auch von meinem unwürdigen Status als Gefangener! Ich kämpfte! Das Lächeln meiner Frau war ihr übliches Lächeln und kein Hohnlachen darüber, daß sie mich zu Hause ausquartiert hatte. Sicher, sie war es gewesen, die mich hatte einsperren lassen, obwohl sie meinem Laster keinerlei Bedeutung beimaß, aber bestimmt hatte sie es mir zuliebe getan. Und überdies, erinnerte ich mich nicht mehr, daß es gar nicht so leicht war, sich in meine Frau zu verlieben? Wenn der Doktor ihre Füße angeschaut hatte, dann bestimmt nur, um zu sehen, welche Stiefel er seiner Geliebten kaufen sollte. Aber ich rauchte sofort die letzte Zigarette; und es war nicht Mitternacht, sondern 23 Uhr, eine unmögliche Zeit für eine letzte Zigarette.

Ich schlug ein Buch auf. Ich las, ohne etwas zu verstehen, und hatte regelrechte Visionen. Die Seite, auf die ich starrte, bedeckte sich mit der Fotografie von Doktor Muli, im Glorienschein seiner Schönheit und Eleganz. Ich hielt es nicht mehr aus! Ich rief Giovanna. Vielleicht würde ich mich beruhigen, wenn ich mich unterhielt.

Sie kam und sah mich sofort mißtrauisch an. Mit ihrer schrillen Stimme kreischte sie: »Glauben Sie bloß nicht, Sie könnten mich von der Erfüllung meiner Pflicht ablenken.«

Um sie zu beruhigen, log ich erst mal und erklärte ihr, ich dächte ja gar nicht daran, ich hätte bloß keine Lust mehr zum Lesen und würde lieber ein wenig mit ihr plaudern. Mit ihrer Altweibermiene und den jugendlichen, rastlosen Augen, wie bei allen schwachen Tieren, fand ich sie regelrecht abstoßend. Ich bemitleidete mich selbst, daß ich eine solche Gesellschaft ertragen mußte! Wahr ist freilich, daß ich mir auch in Freiheit nicht die passende Gesellschaft auszusuchen weiß, denn gewöhnlich suchen die anderen mich aus, so wie meine Frau es zum Beispiel getan hat.

Ich bat Giovanna, mich zu zerstreuen, und da sie erklärte, sie könne mir nichts erzählen, was meine Aufmerksamkeit verdiene, bat ich sie, mir von ihrer Familie zu erzählen, und fügte hinzu, daß doch fast jeder auf dieser Welt mindestens eine hätte.

Da gehorchte sie und fing damit an, mir zu erzählen, daß sie ihre beiden Töchter ins Armenhaus hatte geben müssen.

Ich fing an, ihrer Erzählung mit Vergnügen zu lauschen, denn diese in einem Rutsch erledigten achtzehn Monate Schwangerschaft reizten mich zum Lachen. Aber sie hatte ein zu polemisches Temperament, und ich konnte ihr nicht mehr zuhören, als sie mir zunächst beweisen wollte, daß sie bei ihrem schmalen Gehalt gar nicht anders gekonnt hätte, und daß der Doktor im Unrecht gewesen sei, als er wenige Tage zuvor erklärt hatte, zwei Kronen am Tag wären ausreichend, da das Armenhaus ja ihre ganze Familie erhielte. Sie schrie:

»Und alles andere? Wenn für ihr Essen und für ihre Kleidung gesorgt ist, dann haben sie doch noch längst nicht alles, was sie brauchen!« Und es folgte eine ganze Reihe von Dingen, die sie für ihre Töchter besorgen mußte, an die ich mich aber nicht mehr erinnere, weil ich, um mein Gehör vor ihrer schrillen Stimme zu schützen, meine Gedanken vorsätzlich auf andere Dinge lenkte. Aber trotzdem fühlte ich mich unangenehm berührt, und ich bildete mir ein, ich hätte ein Anrecht auf Entschädigung:

»Könnte ich nicht vielleicht eine Zigarette haben, eine einzige? Ich würde zehn Kronen dafür zahlen, aber morgen, denn ich habe nicht mal einen Soldo bei mir.«

Giovanna erschrak furchtbar über meinen Vorschlag. Sie fing an zu kreischen; sie wollte sofort den Wärter rufen und stand von ihrem Platz auf, um hinauszugehen.

Um sie zum Schweigen zu bringen, ließ ich sofort von meinem Vorhaben ab, und auf gut Glück, um nur irgend etwas zu sagen und mir meine Verlegenheit nicht anmerken zu lassen, fragte ich:

»Aber in diesem Gefängnis wird es doch wenigstens was zu trinken geben?«

Giovanna antwortete prompt und zu meinem Erstaunen in normalem Gesprächston, ohne zu schreien:

»Und ob! Bevor der Doktor ging, hat er mir diese Flasche Cognac gegeben. Und da ist sie, noch ganz zu. Schauen sie, noch nicht angebrochen.«

Ich befand mich in einer solchen Lage, daß ich keinen anderen Ausweg sah, als mich zu betrinken. Dahin hatte mich also das Vertrauen in meine Frau gebracht!

Augenblicklich schien mir das Laster des Rauchens die Mühe nicht wert zu sein, zu der ich mich hatte verleiten lassen. Jetzt rauchte ich schon seit einer halben Stunde nicht, und ich dachte überhaupt nicht daran, hatte ich doch genug damit zu tun, an meine Frau und an Doktor Muli zu denken. Ich war also völlig geheilt, aber unheilbar lächerlich!

Ich öffnete die Flasche und goß mir ein Gläschen von der gelben Flüssigkeit ein. Giovanna sah mir mit offenem Mund zu, doch ich zögerte, ihr etwas davon anzubieten.

»Bekomme ich noch mehr, wenn ich diese Flasche ausgetrunken habe?«

Nach wie vor im angenehmsten Gesprächston versicherte mir Giovanna: »Soviel Sie wollen! Wenn Sie einen Wunsch haben, müßte die Verwalterin sogar um Mitternacht noch aufstehen!«

Geiz ist nie meine Schwäche gewesen, und so bekam Giovanna sofort ihr Glas, randvoll eingeschenkt. Sie hatte kaum danke gesagt, da hatte sie es auch schon geleert, und sofort richtete sie die lebhaften Augen auf die Flasche. Sie selbst hat mich also auf die Idee gebracht, sie betrunken zu machen. Aber das war gar nicht so einfach!

Ich kann leider nicht genau wiederholen, was sie mir in ihrem unverfälschten Triestiner Dialekt erzählte, nachdem sie mehrere Gläschen getrunken hatte, aber ich bekam ganz den Eindruck, jemanden an meiner Seite zu haben, dem ich mit Entzücken zugehört hätte, wenn ich nicht durch meine eigenen Sorgen abgelenkt gewesen wäre.

Zuallererst vertraute sie mir an, daß sie genau so wirklich gern arbeite. Jedem auf dieser Welt müsse das Recht zustehen, täglich ein paar Stunden in einem so bequemen Sessel zu sitzen, mit einer Flasche gutem Schnaps vor sich, von dem, der nicht schadet.

Ich versuchte, auch meinerseits etwas zum Gespräch beizutragen. Ich fragte sie, ob die Arbeit für sie genau so organisiert gewesen sei, als ihr Mann noch lebte.

Sie begann zu lachen. Zu seinen Lebzeiten habe ihr Mann sie mehr geschlagen als geküßt, und verglichen mit dem, was sie für ihn hatte arbeiten müssen, würde ihr das jetzt alles wie ein Ruhestand vorkommen, auch bevor ich mit meiner Behandlung in dieses Haus gekommen war.

Dann wurde Giovanna nachdenklich und fragte mich, ob ich glaube, die Toten könnten sehen, was die Lebenden tun. Ich nickte kurz. Aber sie wollte auch noch wissen, ob die Toten, wenn sie drüben ankommen, alles erfahren, was sich hier unten abgespielt hat, als sie noch am Leben waren.

Einen Momentlang amüsierte mich die Frage richtiggehend. Dann war sie auch in sanfterem Ton gestellt worden, denn um von den Toten nicht gehört zu werden, hatte Giovanna die Stimme gesenkt.

»Sie haben also«, sagte ich, »Ihren Mann betrogen.«

Sie bat mich, nicht so laut zu reden, dann gestand sie, daß sie ihn betrogen hatte, aber nur in den ersten Monaten ihrer Ehe. Dann hatte sie sich an die Schläge gewöhnt und hatte den ihren geliebt.

Um das Gespräch in Gang zu halten, fragte ich:

»Es ist also Ihre erste Tochter, die diesem anderen ihr Leben verdankt?«

Nach wie vor mit leiser Stimme gab sie zu, daß sie es glaube, auch aufgrund gewisser Ähnlichkeiten. Es schmerzte sie sehr, ihren Mann betrogen zu haben. Sie sagte das, lachte aber weiterhin, weil das Dinge sind, über die man lacht, auch wenn sie schmerzlich sind. Aber erst, seitdem er tot war, denn vorher konnte die Sache keine Bedeutung gehabt haben, da er ja nichts davon wußte.

Von einer gewissen geschwisterlichen Sympathie angespornt, versuchte ich, ihren Schmerz zu lindern und sagte ihr, ich glaubte, die Toten wüßten alles, aber gewisse Dinge wären ihnen egal.

»Nur die Lebenden leiden darunter!« rief ich und schlug mit der Faust auf den Tisch.

Dabei zog ich mir eine Prellung an der Hand zu, und es gibt nichts Besseres als physischen Schmerz, um auf neue Ideen zu kommen. Ein Hoffnungsschimmer: Während ich mich mit dem Gedanken quälte, meine Frau würde meine Gefangenschaft dazu nutzen, mich zu betrügen, konnte der Doktor ja durchaus noch in der Klinik sein, und in diesem Fall würde ich meine Ruhe wiederfinden. Ich bat Giovanna, einmal nachzusehen, und sagte ihr, ich verspürte das Bedürfnis, dem Doktor etwas zu sagen, wobei ich ihr zur Belohnung die ganze Flasche versprach. Sie verwahrte sich dagegen, sie würde nicht so viel trinken, erfüllte meinen Wunsch aber sofort, und ich hörte sie über die Holztreppe in den zweiten Stock hinauftorkeln. Dann kam sie wieder herunter, aber sie rutschte aus, wobei sie großen Lärm machte und schrie.

»Hol dich der Teufel!« murmelte ich inbrünstig. Wenn sie sich das Genick gebrochen hätte, hätte sich meine Lage erheblich vereinfacht.

Sie dagegen kam lächelnd auf mich zu, denn sie war in jenem Zustand, in dem man Schmerzen nicht mehr allzu schmerzhaft empfindet. Sie erzählte mir, daß sie mit dem Wärter gesprochen habe, der sich gerade schlafen legte, aber auch im Bett stets bereit war, für den Fall, daß ich unangenehm würde. Sie hob die Hand und ihr ausgestreckter Zeigefinger begleitete ihre Worte mit einer Drohgebärde, die durch ein Lächeln abgeschwächt wurde. Etwas trockener setzte sie dann hinzu, der Doktor sei nicht wiedergekommen, seitdem er mit meiner Frau fortgegangen sei. Ausgerechnet seit diesem Zeitpunkt! Ja, ein paar Stunden lang hatte der Wärter gehofft, er würde zurückkommen, weil er bei einem Kranken hätte vorbeischauen sollen. Jetzt hatte er die Hoffnung aufgegeben.

Ich sah sie an und versuchte zu ergründen, ob das Lächeln, das ihr Gesicht verzog, ihr gewöhnliches oder ein völlig neues war und von der Tatsache herrührte, daß der Doktor bei meiner Frau weilte statt bei mir, der ich sein Patient war. Mich packte ein Zorn, daß sich mir der Kopf drehte. Ich muß gestehen, daß wie immer zwei Personen in meiner Brust kämpften, von denen die eine, vernünftigere, mir sagte: »Du Idiot! Warum glaubst du denn, daß deine Frau dich betrügt? Sie bräuchte dich doch nicht einzusperren, um Gelegenheit dazu zu haben.« Auch die andere Person, und das war sicher die, die rauchen wollte, schalt mich einen Idioten, doch um dann auszurufen: »Erinnerst du dich nicht, wie bequem die Abwesenheit des Ehemanns ist? Mit dem Doktor, der jetzt von dir bezahlt wird!«

Giovanna, die weitertrank, sagte: »Ich habe vergessen, die Tür im zweiten Stock abzuschließen. Aber ich mag jetzt die zwei Stockwerke nicht mehr raufsteigen. Da oben ist immer wer, und Sie würden sich schön blamieren, wenn Sie versuchen sollten wegzulaufen.«

»Klar!« versetzte ich mit jenem bißchen Heuchelei, das mittlerweile genügte, um die Ärmste zu täuschen. Dann trank auch ich gierig von dem Cognac und erklärte, jetzt, wo ich so reichlich Schnaps zur Verfügung hätte, machte ich mir aus Zigaretten überhaupt nichts mehr. Sie glaubte mir sofort, und da erzählte ich ihr, daß in Wirklichkeit ja nicht ich mir das Rauchen abgewöhnen wollte. Meine Frau wollte es. Sie müsse nämlich wissen, daß ich, wenn ich etwa zehn Zigaretten geraucht hatte, zum Fürchten sei. Jede beliebige Frau, die dann in meine Reichweite komme, sei in Gefahr.

Giovanna brach in lautes Gelächter aus und lehnte sich auf ihrem Stuhl zurück.

»Und es ist Ihre Frau, die Sie daran hindert, die zehn Zigaretten zu rauchen, die nötig sind?«

»Genauso ist es! Mich wenigstens hat sie daran gehindert.«

Sie war gar nicht so dumm, diese Giovanna, wenn sie so viel Cognac intus hatte. Sie wurde von einem Lachanfall gepackt, der sie fast vom Stuhl warf, aber als sie wieder Luft bekam, malte sie, von meiner Krankheit inspiriert, in abgerissenen Worten ein wirklich großartiges Bild: »Zehn Zigaretten... eine halbe Stunde... man stellt den Wecker... und dann...«

Ich korrigierte sie:

»Für zehn Zigaretten brauche ich ungefähr eine Stunde. Um dann die volle Wirkung abzuwarten, dauert das noch einmal ungefähr eine Stunde, zehn Minuten mehr oder weniger ...«

Plötzlich wurde Giovanna ernst und erhob sich ohne große Mühe von ihrem Stuhl. Sie sagte, sie gehe schlafen, weil sie etwas Kopfweh habe. Ich ermunterte sie, die Flasche mitzunehmen, da ich genug hatte von diesem Schnaps. Heuchlerisch sagte ich, am nächsten Tag solle man mir einen guten Wein besorgen.

Aber an Wein dachte sie nicht. Bevor sie mit der Flasche unterm Arm hinausging, musterte sie mich mit einem schiefen Blick, der mir Angst machte.

Sie hatte die Tür offen gelassen, und wenige Augenblicke später fiel ein Päckchen mitten ins Zimmer, das ich sofort aufhob: Es enthielt abgezählt elf Zigaretten. Um sicherzugehen, hatte die arme Giovanna es besonders gut gemeint. Gewöhnliche Zigaretten, ungarische. Aber die erste, die ich anzündete, war ganz vorzüglich. Ich fühlte mich enorm erleichtert. Zuerst dachte ich, ich freute mich, weil ich es diesem Haus gezeigt hätte, das vorzüglich war, um Kinder darin einzusperren, aber nicht jemanden wie mich. Dann entdeckte ich, daß ich es auch meiner Frau gezeigt hatte, und mir schien, ich hätte es ihr mit gleicher Münze heimgezahlt. Warum sonst hätte sich meine Eifersucht in eine durchaus erträgliche Neugier verwandelt? Ruhig blieb ich auf meinem Platz und rauchte diese widerlichen Zigaretten

Nach einer halben Stunde etwa erinnerte ich mich, daß ich fliehen mußte aus diesem Haus, wo Giovanna auf ihren Lohn wartete. Ich zog die Schuhe aus und trat auf den Korridor hinaus. Die Tür zu Giovannas Zimmer war angelehnt, und nach ihren geräuschvollen und regelmäßigen Atemzügen zu schließen, schien sie mir zu schlafen. Mit aller Vorsicht stieg ich bis in den zweiten Stock hinauf, wo ich mir hinter dieser Tür – auf die Doktor Muli so stolz war – die Schuhe anzog. Ich trat auf einen Treppenabsatz hinaus und begann, die Treppe hinunterzusteigen, langsam, um keinen Verdacht zu erregen.

Ich war auf dem Treppenabsatz des ersten Stocks angekommen, als ein Fräulein in Schwesterntracht, die durchaus nicht unelegant war, mir nachging und mich höflich fragte:

»Suchen Sie jemanden?«

Sie war hübsch, und es hätte mir nicht mißfallen, die zehn Zigaretten an ihrer Seite zu Ende zu rauchen. Ich lächelte sie etwas zudringlich an:

»Ist Doktor Muli nicht im Haus?«

Sie machte große Augen:

»Um diese Zeit ist er nie hier.«

»Könnten Sie mir nicht sagen, wo ich ihn jetzt finde? Ich habe einen Kranken zu Hause, der ihn bräuchte.«

Höflich nannte sie mir die Adresse des Doktors, und ich wiederholte sie mehrmals, um sie davon zu überzeugen, daß ich sie mir einprägen wollte. Ich hätte es ja nicht so eilig gehabt mit dem Fortgehen, aber sie wandte mir unwillig den Rücken zu. Geradezu hinausgeworfen wurde ich aus meinem Gefängnis.

Unten öffnete mir eine Frau bereitwillig die Pforte. Ich hatte keinen Soldo bei mir und murmelte:

»Das Trinkgeld gebe ich Ihnen ein andermal.«

Man weiß nie, was die Zukunft bringt. Bei mir wiederholen sich die Dinge: Es war nicht auszuschließen, daß ich noch einmal hier vorbeikommen würde.

Die Nacht war hell und warm. Ich nahm den Hut ab, um die Brise der Freiheit besser zu spüren. Voller Bewunderung betrachtete ich die Sterne, als hätte ich sie eben erst erobert. Am nächsten Tag, fern vom Sanatorium, würde ich aufhören zu rauchen. Vorläufig besorgte ich mir in einem Café, das noch offen hatte, gute Zigaretten, denn es wäre nicht gut möglich gewesen, meine Kariere als Raucher mit einer dieser Zigaretten der armen Giovanna zu beschließen. Der Kellner, der sie mir gab, kannte mich und ließ sie mir auf gut Glauben.

Bei meiner Villa angekommen, zog ich stürmisch an der Glocke. Zunächst kam die Dienstmagd ans Fenster, und dann, nach nicht allzu kurzer Zeit, meine Frau. Ich wartete auf sie und dachte dabei vollkommen kaltblütig: »Man könnte meinen, Doktor Muli ist da.« Aber sobald sie mich erkannte, schallte auch schon ihr Lachen durch die menschenleere Straße, so freimütig, daß das allein genügt hätte, jeden Zweifel auszuräumen.

Drinnen brachte ich noch eine Weile damit zu, herumzuspionieren. Meine Frau, der ich versprach, ihr am nächsten Tag meine Abenteuer zu erzählen, die sie schon zu kennen glaubte, fragte mich:

»Aber warum gehst du nicht schlafen?«

Zu meiner Entschuldigung sagte ich:

»Mir scheint, du hast in meiner Abwesenheit diesen Schrank verrückt.«

Es stimmt, ich glaube wirklich, daß die Dinge im Haus ständig umgestellt werden, und es stimmt auch, daß meine Frau sie sehr häufig umstellt, aber in diesem Moment sah ich in jedem Winkel nach, ob dort nicht der kleine, elegante Doktor Muli leibhaftig versteckt war.

Meine Frau hatte eine gute Nachricht für mich. Auf dem Weg vom Sanatorium nach Hause war sie Olivis Sohn begegnet, der ihr erzählt hatte, daß es dem Alten viel besser ginge, nachdem er eine Medizin eingenommen hatte, die ihm von einem neuen Arzt verordnet worden war.

Beim Einschlafen dachte ich, daß ich gut daran getan hatte, das Sanatorium zu verlassen, weil ich ja alle Zeit hatte, mich langsam zu kurieren. Auch mein Sohn, der im Nebenzimmer schlief, machte bestimmt noch keine Anstalten, mich zu beurteilen oder nachzuahmen. Es bestand absolut kein Grund zur Eile.

4
Der Tod meines Vaters

Der Doktor ist abgereist, und ich weiß wirklich nicht, ob die Lebensgeschichte meines Vaters nötig ist. Würde ich meinen Vater zu genau schildern, könnte sich herausstellen, daß man, um meine Heilung zu erreichen, zuerst ihn hätte analysieren müssen, und das würde auf einen Verzicht hinauslaufen. Ich mache mutig weiter, weil ich weiß: Hätte mein Vater die gleiche Behandlung gebraucht, so wäre das wegen einer ganz anderen Krankheit gewesen als meiner. Um keine Zeit zu verlieren, werde ich von ihm jedenfalls nur so viel sagen, wie dienlich ist, um die Erinnerung an mich selbst aufzufrischen.

»15.4.1890, 4 Uhr 30. Mein Vater stirbt. L. Z.« Für diejenigen, die es nicht wissen sollten, die letzten beiden Buchstaben bedeuten nicht etwa »Leidgeprüfter Zeno«, sondern »Letzte Zigarette«.* Diese Eintragung finde ich in einem Band über Positive Philosophie von Ostwald,* über dem ich etliche Stunden voller Hoffnung zugebracht und den ich nie verstanden habe. Kein Mensch würde es glauben, aber trotz ihrer Form verzeichnet diese Eintragung das wichtigste Ereignis in meinem Leben.

Meine Mutter starb, als ich noch keine fünfzehn war. Zu ihrem Andenken schrieb ich Gedichte, was nie dasselbe ist wie Weinen, und im Schmerz begleitete mich immer das Gefühl, daß von diesem Moment an der Ernst eines arbeitsreichen Lebens für mich anbrechen müsse. Der

Schmerz an sich deutete schon auf ein intensiveres Leben hin. Außerdem dämpfte und milderte ein nach wie vor lebhaftes religiöses Empfinden den schweren Schicksalsschlag. Meine Mutter lebte weiter, wenn auch fern von mir, und konnte sich auch an den Erfolgen freuen, für die ich mich rüstete. Schön bequem war das! Ich erinnere mich noch genau an meine Verfassung damals. Durch den Tod meiner Mutter und die heilsame Gefühlsregung, die er in mir ausgelöst hatte, konnte mit mir alles nur besser werden.

Der Tod meines Vaters hingegen war eine wirklich große Katastrophe. Das Paradies existierte nicht mehr, ich aber war mit dreißig ein erledigter Mensch.* Auch ich! Zum ersten Mal wurde mir bewußt, daß der wichtigste und entscheidenste Teil meines Lebens unwiderruflich hinter mir lag. Mein Schmerz war nicht rein egoistisch, wie es nach diesen Worten scheinen könnte. Ganz im Gegenteil! Ich beweinte ihn und mich, mich aber nur, weil er tot war. Bis dahin war ich von Zigarette zu Zigarette und an der Universität von einer Fakultät zur anderen unterwegs gewesen, stets mit unerschütterlichem Vertrauen in meine Fähigkeiten. Doch glaube ich, daß dieses Vertrauen, das mir das Leben so behaglich machte, womöglich bis heute vorgehalten hätte, wäre mein Vater nicht gestorben. Da er tot war, gab es kein Morgen mehr, an dem der gute Vorsatz sich hätte festmachen lassen.

Oft, wenn ich darüber nachdenke, wundere ich mich, wie sonderbar es doch ist, daß sich diese Verzweiflung über mich und meine Zukunft beim Tod meines Vaters eingestellt hat und nicht schon früher. Alles in allem ist das etwas, das noch gar nicht so lange her ist, und um mich an meinen ungeheuren Schmerz und alle Einzelheiten des Verhängnisses zu erinnern, brauche ich gewiß nicht zu träumen, wie es die Herren der Analyse wollen. Erinnern kann ich mich an alles, nur verstehe ich nichts. Bis zu seinem Tod lebte ich nicht für meinen Vater. Ich gab mir überhaupt keine Mühe, ihm näherzukommen, und wenn es sich machen ließ, ohne ihn zu verletzen, ging ich ihm aus dem Weg. An der Universität kannten ihn alle unter dem Spitznamen, den ich ihm gab: *Silva, der alte Geldesel.* Er mußte erst krank werden, damit ich mich ihm verbunden fühlte; eine Krankheit, die gleich den Tod bedeutete, da sie extrem kurz war und der Arzt ihn gleich aufgab. Wenn ich in Triest war, sahen wir uns vielleicht ein knappes Stündchen am Tag, wenn's hochkam. Nie sind wir einander so nahe und so lange beisammengewesen wie in der Zeit, als ich um ihn weinte. Hätte ich ihm doch mehr beigestanden und weniger geweint! Ich wäre weniger krank gewesen. Das Zusammensein war auch deshalb schwierig, weil es zwischen uns überhaupt keine gemeinsamen geistigen Interessen gab. Wenn wir uns ansahen, hatten wir beide dasselbe mitleidige Lächeln, das bei ihm durch starke väterliche Besorgnis um meine Zukunft mehr säuerlich ausfiel; bei mir hingegen war es ganz Nachsicht, sicher wie ich mir war, daß seine Schwächen nunmehr folgenlos bleiben würden, da ich sie teilweise seinem Alter zuschrieb. Er war der erste, der Zweifel an meiner Tatkraft hatte – zu früh, wie mir scheint. Ich habe allerdings den Verdacht, daß er, obgleich ohne Absicherung durch eine wissenschaftliche Lehrmeinung, mir unter anderem deshalb nichts zutraute, weil ich von ihm in die Welt gesetzt worden war, was wiederum – hier aber mit gesicherter wissenschaftlicher Überzeugung – mein Mißtrauen ihm gegenüber schürte.

Er genoß zwar den Ruf eines geschickten Geschäftsmanns, ich aber wußte, daß seine Geschäfte seit langen Jahren von Olivi geführt wurden. In der Unfähigkeit fürs Kommerzielle waren wir uns ähnlich, sonst gab es aber keine Ähnlichkeiten; ich kann wohl sagen, daß von uns beiden ich die Stärke verkörperte und er die Schwäche. Allein das, was ich in diesen Heften aufgezeichnet habe, beweist, daß es in mir – vielleicht zu meinem allergrößten Unglück – ein heftiges Streben nach dem Besseren gibt und immer gegeben hat. All meine Träume von Ausgeglichenheit und Stärke lassen sich nicht anders definieren. Meinem Vater war all dies unbekannt. Er lebte völlig im Einklang damit, wie er beschaffen war, und ich muß annehmen, daß er nie Anstrengungen unternommen hat, sich zu bessern. Er rauchte den ganzen Tag, und nach Mamas Tod, wenn er nicht schlief, auch nachts. Er trank auch mit Maßen; als *Gentleman* freilich nur abends, zum Essen, so daß er sicher sein konnte, sofort einschlafen zu können, sobald er den Kopf aufs Kissen legte. Aber seiner Ansicht nach waren Rauchen und Alkohol ja eine gute Medizin.

Was Frauen angeht, so habe ich von Verwandten erfahren, daß meine Mutter einigen Grund zur Eifersucht gehabt hatte. Ja, es scheint sogar, als hätte die sanfte Frau manchmal mit Gewalt eingreifen müssen, um ihren Mann im Zaum zu halten. Er ließ sich von ihr lenken, von ihr, die er liebte und respektierte, aber anscheinend hat sie ihm nie das Geständnis irgendeiner Treulosigkeit entlocken können, weshalb sie in dem Glauben starb, sich getäuscht zu haben. Und doch erzählen sich die lieben Verwandten, sie hätte ihren Mann mit der eigenen Schneiderin fast *in flagranti* erwischt. Er entschuldigte sich mit einem Anflug von Zerstreutheit, und das mit solcher Standhaftigkeit, daß ihm schließlich geglaubt wurde. Das Ganze hatte lediglich zur Folge, daß meine Mutter nicht mehr zu dieser Schneiderin ging, und mein Vater auch nicht. Ich glaube, ich an seiner Stelle wäre schließlich geständig geworden, aber dann hätte ich die Schneiderin nicht verlassen können, da ich ja gleich Wurzeln schlage, wo ich einmal Halt mache.

Als echter *pater familias* wußte mein Vater sich seine Ruhe zu verschaffen. Diese Ruhe hatte er in seinem Haus und in seinem Gemüt. Er las nichts außer faden Erbauungsbüchern. Gar nicht aus Heuchelei, sondern aus tiefster Überzeugung: Ich glaube, er empfand die Wahrheit dieser Moralpredigten sehr lebhaft, und seine aufrichtige Parteinahme für die Tugend beruhigte sein Gewissen. Jetzt, da ich älter werde und dem Typus des Patriarchen immer näherkomme, fühle auch ich, daß Unmoral zu predigen sträflicher ist als unmoralisch zu handeln. Zum Mord kommt man aus Liebe oder aus Haß; zu seiner Rechtfertigung nur aus Niedertracht.

Es gab so wenig Gemeinsames zwischen uns, daß er mir gestand, ich sei einer der Menschen, die ihn auf dieser Welt am meisten beunruhigten. Mein Wunsch nach Gesundheit hatte mich angespornt, den menschlichen Körper zu studieren. Er hingegen hatte es verstanden, jede Vorstellung von diesem Schreckensapparat aus seinem Gedächtnis zu verbannen. Für ihn schlug das Herz nicht, und es war auch nicht nötig, an Klappen, Venen und Stoffwechsel zu denken, um zu erklären, wie sein Organismus lebte. Bloß keine Bewegung, denn die Erfahrung lehrte ja, daß alles, was sich bewegt, zuletzt stehenbleibt. Auch die Erde war für ihn unbeweglich und auf Fundamenten solide gegründet. Natürlich sprach er das nie aus, aber er litt, wenn man ihm etwas sagte, was mit dieser Auffassung nicht vereinbar war. Angewidert unterbrach er mich eines Tages, als ich ihm von den Antipoden erzählte. Beim Gedanken an diese Leute mit dem Kopf nach unten drehte sich ihm der Magen um.

Zwei weitere Dinge machte er mir zum Vorwurf: meine Zerstreutheit und meine Neigung, über die ernstesten Dinge zu lachen. In punkto Zerstreutheit unterschied er sich von mir durch ein gewisses Büchlein, in das er sich alles notierte, was er sich merken wollte, und in das er mehrmals am Tag hineinschaute. Auf diese Weise glaubte er, seine Krankheit überwunden zu haben, und litt nicht mehr darunter. Er zwang auch mir dieses Büchlein auf, aber ich verzeichnete darin nur ein paar letzte Zigaretten.

Was meine Mißachtung der ernsten Dinge angeht, beging er, glaube ich, den Fehler, zu viele Dinge auf dieser Welt ernst zu nehmen. Hier ein Beispiel: Als ich, nachdem ich vom Jura- zum Chemiestudium gewechselt hatte, mit seiner Einwilligung zum ersten zurückkehrte, sagte er gutmütig zu mir: »Eins steht jedenfalls fest, nämlich, daß du verrückt bist.«

Ich war überhaupt nicht beleidigt und war ihm so dankbar für seine Nachsicht, daß ich ihn dafür belohnen wollte, indem ich ihn zum Lachen brachte. Ich ging zu Doktor Canestrini,* um mich untersuchen und mir das bestätigen zu lassen. Die Sache war nicht einfach, weil ich mich dazu langwierigen und gründlichen Untersuchungen unterziehen mußte. Als ich das Attest hatte, brachte ich es triumphierend meinem Vater, aber der konnte nicht darüber lachen. Tief bekümmert und mit Tränen in den Augen rief er aus: »Ach! Du bist ja wirklich verrückt!«

Das war also der Lohn für meine mühevolle und harmlose kleine Komödie. Er verzieh sie mir nie und lachte daher auch nie darüber. Sich zum Spaß von einem Arzt untersuchen lassen? Sich zum Spaß ein Attest mit soundsoviel Stempelmarken ausstellen lassen? So was Verrücktes!

Kurzum, neben ihm repräsentierte ich die Stärke, und manchmal denke ich, daß ich das Hinscheiden dieser Schwäche, die mich aufwertete, wie eine Minderung erlebte.

Ich erinnere mich noch, wie seine Schwäche bestätigt wurde, als dieser Schuft von Olivi ihn dazu brachte, sein Testament zu machen. Olivi war sehr an diesem Testament gelegen, das meine geschäftlichen Angelegenheiten seiner Aufsicht unterstellen sollte, und er hat den Alten scheint's lange bearbeitet, um ihn zu diesem peinlichen Schritt zu bewegen. Letztendlich entschloß sich mein Vater dazu, aber sein breites und heiteres Gesicht verfinsterte sich. Er dachte ständig an den Tod, als ob er durch diesen Akt mit ihm in Kontakt gekommen wäre.

Eines Abends fragte er mich: »Glaubst du, daß alles aufhört, wenn man tot ist?«

An das Mysterium des Todes denke ich jeden Tag, aber ich war noch nicht imstande, ihm die Auskünfte zu geben, nach denen er fragte. Um ihm eine Freude zu machen, ersann ich den unbeschwertesten Glauben an unsere Zukunft.

»Ich glaube, daß die Lust überlebt, weil der Schmerz nicht mehr nötig ist. Die Auflösung könnte an die sexuelle Lust erinnern. Sicher ist sie von einem Gefühl der Glückseligkeit und der Ruhe begleitet, da doch die Wiederherstellung so mühevoll ist. Die Auflösung müßte der Preis des Lebens sein!«

Da hatte ich ein schönes Fiasko angerichtet. Wir saßen noch bei Tisch, nach dem Abendessen. Ohne zu antworten, erhob er sich vom Stuhl, trank sein Glas noch leer und sagte:

»Das ist nicht der richtige Augenblick zum Philosophieren, schon gar nicht mit dir!«

Und er ging hinaus. Betrübt folgte ich ihm und wollte bei ihm bleiben, um ihn von seinen traurigen Gedanken abzubringen. Er schickte mich weg, sagte, ich erinnerte ihn an den Tod und an seine Wonnen.

Er wurde den Gedanken an das Testament nicht los, bis er mir davon Mitteilung gemacht hatte. Jedesmal, wenn er mich sah, mußte er daran denken. Eines Abends platzte er heraus:

»Ich muß dir sagen, daß ich mein Testament gemacht habe.«

Um ihn von seinem Alptraum abzubringen, überspielte ich sofort die Überraschung, die seine Mitteilung mir bereitete, und sagte zu ihm:

»Ich werde diese Mühe nie haben, da meine Erben hoffentlich alle vor mir sterben!«

Sofort ärgerte er sich über meinen Spott in einer so ernsten Angelegenheit, und er war wirklich froh, mich wieder einmal bestrafen zu können. So fiel es ihm leicht, mir von dem netten Streich zu erzählen, den er mir gespielt hatte, indem er mich Olivis Aufsicht unterstellte.

Ich muß sagen: Ich habe mich benommen wie ein braver Junge; ich verzichtete auf jeglichen Einwand, nur um ihn von diesen Gedankengängen loszureißen, unter denen er litt. Ich erklärte, was auch immer sein letzter Wille sei, ich würde mich danach richten.

»Vielleicht«, setzte ich hinzu, »gelingt es mir noch einmal, mich so zu benehmen, daß du dich veranlaßt siehst, deinen letzten Willen zu ändern.«

Das gefiel ihm, auch weil er daraus ersehen konnte, daß ich ihm ein langes, ja sogar ein sehr langes Leben zuschrieb. Dennoch verlangte er einen regelrechten Eid von mir: Sollte er nicht anders verfügen, würde ich nie versuchen, Olivis Vollmachten einzuschränken. Ich leistete den Eid, da er sich mit meinem Ehrenwort nicht begnügen wollte. Ich war so sanftmütig damals, daß ich mir jedesmal, wenn mich Gewissensbisse plagen, ich hätte ihn nicht genug geliebt, bevor er starb, diese Szene in Erinnerung rufe. Ehrlich gesagt, es fiel mir leicht, mich seinen Anordnungen zu fügen, da mir die Vorstellung, zum Nichtarbeiten gezwungen zu sein, zur damaligen Zeit eher sympathisch war.

Ungefähr ein Jahr vor seinem Tod ist es mir einmal gelungen, ziemlich energisch zugunsten seiner Gesundheit einzuschreiten. Er hatte mir anvertraut, er fühle sich nicht wohl, und ich zwang ihn, einen Arzt aufzusuchen, zu dem ich ihn auch begleitete. Dieser verschrieb einige Arzneien und sagte, wir sollten in ein paar Wochen wieder zu ihm kommen. Mein Vater wollte aber nicht, erklärte, er hasse die Ärzte genauso wie die Totengräber, und nahm nicht einmal die verordnete Medizin, weil auch die ihn an Ärzte und Totengräber erinnerte. Zwei Stunden lang blieb er einmal ohne zu rauchen, eine einzige Mahlzeit ohne Wein. Er fühlte sich sehr wohl, als er der Kur Lebewohl sagen konnte, und da ich sah, daß er fröhlicher gestimmt war, dachte ich nicht mehr daran.

Dann sah ich ihn manchmal traurig. Aber es hätte mich auch gewundert, ihn fröhlich zu sehen, alt und einsam wie er war.

* * *

Eines Abends gegen Ende März kam ich später nach Hause als sonst. Nichts Schlimmes: Ich war nur einem gelehrten Freund in die Hände gefallen, der mir seine Ansichten über die Ursprünge des Christentums hatte anvertrauen wollen. Es war das erste Mal, daß man von mir verlangte, an diese Ursprünge zu denken, und doch ließ ich die lange Litanei über mich ergehen, um meinem Freund einen Gefallen zu tun. Es nieselte und war kalt. Alles war unbehaglich und düster, einschließlich der Griechen und Juden, von denen mein Freund mir erzählte, dennoch ließ ich diese Tortur ganze zwei Stunden lang über mich ergehen. Meine übliche Schwäche! Ich wette, ich bin auch heute noch derart unfähig zum Widerstand, daß einer, wenn er es nur wirklich darauf anlegte, mich dazu bringen könnte, eine Weile lang Astronomie zu studieren.

Ich betrat den Garten unserer Villa. Zu dieser gelangte man über einen kurzen Fahrweg. Maria, unsere Haushälterin, erwartete mich am Fenster, und als sie mich näherkommen hörte, rief sie im Dunkeln:

»Sind Sie's, Signor Zeno?«

Maria war eine von jenen Haushälterinnen, wie man sie heute nicht mehr findet. Sie war seit etwa fünfzehn Jahren bei uns. Jeden Monat brachte sie einen Teil ihres Lohns auf die Sparkasse, für ihre alten Tage, Ersparnisse, die ihr jedoch nichts nützten, da sie kurz nach meiner Heirat bei uns im Hause starb und bis zuletzt gearbeitet hatte.

Sie erzählte mir, mein Vater sei vor ein paar Stunden nach Hause gekommen, habe aber mit dem Abendessen auf mich warten wollen. Als sie darauf gedrängt hatte, er solle doch einstweilen schon essen, war sie auf ziemlich unfreundliche Weise weggeschickt worden. Dann hatte er mehrmals unruhig und ängstlich nach mir gefragt. Maria gab mir zu verstehen, daß es meinem Vater ihrer Meinung nach nicht gut gehe. Sie behauptete, er habe Schwierigkeiten beim Sprechen und sei kurzatmig. Ich muß sagen, da sie immer allein war mit ihm, hatte sie sich schon öfter eingebildet, er sei krank. Sie hatte nur wenig zu verrichten in dem einsamen Haus, die arme Frau, und nach der Erfahrung mit meiner Mutter erwartete sie von allen, daß sie vor ihr sterben müßten.

Mit einer gewissen Neugier und durchaus noch nicht besorgt lief ich ins Eßzimmer. Sofort erhob sich mein Vater von dem Sofa, auf dem er lag, und empfing mich mit großer Freude, die mich aber nicht berührte, weil ich vor allem einen Ausdruck des Vorwurfs darin gewahrte. Aber vorläufig reichte das, um mich zu beruhigen, weil mir Freude ein Zeichen von Gesundheit schien. Ich konnte keine Spur von dem Stottern und der Kurzatmigkeit an ihm bemerken, wovon Maria mir erzählte hatte. Aber statt mir Vorwürfe zu machen, entschuldigte er sich, daß er so eigensinnig gewesen sei.

»Was willst du machen?« sagte er gutmütig zu mir. »Wir beide sind ganz allein auf dieser Welt, und ich wollte dich noch sehen, bevor ich mich schlafen lege.«

Hätte ich mich doch nur normal verhalten und meinen lieben Papa ganz einfach in die Arme geschlossen, wo er jetzt durch die Krankheit so sanft und innig geworden war! Statt dessen begann ich eiskalt, eine Diagnose zu stellen: Der alte Silva war so sanft geworden? Ob er vielleicht krank war? Mißtrauisch sah ich ihn an, und mir fiel nichts Besseres ein, als ihm einen Vorwurf zu machen:

»Warum hast du denn bis jetzt mit dem Essen gewartet? Du hättest essen können und dann auf mich warten!«

Er lachte fast jungenhaft:

»Zu zweit ißt es sich besser.«

Solche Heiterkeit konnte auch ein Anzeichen für guten Appetit sein: Ich beruhigte mich und begann zu essen. Mit unsicheren Schritten schlurfte er in seinen Pantoffeln zum Tisch und nahm seinen üblichen Platz ein. Dann sah er mir zu, wie ich aß, während er nach kaum ein paar Löffeln nichts mehr zu sich nahm und auch den Teller von sich wegschob, vor dem ihn ekelte. Aber das Lächeln wich nicht aus seinem alten Gesicht. Ich erinnere mich nur noch, als ob es gestern gewesen wäre, daß er ein paarmal, wenn ich ihm in die Augen sah, den Blick abwandte. Man sagt, das sei ein Zeichen von Falschheit, während ich jetzt weiß, daß es ein Zeichen von Krankheit ist. Das kranke Tier läßt sich nicht in seine Schlupfwinkel schauen, wo man etwas von Krankheit und Schwäche bemerken könnte.

Er wartete noch immer darauf zu erfahren, wie ich die vielen Stunden zugebracht hatte, die er auf mich gewartet hatte. Und da ich sah, daß er solchen Wert darauf legte, hörte ich einen Moment auf zu essen und sagte ihm unwirsch, ich hätte bis zu dem Moment über die Ursprünge des Christentums diskutiert.

Ungläubig und erstaunt sah er mich an:

»Denkst du denn jetzt auch an Religion?«

Es war offenkundig, daß es ein großer Trost für ihn gewesen wäre, wenn ich eingewilligt hätte, mit ihm zusammen daran zu denken. Ich hingegen, der ich mich, solange mein Vater lebte, zum Streiten aufgelegt fühlte (danach nicht mehr), antwortete mit einem der üblichen Sätze, wie man sie jeden Tag in den Cafés rund um die Universität hören kann:

»Für mich ist Religion nichts weiter als ein beliebiges Phänomen, das man erforschen muß.«

»Phänomen?« fragte er verblüfft.

Er suchte nach einer prompten Antwort und öffnete den Mund, um sie zu geben. Dann zögerte er und sah auf den Hauptgang, den Maria ihm gerade in diesem Augenblick servierte und den er nicht anrührte. Um sich den Mund besser zu stopfen, steckte er dann einen Zigarrenstummel hinein, den er anzündete und gleich wieder ausgehen ließ. Auf diese Weise hatte er sich eine Pause verschafft, in der er in aller Ruhe nachdenken konnte. Einen Augenblick sah er mich entschlossen an:

»Du willst dich doch nicht etwa über die Religion lustig machen?«

Als der perfekte Bummelstudent, der ich immer gewesen bin, antwortete ich ihm mit vollem Mund:

»Was heißt denn hier lustig machen! Ich erforsche!«

Er schwieg und sah lange auf den Zigarrenstummel, den er auf einem Teller abgelegt hatte. Jetzt verstehe ich, warum er mir das gesagt hat. Jetzt verstehe ich alles, was durch diesen schon getrübten Geist ging, und ich kann nur staunen, daß ich damals nichts davon verstanden habe. Ich glaube, damals fehlten in meinem Gemüt die zärtlichen Gefühle, die einen vieles verstehen lassen. Und dann war es so leicht für mich! Er vermied es, meinen skeptischen Geist frontal anzugehen: Im Moment ein zu schwieriger Kampf für ihn, aber er glaubte, er könne ihn behutsam von der Flanke her attackieren, wie es sich für einen Kranken schickt. Ich erinnere mich, daß ihm beim Sprechen der Atem stockte und die Worte nur zögernd kamen. Sich auf ein Gefecht einzustellen, ist sehr mühsam. Aber ich meinte, er würde sich nicht damit abfinden, einfach schlafen zu gehen, ohne mir zuvor noch mein Teil zu geben, und ich war auf Diskussionen eingestellt, die dann ausblieben.

»Ich«, sagte er und sah dabei immer noch auf seinen Zigarrenstummel, der mittlerweile ganz ausgegangen war, »fühle, wie groß mein Wissen und meine Lebenserfahrung sind. Man lebt nicht umsonst so viele Jahre. Ich verstehe viele Dinge, und leider verstehe ich es nicht, sie dir beizubringen, wie ich möchte. Ach, und wie sehr ich das möchte! Ich schaue in die Dinge hinein und sehe auch, was richtig und wahr ist, und auch das, was es nicht ist.«

Da gab es nichts zu diskutieren. Wenig überzeugt und immer noch beim Essen, brummelte ich:

»Ja, Papa!«

Ich wollte ihn nicht verletzen.

»Schade, daß du so spät gekommen bist. Vorhin war ich weniger müde, und da hätte ich dir viele Dinge sagen können.«

Ich dachte, er wolle mich noch weiter sekkieren, weil ich zu spät gekommen war, und schlug ihm vor, diese Diskussion auf den nächsten Tag zu verschieben.

»Es handelt sich nicht um eine Diskussion«, antwortete er versonnen, »sondern um etwas ganz anderes. Eine Sache, über die man nicht diskutieren kann, und die du auch wissen wirst, sobald ich sie dir gesagt habe. Aber das Schwierige ist, sie auszusprechen!«

Hier kam mir ein Zweifel:

»Ist dir nicht gut?«

»Ich kann nicht sagen, daß mir schlecht ist, aber ich bin sehr müde und gehe gleich schlafen.«

Er klingelte und rief gleichzeitig nach Maria. Als sie kam, fragte er, ob in seinem Zimmer alles bereit sei. Sogleich machte er sich dann mit den Pantoffeln schlurfend auf den

Weg. Als er neben mir angelangt war, beugte er den Kopf herunter und hielt mir die Wange für den allabendlichen Gutenachtkuß hin.

Als ich sah, wie unsicher er sich bewegte, kamen mir erneut Zweifel, ob es ihm womöglich schlecht ginge, und ich fragte ihn danach. Beide wiederholten wir mehrmals dieselben Worte, und er bestätigte mir, daß er müde sei aber nicht krank. Dann fügte er hinzu:

»Ich denke jetzt über die Worte nach, die ich dir morgen sagen werde. Du wirst schon sehen, wie sie dich überzeugen werden.«

»Papa«, erklärte ich gerührt, »ich werde dir gerne zuhören.«

Als er mich so bereitwillig sah, mich seiner Erfahrung zu fügen, zögerte er, mich zu verlassen: Einen so günstigen Moment mußte man doch nutzen! Er fuhr sich mit der Hand über die Stirn und setzte sich auf den Stuhl, auf den er sich gestützt hatte, um mir die Wange zum Kuß hinzuhalten. Er keuchte leicht.

»Komisch!« sagte er. »Ich kann dir nichts sagen, rein gar nichts.«

Er sah sich um, als würde er draußen das suchen, was er in seinem Inneren nicht zu fassen vermochte.

»Und doch weiß ich so viel, ja, ich weiß alles. Das muß die Wirkung meiner großen Erfahrung sein.«

Er litt durchaus nicht darunter, daß er sich nicht ausdrücken konnte, denn er schmunzelte über die eigene Stärke, die eigene Größe.

Ich weiß nicht, warum ich nicht gleich den Arzt gerufen habe. Hingegen muß ich mit Schmerz und Reue eingestehen: Ich hielt die Worte meines Vaters für diktiert von einer Anmaßung, die ich öfter bei ihm beobachtet zu haben meinte. Seine Schwäche aber war nicht zu übersehen, und nur deshalb diskutierte ich nicht weiter. Ich war froh, ihn in der Illusion seiner Stärke glücklich zu sehen, während er in Wirklichkeit elend schwach war. Dann schmeichelte mir die Zuneigung, die er mir bekundete, wenn er den Wunsch äußerte, mir das Wissen anzuvertrauen, in dessen Besitz er sich glaubte, obgleich ich überzeugt war, daß ich nichts von ihm lernen konnte. Und um ihm zu schmeicheln und ihn zu beschwichtigen, erzählte ich ihm, daß er sich nicht abzumühen brauche, um auf der Stelle die fehlenden Worte zu finden, denn in derartigen Situationen würden selbst die bedeutendsten Wissenschaftler solche Dinge, die zu kompliziert sind, in irgendeinem Winkel des Gehirns ablegen, damit sie dort von selbst einfacher würden.

Er antwortete:

»Was ich suche, ist überhaupt nicht kompliziert. Vielmehr geht es darum, ein Wort zu finden, ein einziges, und ich werde es finden! Aber nicht heute nacht, denn da werde ich durchschlafen, ohne mir im geringsten Gedanken zu machen.«

Trotzdem stand er nicht von dem Stuhl auf. Zögernd sagte er zu mir, und forschte dabei einen Augenblick in meinem Gesicht:

»Ich fürchte, ich werde dir nicht sagen können, was ich denke, nur weil du die Angewohnheit hast, über alles zu lachen.«

Er lächelte mir zu, als wollte er mich bitten, seine Worte nicht übel zu nehmen, erhob sich vom Stuhl und hielt mir zum zweiten Mal die Wange zum Kuß hin. Ich verzichtete darauf, zu diskutieren und ihn zu überzeugen, daß es auf dieser Welt viele Dinge gibt, über die man lachen kann und muß, und wollte ihn mit einer kräftigen Umarmung beruhigen. Meine Geste war vielleicht zu heftig, denn schwerer atmend als zuvor, machte er sich von mir los, aber sicher hatte er meine Zuneigung gespürt, denn er winkte mir freundschaftlich zu.

»Gehen wir zu Bett!« sagte er freudig und ging hinaus, gefolgt von Maria.

Und allein geblieben (auch das ist seltsam!), dachte ich nicht an die Gesundheit meines Vaters, sondern gerührt und – ich darf sagen – mit allem kindlichen Respekt bedauerte ich, daß ein solcher Geist, der nach Höherem strebte, keine besseren Bildungsmöglichkeiten gehabt hatte. Heute, da ich schreibe und fast das Alter meines Vaters erreicht habe, weiß ich mit Bestimmtheit, daß ein Mensch das Gefühl für die eigene sehr hohe Intelligenz in sich haben kann, die sich durch nichts anderes bekundet als durch eben dieses Gefühl. Genauso: Man tut einen tiefen Atemzug und bejaht und bewundert die ganze Natur, so wie sie uns in ihrer Unwandelbarkeit gegeben ist: Darin bekundet sich die gleiche Intelligenz, die die gesamte Schöpfung gewollt hat. Bei meinem Vater ist gewiß, daß sein Gefühl für die Intelligenz im letzten klaren Augenblick seines Lebens einer plötzlichen religiösen Eingebung entsprang, so daß er sich gedrängt fühlte, mit mir darüber zu sprechen, weil ich ihm erzählt hatte, ich hätte mich mit den Ursprüngen des Christentums beschäftigt. Jetzt weiß ich jedoch auch, daß dieses Gefühl das erste Anzeichen für das Hirnödem war.

Maria kam abräumen und sagte mir, offenbar sei mein Vater sofort eingeschlafen. So ging auch ich völlig beruhigt schlafen. Draußen blies und heulte der Wind. Ich hörte ihn von meinem warmen Bett aus wie ein Wiegenlied, das sich immer weiter von mir entfernte, da ich in Schlaf versank.

Ich weiß nicht, wie lange ich geschlafen habe. Ich wurde von Maria geweckt. Anscheinend war sie mehrmals in mein Zimmer gekommen, um mich zu rufen, und war dann wieder weggelaufen. In meinem Tiefschlaf empfand ich zunächst eine gewisse Störung, dann sah ich undeutlich die Alte im Zimmer herumspringen, und schließlich begriff ich. Sie wollte mich aufwecken, aber als es so weit war, war sie schon nicht mehr in meinem Zimmer. Der Wind sang mir weiterhin vom Schlaf, und der Ehrlichkeit halber muß ich gestehen, daß ich es auf dem Weg zum Zimmer meines Vaters bedauerte, aus dem Schlaf gerissen worden zu sein. Ich erinnerte mich daran, daß Maria meinen Vater ständig in Gefahr sah. Wehe ihr, wenn er diesmal nicht krank war!

Das Zimmer meines Vaters war nicht groß und etwas zu sehr vollgestellt mit Möbeln. Um leichter vergessen zu können, hatte er nach dem Tod meiner Mutter das Zimmer gewechselt und alle seine Möbel in den neuen, kleineren Raum mitgenommen. Das Zimmer war nur schwach von einem kleinen Gaslicht erhellt, das auf dem sehr niedrigen Nachttisch stand, und lag fast völlig im Dunkeln. Maria stützte meinen Vater, der auf dem Rücken lag, jedoch mit einem Teil des Oberkörpers über den Bettrand hinaushing. Das Gesicht meines Vaters war schweißbedeckt, und in der Nähe der Lampe glänzte es rot. Sein Kopf lehnte an Marias treuem Busen. Er brüllte vor Schmerz, und der Mund war so starr, daß ihm der Speichel übers Kinn herunterlief. Reglos sah er auf die gegenüberliegende Wand und wandte sich nicht zu mir her, als ich eintrat.

Maria erzählte mir, sie habe sein Stöhnen gehört und sei gerade rechtzeitig gekommen, um zu verhindern, daß er aus dem Bett fiel. Zuerst – versicherte sie – war er unruhger gewesen, während er ihr jetzt relativ ruhig vorkam, aber sie wollte es nicht riskieren, ihn allein zu lassen. Sie wollte sich vielleicht dafür entschuldigen, daß sie mich gerufen hatte, während mir längst klar geworden war, daß sie gut daran getan hatte, mich zu wecken. Sie weinte, während sie mit mir sprach, aber noch weinte ich nicht mit ihr, ermahnte sie vielmehr, still zu sein und nicht durch ihr Gejammer den Schrecken der Stunde noch zu erhöhen. Ich hatte noch nicht alles begriffen. Die Ärmste gab sich jede Mühe, ihr Schluchzen zu unterdrücken.

Ich beugte mich ganz nah ans Ohr meines Vaters und schrie:

»Warum jammerst du, Papa? Geht's dir nicht gut?«

Ich glaube, er hörte mich, denn sein Stöhnen wurde schwächer und er wandte die Augen von der gegenüberliegenden Wand ab, als wollte er versuchen, mich zu sehen; aber es gelang ihm nicht, sie zu mir herzuwenden. Mehrmals schrie ich ihm dieselbe Frage ins Ohr, immer mit demselben Ergebnis. Meine mannhafte Haltung war im Nu dahin. In dieser Stunde war mein Vater dem Tod näher als mir, denn mein Schreien erreichte ihn nicht mehr. Großer Schrecken erfaßte mich, und vor allem erinnerte ich mich an die Worte, die wir am Abend zuvor miteinander gewechselt hatten. Wenige Stunden später war er nachschauen gegangen, wer von uns beiden wohl recht hatte. Merkwürdig! Zu meinem Schmerz gesellte sich ein schlechtes Gewissen. Ich vergrub meinen Kopf im Kissen meines Vaters und weinte verzweifelt und stieß ein Schluchzen aus, das ich kurz zuvor Maria vorgeworfen hatte.

Nun war es an ihr, mich zu beruhigen, aber sie tat das auf eine merkwürdige Art und Weise. Sie ermahnte mich zur Ruhe, wobei sie aber von meinem Vater, der mit überweit geöffneten Augen immer noch stöhnte, wie von einem Toten sprach.

»Der Ärmste!« sagte sie. »So zu sterben! Mit dieser schönen, dichten Mähne.« Sie streichelte ihn. Es stimmte. Der Kopf meines Vaters war umkränzt von einer dichten, weißen Lockenmähne, während ich schon mit dreißig Jahren sehr schütteres Haar hatte.

Ich erinnerte mich nicht daran, daß es Ärzte gab auf dieser Welt, und daß sie angeblich manchmal Rettung bringen. Ich hatte auf diesem schmerzverzerrten Gesicht schon den Tod gesehen und hatte keine Hoffnung mehr. Es war Maria, die als erste vom Arzt redete und dann den Pachtbauern wecken ging, um ihn in die Stadt zu schicken.

Ich blieb ungefähr zehn Minuten allein, um meinen Vater zu stützen, und sie kamen mir vor wie eine Ewigkeit. Ich erinnere mich, daß ich in meine Hände, die diesen gequälten Körper berührten, alle Zärtlichkeit legen wollte, von der mein Herz erfüllt war. Worte konnte er ja nicht hören. Wie sonst sollte ich ihn wissen lassen, daß ich ihn so sehr liebte?

Als der Bauer kam, begab ich mich in mein Zimmer, um ein paar Zeilen zu schreiben, und es fiel mir schwer, die paar Worte zusammenzubringen, die dem Doktor eine Vorstellung von dem Fall geben sollten, damit er gleich auch Medikamente mitbringen konnte. Dauernd sah ich den sicheren, baldigen Tod meines Vaters vor mir und fragte mich: »Was mache ich jetzt bloß auf dieser Welt?«

Dann folgten lange Stunden des Wartens. Ich habe eine ziemlich genaue Erinnerung an diese Stunden. Nach der ersten brauchte man meinen Vater nicht länger zu stützen, da er bewußtlos und ordentlich im Bett lag. Sein Stöhnen hatte aufgehört, aber seine Empfindungslosigkeit war total. Seine Atmung war hastig, was ich fast unbewußt nachahmte. Ich konnte nicht lange in diesem Rhythmus atmen und stimmte mich mit den Pausen ab, in der Hoffnung, auch den Kranken mit mir zum Ausruhen zu bewegen. Aber er hastete unermüdlich weiter. Vergeblich versuchten wir, ihm einen Löffel Tee einzuflößen. Seine Bewußtlosigkeit ließ nach, wenn es darum ging, sich gegen ein Eingreifen unsererseits zu wehren. Entschlossen biß er die Zähne zusammen. Auch in der Bewußtlosigkeit wich sein unbezähmbarer Starrsinn nicht von ihm. Lange vor Morgengrauen änderte sich der Rhythmus seiner Atmung. Er formierte sich zu Perioden, die mit einigen langsamen Atemzügen begannen, die von einem gesunden Menschen hätten sein können, gefolgt von anderen, hastigen, die dann in einer furchtbar langen Pause aussetzten, was Maria und mir wie die Ankündigung des Todes vorkam. Aber die Perioden fingen fast identisch immer wieder von vorne an, eine musikalische Periode von unendlicher Trauer in ihrer Monotonie. Diese Atmung, die nicht immer gleich, aber immer laut war, wurde wie ein Teil dieses Zimmers. Von dem Moment an war sie immer da, für lange, lange Zeit!

Ich hatte mich für ein paar Stunden auf den Diwan geworfen, während Maria am Bett saß. Auf diesem Sofa weinte ich meine heißesten Tränen. Beim Weinen verschwimmt die eigene Schuld, und unwidersprochen kann man gegen das Schicksal Klage erheben. Ich weinte, weil ich den Vater verlor, für den ich immer gelebt hatte. Es machte nichts, daß ich ihm wenig Gesellschaft geleistet hatte. Hatte ich denn meine Anstrengungen, mich zu bessern, nicht deshalb unternommen, um ihn zufrieden zu stellen? Der Erfolg, den ich ersehnte, sollte jedoch sowohl mir zur Ehre ihm gegenüber gereichen, der stets an mir gezweifelt hatte, als auch ihm zum Trost. Jetzt hingegen konnte er nicht mehr auf mich warten und ging dahin, überzeugt von meiner unheilbaren Schwäche. Meine Tränen konnten bitterer nicht sein.

Beim Schreiben, nein, indem ich solch schmerzliche Erinnerungen ins Papier ritze, entdecke ich, daß das Bild, das mich bei meinem ersten Versuch, in die Vergangenheit zu blicken, verfolgte, diese Lokomotive, die eine Reihe von Waggons eine Steigung hinaufzieht, daß ich das zum ersten Mal gesehen habe, als ich von jenem Sofa aus auf den Atem meines Vaters horchte. So hören sich Lokomotiven an, wenn sie enorme Lasten ziehen: Sie schnaufen regelmäßig, dann wird ihr Schnaufen immer schneller und endet mit einer Pause, auch dies eine bedrohliche Pause, denn wer zuhört, kann befürchten, das Fahrzeug und seinen Lastenzug ins Tal abstürzen zu sehen. Wahrhaftig! Mein erster mühevoller Versuch, mich zu erinnern, hatte mich in diese Nacht zurückgeführt, zu den wichtigsten Stunden meines Lebens.

Doktor Coprosich kam in die Villa, noch bevor es hell wurde, in Begleitung eines Krankenpflegers, der einen Medikamentenkoffer trug. Er hatte zu Fuß kommen müssen, denn wegen des heftigen Sturms hatte er keinen Wagen gefunden.

Ich empfing ihn weinend, und er behandelte mich mit großem Zartgefühl und ermunterte mich auch zur Hoffnung. Und doch muß ich gleich sagen, daß es seit dieser Begegnung nur wenige Menschen gegeben hat auf dieser Welt, die in mir eine so lebhafte Abneigung hervorriefen wie der Doktor Coprosich. Er lebt noch heute, gebrechlich und hoch angesehen in der ganzen Stadt. Wenn ich ihn so sehe, wie er altersschwach und unsicher durch die Straßen geht, um sich an der frischen Luft etwas Bewegung zu verschaffen, erneuert das in mir heute noch die Abneigung.

Damals wird der Doktor knapp über vierzig gewesen sein. Er hatte sich viel mit Gerichtsmedizin befaßt, und obwohl er bekanntermaßen ein vorbildlicher Italiener war, wurde er von den Kaiserlich Königlichen Behörden mit den wichtigsten Gutachten betraut. Er war mager und drahtig, das nichtssagende Gesicht ging oben in eine Glatze über, die eine ungemein hohe Stirn vortäuschte. Eine andere Schwäche verlieh ihm Bedeutsamkeit: Wenn er die Brille abnahm (und das tat er immer, wenn er nachdenken wollte), schauten seine halb erblindeten Augen an seinem Gesprächspartner vorbei oder über ihn hinweg und sahen so merkwürdig farblos aus wie die Augen einer Statue, drohend, vielleicht auch spöttisch. Es waren ungute Augen, damals. Wenn er auch nur ein einziges Wort zu sagen hatte, setzte er die Brille wieder auf die Nase, und siehe da, seine Augen wurden wieder die eines redlichen Durchschnittsbürgers, der die Dinge, von denen er spricht, gründlich prüft.

Er setzte sich im Vorraum nieder und ruhte ein paar Minuten aus. Er bat mich, ihm ganz genau zu erzählen, was vom ersten Alarmzeichen an bis zu seinem Eintreffen geschehen war. Er nahm die Brille ab und starrte mit seinen seltsamen Augen auf die Wand hinter mir.

Ich versuchte, präzise zu sein, was bei dem Zustand, in dem ich mich befand, nicht leicht war. Ich erinnerte mich auch daran, daß Doktor Coprosich es nicht leiden konnte, wenn Leute, die von Medizin nichts verstanden, medizinische Fachausdrücke verwendeten und sich aufspielten, als verstünden sie etwas von der Sache. Und als ich auf das zu sprechen kam, was mir wie eine »zerebrale Atmung« erschienen war, setzte er die Brille auf und sagte zu mir: »Immer schön langsam mit den Definitionen. Wir werden dann schon sehen, worum es sich handelt.« Ich hatte auch von dem merkwürdigen Betragen meines Vaters erzählt, von seinem sehnlichen Wunsch, mich zu sehen, von seiner Eile, ins Bett zu kommen. Ich berichtete ihm nicht von den merkwürdigen Reden meines Vaters: Vielleicht fürchtete ich, ich könnte gezwungen sein, etwas von den Antworten zu sagen, die ich meinem Vater da gegeben hatte. Hingegen erzählte ich, daß Papa sich nicht präzise ausdrücken konnte und daß es aussah, als denke er intensiv an etwas, was ihm im Kopf herumging und das er nicht zu formulieren vermochte. Der Doktor, die Brille fest auf der Nase, rief triumphierend aus:

»Ich weiß, was ihm im Kopf herumging!«

Ich wußte es auch, sagte es aber nicht, um Doktor Coprosich nicht zu verärgern: Es waren die Ödeme.

Wir gingen ans Krankenbett. Mit Hilfe des Krankenpflegers drehte und wendete er diesen armen, kraftlosen Körper eine Weile, die mir sehr lange vorkam. Er horchte und tastete ihn ab. Er versuchte, sich vom Patienten selbst helfen zu lassen, doch vergeblich.

»Genug!« sagte er irgendwann. Die Brille in der Hand, kam er auf mich zu, blickte zu Boden und sagte mit einem Seufzer:

»Haben Sie Mut! Der Fall ist mehr als ernst.«

Wir gingen in mein Zimmer, wo er sich auch das Gesicht wusch.

Er war daher ohne Brille, und als er es zum Abtrocknen hob, wirkte sein nasser Kopf wie ein merkwürdiges, von ungelenker Hand geschnitztes Köpfchen auf einem Amulett. Er erinnerte sich, daß wir uns einige Monate zuvor gesehen hatten, und äußerte seine Verwunderung, warum wir nicht wiedergekommen waren. Ja, er hatte geglaubt, wir hätten ihn wegen eines anderen Arztes verlassen; er hatte damals klar und deutlich erklärt, daß mein Vater Behandlung brauche. Wenn er einem so ohne Brille Vorwürfe machte, war er furchtbar. Er hatte die Stimme erhoben und verlangte Erklärungen. Seine Augen suchten überall danach.

Sicher hatte er recht, und ich hatte Vorwürfe verdient. An dieser Stelle muß ich sagen: Ich bin mir sicher, daß ich den Doktor Coprosich nicht dieser Worte wegen hasse. Ich entschuldigte mich, indem ich ihm von der Abneigung meines Vaters Ärzten und Arzneien gegenüber erzählte; ich weinte beim Reden, und der Doktor in seiner großen Güte versuchte mich zu beschwichtigen, wobei er mir sagte, selbst wenn wir früher zu ihm gekommen wären, hätte sein Können die Katastrophe, die wir jetzt erlebten, allenfalls aufschieben, nicht aber verhindern können.

Als er jedoch weiter nach den ersten Anzeichen der Krankheit forschte, fand er weitere Gründe, mir Vorwürfe zu machen. Er wollte wissen, ob mein Vater sich in diesen letzten Monaten über seinen Gesundheitszustand beklagt habe, über seinen Appetit oder seinen Schlaf. Ich konnte ihm nichts Genaues sagen; nicht einmal, ob mein Vater viel oder wenig gegessen hatte, an diesem Tisch, an dem wir täglich zusammen saßen. Die Evidenz meiner Schuld erdrückte mich, aber der Doktor beharrte überhaupt nicht auf seinen Fragen. Er erfuhr von mir, daß Maria ihn immer für sterbenskrank gehalten, und daß ich sie deswegen auslacht hatte.

Er putzte sich gerade die Ohren und sah nach oben. »In ein paar Stunden wird er wahrscheinlich das Bewußtsein wiedererlangen, zumindest teilweise«, sagte er.

»Es gibt also Hoffnung?« rief ich.

»Nicht die geringste!« antwortete er schroff. »Aber Blutegel verfehlen in solchen Fällen nie ihre Wirkung. Bestimmt wird er einen Teil seines Bewußtseins wiedererlangen, vielleicht, um verrückt zu werden.«

Er hob die Schultern und hängte das Handtuch wieder an seinen Platz. Dieses Schulterzucken drückte wirklich Verachtung für das eigene Tun aus und gab mir den Mut, etwas auszusprechen. Ich war völlig entsetzt über die Aussicht, mein Vater könne aus seinem Dämmerzustand erwachen und zusehen, wie er starb, doch ohne dieses Schulterzucken hätte ich nicht den Mut aufgebracht, das zu sagen.

»Doktor!« flehte ich. »Meinen Sie nicht, daß es eine schlechte Maßnahme ist, ihn wieder zu sich zu bringen?«

Ich brach in Tränen aus. Den Drang zu weinen hatte ich bei meinen erschütterten Nerven ständig, aber ich überließ mich ihm nun hemmungslos, um meine Tränen zu zeigen und beim Doktor Vergebung zu finden für das Urteil, das ich über sein Tun zu fällen gewagt hatte.

Mit großer Güte beschwichtigte er mich:

»Kommen Sie, beruhigen Sie sich! Der Kranke wird nie so klar bei Bewußtsein sein, daß er seinen Zustand begreift. Er ist kein Arzt. Man braucht ihm nur nicht zu sagen, daß er im Sterben liegt, dann weiß er es nicht. Es kann freilich Schlimmeres passieren: Er könnte nämlich verrückt werden. Ich habe aber die Zwangsjacke mitgebracht, und der Krankenpfleger bleibt hier.«

Erschrockener denn je flehte ich ihn an, ihm die Blutegel

nicht anzusetzen. Da erzählte er mir seelenruhig, daß der Pfleger sie ihm bestimmt schon angesetzt hatte, weil er ihm ja die Anweisung dazu gegeben hatte, bevor er das Zimmer meines Vaters verließ. Da wurde ich wütend. Konnte es denn etwas Boshafteres geben, als einen Kranken ohne die geringste Hoffnung auf Rettung wieder zu sich zu bringen, nur um ihn der Verzweiflung preiszugeben oder dem Risiko – in diesem beklemmenden Zustand –, die Zwangsjacke ertragen zu müssen? Mit aller Vehemenz, wobei aber die Worte immer von jenem Weinen begleitet waren, das um Nachsicht heischte, erklärte ich, ich fände es eine unerhörte Grausamkeit, jemanden, der definitiv verurteilt war, nicht in Ruhe sterben zu lassen.

Ich hasse diesen Mann, weil er daraufhin auf mich wütend wurde. Das ist es, was ich ihm nie habe verzeihen können. Er regte sich so sehr auf, daß er vergaß, die Brille aufzusetzen, und trotzdem entdeckte er ganz genau den Punkt, wo mein Kopf war und starrte ihn mit seinen entsetzlichen Augen an. Er sagte mir, es käme ihm so vor, als wollte ich auch den dünnen Hoffnungsfaden noch durchtrennen, den es da noch gab. Genauso sagte er zu mir, völlig roh.

Es bahnte sich eine Auseinandersetzung an. Heulend und schreiend wandte ich ein, vor wenigen Augenblicken noch habe er selbst jegliche Hoffnung auf Rettung für den Kranken ausgeschlossen. Mein Haus und seine Bewohner sollten nicht für Experimente benutzt werden, für die es andere Orte gab auf dieser Welt!

Mit großem Ernst und einer Ruhe, die fast bedrohlich wirkte, antwortete er:

»Ich habe Ihnen den Erkenntnisstand der Wissenschaft zum jetzigen Zeitpunkt erklärt. Aber wer kann schon sagen, was in einer halben Stunde oder bis morgen passiert? Indem ich Ihren Vater am Leben erhalte, habe ich alle Möglichkeiten offengelassen.«

Dann setzte er die Brille auf, und mit seiner pingeligen Beamtenmiene fügte er noch weitere Erklärungen hinzu, die kein Ende mehr nahmen, über die Bedeutung, die das Eingreifen eines Arztes für das ökonomische Geschick einer Familie haben kann. Eine halbe Stunde Atem mehr konnte über das Schicksal eines Vermögens entscheiden.

Mittlerweile weinte ich auch, weil ich mir selbst leid tat, daß ich mir in einem solchen Moment derartige Dinge anhören mußte. Ich war erschöpft und hörte auf zu diskutieren. Die Blutegel waren ja ohnehin schon angesetzt worden!

Der Arzt ist eine Macht, wenn er am Bett eines Kranken steht, und ich erwies Doktor Coprosich alle Achtung. Es muß diese Achtung gewesen sein, weshalb ich nicht wagte, den Rat eines anderen Arztes einzuholen, was ich mir dann lange Jahre zum Vorwurf machte. Jetzt ist auch dieser Gewissensbiß vergangen, zusammen mit allen anderen Gefühlen, von denen ich hier mit einer Kälte spreche, als ob ich von Erlebnissen erzählen würde, die einem Fremden zugestoßen sind. In meinem Herzen ist von diesen Tagen kein anderer Rückstand geblieben als die Abneigung diesem Arzt gegenüber, der trotzdem beharrlich weiterlebt.

Später gingen wir noch einmal ans Bett meines Vaters. Wir fanden ihn schlafend, er lag auf der rechten Seite. Man hatte ihm einen Lappen auf die Schläfe gelegt, um die von den Blutegeln verursachten Wunden zu bedecken. Der Arzt wollte sofort ausprobieren, ob er mehr Bewußtsein erlangt hatte, und schrie ihm ins Ohr. Der Kranke reagierte in keiner Weise.

»Besser so!« sagte ich mit großem Mut aber immer noch weinend.

»Die erwartete Wirkung kann nicht ausbleiben!« antwortete der Doktor. »Sehen Sie nicht, daß die Atmung schon anders geworden ist?«

Tatsächlich war die Atmung hastig und mühsam und verlief nicht mehr in jenen Perioden, die mir einen Schrecken eingejagt hatten.

Der Pfleger sagte etwas zum Arzt, der nickte. Es ging darum, dem Kranken die Zwangsjacke anzuprobieren. Sie holten das Ding aus dem Koffer und hoben meinen Vater hoch, zwangen ihn, auf dem Bett zu sitzen. Da schlug der Kranke die Augen auf: Sie waren trübe, noch nicht offen für das Licht. Da mußte ich erneut aufschluchzen, weil ich befürchtete, sie würden gleich schauen und alles sehen. Doch als der Kopf des Kranken aufs Kissen zurücksank, fielen diese Augen wieder zu, wie bei bestimmten Puppen.

Der Doktor triumphierte:

»Das ist doch schon etwas ganz anderes«, murmelte er.

Ja, es war etwas ganz anderes! Für mich nichts als eine schwere Bedrohung. Ich drückte meinem Vater einen inbrünstigen Kuß auf die Stirn, und in Gedanken wünschte ich ihm:

»Oh, schlaf du nur! Schlaf, bis in den ewigen Schlaf!«

Und so kam es, daß ich meinem Vater den Tod wünschte, aber der Doktor ahnte nichts davon, denn gutmütig sagte er zu mir:

»Jetzt sind Sie auch froh zu sehen, daß er wieder zu sich kommt!«

Als der Doktor ging, war das Morgengrauen hereingebrochen. Ein trübes, zögerndes Morgengrauen. Der Wind, der noch in Böen wehte, kam mir weniger heftig vor, obwohl er immerhin den eisigen Schnee aufwirbelte.

Ich begleitete den Doktor in den Garten. Ich war übertrieben höflich zu ihm, damit er meinen Mißmut nicht bemerkte. Mein Gesicht drückte nur Wertschätzung und Respekt aus. Eine Grimasse des Widerwillens, die mich von der Anspannung erlöste, gönnte ich mir erst, als ich ihn auf dem Weg zum Gartenausgang der Villa davongehen sah. Klein und schwarz inmitten des Schnees, wankte er und blieb bei jeder Windböe stehen, um besser Widerstand leisten zu können. Die Grimasse allein reichte mir nicht, und nach so viel Anspannung verspürte ich das Bedürfnis nach anderen Gewaltakten. Ein paar Minuten lang lief ich ohne Kopfbedeckung durch die Allee und stampfte dabei wütend mit den Füßen in den hohen Schnee. Ich weiß freilich nicht, ob so viele kindische Wut gegen den Doktor gerichtet war oder nicht doch eher gegen mich selbst. Vor allem gegen mich selbst, mich, der ich meinem Vater den Tod gewünscht und nicht gewagt hatte, das auch zu sagen. Mein Schweigen machte aus diesem, von der allerreinsten kindlichen Liebe eingegebenen Wunsch ein wahres Verbrechen, das grauenhaft auf mir lastete.

Der Kranke schlief immer noch. Nur sagte er zwei Worte, die ich nicht verstand, aber im allerruhigsten Gesprächston, was höchst sonderbar war, weil es seine nach wie vor sehr hastige Atmung, fern von aller Ruhe, unterbrach. Näherte er sich dem Bewußtsein und damit der Verzweiflung?

Maria saß jetzt gemeinsam mit dem Pfleger am Bett. Der flößte mir Vertrauen ein und mißfiel mir nur durch seine übertriebene Gewissenhaftigkeit. Er widersetzte sich Marias Vorschlag, dem Kranken ein Löffelchen Brühe zu geben, die sie für eine gute Medizin hielt. Aber der Arzt hatte nichts von Brühe gesagt, und der Pfleger wollte, daß man seine Rückkehr abwartete, um über einen so wichtigen Vorgang zu entscheiden. Er sprach gebieterischer, als die Sache es wert war. Die arme Maria bestand nicht darauf, und ich auch nicht. Aber ich schnitt noch einmal eine Grimasse des Widerwillens.

Sie überredeten mich, mich hinzulegen, weil ich gemeinsam mit dem Pfleger bei dem Kranken Nachtwache halten sollte, bei dem wir nur zu zweit zu sein brauchten; einer konnte sich auf dem Sofa ausruhen. Ich legte mich hin und schlief sofort ein, bei völligem, wohltuendem und – da bin ich mir ganz sicher – von keinem Schimmer eines Traums unterbrochenem Verlust des Bewußtseins.

Letzte Nacht hingegen, nachdem ich einen Teil des gestrigen Tages damit zugebracht hatte, diese Erinnerungen zusammenzutragen, hatte ich einen überaus lebhaften Traum, der mich mit einem riesigen Zeitsprung in die Tage von damals zurückversetzte. Ich sah mich wieder mit dem Doktor in demselben Zimmer, wo wir über Blutegel und Zwangsjacken diskutiert hatten, in jenem Zimmer, das nun völlig anders aussieht, weil es das Schlafzimmer von mir und meiner Frau ist. Ich unterwies den Doktor, auf welche Weise mein Vater zu behandeln und zu kurieren sei, während er (nicht alt und hinfällig, wie er heute ist, sondern kräftig und drahtig, wie er damals war) wütend, die Brille in der Hand und die Augen ziellos herumirrend, brüllte, daß es sich nicht lohne, so viel zu unternehmen. Genauso sagte er: »Die Blutegel würden ihn ins Leben und in die Schmerzen zurückholen, und es ist nicht notwendig, daß man sie ihm ansetzt!« Ich dagegen schlug mit der Faust auf ein medizinisches Lehrbuch und schrie: »Blutegel! Ich will Blutegel! Und auch die Zwangsjacke!«

Offenbar ist mein Traum geräuschvoll geworden, denn meine Frau unterbrach ihn, indem sie mich weckte. Ferne Schatten! Ich glaube, um euch zu erblicken, muß man ein optisches Gerät zu Hilfe nehmen, und sei es dasjenige, welches euch auf den Kopf stellt.

Mein ruhiger Schlaf ist die letzte Erinnerung, die ich an diesen Tag habe. Dann folgten ein paar lange Tage, in denen eine Stunde der anderen glich. Das Wetter war besser geworden; es hieß, auch der Zustand meines Vaters habe sich gebessert. Er bewegte sich frei im Zimmer und hatte auf der Suche nach Luft seine Wanderung zwischen Bett und Lehnsessel aufgenommen. Durch die geschlossenen Fenster sah er momentweise auch auf den schneebedeckten, in der Sonne gleißenden Garten. Jedesmal, wenn ich dieses Zimmer betrat, war ich bereit, zu diskutieren und dieses Bewußtsein, das Coprosich sich erwartete, zu vernebeln. Aber mein Vater ließ wohl erkennen, daß er von Tag zu Tag besser hörte und verstand, besagtes Bewußtsein war jedoch nach wie vor sehr fern.

Leider muß ich gestehen, daß ich am Sterbebett meines Vaters großen Groll im Herzen trug, der sich seltsamerweise mit meinem Schmerz verband und ihn verfälschte. Dieser Groll galt in erster Linie Coprosich, und meine Bemühung, ihn zu verbergen, machten ihn nur noch stärker. Dann empfand ich Groll auch gegen mich selbst, weil ich es nicht zustande brachte, die Diskussion mit dem Doktor wiederaufzunehmen und ihm klipp und klar zu sagen, daß ich keinen Heller auf seine Wissenschaft gab und meinem Vater den Tod wünschte, wenn ihm dadurch nur Leid erspart blieb.

Schließlich war ich auch auf den Kranken böse. Wer je versucht hat, Tage und Wochen bei einem unruhigen Kranken zuzubringen und ungeeignet ist, als Krankenpfleger zu fungieren, folglich passiver Zuschauer alles dessen wird, was die anderen tun, wird mich verstehen. Auch hätte ich eine längere Ruhepause gebraucht, um meinen Seelenzustand zu klären und mit mir über meinen Schmerz um meinen Vater und mich ins Reine zu kommen und dieses Gefühl vielleicht überhaupt einmal auszukosten. Statt dessen mußte ich mit ihm kämpfen, das eine Mal, damit er die Medizin einnahm, das andere Mal, damit er nicht aus dem Zimmer lief. Und Kampf erzeugt immer Groll.

Eines Abends rief mich Carlo, der Pfleger, um mir einen neuerlichen Fortschritt bei meinem Vater zu zeigen. Ich lief hin, das Herz in Aufruhr bei der Vorstellung, der Alte könnte sich seiner Krankheit bewußt werden und mir daraus einen Vorwurf machen.

Mein Vater stand mitten im Zimmer, bekleidet nur mit der Unterwäsche und seine Nachtmütze aus roter Seide auf dem Kopf. Obwohl seine Atemnot noch immer groß war, sagte er von Zeit zu Zeit ein kurzes vernünftiges Wort. Als ich eintrat, sagte er zu Carlo:

»Mach auf!«

Er wollte, daß man das Fenster aufmachte. Carlo antwortete, das könne er wegen der großen Kälte nicht tun. Und für ein Weilchen vergaß mein Vater seine Bitte. Er setzte sich in einen Lehnsessel beim Fenster und streckte sich Erleichterung suchend darin aus. Als er mich sah, lächelte er und fragte mich:

»Hast du geschlafen?«

Ich glaube nicht, daß meine Antwort ihn erreichte. Das war nicht das Bewußtsein, das ich so sehr gefürchtet hatte. Wenn man stirbt, hat man wohl ganz anderes zu tun, als an den Tod zu denken. Sein gesamter Organismus war mit der

Atmung beschäftigt. Und anstatt mir zuzuhören, rief er Carlo noch einmal zu:

»Mach auf!«

Er fand keine Ruhe. Er erhob sich aus dem Sessel, um auf die Beine zu kommen. Mühsam und mit Hilfe des Pflegers legte er sich dann aufs Bett, drehte sich zuerst einen Momentlang auf die linke Seite, dann sofort auf die rechte Seite, auf der er es ein paar Minuten aushalten konnte. Noch einmal rief er den Pfleger um Hilfe, um wieder aufzustehen, und schließlich kehrte er zum Sessel zurück, wo er manchmal etwas länger blieb.

An diesem Tag blieb er auf seinem Weg vom Bett zum Lehnsessel vor dem Spiegel stehen, betrachtete sich darin und murmelte:

»Ich seh aus wie ein Mexikaner!«

Ich glaube, es war, um aus der schrecklichen Monotonie dieser Gänge vom Bett zum Sessel auszubrechen, weshalb er an diesem Tag versucht hatte zu rauchen. Es gelang ihm, den Mund in einem einzigen Zug voll Rauch zu bekommen, den er erschöpft sofort wieder ausstieß.

Carlo hatte mich gerufen, um mich an einem Moment teilhaben zu lassen, in dem der Kranke bei klarem Bewußtsein war:

»Bin ich also schwer krank?« hatte er voller Angst gefragt. Soviel Bewußtsein erlangte er nie wieder. Hingegen fiel er kurz darauf für Augenblicke ins Delirium. Er stand vom Bett auf und glaubte, er sei nach einer durchschlafenen Nacht in einem Hotel in Wien aufgewacht. Von Wien muß er aus dem Wunsch heraus geträumt haben, seinen ausgetrockneten Mund zu erfrischen, in Erinnerung an das köstliche, eiskalte Wasser in dieser Stadt. Sofort sprach er von dem köstlichen Wasser, das ihn am nächsten Brunnen erwartete.

Ansonsten war er ein unruhiger Kranker, dabei aber sanftmütig. Ich fürchtete mich vor ihm, weil ich stets Angst hatte, er könnte verbittern, sobald er seine Situation erfaßte, und so konnte seine Sanftmut meine große Anspannung nicht verringern, doch nahm er folgsam jeden Vorschlag an, den man ihm machte, da er sich von allen erwartete, sie könnten ihn von seiner Atemnot erlösen. Der Pfleger erbot sich, ihm ein Glas Milch holen zu gehen, und er nahm wirklich erfreut an. Mit derselben ängstlichen Ungeduld, mit der er dann auf diese Milch wartete, wollte er sie wieder lossein, nachdem er einen knappen Schluck davon getrunken hatte, und da sein Wunsch nicht sofort erfüllt wurde, ließ er das Glas zu Boden fallen.

Der Doktor zeigte sich nie enttäuscht von dem Zustand, in dem er den Kranken vorfand. Jeden Tag stellte er eine Besserung fest, aber er sah die Katastrophe unmittelbar bevorstehen. Eines Tages kam er im Wagen und hatte es eilig, wieder zu gehen. Er empfahl mir, den Kranken dazu zu bringen, daß er so lange wie möglich liegen blieb, weil die waagrechte Position für den Kreislauf das Beste sei. Das empfahl er auch meinem Vater selbst, der ihn verstand und mit völlig wachem Ausdruck sein Versprechen gab, dabei aber mitten im Zimmer stehen blieb und sofort wieder in seine Geistesabwesenheit oder das, was ich die Versenkung in seine Atemnot nannte, zurückfiel.

In der folgenden Nacht durchlebte ich zum letzten Mal den Schrecken, daß dieses Bewußtsein, das ich so sehr fürchtete, wiederkehren könnte. Er hatte sich in den Sessel neben dem Fenster gesetzt und sah durch die Scheiben hinaus in die helle Nacht, hinauf zum Sternenhimmel. Seine Atmung war nach wie vor mühsam, aber er schien nicht darunter zu leiden, entrückt wie er war in seinem

Schauen nach oben. Vielleicht lag es an der Atmung, daß es so aussah, als würde sein Kopf zustimmend nicken.

Mit Schaudern dachte ich: »Da befaßt er sich mit den Problemen, denen er immer ausgewichen ist.« Ich versuchte herauszufinden, welchen Punkt am Himmel er genau fixierte. Er schaute mit aufgerichtetem Oberkörper, angestrengt, wie jemand, der durch ein Loch spähen möchte, das zu hoch für ihn ist. Mir kam es vor, als betrachte er die Plejaden. Möglicherweise hatte er in seinem ganzen Leben noch nicht so lange und so weit in die Ferne geblickt. Plötzlich drehte er sich zu mir um, den Oberkörper nach wie vor hoch aufgerichtet:

»Schau! Schau!« sagte er mit strenger, mahnender Miene. Sogleich schaute er wieder zum Himmel hinauf und wandte sich dann wieder zu mir:

»Hast du gesehen? Hast du gesehen?«

Er versuchte, zu den Sternen zurückzukehren, konnte aber nicht: Erschöpft ließ er sich gegen die Rückenlehne des Sessels sinken, und als ich ihn fragte, was er mir hatte zeigen wollen, verstand er mich nicht, noch erinnerte er sich, daß er etwas gesehen und mir hatte zeigen wollen. Das Wort, das er so sehr gesucht hatte, um es an mich weiterzugeben, war ihm für immer entfallen.

Die Nacht war lang, aber zugegebenermaßen nicht besonders anstrengend, weder für mich noch für den Krankenpfleger. Wir ließen den Kranken machen, was er wollte, und er ging in seinem merkwürdigen Aufzug im Zimmer umher, völlig ahnungslos, daß er den Tod erwartete. Einmal versuchte er, auf den Flur hinauszugehen, wo es bitter kalt war. Ich hinderte ihn daran, und er gehorchte mir sofort. Ein anderes Mal dagegen wollte ihn der Pfleger, der die Empfehlungen des Arztes gehört hatte, daran hindern, vom Bett aufzustehen, doch da setzte sich mein Vater zur Wehr. Er trat aus seinem Dämmerzustand heraus, stand weinend und fluchend auf, und ich erreichte, daß ihm die Freiheit gelassen wurde, sich zu bewegen, wie er wollte. Er beruhigte sich sofort und kehrte in sein stummes Leben und zu seinen vergeblichen Wanderungen auf der Suche nach Erleichterung zurück.

Als der Arzt wiederkam, ließ er sich untersuchen und versuchte sogar, tiefer zu atmen, wie man es von ihm verlangte. Dann wandte er sich an mich:

»Was sagt er?«

Er verließ mich einen Moment, aber kam gleich wieder zu mir zurück:

»Wann darf ich wieder hinaus?«

Ermuntert von so viel Fügsamkeit, redete der Doktor mir zu, ihm zu sagen, er solle sich zwingen, so lange wie möglich im Bett zu bleiben. Mein Vater hörte nur die Stimmen, an die er gewöhnt war, meine, die von Maria und dem Krankenpfleger. Ich glaubte nicht an die Wirksamkeit dieser Empfehlungen, trotzdem gab ich sie ihm weiter und legte dabei sogar einen drohenden Ton in meine Stimme.

»Ja, ja«, versprach mein Vater, und im selben Moment stand er auf und ging zum Lehnsessel.

Resigniert sah ihm der Arzt zu und murmelte:

»Man sieht, daß ein Positionswechsel ihm etwas Erleichterung verschafft.«

Wenig später lag ich im Bett, konnte aber kein Auge zutun. Ich schaute forschend in die Zukunft, um herauszufinden, warum und für wen ich fürderhin meine Besserungsversuche unternehmen sollte. Ich weinte viel, aber mehr über mich selbst als über den Unglücklichen, der ruhelos in seinem Zimmer auf und ab lief.

Als ich aufstand, ging Maria schlafen, und ich blieb mit dem Pfleger bei meinem Vater. Ich war niedergeschlagen und müde; mein Vater unruhiger denn je.

Und dann kam es zu der Schreckensszene, die ich nie vergessen werde und die ihren Schatten bis in die fernsten Fernen warf und all meinen Mut, all meine Freude verfinstert hat. Um den Schmerz zu vergessen, mußte erst mit den Jahren jegliches Gefühl in mir verlöschen.

Der Pfleger sagte zu mir:

»Wie gut wäre es doch, wenn wir ihn im Bett halten könnten. Der Doktor legt soviel Wert darauf!«

Bis zu dem Augenblick hatte ich auf dem Sofa gelegen. Ich stand auf und ging zum Bett, wo der Kranke, stärker röchelnd denn je, sich in diesem Augenblick hingelegt hatte. Ich war entschlossen: Ich würde meinen Vater zwingen, wenigstens eine halbe Stunde lang in der vom Arzt gewünschten Ruhelage zu bleiben. War das denn nicht meine Pflicht?

Sofort versuchte mein Vater, sich an den Rand des Bettes zu wälzen, um sich meinem Druck zu entziehen und aufzustehen. Mit kräftiger Hand drückte ich gegen seine Schulter und hinderte ihn daran, während ich ihm laut und mit gebieterischer Stimme befahl, sich nicht zu rühren. Einen kurzen Moment lang war er erschrocken und gehorchte. Dann rief er:

»Ich sterbe!«

Und richtete sich auf. Ich meinerseits war sofort von seinem Schrei erschreckt und verringerte den Druck meiner Hand. Daher konnte er sich auf den Bettrand setzen, genau mir gegenüber. Ich glaube, in dem Moment schwoll sein Zorn an, weil er sich – wenn auch nur für einen Augenblick – in seiner Bewegungsfreiheit behindert fühlte, und ihm kam es sicher so vor, als würde ich ihm die Luft wegnehmen, die er so sehr brauchte, wie ich ihm das Licht wegnahm, da ich ja aufrecht vor ihm stand, und er saß. Mit äußerster Anstrengung gelang es ihm, auf die Füße zu kommen, er hob die Hand ganz hoch hinauf, als wüßte er, daß er ihr keine andere Kraft verleihen konnte als die ihres eigenen Gewichts, und ließ sie auf meine Wange herabfallen. Dann glitt er aufs Bett und von dort auf den Boden. Tot!

Ich wußte nicht, daß er tot war, aber mir krampfte sich das Herz zusammen vor Schmerz darüber, daß er mich im Sterben noch hatte bestrafen wollen. Mit Carlos Hilfe hob ich ihn auf und legte ihn wieder ins Bett. Weinend, geradeso wie ein bestraftes Kind, schrie ich ihm ins Ohr:

»Es ist nicht meine Schuld! Es war dieser verfluchte Doktor, der wollte dich zwingen liegenzubleiben!«

Das war eine Lüge. Dann fügte ich, immer noch wie ein Kind, das Versprechen hinzu, es nicht mehr zu tun:

»Du darfst herumlaufen, soviel du willst.«

Der Krankenpfleger sagte:

»Er ist tot.«

Man mußte mich mit aller Gewalt aus diesem Zimmer hinausbringen. Er war tot, und ich konnte ihm meine Unschuld nicht mehr beweisen!

Allein mit mir selber, versuchte ich mich wieder zu fassen. Ich überlegte: Mein Vater, der nach wie vor nicht bei Sinnen war, konnte unmöglich beschlossen haben, mich zu bestrafen und seine Hand mit einer derartigen Präzision zu lenken, daß sie meine Wange traf.

Wie sollte ich Gewißheit darüber erlangen, daß meine Überlegung richtig war? Ich erwog sogar, mich an Coprosich zu wenden. Er als Arzt hätte mir über die Entschlußund Handlungsfähigkeit eines Sterbenden etwas sagen können. Ich konnte auch Opfer einer Handlung geworden sein, die von dem Versuch herrührte, sich die Atmung zu erleichtern! Aber mit Doktor Coprosich redete ich nicht. Es war unmöglich, ihm zu enthüllen, wie mein Vater sich von mir verabschiedet hatte. Ausgerechnet ihm, der mich schon bezichtigt hatte, ich hätte es meinem Vater gegenüber an Liebe fehlen lassen!

Ein weiterer schwerer Schlag für mich war, als ich hörte, daß Carlo, der Pfleger, Maria abends in der Küche erzählte: »Der Vater hob die Hand ganz hoch hinauf, und als letzte Tat schlug er seinen Sohn!« Er wußte es, und daher würde Coprosich es auch erfahren.

Als ich mich ins Sterbezimmer begab, sah ich, daß sie den Leichnam bekleidet hatten. Der Pfleger mußte ihm auch die schöne, weiße Mähne gerichtet haben. Der Tod hatte diesen Körper schon steif werden lassen, der hochmütig und drohend dalag. Seine großen, kräftigen, wohlgeformten Hände waren bläulich angelaufen, aber sie lagen mit so viel Natürlichkeit da, daß es aussah, als wären sie sofort bereit, zuzupacken und zu strafen. Ich wollte und konnte ihn nicht mehr wiedersehen.

Beim Begräbnis gelang es mir dann, an meinen Vater als an einen schwachen und liebenswürdigen Menschen zu denken, als welchen ich ihn nach meiner Kindheit stets gekannt hatte, und ich gelangte zu der Überzeugung, daß diese Ohrfeige, die mir im Sterben von ihm verabreicht worden war, nicht sein Wille gewesen war. Ich wurde ganz artig und lieb, und die Erinnerung an meinen Vater begleitete mich und wurde immer zärtlicher. Es war wie ein wonniglicher Traum: Wir waren uns nun vollkommen einig, ich war der Schwächere und er der Stärkere geworden.

Ich kehrte zurück zur Religion meiner Kindheit und blieb ihr lange Zeit treu. Ich stellte mir vor, daß mein Vater mich hörte und ich ihm sagen könnte, es sei nicht meine Schuld gewesen, sondern die des Doktors. Die Lüge war ohne Bedeutung, denn er verstand nun alles und ich auch. Und über längere Zeit gingen die Gespräche mit meinem Vater zärtlich und im Verborgenen weiter, wie eine verbotene Liebe, denn gegenüber allen anderen verspottete ich auch weiterhin alle religiösen Praktiken, während die Wahrheit ist – und hier will ich es bekennen –, daß ich tagtäglich und inständig irgendwem die Seele meines Vaters empfahl. Das eben ist die wahre Religion, die, zu der man sich nicht lauthals bekennen muß, um den Trost daraus zu schöpfen, ohne den man manchmal – selten – nicht auskommt.

5
Die Geschichte meiner Heirat

Im Kopf eines jungen Mannes aus bürgerlichem Haus ist die Idee vom menschlichen Leben verknüpft mit der von einer Karriere, und in der ersten Jugend ist eine Karriere die von Napoleon I. Ohne daß man deswegen davon träumen müßte, Kaiser zu werden, denn man kann Napoleon ähnlich sein und doch weit, wirklich sehr weit unter ihm zurückbleiben. Das intensivste Leben wird vom elementarsten Laut zusammengefaßt, dem der Meereswelle nämlich, die sich von ihrer Entstehung an unentwegt verändert, bis sie stirbt! Also erwartete auch ich mir, zu werden und zu vergehen wie Napoleon und die Welle.

Mein Leben vermochte nur einen einzigen Ton ohne jede Modulation hervorzubringen, einen ziemlich hohen Ton, um den manche mich beneideten, der aber gräßlich langweilig ist. Meine Freunde haben mir mein ganzes Leben lang die gleiche Wertschätzung bewahrt, und ich glaube, auch ich habe die Vorstellung, die ich mir von mir selbst gemacht habe, seitdem ich ins Alter der Vernunft eingetreten bin, kaum verändert.

Daher kann es sein, daß mir die Idee zum Heiraten aus Überdruß daran gekommen ist, nur diesen einzigen Ton von mir zu geben und zu vernehmen. Wer sie noch nicht ausprobiert hat, hält die Ehe für wichtiger als sie ist. Die Gefährtin, die man sich aussucht, wird die eigene Rasse in den Kindern zum Besseren oder zum Schlechteren hin erneuern, aber Mutter Natur, die das erreichen will und uns auf direktem Wege nun einmal nicht lenken kann, da wir zu diesem Zeitpunkt an Kinder überhaupt nicht denken, nährt in uns den Glauben, von der Ehefrau würde auch so etwas wie unsere eigene Erneuerung ausgehen, was eine sonderbare, von keiner Lehrmeinung gestützte Täuschung ist. Tatsächlich lebt man dann nebeneinander her, unverändert, außer einer neuen Abneigung gegen den, der so ganz anders ist als wir, oder Neid auf den, der uns überlegen ist.

Das Schönste ist ja, daß mein Eheabenteuer mit der Bekanntschaft mit meinem künftigen Schwiegervater begann und mit der Freundschaft und Bewunderung, die ich ihm entgegenbrachte, noch bevor ich erfahren hatte, daß er Vater von heiratsfähigen Töchtern war. Folglich ist klar, daß es nicht ein Entschluß war, der mich auf das Ziel zusteuern ließ, von dem ich nichts wußte. Ich vergaß ein Mädchen, von dem ich vielleicht einen Momentlang geglaubt hätte, sie wäre für mich geeignet, und hängte mich an meinen künftigen Schwiegervater. Ich hätte gute Lust, sogar an Schicksal zu glauben.

Das Verlangen nach Neuem, das ich in mir trug, wurde von Giovanni Malfenti befriedigt, der von mir und allen Leuten, deren Gesellschaft und Freundschaft ich bis dahin gesucht hatte, so grundverschieden war. Ich war ziemlich gebildet, da ich ja zwei Fakultäten durchlaufen hatte, und dann aufgrund meiner langen Untätigkeit, die ich für sehr instruktiv halte. Er hingegen war ein großer Geschäftsmann, ignorant und tatkräftig. Aber seine Ignoranz verlieh ihm Kraft und Heiterkeit, und ich sah ihm gebannt bei seinem Treiben zu und beneidete ihn.

Malfenti war damals etwa fünfzig, hatte eine eiserne Gesundheit und einen enorm großen, mächtigen Körper, der mindestens zwei Zentner wog. Die wenigen Ideen, die ihm durch seinen dicken Schädel gingen, wurden von ihm mit solcher Klarheit dargelegt, mit solcher Ausdauer ergründet und auf die vielen neuen Geschäfte eines jeden Tages passend angewendet und an ihnen weiterentwickelt, daß sie Teil von ihm wurden, seine Gliedmaßen, sein Charakter. An solchen Ideen war ich ziemlich arm, und ich schloß mich ihm an, um reicher zu werden.

Ins Tergesteo* war ich auf Olivis Anraten gekommen, der meinte, es wäre ein guter Anfang für meine Geschäftstätigkeit, regelmäßig an die Börse zu gehen, und ich könnte ihm von dort auch nützliche Informationen mitbringen. Ich setzte mich an den Tisch, an dem mein künftiger Schwiegervater thronte, und rührte mich nicht mehr vom Fleck, weil es mir vorkam, als hätte ich einen wahrhaftigen Lehrstuhl für Handelswesen erreicht, wie ich ihn schon so lange suchte.

Rasch bemerkte er meine Bewunderung und erwiderte sie mit einer Freundschaft, die mir sogleich väterlich vorkam. Ob er sogleich gewußt hat, wie die Dinge ausgehen würden? Als ich eines Abends, begeistert vom Beispiel seiner großen Betriebsamkeit, erklärte, ich wolle Olivi loswerden und meine Geschäfte selbst führen, riet er mir davon ab und schien sogar sehr beunruhigt von meiner Absicht. Ich könne mich ja durchaus dem Handel widmen, aber ich solle mich immer fest an Olivi halten, den er kannte.

Er war überaus bereitwillig, mich zu unterweisen, ja er schrieb höchst eigenhändig drei Gebote in mein Büchlein, die seiner Ansicht nach ausreichend waren, um jedes Unternehmen zum Florieren zu bringen: 1. Man braucht von Arbeit nichts zu verstehen, aber wer nicht versteht, andere arbeiten zu lassen, kommt um. 2. Wirkliche Gewissensbisse soll man sich nur dann machen, wenn man nicht verstanden hat, den eigenen Vorteil wahrzunehmen. 3. Bei Geschäften ist die Theorie von größtem Nutzen, sie ist aber erst dann anzuwenden, wenn das Geschäft abgeschlossen ist.

Ich habe dieses und viele andere Theoreme noch im Kopf, aber mir haben sie nicht genützt.

Wenn ich jemanden bewundere, versuche ich unmittelbar, ihm ähnlich zu werden. Auch Malfenti ahmte ich nach. Sehr klug wollte ich sein und fühlte mich auch so. Einmal träumte ich sogar, ich wäre gewiefter als er. Ich bildete mir ein, ich hätte einen Fehler in seiner Geschäftsabwicklung entdeckt: Ich wollte es ihm gleich sagen, um seine Achtung zu gewinnen. Eines Tages am Tisch im Tergesteo hielt ich ihn zurück, als er im Disput über ein Geschäft seinen Gesprächspartner ein Rindvieh nannte. Ich sagte ihm, ich hielte es für einen Fehler, daß er vor allen seine Gewieftheit hervorkehre. Der wirklich Gewiefte solle es meiner Meinung nach in Geschäften so einrichten, daß er einfältig wirke.

Er lachte mich aus. Der Ruf, gewieft zu sein, war äußerst nützlich. Erstmal kamen viele und holten sich bei ihm Rat und brachten ihm frische Nachrichten, während er ihnen aus einem seit dem Mittelalter zusammengetragenen Erfahrungsschatz überaus nützliche Ratschläge erteilte. Manchmal ergab sich außer der günstigen Gelegenheit, an Informationen zu kommen, auch die Möglichkeit, Waren zu verkaufen. Schließlich – und da fing er an zu brüllen, weil er meinte, er hätte nun endlich das Argument gefunden, das mich überzeugen mußte – wenden sich alle, wenn sie günstig kaufen und verkaufen wollen, alle an den gewieftesten Fuchs. Vom Einfältigen konnten sie sich nichts erhoffen, außer, ihn zum Verzicht auf jeglichen Gewinn zu bewegen, aber seine Ware war immer teurer als die des Gewieften, weil er schon zum Zeitpunkt des Einkaufs geprellt worden war.

An diesem Tisch war ich der wichtigste Mensch für ihn. Er vertraute mir seine Geschäftsgeheimnisse an, die ich nie verriet. Sein Vertrauen war sehr gut angelegt, und so kommt es, daß er mich zweimal übers Ohr hauen konnte, als ich schon sein Schwiegersohn geworden war. Beim ersten Mal kostete mich seine Umsicht zwar Geld, aber der Düpierte war Olivi, und deshalb machte ich mir nicht allzuviel daraus. Umsichtigerweise hatte Olivi mich zu ihm geschickt, um Nachrichten einzuholen, und er bekam sie. Er bekam aber solche, daß er es mir nie wieder verzieh, und wenn ich den Mund aufmachte, um ihm eine Information zu geben, fragte er mich: »Von wem haben Sie das? Von Ihrem Schwiegervater?« Um mich zu verteidigen, mußte ich Giovanni verteidigen, und schließlich hatte ich das Gefühl, eher der Schwindler zu sein als der Beschwindelte. Ein höchst angenehmes Gefühl.

Ein anderes Mal war aber wirklich ich der Dumme, doch nicht einmal da konnte ich meinem Schwiegervater böse sein. Einmal erregte er meinen Neid, das andere Mal meine Heiterkeit. Ich sah in meinem Mißgeschick die exakte Anwendung seiner Prinzipien, die er mir noch nie so gut erklärt hatte. Er brachte es auch zuwege, mit mir darüber zu lachen, ohne je zuzugeben, daß er mich hereingelegt hatte, und er behauptete, er müsse über die komische Seite meines Pechs lachen. Ein einziges Mal nur gab er zu, daß er mir diesen Streich gespielt hatte, und das war bei der Hochzeit seiner Tochter Ada (nicht mit mir), nachdem er Champagner getrunken hatte, der diesen gewöhnlich nur mit Wasser getränkten stattlichen Leib einmal aus der Fassung gebracht hat.

Da erzählte er die Sache, brüllend, um das Lachen zu übertönen, das ihn am Reden hinderte:

»Da kommt also dieser Erlaß! Am Boden zerstört, rechne ich nach, wieviel mich das kosten wird. In diesem Augenblick kommt mein Schwiegersohn herein. Er erklärt, er will sich dem Handel widmen. ›Hier ist eine schöne Gelegenheit‹, sage ich zu ihm. Er stürzt sich auf das Dokument und unterschreibt, aus Angst, Olivi könne noch rechtzeitig kommen, um ihn daran zu hindern, und das Geschäft ist abgemacht.«

Dann sprach er mir großes Lob aus: »Er kennt die Klassiker auswendig. Er weiß, wer dies gesagt hat und wer das. Aber er weiß nicht, wie man eine Zeitung liest!«

Das stimmte! Hätte ich diesen Erlaß gesehen, der in den fünf Tageszeitungen, die ich täglich lese, an unscheinbarer Stelle erschienen war, dann wäre ich nicht hereingefallen. Ich hätte den Erlaß allerdings auch gleich verstehen und seine Folgen abschätzen müssen, was nicht so einfach war, weil er den Satz einer Verbrauchssteuer herabsetzte, wodurch die Ware, um die es ging, billiger wurde.

Am nächsten Tag widerrief mein Schwiegervater seine Bekenntnisse. Das Geschäft nahm in seinem Mund wieder dieselbe Gestalt an wie vor diesem Abendessen. »Wein macht erfinderisch«, sagte er heiter, und es blieb dabei, daß der fragliche Erlaß erst zwei Tage nach Abschluß dieses Geschäfts veröffentlicht worden war. Nie äußerte er die Vermutung, daß ich diesen Erlaß, hätte ich ihn gesehen, auch hätte mißverstehen können. Das schmeichelte mir, doch verschonte er mich nicht aus Freundlichkeit, sondern weil er meinte, daß alle beim Zeitunglesen ihre eigenen Interessen im Auge haben. Ich hingegen fühle mich, wenn ich eine Zeitung lese, in die öffentliche Meinung verwandelt, und wenn ich was von einer Verbrauchssteuersenkung sehe, denke ich an Cobden* und den Liberalismus. Dieser Gedanke ist so wichtig, daß kein Platz mehr bleibt, um an meine Waren zu denken.

Einmal jedoch gelang es mir, seine Bewunderung zu erringen, und zwar genau für mich, so wie ich leibe und lebe, ja, gerade für meine schlechtesten Eigenschaften. Wir besaßen beide seit geraumer Zeit Aktien einer Zuckerfabrik, von der man sich Wunder versprach. Hingegen fielen die Aktien, zwar nur geringfügig, aber jeden Tag, und Giovanni, der nicht die Absicht hatte, gegen den Strom zu schwimmen, stieß die seinen ab und überredete mich, die meinen auch zu verkaufen. Ich war völlig seiner Meinung und hatte vor, meinem Börsenmakler den Auftrag zum Verkauf zu geben, und notierte es mir vorläufig in ein Büchlein, das ich um diese Zeit wieder eingeführt hatte. Aber bekanntlich schaut man tagsüber nicht in seine Taschen, und so fand ich zu meiner Überraschung an mehreren Abenden hintereinander in der meinen diese Notiz, gerade beim Schlafengehen und damit zu spät, um noch etwas zu nützen. Einmal schrie ich laut auf vor Ärger, und um meiner Frau nicht zu viele Erklärungen geben zu müssen, sagte ich, ich hätte mich in die Zunge gebissen. Ein anderes Mal biß ich mir, überrascht von so viel Unachtsamkeit, in die Hände. »Obacht jetzt auf die Füße!« sagte meine Frau lachend. Dann gab es keine weiteren Zwischenfälle mehr, weil ich mich daran gewöhnt hatte. Blöde starrte ich auf das verflixte Büchlein, das zu dünn war, um sich tagsüber durch Druck bemerkbar zu machen, und dachte nicht mehr daran bis zum darauffolgenden Abend.

Eines Tages zwang mich ein Platzregen aus heiterem Himmel, im Tergesteo Zuflucht zu suchen. Dort traf ich zufällig auf meinen Börsenmakler, der mir erzählte, daß sich der Preis dieser Aktien in den letzten acht Tagen praktisch verdoppelt hatte.

»Und jetzt verkaufe ich!« rief ich triumphierend.

Ich lief zu meinem Schwiegervater, der vom Anstieg dieser Aktien schon wußte und bedauerte, daß er die seinen verkauft hatte, etwas weniger freilich, daß er mich dazu überredet hatte, die meinen auch zu verkaufen.

»Was soll's«, sagte er lachend. »Es ist das erste Mal, daß du Verlust machst, weil du einen Rat von mir befolgt hast.«

Das andere Geschäft war nicht durch einen Rat von ihm zustande gekommen, sondern durch einen Vorschlag, was seiner Ansicht nach etwas ganz anderes war.

Ich lachte genüßlich.

»Aber ich habe diesen Rat doch gar nicht befolgt!« Glück allein genügte mir nicht, und ich versuchte, mich dessen zu rühmen. Ich erzählte ihm, daß die Aktien erst am nächsten Tag verkauft würden, und wichtigtuerisch wollte ich ihm weismachen, ich hätte Nachrichten bekommen, die ich vergessen hatte, ihm weiterzugeben, und die mich dazu bewogen hatten, seinen Rat nicht zu berücksichtigen.

Finster und beleidigt redete er mit mir, ohne mir ins Gesicht zu sehen.

»Wenn man einen Verstand hat wie du, befaßt man sich nicht mit Geschäften. Und wenn einem schon einmal eine solche Niederträchtigkeit unterlaufen ist, dann gibt man sie nicht zu. Du hast noch manches zu lernen, du.«

Es tat mir leid, ihn aufgebracht zu haben. Er war so viel amüsanter, wenn er mir schadete. Ich erzählte ihm ehrlich, wie die Dinge gelaufen waren.

»Wie du siehst, sollte man sich gerade mit einem Verstand wie meinem den Geschäften widmen.«

Er war auf der Stelle versöhnt und lachte mit mir:

»Das ist kein Gewinn, was du aus einem solchen Geschäft ziehst, das ist eine Entschädigung. Dein Verstand, der hat dich schon so viel gekostet, daß es nur recht ist, wenn er dir einen Teil deines Verlusts zurückerstattet!«

Ich weiß nicht, warum ich mich so lange dabei aufgehalten habe, von den Meinungsverschiedenheiten zwischen uns zu erzählen, die doch so wenige sind. Ich mochte ihn wirklich gern, also suchte ich seine Gesellschaft, obwohl er die Angewohnheit hatte zu brüllen, um klarer zu denken. Mein Trommelfell hielt sein Geschrei aus. Hätte er sie weniger laut herausgebrüllt, wären seine unmoralischen Theorien verletzender gewesen, und wäre er besser erzogen gewesen, hätte seine Kraft weniger imposant gewirkt. Und obwohl ich so verschieden von ihm war, glaube ich, daß er meine Zuneigung ganz ähnlich erwiderte. Ich wüßte das mit größerer Gewißheit, wenn er nicht so bald gestorben wäre. Er gab mir auch nach meiner Heirat beharrlich weiter Unterricht und würzte ihn häufig mit Gebrüll und Beschimpfungen, die ich hinnahm in der Überzeugung, daß ich sie verdiente.

Ich heiratete seine Tochter. Mutter Natur in ihrer Unergründlichkeit hat mich dabei geleitet, und man wird sehen, mit welch gebieterischer Gewalt. Jetzt forsche ich bisweilen in den Gesichtern meiner Kinder und suche zu erkunden, ob bei ihnen neben meinem klein geratenen Kinn – einem Zeichen der Schwäche – und neben meinen verträumten Augen, die ich ihnen vermacht habe, nicht wenigstens ein Zug von dieser rohen Kraft des Großvaters zu erkennen ist, den ich für sie auserwählt habe.

Am Grab meines Schwiegervaters weinte ich, obwohl auch sein letztes Lebewohl für mich nicht sonderlich liebevoll ausgefallen war. Vom Totenbett aus sagte er mir, daß er mein unverschämtes Glück bewundere, dem ich es verdanke, mich frei zu bewegen, während er an dieses Bett genagelt sei. Verwundert fragte ich ihn, was ich ihm denn getan hätte, daß er wünschen könne, mich krank zu sehen. Und er antwortete mir wörtlich so:

»Wenn ich mir meine Krankheit vom Hals schaffen könnte, indem ich sie an dich abtrete, ich würde sie dir sofort abtreten, und wenn möglich doppelt! Ich hab ja nicht deinen humanitären Fimmel!«

Daran war nichts Beleidigendes: Er hätte nur gerne noch einmal dieses frühere Geschäft machen wollen, mit dem es ihm gelungen war, mir eine herabgesetzte Ware anzudrehen. Außerdem lag auch darin noch etwas Schmeichelhaftes, denn es war mir überhaupt nicht unangenehm, meine Schwäche durch einen humanitären Fimmel, den er mir zuschrieb, erklärt zu sehen.

An seinem Grab galt mein Schmerz wie an allen Gräbern, an denen ich geweint habe, auch dem Teil von mir selbst, der dort begraben lag. Welche Schmälerung für mich, dieses meines zweiten Vaters beraubt zu sein, des gewöhnlichen, ignoranten, grimmigen Kämpfers, der meine Schwäche, meine Bildung, meine Schüchternheit zur Geltung brachte. Das ist die Wahrheit: Ich bin schüchtern! Darauf wäre ich nie gekommen, wenn ich hier nicht Giovanni geschildert hätte. Wer weiß, wieviel besser ich mich selbst kennengelernt hätte, wenn er noch länger an meiner Seite geblieben wäre!

Bald bemerkte ich, daß Giovanni am Tisch des Tergesteo, wo er sein Vergnügen daran hatte, sich zu geben, wie er war und auch noch etwas schlimmer, sich in einem Punkt Zurückhaltung auferlegte: Er sprach nie von seinem Zuhause oder nur, wenn er gezwungen war, in gesetzten Worten und behutsamer als sonst. Er hatte große Achtung vor seinem Zuhause, und vielleicht schienen ihm nicht alle, die an dem Tisch saßen, würdig, etwas darüber zu wissen. Dort erfuhr ich lediglich, daß seine vier Töchter allesamt Namen mit dem Anfangsbuchstaben A trugen, eine höchst praktische Sache, meinte er, denn die Sachen, auf denen diese Initialen aufgedruckt waren, konnten von einer an die andere übergehen, ohne daß Veränderungen vorgenommen werden mußten. Sie hießen (ich wußte diese Namen sofort auswendig): Ada, Augusta, Alberta und Anna. An diesem Tisch wurde auch gesagt, daß alle vier schön seien. Dieser Anfangsbuchstabe beeindruckte mich viel mehr, als er es verdiente. Ich träumte von diesen vier Mädchen, die durch ihre Namen so eng miteinander verbunden waren. Es schien, als müßten sie zum Strauß gebunden abgegeben werden. Dieser Anfangsbuchstabe besagte auch noch etwas anderes. Ich heiße Zeno, und ich hatte daher das Gefühl, ich würde fern von meiner Heimat auf Brautschau gehen.

Es war vielleicht ein Zufall, daß ich mich, bevor ich mich im Hause Malfenti vorstellte, aus einer älteren Bindung an eine Frau gelöst hatte, die vielleicht eine bessere Behandlung verdient hätte. Doch ein Zufall, der zu denken gibt. Die Entscheidung zu dieser Lösung fiel aus einem ziemlich nebensächlichen Grund. Die Ärmste hatte es für eine geeignete Methode gehalten, mich eifersüchtig zu machen, um mich enger an sich zu binden. Der Verdacht allein genügte jedoch, um sie endgültig zu verlassen. Sie konnte nicht wissen, daß ich damals ganz von der Idee der Ehe durchdrungen war und daß ich meinte, sie mit ihr nicht eingehen zu können, bloß weil mir mit ihr die Neuigkeit nicht groß genug erschienen wäre. Der Verdacht, den sie künstlich in mir erzeugt hatte, war der beste Beweis für die Überlegenheit der Ehe, in der ein solcher Verdacht gar nicht erst aufkommen darf. Als sich dieser Verdacht, dessen Gegenstandslosigkeit ich bald spürte, auflöste, erinnerte ich mich auch daran, daß sie zu viel ausgab. Heute, nach vierundzwanzig Jahren einer ehrbaren Ehe, bin ich nicht mehr dieser Ansicht.

Für sie war es ein wahres Glück, denn wenige Monate später wurde sie von einem sehr begüterten Menschen geheiratet und kam so noch vor mir zu der erwünschten Veränderung. Kaum war ich verheiratet, fand ich sie bei mir im Hause vor, weil ihr Mann ein Freund meines Schwiegervaters war. Wir trafen uns oft, aber viele Jahre lang, solange wir jung waren, herrschte zwischen uns ein Höchstmaß an Diskretion, und nie gab es eine Anspielung auf die Vergangenheit. Neulich fragte sie mich mit ihrem von grauen Haaren umrahmten und jugendlich erröteten Gesicht:

»Warum haben Sie mich verlassen?«

Ich war ehrlich, weil ich nicht die Zeit hatte, eine Lüge zu fabrizieren:

»Ich weiß es nicht mehr, aber ich weiß auch von so vielen anderen Dinge aus meinem Leben nichts.«

»Mir tut es leid«, sagte sie, und schon verneigte ich mich vor dem Kompliment, das sie mir so in Aussicht stellte. »Im Alter scheinen Sie mir ein recht amüsanter Mann zu sein.« Mühsam richtete ich mich wieder auf. Da gab es nichts zu danken.

Eines Tages erfuhr ich, daß die Familie Malfenti von einer ziemlich ausgedehnten Vergnügungsreise im Anschluß an die Sommerfrische auf dem Land in die Stadt zurückgekehrt war. Ich kam nicht dazu, irgendwelche Schritte zu unternehmen, um in diesem Haus eingeführt zu werden, weil Giovanni mir zuvorkam.

Er zeigte mir den Brief eines engen Freundes von ihm, der sich nach mir erkundigte: Dieser war mein Studienkollege gewesen, und ich hatte ihn auch sehr gern gemocht, solange ich ihn berufen geglaubt hatte, ein großer Chemiker zu werden. Jetzt hingegen lag mir überhaupt nichts mehr an ihm, da ein großer Düngemittelhändler aus ihm geworden war, und als solchen kannte ich ihn überhaupt nicht. Giovanni lud mich eben deswegen zu sich nach Hause ein, weil ich ein Freund dieses Freundes von ihm war, und ich, wie sich denken läßt, hatte überhaupt nichts dagegen einzuwenden.

An diesen ersten Besuch erinnere ich mich, als wäre es gestern gewesen. Es war ein düstrer, kalter Herbstnachmittag; und ich erinnere mich sogar noch an die Erleichterung, die daher kam, daß ich in der behaglichen Wärme dieses Hauses meinen Mantel ablegen konnte. Ich war wahrhaftig dabei, in den Hafen einzulaufen. Noch heute bewundere ich so viel Blindheit, die mir damals Klarsicht erschien. Ich lief der Gesundheit nach, der Legitimität. Dieser Anfangsbuchstabe A umschloß zwar vier Mädchen, aber drei von ihnen würden sofort ausgeschieden werden, und was die vierte anging, auch sie würde einer strengen Prüfung unterzogen werden. Ein überaus strenger Richter wollte ich sein. Vorerst hätte ich freilich nicht sagen können, welche Eigenschaften ich von ihr verlangen und welche ich verabscheuen würde.

In dem weitläufigen, eleganten Salon, der in zwei verschiedenen Stilen eingerichtet war, einesteils Louis XIV., andernteils mit Möbeln im venezianischen Stil, reichlich mit Gold verziert, mit Goldintarsien auch auf dem Leder, und der, wie damals üblich, durch die Anordnung der Möbel in zwei Bereiche aufgeteilt wurde, traf ich Augusta allein, lesend saß sie an einem Fenster. Sie gab mir die Hand, sie kannte meinen Namen und sagte schließlich, daß ich erwartet würde, weil ihr Papa meinen Besuch angekündigt hatte. Dann lief sie fort, um die Mutter zu rufen.

Da war von den vier Mädchen mit demselben Anfangsbuchstaben eine für mich schon gestorben. Wie hatte man sie nur schön nennen können? Das erste, was einem an ihr auffiel, war ein so starkes Schielen, daß sie, wenn man sie länger nicht gesehen hatte und dann an sie dachte, das Schielen in Person war. Dann hatte sie kein sehr volles Haar, blond, aber von einer stumpfen, glanzlosen Farbe, und die Figur insgesamt nicht ohne Reiz, aber etwas dick für dieses Alter. Während der wenigen Augenblicke, die ich allein blieb, dachte ich: »Wenn die anderen drei so aussehen wie die hier! ...«

Kurz darauf schrumpfte die Gruppe der Mädchen auf zwei zusammen. Eine von ihnen, die mit der Mutter eintrat, war erst acht Jahre alt. Lieb, dieses Mädchen mit den lichten Locken, die ihr lang und offen über die Schultern herabfielen! Mit ihrem rundlichen und süßen Gesicht wirkte sie wie ein nachdenklicher kleiner Engel (solange sie still war), von jener Nachdenklichkeit, wie sie Raffael vorschwebte.

Meine Schwiegermutter... Da war sie! Auch ich verspüre eine gewisse Scheu, allzu freimütig über sie zu reden. Seit vielen Jahren liebe ich sie, weil sie meine Mutter ist, aber ich erzähle hier eine alte Geschichte, in der sie nicht als meine Freundin auftrat, und ich habe nicht die Absicht –

selbst in diesem Heft nicht, das sie nie zu Gesicht bekommen wird – anders als respektvoll von ihr zu sprechen. Im übrigen war ihr Eingreifen so kurz, daß ich es auch hätte vergessen können: Ein Klaps im rechten Moment, nicht stärker als nötig, um mich aus meinem labilen Gleichgewicht zu bringen. Vielleicht hätte ich es auch ohne ihr Eingreifen verloren, aber wer weiß denn schon, ob sie genau das wollte, was dann passiert ist? Sie hat so tadellose Manieren, daß es ihr nicht ergehen kann wie ihrem Mann, nämlich zu viel zu trinken und mir meine Geschäfte vorzurechnen. Tatsächlich ist ihr so etwas nie passiert, und daher erzähle ich hier eine Geschichte, die ich nicht so genau kenne; mit anderen Worten, ich weiß nicht, ob es ihrer Schläue oder meiner Dämlichkeit zu verdanken ist, daß ich diejenige von ihren Töchtern geheiratet habe, die ich nicht wollte.

Vorläufig kann ich sagen, daß meine Schwiegermutter zur Zeit meines ersten Besuchs immer noch eine schöne Frau war. Sie war elegant, auch durch den dezenten Luxus, mit dem sie sich kleidete. Alles an ihr war sanft und harmonisch aufeinander abgestimmt.

So hatte ich an meinen eigenen Schwiegereltern ein Beispiel für die gegenseitige Ergänzung zwischen Ehegatten vor mir, wie ich sie erträumte. Sie waren sehr glücklich miteinander gewesen, er immer laut brüllend und sie lächelnd mit einem Lächeln, das gleichzeitig Zustimmung und mitleidige Nachsicht bedeutete. Sie liebte ihren stattlichen Mann, und er muß sie durch gute Geschäfte erobert und gehalten haben. Nicht materielles Interesse, sondern echte Bewunderung band sie an ihn, eine Bewunderung, die ich teilte und daher leicht nachvollziehen konnte. So viel Lebhaftigkeit, die er in einen so eingeschränkten Bereich einbrachte, einen Käfig, in dem es nichts gab außer einer Ware und zwei Feinden (den beiden Kontrahenten) und wo sich immer neue Kombinationen und Beziehungen ergaben und entdecken ließen, eine solche Lebhaftigkeit beflügelte das Leben auf wunderbare Weise. Er erzählte ihr von allen seinen Geschäften, und sie war so wohlerzogen, nie irgendwelche Ratschläge zu erteilen, weil sie befürchtet hätte, ihn zu verwirren. Er verspürte das Bedürfnis nach dieser stummen Unterstützung, und manchmal lief er nach Hause, um Selbstgespräche zu führen, in der festen Überzeugung, er hole sich Rat bei seiner Frau.

Es war keine Überraschung für mich, als ich erfuhr, daß er sie betrog, daß sie es wußte und ihm deswegen nicht grollte. Ich war seit einem Jahr verheiratet, als Giovanni mir in höchster Aufregung erzählte, er habe einen Brief verlegt, der ihm sehr wichtig war, und gewisse Papiere wiedersehen wollte, die er mir übergeben hatte, weil er hoffte, ihn darunter zu finden. Wenige Tage später hingegen erzählte er mir hoch erfreut, daß er ihn in seiner Brieftasche wiedergefunden habe. »War er von einer Frau?« fragte ich, und er deutete mit dem Kopf ein Ja an und bildete sich was ein auf sein Glück. Als dann eines Tages ich mich gegen Vorwürfe wehren mußte, ich hätte bestimmte Papiere verloren, sagte ich dagegen zu meiner Frau und meiner Schwiegermutter, schließlich könne ich ja nicht so ein Glück haben wie Papa, bei dem die Papiere von allein in die Brieftasche zurückkehrten. Meine Schwiegermutter lachte so herzlich, daß für mich kein Zweifel bestand, daß sie selbst diesen Brief an seinen Platz zurückgelegt hatte. Offenkundig hatte so etwas in ihrer Beziehung keine Bedeutung. In der Liebe hält es jeder, wie er kann, und ihre Art war meiner Ansicht nach nicht die dümmste.

Die Signora empfing mich sehr freundlich. Sie entschuldigte sich, daß sie die kleine Anna bei sich behalten mußte, die gerade ihre fünf Minuten hatte, in denen man sie nicht anderen überlassen konnte. Das Mädchen sah mich mit ernsten Augen forschend an. Als Augusta zurückkam und sich auf ein kleines Sofa setzte, gegenüber von dem, auf dem ich und Signora Malfenti saßen, ging die Kleine hin und legte sich in den Schoß ihrer Schwester, von wo aus sie mich die ganze Zeit über beobachtete, mit einer Ausdauer, die mich amüsierte, bis ich erfuhr, welche Gedanken in diesem kleinen Köpfchen herumgingen.

Die Unterhaltung war nicht auf Anhieb sehr anregend. Wie alle wohlerzogenen Leute war die Signora bei einer ersten Begegnung ziemlich langweilig. Sie erkundigte sich auch zu ausführlich nach dem Freund, von dem man so tat, als habe er mich in diesem Haus eingeführt und von dem ich nicht einmal mehr den Taufnamen erinnerte.

Schließlich traten Ada und Alberta ein. Ich atmete auf: Sie waren beide schön und brachten das Licht in den Salon, das hier bis dahin gefehlt hatte. Beide waren dunkelhaarig, groß und schlank, aber sehr verschieden voneinander. Die Wahl, die ich zu treffen hatte, war nicht schwer. Alberta war damals nicht älter als siebzehn Jahre. Wie die Mutter hatte sie trotz der braunen Haare einen rosigen und durchscheinenden Teint, was das Kindliche an ihrem Aussehen noch unterstrich. Ada hingegen war schon eine Frau, mit ernsten Augen in einem Gesicht, das leicht bläulich war und dadurch noch weißer wirkte, und mit ihrem dichten lockigen Haar, das jedoch anmutig und streng aufgesteckt war.

Es ist schwierig, die zarten Ursprünge eines Gefühls zu entdecken, das später so heftig wurde, aber ich bin mir sicher, daß bei mir der sogenannte *coup de foudre* für Ada fehlte. Dieser Blitzschlag wurde jedoch ersetzt durch die Überzeugung, die ich auf der Stelle gewann, daß das die Frau war, die ich brauchte und die mich durch die heilige Einehe zur moralischen und physischen Gesundheit führen würde. Wenn ich daran zurückdenke, erstaunt es mich, daß dieser Blitz gefehlt hat und daß da vielmehr diese Überzeugung war. Es ist bekannt, daß wir Männer bei der Ehefrau nicht die Eigenschaften suchen, die wir bei der Geliebten bewundern und geringschätzen. Es scheint also, als hätte ich Adas Anmut und ihre ganze Schönheit nicht gleich gesehen und mich hingegen fasziniert dabei aufgehalten, andere Eigenschaften, die ich ihr im Zusammenhang mit Ernsthaftigkeit und Tatkraft zuschrieb, an ihr zu bewundern, kurz, in abgeschwächter Form die Eigenschaften, die ich an ihrem Vater liebte. Da ich zudem glaubte (und immer noch glaube), daß ich mich nicht getäuscht habe und Ada als junges Mädchen diese Eigenschaften tatsächlich besaß, darf ich mich für einen guten Beobachter, freilich für einen reichlich blinden guten Beobachter halten. Jenes erste Mal betrachtete ich Ada mit einem einzigen Wunsch: dem, mich in sie zu verlieben, denn da mußte ich durch, um sie zu heiraten. Ich ging genauso energisch zu Werk, wie immer bei meiner Körperhygiene. Ich weiß nicht, wann es mir gelang; vielleicht schon in der relativ kurzen Zeitspanne diesen ersten Besuchs.

Giovanni mußte seinen Töchtern viel von mir erzählt haben. Unter anderem wußten sie, daß ich in meinem Studium von der juristischen Fakultät zur chemischen gewechselt hatte, um dann – leider! – zur ersteren zurückzukehren. Ich machte Erklärungsversuche: Eins stehe fest, wenn man sich in einer Fakultät einschloß, bleibe der größte Teil des Wissens unter Unwissenheit verborgen. Und ich sagte:

»Wenn jetzt nicht der Ernst des Lebens auf mich zukäme«, und ich sagte nicht, daß ich diesen Ernst erst seit kurzem verspürte, seitdem ich beschlossen hatte zu heiraten, »wäre ich noch weiter von Fakultät zu Fakultät gewandert.«

Um sie zum Lachen zu bringen, sagte ich dann, wie merkwürdig es doch sei, daß ich eine Fakultät immer just in dem Moment aufgegeben habe, als Prüfungen abzulegen waren.

»Das war ein Zufall«, sagte ich mit dem Lächeln dessen, der davon überzeugen möchte, daß er lügt. Vielmehr war es so, daß ich das Studium zu den unterschiedlichsten Zeitpunkten gewechselt hatte.

So brach ich denn zur Eroberung Adas auf und bemühte mich weiter, sie über mich und auf meine Kosten zum Lachen zu bringen, und vergaß dabei ganz, daß ich sie ja wegen ihres Ernstes auserwählt hatte. Ich bin zwar einigermaßen komisch, aber ihr mußte ich regelrecht gestört vorkommen. Die Schuld liegt nicht zur Gänze bei mir, und das sieht man auch daran, daß Augusta und Alberta, die ich nicht auserwählt hatte, mich anders beurteilten. Ada jedoch, die gerade damals mit so großem Ernst die schönen Augen umherschweifen ließ auf der Suche nach dem Mann, den sie in ihr Nest einlassen würde, war unfähig, den Menschen zu lieben, der sie zum Lachen brachte. Sie lachte und konnte eine Ewigkeit lachen, übertrieben lange, und ihr Lachen machte den, der es provoziert hatte, irgendwie lächerlich. Das war eine echte Unfähigkeit an ihr, und sie sollte ihr schließlich schaden, zunächst aber schadete sie mir. Wenn ich verstanden hätte, rechtzeitig zu schweigen, wären die Dinge vielleicht anders gelaufen. Zunächst einmal hätte ich ihr Zeit gelassen, von sich aus zu reden und aus sich herauszugehen, und mir, mich vor ihr in Acht zu nehmen.

Die vier Mädchen saßen auf dem kleinen Sofa, auf dem sie nur mit Mühe Platz fanden, obwohl Anna auf Augustas Knien saß. Sie waren schön, so alle zusammen. Mit tiefer Befriedigung stellte ich das fest, ich sah, daß ich auf dem besten Weg zu liebevoller Bewunderung war. Sie waren wirklich schön! Augustas blasse Farben dienten dazu, die dunkle Haarfarbe der anderen hervorzuheben.

Ich hatte von der Universität erzählt, und Alberta, die die vorletzte Klasse des Gymnasiums besuchte, erzählte von der Schule. Sie klagte, daß Latein ihr sehr schwer fiele. Ich sagte, das wundere mich nicht, denn es sei eine Sprache, die für Frauen nicht geeignet sei, weshalb ich der Meinung sei, schon bei den alten Römern hätten die Frauen Italienisch gesprochen. Für mich hingegen – behauptete ich –, sei Latein mein Lieblingsfach gewesen. Wenig später jedoch flocht ich leichtsinnigerweise ein lateinisches Zitat ein, bei dem Alberta mich korrigieren mußte. Ein echtes Malheur! Ich maß dem keine Bedeutung bei und warnte Alberta, wenn sie erst einmal zehn Semester Universität hinter sich hätte, würde auch sie sich hüten müssen, lateinische Zitate anzubringen.

Ada, die kürzlich mit ihrem Vater ein paar Monate in England gewesen war, erzählte, daß in diesem Land viele Mädchen Latein konnten. Dann erzählte sie, nach wie vor mit ihrer ernsten Stimme, der jede Musikalität fremd und die etwas tiefer war, als man es bei ihrem zierlichen Persönchen erwartet hätte, daß die Frauen in England etwas ganz anderes waren als bei uns. Sie schlossen sich zu wohltätigen, religiösen oder ökonomischen Zwecken zusammen. Ada wurde von den Schwestern zum Reden gedrängt, sie wollten noch einmal diese Dinge hören, die den Mädchen unserer Stadt und zu dieser Zeit wunderbar vorkamen. Ihnen zu Gefallen erzählte Ada von diesen Präsidentinnen, Journalistinnen, Sekretärinnen und Suffragetten, die aufs Podium stiegen, um vor Hunderten von Menschen zu reden, ohne rot zu werden oder den Faden zu verlieren, wenn sie unterbrochen oder ihre Argumente widerlegt wurden. Sie sagte das einfach, ohne viel aufzutragen, ohne jede Absicht, Verwunderung oder Lachen zu erregen.

Ich liebte ihr schlichtes Sprechen, ich, der ich, sobald ich nur den Mund aufmachte, Dinge und Personen verzerrte, weil mir das Sprechen sonst unnütz vorgekommen wäre. Ohne ein Redner zu sein, hatte ich die Wortkrankheit. Für mich mußte das Wort ein Ereignis an sich sein, und daher konnte kein anderes Ereignis es in Beschlag nehmen.

Aber ich hegte einen ganz speziellen Haß auf das tückische Albion und äußerte ihn, ohne befürchten zu müssen, Ada zu kränken, die im übrigen weder Haß noch Liebe England gegenüber geäußert hatte. Ich hatte einige Monate dort zugebracht, dort aber keinen Engländer der besseren Gesellschaft kennengelernt, da ich während der Reise einige Empfehlungsschreiben verlegt hatte, die ich von Geschäftsfreunden meines Vaters mitbekommen hatte. In London hatte ich daher nur mit einigen französischen und italienischen Familien Umgang gehabt und zuletzt gedacht, alle besseren Leute in dieser Stadt kämen vom Kontinent. Meine Englischkenntnisse waren sehr beschränkt. Mit Hilfe einiger Freunde konnte ich trotzdem etwas vom Leben dieser Inselbewohner verstehen, und vor allem bekam ich Kenntnis von ihrer Abneigung gegen alle Nicht-Engländer.

Ich beschrieb den Mädchen das wenig angenehme Gefühl, das mir der Aufenthalt mitten unter Feinden bereitete. Ich hätte England jedoch ertragen und dieses halbe Jahr durchgehalten, das mein Vater und Olivi mir aufgebrummt hatten, damit ich das englische Handelswesen studierte (auf das ich indessen nie gestoßen bin, denn anscheinend spielt es sich an verborgenen Orten ab), wäre mir nicht ein unangenehmes Abenteuer zugestoßen. Auf der Suche nach einem Wörterbuch war ich zu einem Buchhändler gegangen. In diesem Laden lag auf der Verkaufstheke ein prächtiger, dicker Angorakater, dessen weiches Fell zum Streicheln förmlich einlud. Na also! Nur weil ich ihn sanft streichelte, sprang er mich meuchlings an und zerkratzte mir übel die Hände. Von dem Moment an war England mir unerträglich geworden, und am nächsten Tag war ich in Paris.

Augusta, Alberta und auch die Signora Malfenti lachten herzlich. Ada hingegen war erstaunt und glaubte, etwas mißverstanden zu haben. War es wenigstens der Buchhändler selbst gewesen, der mich beleidigt oder gekratzt hatte? Ich mußte mich wiederholen, was lästig ist, weil man beim Wiederholen schlechter wird.

Die belesene Alberta wollte mir helfen:

»Auch in der Antike ließen die Menschen sich in ihren Entscheidungen von den Bewegungen der Tiere leiten.«

Ich nahm die Hilfe nicht an. Der englische Kater habe sich keineswegs wie ein Orakel aufgeführt; er habe als Schicksal gehandelt!

Ada, die großen Augen weit aufgerissen, wollte weitere Erklärungen:

»Und für Sie stellte der Kater das gesamte englische Volk dar?«

Was für ein Pech ich hatte! Obwohl es echt war, hatte ich dieses Abenteuer doch lehrreich und interessant gefunden, als ob es zu einem bestimmten Zweck ersonnen worden wäre. Brauchte man zu seinem Verständnis nicht nur daran zu erinnern, daß in Italien, wo ich viele Menschen kenne und liebe, die Aktion dieses Katers niemals eine solche Bedeutung hätte erlangen können? Aber das sagte ich nicht, hingegen sagte ich:

»Sicher ist, daß kein italienischer Kater zu einer solchen Tat fähig wäre.«

Ada lachte sehr, sehr lange. Dieser Erfolg erschien mir übertrieben groß, weshalb ich mich und mein Abenteuer durch weitere Erklärungen heruntermachte:

»Selbst der Buchhändler war erstaunt über das Benehmen des Katers, der allen anderen gegenüber brav war. Das Abenteuer ist mir zugestoßen, weil ich es war oder weil ich Italiener bin. *It was really disgusting*, und ich konnte nur noch die Flucht ergreifen.«

Hier geschah etwas, was mich eigentlich hätte warnen sollen und retten können. Die kleine Anna, die mich bis dahin reglos beobachtet hatte, begann, Adas Gefühlen mit lauter Stimme Ausdruck zu geben. Sie rief:

»Stimmt es nicht, daß er verrückt ist, völlig verrückt?«

Signora Malfenti drohte ihr:

»Wirst du wohl still sein? Schämst du dich nicht, dich in die Unterhaltung der Großen einzumischen?«

Die Drohung machte es nur noch schlimmer. Anna rief:

»Er ist verrückt. Er redet mit Katzen! Man müßte sofort Stricke beschaffen, um ihn zu fesseln!«

Rot vor Ärger, stand Augusta auf und brachte sie hinaus, wobei sie sie ermahnte und sich gleichzeitig bei mir entschuldigte. Aber noch von der Tür aus konnte die kleine

Giftnatter mir in die Augen starren, mir eine häßliche Grimasse schneiden und zurufen:

»Du wirst sehen, sie fesseln dich.«

Ich war so unvorbereitet angegriffen worden, daß ich nicht gleich ein Mittel zu meiner Verteidigung fand. Ich fühlte mich jedoch erleichtert, als ich bemerkte, daß Ada auch unangenehm berührt war, das eigene Gefühl auf diese Weise zum Ausdruck gebracht zu sehen. Die Unverschämtheit der Kleinen brachte uns einander näher.

Von Herzen lachend erzählte ich, daß ich zu Hause ein regulär mit Stempelmarken versehenes Attest besäße, das in aller Form meine geistige Gesundheit bestätigte. So erfuhren sie von dem Streich, den ich meinem alten Vater gespielt hatte. Ich schlug vor, dem kleinen Ännchen dieses Attest vorzulegen.

Als ich Anstalten machte, zu gehen, erlaubten sie es mir nicht. Sie wollten, daß ich erst die Kratzer vergäße, die diese neue Katze mir zugefügt hatte. Sie forderten mich auf, doch noch zu bleiben und boten mir eine Tasse Tee an.

Sicher habe ich gleich dunkel geahnt, daß ich, um Ada zu gefallen, ein wenig anders sein müßte, als ich war; ich dachte, es würde mir leichtfallen, zu werden, wie sie mich wollte. Es wurde noch weiter über den Tod meines Vaters gesprochen, und ich hatte den Eindruck, wenn ich den großen Schmerz zu erkennen gab, der mich immer noch bedrückte, würde die ernste Ada ihn mir nachfühlen können. Aber bei dem Versuch, ihr ähnlich zu sein, verlor ich sofort meine Natürlichkeit und entfernte mich von ihr – wie man sofort sah. Ich sagte, der Schmerz über einen solchen Verlust sei derart, daß ich, wenn ich Kinder hätte, versuchen würde, es so einzurichten, daß sie mich weniger liebten, um ihnen zu ersparen, daß sie später durch mein

Hinscheiden so sehr zu leiden hätten. Ich kam etwas in Verlegenheit, als sie mich fragten, wie ich mich denn verhalten würde, um dieses Ziel zu erreichen. Sie mißhandeln und schlagen? Alberta sagte lachend:

»Das sicherste Mittel wäre, sie umzubringen.«

Ich sah, daß Ada von dem Wunsch beseelt war, mir nicht zu mißfallen. Deshalb zögerte sie; aber all ihre Bemühungen führten sie über ein Zögern nicht hinaus. Dann sagte sie, sie sehe, daß ich das Leben meiner Kinder nur aus Güte so einzurichten gedächte, aber sie fände es nicht richtig, sein Leben als Vorbereitung auf den Tod zu führen. Ich beharrte auf meiner Meinung und behauptete, der Tod sei der eigentliche Organisator des Lebens. Immer dächte ich an den Tod, und daher gebe es für mich nur einen Schmerz: die Gewißheit, sterblich zu sein. Alles andere würde demgegenüber so unwichtig, daß ich dafür nicht mehr als ein heiteres Lächeln übrig hätte und ein ebenso heiteres Lachen. Ich hatte mich verleiten lassen, Dinge zu sagen, die nicht so ganz wahr waren, vor allem, weil ich in ihrer Gesellschaft war, die schon ein so wichtiger Teil meines Lebens war. In Wirklichkeit habe ich, glaube ich, so mit ihr geredet, weil ich sie wissen lassen wollte, daß ich ein so heiterer Mensch bin. Heiterkeit hatte mir bei den Frauen oft Glück gebracht.

Nachdenklich und zögernd gestand sie mir, daß sie eine solche Gemütsverfassung nicht möge. Sie setze den Wert des Lebens herab, und dadurch werde es noch anfälliger als Mutter Natur gewollt hatte. Im Grunde hatte sie mir gesagt, daß ich nichts für sie war, aber es war mir immerhin gelungen, sie zögernd und nachdenklich zu stimmen, und das schien mir ein Erfolg.

Alberta zitierte einen antiken Philosophen, der eine ähnliche Lebensauffassung haben mußte wie ich, und Augusta sagte, Lachen sei eine sehr schöne Sache. Auch ihr Vater sei reichlich damit gesegnet.

»Weil er an guten Geschäften seinen Spaß hat«, sagte Signora Malfenti lachend.

Schließlich brach ich diesen denkwürdigen Besuch ab.

Es gibt nichts Schwierigeres auf dieser Welt als eine Ehe genau so zu schließen, wie man sie möchte. Das sieht man an meinem Fall, wo der Entschluß zu heiraten der Wahl der Verlobten lang vorausgegangen war. Warum ging ich nicht hin und schaute mir recht viele Frauen an, bevor ich eine auswählte? Nein! Es war gerade so, als würde ich lieber nicht so viele Frauen sehen, und ich wollte mich nicht anstrengen. Hatte ich die Frau ausgesucht, hätte ich sie auch etwas genauer prüfen und mich zumindest vergewissern können, daß sie bereit war, mir auf halbem Wege entgegenzukommen, wie das in Liebesromanen mit glücklichem Ausgang üblich ist. Hingegen habe ich das junge Mädchen mit der sehr ernsten Stimme und dem etwas widerspenstigen, aber streng hochgesteckten Haar auserwählt und mir gedacht, wenn sie so ernsthaft war, würde sie einen intelligenten, nicht häßlichen, reichen Mann aus guter Familie wie mich nicht abweisen. Schon bei den ersten Worten, die wir wechselten, spürte ich einen Mißklang, aber Mißklang ist der Weg zum Gleichklang. Ja, ich muß gestehen, daß ich dachte: »Sie soll bleiben wie sie ist, denn so gefällt sie mir, werde eben ich mich ändern, wenn sie es will.« Alles in allem war ich recht bescheiden, weil es sicher einfacher ist, sich selbst zu verändern, als andere umzuerziehen.

Binnen kürzester Zeit wurde die Familie Malfenti zum Mittelpunkt meines Lebens. Jeden Abend verbrachte ich mit Giovanni, der, nachdem er mich bei sich zu Hause eingeführt hatte, noch liebenswürdiger und vertraulicher mir gegenüber geworden war. Es war diese Liebenswürdigkeit, die mich zur Aufdringlichkeit verleitete. Zuerst stattete ich seinen Frauen einmal in der Woche einen Besuch ab, dann mehrmals, und es endete damit, daß ich jeden Tag zu ihm nach Hause ging und nachmittags mehrere Stunden dort verbrachte. Es fehlte nicht an Vorwänden, um mich in diesem Haus festzusetzen, und ich glaube mich nicht zu täuschen, wenn ich behaupte, sie wurden mir auch geliefert. Manchmal brachte ich meine Geige mit und machte etwas Musik mit Augusta, der einzigen in diesem Haus, die Klavier spielte. Es war schlecht, daß Ada nicht spielte, dann war es schlecht, daß ich so schlecht Geige spielte, und am allerschlechtesten war es, daß Augusta keine große Musikerin war. Bei jedem Stück mußte ich ein paar zu schwierige Passagen weglassen, unter dem erheuchelten Vorwand, ich hätte die Geige schon zu lange nicht mehr angerührt. Der Pianist ist dem dilettierenden Geiger fast immer überlegen, und Augusta hatte eine recht gute Technik, aber ich, der ich so viel schlechter spielte als sie, konnte mich damit nicht begnügen und dachte: »Wenn ich spielen könnte wie sie, wieviel besser würde ich da spielen!« Während ich Augusta beurteilte, beurteilten die anderen mich und zwar, wie ich später erfuhr, nicht günstig. Zudem hätte Augusta unser gemeinsames Musizieren gerne wiederholt, aber ich merkte, daß Ada sich dabei langweilte, und daher tat ich mehrmals so, als hätte ich die Geige zu Hause vergessen. Da redete Augusta nicht mehr davon.

Leider verlebte ich nicht nur die Stunden, die ich in diesem Haus zubrachte, mit Ada. Bald schon begleitete sie mich den ganzen Tag. Sie war meine Auserwählte, darum war sie schon die meine, und ich schmückte sie mit allen

Träumen, damit mir der Preis des Lebens schöner erschiene. Ich schmückte sie, verlieh ihr all die vielen Eigenschaften, die mir abgingen, denn außer meiner Gefährtin sollte sie auch meine zweite Mutter werden, die mich zu einem erfüllten Leben führen würde, männlich und voller Kampf und Sieg.

In meinen Träumen verschönerte ich sie auch im Physischen, bevor ich sie anderen übergab. In Wirklichkeit bin ich in meinem Leben vielen Frauen nachgelaufen, und viele von ihnen ließen sich auch einholen. Im Traum holte ich sie alle ein. Natürlich verschönere ich sie nicht, indem ich ihre Züge verändere, sondern ich mache es wie ein Freund von mir, der ein überaus feinsinniger Maler ist, und wenn er schöne Frauen porträtiert, intensiv auch an irgendwelche anderen schönen Dinge denkt, wie beispielsweise an hauchzartes Porzellan. Ein gefährlicher Traum, denn er kann den Frauen, von denen man geträumt hat, neue Macht verleihen, und wenn man sie dann im Licht der Wirklichkeit wiedersieht, bleibt etwas von den Früchten, den Blumen oder dem Porzellan, mit denen man sie ausgestattet hat, an ihnen zurück.

Es fällt mir schwer, von meiner Werbung um Ada zu erzählen. Es hat dann eine lange Zeit in meinem Leben gegeben, in der ich mich bemühte, das dumme Abenteuer zu vergessen, das mich wirklich beschämte, und zwar mit jener Scham, die einen aufschreien läßt und protestieren: »Das bin nicht ich, ein solches Rindvieh bin ich nicht gewesen!« Ja, wer denn sonst? Doch Protestieren erleichtert auch ein wenig, und ich blieb dabei. Hätte ich doch nur zehn Jahre früher, mit zwanzig, so gehandelt! Aber mit so viel Schwachsinn gestraft worden zu sein, nur weil ich beschlossen hatte zu heiraten, scheint mir wirklich ungerecht. Da war ich, der ich doch schon jede Art von Abenteuern hinter mich gebracht hatte und dabei immer forsch bis dreist vorgegangen war, wieder zum schüchternen kleinen Jungen geworden, der versucht, die Hand der Geliebten zu berühren, womöglich ohne daß sie es merkt, und dann den Teil seines Körpers verehrt, der das Privileg einer solchen Berührung gehabt hat. Was das reinste Abenteuer meines Lebens war, daran erinnere ich mich noch heute, da ich alt bin, wie an das schimpflichste. Das war am falschen Ort, zur falschen Zeit, dieser Kram, als ob ein zehnjähriger Bub sich bei seiner Amme an den Busen klammerte. Ekelhaft!

Wie soll ich außerdem mein langes Zögern erklären, dem Mädchen klipp und klar zu sagen: »Entscheide dich! Willst du mich oder nicht?« Ich ging in dieses Haus und kam aus meinen Träumen dorthin; ich zählte die Stufen, die mich in diesen ersten Stock führten, und sagte mir, wenn die Zahl ungerade wäre, wäre das der Beweis, daß sie mich liebte, und sie war immer ungerade, da es dreiundvierzig waren. Ich kam zu ihr, begleitet von so viel Sicherheit, und redete schließlich über ganz anderes. Ada hatte noch keine Gelegenheit gefunden, mir ihre Geringschätzung zu zeigen, und ich schwieg! Ich an Adas Stelle hätte diesen dreißigjährigen Knaben auch mit Tritten in den Hintern empfangen!

Ich muß sagen, in gewisser Beziehung glich ich nicht völlig dem verliebten Zwanzigjährigen, der schweigt und erwartet, daß die Geliebte sich ihm an den Hals wirft. Ich erwartete nichts dergleichen. Ich würde schon sprechen, aber später. Wenn ich nicht vorankam, lag das an meinen Selbstzweifeln. Ich erwartete von mir, edler, stärker, meines göttlichen Mädchens würdiger zu werden. Das konnte von einem Tag auf den anderen geschehen. Warum nicht abwarten?

Ich schäme mich auch, nicht rechtzeitig bemerkt zu haben, daß ich auf ein solches Fiasko zusteuerte. Ich hatte mit einem der schlichtesten jungen Mädchen zu tun, aber da ich so viel von ihr träumte, erschien sie mir wie eine der raffiniertesten Koketten. Ungerecht war dieser maßlose Groll, den ich empfand, als es ihr gelang, mir zu zeigen, daß sie nichts von mir wissen wollte. Aber ich hatte die Wirklichkeit so innig mit meinen Träumen vermengt, daß ich mir nicht einreden konnte, sie würde mich nie küssen.

Es ist wirklich ein Zeichen von dürftiger Männlichkeit, wenn man die Frauen mißversteht. Früher hatte ich mich da nie geirrt, und ich muß annehmen, daß ich mich im Hinblick auf Ada getäuscht habe, weil ich meine Beziehungen zu ihr von allem Anfang an verfälscht hatte. Ihr hatte ich mich nicht genähert, um sie zu erobern, sondern um sie zu heiraten, was für die Liebe ein ungewöhnlicher Weg ist, ein recht breiter und recht bequemer Weg, der aber nicht zum Ziel führt, wenn auch ganz in seine Nähe. Der Liebe, zu der man so gelangt, fehlt das Wesentliche: die Unterwerfung des Weibes. So bereitet der Mann sich in großer Trägheit auf seine Rolle vor, die sich auf seine sämtlichen Sinne ausweiten kann, auch auf das Sehen und Hören.

Täglich brachte ich allen drei Mädchen Blumen mit, und alle drei beschenkte ich mit meinen Schrullen, vor allem aber erzählte ich ihnen mit unglaublichem Leichtsinn täglich aus meiner Lebensgeschichte.

Jedem ergeht es so, daß er sich inbrünstiger an die Vergangenheit erinnert, wenn die Gegenwart größere Bedeutung erlangt. Es heißt ja sogar, die Sterbenden sähen im letzten Aufflackern ihr ganzes Leben wieder. Meine Vergangenheit packte mich jetzt mit der ganzen Gewalt des letzten Lebewohls, denn ich hatte das Gefühl, mich sehr weit von ihr zu entfernen. Und ich erzählte den drei jungen Mädchen immer von dieser Vergangenheit, angespornt von der gespannten Aufmerksamkeit Augustas und Albertas, die vielleicht Adas Unaufmerksamkeit verbarg, da bin ich mir nicht sicher. Augusta in ihrer sanften Art war immer gleich gerührt, und Alberta lauschte meinen Schilderungen des studentischen Lotterlebens mit geröteten Wangen und dem Wunsch, in Zukunft selbst ähnliche Abenteuer zu erleben.

Viel später erfuhr ich von Augusta, daß keines der drei Mädchen meine Histörchen für wahr gehalten hatte. Augusta waren sie dadurch um so kostbarer, denn als von mir erdichtet, schienen sie ihr mehr zu mir gehörig, als wenn das Schicksal sie mir auferlegt hätte. Alberta fand den Teil, den sie nicht glaubte, trotzdem angenehm, da sie vortreffliche Anregungen darin entdeckte. Die einzige, die sich über meine Lügen empörte, war die ernste Ada. Mit meinen Bemühungen erging es mir also wie jenem Schützen, dem es gelungen war, mitten ins Schwarze zu treffen, allerdings auf der Zielscheibe daneben.

Und doch waren diese Histörchen größtenteils wahr. Ich kann nicht mehr sagen, inwieweit, denn da ich sie vor den Töchtern Malfenti schon so vielen anderen Frauen erzählt hatte, änderten sie sich unwillkürlich und bekamen mehr Ausdruckskraft. Sie waren von dem Augenblick an wahr, da ich sie anders gar nicht mehr hätte erzählen können. Heute liegt mir nichts daran, ihre Wahrheit zu beweisen. Ich möchte Augusta nicht enttäuschen, der es behagt, sie für meine Erfindung zu halten. Was Ada angeht, so hat sie, glaube ich, ihre Meinung mittlerweile geändert und hält sie für wahr.

Mein totaler Mißerfolg bei Ada zeigte sich just in dem Moment, da ich meinte, nun endlich deutliche Worte sprechen zu müssen. Die Offensichtlichkeit dieses Mißerfolgs nahm ich mit Überraschung und zuerst mit Ungläubigkeit zur Kenntnis. Sie hatte kein einziges Wort gesagt, das Abneigung gegen mich hätte erkennen lassen, und ich verschloß unterdessen die Augen vor jenen kleinen Gesten, in denen sich keine sonderliche Sympathie für mich bekundete. Und dann hatte ich selbst das entscheidende Wort nicht gesagt und konnte mir sogar vorstellen, daß Ada nicht wisse, daß ich bereit war, sie zu heiraten, und meinen könnte, ich – der wunderliche und wenig tugendhafte Student – wolle etwas ganz anderes.

Das Mißverständnis schleppte sich immer weiter hin wegen meiner zu eindeutigen Heiratsabsichten. Wahr ist, daß ich Ada nun insgesamt begehrte, deren Wangen ich fortwährend eifrig geglättet, deren Hände und Füße ich verkleinert und deren Figur ich schlanker und feiner gemacht hatte. Ich begehrte sie als Ehefrau und als Geliebte. Aber ausschlaggebend ist die Art, wie man sich einer Frau zum ersten Mal nähert.

Nun geschah es, daß ich gut dreimal hintereinander in jenem Haus von den anderen beiden Mädchen empfangen wurde. Adas Abwesenheit wurde beim ersten Mal mit einem unumgänglichen Besuch entschuldigt, beim zweiten Mal mit einer Unpäßlichkeit, und beim dritten Mal bekam ich überhaupt keine Erklärung, bis ich beunruhigt nachfragte. Da gab Augusta, an die ich mich zufällig gewandt hatte, keine Antwort. An ihrer Stelle antwortete Alberta, die sie angesehen hatte, wie um sie um Beistand anzuflehen: Ada war zu einer Tante gegangen.

Mir blieb die Luft weg. Es war offenkundig, daß Ada mir

auswich. Tags zuvor hatte ich ihre Abwesenheit noch ausgehalten, ja, hatte meinen Besuch ausgedehnt, in der Hoffnung, sie würde schließlich doch noch auftauchen. An jenem Tag hingegen blieb ich noch einige Augenblicke lang, unfähig, den Mund aufzumachen, und dann schützte ich plötzliches Kopfweh vor, stand auf und ging. Es ist schon merkwürdig, daß bei diesem ersten Zusammenprall mit Adas Widerstand das stärkste Gefühl, das ich verspürte, Wut und Empörung war! Ich überlegte sogar, mich an Giovanni zu wenden, damit er das Mädchen zurechtwies. Ein Mann, der sich verheiraten will, ist auch dazu fähig, womit er die Verhaltensmuster seiner Vorfahren wiederholt.

Diese dritte Abwesenheit Adas sollte auch noch bedeutsamer werden. Durch Zufall entdeckte ich nämlich, daß sie zwar im Haus war, allerdings eingeschlossen in ihrem Zimmer.

Zunächst einmal muß ich sagen, daß es in jenem Haus noch eine andere Person gab, die ich nicht hatte erobern können: die kleine Anna. Vor den anderen griff sie mich nicht mehr an, weil sie heftig zurechtgewiesen worden war. Ja, manchmal hatte auch sie sich zu den Schwestern gesellt und meinen Histörchen gelauscht. Doch wenn ich ging, holte sie mich an der Haustür ein, bat mich freundlich, mich zu ihr hinunterzubeugen, stellte sich auf die Zehenspitzen, und wenn sie ihr Mündchen dicht an meinem Ohr hatte, sagte sie leise, so daß sie nur von mir gehört werden konnte:

»Du bist ja verrückt, richtig verrückt!«

Das Schönste ist, daß das kleine Biest mich vor den anderen siezte. Wenn Signora Malfenti dabei war, flüchtete sie sofort in ihre Arme, und die Mutter streichelte sie und sagte:

»Wie freundlich meine kleine Anna geworden ist! Nicht wahr?«

Ich widersprach nicht, und die freundliche Anna nannte mich noch oft auf dieselbe Weise einen Verrückten. Ich nahm ihre Erklärung mit einem feigen Lächeln hin, das wie Dank hätte aussehen können. Ich hoffte, das kleine Mädchen würde nicht den Mut haben, den Erwachsenen von seinen Attacken zu erzählen, und es war mir unangenehm, Ada zu sagen, welches Urteil ihr Schwesterchen über mich abgab. Dieses kleine Mädchen brachte mich schließlich wirklich in Verlegenheit. Wenn ich mit den anderen redete und mein Blick dem ihren begegnete, mußte ich sofort einen Vorwand finden, woanders hinzuschauen, und es war schwierig, das auf natürliche Art hinzukriegen. Sicher wurde ich rot. Es kam mir so vor, als könne dieser Unschuldsengel mir mit seinem Urteil schaden. Ich brachte ihr Geschenke mit, aber sie halfen nicht, sie zu besänftigen. Sie mußte ihre Macht und meine Schwäche wohl bemerken, und in Gegenwart der anderen sah sie mich forschend und frech an. Ich glaube, wir alle haben in unserem Bewußtsein wie in unserem Körper verborgene empfindliche Stellen, an die man nicht gerne denkt. Man weiß nicht einmal genau, was das ist, man weiß nur, daß sie da sind. Ich wandte meinen Blick von dem des Kindes ab, der mich durchsuchen wollte.

Doch als sie mir an diesem Tag, da ich allein und niedergeschlagen aus dem Haus ging, nachlief, damit ich mich zu ihr hinunterbeugte, um das übliche Kompliment zu hören, neigte ich mich mit einem derart verzerrten Gesicht des wirklich Verrückten zu ihr hinunter und streckte ihr die klauenartig zusammengekrampften Hände so drohend entgegen, daß sie weinend und schreiend davonlief.

So bekam ich Ada auch an diesem Tag zu Gesicht, denn sie war es, die auf diese Schreie hin herbeieilte. Schluchzend erzählte die Kleine, ich hätte sie heftig bedroht, weil sie mich einen Verrückten genannt hatte.

»Weil er ein Verrückter ist, und ich will ihm das sagen. Was ist schlecht daran?«

Ich hörte dem Kind nicht zu, erstaunt, als ich sehen mußte, daß Ada im Haus war. Ihre Schwestern hatten also gelogen, eigentlich nur Alberta, an die Augusta die Aufgabe weitergegeben hatte, indem sie selbst sich ihr entzog! Einen Momentlang lag ich völlig richtig und erriet alles. Ich sagte zu Ada:

»Es freut mich, Sie zu sehen. Ich dachte, Sie wären seit drei Tagen bei Ihrer Tante.«

Sie antwortete mir nicht, weil sie sich zuerst zu dem weinenden Mädchen hinunterbeugte. Dieser Aufschub der Erklärungen, auf die ich ein Anrecht zu haben meinte, ließ mir das Blut heftig zu Kopf schießen. Ich fand keine Worte. Ich tat einen weiteren Schritt auf den Ausgang zu, und wenn Ada nichts gesagt hätte, wäre ich gegangen, und ich wäre nie wiedergekommen. Im Zorn erschien mir nichts leichter als dieser Verzicht auf einen Traum, der nun schon so lange gewährt hatte.

Hingegen wandte sie sich mir zu, rot im Gesicht, und sagte, sie sei erst vor wenigen Augenblicken zurückgekommen, da sie die Tante zu Hause nicht angetroffen habe.

Das genügte, um mich zu beruhigen. Wie lieb sie war, so mütterlich über das Mädchen gebeugt, das weiterhin brüllte! Ihr Körper war so biegsam, daß es den Anschein hatte, er sei kleiner geworden, um der Kleinen möglichst nahe zu sein. Ich verharrte in Bewunderung und betrachtete sie wieder als die meine.

Ich war so froh, daß ich den Groll zerstreuen wollte, den ich wenig zuvor gezeigt hatte, und so war ich mehr als freundlich zu Ada und auch zu Anna. Von Herzen lachend sagte ich:

»Sie nennt mich so oft einen Verrückten, daß ich ihr das wirkliche Gesicht und das Verhalten eines Verrückten zeigen wollte. Wollen Sie das bitte entschuldigen! Auch du, armes Ännchen, hab keine Angst, denn ich bin ein gutartiger Verrückter.«

Auch Ada war sehr, aber wirklich sehr freundlich. Sie wies die Kleine zurecht, die weiterhin schluchzte, und bat mich ihretwegen um Verzeihung. Hätte ich das Glück gehabt, daß Anna im Zorn davongelaufen wäre, dann hätte ich geredet. Ich hätte eine Phrase zu ihr gesagt, wie man sie vielleicht in irgendeinem Fremdsprachenlehrbuch findet, hübsch vorgefertigt, um dem, der die Landessprache nicht kennt, den Aufenthalt zu erleichtern: »Darf ich bei Ihrem Vater um Ihre Hand anhalten?« Es war das erste Mal, daß ich heiraten wollte, und ich befand mich daher in einem völlig unbekannten Land. Bisher war ich anders mit den Frauen umgegangen, mit denen ich zu tun hatte. Ich war über sie hergefallen und hatte sie vor allem begrapscht.

Aber nicht einmal diese paar Worte konnte ich sagen. Immerhin mußten sie sich ja über einen gewissen Zeitraum erstrecken! Und mußten begleitet sein von einem flehentlichen Gesichtsausdruck, den ich nach meinem Kampf mit Anna und auch mit Ada nicht sofort hinbekam, und vom Ende des Flurs her kam auch schon Signora Malfenti, herbeigerufen von den Schreien des Mädchens.

Ich streckte Ada die Hand hin, die mir sofort herzlich die ihre reichte, und sagte zu ihr:

»Auf Wiedersehen morgen. Entschuldigen Sie mich bitte bei der Signora.«

Ich zögerte jedoch, diese Hand loszulassen, die vertrauensvoll in der meinen ruhte. Ich fühlte, wenn ich jetzt ging, verschenkte ich eine einmalige Gelegenheit mit dieser jungen Frau, die jetzt nur darauf bedacht war, mir Höflichkeiten zu erweisen, um mich für die Ungezogenheiten der Schwester zu entschädigen. Einer Eingebung des Augenblicks folgend, beugte ich mich über ihre Hand und streifte sie mit den Lippen. Daraufhin öffnete ich die Tür und trat ganz rasch hinaus, nachdem ich gesehen hatte, daß Ada, die mir bis dahin ihre Rechte überlassen hatte, während sie mit der Linken Anna hielt, die sich an ihren Rock klammerte, erstaunt ihre kleine Hand betrachtete, die meine Lippen berührt hatten, fast als wolle sie sehen, ob etwas darauf geschrieben wäre. Ich glaube nicht, daß Signora Malfenti meine Geste bemerkt hatte.

Einen Augenblick lang blieb ich auf der Treppe stehen, selbst überrascht von dieser absolut nicht beabsichtigten Geste. Gab es noch die Möglichkeit, zurückzukehren an diese Tür, die ich hinter mir geschlossen hatte, zu läuten und zu bitten, Ada die Worte sagen zu dürfen, die sie vergeblich auf ihrer Hand gesucht hatte? Es schien mir nicht so! Ich hätte es an Würde fehlen lassen, wenn ich zu viel Ungeduld zeigte. Und dann hatte ich ihr ja mit der Ankündigung, ich würde wiederkommen, meine Erklärungen in Aussicht gestellt. Es hing nun ganz von ihr ab, daß sie sie auch bekam, indem sie mir Gelegenheit bot, sie ihr zu geben. Da hatte ich also endlich aufgehört, drei jungen Mädchen Geschichten zu erzählen, dafür aber nur einer einzigen von ihnen die Hand geküßt.

Der Rest des Tages war eher unangenehm. Ich war unruhig und besorgt. Ich redete mir ein, diese Unruhe käme nur von meiner Ungeduld, dieses Abenteuer geklärt zu sehen. Ich malte mir aus, daß ich, falls Ada mich zurückweisen sollte, in aller Ruhe auf die Suche nach anderen Frauen gehen konnte. Meine ganze Neigung zu ihr rührte ja von meinem freien Entschluß her, der jetzt durch einen anderen, der ihn auslöschte, annulliert werden konnte! Damals habe ich nicht begriffen, daß es in diesem Moment für mich keine anderen Frauen gab auf dieser Welt und daß ich genau Ada brauchte.

Auch die folgende Nacht erschien mir unendlich lang; ich verbrachte sie fast völlig schlaflos. Nach dem Tod meines Vaters hatte ich meine Gewohnheiten eines Nachtschwärmers aufgegeben und jetzt, seitdem ich beschlossen hatte, mich zu verheiraten, wäre es seltsam gewesen, sie wiederaufzunehmen. Ich war daher früh zu Bett gegangen, mit dem Wunsch nach Schlaf, in dem ja die Zeit so schnell vergeht.

Bei Tag hatte ich Adas Erklärungen für ihr dreimaliges Fernbleiben von ihrem Salon während der Zeit meiner Anwesenheit mit dem blindesten Vertrauen aufgenommen, einem Vertrauen, das sich meiner festen Überzeugung verdankte, daß die ernsthafte Frau, die ich erwählt hatte, nicht lügen konnte. Aber in der Nacht schwand dieses Vertrauen. Ich zweifelte, ob nicht ich selbst sie darüber informiert hatte, daß Alberta – als Augusta sich geweigert hatte zu reden – zu ihrer Entschuldigung diesen Besuch bei der Tante angeführt hatte. Ich erinnerte mich nicht genau an die Worte, die ich mit hitzigem Kopf an sie gerichtet hatte, aber ich glaubte mir sicher zu sein, daß ich diese Entschuldigung ihr gegenüber erwähnt hatte. Schade! Hätte ich es nicht getan, hätte sie sich vielleicht zu ihrer Entschuldigung etwas anderes ausgedacht, und wenn ich sie derart bei einer Lüge ertappte, hätte ich schon die ersehnte Klarheit gehabt.

Hier hätte ich durchaus merken können, welche Bedeutung Ada inzwischen für mich hatte, denn um mich zu beruhigen, redete ich mir ein, wenn sie mich nicht wollte, würde ich für immer der Ehe entsagen. Ihre Weigerung hätte also mein Leben verändert. Und ich träumte weiter und tröstete mich mit dem Gedanken, daß diese Weigerung vielleicht ein Glück für mich gewesen wäre. Ich mußte an jenen griechischen Philosophen* denken, der Reue ebenso für den vorhersah, der sich verheiratete, wie für den, der unverheiratet blieb. Kurzum, die Fähigkeit, über mein Abenteuer zu lachen, hatte ich noch nicht eingebüßt; die einzige Fähigkeit, die mir fehlte, war die zu schlafen.

Ich schlief ein, als es schon dämmerte. Als ich aufwachte, war es so spät, daß mich nur noch wenige Stunden von derjenigen trennten, zu der mein Besuch im Hause Malfenti gestattet war. Also würde es nicht mehr nötig sein, herumzuphantasieren und weitere Indizien zu sammeln, die mir womöglich Klarheit über Adas Inneres geben könnten. Aber es ist schwer, die Gedanken von der Beschäftigung mit einem Thema abzulenken, das uns über die Maßen wichtig ist. Der Mensch wäre eine Art glücklicheres Tier, wenn er das könnte. Während meiner Toilette, die ich an diesem Tag besonders gründlich machte, dachte ich an nichts anderes: Hatte ich gut daran getan, Ada die Hand zu küssen, oder hatte ich schlecht daran getan, sie nicht auch auf die Lippen zu küssen?

Genau an diesem Morgen hatte ich eine Idee, die mir, glaube ich, sehr geschadet hat, indem sie mir auch das bißchen männliche Initiative raubte, das dieser seltsame Zustand der Halbwüchsigkeit mir erlaubt hätte. Ein schmerzlicher Zweifel: Wenn nun Ada mich nur heiraten würde, weil sie von den Eltern dazu bewogen wurde, ohne mich zu lieben, ja, mit einer wahren Abneigung gegen mich? Denn sicherlich mochten mich alle in dieser Familie, also Giovanni, Signora Malfenti, Augusta und Alberta; zweifeln konnte ich nur an Ada. Am Horizont zeichnete sich genau der übliche Schnulzenroman ab, von dem jungen Mädchen, das von der Familie zu einer verhaßten Heirat gezwungen wird. Aber das würde ich nicht zulassen. Das war ein neuer Grund, weshalb ich mit Ada reden mußte, genauer: mit Ada allein. Es würde nicht genügen, den vorgefertigen Satz, den ich mir zurechtgelegt hatte, an sie zu richten. Ich würde ihr in die Augen schauen und sie fragen: »Liebst du mich?« Und wenn sie ja sagen würde, würde ich sie in die Arme schließen, um die Aufrichtigkeit ihrer Antwort in ihr nachbeben zu fühlen.

So glaubte ich, auf alles vorbereitet zu sein. Statt dessen mußte ich feststellen, daß ich zu dieser Art von Prüfung angetreten war und vergessen hatte, eben jene Seiten des Lehrbuchs anzuschauen, über die ich würde sprechen müssen.

Ich wurde von Signora Malfenti allein empfangen, die mich in einer Ecke des großen Salons Platz nehmen hieß und sofort lebhaft zu plaudern begann und mich sogar daran hinderte, nach dem Befinden der Mädchen zu fragen. Ich war daher ziemlich zerstreut und sagte mir noch einmal meine Lektion auf, um sie nicht im entscheidenden Augenblick zu vergessen. Plötzlich wurde ich wie durch einen Fanfarenstoß zur Aufmerksamkeit zurückgerufen. Signora Malfenti holte gerade zu einer Eröffnung aus. Sie versicherte mich ihrer und ihres Mannes Freundschaft und der Zuneigung ihrer ganzen Familie, die kleine Anna eingeschlossen. Wir kannten uns ja schon so lange. Seit vier Monaten hatten wir uns täglich gesehen.

»Fünf«, korrigierte ich, da ich in der Nacht nachgerechnet hatte und mich erinnerte, daß mein erster Besuch im Herbst stattgefunden hatte, und wir waren jetzt im schönsten Frühling.

»Ja! Fünf!« sagte Signora Malfenti und dachte nach, als ob sie meine Rechnung überprüfen wollte. Dann, mit vorwurfsvollem Ausdruck: »Mir scheint, Sie kompromittieren Augusta.«

»Augusta?« fragte ich, und glaubte, mich verhört zu haben.

»Ja!« bestätigte die Signora. »Sie schmeicheln ihr und kompromittieren sie.«

Arglos gab ich meine Gefühle preis: »Aber Augusta, die sehe ich doch nie.«

Sie zeigte eine Regung des Erstaunens und (oder schien es mir nur so?) der schmerzlichen Überraschung.

Ich versuchte unterdessen, angestrengt nachzudenken, um möglichst schnell zu erklären, was mir wie ein Mißverständnis erschien, dessen Tragweite mir jedoch sofort klar war. In Gedanken sah ich mich wieder, einen Besuch nach dem anderen, in diesen fünf Monaten, nur darauf bedacht, Ada genau auszukundschaften. Ich hatte mit Augusta musiziert, und tatsächlich hatte ich mit ihr, die mir zuhörte, manchmal länger geredet als mit Ada, aber nur, damit sie Ada meine Geschichten, begleitet von ihrer Zustimmung, erklärte. Sollte ich mit Signora Malfenti klar und deutlich über meine Absichten Ada betreffend reden? Aber kurz zuvor hatte ich ja beschlossen, mit Ada allein zu sprechen, um ihr Inneres zu erforschen. Hätte ich damals ganz offen mit Signora Malfenti geredet, wären die Dinge anders gelaufen, und ich hätte also, da ich Ada nicht heiraten konnte, auch Augusta nicht geheiratet. Ich ließ mich von dem Entschluß leiten, den ich gefaßt hatte, bevor ich Signora Malfenti sah, und angesichts der überraschenden Dinge, die sie mir gesagt hatte, schwieg ich.

Ich dachte angestrengt, daher aber auch etwas wirr, nach. Ich wollte verstehen, ich wollte erraten, und zwar rasch. Man sieht die Dinge weniger gut, wenn man die Augen zu weit aufreißt. Undeutlich sah ich die Möglichkeit vor mir, daß sie mich aus dem Haus jagen wollten. Doch schien mir, daß ich sie ausschließen konnte. Ich war unschuldig, da ich ja nicht Augusta, die sie schützen wollten, den Hof machte. Aber vielleicht unterstellte man mir Absichten auf Augusta, um Ada nicht zu kompromittieren. Und warum Ada auf diese Weise schützen, die doch kein kleines Mädchen mehr war? Ich war mir sicher, daß ich sie nur im Traum bei den Haaren gepackt hatte. In Wirklichkeit hatte ich ihre Hand mit den Lippen nur gestreift. Ich wollte nicht, daß man mir den Zugang zu diesem Haus untersagte, denn bevor ich sie verließ, wollte ich mit Ada reden. Daher fragte ich mit zitternder Stimme:

»Sagen doch Sie mir, Signora, was ich tun muß, um niemandem zu mißfallen.«

Sie zögerte. Ich hätte es lieber mit Giovanni zu tun gehabt, der brüllend laut zu denken pflegte. Entschlossen, aber in dem Bemühen, höflich zu wirken, was sich deutlich im Klang der Stimme ausdrückte, sagte sie dann:

»Sie sollten eine Zeitlang weniger häufig zu uns kommen; also nicht jeden Tag, sondern zwei- oder dreimal in der Woche.«

Sicher ist, wenn sie mir grob gesagt hätte, ich solle gehen und nicht wiederkommen, hätte ich sie, immer noch von meinem Vorsatz geleitet, angefleht, mich in diesem Haus zu dulden, wenigstens ein oder zwei Tage noch, um mein Verhältnis zu Ada zu klären. Ihre Worte hingegen, die sanfter waren als befürchtet, gaben mir den Mut, meinen Unwillen zu äußern:

»Aber wenn Sie es wünschen, setze ich nie wieder einen Fuß in dieses Haus!«

Es kam, wie ich gehofft hatte. Sie protestierte, sprach wieder von ihrer aller Wertschätzung und flehte mich an, nicht wütend auf sie zu sein. Und ich zeigte mich großmütig, versprach ihr alles, was sie wollte, also vier oder fünf Tage lang davon Abstand zu nehmen, in dieses Haus zu kommen, und dann mit einer gewissen Regelmäßigkeit jede Woche zwei oder dreimal von neuem zu kommen, und vor allem, nicht böse auf sie zu sein.

Als ich diese Versprechen gegeben hatte, wollte ich zeigen, daß ich sie auch hielt, und stand auf, um zu gehen. Signora Malfenti protestierte lachend:

»Mit mir gibt es keinerlei kompromittierende Situation, und Sie können ruhig bleiben.«

Und da ich bat, mich gehen zu lassen wegen einer Verpflichtung, an die ich mich eben erst wieder erinnert hatte, während ich in Wahrheit den Moment nicht erwarten konnte, allein zu sein und besser über das ungewöhnliche Abenteuer nachzudenken, das mir da zustieß, bat Signora Malfenti mich geradezu, ich möge doch bleiben, und sagte, so würde ich ihr den Beweis liefern, daß ich nicht wütend auf sie sei. Also blieb ich, wobei ich fortwährend das leere Geplapper über mich ergehen lassen mußte, dem sie sich jetzt hingab, über die Damenmode, die sie nicht mitmachen wollte, über das Theater und auch über das sehr trockene Wetter, mit dem der Frühling sich ankündigte.

Wenig später war ich froh, daß ich geblieben war, da ich bemerkte, daß ich noch eine weitere Erklärung brauchte. Völlig rücksichtslos unterbrach ich die Signora, deren Worte ich nicht mehr hörte, um sie zu fragen:

»Und in der Familie werden alle davon wissen, daß Sie mich aufgefordert haben, diesem Haus fernzubleiben?«

Zunächst schien es, als würde sie sich überhaupt nicht mehr an unsere Abmachung erinnern. Dann widersprach sie heftig:

»Diesem Haus fernbleiben? Aber doch nur für ein paar Tage, versteht sich. Ich werde niemandem davon etwas sagen, selbst meinem Mann nicht, und ich wäre Ihnen sehr dankbar, wenn Sie die gleiche Diskretion an den Tag legten.«

Auch das versprach ich, ich versprach auch, daß ich, wenn man Erklärungen von mir verlangen sollte, warum man mich denn nicht mehr so oft sähe, verschiedene Vorwände erfinden würde. Vorerst schenkte ich den Worten Signora Malfentis Glauben und stellte mir vor, daß Ada über mein plötzliches Fernbleiben verwundert und betrübt sein könnte. Eine höchst angenehme Vorstellung!

Dann blieb ich noch länger, stets in der Erwartung, daß noch eine Eingebung mir weiterhelfen würde, während Signora Malfenti über die Lebensmittelpreise redete, die in letzter Zeit gewaltig gestiegen waren.

Statt weiterer Eingebungen stellte sich Tante Rosina ein, eine Schwester Giovannis, die älter aber wesentlich weniger gescheit war als er. Sie teilte jedoch einige Züge seiner moralischen Physiognomie mit ihm, die ausreichend waren, um sie als seine Schwester zu kennzeichnen. In erster

Linie dasselbe Bewußtsein von den eigenen Rechten und den Pflichten der anderen, das aber deshalb so komisch war, da es jeglicher Druckmittel zu seiner Durchsetzung entbehrte, und dann auch die Untugend, schnell laut zu werden. Sie glaubte, im Hause ihres Bruders so viele Rechte zu haben, daß sie – wie ich später erfuhr – Signora Malfenti über lange Zeit als Eindringling betrachtete. Sie war unverheiratet und lebte mit einer einzigen Dienerin, von der sie immer wie von ihrer größten Feindin sprach. Als sie im Sterben lag, bat sie meine Frau, sie solle das Haus überwachen, bis die Dienerin, die ihr beigestanden hatte, fortgegangen wäre. Jeder in Giovannis Haus ertrug sie, weil man ihre Aggressivität fürchtete.

Noch ging ich nicht. Tante Rosina mochte von ihren Nichten Ada am liebsten. In mir kam der Wunsch auf, ihre Freundschaft zu gewinnen, und ich suchte nach einem liebenswürdigen Satz, den ich ihr sagen könnte. Ich erinnerte mich dunkel, daß beim letzten Mal, als ich sie gesehen hatte (das heißt flüchtig gesehen hatte, denn damals hatte ich nicht das Bedürfnis verspürt, sie anzusehen), die Nichten, kaum daß sie gegangen war, festgestellt hatten, daß sie keine gute Gesichtsfarbe habe. Ja, eine von ihnen hatte gemeint:

»Irgendwelcher Ärger mit der Dienerin wird ihr halt böses Blut gemacht haben.«

Da hatte ich, was ich suchte. Ich schaute der alten Dame liebevoll ins runzlige Altweibergesicht und sagte:

»Ich finde, Sie sehen sehr erholt aus, Signora.«

Hätte ich diesen Satz doch nie gesagt. Sie sah mich verwundert an und protestierte:

»Ich sehe immer gleich aus. Seit wann soll ich mich denn erholt haben?«

Sie wollte wissen, wann ich sie zum letzten Mal gesehen hatte. Ich erinnerte mich nicht genau an das Datum und mußte sie daran erinnern, daß wir einen ganzen Nachmittag zusammen verbracht hatten, mit den drei jungen Damen saßen wir im selben Salon, doch nicht in dem Teil, wo wir jetzt waren, sondern in dem anderen. Ich hatte mir vorgenommen, ihr Interesse zu bekunden, aber die Erklärungen, die sie verlangte, überspannten es. Meine Verlogenheit machte mir zu schaffen und bereitete mir echten Schmerz.

Lächelnd griff Signora Malfenti ein:

»Aber Sie wollten doch nicht etwa sagen, daß Tante Rosina zugenommen hat?«

Teufel! Das war der Grund für Tante Rosinas Ärger, die sehr dick war, wie der Bruder, und trotzdem hoffte abzunehmen.

»Zugenommen? Nie und nimmer! Ich wollte nur von der frischeren Gesichtsfarbe der Signora sprechen.«

Ich versuchte, einen liebevollen Ausdruck beizubehalten, dabei mußte ich mich zurückhalten, um ihr nicht eine Ungehörigkeit zu sagen.

Tante Rosina schien auch da noch nicht zufrieden. Es war ihr nie schlecht gegangen in letzter Zeit, und sie verstand nicht, warum sie mir krank vorgekommen sein sollte. Und Signora Malfenti gab ihr recht:

»Das ist sogar eine Besonderheit von ihr, daß sie nie die Gesichtsfarbe wechselt«, sagte sie zu mir gewandt. »Finden Sie nicht?«

Ich fand es. Das war sogar ganz offenkundig. Ich ging sofort. Ich streckte Tante Rosina mit großer Herzlichkeit die Hand entgegen und hoffte, sie zu versöhnen, aber sie überließ mir die ihre und schaute anderswohin.

Kaum hatte ich die Schwelle dieses Hauses überschritten, änderte sich meine Gemütsverfassung. Welche Befreiung! Nun brauchte ich nicht mehr die Absichten Signora Malfentis zu ergründen und mich auch nicht abzumühen, Tante Rosina zu gefallen. Ich glaube ernstlich, wäre Tante Rosina nicht so plump hereingeplatzt, Signora Malfenti, diese ausgekochte Diplomatin, hätte ihr Ziel glatt erreicht und ich wäre aus diesem Haus gegangen, froh und zufrieden, weil man mich gut behandelt hatte. Hüpfend lief ich die Treppen hinunter. Tante Rosina war fast so etwas wie ein Kommentar zu Signora Malfenti gewesen. Signora Malfenti hatte mir vorgeschlagen, ihrem Haus für ein paar Tage fernzubleiben. Zu gütig, die werte Signora! Ich würde ihr über ihre Erwartungen hinaus entgegenkommen, und sie würde mich nie wiedersehen! Sie hatten mich gequält, sie und Tante Rosina. Mit welchem Recht? Weil ich hatte heiraten wollen? Aber ich dachte ja gar nicht mehr daran! Wie schön die Freiheit war!

Eine gute Viertelstunde lang lief ich, begleitet von diesem starken Gefühl, durch die Straßen. Dann verspürte ich das Bedürfnis nach noch größerer Freiheit. Ich mußte einen Weg finden, meiner Absicht, nie wieder einen Fuß in dieses Haus zu setzen, auf endgültige Weise Ausdruck zu verleihen. Ich verwarf die Idee, einen Brief zu schreiben, mit dem ich mich verabschiedete. Der Rückzug wurde noch schnöder, wenn ich keinen Grund dafür bekanntgab. Ich würde ganz einfach vergessen, Giovanni und seine ganze Familie zu besuchen.

Ich fand die unaufdringliche und freundliche und dadurch auch leicht ironische Geste, mit der ich meine Absicht bekunden würde. Ich lief zu einem Blumenhändler und stellte einen prachtvollen Strauß Blumen zusammen, den ich Signora Malfenti schicken ließ, begleitet von meiner Visitenkarte, auf die ich nichts weiter schrieb als das Datum. Mehr war nicht nötig. Es war ein Datum, das ich nie mehr vergessen würde, und das vielleicht auch Ada und ihre Mutter nicht vergessen würden: der 5. Mai, Napoleons Todestag.

Ich sorgte dafür, daß der Strauß rasch zugestellt wurde. Es war überaus wichtig, daß er noch am selben Tag ankam.

Aber dann? Alles war getan, alles, denn da war nichts mehr zu machen! Ada blieb getrennt von mir mit ihrer ganzen Familie, und ich mußte leben, ohne irgend etwas zu tun, und abwarten, daß einer von ihnen zu mir käme und mir die Gelegenheit böte, etwas anderes zu tun oder zu sagen.

Ich lief in mein Büro, um nachzudenken und um mich einzuschließen. Hätte ich meiner schmerzlichen Ungeduld nachgegeben, wäre ich nämlich im Laufschritt in dieses Haus zurückgekehrt, auf die Gefahr hin, noch vor meinem Blumenstrauß dort anzukommen. Vorwände gab es genug. Ich konnte ja auch meinen Schirm dort vergessen haben!

So etwas wollte ich nicht tun. Mit der Übersendung dieses Blumenstraußes hatte ich eine wirklich glänzende Haltung eingenommen, die gewahrt werden mußte. Jetzt mußte ich nur stillhalten, denn nun lag es an ihnen, den nächsten Zug zu machen.

Die Besinnung, die ich mir in meinem kleinen Büro verschaffte und von der ich mir Erleichterung erhoffte, klärte lediglich die Gründe für meine Verzweiflung, die sich bis zu Tränen steigerte. Ich liebte Ada! Noch wußte ich nicht, ob dieses Wort angemessen war, und fuhr fort in meiner Analyse. Sie sollte nicht nur die meine sein, sondern auch meine Ehefrau. Sie, mit diesem marmornen Gesicht über dem herben Körper, und noch einmal sie mit ihrer Ernsthaftigkeit, deretwegen sie meine Art von Witz nicht verstand, den ich ihr nicht klarmachen, sondern auf den ich für immer verzichten würde, sie, die mir ein Leben voller Klugheit und Arbeit beibringen würde. Ich wollte sie über alles, und alles wollte ich von ihr. Endlich gelangte ich zu dem Schluß, daß das Wort genau richtig war: Ich liebte Ada.

Es schien mir, als hätte ich da etwas sehr Wichtiges gedacht, was mich leiten konnte. Fort mit den Bedenken! Es kam nicht mehr darauf an zu wissen, ob sie mich liebte. Ich mußte versuchen, sie zu bekommen, und dazu brauchte ich nicht mehr mit ihr zu reden, wenn Giovanni über sie verfügen konnte. Auf der Stelle mußte alles geklärt werden, um sofort zum Glück zu gelangen oder aber alles zu vergessen und zu genesen. Warum sollte ich unterdessen so viel leiden? Wenn ich erfahren würde – und das konnte ich nur von Giovanni erfahren –, daß ich Ada endgültig verloren hatte, würde ich wenigstens nicht mehr mit der Zeit zu kämpfen haben, die weiterhin langsam dahintrotten würde, ohne daß ich das Bedürfnis verspürte, sie anzutreiben. Endgültiges ist immer Ruhe, weil es der Zeit entrückt ist.

Sofort machte ich mich auf die Suche nach Giovanni. Es waren zwei Wege. Einer zu seinem Büro, das in der Straße lag, die wir noch heute »Delle Case Nuove« nennen, weil unsere Vorfahren das auch schon taten. Hohe, alte Häuser überschatten eine Straße, die ganz nah am Meeresufer liegt und um diese Zeit der Abenddämmerung wenig belebt ist, und dort kam ich rasch voran. Beim Gehen dachte ich an nichts anderes, als mir den Satz, den ich an ihn richten mußte, so knapp wie möglich zurechtzulegen. Es genügte, ihm mitzuteilen, daß ich fest entschlossen war, seine Tochter zu heiraten. Ich brauchte ihn weder zu überrumpeln noch zu überzeugen. Dieser Geschäftsmann würde wissen, welche Antwort er mir zu geben hatte, sobald er meine Bitte verstanden hatte. Trotzdem machte mir die Frage Sorgen, ob ich bei einer solchen Gelegenheit Hochsprache oder Dialekt sprechen sollte.

Aber Giovanni hatte sein Büro schon verlassen und war ins Tergesteo gegangen. Ich machte mich dorthin auf. Nun gemächlicher, da ich wußte, daß ich auf der Börse länger warten mußte, um unter vier Augen mit ihm reden zu können. In der Via Cavana mußte ich dann wegen der Menschenmenge, die die enge Straße verstopfte, langsamer gehen. Und genau da, als ich mir meinen Weg durch diese Menge bahnen mußte, erlangte ich wie in einer Vision die Klarheit, nach der ich seit so vielen Stunden suchte. Die Malfentis wollten, daß ich Augusta heiratete, und sie wollten nicht, daß ich Ada heiratete, und das aus dem einfachen Grund, daß Augusta in mich verliebt war und Ada mitnichten. Mitnichten, denn sonst hätten sie nicht eingegriffen, um uns zu trennen. Sie hatten mir gesagt, ich würde Augusta kompromittieren, dabei war sie es, die sich kompromittierte, weil sie mich liebte. In diesem Augenblick begriff ich alles mit vollkommener Klarheit, als ob jemand aus der Familie es mir gesagt hätte. Und ich ahnte auch, daß es Ada recht war, daß ich aus diesem Haus verwiesen wurde. Sie liebte mich nicht und würde mich nicht lieben, jedenfalls so lange nicht, wie ihre Schwester mich liebte. Im Gedränge der Via Cavana hatte ich also folgerichtiger nachgedacht als in der Abgeschiedenheit meines Büros.

Wenn ich mich heute wieder an diese denkwürdigen fünf Tage zurückerinnere, wundere ich mich, daß es mich nicht milde gestimmt hat, zu erfahren, daß die arme Augusta mich liebte. Ich, der ich nun aus dem Hause Malfenti hinausgeworfen worden war, liebte Ada mit wütender Leidenschaft. Warum zog ich keinerlei Befriedigung aus der klaren Einsicht, daß Signora Malfenti mich ganz umsonst fortgeschickt hatte, da ich ja im Hause blieb, und zwar in nächster Nähe von Ada, nämlich im Herzen von Augusta? Ich hingegen empfand es wie eine erneute Beleidigung, daß Signora Malfenti mich aufforderte, Augusta nicht zu kompromittieren, und das hieß, sie zu heiraten. Für das häßliche Mädchen, das mich liebte, hatte ich die ganze Geringschätzung übrig, die mir – wie ich nicht einsehen wollte – ihre schöne Schwester entgegenbrachte, die ich liebte.

Ich beschleunigte meine Schritte jetzt noch mehr, bog jedoch ab und ging zu mir nach Hause. Ich brauchte nicht mehr mit Giovanni zu reden, denn mir war nun völlig klar, wie ich mich zu verhalten hatte; mit einer so verzweifelten Klarsicht, die mir vielleicht endlich Frieden schenken und mich der zu langsamen Zeit entrücken würde. Es war auch riskant, mit diesem Flegel von Giovanni darüber zu reden. Signora Malfenti hatte in einer Art geredet, daß ich sie erst da in der Via Cavana verstanden hatte. Ihr Mann war zu ganz anderem Benehmen fähig. Vielleicht würde er mich rundheraus fragen: »Warum willst du Ada heiraten? Schauen wir doch einmal! Würdest du nicht besser Augusta heiraten?« Denn er hatte einen Grundsatz, an den ich mich erinnerte und der ihn in diesem Fall wohl leiten würde: »Du mußt deinem Kontrahenten das Geschäft immer klar und deutlich erklären, denn erst dann kannst du sicher sein, es besser zu verstehen als er.« Und dann? Der offene Bruch wäre die Folge gewesen. Erst dann hätte die Zeit laufen können, wie sie wollte, weil ich keinerlei Grund mehr gehabt hätte, mich einzumischen: Ich wäre am toten Punkt angelangt.

Ich erinnerte mich auch noch an einen anderen Leitsatz Giovannis und klammerte mich daran, weil er mir große Hoffnung einflößte. Ganze fünf Tage lang vermochte ich daran festzuhalten, jene fünf Tage, die meine Leidenschaft in Krankheit verwandelten. Giovanni pflegte zu sagen, man solle keine Eile haben, zum Abschluß eines Geschäfts zu kommen, wenn man sich von diesem Abschluß keinen Vorteil erwarten könne: Jedes Geschäft komme früher oder später von selbst zum Abschluß, wie ja die Tatsache beweise, daß die Geschichte der Welt so lang ist und nur so wenige Geschäfte unerledigt geblieben sind. Solange man nicht zu seinem Abschluß geschritten sei, könne sich jedes Geschäft immer noch günstig entwickeln.

Ich erinnerte mich nicht mehr, daß es bei Giovanni noch andere Leitsätze gab, die das Gegenteil besagten, und ich hielt mich an diesen. An etwas mußte ich mich ja schließlich halten. Ich faßte den eisernen Vorsatz, mich nicht zu rühren, bis ich erfuhr, daß irgend etwas Neues meine Sache zu meinen Gunsten vorangebracht hatte. Und hatte einen solchen Schaden davon, daß mich vielleicht deshalb später kein einziger meiner Vorsätze über längere Zeit begleitet hat.

Kaum hatte ich den Vorsatz gefaßt, erhielt ich ein Billett von Signora Malfenti. Ich erkannte ihre Schrift auf dem Umschlag, und bevor ich ihn öffnete, schmeichelte ich mir, schon mein eiserner Vorsatz hätte genügt, damit es sie reute, mich schlecht behandelt zu haben, und sie mir nachlief. Als ich feststellte, daß nichts weiter darin war als die Buchstaben z. D., die »zum Dank« für die Blumen bedeuteten, die ich ihr geschickt hatte, war ich verzweifelt, ich warf mich auf mein Bett und grub die Zähne ins Kissen, wie um mich darauf festzunageln und am Weglaufen zu hindern, womit ich meinen Vorsatz gebrochen hätte. Wieviel ironische Gelassenheit in diesen Anfangsbuchstaben lag! Wesentlich mehr als in dem Datum, das ich auf mein Billett gesetzt hatte und das schon auf einen Vorsatz hinwies und vielleicht auch einen Vorwurf. *Remember* hatte Karl I.* gesagt, bevor man ihm den Kopf abschlug, und er mußte das Datum dieses Tages gemeint haben! Auch ich hatte meine Gegnerin ermahnt, sich zu erinnern und zu zittern!

Es waren schreckliche fünf Tage und fünf Nächte, und ich beobachtete das Auf- und Untergehen der Sonne, was Ende und Anfang bedeutete und die Stunde meiner Freiheit näherbrachte, der Freiheit, mich erneut für meine Liebe zu schlagen.

Ich wappnete mich für diesen Kampf. Nun wußte ich ja, wie mein Mädchen mich haben wollte. Mühelos erinnere ich mich an die Vorsätze, die ich damals faßte, vor allem, weil ich in jüngster Zeit ganz ähnliche gefaßt habe, dann aber auch, weil ich sie mir auf einem Blatt Papier notierte, das ich bis heute aufgehoben habe. Ich nahm mir vor, ernsthafter zu werden. Das bedeutete also, nicht diese Witze zu erzählen, die die anderen zum Lachen und mich in Verruf brachten, und die mir ja auch die Liebe der häßlichen Augusta und die Verachtung meiner Ada eintrugen. Dann war da der Vorsatz, jeden Morgen um acht Uhr in meinem Büro zu sein, das ich schon lange nicht mehr zu Gesicht bekommen hatte, nicht um mit Olivi über meine Rechte herumzustreiten, sondern um mit ihm zu arbeiten und beizeiten die Leitung meiner Geschäfte übernehmen zu können. Das mußte zu einem ruhigeren Zeitpunkt verwirklicht werden als diesem, wie ich auch erst später zu rauchen aufhören konnte, das heißt, wenn ich meine Freiheit wiedererlangt hatte, denn man mußte dieses fürchterliche Intermezzo nicht noch schlimmer machen. Ada stand ein perfekter Ehemann zu. Deshalb gab es da auch verschiedene Vorsätze, mich ernster Lektüre zu widmen, dann jeden Tag ein halbes Stündchen auf dem Fechtboden zu verbringen und ein paarmal in der Woche auszureiten. Die vierundzwanzig Stunden des Tages waren nicht zu viel.

In diesen Tagen des Ausgeschlossenseins war bitterste Eifersucht die Gefährtin all meiner Stunden. Es war ein heroisches Vorhaben, sämtliche Fehler auszumerzen und sich nach ein paar Wochen an die Eroberung Adas zu machen. Aber währenddessen? Während ich mir strengsten Zwang auferlegte, würden die anderen Männer der Stadt da stillhalten und nicht versuchen, mir meine Frau wegzunehmen? Bestimmt gab es da jemanden unter ihnen, der nicht so viel Training brauchte, um genehm zu sein. Ich wußte, ich glaubte zu wissen, daß Ada, sobald sie jemanden fand, der zu ihr paßte, sofort und unverzüglich einwilligen würde, ohne sich zunächst zu verlieben. Wenn ich in diesen Tagen auf einen gut gekleideten, gesunden und gutgelaunten Mann traf, haßte ich ihn, weil mir schien, er passe zu Ada. Woran ich mich von diesen Tagen am besten erinnere, ist die Eifersucht, die sich wie ein Nebel über mein Leben gelegt hatte.

Über den quälenden Zweifel, man könne mir Ada in diesen Tagen wegnehmen, braucht man nicht zu lachen, nun, da man weiß, wie die Dinge ausgegangen sind. Wenn ich an diese Tage der Passion denke, empfinde ich große Bewunderung für meinen prophetischen Sinn.

Mehrfach ging ich nachts unter den Fenstern dieses Hauses vorbei. Anscheinend amüsierten sie sich da oben nach wie vor, wie damals, als ich auch dabei war. Um Mitternacht oder kurz davor gingen im Salon die Lichter aus. Ich lief davon, aus Angst, von einem Gast bemerkt zu werden, der in diesem Augenblick das Haus verlassen mußte.

Aber jede einzelne Stunde dieser Tage waren quälend auch wegen der Ungeduld. Warum fragte keiner nach mir? Warum rührte Giovanni sich nicht? Mußte er sich nicht wundern, daß er mich weder bei sich zu Hause noch im Tergesteo sah? Also war auch er einverstanden, daß man mich ausgeschlossen hatte? Oft unterbrach ich tagsüber wie nachts meine Spaziergänge und lief nach Hause, um nachzusehen, ob nicht jemand nach mir gefragt hatte. Mit diesem Zweifel konnte ich nicht zu Bett gehen, und ich weckte die arme Maria, um sie zu fragen. Stundenlang saß ich zu Hause und wartete, an dem Ort, an dem ich am leichtesten erreichbar war. Doch niemand fragte nach mir, und es ist sicher, wenn nicht ich meinerseits beschlossen hätte, etwas zu unternehmen, wäre ich noch immer ledig.

Eines Abends ging ich zum Spielen in den Club. Seit vielen Jahren schon hatte ich mich dort nicht mehr blicken lassen, um ein Versprechen einzuhalten, das ich meinem Vater gegeben hatte. Mir schien, das Versprechen könne keine Gültigkeit mehr haben, weil ja mein Vater derart schmerzliche Lebensumstände bei mir ebensowenig hatte vorhersehen können wie mein dringendes Bedürfnis, mich zu zerstreuen. Zunächst gewann ich, mit solchem Glück, daß es mir weh tat, weil es mir wie die Entschädigung für mein Pech in der Liebe vorkam. Dann verlor ich, und auch das tat weh, weil mir schien, ich würde im Spiel unterliegen, wie ich in der Liebe unterlegen war. Ich hatte das Spiel bald satt: Es war meiner nicht würdig, und Adas auch nicht. So rein machte mich diese Liebe!

Von diesen Tagen weiß ich auch noch, daß meine Liebesträume von dieser so rauhen Wirklichkeit zunichte gemacht wurden. Der Traum war jetzt etwas ganz anderes. Ich träumte von Sieg statt von der Liebe. Einmal wurde mein Schlaf durch einen Besuch von Ada verschönert. Sie war als Braut gekleidet und ging mit mir zum Traualtar, aber als wir endlich allein waren, liebten wir uns nicht, nicht einmal jetzt. Ich war ihr Mann und hatte das Recht erworben, sie zu fragen: »Wie hast du nur zulassen können, daß ich so behandelt werde?« An anderen Rechten lag mir nichts.

In einer meiner Schubladen finde ich Entwürfe zu Briefen an Ada, an Giovanni und an Signora Malfenti. Sie stammen aus jenen Tagen. An Signora Malfenti schrieb ich einen schlichten Brief, in dem ich mich verabschiedete, bevor ich eine große Reise antrat. Ich erinnere mich jedoch nicht, eine solche Absicht gehabt zu haben: Ich konnte ja die Stadt nicht verlassen, solange ich noch nicht sicher war, daß niemand kommen und nach mir fragen würde. Was für ein Malheur, wenn jemand gekommen wäre und mich nicht angetroffen hätte! Keiner dieser Briefe ist abgeschickt worden. Ja, ich glaube sogar, ich habe sie nur geschrieben, um meine Gedanken zu Papier zu bringen.

Seit vielen Jahren hielt ich mich für krank, allerdings behaftet mit einer Krankheit, unter der mehr die anderen litten als ich selbst. Damals lernte ich die »schmerzliche« Krankheit kennen, eine Reihe von unangenehmen Körperempfindungen, die mich sehr unglücklich machten.

Und das fing so an. Um ein Uhr nachts etwa stand ich auf, da ich keinen Schlaf finden konnte, und lief durch die laue Nacht, bis ich zu einem Vorstadtcafé kam, in dem ich noch nie gewesen war und wo ich daher keine Bekannten treffen würde, was mir sehr recht war, weil ich dort eine Unterhaltung mit Signora Malfenti fortführen wollte, die ich im Bett begonnen hatte und in die sich niemand einmischen sollte. Signora Malfenti hatte mir erneut Vorwürfe gemacht. Sie sagte, ich hätte versucht, mit ihren Töchtern unterm Tisch zu »füßeln«. Indessen: Wenn ich das versucht hatte, dann sicher nur mit Ada. Kalter Schweiß brach mir aus bei dem Gedanken, daß im Hause Malfenti unter Umständen mittlerweile derartige Vorwürfe gegen mich erhoben wurden. Der Abwesende ist immer im Unrecht, und sie konnten mein Fernbleiben benutzt haben, um sich gegen mich zusammenzuschließen. Im hellen Licht des Cafés verteidigte ich mich besser. Sicher hätte ich manchmal mit meinem Fuß gern Adas Fuß berühren wollen, und einmal war es mir auch so vorgekommen, als hätte ich ihn erwischt, mit ihrem Einverständnis. Dann aber hat sich herausgestellt, daß ich den Holzfuß des Tisches gepreßt hatte, und der konnte ja nicht geredet haben.

Ich tat so, als würde ich mich fürs Billardspiel interessieren. Da kam, auf eine Krücke gestützt, ein Herr näher und setzte sich direkt neben mich. Er bestellte eine Zitronenlimonade, und da der Kellner auch auf meine Bestellung wartete, bestellte ich aus Zerstreutheit für mich auch eine Zitronenlimonade, obwohl ich den Geschmack von Zitronen nicht leiden kann. Unterdessen rutschte die Krücke, die an das Sofa gelehnt war, auf dem wir saßen, zu Boden, und beinah reflexartig beugte ich mich hinunter, um sie aufzuheben.

»Ja Zeno!« meinte der arme Hinkende, der mich erkannte, als er sich gerade bedanken wollte.

»Tullio!« rief ich überrascht und streckte ihm die Hand hin. Wir waren Schulkameraden gewesen und hatten uns viele Jahre nicht gesehen. Ich wußte von ihm, daß er nach Abschluß der Mittelschule in eine Bank eingetreten war, wo er eine gute Stellung innehatte.

Ich war jedoch so zerstreut, daß ich ihn schroff fragte, wie das gekommen sei, daß sein rechtes Bein kürzer war, so daß er eine Krücke brauchte.

Aufgeräumt erzählte er mir, er sei vor einem halben Jahr an Rheuma erkrankt, das schließlich das Bein in Mitleidenschaft gezogen hatte.

Ich beeilte mich, ihm eine Reihe von Behandlungen zu empfehlen. Das ist der einzige Weg, ohne große Mühe lebhafte Teilnahme zu heucheln. Er hatte sie alle ausprobiert. Da empfahl ich noch:

»Und warum bist du um diese Zeit noch nicht im Bett? Ich glaube nicht, daß es dir gut tun kann, dich der Nachtluft auszusetzen.«

Er war zu Späßen aufgelegt: Er meinte, mir würde die Nachtluft auch nicht bekommen, und war der Meinung, wer kein Rheuma habe, könne sich immer noch welches zuziehen, solange er am Leben sei. Das Recht, nach Mitternacht schlafen zu gehen, werde ja sogar von der Österreichischen Verfassung eingeräumt. Im übrigen hatten, entgegen der landläufigen Meinung, Wärme und Kälte mit Rheuma nichts zu tun. Er hatte seine Krankheit studiert, ja er tat nichts anders auf dieser Welt, als ihre Ursachen und Heilmittel dagegen zu studieren. Er hatte einen langen Urlaub von der Bank gebraucht, weniger für die Behandlung, als um sich in dieses Studium vertiefen zu können. Dann erzählte er mir, daß er gerade eine seltsame Kur machte. Er aß täglich eine riesige Menge Zitronen. An diesem Tag hatte er schon ungefähr dreißig vertilgt, aber mit der Zeit hoffte er dahin zu kommen, noch mehr davon zu vertragen.

Er vertraute mir an, seiner Meinung nach seien Zitronen auch gegen viele andere Krankheiten gut. Seitdem er sie einnahm, empfand er das übermäßige Rauchen, zu dem auch er verdammt war, als weniger lästig.

Mich schüttelte es bei der Vorstellung von so viel Säure, aber gleich darauf hatte ich eine etwas erfreulichere Vision vom Leben: Ich mochte keine Zitronen, aber wenn sie mir die Freiheit gäben, unbeschadet zu tun, was ich mußte oder wollte, und mich dabei von allen anderen Zwängen befreiten, dann würde ich auch so viele vertilgen. Vollkommene Freiheit ist, wenn man tun kann, was man will, unter der Bedingung, daß man auch etwas tut, was man weniger mag. Wirkliche Sklaverei ist, wenn man zur Abstinenz verdammt ist: Tantalus, nicht Herkules.

Dann tat auch Tullio so, als wäre er erpicht darauf, Neues von mir zu erfahren. Ich war fest entschlossen, ihm nichts von meiner unglücklichen Liebe zu erzählen, aber ich mußte mich abreagieren. Ich sprach mit solcher Übertreibung von meinen Gebrechen (auf diese Weise registrierte ich sie, und ich bin sicher, sie waren harmlos), daß mir zuletzt Tränen in den Augen standen, während Tullio sich immer wohler fühlte, da er mich für kränker hielt als sich selbst.

Er fragte mich, ob ich arbeitete. Alle in der Stadt erzählten sich, daß ich nichts tat, und ich fürchtete, er könne Grund haben, mich zu beneiden, während ich in dem Moment das unbedingte Bedürfnis hatte, bedauert zu werden. Ich log! Ich erzählte ihm, daß ich in meinem Büro arbeitete, nicht viel, aber täglich mindestens sechs Stunden, und außerdem hatte ich mit den sehr verworrenen Angelegenheiten, die mein Vater und meine Mutter mir hinterlassen hatten, weitere sechs Stunden lang zu tun.

»Zwölf Stunden!« kommentierte Tullio, und mit einem befriedigten Lächeln gewährte er mir das, was ich begehrte, sein Mitleid: »Da bist du ja wirklich nicht zu beneiden!«

Die Schlußfolgerung war richtig, und ich war so gerührt davon, daß ich gegen die Tränen ankämpfen mußte. Ich fühlte mich unglücklicher denn je, und in diesem Zustand war ich natürlich anfällig für Verletzungen.

Tullio hatte wieder angefangen, von seiner Krankheit zu erzählen, die auch sein wichtigster Zeitvertreib war. Er hatte die Anatomie des Beins und des Fußes studiert. Lachend erzählte er mir, daß man beim schnellen Gehen für einen Schritt nicht mehr als eine halbe Sekunde benötige, und daß sich in dieser halben Sekunde nicht weniger als vierundfünfzig Muskeln in Bewegung setzen würden. Ich staunte, und sofort lief ich in Gedanken zu meinen Beinen, um dort nach diesem ungeheuerlichen Apparat zu suchen. Ich glaube, ich habe ihn gefunden. Natürlich stieß ich dabei nicht auf vierundfünfzig Einzelvorrichtungen, sondern auf einen immens komplizierten Mechanismus, der, sowie ich meine Aufmerksamkeit darauf richtete, aus seinem geregelten Gang geriet.

Ich verließ das Café hinkend, und ein paar Tage lang hinkte ich auch weiterhin. Das Gehen war für mich zu einer schweren und auch leicht schmerzhaften Arbeit geworden. Diesem Wirrwarr an Mechanismen schien jetzt das Schmieröl zu fehlen, und sie schienen sich in ihren Bewegungen gegenseitig zu behindern. Wenige Tage später befiel mich ein schlimmeres Übel, von dem ich berichten werde, und das das erste abschwächte. Aber noch heute, da ich darüber schreibe, geniert es die vierundfünfzig Bewegungsabläufe, wenn mir wer beim Gehen zuschaut, und ich bin drauf und dran hinzufallen.

Auch diese Verletzung verdanke ich Ada. Viele Tiere werden in der Brunftzeit Beute von Jägern oder von anderen Tieren. Ich war damals Beute der Krankheit, und ich bin mir sicher, hätte ich zu einem anderen Zeitpunkt von dem ungeheuerlichen Muskelapparat erfahren, es hätte mir überhaupt nicht geschadet.

Ein paar Zeichen auf einem Blatt Papier, das ich aufbewahrt habe, erinnern mich an ein anderes merkwürdiges Abenteuer jener Tage. Außer dem Vermerk über eine letzte Zigarette, begleitet vom Ausdruck meiner Zuversicht, von der Krankheit der vierundfünfzig Bewegungen wieder genesen zu können, ist da auch der Versuch zu einem Gedicht... auf eine Fliege. Wüßte ich es nicht besser, würde ich annehmen, diese Verse stammten von einer Tochter aus gutem Hause, die die Insekten, die sie besingt, mit du anredet, aber da sie nun einmal von mir verfaßt sind, muß ich annehmen, daß es, wenn ich da hindurchgegangen bin, jedermann überallhin verschlagen kann.

Und so sind diese Verse zustande gekommen. Ich war spät nachts nach Hause gekommen, und statt mich schlafen zu legen, war ich in mein Arbeitszimmer gegangen und hatte das Gaslicht angedreht. Im Licht fing eine Fliege an mich zu belästigen. Ich konnte ihr einen Schlag versetzen, allerdings nur leicht, um mich nicht zu beschmutzen. Ich vergaß sie, aber dann sah ich sie erneut mitten auf dem Tisch, wie sie sich langsam erholte. Sie stand still, aufgerichtet, und schien größer als vorher, weil eines ihrer Beinchen lahm war und sich nicht beugen ließ. Mit den beiden Hinterbeinen putzte sie sich eifrig die Flügel. Sie versuchte, sich zu bewegen, fiel aber auf den Rücken. Sie richtete sich auf und kehrte beharrlich zu ihrem eifrigen Tun zurück.

Da schrieb ich diese Verse, erstaunt über die Entdeckung, daß dieser kleine Organismus, der von so großem Schmerz durchdrungen war, in seiner enormen Anstrengung von zwei irrigen Annahmen geleitet wurde: Indem das Insekt sich mit so großem Eifer die Flügel putzte, die ja nicht verletzt waren, bewies es vor allem, daß es nicht wußte, von welchem Organ der Schmerz herrührte; sodann bewies der Eifer seiner Bemühungen, daß es da in seinem winzigen Geist den fundamentalen Glauben gab, auf Gesundheit hätten alle ein Anrecht und sie müsse sich mit Sicherheit wieder einstellen, wenn sie uns einmal im Stich gelassen hat. Das waren Irrtümer, die leicht entschuldbar sind bei einem Insekt, das nur das Leben einer einzigen Jahreszeit lebt und keine Zeit hat, Erfahrungen zu machen.

Doch es kam der Sonntag. Damit der fünfte Kalendertag seit meinem letzten Besuch im Hause Malfenti. Ich, der ich so wenig arbeite, habe stets große Achtung vor dem Feiertag gehabt, da er das Leben in kurze Abschnitte unterteilt, die es erträglicher machen. Dieser Feiertag brachte auch für mich eine anstrengende Woche zum Abschluß, und ich hatte daher ein Anrecht auf Freude. Ich änderte überhaupt nichts an meinen Plänen, aber an diesem Tag sollten sie nicht gültig sein, und ich würde Ada wiedersehen. Mit keinem Wort würde ich diese Pläne in Frage stellen, aber ich mußte sie auch deshalb wiedersehen, weil ja die Möglichkeit bestand, daß das Geschäft sich schon zu meinen Gunsten gewendet hatte, und da wäre es ein schöner Schaden gewesen, grundlos weiter zu leiden.

Daher eilte ich zu Mittag so schnell, wie meine armen Beine es mir erlaubten, in die Stadt und in die Straße, durch die, wie ich wußte, Signora Malfenti und ihre Töchter auf dem Heimweg von der Messe kommen würden. Es war ein Festtag voller Sonnenschein, und beim Gehen dachte ich, in der Stadt erwartete mich vielleicht die ersehnte Neuigkeit, Adas Liebe!

So war es nicht, aber für einen Augenblick bildete ich es mir ein. Das Glück war mir unglaublich hold. Ich stieß frontal mit Ada zusammen, mit Ada allein. Mir verschlug es den Schritt und den Atem. Was tun? Meinem Vorsatz gemäß, hätte ich beiseite treten und sie mit einem gemessenen Gruß vorbeilassen müssen. Meine Gedanken waren jedoch etwas durcheinander, denn zuvor hatte es andere Vorsätze gegeben, darunter einen, an den ich mich erinnerte, wonach ich klar und deutlich mit ihr reden und aus ihrem Mund mein Schicksal vernehmen sollte. Ich trat nicht beiseite, und als sie mich grüßte, als ob wir fünf Minuten zuvor auseinandergegangen wären, schloß ich mich ihr an.

Sie hatte zu mir gesagt:

»Guten Tag, Signor Cosini! Ich bin etwas in Eile.«

Und ich:

»Erlauben Sie, daß ich Sie ein Stück begleite?«

Lächelnd willigte sie ein. Sollte ich also mit ihr reden? Sie fügte hinzu, sie ginge direkt nach Hause, daher begriff ich, daß ich nur fünf Minuten Zeit hatte zum Reden, und auch von dieser Zeit verlor ich noch einen Gutteil mit meinen Berechnungen, ob sie für die wichtigen Dinge, die ich zu sagen hatte, ausreichen würde. Besser, sie gar nicht zu sagen, als sie nicht ganz zu sagen. Dann verwirrte mich auch die Tatsache, daß es damals in unserer Stadt für ein junges Mädchen kompromittierend war, sich auf der Straße von einem jungen Mann begleiten zu lassen. Sie gestattete es mir. Konnte ich mich damit nicht schon zufriedengeben? Unterdessen betrachtete ich sie und versuchte, meine Liebe, die sich in Zorn und in Zweifeln verflüchtigt hatte, wieder unversehrt zu empfinden. Würden wenigstens meine Träume wiederkehren? Im Ebenmaß ihrer Linien erschien sie mir klein und groß zugleich. Die Träume kehrten in Scharen zurück, auch neben ihr, die wirklich war. Das war meine Art des Begehrens, und ich kehrte mit inniger Freude zu ihm zurück. Jede Spur von Zorn oder Groll verschwand aus meiner Brust.

Aber hinter uns hörte man eine zögernde Anrede:

»Sie gestatten, Signorina!«

Empört sah ich mich um. Wer wagte es, die Erklärungen zu unterbrechen, mit denen ich noch nicht begonnen hatte? Ein bartloses Herrensöhnchen, dunkelhaarig und blaß, sah sie fragend an. Ich sah Ada meinerseits an, in der aberwitzigen Hoffnung, sie würde mich um Hilfe bitten. Ein Zeichen hätte genügt, und ich hätte mich auf dieses Individuum gestürzt und es für seine dreiste Anmaßung zur Rechenschaft gezogen. Und wehe, er sollte sich unterstehen, weiterzumachen. Meine Leiden wären auf der Stelle behoben gewesen, wäre es mir vergönnt gewesen, mich zu einem brutalen Akt der Gewalt hinreißen zu lassen.

Aber Ada machte kein derartiges Zeichen. Mit einem Lächeln, das spontan war, weil es die Zeichnung von Wangen und Mund, aber auch das Licht ihrer Augen leicht veränderte, streckte sie ihm die Hand hin:

»Signor Guido!«

Dieser Vorname tat mir weh. Mich hatte sie wenig zuvor mit meinem Familiennamen angeredet.

Ich sah mir diesen Signor Guido genauer an. Er war mit ausgesuchter Eleganz gekleidet, und in der behandschuhten Rechten hielt er einen Spazierstock mit einem überlangen Elfenbeinknauf, den ich nicht tragen würde, selbst wenn man mir für jeden gelaufenen Kilometer etwas zahlen würde. Ich machte mir keinen Vorwurf, daß ich in einer solchen Person eine Gefahr für Ada hatte sehen können. Es gibt so finstre Gestalten, die elegant gekleidet sind und auch solche Stöcke tragen.

Adas Lächeln holte mich auf die Ebene des gewöhnlichsten gesellschaftlichen Verkehrs zurück. Ada machte uns bekannt. Und auch ich lächelte! Adas Lächeln erinnerte ein wenig an das Gekräusel von klarem Wasser, über das eine leichte Brise hinstreicht. Auch meines erinnerte an eine ähnliche Bewegung, hervorgerufen aber durch einen Stein, der ins Wasser geworfen worden war.

Er hieß Guido Speier. Mein Lächeln wurde spontaner, denn da bot sich mir gleich die Gelegenheit, ihm etwas Unangenehmes zu sagen:

»Sie sind Deutscher?«

Höflich erwiderte er, er gebe zu, daß man ihn vom Namen her dafür halten konnte. Die Dokumente seiner Familie allerdings belegten, daß sie seit mehreren Jahrhunderten italienisch war. Er sprach das Toskanische* mit großer Natürlichkeit, während ich und Ada zu unserem schmählichen Dialekt verurteilt waren.

Ich sah ihn an, um besser zu verstehen, was er sagte. Er war ein sehr gutaussehender junger Mann: Zwischen den völlig zwanglos halbgeöffneten Lippen konnte man einen Mund voll von makellos weißen Zähnen sehen. Sein Blick war lebhaft und ausdrucksvoll, und als er den Hut lüftete, hatte ich sehen können, daß seine dunklen, leicht gelockten Haare die gesamte Fläche bedeckten, die Mutter Natur dafür vorgesehen hat, während ein Großteil meines Kopfes damals schon von der Stirn eingenommen worden war.

Ich hätte ihn gehaßt, auch wenn Ada nicht dabei gewesen wäre, aber ich litt unter diesem Haß und versuchte, ihn zu dämpfen. Ich dachte: »Er ist ja zu jung für Ada.« Und dann dachte ich, daß die vertrauliche Freundlichkeit, mit der sie ihm begegnete, auf eine Anordnung des Vaters zurückzuführen war. Vielleicht war er für die Geschäfte von Signor Malfenti ein wichtiger Mann, und ich hatte den Eindruck gehabt, als würde in solchen Fällen die ganze Familie zur Zusammenarbeit verpflichtet. Ich fragte ihn:

»Lassen Sie sich in Triest nieder?«

Er antwortete mir, er sei seit einem Monat hier und baue hier ein Handelshaus auf. Ich atmete auf! Ich konnte richtig geraten haben.

Ich hinkte beim Gehen, aber ziemlich unbefangen, da ich sah, daß es niemandem auffiel. Ich sah Ada an und versuchte alles übrige zu vergessen, einschließlich des anderen, der uns begleitete. Im Grunde bin ich ein Mann der Gegenwart und denke nicht an die Zukunft, wenn sie nicht dunkle Schatten auf die Gegenwart wirft. Ada ging zwischen uns beiden dahin und trug einen stereotypen, unbestimmten Ausdruck von Fröhlichkeit im Gesicht, der fast zum Lächeln wurde. Diese Fröhlichkeit schien mir neu zu sein. Wem galt dieses Lächeln? Nicht mir, den sie schon lange nicht mehr gesehen hatte?

Ich hörte mir an, was sie sich sagten. Sie sprachen über Spiritismus, und sogleich erfuhr ich, daß Guido im Hause Malfenti das Tischchenrücken eingeführt hatte.

Ich brannte vor Verlangen, mich zu vergewissern, daß das süße Lächeln, das um Adas Lippen spielte, mir gehörte, und so stürzte ich mich auf das Thema ihres Gesprächs und erfand eine Geistergeschichte. Kein Dichter hätte in gebundenen Reimen besser improvisieren können als ich. Ohne zu wissen, wohin mich das führen würde, setzte ich ein mit der Erklärung, daß mittlerweile auch ich an Geister glaubte, wegen einer Geschichte, die mir tags zuvor genau auf dieser Straße passiert war... vielmehr nein!... auf der Parallelstraße zu der, die wir vor uns hatten. Dann sagte ich, auch Ada hätte doch Professor Bertini gekannt, der unlängst in Florenz gestorben war, wo er sich nach seiner Pensionierung niedergelassen hatte. Wir erfuhren von seinem Tod durch eine kurze Notiz in einer Lokalzeitung, die ich wieder vergessen hatte, und so kam es, daß ich Professor Bertini, wenn ich an ihn dachte, in seinem wohlverdienten Ruhestand zwischen Bauernhöfen herumspazieren sah. Am Tag zuvor nun wurde ich in der Parallelstraße zu der, in der wir gingen, an einer Stelle, die ich genau angab, von einem Herrn angesprochen, der mich kannte, und von dem ich wußte, daß ich ihn kannte. Er hatte einen komischen Gang, wie eine Frau, die sich in den Hüften wiegt, um ihre Schritte leichter zu setzen...

»Sicher! Das konnte Bertini sein!« sagte Ada lachend.

Das Lachen gehörte mir, und ermuntert fuhr ich fort:

»Ich wußte, daß ich ihn kannte, aber ich konnte mich nicht mehr erinnern, wer es war. Wir sprachen über Politik. Es war Bertini, denn er erzählte jede Menge Schwachsinn, mit seiner meckernden Stimme...«

»Auch seine Stimme!« sagte Ada wieder lachend und sah mich erwartungsvoll an, um den Schluß zu hören.

»Ja! Es hätte Bertini sein müssen«, sagte ich und heuchelte – ganz der große Schauspieler, der an mir verlorengegangen ist – Schrecken. »Er drückte mir zum Abschied die Hand und ging tänzelnd davon. Ich folgte ihm ein paar Schritte weit und versuchte zu begreifen. Daß ich mit Bertini gesprochen hatte, entdeckte ich erst, als ich ihn aus den Augen verloren hatte. Mit eben dem Bertini, der seit einem Jahr tot ist!«

Wenig später blieb sie vor ihrer Haustür stehen. Sie drückte Guido die Hand und sagte, sie erwarte ihn diesen Abend. Als sie sich dann auch von mir verabschiedete, sagte sie, wenn ich nicht fürchtete, mich zu langweilen, solle ich an diesem Abend zum Tischchenrücken zu ihnen kommen.

Ich antwortete nicht und bedankte mich auch nicht. Ich mußte diese Einladung erst analysieren, bevor ich sie annahm. Für mich hatte sie wie ein erzwungener Akt der Höflichkeit geklungen. Das wars: Vielleicht würde der Feiertag für mich mit dieser Begegnung enden. Aber ich wollte höflich erscheinen, um mir alle Wege offen zu halten, auch den, diese Einladung anzunehmen. Ich fragte sie nach Giovanni, mit dem ich sprechen mußte. Sie antwortete mir, ich würde ihn in seinem Büro finden, wohin er wegen eines dringenden Geschäfts gegangen sei.

Guido und ich blieben einen Momentlang stehen, um der zierlichen, eleganten Gestalt nachzuschauen, die im Dunkel des Hausflurs verschwand. Ich weiß nicht, was Guido in dem Augenblick dachte. Was mich angeht, so fühlte ich mich sehr unglücklich: Warum hatte sie diese Einladung nicht zuerst an mich und dann an Guido gerichtet?

Wir gingen den gleichen Weg zurück, fast bis zu dem Punkt, an dem wir auf Ada gestoßen waren. Höflich und unbefangen (gerade die Unbefangenheit war es, worum ich die anderen am meisten beneidete) sprach Guido noch über diese Geschichte, die ich aus dem Stegreif erfunden hatte und die er ernst nahm. Wahr war an dieser Geschichte hingegen lediglich dies: Auch nach dem Tod von Bertini lebte in Triest ein Mensch, der Schwachsinn erzählte, so ging, daß es aussah, als trippelte er auf den Zehenspitzen dahin, und der auch eine seltsame Stimme hatte. Ich hatte in diesen Tagen seine Bekanntschaft gemacht, und einen Momentlang hatte er mich an Bertini erinnert. Es mißfiel mir gar nicht, daß Guido sich den Kopf zerbrach, um über diese meine Erfindung nachzudenken. Es stand fest, daß ich ihn nicht hassen durfte, weil er für die Malfentis nichts weiter war als ein wichtiger Geschäftsmann; aber er war mir unsympathisch wegen seiner ausgesuchten Eleganz und seines Stocks. Er war mir sogar so unsympathisch, daß ich es kaum erwarten konnte, ihn loszuwerden. Ich hörte, wie er den Schluß zog:

»Es ist auch möglich, daß die Person, mit der Sie gesprochen haben, wesentlich jünger war als Bertini, einen Gang hatte wie ein Grenadier und eine männlich tiefe Stimme, und daß die Ähnlichkeit sich darauf beschränkte, Schwachsinn zu erzählen. Das hätte genügt, um ihre Gedanken auf Bertini zu fixieren. Aber um das anzunehmen, müßte man auch glauben, daß Sie ein sehr zerstreuter Mensch sind.«

Ich konnte ihm bei seinen Bemühungen nicht helfen:

»Ich und zerstreut? Was für eine Idee! Ich bin Geschäftsmann. Wo käme ich da hin, wenn ich zerstreut wäre?«

Dann dachte ich mir, daß ich meine Zeit vergeudete. Ich wollte Giovanni sehen. Wenn ich schon die Tochter gesehen hatte, konnte ich auch den Vater sehen, der so viel weniger wichtig war. Ich mußte mich beeilen, wenn ich ihn noch in seinem Büro antreffen wollte.

Guido grübelte noch immer darüber nach, welcher Anteil an einem Wunder auf die Unaufmerksamkeit dessen zurückzuführen ist, der es erwirkt oder ihm beiwohnt. Ich wollte mich verabschieden und mindestens ebenso unbefangen wirken wie er. Daher unterbrach ich ihn und verließ ihn mit einer Eile, die einer Grobheit sehr nahe kam.

»Meiner Ansicht nach gibt es Wunder und auch wieder nicht. Man darf sie nicht durch zu viele Geschichten komplizieren. Man muß entweder daran glauben oder nicht, und in beiden Fällen sind die Dinge sehr einfach.«

Ich wollte ihm keine Abneigung zeigen, und so schien es mir sogar, als hätte ich ihm mit meinen Worten ein Zugeständnis gemacht, da ich ja überzeugter Positivist bin und nicht an Wunder glaube. Aber dieses Zugeständnis war mit großem Verdruß gemacht.

Stärker humpelnd denn je ging ich davon und hoffte, Guido würde nicht das Bedürfnis verspüren, mir nachzuschauen.

Es war wirklich nötig, daß ich mit Giovanni redete. Zunächst einmal würde er mir Anweisungen geben, wie ich mich an diesem Abend verhalten sollte. Ich war von Ada eingeladen worden, und an Giovannis Verhalten würde ich erkennen können, ob ich dieser Einladung folgen oder mich vielmehr daran erinnern sollte, daß diese Einladung dem ausdrücklichen Wunsch Signora Malfentis zuwiderlief. Klarheit war vonnöten in meinem Verhältnis zu diesen Leuten, und wenn der Sonntag nicht ausreichen sollte, sie mir zu verschaffen, dann würde ich eben auch den Montag darauf verwenden. Ich verstieß laufend gegen meine Vorsätze und merkte es nicht. Ja, es kam mir so vor, als führte ich einen Entschluß aus, den ich nach fünf Tagen Meditation gefaßt hatte. So bezeichnete ich mein Tun in diesen Tagen.

Giovanni empfing mich mit einem schön laut gebrüllten Gruß, der mir gut tat, und lud mich ein, in einem Sessel an der Wand gegenüber von seinem Schreibtisch Platz zu nehmen.

»Fünf Minuten! Ich bin gleich bei Ihnen.« Und gleich darauf: »Aber Sie hinken ja?«

Ich wurde rot! Ich war nun einmal in Fahrt mit den Stegreiferfindungen. Ich sagte ihm, ich sei ausgerutscht, während ich ein Café verließ, und bezeichnete ihm genau das Café, wo mir dieser Unfall zugestoßen war. Ich fürchtete, er könne meinen Sturz auf Benommenheit durch Alkohol zurückführen, und so fügte ich lachend das Detail hinzu, daß ich mich bei meinem Ausrutscher in Gesellschaft eines von Rheuma geplagten Menschen befand, der hinkte.

Ein Angestellter und zwei Dienstmänner standen neben Giovannis Tisch. Es mußte irgendeine Unregelmäßigkeit bei einer Warenauslieferung gegeben haben, und Giovanni tätigte gerade einen seiner groben Eingriffe in die Funktionsabläufe seines Warenlagers, um das er sich selten kümmerte, da er den Kopf frei haben wollte, um nur das zu tun – wie er sich ausdrückte –, was kein anderer an seiner Stelle tun könnte. Er brüllte mehr als gewöhnlich, als ob er seine Anordnungen den Ohren seiner Angestellten eingravieren wollte. Ich glaube, es ging darum festzulegen, in welcher Form die Beziehungen zwischen Büro und Warenlager abgewickelt werden sollten.

»Dieses Papier hier«, brüllte Giovanni, und nahm ein Blatt, das er aus einem Buch herausgerissen hatte, von der rechten in die linke Hand, »wird von dir unterschrieben, und der Angestellte, der es von dir bekommt, wird dir genauso eins geben, das von ihm unterschrieben ist.«

Er starrte seinen Gesprächspartnern ins Gesicht, einmal durch die Brille, das andere Mal über sie hinweg, und schloß mit einem weiteren Gebrüll:

»Kapiert?«

Er wollte mit seinen Erklärungen schon wieder von vorn anfangen, aber mir kam vor, ich würde zu viel Zeit verlieren. Ich hatte das merkwürdige Gefühl, ich könne mich besser für Ada schlagen, wenn ich mich beeilte, während ich dann zu meiner großen Überraschung feststellte, daß mich niemand erwartete und daß ich niemanden erwartete, und daß da nichts zu tun war für mich. Ich ging mit ausgestreckter Hand auf Giovanni zu:

»Ich komme heute abend zu Ihnen.«

Er war sofort bei mir, während die anderen beiseite traten.

»Warum haben wir Sie so lange nicht gesehen?« fragte er schlicht.

Ich war so verwundert, daß ich durcheinanderkam. Das war genau die Frage, die Ada mir nicht gestellt hatte und auf die ich ein Anrecht gehabt hätte. Wären da nicht diese anderen gewesen, ich hätte aufrichtig mit Giovanni gesprochen, der mir diese Frage gestellt und damit seine Unschuld bewiesen hatte an dem, was ich mittlerweile als Verschwörung zu meinem Schaden empfand. Er allein war ohne Schuld und verdiente mein Vertrauen.

Vielleicht habe ich mir das damals nicht gleich mit solcher Klarheit überlegt, und Beweis dafür ist die Tatsache, daß ich nicht die Geduld hatte abzuwarten, bis der Angestellte und die Dienstmänner sich entfernt hatten. Und dann wollte ich ja auch ergründen, ob Ada nicht womöglich durch das unvermutete Eintreffen Guidos an dieser Frage gehindert worden war.

Aber auch Giovanni ließ mich nicht zu Wort kommen und zeigte große Eile, wieder an seine Arbeit zurückzukehren.

»Wir sehen uns also heute abend. Sie werden einen Geiger hören, wie Sie noch keinen gehört haben. Er gibt sich als Amateur auf der Geige aus, aber nur weil er so viel Geld hat, daß er es für unter seiner Würde hält, einen Beruf daraus zu machen. Er hat vor, sich dem Handel zu widmen.« Er zog die Schultern hoch zum Zeichen der Verachtung.

»Ich, der ich den Handel doch liebe, ich an seiner Stelle würde nur Töne verkaufen. Ich weiß nicht, ob Sie ihn kennen. Es ist ein gewisser Guido Speier.«

»Nein wirklich? Nein wirklich?« sagte ich mit erheuchelter Liebenswürdigkeit, schüttelte den Kopf und öffnete den Mund, bewegte kurz gesagt alles, was meinem Willen zu Gebote stand. Dieser gutaussehende junge Mann konnte auch Geige spielen? – Wirklich? – So gut? – Ich hoffte, daß Giovanni Spaß gemacht und mit seinem übertriebenen Lob hatte andeuten wollen, daß Guido ein Stümper auf der Geige war. Aber er schüttelte den Kopf, immer noch in großer Bewunderung.

Ich drückte ihm die Hand:

»Auf Wiedersehen!«

Hinkend ging ich zur Tür. Ein Zweifel ließ mich innehalten. Vielleicht wäre es doch besser, diese Einladung nicht anzunehmen, in diesem Fall müßte ich Giovanni Bescheid sagen. Ich drehte mich um und wollte zu ihm zurückgehen, aber da bemerkte ich, daß er mich mit großer Aufmerksamkeit betrachtete, nach vorne gebeugt, um mich näher anzusehen. Das konnte ich nicht ertragen, und ich ging fort!

Ein Geiger! Wenn es stimmte, daß er so gut spielte, dann war ich ganz einfach erledigt. Wenn ich wenigstens nicht selbst dieses Instrument spielen würde oder mich hätte verleiten lassen, im Hause Malfenti darauf zu spielen. Ich hatte die Geige ja nicht mit in dieses Haus gebracht, um durch mein Spiel das Herz der Leute zu erobern, sondern als Vorwand, um meine Besuche dort in die Länge zu ziehen. Ein Rindvieh war ich gewesen! Ich hätte so viele andere, weniger kompromittierende Vorwände benützen können!

Niemand wird behaupten können, ich gäbe mich Illusionen über mich selbst hin. Ich weiß, daß ich über ein hochentwickeltes musikalisches Gespür verfüge, und es ist keine Affektiertheit, wenn ich mir die komplizierteste Musik heraussuche; aber mein hochentwickeltes musikalisches Gespür sagt mir auch, und hat mir seit Jahren gesagt, daß ich nie dahin kommen werde, so zu spielen, daß es für meine Zuhörer ein Vergnügen ist. Wenn ich trotzdem weiterspiele, so tue ich das aus demselben Grund, aus dem ich auch weiter für meine Gesundheit sorge. Ich könnte gut spielen, wenn ich nicht krank wäre, und ich jage auch dann der Gesundheit hinterher, wenn ich Gleichgewichtsübungen auf den vier Saiten mache. Es gibt da eine leichte Lähmung in meinem Organismus, die auf der Geige vollkommen erkennbar wird und daher leichter heilbar erscheint. Sobald es weiß, was Terzen, Quarten und Sexten sind, schafft sogar ein völlig primitives Wesen den rhythmisch exakten Übergang von den einen zu den anderen, so wie sein Auge den von einer Farbe zur anderen. An mir hingegen bleibt eine solche Figur, wenn ich sie ausgeführt habe, kleben, und ich werde sie nicht mehr los, so daß sie sich in die anschließende Figur einschleicht und sie verzerrt. Um die Noten an die richtige Stelle zu setzen, muß ich mit dem Fuß und dem Kopf den Takt mitklopfen, aber dann ade Unbeschwertheit, ade Heiterkeit, ade Musik. Musik, die aus einem ausgewogenen Organismus kommt, ist in sich selbst die Zeit, die sie erschafft und ausschöpft. Wenn ich sie einmal so ausführe, dann bin ich geheilt.

Zum ersten Mal überlegte ich, das Feld zu räumen, Triest zu verlassen und anderswohin zu gehen auf der Suche nach Zerstreuung. Da gab es nichts mehr zu hoffen. Ada war verloren für mich. Da war ich mir sicher! Wußte ich denn nicht, daß sie einen Mann nur heiraten würde, nachdem sie ihn bewertet und gewogen hatte, als ob es darum ginge, ihm einen akademischen Ehrentitel zu verleihen? Das erschien mir lächerlich, denn unter menschlichen Wesen sollte bei der Wahl des Ehegatten die Geige nun doch wirklich nicht zählen dürfen, aber das half mir auch nicht weiter. Ich fühlte die Bedeutung dieser Töne. Sie waren so entscheidend wie bei den Singvögeln.

Ich verkroch mich in mein Büro, und für die anderen war der Feiertag noch nicht zu Ende! Ich holte die Geige aus ihrem Kasten, unentschlossen, ob ich sie zertrümmern oder darauf spielen sollte. Dann probierte ich sie aus, als wollte ich ihr ein letztes Lebewohl sagen, und schließlich begann ich, die ewiggleiche Kreutzer-Sonate zu üben. In diesem selben Raum hatte ich meinen Bogen schon so viele Kilometer zurücklegen lassen, daß ich ihn in meiner Verwirrung nun automatisch weiterlaufen ließ.

Alle, die sich je mit diesen verfluchten vier Saiten befaßt haben, wissen, daß man, solange man für sich bleibt, annimmt, jede kleine Anstrengung würde zu einem entsprechenden Fortschritt führen. Wäre das nicht so, wer würde sich freiwillig dieser endlosen Zwangsarbeit unterziehen, als ob man das Unglück gehabt hätte, jemanden zu ermorden? Nach einem Weilchen kam mir mein Kampf mit Guido nicht endgültig verloren vor. Wer weiß, vielleicht war es mir ja noch vergönnt, mit der Geige siegreich zwischen Guido und Ada zu treten?

Das war keine Anmaßung, sondern mein üblicher Optimismus, den ich nie losgeworden bin. Jedes drohende Mißgeschick wirft mich zuerst nieder, ist aber gleich darauf vergessen, in der unverbrüchlichsten Zuversicht, es vermeiden zu können. Hier war außerdem nichts weiter nötig, als mein Urteil über meine Qualitäten als Geiger etwas wohlwollender zu gestalten. Wie man weiß, kommt in den Künsten das verläßlichste Urteil im allgemeinen aus dem Vergleich, der hier aber fehlte. Und dann ertönt die eigene Geige ja so dicht am Ohr, daß der Weg zum Herzen ganz kurz ist. Als ich müde war und zu spielen aufhörte, sagte ich mir:

»Sehr gut, Zeno, du hast dir dein Brot verdient.«

Unverzüglich ging ich zu den Malfentis. Ich hatte die Einladung angenommen, und nun durfte ich nicht fehlen. Es schien mir ein gutes Zeichen, daß mich das Dienstmädchen mit einem freundlichen Lächeln empfing und mit der Frage, ob ich denn krank gewesen sei, weil ich so lange nicht gekommen war. Ich gab ihr ein Trinkgeld. Durch ihren Mund richtete die ganze Familie, deren Repräsentantin sie ja war, diese Frage an mich.

Sie führte mich in den Salon, der in tiefstes Dunkel getaucht war. Aus dem hellen Licht des Vorzimmers kommend, sah ich einen Augenblicklang nichts und wagte nicht, mich zu rühren. Dann bemerkte ich verschiedene Gestalten rings um einen Tisch im hinteren Teil des Salons, ziemlich weit von mir entfernt.

Ich wurde von Adas Stimme begrüßt, die mir in der Dunkelheit sinnlich vorkam. Lächelnd, eine Liebkosung:

»Nehmen Sie Platz, da drüben, und stören Sie die Geister nicht!« Wenn sie so weitermachte, würde ich diese Geister bestimmt nicht stören.

Von einer anderen Stelle am Rand des Tisches aus ertönte eine andere Stimme, von Alberta oder vielleicht die von Augusta:

»Wenn Sie an der Anrufung teilnehmen wollen, hier ist noch ein Plätzchen frei.«

Ich war fest entschlossen, mich nicht beirren zu lassen, und ging entschlossen auf die Stelle zu, von wo Adas Begrüßung gekommen war. Ich stieß mit dem Knie gegen eine Kante dieses venezianischen Tischchens, das ganz aus Kanten bestand. Heftiger Schmerz war die Folge, aber ich ließ mich nicht aufhalten und kam auf einen Stuhl zu fallen, der mir von ich weiß nicht wem angeboten worden war, zwischen zwei Mädchen, von denen ich dachte, daß die eine, die zu meiner Rechten, Ada war und die andere Augusta. Um jeden Kontakt mit dieser zu vermeiden, rückte ich sofort zur anderen hinüber. Ich war jedoch im Zweifel, ob ich mich nicht täuschte, und fragte die Nachbarin zur Rechten, um ihre Stimme zu hören:

»Haben sich die Geister schon gemeldet?«

Guido, der offenbar mir gegenüber saß, unterbrach mich. Gebieterisch rief er:

»Ruhe!«

Dann sanfter:

»Sammelt euch und denkt intensiv an den Toten, den ihr anrufen wollt.«

Ich habe überhaupt keine Abneigung gegen wie auch immer geartete Versuche, die jenseitige Welt zu erkunden. Ja, ich war sogar verärgert, nicht selbst dieses Tischrücken in Giovannis Haus eingeführt zu haben, wo es doch solchen Erfolg hatte. Aber mir war nicht danach, Guidos Anordnungen zu folgen, und so sammelte ich mich überhaupt nicht. Dann hatte ich mir so viele Vorwürfe gemacht, weil ich es so weit hatte kommen lassen, ohne ein klärendes Wort zu Ada zu sagen, daß ich nun, da ich das junge Mädchen in dieser so verheißungsvollen Dunkelheit neben mir hatte, alles klären wollte. Zurückgehalten wurde ich nur von dem wohligen Gefühl, sie so nahe bei mir zu haben, nachdem ich befürchtet hatte, sie für immer verloren zu haben. Ich ahnte die Weichheit und Wärme der Stoffe, die meine Kleider streiften, und dachte sogar, daß so dicht nebeneinander mein Fuß ihr zierliches Füßchen berührte, von dem ich wußte, daß es abends in einem Lackstiefelchen steckte. Es war nachgerade zu viel nach einem so langen Martyrium.

Wieder sprach Guido:

»Ich bitte euch, sammelt euch. Bittet nun den Geist, den ihr angerufen habt, sich durch Rücken des Tischchens zu manifestieren.«

Ich war froh, daß er sich weiterhin mit dem Tischchen befaßte. Mittlerweile war klar, daß Ada sich darein ergab, fast mein ganzes Gewicht zu tragen! Wenn sie mich nicht lieben würde, hätte sie mich nicht ertragen. Die Stunde der Klarheit war gekommen. Ich nahm die rechte Hand vom Tisch und legte ihr ganz sachte den Arm um die Taille:

»Ich liebe Sie, Ada!« sagte ich leise und näherte mein Gesicht dem ihren, um besser gehört zu werden.

Das Mädchen antwortete nicht gleich. Dann sagte sie, mehr gehaucht als gesprochen, jedoch mit Augustas Stimme zu mir:

»Warum sind Sie so lange nicht gekommen?«

Vor Überraschung und Unwillen wäre ich fast vom Stuhl gefallen. Sogleich spürte ich: Auch wenn ich dieses lästige Mädchen endlich aus meinem Leben tilgen mußte, so mußte ich ihr gleichwohl den Respekt erweisen, den ein anständiger Kavalier wie ich der Frau, die ihn liebt, zu zollen hat, selbst wenn sie die häßlichste Frau auf Erden wäre. Wie sie mich liebte! In meinem Schmerz spürte ich ihre Liebe. Es konnte nur Liebe sein, was ihr eingegeben hatte, mir nicht zu sagen, daß sie nicht Ada war, sondern mir die Frage zu stellen, die ich von Ada vergeblich erwartet hatte und die sie hingegen sich bestimmt zurechtgelegt hatte, um sie mir gleich zu stellen, sobald sie mich wiedersah.

Ich folgte einem unbestimmten Gefühl und beantwortete ihre Frage nicht, sagte aber nach kurzem Zögern zu ihr:

»Ich bin trotzdem froh, mich Ihnen anvertraut zu haben, Augusta, denn ich halte Sie für sehr liebenswürdig!«

Ich brachte mich auf meinem Dreifuß sofort wieder ins Gleichgewicht. Klarheit mit Ada konnte ich nicht haben, indessen hatte ich sie mit Augusta vollkommen. Hier konnte es keine weiteren Mißverständnisse geben

Guido mahnte erneut:

»Wenn ihr nicht still sein könnt, dann hat es überhaupt keinen Zweck, unsere Zeit hier im Dunkeln zu vertun!«

Er konnte das nicht wissen, aber ich brauchte dennoch ein wenig Dunkelheit, die mich isolierte und mir erlaubte, mich zu sammeln. Ich hatte meinen Irrtum entdeckt, und das einzige Gleichgewicht, das ich wiedergewonnen hatte, war das auf meinem Stuhl.

Ich würde mit Ada reden, jedoch bei hellem Licht. Ich hatte den Verdacht, daß zu meiner Linken nicht sie war sondern Alberta. Wie sollte ich da Gewißheit erlangen? Der Zweifel ließ mich fast nach links kippen, und um das Gleichgewicht wiederzuerlangen, stützte ich mich auf den Tisch. Alle schrien auf: »Er bewegt sich, er bewegt sich!« Meine unwillkürliche Handlung hätte mir Klarheit bringen können. Von wo kam Adas Stimme? Aber Guido übertönte mit seiner die Stimmen aller anderen und gebot jenes Schweigen, das ich liebend gerne ihm geboten hätte. Dann sprach er mit veränderter, flehender Stimme (dieser Idiot!) mit dem Geist, den er anwesend glaubte:

»Ich bitte dich, nenne deinen Namen und buchstabiere ihn nach unserem Alphabet!«

Er dachte ja wirklich an alles: Er hatte Angst, der Geist könnte sich das griechische Alphabet gemerkt haben.

Ich spielte die Komödie weiter und spähte in der Dunkelheit weiterhin nach Ada. Nach leichtem Zögern ließ ich den Tisch siebenmal in die Höhe gehen, so daß der Buchstabe G herauskam. Die Idee schien mir gut, und obwohl das folgende U zahllose Bewegungen erforderte, buchstabierte ich klar und deutlich den Namen von Guido. Ich bezweifle nicht, daß ich beim Diktieren seines Namens von dem Wunsch geleitet war, ihn unter die Geister zu verbannen.

Als Guidos Name vollständig war, sprach schließlich Ada:

»Einer Ihrer Vorfahren?« legte sie ihm in den Mund. Sie saß direkt neben ihm. Ich hätte den Tisch so bewegen mögen, daß er zwischen sie fuhr und sie auseinanderjagte.

»Kann sein!« sagte Guido. Er glaubte, Vorfahren zu haben, aber mir machte er keine Angst. Seine Stimme war von einer echten Gefühlsbewegung verzerrt, was mir eine ebensolche Freude bereitete wie dem Fechter, der feststellen kann, daß sein Gegner weniger gefährlich ist, als er glaubte. Er machte diese Experimente wahrlich nicht mit kühlem Kopf. Er war ein echter Idiot! Alle Schwächen fanden leicht mein Mitgefühl, aber seine nicht.

Dann wandte er sich an den Geist:

»Wenn du Speier heißt, mach' nur eine Bewegung. Sonst bewege den Tisch zweimal.« Da er schon Vorfahren haben wollte, rückte ich ihm zuliebe den Tisch zweimal.

»Mein Großvater!« murmelte Guido.

Dann ging die Unterhaltung mit dem Geist schneller voran. Der Geist wurde gefragt, ob er Auskunft geben wolle. Er antwortete, ja. Über Geschäfte oder anderes? Über Geschäfte! Diese Antwort wurde nur deshalb vorgezogen, weil man den Tisch nur ein einziges Mal bewegen mußte, um sie zu geben. Dann fragte Guido, ob es sich um gute oder schlechte Neuigkeiten handle. Die schlechten sollten mit zweimaligem Rücken angegeben werden, und ich wollte – diesmal ohne jedes Zögern – den Tisch zweimal rücken. Aber die zweite Bewegung wurde angehalten, es mußte also jemand in der Gesellschaft sein, der sich gewünscht hätte, daß die Neuigkeiten gut waren. Ada vielleicht? Um dieses zweite Rücken zuwege zu bringen, stürzte ich mich förmlich auf das Tischchen und siegte mit Leichtigkeit! Die Neuigkeiten waren schlecht!

Aufgrund des Kampfes fiel die zweite Bewegung übertrieben aus und verrutschte sogar die ganze Gesellschaft etwas.

»Merkwürdig!« murmelte Guido. Dann rief er entschieden:

»Genug! Genug! Hier erlaubt sich jemand auf unsere Kosten einen Scherz!«

Das war ein Befehl, dem viele im selben Augenblick gehorchten, und sogleich war der Salon von Licht durchflutet, das an mehreren Stellen eingeschaltet worden war. Guido kam mir blaß vor! Ada täuschte sich in diesem Individuum, und ich würde ihr die Augen öffnen.

Außer den drei jungen Mädchen waren im Salon Signora Malfenti und eine andere Dame, deren Anblick mir Verlegenheit und Unbehagen verursachte, weil ich meinte, es wäre Tante Rosina. Aus unterschiedlichen Gründen bekamen die beiden Damen von mir einen förmlichen Gruß.

Das Schönste ist nun, daß ich allein neben Augusta am Tisch zurückgeblieben war. Das war schon wieder kompromittierend, aber ich mochte mich einfach nicht zu allen anderen gesellen, die sich um Guido scharten, der mit einiger Heftigkeit erklärte, wie er verstanden hatte, daß der

Tisch nicht von einem Geist, sondern von einem Gauner aus Fleisch und Blut bewegt wurde. Nicht Ada, er selbst hatte versucht, den Tisch festzuhalten, der zu schwatzhaft geworden war. Er sagte:

»Ich habe das Tischchen mit aller Kraft festgehalten, um zu verhindern, daß es sich zum zweiten Mal bewegt. Jemand muß sich regelrecht darauf geworfen haben, um meinen Widerstand zu besiegen.«

Ein schöner Spiritismus war mir das: Eine kraftvolle Anstrengung konnte nicht von einem Geist kommen!

Ich schaute die arme Augusta an, um herauszufinden, wie sie wohl aussah, nachdem sie meine Liebeserklärung für ihre Schwester bekommen hatte. Sie war sehr rot, aber sie sah mich mit einem wohlwollenden Lächeln an. Erst da entschloß sie sich, zu bestätigen, daß sie diese Erklärung gehört hatte:

»Ich werde es niemandem sagen!« sagte sie leise zu mir.

Das gefiel mir sehr.

»Danke!« murmelte ich, und drückte ihre nicht kleine, aber wohlgeformte Hand. Ich war bereit, Augusta ein guter Freund zu werden, während das zuvor nicht möglich gewesen wäre, denn ich kann mit häßlichen Menschen nicht befreundet sein. Aber ich empfand eine gewisse Sympathie für ihre Taille, die ich umfaßt und zierlicher gefunden hatte, als ich glaubte. Auch ihr Gesicht war ganz passabel, und entstellt schien es nur durch dieses eine Auge, das auf Abwege kam. Ich hatte diese Mißbildung bestimmt übertrieben, wenn ich annahm, sie reiche bis zum Schenkel.

Für Guido war Limonade gebracht worden. Ich näherte mich der Gruppe, die ihn immer noch umringte, und traf mit Signora Malfenti zusammen, die sich daraus löste. Mit munterem Lachen fragte ich sie:

»Braucht er ein Herzmittel?« Sie machte eine leicht verächtliche Bewegung mit den Lippen:

»Man würde nicht meinen, daß das ein Mann ist!« sagte sie klar und deutlich.

Ich gab mich der Hoffnung hin, daß mein Sieg entscheidende Bedeutung haben könnte. Ada konnte ja nicht anders denken als ihre Mutter. Der Sieg hatte sofort die Wirkung, die bei einem Mann wie mir nicht ausbleiben konnte. Jeglicher Groll verflog, und ich wollte nicht, daß Guido noch länger zu leiden hätte. In der Welt ginge es bestimmt weniger rauh zu, wenn viele so ähnlich wären wie ich.

Ich setzte mich neben ihn, und ohne die anderen anzusehen, sagte ich zu ihm:

»Sie müssen mir verzeihen, Signor Guido. Ich habe mir einen üblen Scherz erlaubt. Das war ich, ich habe das Tischchen erklären lassen, es würde von einem Geist mit Ihrem eigenen Namen gerückt. Das hätte ich nicht getan, wenn ich gewußt hätte, daß Ihr Großvater auch diesen Namen trug.«

Durch die Farbe, die aus seinem Gesicht wich, ließ Guido erkennen, wie wichtig meine Eröffnung für ihn war. Er wollte es jedoch nicht zugeben und sagte:

»Die Damen sind zu gütig! Ich brauche gar keinen Trost. Die Sache hat überhaupt keine Bedeutung. Ich danke Ihnen für Ihre Aufrichtigkeit, aber ich hatte schon geahnt, daß da jemand in die Rolle meines Großvaters geschlüpft war.«

Er lachte befriedigt und sagte zu mir:

»Sie sind aber sehr kräftig! Ich hätte es mir denken müssen, daß der Tisch vom einzigen anderen Mann in der Runde gerückt wurde.«

Ich hatte mich als stärker erwiesen als er, in der Tat, aber bald schon sollte ich mich schwächer fühlen als er. Ada sah mich wenig freundschaftlich an, ihre schönen Wangen glühten, und sie fuhr mich an:

»Ich kann Sie nur bedauern, wenn Sie glauben konnten, sich einen derartigen Scherz herausnehmen zu dürfen.«

Mir verschlug es den Atem, und stotternd sagte ich:

»Ich wollte Spaß machen! Ich glaubte, keiner von uns würde diese Geschichte mit dem Tischchen ernst nehmen.«

Es war etwas spät dafür, Guido anzugreifen, ja, mit einem feineren Ohr hätte ich herausgehört, daß in einem Kampf mit ihm der Sieg nie und nimmer mir gehören könnte. Der Zorn, den Ada mir bezeugte, war beredt genug. Wieso habe ich nicht begriffen, daß sie schon ganz die seine war? Aber ich versteifte mich auf den Gedanken, daß er sie nicht verdiente, weil er nicht der Mann war, den sie mit ihren ernsten Augen suchte. Hatte es nicht sogar Signora Malfenti so empfunden?

Alle nahmen mich in Schutz und verschlimmerten dadurch meine Lage. Lachend sagte Signora Malfenti:

»Es war nichts weiter als ein sehr gelungener Scherz.« Tante Rosinas großer Leib bebte jedoch vor Lachen, und sie sagte voller Bewunderung:

»Großartig!«

Es war mir unangenehm, daß Guido so freundlich war. Ihm freilich war ja nichts anderes wichtig, als sicher zu gehen, daß die schlechten Nachrichten, die das Tischchen ihm gegeben hatte, nicht von einem Geist gekommen waren. Er sagte zu mir:

»Ich wette, Sie haben den Tisch anfangs nicht vorsätzlich bewegt. Das erste Mal werden Sie ihn bewegt haben, ohne es zu wollen, und dann werden Sie gleich beschlossen haben, ihn hinterlistig zu rücken. So würde die Sache immerhin eine gewisse Bedeutung behalten, das heißt, nur bis zu dem Augenblick, als Sie beschlossen haben, gegen Ihre Intuition zu handeln.«

Ada wandte sich um und betrachtete mich neugierig. Sie war im Begriff, Guido übertriebene Ergebenheit zu erweisen, wenn sie mir nun verzieh, weil Guido mir seine Verzeihung gewährt hatte. Ich hinderte sie daran:

»Aber nein!« sagte ich entschieden. »Ich war es leid, auf diese Geister zu warten, die nicht kommen wollten, und ich trat an ihre Stelle, um meinen Spaß zu haben.«

Ada wandte mir den Rücken zu und zog ihre Schultern auf eine Art und Weise nach vorn, daß ich ganz das Gefühl hatte, geohrfeigt worden zu sein. Sogar die Locken in ihrem Nacken schienen mir Verachtung auszudrücken.

Statt hinzuschauen und zuzuhören, war ich wie immer ganz mit meinen eigenen Gedanken beschäfigt. Es bedrückte mich, daß Ada sich so furchtbar kompromittierte. Ich empfand so starken Schmerz darüber wie angesichts der Enthüllung, daß meine Frau mich betrügen würde. Trotz ihrer Bekundungen von Zuneigung für Guido konnte sie doch immer noch die meine sein, aber ich spürte, daß ich ihr ihr Benehmen nie verzeihen würde. Ist mein Denken vielleicht zu langsam, um den Ereignissen folgen zu können, die sich zutragen, ohne abzuwarten, daß in meinem Hirn die Eindrücke der vorherigen Ereignisse gelöscht sind? Ich mußte trotzdem auf dem Weg weitergehen, den mein Vorsatz mir wies. Echte, blinde Starrsinnigkeit. Ich wollte mich in meinem Vorsatz sogar noch bestärken, indem ich ihn ein weiteres Mal bekundete. Ich ging zu Augusta, die mich mit einem aufrichtigen, ermunternden Lächeln im Gesicht besorgt ansah, und sagte ernst und betrübt zu ihr:

»Das ist vielleicht das letzte Mal, daß ich in Ihr Haus komme, denn heute abend werde ich Ada meine Liebe erklären.«

»Das dürfen Sie nicht tun«, sagte sie flehend. »Merken Sie denn nicht, was hier vorgeht? Ich fände es bedauerlich, wenn Sie darunter zu leiden hätten.«

Immer noch stellte sie sich zwischen mich und Ada. Um sie richtig zu ärgern, sagte ich zu ihr:

»Ich werde mit Ada reden, weil ich es muß. Außerdem ist es mir völlig gleichgültig, was sie antwortet.«

Ich humpelte wieder zu Guido. Bei ihm angekommen, betrachtete ich mich in einem Spiegel und zündete mir eine Zigarette an. Im Spiegel sah ich, daß ich sehr blaß war, was für mich ein Grund ist, noch blasser zu werden. Ich rang darum, mich wohler zu fühlen und unbefangen zu wirken. In der doppelten Anstrengung ergriff meine zerstreute Hand Guidos Glas. Als ich es einmal in der Hand hatte, wußte ich nichts Besseres damit anzufangen, als es leerzutrinken.

Guido lachte:

»Nun werden Sie also bald alle meine Gedanken kennen, denn eben habe ich ebenfalls aus diesem Glas getrunken.«

Der Geschmack von Zitronen war mir schon immer zuwider. Der hier mußte mir geradezu giftig vorkommen, in erster Linie weil das Trinken aus seinem Glas mir wie eine widerwärtige Berührung mit Guido erschien, dann aber, weil ich im gleichen Moment von dem Ausdruck zorniger Ungeduld betroffen war, der sich auf Adas Gesicht abzeichnete. Sie rief sofort das Dienstmädchen und bestellte noch ein Glas Limonade, und sie bestand auf ihrer Anordnung, obwohl Guido erklärte, keinen Durst mehr zu haben.

Da empfand ich wirklich Mitleid. Sie kompromittierte sich immer mehr.

»Verzeihen Sie, Ada«, sagte ich leise zu ihr und sah sie an, als erwartete ich irgendeine Erklärung. »Ich wollte Ihnen keine Unannehmlichkeiten bereiten.«

Dann packte mich die Angst, mir könnten die Tränen in die Augen schießen. Ich wollte mich nicht der Lächerlichkeit preisgeben. Ich rief:

»Ich habe mir Zitronensaft ins Auge gespritzt.«

Ich bedeckte mir die Augen mit dem Taschentuch, und so brauchte ich meine Tränen nicht länger zurückzuhalten und mußte nur aufpassen, daß ich nicht schluchzte.

Nie werde ich diese Dunkelheit hinter diesem Taschentuch vergessen. Ich verbarg meine Tränen darin, aber auch einen Moment des Wahnsinns. Ich dachte, ich würde ihr alles sagen, sie würde mich erhören und lieben, und ich würde ihr nie mehr verzeihen.

Ich nahm das Taschentuch vom Gesicht und ließ zu, daß meine tränennassen Augen von allen gesehen werden konnten, und bemühte mich, zu lachen und die anderen zum Lachen zu bringen:

»Ich wette, Signor Giovanni schickt Zitrussäure nach Hause, um Saft daraus zu machen.«

In dem Moment kam Giovanni dazu und begrüßte mich mit seiner üblichen großen Herzlichkeit. Das verschaffte mir einen kleinen Trost, der aber nicht lange vorhielt, weil er erklärte, er sei früher gekommen als gewöhnlich, aus dem Wunsch heraus, Guido spielen zu hören. Er unterbrach sich und fragte nach dem Grund für die Tränen, die mir in den Augen standen. Man erzählte ihm von meinem Verdacht bezüglich der Qualität der Säfte in seinem Haus, und er lachte darüber.

So feige war ich, daß ich mich den Bitten, die Giovanni an Guido richtete, er möge doch spielen, eifrig anschloß. Ich entsann mich: War ich denn an diesem Abend nicht gekommen, um Guidos Geige zu hören? Und das Merkwürdige ist, ich weiß, daß ich gehofft hatte, Ada durch meine Aufforderungen an Guido versöhnlich zu stimmen. Ich sah sie an, in der Hoffnung, endlich zum ersten Mal an diesem Abend mit ihr verbunden zu sein. Wie seltsam! Hatte ich denn nicht etwas mit ihr zu besprechen und ihr etwas nicht zu verzeihen? Hingegen bekam ich nichts als ihre Schultern zu sehen und die verächtlichen Locken im Nacken. Sie war nur schnell die Geige aus dem Kasten holen gegangen.

Guido bat, noch eine Viertelstunde lang in Frieden gelassen zu werden. Er schien zu zögern. In den langen Jahren, in denen ich ihn dann kannte, habe ich die Erfahrung gemacht, daß er immer zögerte, bevor er selbst die einfachsten Dinge tat, um die er gebeten wurde. Er tat nur, was ihm Spaß machte, und bevor er auf eine Bitte einging, unternahm er zunächst eine Erkundung der eigenen Innenräume, um zu sehen, was da unten erwünscht war.

Dann kam für mich die glücklichste Viertelstunde an diesem denkwürdigen Abend. Mein launiges Geplauder amüsierte alle, Ada eingeschlossen. Das kam sicher von meiner Aufregung, aber auch von meiner äußersten Anstrengung, diese Geige zu übertrumpfen, die bedrohlich näher und näher rückte ... Und diese kurze Zeitspanne, die die anderen durch mein Zutun als so amüsant empfunden haben, die trage ich als einem erbitterten Kampf geweiht in der Erinnerung.

Giovanni hatte erzählt, daß er in der Straßenbahn, mit der er nach Hause gekommen war, eine peinliche Szene beobachtet hatte. Eine Frau war ausgestiegen, als das Fahrzeug noch in Bewegung war, und zwar so ungeschickt, daß sie hingefallen war und sich verletzt hatte. Mit leichter Übertreibung schilderte Giovanni seine Befürchtungen, als er gemerkt hatte, daß die Frau sich zu diesem Sprung anschickte, und zwar so, daß klar war, sie würde zu Fall kommen und vielleicht überfahren werden. Es war sehr schmerzlich, das vorherzusehen und keine Zeit mehr für ein rettendes Eingreifen zu haben.

Mir kam eine Idee. Ich erzählte, daß ich gegen diese Schwindelanfälle, unter denen ich in der Vergangenheit gelitten hatte, ein Mittel entdeckt hatte. Wenn ich einem Turner zusah, wie er allzu hoch droben seine Übungen machte, oder wenn ich mitansehen mußte, wie schon sehr alte oder wenig geschickte Menschen aus der fahrenden Straßenbahn ausstiegen, befreite ich mich von allen Befürchtungen, indem ich ihnen Unglück wünschte. Das ging sogar bis zum Aussprechen der Worte, mit denen ich ihnen wünschte, sie möchten stürzen und sich sämtliche Knochen brechen. Das beruhigte mich ganz ungemein, weshalb ich dem drohenden Mißgeschick mit völligem Gleichmut entgegensehen konnte. Wenn meine bösen Wünsche sich dann nicht erfüllten, konnte ich mir sagen, daß ich um so zufriedener war.

Guido war fasziniert von meiner Idee, die ihm eine psychologische Entdeckung zu sein schien. Er analysierte sie, wie er es mit allen Nichtigkeiten tat und konnte es kaum erwarten, das Mittel zu erproben. Er machte allerdings eine Einschränkung: daß die bösen Wünsche die Anzahl der Unglücksfälle nicht erhöhten. Ada stimmte in sein Lachen ein und hatte für mich sogar einen Blick der Bewunderung. Mich Einfaltspinsel befriedigte das im höchsten

Maße. Aber ich entdeckte, daß es nicht stimmte, daß ich ihr nicht mehr verzeihen konnte: Auch das war ein großer Vorteil.

Wir lachten sehr viel miteinander, wie artige Kinder, die einander mögen. Irgendwann einmal war ich in einem Teil des Salons mit Tante Rosina allein zurückgeblieben. Sie sprach wieder über das Tischchen. Reichlich dick, saß sie reglos auf ihrem Stuhl und redete mit mir, ohne mich anzusehen. Ich konnte es einrichten, den anderen zu signalisieren, daß ich mich ärgerte, und alle sahen mich an, ohne daß die Tante sie sah, und lachten verstohlen.

Um die Heiterkeit noch zu steigern, kam mir der Gedanke, ihr völlig unvermittelt zu sagen:

»Sie sind aber wirklich gut erholt, Signora, ich finde, Sie sehen jünger aus.«

Es wäre zum Lachen gewesen, wenn sie wütend geworden wäre. Aber anstatt wütend zu werden, zeigte sich die Signora überaus dankbar und erzählte mir, daß sie sich tatsächlich von einer Krankheit, die sie kürzlich durchgemacht hatte, sehr gut erholt hatte. Ich war so verblüfft von dieser Antwort, daß mein Gesicht einen sehr komischen Ausdruck angenommen haben muß, so daß die erhoffte Heiterkeit nicht ausbleiben konnte. Wenig später wurde mir das Rätsel erklärt. Und zwar erfuhr ich, daß dies nicht Tante Rosina, sondern Tante Maria war, eine Schwester Signora Malfentis. So hatte ich also einen Quell des Unbehagens für mich aus diesem Salon entfernt, wenn auch nicht den größten.

Zu einem bestimmten Zeitpunkt verlangte Guido nach der Geige. An diesem Abend kam er ohne Klavierbegleitung aus, da er die *Chaconne** vortrug. Mit einem Lächeln des Dankes reichte Ada ihm die Geige. Er sah sie nicht an, sondern sah nur auf die Geige, als ob er mit sich und seiner Inspiration ganz allein bleiben wollte. Dann stellte er sich in der Mitte des Salons auf, wobei er einem Gutteil der kleinen Gesellschaft den Rücken zukehrte, mit dem Bogen leicht auf die Saiten tippte, um sie zu stimmen, und auch ein paar Arpeggien spielte. Dann unterbrach er sich, um mit einem Lächeln zu sagen:

»Ganz schön mutig, was ich da mache, wenn man bedenkt, daß ich die Geige seit dem letzten Mal, als ich hier spielte, nicht angerührt habe!«

Scharlatan! Auch Ada kehrte er den Rücken zu. Ich beobachtete sie ängstlich, um zu sehen, ob sie darunter litt. Es sah nicht danach aus! Sie hatte den Ellbogen auf ein Tischchen gestützt und das Kinn in die Hand, ganz ins Zuhören vertieft.

Dann trat der große Bach höchstpersönlich gegen mich an. Nie, weder vorher noch nachher, habe ich so sehr die Schönheit dieser Musik zu fühlen bekommen, die aus jenen vier Saiten Gestalt annahm wie eine Engelsstatue von Michelangelo aus einem Marmorblock. Nur meine Gemütsverfassung war neu für mich, und sie war es, die mich verzückt nach oben blicken ließ, wie auf etwas völlig Neues. Dabei kämpfte ich aber, um mir diese Musik vom Leibe zu halten. Unentwegt dachte ich: »Gib acht! Die Geige ist eine Sirene, und man kann damit zu Tränen rühren, auch ohne das Herz eines Helden zu haben!« Ich wurde bestürmt von dieser Musik, die mich ergriff. Mir war, als erzählte sie nachsichtig von meiner Krankheit und meinen Schmerzen, und linderte sie durch Lächeln und Liebkosungen. Doch es war Guido, der da sprach! Und ich versuchte, mich der Musik zu entziehen, indem ich mir sagte: »Um das zu können, braucht man nur über Rhythmusgefühl, eine sichere

Hand und die Fähigkeit zur Nachahmung zu verfügen; alles Dinge, die ich nicht habe, was keine Minderwertigkeit ist, sondern Pech.«

Ich wehrte mich, Bach aber schritt voran, entschlossen wie das Schicksal. Er sang in der Höhe mit Leidenschaft und stieg hinunter auf der Suche nach dem obstinaten Baß, der überraschend kam, so sehr Ohr und Herz ihn auch vorweggenommen hatten: genau an seiner Stelle! Einen Moment später, und die Melodie hätte sich verloren und wäre ohne Widerhall verklungen; einen Augenblick früher, und er hätte die Melodie überlagert und sie erstickt. Bei Guido geschah das nicht: Ihm zitterte nicht einmal der Arm, wenn er es mit Bach aufnahm, und das war echte Minderwertigkeit.

Heute, da ich dies hier aufzeichne, habe ich für all das Beweise. Es macht mich nicht froh, daß ich damals so scharfsichtig gewesen bin. Damals war ich voller Haß, und diese Musik, die ich hinnahm wie meine eigene Seele, vermochte ihn nicht zu dämpfen. Dann kam das gewöhnliche Alltagsleben und löschte ihn aus, ohne daß es meinerseits irgendwelchen Widerstand gegeben hätte. Ist ja auch verständlich! Das gewöhnliche Leben vermag ja so vieles. Wehe, wenn die Genies da einmal draufkommen!

Souverän spielte Guido zu Ende. Niemand applaudierte, außer Giovanni, und einen Augenblick lang sprach niemand. Dann verspürte leider ich das Bedürfnis zu reden. Wie konnte ich das wagen vor Leuten, die mein Geigenspiel kannten? Es war, als spräche meine Geige, die vergeblich nach der Musik strebte, und als tadelte sie die andere, auf der unleugbar aus Musik Leben, Licht und Luft geworden war.

»Sehr gut!« sagte ich, und das klang mehr nach einem

Zugeständnis als nach Beifall. »Aber ich verstehe nicht, warum Sie gegen Ende die Noten *staccato* spielen wollten, die Bach *legato* bezeichnet hat.«

Ich kannte jede einzelne Note der *Chaconne*. Es hatte eine Zeit gegeben, da hatte ich geglaubt, um Fortschritte zu machen, müßte ich mich solchen Unternehmungen stellen, und lange Monate hindurch habe ich meine Zeit damit zugebracht, einige Kompositionen von Bach mühsam Takt für Takt durchzubuchstabieren.

Ich spürte, daß man im ganzen Salon nur Hohn und Tadel für mich übrig hatte. Und doch redete ich weiter, kämpfte an gegen diese Feindseligkeit.

»Bach«, fügte ich hinzu, »ist so sparsam in seinen Mitteln, daß er einen derart gekünstelten Bogenstrich nicht verträgt.«

Ich hatte wahrscheinlich recht, sicher war freilich auch, daß ich den Bogenstrich nicht einmal so gekünstelt hinbekommen hätte.

Guido reagierte sofort genauso unangemessen, wie ich es gewesen war. Er erklärte:

»Vielleicht kannte Bach diese Ausdrucksmöglichkeit nicht. Schenke eben ich sie ihm!«

Er stellte sich auf die Schultern von Bach, aber in dieser Umgebung protestierte niemand, während man mich ausgelacht hatte, weil ich mich bloß auf die seinen hatte stellen wollen.

Dann geschah etwas völlig Unwichtiges, das für mich jedoch ausschlaggebend war. Aus einem von uns ziemlich weit entfernten Zimmer hörte man das Schreien der kleinen Anna. Wie man später erfuhr, war sie hingefallen und hatte sich die Lippe blutig geschlagen. So kam es, daß ich ein paar Minuten lang mit Ada allein war, weil alle aus dem Salon hinausliefen. Bevor er den anderen folgte, hatte Guido seine kostbare Geige Ada in die Hände gelegt.

»Wollen Sie diese Geige mir geben?« fragte ich Ada, als ich sah, daß sie zögerte, ob sie den anderen folgen sollte. Ich hatte wirklich noch nicht bemerkt, daß die langersehnte Gelegenheit sich endlich geboten hatte.

Sie zögerte, doch dann gewann ein merkwürdiges Mißtrauen die Oberhand. Sie zog die Geige noch fester an sich:

»Nein«, antwortete sie, »es ist nicht nötig, daß ich mit den anderen gehe. Ich glaube nicht, daß Anna sich sehr weh getan hat. Sie brüllt ja wegen jeder Kleinigkeit.«

Sie setzte sich hin mit ihrer Geige, und mir schien, damit würde sie mich zum Reden ermuntern. Im übrigen, wie hätte ich denn nach Hause gehen können, ohne daß ich geredet hatte? Was hätte ich dann tun sollen in dieser langen Nacht? Ich sah mich, wie ich mich in meinem Bett von einer Seite auf die andere wälzte oder auf der Suche nach Zerstreuung durch die Straßen oder Spiellokale streifte. Nein! Ich durfte dieses Haus nicht verlassen, ohne mir Klarheit und Ruhe verschafft zu haben.

Ich versuchte, kurz und bündig zu sein. Das war auch nötig, weil mir der Atem stockte. Ich sagte zu ihr:

»Ich liebe Sie, Ada. Warum erlauben Sie nicht, daß ich mit Ihrem Vater darüber spreche?«

Sie sah mich verwundert und erschrocken an. Ich fürchtete schon, sie würde losbrüllen wie die Kleine da draußen. Ich wußte, daß ihr unbefangener Blick und ihr klar gezeichnetes Gesicht nichts von Liebe wußten, aber so weit von Liebe entfernt wie jetzt hatte ich es noch nie gesehen. Sie begann zu reden und sagte etwas, was eine Art Einleitung sein sollte. Ich aber wollte Klarheit: ein Ja oder ein Nein! Vielleicht war ich schon beleidigt durch das, was mir wie ein Zögern erschien. Um schnell zu machen und sie zu einer Entscheidung zu bewegen, bestritt ich ihr das Recht, sich Zeit zu lassen:

»Ja, sollten Sie das nicht bemerkt haben? Sie konnten doch unmöglich glauben, ich mache Augusta den Hof!«

Ich wollte meinen Worten noch mehr Nachdruck verleihen, aber in der Eile legte ich ihn an die falsche Stelle, und es endete damit, daß der bedauernswerte Name Augusta von einem Tonfall und einer Geste der Geringschätzung begleitet war.

So half ich Ada aus der Verlegenheit. Sie strich nichts anderes heraus als die Beleidigung für Augusta:

»Warum meinen Sie denn, Augusta überlegen zu sein? Ich glaube nämlich gar nicht, daß Augusta einwilligen würde, Ihre Frau zu werden.«

Dann fiel ihr gerade noch ein, daß sie mir eine Antwort schuldete:

»Was mich angeht ... so wundere ich mich, daß Ihnen so etwas in den Sinn kommen konnte.«

Der bissige Satz sollte Augusta rächen. In meiner großen Verwirrung dachte ich, daß auch die Worte in ihrer Bedeutung keinen anderen Zweck hatten; hätte sie mich geohrfeigt, so hätte ich, glaube ich, gezögert, den Grund erforschen zu wollen. Deshalb beharrte ich noch einmal auf meinem Argument:

»Denken Sie darüber nach, Ada. Ich bin kein schlechter Mensch. Ich bin wohlhabend ... Ich bin ein bißchen wunderlich, aber es wird mir leicht fallen, mich zu bessern.«

Auch Ada war sanfter, doch sprach sie wieder von Augusta.

»Denken auch Sie darüber nach, Zeno: Augusta ist ein gutes Mädchen, und sie wäre wirklich etwas für Sie. Ich kann nicht für sie sprechen, doch ich glaube ...«

Es tat mir unendlich wohl zu hören, wie Ada mich zum ersten Mal mit meinem Vornamen anredete. War das nicht eine Einladung, noch deutlicher zu werden? Vielleicht war sie für mich verloren, oder sie würde wenigstens nicht gleich einwilligen, mich zu heiraten, aber vorerst mußte man verhindern, daß sie sich noch weiter mit Guido einließ, über den ich ihr die Augen öffnen mußte. Ich war vorsichtig, vor allem sagte ich ihr also, daß ich Augusta schätzte und respektierte, aber daß ich sie partout nicht heiraten wollte. Ich sagte das zweimal, um mich klar verständlich zu machen: »Ich wollte sie nicht heiraten.« So durfte ich hoffen, Ada besänftigt zu haben, die zuerst geglaubt hatte, ich wolle Augusta beleidigen.

»Ein gutes, ein liebes und liebenswertes Mädchen, diese Augusta; aber nichts für mich.«

Dann überstürzte ich die Dinge etwas, weil auf dem Flur Lärm zu hören war und mir von einem Moment auf den anderen das Wort abgeschnitten werden konnte.

»Ada! Dieser Mann ist nichts für Sie. Er ist ein Idiot! Haben Sie denn nicht bemerkt, wie betreten er war wegen der Antworten des Tischchens? Haben Sie seinen Spazierstock gesehen? Er spielt ja gut Geige, aber es gibt auch geigenspielende Affen. Jedes seiner Worte verrät doch seine Unbedarftheit ...«

Nachdem sie mir mit einem Gesichtsausdruck zugehört hatte wie jemand, der sich nicht entschließen kann, die an ihn gerichteten Worte in ihrem vollen Wortsinn zu nehmen, unterbrach sie mich. Sie sprang auf, immer noch Geige und Bogen in der Hand, und fauchte mich mit beleidigenden Worten an. Ich tat mein Bestes, um diese zu vergessen, und das gelang mir auch. Ich erinnere mich nur noch, daß sie damit anfing, mich laut zu fragen, wie ich über ihn und sie so hatte reden können! Ich machte große Augen vor Überraschung, denn mir schien, ich hätte nur von ihm allein geredet. Ich habe all die vielen entrüsteten Worte, die sie an mich richtete, vergessen, nicht aber ihr schönes, edles und reines Gesicht, das vor Entrüstung gerötet war und dessen Züge vor Empörung noch klarer, fast marmorn wurden. Das habe ich nie mehr vergessen, und wenn ich an meine Jugend und meine Liebe denke, dann sehe ich wieder dieses schöne, edle und reine Gesicht Adas vor mir, in dem Augenblick, als sie mich endgültig aus ihrem Leben strich.

Nun kam die ganze Korona mit Signora Malfenti in der Mitte zurück, die die noch immer weinende Anna auf dem Arm hielt. Keiner kümmerte sich um mich oder um Ada, und grußlos verließ ich den Salon; im Flur nahm ich meinen Hut. Merkwürdig! Niemand kam, um mich zurückzuhalten. Da hielt ich mich selbst zurück, weil ich mich besann, daß ich die Regeln des guten Benehmens nicht außer acht lassen durfte und mich also, bevor ich ging, höflich von allen verabschieden mußte. Wahr ist, und ich bezweifle das auch nicht, daß mich am Verlassen dieses Hauses die Überzeugung gehindert hat, daß nur allzubald jene Nacht für mich anbrechen würde, die noch schlimmer sein würde als die vorangegangenen fünf Nächte. Ich, der ich endlich Klarheit hatte, verspürte nun ein anderes Bedürfnis: nach Frieden, Frieden mit allen. Wenn ich jede Mißstimmung aus meinen Umgang mit Ada und mit allen anderen hätte ausschalten können, dann wäre ich wohl auch in der Lage gewesen, besser zu schlafen. Warum mußte diese Mißstimmung fortbestehen? Wenn ich nicht einmal auf Guido böse sein konnte, der, obgleich es nicht sein Verdienst war, doch sicher auch keine Schuld daran hatte, daß Ada ihm den Vorzug gab!

Sie war die einzige, die meinen Abstecher in den Flur bemerkt hatte, und als sie mich zurückkommen sah, schaute sie mich besorgt an. Befürchtete sie eine Szene? Sofort wollte ich sie beruhigen. Ich ging dicht an ihr vorbei und murmelte:

»Entschuldigen Sie, wenn ich Sie verletzt habe!«

Sie nahm meine Hand und drückte sie erleichtert. Das war ein großer Trost. Für einen Augenblick schloß ich die Augen, um mit meiner Seele allein zu sein und zu sehen, wieviel Frieden ihr daraus erwuchs.

Mein Schicksal wollte es, daß ich, während sich alle anderen noch um die Kleine kümmerten, neben Alberta zu sitzen kam. Ich hatte sie nicht gesehen und bemerkte sie erst, als sie mich ansprach und sagte:

»Sie hat sich nichts getan. Schlimm ist nur, daß Papa da ist: Wenn er sie weinen sieht, macht er ihr ein schönes Geschenk.«

Ich hörte auf, mich zu analysieren, denn ich sah mich ja im ganzen! Um Frieden zu finden, würde ich es so einrichten müssen, daß mir der Zugang zu diesem Salon nie mehr verwehrt würde. Ich sah Alberta an! Sie glich Ada! Sie war etwas kleiner als sie, und unverkennbar trug ihr gesamter Organismus die noch nicht verwischten Spuren der Kindheit. Sie wurde leicht laut, und bei ihrem oft überschwenglichen Lachen zog sich ihr zartes Gesicht zusammen und errötete. Komisch! In diesem Moment fiel mir ein Ratschlag meines Vaters ein: »Nimm dir eine junge Frau, und du wirst es um so leichter haben, sie nach deinem Geschmack zu erziehen.« Diese Erinnerung war ausschlaggebend. Ich sah Alberta noch einmal an. In Gedanken war ich damit beschäftigt, sie auszuziehen, und sie gefiel mir, so zart und fein, wie ich sie mir vorstellte.

Ich sagte zur ihr:

»Hören Sie, Alberta! Ich habe da eine Idee: Haben Sie schon einmal darüber nachgedacht, daß Sie in dem Alter sind, einen Mann zu nehmen?«

»Ich habe nicht vor, zu heiraten!« sagte sie lächelnd und sah mich sanft an, ohne Verlegenheit oder Erröten. »Ich habe vor, weiterzustudieren. Auch Mama möchte das.«

»Sie könnten doch auch, wenn sie verheiratet sind, weiterstudieren.«

Ich hatte einen Einfall, der mir witzig vorkam, und gleich sprach ich ihn aus:

»Auch ich will, nach meiner Hochzeit wieder damit anfangen.«

Sie lachte herzlich, aber ich merkte, daß ich meine Zeit vertat, denn mit solchen Albernheiten konnte man keine Ehefrau und den Frieden erringen. Man mußte ernsthaft sein. Hier hatte ich zudem leichtes Spiel, denn ich fand ein ganz anderes Gehör als bei Ada.

Ich wurde wirklich ernst. Zunächst einmal sollte meine zukünftige Frau alles wissen. Bewegt sagte ich zu ihr:

»Eben habe ich an Ada denselben Antrag gerichtet, den ich jetzt Ihnen gemacht habe. Sie hat empört abgelehnt. Sie können sich vorstellen, in welchem Zustand ich mich befinde.«

Diese Worte, denen sich ein Ausdruck von Traurigkeit beigesellte, waren nichts anderes als meine letzte Liebeserklärung an Ada. Nun wurde ich zu ernst und setzte lächelnd hinzu:

»Aber ich glaube, wenn Sie einwilligen, mich zu heiraten, wäre ich überglücklich und würde Ihnen zuliebe alle und alles vergessen.«

Nun wurde sie sehr ernst und sagte zu mir:

»Sie dürfen nicht beleidigt sein deswegen, Zeno, denn das täte mir leid. Ich schätze Sie wirklich sehr. Ich weiß, daß Sie ein guter Kerl sind und auch, ohne es zu wissen, viel wissen, während meine Professoren gerade mal das wissen, was sie wissen. Ich will nicht heiraten. Vielleicht ändere ich meine Meinung noch, aber im Augenblick habe ich nur ein Ziel: Ich möchte Schriftstellerin werden. Sie sehen, welches Vertrauen ich Ihnen entgegenbringe. Ich habe das noch niemandem gesagt, und ich hoffe, Sie werden mich nicht verraten. Ich meinerseits verspreche Ihnen, daß ich niemandem von Ihrem Antrag etwas weitererzählen werde.«

»Aber ganz im Gegenteil, das können Sie ruhig allen sagen!« unterbrach ich sie gereizt. Ich fühlte mich erneut vom Ausschluß aus diesem Salon bedroht, und suchte nach Abhilfe. Es gab nur ein Mittel, Albertas Stolz darüber, daß sie mich hatte abweisen können, zu dämpfen, und ich ergriff es, sobald ich es entdeckte. Ich sagte zu ihr:

»Ich werde jetzt Augusta denselben Antrag machen und werde allen erzählen, daß ich sie geheiratet habe, weil ihre beiden Schwestern mich abgewiesen haben!«

Ich lachte mit übertrieben guter Laune, die mich infolge der Absonderlichkeit meiner Vorgehensweise erfaßt hatte. Nicht in die Worte legte ich den Geist, auf den ich so stolz war, sondern in die Taten.

Ich sah mich um auf der Suche nach Augusta. Sie war auf den Flur hinausgegangen mit einem Tablett, auf dem nichts stand als ein halbleeres Glas mit einem Beruhigungsmittel für Anna. Ich lief hinter ihr her und rief sie beim Namen, und sie lehnte sich an die Wand, um auf mich zu warten. Ich stellte mich ihr gegenüber und sagte sofort:

»Hören Sie, Augusta, wollen Sie, daß wir beide heiraten?«

Der Vorschlag war wirklich plump. Ich sollte sie heiraten und sie mich, und ich fragte sie nicht, wie sie darüber dachte, noch dachte ich, ich könnte gehalten sein, irgendwelche Erklärungen zu geben. Wenn ich doch ohnehin nur das tat, was alle wollten!

Sie hob die vor Staunen weit aufgerissenen Augen. So war das schielende Auge sogar noch verschiedener vom anderen als sonst. Ihr samtig weißes Gesicht wurde zunächst noch blasser, dann lief es gleich rot an. Mit der Rechten griff sie nach dem Glas, das auf dem Tablett wackelte. Mit dünner Stimme sagte sie zu mir:

»Sie machen Spaß, und das ist schlecht.«

Ich fürchtete, sie könnte zu weinen anfangen, und ich kam auf die merkwürdige Idee, sie zu trösten, indem ich ihr von meiner Traurigkeit erzählte.

»Ich mache keinen Spaß«, sagte ich ernst und traurig. »Zuerst habe ich Ada um ihre Hand gebeten, die das erzürnt ablehnte, dann habe ich Alberta gebeten, mich zu heiraten, und mit schönen Worten lehnte auch sie es ab. Ich bin weder der einen noch der anderen böse. Ich fühle mich nur sehr, sehr unglücklich.«

Angesichts meines Schmerzes faßte sie sich, sah mich mitfühlend an und dachte angestrengt nach. Ihr Blick glich einer Liebkosung, die mir keine Freude machte.

»Ich soll also wissen und immer daran denken, daß Sie mich nicht lieben?« fragte sie.

Was bedeutete dieser rätselhafte Satz? War er der Auftakt zu einer Einwilligung? Sie wollte daran denken! Das ganze, mit mir zu verbringende Leben lang immer daran denken? Ich hatte das Gefühl wie jemand, der sich mit Selbstmordabsichten in eine gefährliche Lage gebracht hat und nun alle Mühe aufwenden muß, um sich zu retten. Wäre es nicht besser gewesen, auch Augusta hätte mich abgewiesen und es wäre mir dadurch erlaubt gewesen, mit heiler Haut in mein Büro zurückzukehren, wo ich mich ja auch an diesem Tag gar nicht so unwohl gefühlt hatte? Ich sagte zu ihr:

»Ja! Ich liebe nur Ada und würde jetzt Sie heiraten …«

Ich war schon im Begriff, ihr zu sagen, daß ich mich nicht damit abfinden konnte, für Ada ein Fremder zu werden, und daß ich mich daher damit begnügte, ihr Schwager zu werden. Das wäre übertrieben gewesen, und Augusta hätte wieder glauben können, ich wolle sie verspotten. Deshalb sagte ich nur:

»Ich kann mich nicht mehr damit abfinden, allein zu bleiben.«

Sie stand immer noch an die Wand gelehnt da, und sie schien diesen Halt auch zu brauchen. Doch sie wirkte ruhiger, und das Tablett hielt sie jetzt mit einer Hand allein. War ich nun gerettet, das heißt, mußte ich diesen Salon verlassen, oder konnte ich dableiben und mußte heiraten? Ich sagte noch andere Dinge, nur weil ich genug davon hatte, auf ihre Worte zu warten, die nicht kommen wollten:

»Ich bin ein guter Kerl, und ich glaube, mit mir kann man ganz gut leben, auch ohne daß große Liebe dabei ist.«

Das war ein Satz, den ich mir in den langen vorangegangenen Tagen für Ada zurechtgelegt hatte, um sie dazu zu bewegen, mir ihr Jawort zu geben, auch ohne daß sie große Liebe für mich empfand.

Augusta keuchte leicht und schwieg immer noch. Dieses Schweigen konnte auch Ablehnung bedeuten, die feinfühligste Ablehnung, die man sich vorstellen kann: Fast wäre ich davongestürzt auf der Suche nach meinem Hut, gerade noch rechtzeitig, um ihn auf einen geretteten Kopf zu setzen.

Augusta hingegen richtete sich entschlossen auf, mit einer würdevollen Bewegung, die ich nie mehr vergessen sollte, und verzichtete auf die Wand als Stütze. In dem nicht breiten Flur kam sie mir, der ich direkt vor ihr stand, so noch näher. Sie sagte zu mir:

»Sie, Zeno, brauchen eine Frau, die bereit ist, für Sie zu leben, und die Ihnen beisteht. Ich will diese Frau sein.«

Sie reichte mir die pummelige Hand, die ich fast instinktiv küßte. Offensichtlich gab es keine Möglichkeit mehr, es anders zu machen. Außerdem muß ich zugeben, daß ich in diesem Augenblick von einer tiefen Genugtuung durchdrungen war, die mir die Brust schwellte. Ich hatte nichts mehr zu lösen, denn alles war nun gelöst worden. Das war wirkliche Klarheit.

So also habe ich mich verlobt. Sofort wurden wir von allen groß gefeiert. Ein wenig ähnelte mein Erfolg dem großen Erfolg Guidos auf der Geige, so viel Beifall bekamen wir von allen. Giovanni küßte mich und duzte mich sofort. Im Überschwang seiner Gefühle sagte er zu mir:

»Ich fühlte mich schon lange als dein Vater, seitdem ich angefangen habe, dir Ratschläge für dein Unternehmen zu geben.«

Meine künftige Schwiegermutter hielt mir ebenfalls die Wange hin, die ich streifte. Um diesen Kuß wäre ich auch dann nicht herumgekommen, wenn ich Ada geheiratet hätte.

»Sie sehen, ich hatte alles erraten«, sagte sie mit einer unglaublichen Ungeniertheit, die nicht geahndet wurde, weil ich nicht zu widersprechen wußte und es auch nicht wollte.

Sodann umarmte sie Augusta, und das Übermaß ihrer Gefühlsbewegung offenbarte sich in einem Schluchzen, das ihr entfuhr und ihre ostentative Freude unterbrach. Ich konnte Signora Malfenti nicht leiden, aber ich muß sagen, daß dieses Schluchzen meine Verlobung wenigstens diesen ganzen Abend lang in ein sympathisch bedeutungsvolles Licht rückte.

Alberta drückte mir strahlend die Hand:

»Ich möchte eine gute Schwester für euch sein.« Und Ada:

»Bravo, Zeno!« und dann mit leiser Stimme: »Sie sollen wissen: Noch nie hat ein Mann, der glaubte, er habe etwas Überstürztes getan, klüger gehandelt als Sie.«

Guido bereitete mir eine große Überraschung:

»Seit heute morgen hatte ich begriffen, daß Sie die eine oder die andere der Schwestern Malfenti wollten, aber mir war nicht klar, welche.«

Sie konnten also nicht sehr vertraut miteinander sein, wenn Ada ihm von meiner Werbung nicht erzählt hatte! Ob ich wirklich überstürzt gehandelt hatte?

Doch wenig später sagte Ada noch zu mir:

»Ich möchte, daß Sie mich gern haben wie ein Bruder. Der Rest sei vergessen; ich werde Guido nie etwas davon erzählen.«

Im übrigen war es schön, in einer Familie der Anlaß für so viel Freude zu sein. Ich konnte mich nur deshalb nicht so sehr daran freuen, weil ich sehr müde war. Ich war auch schläfrig. Das bewies, daß ich sehr umsichtig gehandelt hatte. Ich würde eine angenehme Nacht verbringen.

Beim Abendessen nahmen Augusta und ich stumm an den Feierlichkeiten zu unseren Ehren teil. Sie fühlte sich gedrängt, sich für ihre Unfähigkeit, an der allgemeinen Unterhaltung teilzunehmen, zu entschuldigen:

»Ich weiß nicht, was ich sagen soll. Ihr müßt bedenken, daß ich vor eine halben Stunde ja noch nicht wußte, was mir geschehen würde.«

Sie sagte immer genau die Wahrheit. Sie war zwischen Lachen und Weinen und sah mich an. Auch ich wollte sie mit den Augen liebkosen, und ich weiß nicht, ob mir das gelang.

An eben diesem Abend erlitt ich an diesem Tisch eine weitere Verwundung. Verletzt wurde ich ausgerechnet von Guido.

Offenbar hatte Guido, kurz bevor ich zu der spiritistischen Sitzung erschienen war, erzählt, daß ich am Vormittag erklärt hatte, ich sei kein zerstreuter Mensch. Sie führten sofort jede Menge Beweise an, daß ich gelogen hatte, so daß er, um sich zu rächen (oder vielleicht um zu zeigen, daß er zeichnen konnte), zwei Karikaturen von mir anfertigte. Auf der ersten war ich so dargestellt, daß ich mich, die Nase in der Luft, auf einen Schirm stützte. Auf der zweiten war der Schirm zerbrochen, und der Griff war mir in der Rücken eingedrungen. Die beiden Karikaturen erreichten ihren Zweck und brachten alle zum Lachen durch den simplen Trick, daß die Figur, die mich darstellen sollte – die mir wirklich überhaupt nicht ähnlich sah, aber durch eine hohe Glatze gekennzeichnet war –, auf beiden Skizzen identisch war und man sie sich daher als so zerstreut denken konnte, daß die Tatsache, daß sie von einem Schirm durchbohrt worden war, an ihrer Erscheinung nichts verändert hatte.

Alle lachten sehr, ja, allzusehr. Der so überaus geglückte Versuch, mich lächerlich zu machen, tat mir sehr weh. Und genau da befiel mich zum ersten Mal mein stechender Schmerz. An jenem Abend taten mir der rechte Unterarm und die Hüfte weh. Ein intensives Brennen, ein Kribbeln in den Nerven, als drohten sie, sich zu verkrampfen. Verwundert führte ich die rechte Hand an die Hüfte, und mit der linken Hand umfaßte ich den befallenen Unterarm. Augusta fragte mich:

»Was hast du?«

Ich antwortete, daß ich Schmerzen an der Stelle verspürte, die ich mir bei dem Sturz im Café geprellt hatte, von dem an diesem Abend auch die Rede gewesen war.

Sofort unternahm ich energische Anstrengungen, um diese Schmerzen loszuwerden. Mir schien, ich würde davon geheilt, wenn ich mich für die erlittene Schmach zu rächen wüßte. Ich bat um ein Stück Papier und einen Bleistift und versuchte, eine Figur zu zeichnen, die von einem umgekippten Tisch eingeklemmt war. Dann zeichnete ich daneben einen Spazierstock, der ihr bei dieser Katastrophe aus der Hand gefallen war. Niemand erkannte den Stock, daher war der Angriff nicht so geglückt, wie ich eigentlich wollte. Damit man dann auch erkannte, wer die Figur war und wie sie in diese Lage geraten war, schrieb ich darunter »Guido Speier im Kampf mit dem Tischchen«. Im übrigen sah man von dem Ärmsten unter dem Tisch nur die Beine, die denen von Guido auch hätten ähnlich sehen können, wenn ich sie nicht eigens verdreht hätte und wenn der Geist der Rache nicht eingegriffen hätte, um meine ohnehin schon reichlich infantile Zeichnung noch schlechter zu machen.

Wegen der quälenden Schmerzen ging ich mit großer Eile

zu Werk. Bestimmt war mein geplagter Organismus noch nie so sehr von dem Wunsch durchdrungen gewesen, jemanden zu verletzen, und hätte ich einen Säbel anstelle dieses Bleistifts in der Hand gehabt, den ich nicht zu bewegen wußte, hätte die Therapie vielleicht zum Erfolg geführt.

Guido lachte aufrichtig über meine Zeichnung, dann aber bemerkte er sanft:

»Ich finde nicht, daß mir das Tischchen geschadet hat!«

Es hatte ihm wirklich nicht geschadet, und das war ja die Ungerechtigkeit, über die ich mich grämte.

Ada nahm die beiden Zeichnungen von Guido und sagte, sie wolle sie aufbewahren. Ich sah sie an, um ihr meinen Vorwurf zum Ausdruck zu bringen, und sie mußte ihren Blick abwenden. Ich hatte ein Recht darauf, ihr Vorwürfe zu machen, weil sie meine Schmerzen steigerte.

Schutz fand ich bei Augusta. Sie wollte, daß ich das Datum unserer Verlobung unter meine Zeichnung setzte, denn auch sie wollte dieses Gekritzel aufbewahren. Heiß wallte mir das Blut durch die Adern bei diesem Zeichen der Zuneigung, von der ich zum ersten Mal erkannte, wie wichtig sie für mich war. Der Schmerz hörte jedoch nicht auf, und ich mußte denken, daß diese Geste der Zuneigung, wäre sie von Ada gekommen, in mir eine derartige Wallung des Blutes ausgelöst hätte, daß sämtliche Schlacken, die sich in meinen Nervenbahnen angesammelt hatten, davon hinweggespült worden wären.

Dieser Schmerz hat nie mehr von mir gelassen. Jetzt, im Alter, leide ich etwas weniger darunter, denn wenn er mich befällt, ertrage ich ihn mit Nachsicht: »Ah! Da bist du ja, du klarer Beweis dafür, daß ich einmal jung gewesen bin?« Aber in der Jugend war das etwas anderes. Ich will damit nicht sagen, der Schmerz sei groß gewesen, so sehr er mich auch manchmal in meiner Bewegungsfreiheit behindert oder mich ganze Nächte hindurch wach gehalten hat. Aber er hat einen guten Teil meines Lebens eingenommen. Ich wollte davon genesen! Warum sollte ich ein ganzes Leben lang unmittelbar auf meinem Körper das Wundmal des Besiegten mit mir herumtragen? Ja, geradezu das wandelnde Denkmal für Guidos Sieg werden? Es galt, diesen Schmerz aus meinem Körper zu tilgen.

So hat es angefangen mit den Behandlungen. Aber sehr bald war der rabiate Ursprung der Krankheit vergessen, und es fiel mir nun sogar schwer, ihn wieder ausfindig zu machen. Es konnte nicht anders sein: Ich hatte großes Vertrauen zu den Ärzten, die mich behandelten, und ich glaubte ihnen ehrlich, wenn sie den Schmerz einmal auf den Stoffwechsel, ein andermal auf die schlechte Durchblutung zurückführten, dann wieder auf Tuberkulose oder verschiedene Infektionen, darunter auch einige peinliche. Ich muß denn auch gestehen, daß mir alle Behandlungen vorübergehend etwas Erleichterung brachten, weswegen sich die eventuell neue Diagnose jedesmal zu bestätigen schien. Früher oder später erwies sie sich dann freilich als weniger exakt, aber nicht völlig verfehlt, denn bei mir funktioniert überhaupt nichts in einwandfrei idealer Weise.

Ein einziges Mal nur gab es einen regelrechten Fehler: Eine Art Viehdoktor, in dessen Hände ich mich begeben hatte, versteifte sich lange Zeit darauf, meinen Ischiasnerv mit Zugpflastern zu traktieren, und es endete damit, daß mein Schmerz ihm einen Streich spielte und plötzlich während einer Sitzung von der Hüfte in den Nacken sprang, weitab von jeder Verbindung mit dem Ischiasnerv also. Der Quacksalber wurde wütend und warf mich hinaus, und ich ging und war – daran erinnere ich mich noch ganz genau –

überhaupt nicht beleidigt, vielmehr erstaunt, daß der Schmerz sich an der neuen Stelle keineswegs verändert hatte. Er blieb rabiat und unerreichbar wie zuvor, als er mich an der Hüfte gepeinigt hatte. Es ist schon merkwürdig, wie jeder Teil unseres Körpers auf dieselbe Weise weh tun kann.

Alle anderen Diagnosen leben höchst zutreffend in meinem Körper und machen sich gegenseitig den Vorrang streitig. Es gibt Tage, an denen lebe ich für die harnsaure Diathese, und andere, an denen die harnsaure Diathese hintangestellt, das heißt durch eine Venenentzündung geheilt ist. Ich habe ganze Schubladen voll mit Medikamenten, und das sind meine einzigen Schubladen, die ich selbst in Ordnung halte. Ich liebe meine Medikamente, und ich weiß, wenn ich einmal von einem abkomme, komme ich früher oder später doch wieder darauf zurück. Im übrigen, glaube ich, habe ich meine Zeit nicht vertan. Wer weiß, vor wie langer Zeit schon und an welcher Krankheit ich gestorben wäre, wenn mein Schmerz sie nicht alle rechtzeitig vorgetäuscht und mich dadurch bewogen hätte, sie zu behandeln, bevor sie mich packten.

Aber auch ohne ihn seiner innersten Natur nach erklären zu können, weiß ich, wann mein Schmerz zum ersten Mal aufgetreten ist. Genau wegen dieser Zeichnung, die um so vieles besser war als meine. Der Tropfen, der das Faß zum Überlaufen gebracht hat! Ich bin mir sicher, daß ich diesen Schmerz nie zuvor gefühlt habe. Einem Arzt wollte ich seine Entstehung erklären, aber er verstand mich nicht. Wer weiß? Vielleicht bringt die Psychoanalyse die ganze Umwälzung ans Licht, die mein Organismus in jenen Tagen und insbesondere in den wenigen Stunden, die auf meine Verlobung folgten, durchgemacht hat.

Und so wenige Stunden waren das nicht!

Als sich die Gesellschaft später auflöste, sagte Augusta heiter zu mir:

»Bis morgen!«

Die Einladung freute mich, denn sie zeigte, daß ich mein Ziel erreicht hatte, daß nichts zu Ende war und alles am nächsten Tag weitergehen würde. Sie sah mir in die Augen und fand lebhafte Zustimmung in ihnen, was ihr Mut machte. Ich stieg diese Stufen hinunter, die ich nun nicht mehr zählte, und fragte mich:

»Wer weiß, ob ich sie liebe?«

Das ist ein Zweifel, der mich mein ganzes Leben lang begleitet hat, und heute darf ich wohl denken, daß Liebe, die von so viel Zweifeln begleitet ist, die wahre Liebe ist.

Aber selbst nachdem ich dieses Haus verlassen hatte, war es mir nicht vergönnt, schlafen zu gehen und die Früchte meiner Unternehmungen an diesem Abend in einem langen und erholsamen Schlaf einzusammeln. Es war warm. Guido hatte große Lust auf ein Eis und lud mich ein, ihn in ein Café zu begleiten. Er hängte sich freundschaftlich an meinen Arm, und ich stützte den seinen ebenso freundschaftlich. Er war ein sehr wichtiger Mensch für mich, und ich hätte ihm nichts verweigern können. Die große Müdigkeit, die mich ins Bett hätte treiben müssen, machte mich nachgiebiger als gewöhnlich.

Wir gingen just in das Lokal, wo der arme Tullio mich mit seiner Krankheit angesteckt hatte, und setzten uns an einen Tisch etwas abseits. Unterwegs hatte mir mein Schmerz, von dem ich noch nicht wußte, was für ein treuer Gefährte er mir werden sollte, sehr zu schaffen gemacht, und für einen Augenblick hatte ich das Gefühl, er würde nachlassen, als ich mich setzen konnte.

Guidos Gesellschaft war geradezu schrecklich. Mit großer Neugier erkundigte er sich nach meiner Liebesgeschichte mit Augusta. Verdächtigte er mich etwa, daß ich ihn täuschte? Dreist erzählte ich ihm, in Augusta hätte ich mich gleich bei meinem ersten Besuch im Hause Malfenti verliebt. Mein Schmerz machte mich gesprächig, fast als wollte ich ihn übertönen. Aber ich redete zu viel, und wäre Guido aufmerksamer gewesen, hätte er bemerkt, daß ich gar nicht so sehr in Augusta verliebt war. Ich sprach über das Interessanteste an Augustas Körper, das heißt dieses schiefe Auge, das zu Unrecht vermuten ließ, auch alles Übrige wäre nicht an seinem rechten Platz. Dann wollte ich erklären, warum ich das nicht schon früher vorgebracht hatte. Vielleicht war Guido erstaunt, mich im letzten Moment in diesem Haus aufkreuzen zu sehen, um mich zu verloben. Ich schrie:

»Nun sind ja die Signorine Malfenti großen Luxus gewöhnt, und ich konnte nicht wissen, ob ich imstande wäre, so etwas auf mich zu nehmen.«

Es tat mir leid, daß ich so auch von Ada gesprochen hatte, aber da war nichts mehr zu machen; es war so schwierig, Augusta und Ada auseinanderzuhalten! Ich fuhr fort und senkte, um mich besser im Zaum zu halten, die Stimme:

»Ich mußte also Berechnungen anstellen. Ich fand heraus, daß mein Geld nicht reichte. Also begann ich darüber nachzudenken, ob ich mein Handelsgeschäft ausdehnen könnte ...«

Dann sagte ich, um diese Berechnungen anzustellen, hätte ich viel Zeit gebraucht, und deshalb hätte ich fünf Tage lang von Besuchen im Hause Malfenti abgesehen. Endlich hatte die sich selbst überlassene Zunge zu etwas Ehrlichkeit gefunden. Ich war den Tränen nahe, und mir die Hüfte haltend murmelte ich:

»Fünf Tage sind lang!«

Guido sagte, er freue sich, einen so vorausschauenden Menschen in mir zu entdecken.

Schroff bemerkte ich:

»Der vorausschauende Mensch ist nicht angenehmer als der unbesonnene!«

Guido lachte:

»Seltsam, daß der Vorausschauende das Bedürfnis verspürt, den Unbesonnenen in Schutz zu nehmen!«

Dann erzählte er mir schroff und ohne weitere Überleitung, daß er im Begriff sei, um Adas Hand anzuhalten. Hatte er mich ins Café geschleift, um mir dieses Geständnis zu machen, oder war er verärgert, daß er mir so lange hatte zuhören müssen, wie ich über mich redete, und verschaffte sich so seine Revanche?

Ich bin mir fast sicher, daß es mir gelungen war, größtmögliche Überraschung und größtmögliche Freude zu zeigen. Aber gleich darauf fand ich Gelegenheit, ihn kräftig zu beißen:

»Jetzt verstehe ich, warum Ada dieser derart entstellte Bach so gut gefallen hat! Er war gut gespielt, aber schon im alten Florenz stand geschrieben, daß das Verschmutzen bestimmter Stellen behördlich verboten ist.«*

Das war ein harter Schlag, und Guido wurde rot vor Schmerz. Er war maßvoll in seiner Antwort, weil ihm jetzt der Rückhalt seines ganzen kleinen begeisterten Publikums fehlte.

»Mein Gott«, fing er an, um Zeit zu gewinnen. »Manchmal gibt man beim Spielen einer Laune nach. In dem Raum dort kannte kaum jemand Bach, und ich habe ihn in einer leicht modernisierten Version vorgeführt.«

Er schien befriedigt über seinen Einfall, doch ich war

ebenso befriedigt, weil er mir wie eine Ausrede und eine Unterwerfung vorkam. Das genügte, um mich zu besänftigen, und im übrigen hätte ich um nichts in der Welt mit Adas künftigem Mann streiten mögen. Ich erklärte, daß ich selten einen Amateur so gut hätte spielen hören.

Ihm genügte das nicht; er bemerkte, man könne ihn wohl als Amateur betrachten, aber nur weil er nicht bereit sei, als professioneller Spieler aufzutreten.

Mehr wollte er nicht? Ich gab ihm recht. Es war offensichtlich, daß man ihn nicht als Amateur betrachten konnte.

So waren wir wieder gute Freunde.

Dann fing er unversehens an, schlecht von den Frauen zu sprechen. Mir blieb der Mund offen stehen! Jetzt, da ich ihn besser kenne, weiß ich, daß er sich ausgiebig in jede Richtung verbreitet, sobald er sich sicher wähnt, seinem Gesprächspartner zu gefallen. Kurz zuvor hatte ich über den Luxus der Malfenti-Fräuleins gesprochen, und nun fing er wieder davon an, um zuletzt von allen anderen schlechten Eigenschaften der Frauen zu reden. Meine Müdigkeit hinderte mich daran, ihn zu unterbrechen, und ich beschränkte mich auf fortgesetzte Zeichen der Zustimmung, die mir auch schon zu anstrengend waren. Sonst hätte ich sicher widersprochen. Ich wußte, daß ich jeden Grund hatte, schlecht über die Frauen zu reden, die für mich durch Ada, Augusta und meine künftige Schwiegermutter repräsentiert waren; er aber hatte überhaupt keinen Grund, sich über das andere Geschlecht zu beschweren, das für ihn einzig durch Ada repräsentiert war, die ihn liebte.

Er war ziemlich belesen, und trotz meiner Müdigkeit hörte ich ihm mit Bewunderung zu. Viel später bin ich draufgekommen, daß er sich die genialen Theorien des jungen Selbstmörders Weininger zu eigen gemacht hatte. Vorläufig ertrug ich das Gewicht eines zweiten Bach. Es regte sich sogar der Verdacht in mir, er wolle mich kurieren. Warum sollte er mich sonst überzeugen wollen, daß die Frau weder genial noch gut sein kann? Mir schien, die Kur schlug deshalb nicht an, weil sie von Guido verabreicht wurde. Doch habe ich diese Theorien behalten und sie durch die Lektüre Weiningers* vervollkommnet. Gesund machen sie einen freilich nie, aber sie sind ein angenehmer Begleiter, wenn man den Frauen hinterherläuft.

Als er mit seinem Eis fertig war, hatte Guido Lust, etwas frische Luft zu schöpfen, und überredete mich, ihn auf einem Spaziergang an den Stadtrand zu begleiten.

Ich erinnere mich: Schon seit Tagen lechzte man in der Stadt nach ein wenig Regen, von dem man sich etwas Erleichterung von der verfrühten Hitze versprach. Ich hatte diese Hitze gar nicht bemerkt. An jenem Abend hatte der Himmel sich allmählich mit leichten, weißen Wolken bezogen, solchen, von denen das Volk sich reichlichen Regen verspricht, aber ein großer Mond stieg am Himmel auf, der an seinen noch wolkenlosen Stellen tiefblau war, ein solch pausbäckiger Mond, den eben dieses Volk für fähig hält, Wolken zu fressen. In der Tat war offenbar, daß er alles, was er anrührte, auflöste und blank polierte.

Ich wollte Guidos Geplauder unterbrechen, das mich zu einem andauernden zustimmenden Nicken zwang, eine reine Qual, und ich schilderte ihm den Kuß im Mond, wie ihn der Dichter Zamboni* entdeckt hatte: Wie süß war doch dieser Kuß im Herzen unserer Nächte, verglichen mit der Ungerechtigkeit, die Guido da an meiner Seite beging! Beim Reden und indem ich die Benommenheit abschüttelte, in die ich vor lauter Zustimmung verfallen war, hatte ich das Gefühl, als würde mein Schmerz nachlassen. Das war der Lohn für mein Aufbegehren, und ich blieb beharrlich dabei.

Guido mußte sich damit abfinden, die Frauen einen Augenblick in Frieden zu lassen und nach oben zu schauen. Aber nicht lange! Nachdem er durch meine Hinweise das bleiche Frauenbildnis im Mond entdeckt hatte, kam er mit einem Witz auf sein Thema zurück, über den auf der menschenleeren Straße aber nur er allein lauthals lachte:

»Sie sieht so vieles, diese Frau! Schade, daß sie als Frau sich nicht daran erinnern kann.«

Das war Teil seiner Theorie (oder der Weiningers), daß die Frau nicht genial sein kann, weil sie kein Erinnerungsvermögen hat.

Wir kamen zu der Anhöhe, auf der die Via Belvedere verläuft. Guido sagte, etwas Bergaufgehen könne uns nicht schaden. Auch diesmal gab ich ihm nach. Droben streckte er sich mit einer dieser Gesten, die besser zu kleinen Jungen passen, auf dem Mäuerchen aus, das die Straße gegen die darunterliegende abstützte. Seiner Ansicht nach lieferte er wohl eine Mutprobe, wenn er sich derart einem Sturz über gut zehn Meter aussetzte. Zunächst empfand ich den üblichen Widerwillen, als ich ihn solcher Gefahr ausgeliefert sah, dann aber erinnerte ich mich an das System, das ich erst am selben Abend in einer erfinderischen Laune ersonnen hatte, um diese Sorge loszuwerden, und ich begann inbrünstig zu wünschen, er möge hinunterfallen.

In dieser Lage predigte er weiter gegen die Frauen. Nun sagte er, sie würden Spielzeug brauchen wie Kinder, allerdings teures. Ich erinnerte mich daran, daß Ada sagte, sie trage sehr gerne Schmuck. Sprach er also direkt von ihr? Da hatte ich einen schrecklichen Einfall! Warum sollte ich

Guido diesen Sprung über zehn Meter denn nicht machen lassen? Wäre es nicht gerecht, denjenigen zu beseitigen, der mir Ada wegnahm, ohne sie zu lieben? In dem Augenblick schien es mir, ich könnte, sobald ich ihn ermordet hatte, zu Ada laufen und sofort den Lohn dafür erhalten. In der eigenartig hellen Nacht war es mir erschienen, als würde sie zuhören, wie Guido über sie herzog.

Ich muß gestehen, daß ich in dem Augenblick wirklich drauf und dran war, Guido umzubringen! Ich stand neben ihm, der auf dem niedrigen Mäuerchen ausgestreckt lag, und überlegte eiskalt, wie ich ihn packen müßte, um sicherzugehen. Dann kam ich darauf, daß ich ihn ja nicht einmal zu packen brauchte. Er lag auf den Armen, die er hinter dem Kopf verschränkt hatte, und ein anständiger, plötzlicher Stoß hätte genügt, um ihn unwiderruflich aus dem Gleichgewicht zu bringen.

Da kam mir eine andere Idee, die mir so bedeutend erschien, daß man sie mit dem großen Mond vergleichen konnte, der am Himmel aufstieg und ihn blank polierte: Ich hatte eingewilligt, mich mit Augusta zu verloben, um sicher zu sein, daß ich in dieser Nacht gut schlief. Wie sollte ich aber schlafen können, wenn ich Guido umgebracht hatte? Diese Idee hat ihn und mich gerettet. Sofort wollte ich diese Stellung aufgeben, in der ich über Guido stand und die mich zu dieser Tat verführte. Ich kniete nieder und krümmte mich zusammen, fast berührte ich mit dem Kopf den Boden:

»Welche Schmerzen, welche Schmerzen!« schrie ich.

Erschrocken sprang Guido auf und bat mich um Erklärungen. Ich jammerte leiser weiter und gab keine Antwort. Ich wußte, warum ich jammerte: Weil ich hatte töten wollen, und vielleicht auch, weil ich nicht vermocht hatte, es zu tun. Schmerzen und Jammern entschuldigten alles. Mir kam vor, ich würde es hinausschreien, daß ich nicht hatte töten wollen, und mir kam vor, ich würde auch hinausschreien, daß es nicht meine Schuld war, wenn ich es nicht zu tun vermocht hatte. An allem waren meine Krankheit und meine Schmerzen Schuld. Hingegen erinnere ich mich sehr gut, daß die Schmerzen eben jetzt wie weggeblasen waren und daß mein Gejammere bloßes Theater war, dem ich vergeblich einen Inhalt zu geben versuchte, indem ich den Schmerz heraufbeschwor und ihn wiederherstellte, um ihn zu fühlen und darunter zu leiden. Aber das war vergebliche Mühe, denn er meldete sich erst wieder zurück, als er wollte.

Wie üblich ging Guido mit Hypothesen vor. Unter anderem fragte er mich, ob es sich nicht um dieselben Schmerzen handelte, die der Sturz im Café verursacht hatte. Die Idee schien mir gut zu sein, und ich stimmte zu.

Er nahm mich am Arm und half mir liebevoll, mich aufzurichten. Dann half er mir behutsam und mich weiterhin stützend die kleine Steigung hinunter. Als wir unten waren, erklärte ich, ich fühlte mich etwas besser und glaubte, daß ich auf ihn gestützt schneller gehen könnte. So ging es endlich ins Bett! Das war auch die erste wirklich große Genugtuung, die mir an diesem Tag vergönnt war. Er arbeitete für mich, denn fast trug er mich. Endlich war ich es, der ihm meinen Willen aufzwang.

Wir fanden eine Apotheke, die noch geöffnet war, und er hatte die Idee, mich mit einem Beruhigungsmittel ins Bett zu schicken. Er entwarf eine ganze Theorie über den realen Schmerz und über die übertriebene Empfindung desselben: Ein bestimmter Schmerz vervielfachte sich durch die von ihm selbst erzeugte Reizung. Mit diesem Fläschchen begann meine Medikamentensammlung, und es war nur richtig, daß Guido es ausgesucht hatte.

Um seine Theorie auf eine solidere Basis zu stellen, mutmaßte er, ich hätte seit vielen Tagen an diesen Schmerzen gelitten. Den Gefallen konnte ich ihm leider nicht tun. Ich erklärte, daß ich an diesem Abend bei den Malfentis keinerlei Schmerz verspürt hatte. In dem Moment, in dem mir die Erfüllung meines langgehegten Traums gewährt wurde, hatte ich selbstverständlich nicht leiden können.

Und um ehrlich zu sein, ich wollte wirklich so sein, wie ich von mir behauptet hatte, und so sagte ich mehrmals zu mir selbst: »Ich liebe Augusta, ich liebe nicht Ada. Ich liebe Augusta, und heute abend hat sich mein langgehegter Traum erfüllt.«

So gingen wir durch die Mondnacht dahin. Ich vermute, Guido war erschöpft von meinem Gewicht, denn er verstummte endlich. Er schlug mir jedoch vor, mich ins Bett zu bringen. Das lehnte ich ab, und als es mir vergönnt war, die Haustür hinter mir zu schließen, stieß ich einen Seufzer der Erleichterung aus. Aber sicher mußte auch Guido den gleichen Seufzer ausstoßen.

In meiner Villa lief ich die Stufen in großen Sätzen hinauf, und in zehn Minuten war ich im Bett. Ich schlief bald ein, und in der kurzen Zeitspanne, die dem Schlaf vorausgeht, erinnerte ich mich weder an Ada noch an Augusta, sondern nur an Guido, der so sanft, gütig und geduldig war. Sicher, ich hatte nicht vergessen, daß ich ihn kurz zuvor hatte umbringen wollen, aber das war völlig bedeutungslos, denn Dinge, von denen keiner weiß und die keine Spuren hinterlassen haben, existieren nicht.

Am nächsten Tag begab ich mich etwas unschlüssig zum Haus meiner Braut. Ich war mir nicht sicher, ob die am

Abend zuvor eingegangenen Verpflichtungen den Wert hatten, den ich glaubte, ihnen zuerkennen zu müssen. Da entdeckte ich, daß sie den in den Augen aller hatten. Auch Augusta war der Meinung, daß sie sich verlobt hatte, ja, mit noch größerer Sicherheit als ich.

Es war eine schwierige Verlobung. Ich habe das Gefühl, daß ich sie mehrmals gelöst und mit großer Mühe wiederhergestellt habe, und ich bin erstaunt, daß das niemand bemerkt hat. Nie hatte ich die Gewißheit, wirklich auf die Ehe zuzusteuern, aber allem Anschein nach habe ich trotzdem einen ziemlich liebevollen Verlobten abgegeben. In der Tat küßte ich Adas Schwester und drückte sie an die Brust, sooft ich Gelegenheit dazu hatte. Augusta ließ meine Angriffe über sich ergehen, wie eine Braut das ihrer Meinung nach mußte, und ich benahm mich nur deshalb verhältnismäßig anständig, weil Signora Malfenti uns immer nur für kurze Augenblicke allein ließ. Meine Braut war wesentlich weniger häßlich, als ich gedacht hatte, und ihre größte Schönheit entdeckte ich, wenn ich sie küßte: ihr Erröten! Dort, wo ich hinküßte, stieg mir zu Ehren eine Flamme empor, und ich küßte mehr mit der Neugier des Experimentators als mit der Glut des Liebenden.

Doch das Begehren fehlte nicht, und das machte diese ernste Zeit leichter. Wehe, wenn Augusta und ihre Mutter mich nicht daran gehindert hätten, diese Flamme auf einmal zu verzehren, wonach ich oft den Wunsch gehabt hätte. Doch wie hätte man dann weiterleben sollen? So flößte mir mein Begehren auf den Stufen dieses Hauses wenigstens nach wie vor dieselbe bange Erwartung ein wie damals, als ich sie hinaufstieg, um Ada zu erobern. Die ungeraden Stufen verhießen mir, daß ich Augusta an diesem Tag würde zeigen können, was die Verlobung war, die sie gewollt hatte.

Ich träumte von einer Gewalttat, die mir das ganze Gefühl meiner Freiheit wiedergeben würde. Etwas anderes wollte ich schließlich nicht, und es ist schon merkwürdig, daß Augusta, als sie begriff, was ich wollte, dies als ein Zeichen von Liebesglut auffaßte.

In meiner Erinnerung zerfällt dieser Zeitabschnitt in zwei Phasen. In der ersten ließ Signora Malfenti uns oft durch Alberta überwachen oder schickte die kleine Anna mit einer ihrer Lehrerinnen zu uns in den Salon. Ada war damals nie mit uns zusammen, und ich sagte mir, daß ich froh darüber sein sollte, während ich mich dunkel erinnere, einmal gedacht zu haben, daß es eine schöne Genugtuung für mich wäre, Augusta in Adas Anwesenheit küssen zu können. Wer weiß, mit wieviel Heftigkeit ich das getan hätte.

Die zweite Phase begann, als Guido sich offiziell mit Ada verlobte und Signora Malfenti, ganz die praktisch veranlagte Frau, die sie war, die beiden Paare in demselben Salon zusammenbrachte, damit sie sich gegenseitig überwachten.

Von der ersten Phase weiß ich, daß Augusta sich vollkommen zufrieden mit mir erklärte. Wenn ich sie nicht bestürmte, wurde ich außerordentlich gesprächig. Die Gesprächigkeit war ein Bedürfnis von mir. Ich verschaffte mir Gelegenheit dazu, indem ich mir in den Kopf setzte, daß ich mich, da ich Augusta nun einmal heiraten mußte, auch um ihre Erziehung kümmern müsse. Ich erzog sie zur Sanftmut, zur Liebe und vor allem zur Treue. Ich erinnere mich nicht genau, in welche Form ich meine Predigten kleidete, die sie mir gelegentlich noch in Erinnerung ruft und die sie nie vergessen hat. Sie hörte mir aufmerksam und ergeben zu. Im Eifer des Unterrichts erklärte ich einmal, sollte sie hinter eine Untreue meinerseits kommen, so solle sich daraus für sie das Recht ableiten, es mir mit gleicher Münze heimzuzahlen. Empört protestierte sie, nicht einmal mit meiner Zustimmung könne sie mir untreu werden, und aus einer Untreue meinerseits würde sich für sie lediglich die Freiheit ableiten zu weinen.

Ich glaube, daß diese Predigten, die zu einem völlig anderen Zweck gehalten wurden, als damit etwas zu sagen, einen heilsamen Einfluß auf meine Ehe gehabt haben. Ehrlich war daran die Wirkung, die sie auf Augustas Seele hatten. Ihre Treue wurde nie auf die Probe gestellt, weil sie von meinen Seitensprüngen nie etwas erfuhr, aber ihre Zuneigung und ihre Sanftmut sind sich in den langen Jahren, die wir miteinander verbracht haben, stets gleichgeblieben, ganz genau so wie ich sie angehalten hatte, es mir zu versprechen.

Als Guido sich verlobte, begann die zweite Phase meiner Verlobung mit einem Vorsatz von mir, den ich so formulierte: »Da bin ich also von meiner Liebe zu Ada wohl geheilt!« Bis dahin hatte ich gedacht, Augustas Erröten hätte genügt, um mich davon zu heilen, aber wie man sieht, kann man gar nicht geheilt genug sein! Die Erinnerung an dieses Erröten legte mir nahe, daß es das nun auch zwischen Guido und Ada geben würde. Dieses, mehr als jenes andere, sollte jedes Begehren in mir abtöten.

Aus der ersten Phase stammt der Wunsch, Augusta Gewalt anzutun. In der zweiten war ich viel weniger erregt. Signora Malfenti hatte es gewiß nicht falsch gemacht, als sie die Aufsicht über uns mit so geringem Aufwand ihrerseits organisierte.

Ich erinnere mich, daß ich einmal im Scherz anfing, Augusta zu küssen. Doch anstatt mit mir darüber zu scherzen, fing Guido seinerseits an, Ada zu küssen. Das fand ich nicht sehr taktvoll von ihm, zumal er nicht so sittsam küßte, wie ich es aus Rücksicht ihnen gegenüber getan hatte, sondern Ada einen richtigen Zungenkuß gab, bei dem er regelrecht saugte. Ich bin mir sicher, daß ich mich zu dieser Zeit schon daran gewöhnt hatte, Ada wie eine Schwester zu betrachten, aber ich war nicht darauf gefaßt, zu sehen, daß ein solcher Gebrauch von ihr gemacht wurde. Ich bezweifle auch, daß es einem wirklichen Bruder gefallen würde, seine Schwester so behandelt zu sehen.

Darum habe ich auch Augusta in Guidos Beisein nie mehr geküßt. Guido hingegen hat in meiner Gegenwart noch einmal versucht, Ada an sich zu ziehen, aber da war sie es, die sich wehrte, und er hat es nicht mehr probiert.

Sehr undeutlich erinnere ich mich an die vielen, vielen Abende, die wir gemeinsam verbrachten. Die Szene spielte sich unzählige Male ab und hat sich mir folgendermaßen eingeprägt: Alle vier saßen wir um den feinen venezianischen Tisch mit einer großen Petroleumlampe darauf, die von einem grünen Stoffschirm abgedeckt war, der alles in Schatten tauchte außer den Stickereien, an denen die beiden Mädchen arbeiteten, Ada an einem seidenen Taschentuch, das sie lose in der Hand hielt, Augusta an einem kleinen runden Stickrahmen. Ich sehe Guido reden, und es muß häufig vorgekommen sein, daß ich allein ihm beipflichtete. Ich erinnere mich noch an Adas Kopf mit dem schwarzen, leicht lockigen Haar, das auffällig war, weil das gelbgrüne Licht darauf eine eigenartige Wirkung hervorbrachte.

Man sprach über dieses Licht und auch über die echte Farbe dieser Haare. Guido, der sich auch in der Malerei auskannte, erklärte uns, wie man eine Farbe analysieren müsse. Auch diese Unterweisung von ihm habe ich nie mehr vergessen, und noch heute, wenn ich die Farbe einer Landschaft besser verstehen will, kneife ich die Augen zusammen, bis viele Linien verschwinden und man nur noch die Lichter sieht, die sich ihrerseits zur einzigen wirklichen Farbe abdunkeln. Wenn ich jedoch eine solche Analyse durchführe, erscheinen auf meiner Netzhaut gleich nach den realen Bildern, fast wie eine physische Reaktion meinerseits, das gelbgrüne Licht und die braunen Haare, an denen ich mein Auge erstmals geschult habe.

Ein Abend ist mir unvergeßlich, der unter allen hervorsticht durch eine Regung der Eifersucht von Augusta und gleich darauf auch durch eine schimpfliche Indiskretion von mir. Um uns zu necken, hatten Guido und Ada sich weit weg gesetzt, in den anderen Teil des Salons, an den Louis-quatorze-Tisch. So hatte ich bald Nackenweh, weil ich mich ja verrenken mußte, um mit ihnen zu reden. Augusta sagte zu mir:

»Laß sie doch! Da drüben wird wirklich geliebt.«

Und ich, völlig gedankenlos, sagte leise zu ihr, das solle sie aber nicht glauben, Guido möge nämlich gar keine Frauen. So hatte ich gemeint, mich dafür entschuldigen zu können, daß ich mich in die Gespräche der beiden Liebenden eingemischt hatte. Dabei war es eine böswillige Indiskretion, Augusta gegenüber die Reden wiederzugeben, zu denen Guido sich zwar in meiner Gegenwart, jedoch nie in Anwesenheit von irgend jemand anderem aus der Familie unserer Bräute hinreißen ließ. Die Erinnerung an diese Worte von mir bedrückte mich mehrere Tage lang, wohingegen ich sagen kann, daß die Erinnerung daran, daß ich Guido hatte umbringen wollen, mich auch nicht eine Stunde lang gestört hatte. Doch selbst ein Meuchelmord ist männlicher, als einem Freund dadurch zu schaden, daß man eine Vertraulichkeit von ihm weitererzählt.

Schon damals hatte Augusta unrecht, auf Ada eifersüchtig zu sein. Es war ja nicht, weil ich Ada sehen wollte, wenn ich meinen Nacken derartig verdrehte. Guido mit seiner Redseligkeit half mir, diese lange Zeit herumzubringen. Ich konnte ihn schon gut leiden und verbrachte einen Teil meiner Tage mit ihm. Verbunden war ich ihm auch durch die Dankbarkeit für die Achtung, die er mir entgegenbrachte und die er auf die anderen übertrug. Sogar Ada hörte mir jetzt aufmerksam zu, wenn ich sprach.

Jeden Abend wartete ich schon mit einer gewissen Ungeduld auf den Gong, der uns zum Abendessen rief, und von diesen Abendessen erinnere ich mich hauptsächlich an meinen ewig verdorbenen Magen. Ich aß zu viel aus dem Bedürfnis heraus, nicht untätig zu sein. Beim Abendessen hatte ich reichlich zärtliche Worte für Augusta; soviel mein voller Mund mir eben erlaubte, und ihre Eltern konnten nur den unerfreulichen Eindruck haben, daß meine große Zuneigung durch meine entsetzliche Gefräßigkeit gemindert würde. Sie wunderten sich, daß ich bei meiner Rückkehr von der Hochzeitsreise keinen solchen Appetit mehr heimbrachte. Er verging, als man nicht mehr von mir verlangte, eine Leidenschaft zu zeigen, die ich nicht empfand. Es ist nicht statthaft, sich der Braut gegenüber vor ihren Eltern gefühlskalt zu erweisen, in dem Moment, da man sich anschickt, mit ihr ins Bett zu gehen! Augusta erinnert sich besonders gut an die liebevollen Worte, die ich ihr an diesem Tisch immer zuraunte. Zwischen zwei Bissen muß ich ganz großartige Eingebungen gehabt haben, und wenn man sie mir in Erinnerung ruft, bin ich erstaunt, denn sie scheinen mir nicht meine eigenen.

Selbst mein Schwiegervater, Giovanni der Gewiefte, ließ sich täuschen, und zeit seines Lebens führte er, wenn er ein Beispiel für große Liebesleidenschaft geben wollte, die meine für seine Tochter, das heißt für Augusta an. Als guter Vater, der er war, lächelte er dabei selig, doch leitete sich daraus in seinen Augen eine noch größere Geringschätzung mir gegenüber ab, denn seiner Ansicht nach war der kein rechter Mann, der sein ganzes Geschick in die Hände einer Frau legte, und der vor allem nicht bemerkte, daß es neben der eigenen auf dieser Welt auch noch andere Frauen gab. Woraus ersichtlich ist, daß ich nicht immer gerecht beurteilt wurde.

Meine Schwiegermutter hingegen glaubte an meine Liebe nicht einmal dann, als selbst Augusta sich ihr vertrauensvoll hingab.

Lange Jahre hindurch maß sie mich mit mißtrauischem Blick, im Zweifel über das Geschick ihrer Lieblingstochter. Auch aus diesem Grund bin ich überzeugt, daß sie mich in den Tagen, die zu meiner Verlobung führten, gelenkt haben muß. Es war unmöglich, auch sie zu täuschen, die mein Innerstes besser gekannt haben muß als ich selbst.

Endlich kam der Tag meiner Hochzeit, und just an dem Tag zögerte ich ein letztes Mal. Ich hätte um acht Uhr früh bei der Braut sein sollen, dagegen lag ich um dreiviertel acht noch wüst rauchend im Bett und schaute auf mein Fenster, in dem spöttisch der erste Sonnenschein strahlte, der sich in diesem Winter blicken ließ. Ich erwog, Augusta sitzenzulassen! Die Absurdität meiner Ehe wurde offensichtlich, jetzt, da mir nichts mehr daran lag, in Adas unmittelbarer Nähe zu bleiben. Es würde schließlich nichts Besonderes passieren, wenn ich nicht zur Verabredung erschien! Und dann: Augusta war eine liebenswerte Braut gewesen, aber man konnte ja nicht wissen, wie sie sich am Tag nach der Hochzeit betragen würde. Und wenn sie mich dann gleich einen Hornochsen schalt, weil ich mich auf solche Weise hatte einfangen lassen?

Zum Glück kam Guido, und ich, von wegen Widerstand leisten, ich entschuldigte mich für meine Verspätung und behauptete, ich hätte geglaubt, es sei eine andere Zeit für die Hochzeit vereinbart gewesen. Statt mir Vorwürfe zu machen, fing Guido an, von sich zu erzählen und von den vielen Malen, wo er aus Zerstreutheit Verabredungen verpaßt hatte. Auch in punkto Zerstreutheit wollte er mir überlegen sein, und ich durfte ihm nicht länger zuhören, wollte ich aus dem Haus kommen. So geschah es, daß ich im Laufschritt zur Hochzeit eilte.

Ich kam trotzdem sehr spät. Niemand machte mir Vorwürfe, und alle außer der Braut begnügten sich mit gewissen Erklärungen, die Guido ihnen an meiner Stelle gab. Augusta war so blaß, daß sogar ihre Lippen fahl waren. Wenn ich auch nicht sagen konnte, daß ich sie liebte, so steht doch fest, daß ich ihr nicht weh tun wollte. Ich versuchte, es wieder gut zu machen, und beging die Ungeheuerlichkeit, für meine Verspätung gleich drei Gründe anzuführen. Das waren zu viele, und sie sprachen so klar und deutlich von dem, was mir dort in meinem Bett beim Betrachten der Wintersonne durch den Kopf gegangen war, daß unser Aufbruch zur Kirche aufgeschoben werden mußte, um Augusta Zeit zu lassen, sich zu erholen.

Am Altar sagte ich zerstreut ja, denn vor lauter Mitleid mit Augusta war ich dabei, mir eine vierte Erklärung für meine Verspätung auszudenken, die mir die beste von allen schien.

Als wir dagegen aus der Kirche hinausgingen, bemerkte

ich, daß Augusta wieder eine völlig frische Gesichtsfarbe hatte. Das ärgerte mich in gewisser Weise, denn dieses Ja von mir hätte doch nicht ausreichend sein sollen, um sie meiner Liebe zu versichern. Und ich stellte mich darauf ein, sie recht grob zu behandeln, falls sie sich so weit erholen sollte, mich einen Hornochsen zu schelten, weil ich mich auf solche Weise hatte einfangen lassen. Sie jedoch nutzte einen Moment bei sich zu Hause, als man uns alleine ließ, um mir unter Tränen zu sagen:

»Das werde ich nie vergessen, daß du mich geheiratet hast, obwohl du mich nicht liebst.«

Ich widersprach nicht, weil die Sache so klar gewesen war, daß das nicht ging. Doch voller Mitleid umarmte ich sie.

Von all dem ist dann zwischen mir und Augusta nicht mehr die Rede gewesen, weil die Ehe etwas viel Einfacheres ist als eine Verlobung. Ist man erst einmal verheiratet, dann diskutiert man nicht mehr über Liebe, und wenn man das Bedürfnis verspürt, darüber zu reden, kommt das triebhaft Animalische dazwischen und schafft bald wieder Schweigen. Dieses Animalische kann nun so vermenschlicht sein, daß es kompliziert und verfälscht wird, und dann kann es vorkommen, daß man sich über das Haar einer Frau beugt und sich sogar bemüht, einen Lichtschimmer darauf zu sehen, der da gar nicht ist. Man schließt die Augen, und die Frau wird eine andere, um erst wieder sie selbst zu werden, wenn man sie verläßt. Ihr gilt die ganze Dankbarkeit, und die ist um so größer, wenn die Bemühung Erfolg hatte. Das ist der Grund, weshalb ich, sollte ich noch einmal geboren werden (Mutter Natur ist zu allem fähig!), einwilligen würde, Augusta zu heiraten, aber nie, mich mit ihr zu verloben.

Am Bahnhof hielt Ada mir für einen geschwisterlichen Kuß die Wange hin. Ich sah sie erst da, abgelenkt wie ich war von den vielen Menschen, die gekommen waren, um uns zu begleiten, und sofort dachte ich: »Dabei hast ausgerechnet du mich in diese Lage gebracht!« Ich näherte meine Lippen ihrer samtigen Wange, achtete aber darauf, sie nicht einmal zu streifen. Das war die erste Befriedigung an diesem Tag, denn in dem Moment fühlte ich, welchen Vorteil ich aus meiner Ehe zog: Ich hatte mich gerächt, indem ich mich weigerte, die einzige Gelegenheit zu nutzen, die mir geboten wurde, Ada zu küssen. Dann, als der Zug schon fuhr und ich neben Augusta saß, kamen mir Zweifel, ich hätte womöglich nicht gut daran getan. Ich fürchtete, meine Freundschaft mit Guido könnte dadurch Schaden nehmen. Aber noch mehr litt ich bei dem Gedanken, Ada hätte vielleicht gar nicht bemerkt, daß ich die Wange, die sie mir hinhielt, nicht geküßt hatte.

Sie hatte es bemerkt, aber das habe ich erst erfahren, als Monate später sie ihrerseits mit Guido vom selben Bahnhof abfuhr. Sie küßte alle. Nur mir reichte sie mit großer Herzlichkeit die Hand. Ich drückte sie ihr kühl. Ihre Rache kam nun wirklich zu spät, weil die Umstände völlig verändert waren. Seit der Rückkehr von meiner Hochzeitsreise hatten wir geschwisterliche Beziehungen gepflegt, und es war unerklärlich, warum sie mich von dem Kuß ausnahm.

6

Die Ehefrau und die Geliebte

In meinem Leben hat es mehrere Phasen gegeben, in denen ich glaubte, auf dem besten Weg zu Glück und Gesundheit zu sein. Doch nie war dieser Glaube so ausgeprägt wie während meiner Hochzeitsreise und dann ein paar Wochen nach unserer Heimkehr. Es begann mit einer Entdeckung, die mich erstaunte: Ich liebte Augusta wie sie mich liebte. Anfangs mißtrauisch, genoß ich vorerst den Tag und erwartete mir, daß der folgende etwas ganz anderes würde. Aber die Tage folgten aufeinander, einer wie der andere, ganz durchstrahlt von Augustas Freundlichkeit und auch – das eben war meine Überraschung – meiner eigenen. Jeden Morgen begegnete ich in ihr von neuem der gerührten Zuneigung und in mir derselben Dankbarkeit, die, wenn sie nicht Liebe war, ihr doch sehr glich. Wer hätte das vorhersehen können, als ich von Ada zu Alberta humpelte, um zu Augusta zu gelangen? Ich entdeckte, daß ich nicht ein blindes, von anderen gelenktes Rindvieh gewesen war, sondern ein überaus kluger Mann. Und wenn sie mein Erstaunen sah, sagte Augusta:

»Aber warum wunderst du dich? Wußtest du nicht, daß die Ehe so beschaffen ist? Das wußte sogar ich, die ich so viel weniger gebildet bin als du!«

Ich weiß nicht mehr, ob vor oder nach der Zuneigung, jedenfalls bildete sich in mir eine Hoffnung, die große Hoffnung, ich könnte Augusta schließlich ähnlich werden, da sie die Gesundheit in Person war. Während der Verlobungszeit hatte ich diese Gesundheit gar nicht bemerkt, weil ich ganz darin vertieft war, an erster Stelle mich, dann Ada und Guido zu studieren. Die Petroleumlampe in jenem Salon hatte mit ihrem Schein Augustas schütteres Haar nie erreicht.

Von wegen ihr Erröten! Als das verschwand, so einfach wie die Farben der Morgenröte im direkten Sonnenlicht verschwinden, schlug Augusta mit großer Sicherheit den Weg ein, den ihre Schwestern auf dieser Erde auch schon beschritten hatten, jene Schwestern, die innerhalb von Recht und Ordnung alles finden können oder andernfalls auf alles verzichten. Obwohl ich sie schlecht, da auf mich gegründet wußte, liebte, ja bewunderte ich diese Sicherheit. Ihr gegenüber mußte ich mich mindestens mit derselben Bescheidenheit verhalten, wie wenn es um Spiritismus ging. Das war möglich, also konnte es auch den Glauben ans Leben geben.

Aber Augusta verblüffte mich; aus jedem ihrer Worte, aus jeder Geste von ihr ging hervor, daß sie das Leben im Grunde für ewig hielt. Nicht daß sie das behauptet hätte: Vielmehr war sie erstaunt, als ich – der Fehler verabscheute, bevor ich die ihren lieben lernte – einmal meinte, sie auf seine Kürze hinweisen zu müssen. Ach wo! Sie wußte ja, daß wir alle sterben müssen, aber das änderte nichts daran, daß wir jetzt, wo wir verheiratet waren, zusammen bleiben würden, immer, immer zusammen. Sie wußte also nicht, daß wenn man sich auf dieser Welt zusammentat, das für eine so kurze, eine so verschwindend kurze Zeitspanne geschah, daß unbegreiflich war, wie man dahin hatte gelangen können, sich zu duzen, ohne sich zuvor eine endlose Zeit gekannt zu haben und bereit zu sein, sich für eine ebenso endlose Zeit nie mehr wiederzusehen. Ich begriff endlich, was vollkommene menschliche Gesundheit ist, als ich erahnte, daß die Gegenwart für sie eine faßliche Wahrheit war, in der man sich einrichten und es sich bequem machen konnte. Ich versuchte, Einlaß darin zu finden und darin zu verweilen, entschlossen, weder mich noch sie auszulachen, denn dieser Versuch konnte nichts anderes sein als meine Krankheit, und ich mußte mich wenigstens hüten, diejenige, die sich mir anvertraut hatte, anzustecken. Auch aus diesem Grund, aus der Bemühung heraus, sie zu schützen, gelang es mir eine Zeitlang, mich wie ein gesunder Mensch zu benehmen.

Sie kannte alles, was einen zur Verzweiflung bringen kann, aber in ihren Händen änderte es sein Wesen. Auch wenn die Erde sich drehte, so brauchte man doch nicht seekrank zu werden! Ganz im Gegenteil! Die Erde drehte sich, aber alles andere blieb an seinem Platz. Und diese unbeweglichen Dinge hatten eine enorme Bedeutung: Der Ehering, der ganze Schmuck und die Anzüge, der grüne, der schwarze, der Straßenanzug, der in den Schrank gehörte, wenn man nach Hause kam, und der Abendanzug, der auf gar keinen Fall tagsüber angelegt werden durfte, selbst dann nicht, wenn ich mich weigerte, Frack zu tragen. Die Essenszeiten wurden pünktlich eingehalten, und auch die für den Schlaf. Sie existierten, diese Stunden, und sie hatten ihren festen Platz.

Sonntags ging sie zur Messe, und ich begleitete sie manchmal, um zu sehen, wie sie das Bild von Leiden und Tod ertrug. Für sie gab es das nicht, und dieser Besuch schenkte ihr Seelenfrieden für die ganze Woche. Sie ging auch an bestimmten Feiertagen hin, die sie auswendig wußte. Nichts weiter, während ich mir, wenn ich religiös gewesen wäre, die Seligkeit erkauft hätte, indem ich den ganzen Tag in der Kirche zugebracht hätte.

Auch hier unten gab es jede Menge Autoritäten, die ihr Sicherheit gaben. Zunächst die österreichischen und die italienischen Behörden, die für Sicherheit auf den Straßen und in den Häusern sorgten, und ich tat stets mein Bestes, um mich ihrem Respekt anzuschließen. Dann waren da die Ärzte, die ein ordentliches Studium absolviert hatten, um uns zu retten, wenn – Gott behüte – uns irgendeine Krankheit befallen sollte. Ich machte jeden Tag Gebrauch von dieser Autorität: sie hingegen nie. Daher wußte ich aber um mein grausames Schicksal, wenn die tödliche Krankheit mich ereilen sollte, während sie meinte, da sie dort oben und hier unten die besten Empfehlungen hatte, gäbe es für sie auch dann eine Rettung.

Da analysiere ich also ihre Gesundheit, aber es gelingt mir nicht, denn ich merke, daß ich sie beim Analysieren in Krankheit verwandle. Und beim Schreiben beginne ich zu zweifeln, ob diese Gesundheit nicht der Behandlung oder der Belehrung bedurft hätte, um zu genesen. Doch in den langen Jahren, die ich mit ihr zusammenlebte, hatte ich solche Zweifel nie.

Welche Wichtigkeit mir doch in dieser ihrer kleinen Welt beigemessen wurde! Zu allem und jedem mußte ich meinen Willen äußern, zur Auswahl der Speisen und der Kleidung, der Gesellschaften und der Lektüren. Ich war zu einer großen Betriebsamkeit gezwungen, die mir nicht lästig fiel. Ich wirkte mit am Aufbau einer patriarchalischen Familie, und ich wurde selbst der Patriarch, den ich gehaßt hatte und der mir nun das Sinnbild der Gesundheit zu sein schien. Es ist etwas ganz anderes, selbst der Patriarch zu sein, als jemand anderen verehren zu müssen, der diese

Würde für sich in Anspruch nimmt. Ich wollte die Gesundheit für mich, selbst wenn ich den Nicht-Patriarchen dafür die Krankheit anhängen mußte, und besonders während der Hochzeitsreise nahm ich öfter gerne die Haltung eines Reiterstandbilds ein.

Doch schon auf der Reise fiel mir die Nachahmung, die ich mir vorgenommen hatte, nicht immer leicht. Augusta wollte alles sehen, als ob wir auf einer Bildungsreise wären. Es genügte also nicht, daß wir im Palazzo Pitti gewesen waren, sondern wir mußten durch all diese zahllosen Säle gehen und vor jedem Kunstwerk wenigstens eine paar Augenblicke lang verweilen. Ich weigerte mich, den ersten Saal zu verlassen und sah mir nichts anderes an, wobei ich lediglich die Mühe auf mich nahm, Vorwände für meine Faulenzerei zu finden. Ich brachte einen halben Tag vor den Porträts der Gründer des Hauses Medici zu und entdeckte, daß sie Carnegie und Vanderbilt* ähnlich sahen! Wunderbar! Und doch waren sie von meinem Schlag! Augusta teilte meine Verwunderung nicht. Sie wußte, was *yankees* waren, aber noch nicht so recht, wer ich war.

Hier zog ihre Gesundheit den kürzeren, und sie mußte auf die Museen verzichten. Ich erzählte ihr, daß ich einmal im Louvre vor all diesen Kunstwerken dermaßen verrückt geworden sei, daß ich drauf und dran war, die Venus in Stücke zu hauen. Resigniert sagte Augusta:

»Nur gut, daß man Museen auf der Hochzeitsreise besucht und nachher nie wieder!«

Tatsächlich fehlt im Leben die Monotonie der Museen. Es vergehen Tage, die eines Rahmens würdig wären, aber sie sind reich an störenden Tönen, und dazu außer an Linien und Farben auch an echtem Licht, dem, das verbrennt und daher nicht langweilig ist.

Gesundheit treibt zur Aktivität und dazu, sich jede Menge Scherereien aufzuhalsen. Kaum hatten die Museen geschlossen, ging es los mit den Einkäufen. Sie, die nie darin gewohnt hatte, kannte unsere Villa besser als ich und wußte, daß in einem Zimmer ein Spiegel fehlte, in einem anderen ein Teppich und daß in einem dritten Platz für eine Statuette war. Sie kaufte die Möbel für einen kompletten Salon, und aus jeder Stadt, in der wir uns aufhielten, wurde wenigstens eine Sendung losgeschickt. Meiner Meinung nach wäre es zweckmäßiger und weniger lästig gewesen, all diese Einkäufe in Triest zu machen. So mußten wir an den Versand, die Versicherung und an die Zollformalitäten denken.

»Aber weißt du denn nicht, daß alle Waren auf Reisen gehen müssen? Bist du denn kein Händler?« Und sie lachte.

Sie hatte fast recht. Ich wandte ein:

»Man schickt die Waren auf Reisen, um zu verkaufen und zu verdienen! Fehlt dieser Zweck, läßt man sie in Ruhe und hat seine Ruhe!«

Doch die Unternehmungslust war eines der Dinge, die ich am meisten an ihr liebte. Sie war köstlich, diese naive Unternehmungslust! Naiv, weil man die Weltgeschichte außer acht lassen muß, um glauben zu können, mit dem schlichten Erwerb eines Gegenstands ein gutes Geschäft gemacht zu haben: Erst beim Verkauf erweist sich die Klugheit des Einkaufs.

Ich glaubte, meiner völligen Genesung entgegenzugehen. Meine Verletzungen waren weniger giftig geworden. Seit damals ist mein Verhalten von unwandelbarer Heiterkeit. Das war wie ein Versprechen, das ich Augusta in jenen unvergeßlichen Tagen gegeben hatte, und es war auch der einzige Glaubenssatz, den ich nie brach, außer in kurzen Augenblicken, wenn nämlich das Leben lauter lachte als ich. Unsere Beziehung war eine lächelnde und ist es geblieben, weil ich immer über sie lächelte, von der ich glaubte, sie sei unwissend, und sie ihrerseits über mich, dem sie viel Wissen und viele Fehler zuschrieb, die sie – so schmeichelte sie sich – ausmerzen würde. Ich blieb scheinbar heiter, auch als die Krankheit mich wieder ganz heimsuchte. Heiter, als ob ich meinen Schmerz nur wie einen Kitzel empfinden würde.

Auf dem langen Weg durch Italien war ich trotz meiner neuen Gesundheit gegen viele Leiden nicht gefeit. Wir waren ohne Empfehlungsschreiben aufgebrochen, und sehr oft kam es mir vor, als wären viele der Fremden, unter denen wir uns bewegten, mir feindlich gesonnen. Es war dies eine lächerliche Angst, aber ich konnte sie nicht überwinden. Ich konnte überfallen, beschimpft und vor allem verleumdet werden, und wer hätte mich beschützen können?

Diese Angst spitzte sich sogar zu einer regelrechten Krise zu, die zum Glück niemand bemerkte, auch Augusta nicht. Ich pflegte fast alle Zeitungen zu kaufen, die mir unterwegs angeboten wurden. Als ich eines Tages am Stand eines Zeitungshändlers stehengeblieben war, kam mir der Zweifel, er könne mich aus Haß leichterdings wie einen Dieb verhaften lassen, weil ich bei ihm nur eine einzige Zeitung kaufte, während ich viele andere unter dem Arm trug, die ich anderswo gekauft und noch nicht einmal aufgeschlagen hatte. Ich lief weg, gefolgt von Augusta, der ich den Grund für meine Eile nicht nannte.

Ich freundete mich mit einem Droschkenkutscher und einem Fremdenführer an, in deren Gesellschaft ich wenigstens sicher sein konnte, nicht irgendwelcher lächerlicher Diebstähle bezichtigt zu werden.

Zwischen mir und dem Droschkenkutscher gab es ein paar klare Berührungspunkte. Er war ein großer Liebhaber der Weine von den Castelli und erzählte mir, daß ihm dauernd die Füße anschwellen würden. Da sei er ins Krankenhaus gegangen und als geheilt entlassen worden, mit vielen Empfehlungen, auf den Wein zu verzichten. Da faßte er einen Vorsatz, den er eisern nannte, weil er, um ihn materiell zu versinnbildlichen, einen Knoten in seine metallene Uhrkette machte. Doch als ich ihn kennenlernte, baumelte ihm die Kette ohne Knoten über den Bauch. Ich lud ihn ein, zu mir nach Triest zu kommen. Ich beschrieb ihm den Geschmack unseres Weins, der so anders war als der seine, um ihn des Erfolgs der drastischen Kur zu vergewissern. Er wollte nichts davon wissen und lehnte ab mit einem Gesicht, in dem schon das Bedauern geschrieben stand.

Mit dem Fremdenführer freundete ich mich an, weil er mir seinen Kollegen überlegen zu sein schien. Es ist nicht schwer, in Geschichte viel mehr zu wissen als ich, aber sogar Augusta mit ihrer Genauigkeit und ihrem Baedeker konnte die Exaktheit vieler seiner Angaben feststellen. Dazu war er jung, und so ging es im Laufschritt durch die mit Statuen gesäumten Alleen.

Als ich diese beiden Freunde verlor, verließ ich Rom. Der Kutscher, der viel Geld von mir bekommen hatte, zeigte mir, wie der Wein ihm manchmal auch zu Kopf steigen konnte und schleuderte uns gegen ein wahrhaft solides Bauwerk der römischen Antike. Der Fremdenführer hingegen dachte sich eines Tages die Behauptung aus, die alten Römer seien mit der elektrischen Energie bestens vertraut gewesen und hätten sie in großem Umfang genutzt. Er sagte auch lateinische Verse auf, die das bezeugen sollten.

Aber da befiel mich eine andere kleine Krankheit, von der ich nicht mehr genesen sollte. Eine Kleinigkeit: die Angst vor dem Älterwerden und vor allem die Angst vor dem Tod. Ich glaube, sie hatte ihren Ursprung in einer besonderen Form von Eifersucht. Das Älterwerden machte mir nur deswegen Angst, weil es mich dem Tod näherbrachte. Solange ich am Leben war, würde Augusta mich gewiß nicht betrügen, aber ich stellte mir vor, sie würde sich, gleich nachdem ich tot und begraben war und sie dafür gesorgt hatte, daß mein Grab schön in Ordnung gehalten und die erforderlichen Messen gelesen wurden, sofort umsehen, um mir den Nachfolger zu bescheren, den sie mit derselben gesunden und wohlgeordneten Welt umgeben würde, die jetzt mich beglückte. Ihre schöne Gesundheit konnte schließlich nicht sterben, nur weil ich gestorben war. Ich glaubte so fest an diese Gesundheit, daß mir schien, sie könne nur umkommen, wenn ein Zug in voller Fahrt sie zerstückelte.

Ich erinnere mich, wie wir eines Abends in Venedig in der Gondel durch einen dieser Kanäle fuhren, die in tiefer Stille daliegen, da und dort unterbrochen vom Lärm und vom Licht einer Straße, die unvermittelt vor ihm endet. Wie immer betrachtete und registrierte Augusta die Dinge genau: einen grünen und kühlen Garten auf einem schmutzigen Stück Grund, das im Trockenen lag, da das Wasser sich zurückgezogen hatte; einen Campanile, der sich im trüben Wasser spiegelte; eine lange und dunkle Straße mit einem Strom von Lichtern und Menschen am Ende. Ich hingegen fühlte in der Dunkelheit voller Trostlosigkeit mich selbst.

Ich erzählte ihr davon, wie die Zeit verging und daß sie bald diese Hochzeitsreise mit einem anderen wiederholen würde. Ich war mir da dermaßen sicher, daß es mir vorkam, als würde ich ihr eine Geschichte erzählen, die sich schon zugetragen hatte. Und es erschien mir fehl am Platz, daß sie anfing zu weinen, um die Wahrheit dieser Geschichte zu leugnen. Vielleicht hatte sie mich falsch verstanden und meinte, ich hätte ihr die Absicht unterstellt, mich umzubringen. Ganz und gar nicht! Um mich besser verständlich zu machen, schilderte ich ihr eine der möglichen Arten meines Todes: Meine Beine, die sicher ohnehin schon schlecht durchblutet waren, würden brandig werden, und der weiter und weiter um sich greifende Brand würde schließlich irgendein Organ befallen, das unverzichtbar war, um die Augen offen zu halten. Dann würde ich sie eben schließen, und dann, Patriarch, leb wohl! Man würde einen neuen in Druck geben müssen.

Sie schluchzte weiter, und in der maßlosen Traurigkeit dieses Kanals kam mir ihr Weinen sehr bedeutsam vor. War es vielleicht ausgelöst von der Verzweiflung über die präzise Beschreibung ihrer grausamen Gesundheit? Dann hätte die ganze Menschheit in diesem Weinen mitgeschluchzt. Später hingegen erfuhr ich, daß sie nicht einmal wußte, wie die Gesundheit beschaffen war. Die Gesundheit analysiert sich nicht selbst und betrachtet sich auch nicht im Spiegel. Nur wir Kranken wissen etwas über uns selbst.

Damals erzählte sie mir auch, daß sie mich geliebt habe, noch bevor sie mich kannte. Sie hatte mich geliebt, seitdem sie meinen Namen gehört hatte, den ihr Vater in folgender Form vorgestellt hatte: Zeno Cosini, ein Naivling, der große Augen machte, wenn er von irgendwelchen geschäftlichen Kniffen hörte und sich schnell alles in einem Gebotsbüchlein notierte, das er jedoch verlegte. Und wenn ich ihre Verwirrung bei unserer ersten Begegnung nicht bemerkt hatte, so mußte man ja annehmen, daß ich selbst auch verwirrt gewesen sei.

Ich erinnerte mich, daß ich bei Augustas Anblick von ihrer Häßlichkeit abgelenkt gewesen war, hatte ich mir doch erwartet, daß die vier Mädchen mit dem Anfangsbuchstaben A in diesem Haus alle wunderschön wären. Ich erfuhr nun, daß sie mich schon lange liebte, aber was besagte das schon? Ich tat ihr nicht den Gefallen, meine Meinung zu ändern. Wenn ich tot wäre, würde sie einen anderen nehmen. Als das Weinen etwas nachgelassen hatte, schmiegte sie sich noch enger an mich und fragte mich, gleich wieder lachend:

»Wo soll ich denn einen Nachfolger für dich finden? Siehst du nicht, wie häßlich ich bin?«

In der Tat, vermutlich würde mir eine Zeit der Verwesung in Ruhe vergönnt sein.

Aber die Angst vor dem Älterwerden ließ mich nicht mehr los, stets aus Angst, meine Frau einem anderen abtreten zu müssen. Die Angst wurde nicht schwächer, als ich sie betrog, und wurde auch nicht stärker bei dem Gedanken daran, daß ich die Geliebte auf die gleiche Weise verlieren würde. Das war etwas völlig anderes, das hatte nichts miteinander zu tun.

Wenn mich die Angst vor dem Tod packte, wandte ich mich an Augusta, um von ihr getröstet zu werden, wie kleine Kinder, die ihrer Mama das verletzte Händchen zum Küssen hinhalten. Sie fand immer neue Worte, um mich zu trösten. Auf der Hochzeitsreise gab sie mir noch dreißig Jahre Jugend, und heute immer noch so viele. Ich hingegen wußte schon, daß die unbeschwerten Wochen der

Hochzeitsreise mich den schauerlichen Fratzen der Agonie spürbar nähergebracht hatten. Augusta konnte sagen, was sie wollte, die Rechnung war schnell gemacht: Jede Woche kam ich ihr um eine Woche näher.

Wenn ich bemerkte, daß ich allzu oft von demselben Schmerz heimgesucht wurde, vermied ich es, ihr auf die Nerven zu fallen und immer dieselben Dinge zu sagen, und um sie auf mein Bedürfnis nach Trost aufmerksam zu machen, genügte es, daß ich murmelte: »Armer Cosini!« Sie wußte dann genau, was mich plagte, und lief herbei, um mich mit ihrer großen Zuneigung zu überhäufen. So erschlich ich mir ihren Trost auch einmal, als ich ganz andere Schmerzen hatte. Eines Tages murmelte ich, krank vor Schmerz darüber, daß ich sie betrogen hatte, aus Versehen: »Armer Cosini!« Ich hatte großen Vorteil davon, denn auch da war mir ihr Trost kostbar.

Von der Hochzeitsreise heimgekehrt, konnte ich mit Erstaunen feststellen, daß ich noch nie ein so behagliches und warmes Haus bewohnt hatte. Augusta führte alle Annehmlichkeiten darin ein, die sie bei sich zu Hause gehabt hatte, aber auch viele andere, die sie selbst ersann. Das Badezimmer, das seit Menschengedenken immer einen halben Kilometer von meinem Schlafzimmer entfernt am Ende eines Korridors gelegen war, rückte an unser gemeinsames Schlafzimmer heran und wurde mit einer größeren Anzahl von Wasserhähnen ausgestattet. Dann wurde ein kleines Zimmerchen neben dem Wohnraum in ein Kaffeezimmer verwandelt. Es war dick mit Teppichen ausgelegt und mit großen Ledersesseln versehen, und wir verweilten jeden Tag nach dem Essen ein Stündchen darin. Ganz gegen meinen Willen war alles Nötige zum Rauchen da. Auch mein kleines Studio bekam, so sehr ich es auch verteidigte,

Veränderungen ab. Ich fürchtete, die Veränderungen könnten es mir verleiden, doch ich bemerkte sofort, daß man erst jetzt darin leben konnte. Sie richtete die Beleuchtung so ein, daß ich am Tisch sitzend lesen konnte, im Sessel ausgestreckt oder auf dem Sofa liegend. Sogar für die Geige wurde ein Notenständer angeschafft mit seinem braven Lämpchen daran, das die Noten beleuchtete, ohne den Augen weh zu tun. Auch dort hatte ich ganz gegen meinen Willen alle Utensilien um mich, um in aller Ruhe rauchen zu können.

Daher wurde im Haus viel gebaut, und es gab etliche Unordnung, die unseren Frieden störte. Ihr, die für die Ewigkeit schuf, konnte die kurze Störung gleichgültig sein, für mich jedoch war die Sache ganz anders. Ich widersetzte mich energisch, als sie auf den Wunsch verfiel, in unserem Garten eine kleine Wäscherei zu errichten, was geradezu den Bau eines eigenen Häuschens bedeutet hätte. Augusta behauptete, die Wäscherei im Haus sei eine Garantie für die Gesundheit der *bébés*. Vorläufig aber waren da keine *bébés*, und ich sah überhaupt keine Veranlassung, mich von ihnen belästigen zu lassen, noch bevor sie da waren. Sie hingegen trug eine Freiluftgesinnung in mein altes Haus, und in der Liebe glich sie der Schwalbe, die sofort ans Nest denkt.

Aber auch ich pflegte der Liebe und brachte Blumen und Schmuck nach Hause. Durch meine Heirat war mein Leben vollständig verändert. Nach einem zaghaften Versuch des Widerstands verzichtete ich darauf, mir meine Zeit nach eigenem Gutdünken einzuteilen und unterwarf mich dem allerstrengsten Zeitplan. In dieser Hinsicht zeigte meine Erziehung glänzende Ergebnisse. Eines Tages, unmittelbar nach unserer Hochzeitsreise, ließ ich mich nichtsahnend davon abhalten, zum Essen nach Hause zu gehen, und blieb, nachdem ich in einer *Bar* etwas gegessen hatte, bis zum Abend fort. Ich kam nach Einbruch der Dunkelheit nach Hause und fand Augusta vor, die nicht gegessen hatte und umkam vor Hunger. Sie machte mir keinen einzigen Vorwurf, ließ sich aber nicht davon überzeugen, daß sie einen Fehler gemacht hatte. Sanft aber bestimmt erklärte sie, wenn keine Nachricht von mir gekommen wäre, hätte sie mit dem Frühstück bis zum Mittag auf mich gewartet. Damit war nicht zu spaßen! Ein anderes Mal ließ ich mich von einem Freund überreden, bis zwei Uhr nachts von zu Hause fort zu bleiben. Ich fand Augusta vor, die zähneklappernd vor Kälte auf mich wartete, weil sie den Ofen hatte ausgehen lassen. Die Folge davon war sogar eine leichte Unpäßlichkeit bei ihr, die mir die erteilte Lektion unvergeßlich machte.

Eines Tages wollte ich ihr ein weiteres großes Geschenk machen: arbeiten! Sie wünschte es, und ich selbst dachte, daß die Arbeit meiner Gesundheit nützen würde. Es leuchtet ein, daß jemand, der wenig Zeit dazu hat, auch weniger krank ist. Ich ging zur Arbeit, und wenn ich nicht dabei blieb, war das wirklich nicht meine Schuld. Ich ging mit den besten Vorsätzen und wahrer Demut hin. Ich beanspruchte nicht, an der Leitung der Geschäfte beteiligt zu werden, ich bat vielmehr darum, vorerst das Hauptbuch führen zu dürfen. Das dicke Buch, in dem die Einträge mit der Regelmäßigkeit von Straßen und Häusern angeordnet waren, flößte mir großen Respekt ein, und mit zitternder Hand begann ich, darin zu schreiben.

Olivis Sohn, ein junger Mann mit Brille, von nüchterner Eleganz und in sämtlichen Handelswissenschaften bewandert, übernahm meine Einschulung, und über ihn kann ich mich wirklich nicht beklagen. Er ging mir etwas auf die

Nerven mit seiner Wirtschaftswissenschaft und der Theorie von Angebot und Nachfrage, die mir einleuchtender vorkam als er zugeben wollte. Doch er ließ einen gewissen Respekt vor dem Eigentümer erkennen, und ich war ihm dafür um so dankbarer, als nicht davon auszugehen war, daß er diesen von seinem Vater erlernt hatte. Respekt vor dem Eigentum mußte Bestandteil seiner Wirtschaftswissenschaft sein. Nie warf er mir die Registraturfehler vor, die ich häufig machte; er neigte lediglich dazu, sie auf Unwissenheit zurückzuführen und gab mir Erklärungen, die wirklich überflüssig waren.

Das Schlimme ist, daß ich durch das Beobachten von Geschäften Lust bekam, selbst welche zu machen. Im Buch konnte ich bald mit größter Klarheit meine Geldbörse erkennen, und wenn ich auf der Sollseite des Kunden eine Summe eintrug, war mir, als hielte ich anstelle der Feder den Rechen des *Croupiers* in der Hand, der das auf dem Spieltisch verstreute Geld einsammelt.

Der junge Olivi zeigte mir auch die eingehende Post, und ich las sie aufmerksam durch, anfänglich – muß ich zugeben – in der Hoffnung, mehr davon zu verstehen als die anderen. Ein ganz gewöhnliches Angebot erregte eines Tages meine leidenschaftliche Aufmerksamkeit. Noch bevor ich es las, spürte ich, wie sich in meiner Brust etwas regte, was ich sofort als die dunkle Vorahnung wiedererkannte, die mich manchmal am Spieltisch heimsuchte. Es ist schwer, so eine Vorahnung zu beschreiben. Sie besteht in einer gewissen Weitung der Lungen, weshalb man die Luft wollüstig einatmet, so verraucht sie auch sein mag. Aber dann ist da noch mehr: Man weiß sofort, daß es einem noch besser gehen wird, wenn man den Einsatz verdoppelt. Allerdings braucht man Übung, um all dies zu verstehen. Man muß mit leeren

Taschen und Reue darüber, nicht auf diese Ahnung gehört zu haben, vom Spieltisch fortgegangen sein; dann entwischt sie einem nicht mehr. Und hat man nicht auf sie gehört, so gibt es an diesem Tag keine Rettung mehr, denn die Karten rächen sich. Doch an dem grünen Tisch ist es weitaus verzeihlicher, sie überhört zu haben, als vor dem stillen Hauptbuch, und tatsächlich fühlte ich das in aller Deutlichkeit, während es in mir schrie: »Kauf sofort diese Trockenfrüchte!«

Ich sprach in aller Gutmütigkeit mit Olivi darüber, natürlich ohne meine Eingebung zu erwähnen. Olivi antwortete, solche Geschäfte mache er nur im Auftrag Dritter, wenn er einen kleinen Gewinn erzielen konnte. So verbannte er aus meinen Geschäften die Möglichkeit der Eingebung und behielt sie Dritten vor.

In der Nacht verstärkte sich meine Überzeugung: Die Vorahnung war also in mir. Ich atmete so leicht, daß ich nicht schlafen konnte. Augusta spürte meine Unruhe, und ich mußte ihr den Grund dafür nennen. Sie hatte sofort dieselbe Eingebung wie ich, und im Schlaf murmelte sie sogar:

»Bist du etwa nicht der Eigentümer?«

Allerdings sagte sie an diesem Morgen, bevor ich aus dem Haus ging, besorgt zu mir:

»Es wäre unklug, Olivi gegen dich aufzubringen. Willst du, daß ich mit Papa darüber rede?«

Das wollte ich nicht, weil ich wußte, daß auch Giovanni Eingebungen ziemlich wenig Gewicht beimaß.

Ich kam ins Büro, entschlossen, für meine Idee zu kämpfen und auch, mich für die erlittene Schlaflosigkeit zu rächen. Die Schlacht dauerte bis Mittag, als die Frist für die Annahme des Angebots ablief. Olivi blieb unbeugsam und fertigte mich mit der üblichen Bemerkung ab:

»Wollen Sie etwa die Vollmachten einschränken, die mir Ihr Herr Vater selig übertragen hat?«

Gekränkt kehrte ich einstweilen zu meinem Hauptbuch zurück, fest entschlossen, mich in keine Geschäfte mehr einzumischen. Aber der Geschmack der Rosinen blieb mir im Mund, und jeden Tag informierte ich mich im Tergesteo über ihren Preis. Anderes war mir nicht wichtig. Er stieg, sehr, sehr langsam, als ob er sich sammeln müßte, um Anlauf zu nehmen. Dann kam an einem einzigen Tag ein phantastischer Sprung nach oben. Die Ernte war kläglich gewesen, und das erfuhr man erst jetzt. Wie seltsam Eingebung doch ist! Die magere Ernte hatte sie nicht vorhergesehen, sondern nur den Preisanstieg.

Die Karten rächten sich. Vorerst konnte ich nicht bei meinem Hauptbuch bleiben und verlor jeden Respekt vor meinen Lehrmeistern, um so mehr, als Olivi jetzt nicht so sicher zu sein schien, richtig gehandelt zu haben. Ich lachte und spottete; das war meine Hauptbeschäftigung.

Es kam ein zweites Angebot, fast zum doppelten Preis. Um mich zu versöhnen, fragte Olivi mich um meinen Rat, und triumphierend sagte ich, daß ich die Rosinen zu diesem Preis nicht schlucken würde. Beleidigt murmelte Olivi:

»Ich halte mich an die Methode, die ich mein ganzes Leben lang befolgt habe.«

Und ging auf die Suche nach einem Käufer. Er fand einen für eine sehr beschränkte Menge und kam wieder zu mir, nach wie vor mit den besten Absichten, und fragte mich zögernd:

»Soll ich diesen kleinen Verkauf jetzt decken?«

Nach wie vor böse antwortete ich:

»Ich hätte ihn gedeckt, bevor ich ihn tätigte.«

Es endete damit, daß Olivi, in seinen Überzeugungen geschwächt, den Verkauf ungedeckt ließ. Die Rosinen stiegen weiter, und wir verloren alles, was man bei einer so kleinen Partie verlieren kann.

Aber Olivi wurde böse auf mich und erklärte, er habe nur deshalb gespielt, nur um mir einen Gefallen zu tun. Der Schlaumeier vergaß, daß ich ihm geraten hatte, auf Rot zu setzen, und daß er, um mir eins auszuwischen, auf Schwarz gesetzt hatte. Unser Streit war nicht beizulegen. Olivi wandte sich an meinen Schwiegervater und sagte, mit ihm und mir gemeinsam würde die Firma Schaden nehmen, und wenn meine Familie es wünschte, würden er und sein Sohn sich zurückziehen und mir das Feld überlassen. Mein Schwiegervater entschied sofort zugunsten von Olivi. Er sagte zu mir:

»Das Geschäft mit dem Trockenobst ist überaus lehrreich. Ihr seid zwei Männer, die nicht zusammenarbeiten können. Und wer soll sich jetzt zurückziehen? Der, der ohne den anderen ein einziges gutes Geschäft gemacht hätte, oder der, der das Unternehmen seit einem halben Jahrhundert alleinverantwortlich leitet?«

Auch Augusta wurde von ihrem Vater dazu gebracht, mir zuzureden, ich solle mich nicht mehr in meine eigenen Geschäfte einmischen.

»Offenbar bist du mit deiner Gutmütigkeit und deiner Naivität«, sagte sie, »ungeeignet fürs Geschäft. Bleib doch bei mir zu Hause.«

Wütend zog ich mich in mein Zelt zurück, das heißt in mein kleines Studio. Eine Weile lang las ich und spielte etwas Geige, dann verspürte ich das Bedürfnis nach einer ernsthafteren Tätigkeit, und es hat nicht viel gefehlt, und ich wäre wieder auf die Chemie und dann auf die Juristerei verfallen. Schließlich, und ich weiß wirklich nicht warum, widmete ich mich eine Weile lang dem Studium der Religion. Es kam mir so vor, als würde ich die Studien wiederaufnehmen, die ich beim Tod meines Vaters begonnen hatte. Vielleicht war es diesmal aus dem energischen Bestreben heraus, mich Augusta und ihrer Gesundheit anzunähern. Es genügte nicht, mit ihr zur Messe zu gehen; ich mußte auch anders dahin gehen, das heißt mittels der Lektüre von Renan und Strauß,* was im ersten Fall ein Vergnügen war, im zweiten eine Strafe, die man auf sich nimmt. Ich erwähne das hier nur, um darzulegen, welch großes Verlangen mich an Augusta band. Dabei ahnte sie von diesem Verlangen nichts, wenn sie das Neue Testament in der historisch-kritischen Ausgabe in meinen Händen sah. Sie war mehr für Gleichgültigkeit als für Wissenschaft, und so wußte sie das höchste Zeichen der Liebe, das ich ihr gegeben hatte, nicht zu schätzen. Wenn sie, wie sie zu tun pflegte, ihre *Toilette* oder ihre häuslichen Beschäftigungen unterbrach und zur Tür meines Zimmers hereinsah, um mir ein Wort des Grußes zu sagen, und mich über diese Texte gebeugt sah, verzog sie den Mund:

»Bist du noch immer bei diesem Zeug?«

Die Religion, die Augusta brauchte, verlangte keine Zeit, um erworben und praktiziert zu werden. Eine Verbeugung und sofort wieder zurück ins Leben! Weiter nichts. Bei mir nahm die Religion ganz andere Züge an. Hätte ich den wahren Glauben besessen, ich hätte auf dieser Welt nichts gehabt als ihn.

Dann wurde mir in meinem komfortabel eingerichteten Zimmerchen manchmal langweilig. Es war eher ein Vorgefühl, denn eben damals meinte ich, Kraft zum Arbeiten zu haben, doch ich wartete ab, daß das Leben mir irgendeine Aufgabe auferlegte. In Erwartung dessen ging ich häufig aus und verbrachte viele Stunden im Tergesteo oder in irgendeinem Café.

Ich lebte in einer Scheinaktivität. Eine überaus langweilige Aktivität.

Der Besuch eines Studienfreundes, der Hals über Kopf aus einem kleinen Ort in der Steiermark hatte heimkehren müssen, um eine schwere Krankheit behandeln zu lassen, wurde mein Strafgericht, auch wenn es zunächst nicht danach ausgesehen hatte. Zu mir kam er, nachdem er in Triest einen Monat lang das Bett gehütet hatte, was dazu gut gewesen war, sein Leiden, eine Nierenentzündung, von einer akuten in eine chronische und vermutlich unheilbare Krankheit zu verwandeln. Er aber glaubte, es ginge ihm besser, und bereitete sich munter darauf vor, alsbald, noch im Frühling in eine Gegend mit milderem Klima als bei uns zu ziehen, wo er sich erhoffte, wieder völlig gesund zu werden. Vielleicht wurde es ihm zum Verhängnis, daß er sich zu lange am rauhen Geburtsort aufgehalten hatte.

Ich erachte den Besuch dieses so kranken, aber fröhlichen und heiteren Menschen als äußerst verhängnisvoll für mich; aber vielleicht habe ich Unrecht: Er bezeichnet nichts weiter als eine Phase in meinem Leben, durch die ich schließlich hindurchmußte.

Mein Freund, Enrico Copler, wunderte sich, daß ich nichts gehört hatte, weder von ihm noch von seiner Krankheit, über die Giovanni doch Bescheid wissen mußte. Doch seitdem Giovanni ebenfalls krank war, hatte er für niemanden mehr Zeit und hatte mir nichts davon gesagt, obschon er jeden Sonnentag in meine Villa kam, um ein paar Stunden im Freien zu schlafen.

Mit den zwei Kranken war es ein überaus munterer Nachmittag. Es wurde über ihre Krankheiten gesprochen, was für einen Kranken die beste Abwechslung ist und für die Gesunden, die zuhören, keine allzu traurige Sache. Einen kleinen Zwist gab es lediglich, weil Giovanni frische Luft brauchte, die dem anderen verboten war. Der Zwist verflog, als etwas Wind aufkam, der auch Giovanni dazu brachte, bei uns in dem kleinen warmen Zimmer zu bleiben.

Copler erzählte von seiner Krankheit, die zwar keine Schmerzen verursachte, aber kräftezehrend war. Erst jetzt, da es ihm besser ging, wußte er, wie krank er gewesen war. Er erzählte von den Medikamenten, die ihm verabreicht worden waren, und da regte sich mein Interesse. Sein Arzt hatte ihm unter anderem eine wirksame Methode empfohlen, um ihm zu ausgiebigem Schlaf zu verhelfen, ohne ihn deshalb mit regelrechten Schlafmitteln zu vergiften. Aber das war doch genau das, was ich vor allem brauchte!

Als mein armer Freund von meinem Bedarf an Medikamenten hörte, bildete er sich einen Moment lang ein, ich könne von derselben Krankheit befallen sein wie er, und er riet mir, mich anschauen, abhorchen und genau untersuchen zu lassen.

Augusta begann herzlich zu lachen und erklärte, daß ich nichts weiter sei als ein eingebildeter Kranker. Da huschte über Coplers ausgezehrtes Gesicht etwas, das aussah wie Unwillen. Sofort riß er sich männlich los aus dem Zustand der Unterlegenheit, zu dem er verdammt schien, und griff mich mit großer Vehemenz an:

»Eingebildeter Kranker? Nun, da bin ich lieber ein wirklicher Kranker. Erstens weil ein eingebildeter Kranker etwas ungeheuer Lächerliches ist und dann, weil es für ihn keine Heilmittel gibt, während die Apotheke, wie man an mir sieht, für uns wirkliche Kranke immer etwas Wirksames bereithält!«

Seine Worte schienen die eines Gesunden, und - ich will ehrlich sein - ich litt darunter.

Mein Schwiegervater schloß sich ihm mit großer Vehemenz an, aber seine Worte reichten nicht so weit, den eingebildeten Kranken mit Verachtung zu überziehen, weil sie allzu deutlich Neid auf den Gesunden erkennen ließen. Er sagte, wenn er so gesund wäre wie ich, würde er, statt seinen Nächsten mit Klagen zur Last zu fallen, sofort zu seinen lieben, guten Geschäften eilen, besonders jetzt, da es ihm gelungen war, am Bauch abzunehmen. Er wußte nicht einmal, daß seine Abmagerung nicht als günstiges Zeichen gewertet wurde.

Aufgrund von Coplers Angriff sah ich wirklich aus wie ein Kranker, und zwar ein mißhandelter Kranker. Augusta empfand das Bedürfnis, mir zu Hilfe zu kommen. Sie streichelte meine Hand, die ich auf dem Tisch hatte liegen lassen, und sagte, meine Krankheit störe niemanden, und sie sei nicht einmal überzeugt, daß ich wirklich glaube, krank zu sein, denn sonst hätte ich nicht so viel Spaß am Leben. So kehrte Copler in den Stand der Unterlegenheit zurück, zu dem er verdammt war. Er war ganz allein auf dieser Welt, und wenn er es in punkto Gesundheit mit mir aufnehmen konnte, so konnte er mir doch keine vergleichbare Zuneigung entgegenbringen wie die, die Augusta mir schenkte. Da er ein lebhaftes Bedürfnis nach einer Krankenschwester verspürte, begnügte er sich damit, mir später zu gestehen, wie er mich darum beneidet hatte.

Die Diskussion ging an den folgenden Tagen in ruhigerem Ton weiter, während Giovanni im Garten schlief. Und nachdem er darüber nachgedacht hatte, behauptete Copler nun, daß der eingebildete Kranke ein wirklicher Kranker sei, aber inniger als dieser, und auch radikaler. Tatsächlich seien seine Nerven so geschwächt, daß sie eine Krankheit anzeigten, wenn gar keine vorhanden war, während ihre normale Funktion doch darin bestehen würde, durch Schmerz zu warnen und für Abhilfe zu sorgen.

»Ja!« sagte ich. »Wie bei den Zähnen, wo der Schmerz erst dann auftritt, wenn der Nerv bloßliegt und zur Heilung seine Zerstörung nötig ist.«

Zuletzt kamen wir überein, daß ein Kranker ist wie der andere. Gerade bei seiner Nierenentzündung hatte doch ein Alarmzeichen der Nerven gefehlt und fehlte noch immer, während meine Nerven hingegen vielleicht so empfindlich waren, daß sie mich auf die Krankheit hinwiesen, an der ich etwa zwanzig Jahre später sterben würde. Es waren also tadellose Nerven, sie hatten nur den einen Nachteil, daß sie mir wenige unbeschwerte Tage gönnten auf dieser Welt. Nachdem es ihm derart gelungen war, mich unter die Kranken einzureihen, war Copler hochzufrieden.

Ich weiß nicht, warum der arme Kranke die Manie hatte, von Frauen zu reden, und wenn meine Frau nicht dabei war, war von nichts anderem die Rede. Er behauptete, daß beim wirklich Kranken, zumindest bei den uns bekannten Krankheiten, die Sexualität nachließe, was ein guter Schutzmechanismus des Organismus sei, während sie beim eingebildeten Kranken, der nur unter der Verwirrung seiner überaktiven Nerven leide (das war unsere Diagnose) krankhaft rege sei. Ich bekräftigte seine Theorie durch meine Erfahrung, und wir bemitleideten uns gegenseitig. Ich weiß nicht, warum ich ihm nicht sagen wollte, daß mir jede Zügellosigkeit fernlag, und zwar schon seit geraumer Zeit. Ich hätte wenigstens zugeben können, daß ich mich für rekonvaleszent hielt, wenn schon nicht für gesund, um ihn nicht zu sehr zu kränken und auch deshalb, weil es ja schwierig ist, sich gesund zu nennen, wenn man sämtliche Komplikationen unseres Organismus kennt.

»Begehrst du alle schönen Frauen, die du siehst?« horchte Copler mich weiter aus.

»Nicht alle!« murmelte ich, um ihm zu sagen, daß ich nicht sehr krank war. Zunächst einmal begehrte ich Ada nicht, die ich jeden Abend sah. Das war für mich genau die verbotene Frau. Das Rascheln ihrer Röcke sagte mir gar nichts, und wenn mir erlaubt gewesen wäre, sie eigenhändig in Bewegung zu versetzen, wäre es dasselbe gewesen. Zum Glück hatte ich sie nicht geheiratet. Diese Gleichgültigkeit war, oder schien mir, ein Ausdruck echter Gesundheit. Vielleicht war mein Begehren für sie so heftig gewesen, daß es sich von selbst erschöpfte. Meine Gleichgültigkeit erstreckte sich aber auch auf Alberta, die doch so hübsch aussah in ihrem akkuraten, seriösen Schulkleidchen. Ob Augusta zu besitzen ausreichend gewesen war, mein Begehren für die ganze Familie Malfenti zu besänftigen? Das wäre ja wirklich sehr moralisch gewesen!

Vielleicht sprach ich nicht von meiner Tugend, weil ich Augusta in Gedanken ständig betrog, und auch jetzt, im Gespräch mit Copler, dachte ich mit einem Schauder des Begehrens an all die Frauen, die ich ihretwegen vernachlässigte. Ich dachte an die Frauen, die durch die Straßen gingen, allesamt bekleidet, bei denen daher die sekundären Geschlechtsmerkmale so wichtig wurden, während sie bei der Frau, die man besaß, verschwanden, als ob der Besitz sie hätte schrumpfen lassen. Ich hatte stets lebhafte Lust auf ein Abenteuer; jene Art von Abenteuer, das begann mit der Bewunderung eines Stiefelchens, eines Handschuhs, eines Rocks, alles dessen, was die Formen bedeckt und verändert. Aber diese Lust war noch keine Schuld. Copler hingegen tat nicht gut daran, mich zu analysieren. Jemandem zu erklären, wie er beschaffen ist, ermächtigt ihn gleichsam, so zu handeln, wie er will. Doch Copler tat noch Schlimmeres, nur daß er weder in seinem Reden noch in seinem Handeln vorhersehen konnte, wohin er mich führen würde.

Seine Worte sind mir so nachhaltig im Gedächtnis geblieben, daß sie, wenn ich mich daran erinnere, sämtliche Empfindungen wachrufen, die damit verknüpft waren, ebenso wie die Dinge und Personen. Ich hatte meinen Freund, der vor Sonnenuntergang nach Hause mußte, in den Garten hinausbegleitet. Von meiner Villa aus, die auf einem Hügel liegt, hatte man den Blick auf den Hafen und aufs Meer, ein Blick, der heute durch Neubauten verstellt ist. Wir blieben stehen und sahen lange aufs Meer hinaus, das von einer leichten Brise bewegt, in Tausenden von roten Lichtpunkten das ruhige Licht des Himmels zurückwarf. Die Halbinsel Istrien bot dem Auge Halt in ihrem sanften Grün, das sich in einem riesigen Bogen durchs Meer spannte, wie ein fester Halbschatten. Die Hafenmolen und Dämme waren klein und unbedeutend in ihrer strengen Geradlinigkeit, und das Wasser in den Becken war dunkel von seiner Reglosigkeit, oder war es womöglich trüb? In dem weiten Panorama war der Friede gering im Vergleich zu all dem lebhaften Rot auf dem Wasser, und geblendet kehrten wir wenig später dem Meer den Rücken zu. Auf dem kleinen Vorplatz vor dem Haus dämmerte im Vergleich dazu schon die Nacht.

Vor der Laube saß in einem großen Lehnsessel, den Kopf mit einer Mütze bedeckt und auch vom hochgeschlagenen

Kragen des Pelzmantels geschützt, die Beine in eine Decke gehüllt, mein Schwiegervater und schlief. Wir blieben stehen und betrachteten ihn. Sein Mund stand weit offen, der Unterkiefer hing herab wie etwas Totes, und sein Atem ging laut und zu schnell. Immer wieder fiel ihm der Kopf auf die Brust, und ohne aufzuwachen, hob er ihn wieder. Da lief eine Bewegung durch seine Lider, als ob er die Augen öffnen wollte, um das Gleichgewicht leichter wiederzufinden, und sein Atemrhythmus änderte sich. Eine echte Störung des Schlafs.

Es war das erste Mal, daß mir die schwere Krankheit meines Schwiegervaters so deutlich vor Augen stand, und ich war tief betrübt darüber.

Leise sagte Copler zu mir:

»Man müßte ihn behandeln. Vermutlich hat er auch Nierenentzündung. Das hier ist kein Schlaf: Ich weiß, was das für ein Zustand ist. Armer Teufel!«

Er schloß mit dem Rat, seinen Arzt zu rufen.

Giovanni hörte uns und schlug die Augen auf. Er wirkte gleich weniger krank und sagte scherzend zu Copler:

»Sie wagen es, sich im Freien aufzuhalten? Wird Ihnen das nicht schaden?«

Er hatte das Gefühl, erquickend geschlafen zu haben, und meinte nicht, er könne Atemnot gehabt haben angesichts des weiten Meers, das ihm doch so viel Luft zufächelte! Aber seine Stimme war schwach, und sein Sprechen unterbrochen von Keuchen; sein Gesicht war fahl, und als er vom Sessel aufgestanden war, wurde ihm eisig kalt. Er mußte sich ins Haus flüchten. Ich sehe ihn noch quer über den Vorplatz gehen, die Decke unterm Arm, keuchend aber lachend, wobei er uns zuwinkte.

»Siehst du, wie der wirkliche Kranke beschaffen ist?«

sagte Copler, der sich von seiner fixen Idee nicht losmachen konnte. »Er liegt im Sterben und weiß nicht, daß er krank ist.«

Auch mir schien es so, als würde der wirkliche Kranke wenig leiden. Mein Schwiegervater und auch Copler ruhen seit vielen Jahren auf dem Sankt Anna Friedhof, aber als ich eines Tages an ihren Gräbern vorbeikam, da schien mir, daß aufgrund der Tatsache, daß sie nun schon so viele Jahre unter ihren Steinen lagen, die These, die einer von ihnen verfochten hatte, keineswegs entkräftet war.

Bevor er seinen früheren Wohnsitz aufgab, hatte Copler alle seine Geschäfte liquidiert, und so hatte er wie ich überhaupt keine. Jedoch konnte er, kaum daß er auf den Beinen war, keine Ruhe geben, und da es ihm an eigenen Geschäften mangelte, fing er an, sich um die der anderen zu kümmern, die ihm viel interessanter erschienen. Damals lachte ich darüber, doch später sollte auch ich lernen, welch angenehmen Geschmack die Angelegenheiten anderer haben. Er verrichtete Werke der Wohltätigkeit, und da er sich vorgenommen hatte, nur von den Zinsen seines Kapitals zu leben, konnte er sich den Luxus nicht erlauben, sie ganz aus eigener Tasche zu bestreiten. Daher veranstaltete er Kollekten und bat Freunde und Bekannte zur Kasse. Ganz der biedere Geschäftsmann, der er war, führte er über alles Buch, und ich dachte, daß dieses Buch seine Wegzehrung für die letzte Reise war und daß ich an seiner Stelle – zu einem kurzen Leben verdammt und ohne Anhang, wie er war –, dieses Viatikum aufgestockt und mein Kapital angegriffen hätte. Aber er war der eingebildete Gesunde und rührte nur die Zinsen an, die ihm zustanden, weil er sich nicht damit abfinden und sich nicht eingestehen konnte, daß seine Zukunft nur kurz war.

Eines Tages überfiel er mich mit der Forderung nach ein paar hundert Kronen, um ein Klavier zu beschaffen für ein armes Mädchen, das ich dank seiner Vermittlung zusammen mit anderen ohnehin schon mit einem kleinen Monatsbeitrag unterstützte. Man mußte rasch handeln, um eine günstige Gelegenheit zu nutzen. Ich konnte mich nicht davor drücken, aber etwas grob bemerkte ich, daß ich ein gutes Geschäft gemacht hätte, wenn ich an diesem Tag nicht aus dem Haus gegangen wäre. Von Zeit zu Zeit bin ich Anfällen von Geiz unterworfen.

Copler nahm das Geld und ging mit einem knappen Wort des Dankes fort, aber die Wirkung meiner Worte sah man ein paar Tage später, und sie war leider folgenreich. Er kam und informierte mich, daß das Klavier an Ort und Stelle sei, und daß Signorina Carla Gerco und ihre Mutter mich bäten, sie zu besuchen, damit sie sich bei mir bedanken könnten. Copler hatte Angst, seinen Kunden zu verlieren, und wollte mich an sich binden, indem er mich die Dankbarkeit der Beschenkten auskosten ließ. Zunächst wollte ich mich um diese lästige Angelegenheit drücken, indem ich ihm versicherte, wie überzeugt ich davon war, daß er es verstand, auf die umsichtigste Weise wohltätig zu sein, aber er drang so lange in mich, bis ich schließlich einwilligte.

»Ist sie schön?« fragte ich lachend.

»Sehr schön«, antwortete er, »aber leider nicht unser Kaliber.«

Komisch, daß er uns derart in einen Topf warf. Er erzählte mir von der Rechtschaffenheit dieser unglücklichen Familie, die vor ein paar Jahren ihr Oberhaupt verloren und im finstersten Elend in der strengsten Rechtschaffenheit gelebt hatte.

Es war ein unfreundlicher Tag. Es wehte ein eisig kalter Wind, und ich beneidete Copler, der seinen Pelz angezogen hatte. Mit der Hand mußte ich meinen Hut festhalten, der sonst davongeflogen wäre. Doch war ich gut gelaunt, denn ich ging ja die meiner Menschenfreundlichkeit geschuldete Dankbarkeit einsammeln. Zu Fuß gingen wir durch das Corsia Stadion und durchquerten den Volksgarten. Das war ein Teil der Stadt, den ich nie zu Gesicht bekam. Wir betraten einen dieser sogenannten Spekulationsbauten, die unsere Vorfahren sich vierzig Jahre zuvor angeschickt hatten zu bauen, an Stellen weit außerhalb der Stadt, die sie sich aber sogleich einverleibte; das Gebäude sah bescheiden aus, aber doch noch ansehnlicher als die Häuser, die mit denselben Absichten heutzutage gebaut werden. Die Treppe nahm wenig Raum ein und war daher sehr hoch.

Wir machten im ersten Stock halt, wo ich viel früher ankam als mein Begleiter, der erheblich langsamer war. Ich war erstaunt, daß von den drei Türen, die auf den Treppenabsatz gingen, zwei, und zwar die seitlichen, mit angehefteten Visitenkarten von Carla Gerco gekennzeichnet waren, während an der dritten eine Karte mit anderem Namen hing. Copler erklärte mir, daß die Gercos rechts Küche und Schlafzimmer hatten, während links nur ein einzelnes Zimmer war, der Übungsraum der Signorina Carla. Einen Teil in der Mitte der Wohnung hatten sie untervermieten können, weshalb die Miete nur sehr wenig kostete, aber sie hatten die Unannehmlichkeit, daß sie durchs Treppenhaus gehen mußten, wenn sie von einem Zimmer ins andere wollten.

Wir klopften links am Übungsraum, wo uns Mutter und Tochter, die von unserem Besuch unterrichtet waren, erwarteten. Copler machte uns bekannt. Die Signora, eine äußerst schüchterne Person in einem ärmlichen schwarzen Kleid, wovon der Kopf sich schneeweiß abhob, hielt mir eine kleine Rede, die sie vorbereitet haben mußte: Mein Besuch sei eine Ehre für sie, und sie dankten mir für das beträchtliche Geschenk, das ich ihnen gemacht hatte. Danach machte sie den Mund nicht mehr auf.

Copler stand dabei wie ein Lehrer, der bei einer offiziellen Prüfung die Lektion abhört, die er mit viel Mühe beigebracht hat. Er berichtigte Signora Gerco und sagte ihr, ich hätte nicht nur das Geld für das Klavier gespendet, sondern ich trüge auch zum monatlichen Unterhalt bei, den er für sie zusammengebracht hatte. Er hatte es nun einmal mit der Genauigkeit.

Signorina Carla stand vom Stuhl neben dem Klavier auf, wo sie gesessen hatte, reichte mir die Hand und sagte das schlichte Wort:

»Danke!«

Das war wenigstens weniger lang. Meine philantropische Würde wurde langsam zur Bürde. Auch ich kümmerte mich um die Angelegenheiten anderer, wie irgendein wirklicher Kranker! Was mußte dieses reizende junge Ding in mir sehen? Eine hohe Respektsperson, aber keinen Mann! Und sie war wirklich reizend! Ich glaube, sie wollte jünger aussehen, als sie war, mit ihrem für die damalige Mode zu kurzen Rock, es sei denn, sie trug zu Hause einen Rock aus der Zeit, als sie noch nicht ausgewachsen war. Doch ihr Kopf war der einer Frau und, was die ziemlich raffinierte Frisur anging, einer Frau, die gefallen will. Die dicken braunen Zöpfe waren so gelegt, daß sie die Ohren und einen Teil des Halses bedeckten. Ich war so befangen in meiner Würde und fürchtete Coplers forschenden Blick so sehr, daß ich das Mädchen anfangs gar nicht genau angesehen habe; aber jetzt kenne ich sie ganz. Ihre Stimme hatte etwas Musikalisches, wenn sie sprach, und mit einer Geziertheit, die bereits Natur geworden war, gefiel sie sich darin, die Silben zu dehnen, als wollte sie den Klang liebkosen, den sie hineinzulegen verstand. Deshalb und auch wegen bestimmter, selbst für Triest übertrieben gedehnter Vokale, hatte ihre Sprechweise etwas Fremdländisches. Später erfuhr ich, daß bestimmte Gesangslehrer, um die Modulation der Stimme zu fördern, den Klangwert der Vokale verfälschen. Es war wirklich eine völlig andere Aussprache als die Adas. Jeder Ton darin schien mir von Liebe beseelt.

Während dieses Besuchs lächelte Signorina Carla unentwegt, vielleicht weil sie meinte, so sei ihr der Ausdruck der Dankbarkeit ins Gesicht geschrieben. Es war ein etwas gezwungenes Lächeln; das wirkliche Aussehen der Dankbarkeit. Als ich dann wenige Stunden später anfing, von Carla zu träumen, stellte ich mir vor, auf diesem Gesicht habe sich ein Kampf zwischen Freude und Schmerz abgespielt.

Nichts von alledem konnte ich dann in ihr finden und mußte wieder einmal zur Kenntnis nehmen, daß weibliche Schönheit Gefühle vortäuscht, mit denen sie nichts zu tun hat. So hat die Leinwand, auf der eine Schlacht dargestellt ist, keinerlei Sinn fürs Heroische.

Copler schien zufrieden mit der gegenseitigen Vorstellung, ganz als ob die beiden Frauen sein Werk wären. Er beschrieb sie mir: Sie waren immer heiter in ihr Schicksal ergeben und arbeiteten. Er sagte Worte, die aus einem Schulbuch zu stammen schienen, und durch mein automatisches Nicken konnte es den Anschein haben, als wollte ich bestätigen, daß ich meine Lektion gelernt hatte und daher wüßte, wie arme anständige Frauen ohne Geld beschaffen sein müssen.

Dann bat er Carla, uns etwas vorzusingen. Sie wollte nicht und erklärte, sie sei erkältet. Ich schlug vor, es an einem anderen Tag zu machen. Mit Wohlwollen spürte ich, daß sie unser Urteil fürchtete, doch wollte ich die Sitzung gerne in die Länge ziehen und schloß mich den Bitten Coplers an. Ich sagte sogar, daß ich nicht wisse, ob sie mich je wiedersehen würde, weil ich sehr beschäftigt sei. Copler, der doch wußte, daß ich auf dieser Welt überhaupt keine Verpflichtung hatte, bestätigte meine Aussagen mit großem Ernst. Es war dann nicht schwer zu begreifen, daß er wünschte, ich solle Carla nicht wiedersehen.

Die versuchte sich noch zu drücken, aber Copler insistierte mit einem Wort, das klang wie ein Befehl, und sie gehorchte: Wie leicht man sie zwingen konnte!

Sie sang »La mia bandiera«.* Von meinem weichen Sofa aus folgte ich ihrem Gesang. Ich hatte den glühenden Wunsch, sie bewundern zu können. Wie schön wäre es doch anzusehen gewesen, wenn sie Genialität entfaltet hätte! Doch zu meinem Erstaunen mußte ich hören, daß ihre Stimme, wenn sie sang, jegliche Musikalität verlor. Durch die Anstrengung wurde sie verzerrt. Carla konnte auch nicht Klavier spielen, und ihre stümperhafte Begleitung machte die ohnehin schon armselige Musik noch armseliger. Ich erinnerte mich daran, daß ich eine Schülerin vor mir hatte, und ich analysierte, ob das Stimmvolumen ausreichend war. Üppig sogar! In dem kleinen Raum wurde mein Ohr davon verletzt. Um sie weiterhin ermutigen zu können, dachte ich, nur ihre Ausbildung sei schlecht.

Als sie aufhörte, schloß ich mich Coplers überschwenglichem und wortreichem Beifall an. Er sagte:

»Stell dir nur vor, welche Wirkung diese Stimme haben

würde, wenn sie von einem guten Orchester begleitet würde.«

Das war sicher wahr. Ein ganzes, mächtiges Orchester brauchte es über diese Stimme. Mit großer Aufrichtigkeit sagte ich, ich behielte mir vor, die Signorina in ein paar Monaten wiederzuhören, und dann würde ich mich über den Wert ihrer Ausbildung äußern. Weniger aufrichtig setzte ich hinzu, diese Stimme würde sicherlich eine erstklassige Ausbildung verdienen. Um das Unangenehme, das in meinen anfänglichen Worten gelegen haben mochte, abzuschwächen, philosophierte ich sodann über die Notwendigkeit, für eine vortreffliche Stimme eine vortreffliche Ausbildung zu finden. Dieser Superlativ überdeckte alles. Aber später dann, als ich alleine war, wunderte ich mich, daß ich es für notwendig empfunden hatte, aufrichtig zu Carla zu sein. Ob ich sie schon liebte? Aber wenn ich sie doch noch nicht einmal richtig gesehen hatte!

Im Treppenhaus, das von zweifelhaften Gerüchen erfüllt war, sagte Copler noch:

»Ihre Stimme ist zu stark. Das ist eine Bühnenstimme.«

Er wußte nicht, daß ich zu diesem Zeitpunkt noch etwas mehr wußte: Diese Stimme entstammte ganz kleinen Verhältnissen, wo man sich am Eindruck von Natürlichkeit dieser Kunst ergötzen und davon träumen konnte, dadurch Kunst hineinzubringen, das heißt Leben und Schmerz.

Beim Abschied sagte Copler mir, er würde mir Bescheid geben, wenn Carlas Gesangslehrer ein öffentliches Konzert veranstaltete. Es handelte sich bei ihm um einen Lehrer, der noch wenig bekannt war in der Stadt, aber in Zukunft würde er bestimmt eine große Berühmtheit werden. Copler war sich da sicher, obgleich der Lehrer schon ziemlich alt war. Anscheinend kam die Berühmtheit für ihn jetzt, seitdem Copler ihn kannte. Zwei Schwächen von Todgeweihten, die des Gesangslehrers und die Coplers.

Merkwürdig ist nur, daß ich das Bedürfnis verspürte, Augusta von diesem Besuch zu erzählen. Man könnte vielleicht meinen, das sei Vorsicht gewesen, da Copler ja davon wußte und mir nicht danach war, ihn zu bitten, nichts davon zu erwähnen. Ich sprach jedoch gar zu gerne darüber. Das war eine große Erleichterung. Bis dahin hatte ich mir nichts anderes vorzuwerfen, als Augusta gegenüber geschwiegen zu haben. Und nun war ich vollkommen unschuldig.

Sie stellte mir ein paar Fragen über das junge Mädchen und auch, ob sie schön sei. Die Antwort fiel mir schwer: Ich sagte, das arme Mädchen sei mir sehr blutarm vorgekommen. Dann hatte ich eine gute Idee:

»Und wenn du dich etwas um sie kümmern würdest?«

Augusta hatte so viel zu tun in ihrem neuen Haus und in ihrer früheren Familie, wo sie bei der Pflege des kranken Vaters zu Hilfe gerufen wurde, daß sie daran nicht mehr denken konnte. Aber meine Idee war doch wirklich gut gewesen.

Copler jedoch erfuhr von Augusta, daß ich ihr von unserem Besuch erzählt hatte, und daher vergaß auch er die Eigenschaften, die er dem eingebildeten Kranken zugeschrieben hatte. In Augustas Gegenwart sagte er zu mir, in nächster Zeit würden wir einen weiteren Besuch bei Carla machen. Er schenkte mir sein volles Vertrauen.

In meiner Untätigkeit wurde ich sofort von dem Wunsch gepackt, Carla wiederzusehen. Zu ihr zu eilen, wagte ich nicht, weil ich fürchtete, Copler würde es erfahren. Dabei hätte es mir an Vorwänden wirklich nicht gefehlt. Ich konnte zu ihr gehen und ihr ohne Coplers Wissen eine höhere Unterstützung anbieten, aber erst hätte ich sicher sein müssen, daß sie zu ihrem eigenen Vorteil bereit wäre zu schweigen. Und wenn dieser wirkliche Kranke schon der Geliebte des Mädchens war? Über wirkliche Kranke wußte ich rein gar nichts, und es konnte sehr gut sein, daß sie die Angewohnheit hatten, sich ihre Geliebten von anderen bezahlen zu lassen. In diesem Fall hätte ein einziger Besuch bei Carla genügt, um mich zu kompromittieren. Ich konnte den Frieden in meiner jungen Familie nicht aufs Spiel setzen; besser gesagt: Ich setzte ihn nicht aufs Spiel, solange mein Begehren für Carla nicht größer wurde.

Es wurde aber ständig größer. Schon kannte ich dieses junge Mädchen sehr viel besser als in dem Moment, als ich ihr die Hand gedrückt hatte, um mich von ihr zu verabschieden. Insbesondere erinnerte ich mich an diesen schwarzen Zopf, der ihren schneeweißen Hals verdeckte und den man mit der Nase würde beiseiteschieben müssen, um die Haut küssen zu können, die er verbarg. Um mein Begehren zu stimulieren, brauchte ich mich nur zu entsinnen, daß auf einem bestimmten Treppenabsatz in dieser meiner kleinen Stadt ein schönes junges Mädchen ausgestellt war und daß man mit einem kurzen Spaziergang hingehen und sie sich abholen konnte! Unter solchen Umständen wird der Kampf mit der Sünde überaus schwer, weil man ihn stündlich und täglich neu aufnehmen muß, das heißt so lange, wie das Mädchen auf diesem Treppenabsatz bleibt. Carlas langgezogene Vokale riefen nach mir, und vielleicht hatte gerade ihr Klang mir die Überzeugung eingegeben, daß es, sobald mein Widerstand verschwunden war, keine weiteren Widerstände mehr geben würde. Mir war jedoch klar, daß ich mich täuschen konnte und daß Copler die Dinge vielleicht genauer sah; auch dieser Zweifel war dazu gut, meinen Widerstand zu verringern, da die arme Augusta vor meiner eventuellen Untreue durch Carla selbst gerettet werden konnte, deren Mission als Frau es ja war, Widerstand zu leisten.

Warum sollte mein Verlangen mir Gewissensbisse machen, wenn es gerade rechtzeitig gekommen schien, um mich vor der Langeweile zu retten, die mich damals bedrohte? Es schadete meiner Beziehung zu Augusta überhaupt nicht, ganz im Gegenteil. Ich sagte ihr jetzt nicht mehr nur die zärtlichen Worte, die ich immer für sie gehabt hatte, sondern auch die, die in meinem Innersten für die andere aufkeimten. Noch nie hatte es in meinem Haus eine solche Fülle an Zärtlichkeiten gegeben, und Augusta schien entzückt. Ich hielt mich immer ganz genau an das, was ich den familiären Stundenplan nannte. Mein Gewissen ist so feinfühlig, daß ich mich in meinem Benehmen schon damals darauf einstellte, die künftigen Gewissensbisse abzuschwächen.

Daß mein Widerstand nicht zur Gänze gefehlt hat, ist durch die Tatsache erwiesen, daß ich nicht in einem einzigen Anlauf zu Carla gelangte, sondern etappenweise. Zunächst kam ich etliche Tage lang nur bis zum Volksgarten und in der ehrlichen Absicht, dieses Grün zu genießen, das im Grau der umliegenden Straßen und Häuser so rein erscheint. Nachdem ich nicht das Glück gehabt hatte, ihr zufällig zu begegnen, wie ich hoffte, verließ ich dann den Park, um direkt unter ihren Fenstern auf und ab zu gehen. Ich tat das in großer Erregung, die genau an die unendlich köstlichen Gefühle des jungen Mannes erinnerte, der sich zum ersten Mal an die Liebe heranmacht. Schon lange war ich nicht ohne Liebe, doch ging ich nicht die Wege, die zu ihr hinführen.

Ich hatte den Park kaum verlassen, als ich mich ausgerechnet meiner Schwiegermutter von Angesicht zu Angesicht gegenüber sah. Zunächst kam mir ein merkwürdiger Zweifel: So früh am Morgen, in dieser Gegend, die so weit von uns entfernt war? Vielleicht betrog sie auch ihren kranken Mann. Ich erfuhr jedoch gleich, daß ich ihr Unrecht tat, denn sie hatte den Arzt aufgesucht, um sich nach einer schlimmen Nacht an Giovannis Seite Trost zu holen. Der Arzt hatte ihr gut zugeredet, aber sie war so aufgeregt, daß sie mich bald verließ und dabei sogar vergaß, sich darüber zu wundern, daß sie mich an diesem Ort getroffen hatte, der gewöhnlich nur von alten Leuten, Kindern und Ammen aufgesucht wurde.

Mir jedoch genügte es, sie gesehen zu haben, um mich in meine Familie zurückgeholt zu fühlen. Entschlossenen Schritts ging ich nach Hause, und murmelte dabei im Takt: »Nie mehr! Nie mehr!« In dem Moment hatte mir Augustas Mutter mit ihrem Schmerz den Sinn für alle meine Pflichten wiedergegeben. Das war eine gute Lektion, und sie hielt diesen ganzen Tag lang vor.

Augusta war nicht zuhause, weil sie zum Vater geeilt war, bei dem sie sich den ganzen Vormittag aufhielt. Bei Tisch sagte sie mir, sie hätten darüber diskutiert, ob man in Anbetracht von Giovannis Zustand nicht Adas Hochzeit verschieben sollte, die für die folgende Woche festgesetzt war. Giovanni ging es schon besser. Anscheinend hatte er sich beim Abendessen dazu verleiten lassen, zu viel zu essen, und die Verdauungsbeschwerden hatten ausgesehen wie eine Verschlimmerung der Krankheit.

Ich erzählte ihr, ich hätte die Neuigkeit schon von ihrer Mutter erfahren, der ich am Morgen zufällig beim Volksgarten begegnet war. Auch Augusta wunderte sich nicht über meinen Spaziergang, aber ich verspürte das Bedürfnis, ihr gegenüber Erklärungen abzugeben. Ich erzählte ihr, daß ich seit einiger Zeit den Park als Ziel meiner Spaziergänge auserwählt hatte. Ich würde mich dort auf eine Bank setzen und meine Zeitung lesen. Dann fügte ich hinzu:

»Dieser Olivi! Da hat er mir übel mitgespielt, als er mich zu solcher Untätigkeit verdammte.«

Augusta, die sich in diesem Punkt etwas schuldig fühlte, zeigte einen Ausdruck von schmerzlichem Bedauern. Da fühlte ich mich bestens. Aber ich war wirklich völlig rein, denn ich verbrachte den ganzen Nachmittag in meinem Studio, und ich konnte wahrhaftig glauben, ich sei endgültig von jeglichem perversen Begehren geheilt. Ich las nun die Apokalypse.

Und obwohl jetzt klar war, daß ich die Genehmigung hatte, jeden Morgen in den Volksgarten zu gehen, war mein Widerstand gegen die Versuchung so groß geworden, daß ich mich, als ich am nächsten Tag aus dem Haus ging, in die genau entgegengesetzte Richtung wandte. Ich war auf der Suche nach bestimmten Noten, weil ich eine neue Geigenschule ausprobieren wollte, die mir empfohlen worden war. Bevor ich aus dem Haus ging, erfuhr ich, daß mein Schwiegervater eine sehr gute Nacht verbracht hatte und am Nachmittag im Wagen zu uns kommen würde. Das freute mich, sowohl für meinen Schwiegervater als auch für Guido, der endlich würde heiraten können. Alles ging gut: Ich war gerettet, und gerettet war auch mein Schwiegervater.

Doch ausgerechnet die Musik führte mich wieder zurück zu Carla! Unter den Schulwerken, die der Verkäufer mir vorlegte, war irrtümlich auch eines nicht für Geige, sondern für Gesang. Sorgfältig las ich dessen Titel: »Vollständiger Traktat der Gesangskunst (Schule von Garcia) von

E. Garcia (Sohn), nebst einem Bericht über das Gedächtnis im Hinblick auf die Menschliche Stimme, vorgelegt an der Akademie der Wissenschaften zu Paris.«*

Ich ließ den Verkäufer sich um andere Kunden kümmern und machte mich daran, das kleine Werk zu lesen. Ich muß sagen, ich las mit einer solchen Erregung, die vielleicht der eines verdorbenen jungen Mannes glich, wenn er sich an Werke der Pornographie heranmacht. Genau: Das war der Weg, der zu Carla führte; sie brauchte dieses Werk, und es wäre ein Verbrechen meinerseits gewesen, sie nicht damit bekannt zu machen. Ich kaufte es und kehrte nach Hause zurück.

Das Werk des Garcia bestand aus zwei Teilen, wovon einer theoretisch, der andere praktisch war. Ich setzte die Lektüre fort, in der Absicht, alles so gut zu verstehen, daß ich Carla meine Ratschläge geben konnte, wenn ich mit Copler zu ihr ging. Vorerst wollte ich Zeit gewinnen und weiterhin nachts ruhig schlafen können, mich aber doch stets bei dem Gedanken an das Abenteuer ergötzen, das mich erwartete.

Doch Augusta selbst beschleunigte den Ablauf der Ereignisse. Sie unterbrach mich in meiner Lektüre, als sie vorbeischaute, beugte sich über mich und streifte mir mit den Lippen über die Wange. Sie fragte, was ich denn da mache, und als sie hörte, daß es sich um ein neues Schulwerk handelte, meinte sie, es sei für Geige, und fand es nicht der Mühe wert, genauer hinzusehen. Als sie mich allein ließ, übertrieb ich die Gefahr, die ich gelaufen war, und dachte, zu meiner Sicherheit würde ich gut daran tun, dieses Buch nicht in meinem Studio zu behalten. Man mußte es sofort seiner Bestimmung zuführen, und so kam es, daß ich gezwungen war, mein Abenteuer geradewegs anzugehen. Ich hatte etwas gefunden, das mehr als ein Vorwand war, um tun zu können, was mein Verlangen war.

Es gab kein Zögern mehr für mich. Sobald ich jenen Treppenabsatz erreicht hatte, wandte ich mich sofort zur Tür linkerhand. Vor dieser Tür blieb ich jedoch einen Moment stehen und lauschte den Tönen der Ballade »La mia bandiera«, die triumphal durchs Treppenhaus schallten. Es war, als hätte Carla die ganze Zeit über immer wieder dasselbe gesungen. Ich lächelte voller Rührung und Begehren ob so viel Naivität. Dann öffnete ich vorsichtig, ohne anzuklopfen, die Tür und trat auf Zehenspitzen ins Zimmer. Ich wollte sie sofort sehen, sofort. In dem kleinen Raum war ihre Stimme wirklich unangenehm. Sie sang mit großer Begeisterung und mehr Wärme als damals bei meinem ersten Besuch. Sie war richtiggehend gegen die Lehne ihres Stuhls zurückgesunken, um den ganzen Atem besser aus den Lungen strömen zu lassen. Ich sah nur den von dicken Zöpfen umwickelten reizenden Kopf und zog mich tief bewegt zurück, weil ich so viel gewagt hatte. Sie war unterdessen bei der letzten, nicht mehr enden wollenden Note angekommen, und ich konnte auf den Treppenabsatz zurückkehren und die Tür hinter mir schließen, ohne daß sie mich bemerkte. Auch dieser letzte Ton hatte nach oben und unten geschwankt, bevor er sich fing. Carla hörte also den richtigen Ton, und jetzt mußte Garcia hier eingreifen und sie lehren, ihn rascher zu finden.

Als ich mich ruhiger fühlte, klopfte ich an. Sofort lief sie herbei, um die Tür zu öffnen, und nie werde ich ihre anmutig freundliche Gestalt vergessen, wie sie im Türrahmen lehnte und mich mit ihren großen, braunen Augen anstarrte, bevor sie mich in der Dunkelheit erkennen konnte.

Aber mittlerweile hatte ich mich so weit beruhigt, daß auch alle meine Bedenken mich wieder einholten. Ich war auf dem besten Wege, Augusta zu betrügen, aber ich dachte, so wie ich mich in den vergangenen Tagen damit hatte begnügen können, bis zum Volksgarten zu gelangen, würde ich jetzt um so viel leichter an dieser Tür Halt machen können, dieses kompromittierende Buch abgeben und vollkommen befriedigt davongehen. Es war ein kurzer Augenblick voll der besten Vorsätze. Ich erinnerte mich sogar an einen merkwürdigen Ratschlag, den man mir gegeben hatte, um von der Angewohnheit des Rauchens loszukommen, und der in dieser Situation Anwendung finden konnte: Manchmal genügte es zur eigenen Befriedigung, das Streichholz anzuzünden und dann Zigarette und Streichholz wegzuwerfen.

Ich hätte auch leicht so tun können, weil Carla selbst, als sie mich erkannte, rot wurde und schon weglaufen wollte, da sie sich – wie ich später erfuhr – schämte, sich bloß in einem armseligen, abgetragenen Hauskleid zu zeigen.

Als sie mich dann erkannt hatte, empfand ich das Bedürfnis, mich zu entschuldigen:

»Ich habe Ihnen dieses Buch mitgebracht, das Sie interessieren wird. Wenn Sie wollen, kann ich es Ihnen dalassen und sofort wieder gehen.«

Der Ton der Worte war ziemlich barsch – oder kam mir so vor –, nicht aber ihre Bedeutung, denn alles in allem setzte ich sie ja zur Schiedsrichterin darüber ein, ob ich gehen oder bleiben und Augusta betrügen sollte.

Sie entschied sofort, denn sie ergriff meine Hand, um mich um so sicherer zurückzuhalten, und führte mich ins Zimmer. Die Gefühlsbewegung trübte meinen Blick, und ich bin der Ansicht, daß das nicht so sehr von der zärtlichen

Berührung dieser Hand ausgelöst wurde, sondern durch diese Vertraulichkeit, die mir die Entscheidung über mein und Augustas Geschick zu treffen schien. Deshalb bin ich, glaube ich, mit einigem Widerstreben eingetreten, und wenn ich mir die Geschichte meines ersten Seitensprungs in Erinnerung rufe, habe ich das Gefühl, ihn begangen zu haben, weil ich da hineingezogen wurde.

So gerötet war Carlas Gesicht wirklich schön. Mit Überraschung und Entzücken stellte ich fest, daß sie mich zwar nicht geradezu erwartet, aber meinen Besuch doch erhofft hatte. Mit großer Liebenswürdigkeit sagte sie:

»Sie verspürten also das Bedürfnis, mich wiederzusehen? Das arme Mädchen wiederzusehen, das Ihnen so viel verdankt?«

Wenn ich gewollt hätte, hätte ich sie sicher gleich in die Arme schließen können, aber ich dachte gar nicht daran. Ich dachte so wenig daran, daß ich nicht einmal auf ihre Worte antwortete, die mir kompromittierend erschienen, und wieder anfing, von Garcia zu reden und davon, wie nötig sie dieses Buch hatte. Ich sprach mit einem Eifer darüber, der mich zu einigen weniger bedachten Worten verleitete. Garcia würde sie lehren, wie man die Töne so gediegen wie Metall und so weich wie Luft machte. Er würde ihr erklären, wie ein Ton nichts weiter darstellen könne als eine gerade Linie und sogar eine Fläche, eine wirklich glatt polierte Fläche.

Mein Eifer verging erst, als sie mich unterbrach, um einen schmerzlichen Zweifel zu äußern:

»Also gefällt es Ihnen nicht, wie ich singe?«

Ich war verblüfft von ihrer Frage. Ich hatte eine harte Kritik geäußert, war mir dessen aber nicht bewußt, und protestierte nach bestem Gewissen. Ich protestierte so gut, daß ich, wie mir schien, nach wie vor ausschließlich vom Gesang redend, zur Liebe zurückgekehrt war, die mich so mächtig in dieses Haus gezogen hatte. Und meine Worte waren so liebevoll, daß sie dennoch einen Teil Aufrichtigkeit durchscheinen ließen:

»Wie können Sie so etwas glauben? Wäre ich denn hier, wenn es so wäre? Ich bin lange auf dem Treppenabsatz gestanden, um mich an Ihrem Gesang zu ergötzen, einem in seiner Natürlichkeit köstlichen und vortrefflichen Gesang. Allerdings glaube ich, daß zu Ihrer Vervollkommnung noch etwas anderes nötig ist, und das habe ich Ihnen mitgebracht.«

Welche Macht der Gedanke an Augusta doch noch immer hatte, wenn ich immer wieder hartnäckig beteuerte, daß ich nicht von meinem Verlangen hergetrieben wurde!

Carla hörte sich meine Schmeicheleien an, die sie nicht einmal imstande war, wirklich zu verstehen. Sie war nicht sehr gebildet, aber zu meiner großen Überraschung merkte ich, daß es ihr nicht an gesundem Menschenverstand mangelte. Sie erzählte mir, sie selbst habe starke Zweifel an ihrem Talent und an ihrer Stimme: Sie spürte, daß sie keine Fortschritte machte. Oft gönnte sie sich nach einer gewissen Anzahl Übungsstunden, zur Ablenkung und zum Lohn »La mia bandiera« zu singen, in der Hoffnung, irgendwelche neuen Qualitäten in ihrer Stimme zu entdecken. Aber es war immer dasselbe: Nicht schlechter und vielleicht immer hinlänglich gut, wie ihr ihre Zuhörer und auch ich versicherten (und hier sandte sie aus ihren schönen, braunen Augen einen sanft fragenden Strahl, der zeigte, daß sie über den Sinn meiner Worte, der ihr noch zweifelhaft schien, Sicherheit haben wollte), aber wirklichen Fortschritt gab es keinen. Der Gesangslehrer sagte, in der Kunst gäbe es keine langsamen Fortschritte, sondern nur große Sprünge, die zum Ziel führten, und eines schönen Tages würde sie als große Künstlerin aufwachen.

»Es ist aber eine langwierige Sache«, setzte sie hinzu und schaute ins Leere, wo sie vielleicht all ihre Stunden der Langeweile und des Schmerzes wiedersah.

Anständig nennt man in erster Linie alles, was ehrlich ist, und von meiner Seite aus wäre es mehr als anständig gewesen, dem armen Mädchen vom Gesangsstudium abzuraten und dafür meine Geliebte zu werden. Aber so weit war ich über den Volksgarten noch nicht hinaus, und im übrigen war ich mir auch meines Urteils in der Gesangskunst nicht so sicher. Seit einigen Augenblicken machte mir eine einzige Person sehr große Sorgen: Dieser lästige Copler, der jeden Feiertag mit mir und meiner Frau in meiner Villa zubrachte. Das wäre der rechte Zeitpunkt gewesen, einen Vorwand zu erfinden, um das Mädchen zu bitten, Copler nichts von meinem Besuch zu erzählen. Aber ich tat es nicht, da ich nicht wußte, wie ich meine Bitte verbrämen sollte, und das war gut so, denn wenige Tage später wurde mein armer Freund krank und starb gleich darauf.

Vorläufig sagte ich ihr, im Garcia würde sie alles finden, was sie suchte, und für einen kurzen Augenblick, aber wirklich nur für einen Augenblick, erwartete sie sich wahre Wunder von dem Buch. Bald jedoch, als sie sich so vielen Wörtern gegenübersah, zweifelte sie an der Wirksamkeit dieses Zaubers. Ich las ihr die Theorien des Garcia auf italienisch vor, auf italienisch erklärte ich sie ihr dann, und wenn das nicht genügte, übersetzte ich sie ihr ins Triestinische, aber sie fühlte nicht, daß sich in ihrer Kehle etwas regte, und eine tatsächliche Wirksamkeit dieses Buches hätte sie nur daran erkennen können, daß sie sich an dieser Stelle bemerkbar machte. Das Schlimme ist, auch ich kam wenig später zu der Überzeugung, daß dieses Buch in meinen Händen nicht viel taugte. Ich sah mir diese Sätze gut dreimal an, und da ich nichts damit anzufangen wußte, rächte ich mich für meine Unfähigkeit, indem ich sie frei heraus kritisierte. Da vergeudete Garcia seine und meine Zeit mit dem Nachweis, daß es nicht richtig war, die menschliche Stimme, weil sie unterschiedliche Töne hervorbringen konnte, wie ein einziges Instrument zu betrachten. Dann müßte man ja auch die Geige als ein Konglomerat von Instrumenten betrachten. Es war vielleicht nicht richtig von mir, Carla diese Kritik mitzuteilen, aber in Gegenwart einer Frau, die man erobern will, ist es schwer, sich zu zügeln und eine Gelegenheit, die eigene Überlegenheit zu demonstrieren, ungenützt zu lassen. In der Tat bewunderte sie mich, aber geradezu körperlich hielt sie das Buch von sich fern, das unser Galeotto* war, uns aber nicht bis zu Schuld und Sünde begleitete. Ich konnte mich noch nicht damit abfinden, darauf zu verzichten, und verschob es auf einen nächsten Besuch. Als Copler starb, war das nicht mehr nötig. Jede Verbindung zwischen jenem Haus und meinem eigenen war gerissen, und so konnte mein weiteres Vorgehen nur noch durch mein Gewissen aufgehalten werden.

Aber unterdessen waren wir ziemlich vertraut miteinander geworden, vertrauter, als man nach dieser halbstündigen Unterhaltung hätte erwarten können. Ich glaube, die Übereinstimmung in einem kritischen Urteil verbindet und schafft Vertrautheit. Die arme Carla nutzte diese Situation der Vertraulichkeit, um mir ihre Sorgen mitzuteilen. Seit Coplers Eingreifen lebte man in diesem Haus bescheiden, aber ohne große Entbehrungen. Die größte Last für die beiden Frauen war der Gedanke an die Zukunft. Denn Copler brachte ihnen seine Unterstützung wohl zu festgesetzten Daten, erlaubte ihnen jedoch nicht, fest damit zu rechnen; er wollte keine Sorgen, und da war es ihm lieber, sie hatten welche. Und dann gab er dieses Geld nicht umsonst: Er war eigentlich der Herr in diesem Haus und wollte über jede Kleinigkeit informiert sein. Wehe, sie erlaubten sich eine Ausgabe, die nicht zuvor von ihm gebilligt worden war! Vor kurzem war Carlas Mutter unpäßlich gewesen, und um für den Haushalt sorgen zu können, hatte Carla ein paar Tage lang das Singen vernachlässigt. Als er vom Gesangslehrer davon erfuhr, machte Copler eine Szene und ging mit den Worten fort, dann wäre es ja nicht der Mühe wert, angesehene Herrschaften mit der Bitte um ihre Unterstützung zu behelligen. Mehrere Tage lang lebten sie in Angst und Schrecken, fürchteten, nun ihrem Schicksal überlassen zu sein. Als er dann wiederkam, wurden Verträge und Bedingungen erneuert und ganz genau festgelegt, wieviele Stunden am Tag Carla am Klavier sitzen müsse und wieviele sie dem Haushalt widmen dürfe. Er drohte auch an, sie zu jeder Tageszeit überraschend besuchen zu kommen.

»Sicher«, schloß das Mädchen, »er will nur unser Bestes, aber er regt sich so auf über völlig unwichtige Dinge, daß er uns früher oder später in der Wut schließlich einmal auf die Straße werfen wird. Aber jetzt, wo auch Sie sich um uns kümmern, besteht diese Gefahr nicht mehr, nicht wahr?«

Und wieder drückte sie mir die Hand. Da ich nicht sofort antwortete, fürchtete sie, ich sei mit Copler solidarisch, und setzte hinzu:

»Auch Signor Copler sagt, Sie sind ein so guter Mensch!«

Dieser Satz sollte ein Kompliment an mich sein, aber auch an Copler.

Seine Gestalt, wie Carla sie mir mit so viel Antipathie schilderte, war neu für mich und erregte geradezu meine Sympathie. Ich hätte ihm ähnlich sein mögen, während das Begehren, das mich in dieses Haus geführt hatte, mich ihm so unähnlich machte! Es stimmte wohl, daß er den Frauen das Geld von anderen brachte, aber er setzte sein ganzes Wirken daran, einen Teil seines Lebens. Diese Wut, die er ihnen gegenüber entwickelte, war wirklich väterlich. Da kam mir jedoch ein Zweifel: Und wenn Begehren ihn zu diesem Werk veranlaßte? Unverzüglich fragte ich Carla:

»Hat Copler Sie je um einen Kuß gebeten?«

»Nie!« antwortete Carla lebhaft. »Wenn er mit meinem Betragen zufrieden ist, erteilt er barsch seine Billigung, drückt mir flüchtig die Hand und geht. Andere Male, wenn er wütend ist, verweigert er mir sogar den Händedruck und merkt gar nicht, daß ich vor Schrecken weine. In dem Moment wäre ein Kuß eine Erlösung für mich.«

Da ich zu lachen anfing, erklärte Carla sich näher:

»Den Kuß eines so alten Mannes, dem ich so viel verdanke, würde ich mit Dankbarkeit annehmen!«

Das ist der Vorteil der wirklichen Kranken: Sie wirken älter, als sie sind.

Ich machte einen schwachen Versuch, Copler zu ähneln. Lächelnd, um das arme Mädchen nicht zu sehr zu erschrecken, sagte ich ihr, daß auch ich, wenn ich mich um jemanden kümmerte, letztlich sehr despotisch würde. Insgesamt betrachtet fand auch ich, daß man, wenn man eine Kunst erlernte, dies ernsthaft tun sollte. Dann lebte ich mich so gut in meine Rolle ein, daß ich sogar aufhörte zu lächeln. Copler hatte recht, wenn er streng war zu einem jungen Ding, das den Wert der Zeit nicht begreifen konnte: Man mußte auch daran denken, wieviele Leute Opfer brachten, um ihr zu helfen. Ich war wirklich ernst und streng.

So kam für mich die Zeit, zum Mittagessen zu gehen, und speziell an diesem Tag hätte ich Augusta nicht warten lassen mögen. Ich reichte Carla die Hand, und da bemerkte ich, wie blaß sie war. Ich wollte sie trösten:

»Sie können sicher sein, daß ich immer mein Bestes tun werde, um sie bei Copler und allen anderen zu unterstützen.«

Sie dankte, schien aber trotzdem niedergeschlagen. Später erfuhr ich, daß sie gleich, als sie mich kommen sah, die Wahrheit gewissermaßen erraten und gedacht hatte, ich sei in sie verliebt und sie daher gerettet. Dann aber – und zwar genau, als ich mich anschickte zu gehen – glaubte sie, auch ich sei nur in die Kunst und in den Gesang verliebt und würde sie daher verlassen, wenn sie nicht gut singen und keine Fortschritte machen würde.

Sie schien mir überaus niedergeschlagen. Mitleid erfaßte mich, und da weiter keine Zeit zu verlieren war, besänftigte ich sie mit dem Mittel, das sie selbst mir als das wirksamste genannt hatte. Ich war schon an der Tür, als ich sie an mich zog, und mit der Nase schob ich sorgfältig den dicken Zopf vom Hals beiseite, den ich so mit den Lippen erreichte und sogar mit den Zähnen streifte. Das wirkte wie ein Scherz, und auch sie lachte schließlich darüber, aber erst, als ich sie losließ. Bis zu dem Moment war sie reglos und verwundert in meinen Armen gelegen.

Sie folgte mir auf den Treppenabsatz, und als ich mich anschickte hinunterzugehen, fragte sie mich lachend:

»Wann kommen Sie denn wieder?«

»Morgen, oder vielleicht später!« antwortete ich, schon unsicher. Dann entschiedener: »Bestimmt komme ich morgen!« Dem Wunsch gehorchend, mich nicht zu sehr zu kompromittieren, fügte ich dann noch hinzu: »Wir werden mit der Lektüre des Garcia fortfahren.«

Sie veränderte ihren Gesichtsausdruck in dieser kurzen Zeit kaum: Sie stimmte dem ersten unsicheren Versprechen zu, stimmte dankbar dem zweiten zu und stimmte auch meinem dritten Vorschlag zu, immer lächelnd. Die Frauen wissen immer, was sie wollen. Es gab kein Zögern, weder bei Ada, die mich abwies, noch bei Augusta, die mich nahm, und auch nicht bei Carla, die mich gewähren ließ.

Auf der Straße fühlte ich mich sofort Augusta näher als Carla. Ich atmete die frische Luft im Freien ein und fühlte mich im Vollbesitz meiner Freiheit. Ich hatte nichts weiter als einen Scherz gemacht, der aufhören konnte einer zu sein, nur weil er auf diesem Hals und unter diesem Zopf gelandet war. Schließlich hatte Carla diesen Kuß als ein Versprechen auf Zuneigung und vor allem auf Unterstützung angenommen.

An diesem Tag beim Essen begann ich jedoch wirklich zu leiden. Zwischen Augusta und mir stand mein Abenteuer wie ein großer düstrer Schatten, und es schien mir unmöglich, daß er nicht auch von ihr gesehen würde. Ich fühlte mich klein, schuldig und krank und fühlte meinen Schmerz an der Hüfte wie einen sympathischen Schmerz, der von der großen Wunde meines Bewußtseins ausstrahlte. Während ich zerstreut so tat, als würde ich essen, suchte ich Erleichterung in einem eisernen Vorsatz: »Ich werde sie nicht wiedersehen«, dachte ich, »und wenn ich sie aus Höflichkeit wiedersehen muß, dann wird es das letzte Mal sein.«

Viel wurde ja schließlich nicht von mir verlangt: Eine einzige Anstrengung, die nämlich, Carla nicht wiederzusehen.

Lachend fragte mich Augusta:

»Warst du bei Olivi, daß du so bekümmert bist?«

Da mußte ich auch lachen. Es war eine große Erleichterung, daß ich nun reden konnte. Es waren nicht solche Worte, die völligen Frieden hätten bringen können, denn um die zu sagen, hätte ich beichten und dann geloben müssen, aber da ich nicht anders konnte, war es schon eine große Erleichterung, wenigstens andere zu sagen. Ich redete überschwenglich, immer heiter und freundlich. Dann fand ich noch etwas Besseres: Ich sprach von der kleinen Wäscherei, die sie sich so sehr wünschte und die ich ihr bis dahin verweigert hatte, und ich gab ihr sofort die Erlaubnis, sie zu bauen. Sie war so gerührt von meiner nicht erbetenen Erlaubnis, daß sie aufstand und zu mir kam, um mir einen Kuß zu geben. Das war ein Kuß, der offensichtlich jenen anderen auslöschte, und ich fühlte mich sofort besser.

So bekamen wir die Wäscherei, und noch heute erinnere ich mich, wenn ich an dem winzigen Bau vorbeigehe, daß Augusta sie haben wollte und Carla sie genehmigte.

Es folgte ein bezaubernder Nachmittag, der ganz mit unserer Liebe ausgefüllt war. Wenn ich allein war, war mein Gewissen lästiger. Augustas Worte und ihre Zuneigung vermochten es zu beschwichtigen. Wir gingen gemeinsam aus. Dann begleitete ich sie zu ihrer Mutter und verbrachte auch den ganzen Abend mit ihr.

Vor dem Einschlafen betrachtete ich, wie es mir häufig ergeht, lange meine Frau, die gesammelt schon mit leisen Atemzügen schlief. Auch im Schlaf war an ihr alles wohlgeordnet, die Decken bis zum Kinn heraufgezogen und das nicht üppige Haar zu einem kurzen Zopf geflochten und im

Nacken geknotet. Ich dachte: »Ich will ihr keinen Schmerz zufügen. Nie!« Ruhig schlief ich ein. Am nächsten Tag würde ich meine Beziehung zu Carla klären und einen Weg finden, das arme Mädchen über seine Zukunft zu beruhigen, ohne deswegen verpflichtet zu sein, ihr Küsse zu geben.

Da hatte ich einen merkwürdigen Traum: Nicht nur küßte ich Carlas Nacken, sondern ich aß ihn auf. Dieser Nacken war jedoch so beschaffen, daß die Wunden, die ich ihm in wütender Lust beibrachte, nicht bluteten, der Hals blieb daher immer bedeckt von seiner weißen Haut und unversehrt in seiner leicht geneigten Form. Carla lag in meinen Armen und schien unter meinen Bissen nicht zu leiden. Wer hingegen darunter litt, war Augusta, die plötzlich dazukam. Um sie zu beruhigen, sagte ich: »Ich esse ihn nicht ganz auf: Ich lasse dir auch ein Stück davon.«

Zum Alptraum wurde der Traum erst, als ich mitten in der Nacht wach wurde und mein nicht mehr vernebeltes Hirn sich darauf besinnen konnte, vorher aber nicht, denn solange er anhielt, hatte nicht einmal die Anwesenheit Augustas mir das Gefühl der Befriedigung genommen, das er mir verschaffte.

Sobald ich wach war, kam mir die Kraft meines Begehrens voll zu Bewußtsein sowie die Gefahr, die es für Augusta und auch für mich darstellte. Vielleicht nahm im Schoß der Frau, die da neben mir schlief, schon ein neues Leben seinen Anfang, für das ich verantwortlich sein würde. Wer weiß, welche Ansprüche Carla stellen würde, wenn sie meine Geliebte war? Mir schien sie voller Verlangen nach dem Genuß, der ihr bisher verwehrt gewesen war, und wie sollte ich für zwei Familien Sorge tragen? Augusta verlangte die nützliche Wäscherei, die andere würde etwas anderes, aber nicht weniger Kostspieliges verlangen. Ich sah Carla wieder vor mir, wie sie mich lachend vom Treppenabsatz aus grüßte, nachdem sie geküßt worden war. Sie wußte schon, daß ich ihre Beute sein würde. Das schreckte mich, und da konnte ich, allein und im Dunkeln, ein Stöhnen nicht unterdrücken.

Sofort wurde meine Frau wach und fragte mich, was ich denn hätte, und ich antwortete einsilbig, das Erstbeste, was mir in den Sinn kam, sobald ich mich von dem Schrecken erholt hatte, in einem Moment befragt zu werden, in dem es mir so vorkam, als hätte ich ein Geständnis hinausgeschrieen:

»Ich denke an das Alter, das auf mich zukommt!«

Sie lachte und versuchte mich zu trösten, ohne sich jedoch aus dem Schlaf zu lösen, an den sie sich klammerte. Sie sandte mir denselben Satz, den sie mir immer sagte, wenn sie sah, wie mich das Vergehen der Zeit schreckte:

»Denk nicht dran, jetzt, wo wir jung sind ... Schlafen ist so gut!«

Die Ermunterung tat gut: Ich dachte nicht mehr daran und schlief wieder ein. Ein Wort in der Nacht ist wie ein Lichtstrahl. Es beleuchtet einen Ausschnitt der Wirklichkeit, dem gegenüber die Phantasiegebilde verblassen. Warum sollte ich denn so viel von der armen Carla zu befürchten haben, deren Geliebter ich ja noch nicht war? Es war klar, daß ich alles getan hatte, um mich vor meiner Situation zu fürchten. Schließlich hatte das *bébé*, das ich in Augustas Schoß beschworen hatte, noch kein anderes Lebenszeichen gegeben als den Bau der Wäscherei.

Nach wie vor von den besten Vorsätzen begleitet, stand ich auf. Ich lief in mein Studio und steckte etwas Geld in einen Umschlag, den ich Carla im selben Moment geben wollte, in dem ich ihr meinen Abschied ankündigte. Ich würde mich aber bereit erklären, ihr per Post weiteres Geld zu schicken, sooft sie mich darum bat und wenn sie mir an eine Adresse schrieb, die ich ihr nennen würde. Als ich gerade hinausgehen wollte, lud Augusta mich mit einem zärtlichen Lächeln ein, sie zu ihrem Vater nach Hause zu begleiten. Aus Buenos Aires war Guidos Vater eingetroffen, um an der Hochzeit teilzunehmen, und man mußte hingehen, um seine Bekanntschaft zu machen. Sicher lag ihr weniger an Guidos Vater als an mir. Sie wollte die zärtliche Atmosphäre vom Tag zuvor wieder aufleben lassen. Doch es war nicht mehr dasselbe: Mir schien es nicht gut, zwischen meinem guten Vorsatz und seiner Ausführung Zeit vergehen zu lassen. Während wir nebeneinander durch die Straßen gingen, scheinbar unserer Zuneigung gewiß, glaubte die andere sich schon von mir geliebt. Das war schlecht. Ich empfand diesen Spaziergang regelrecht als Nötigung.

Wir sahen Giovanni, und es ging ihm wirklich besser. Er konnte nur keine Stiefel tragen wegen einer gewissen Schwellung an den Füßen, der er keine Bedeutung beimaß und ich damals auch nicht. Er saß im Salon mit Guidos Vater, dem er mich vorstellte. Augusta verließ uns sofort und ging zur Mutter und der Schwester.

Signor Francesco Speier schien mir ein wesentlich weniger gebildeter Mann zu sein als sein Sohn. Er war klein, gedrungen, um die sechzig, wenig einfallsreich und wenig lebhaft, vielleicht auch weil infolge einer Krankheit sein Gehör stark geschwächt war. Er flocht hie und da spanische Worte in seine Rede ein:

»*Cada volta*, wenn ich nach Triest komme ...«

Die beiden Alten redeten über Geschäfte, und Giovanni hörte aufmerksam zu, denn diese Geschäfte waren sehr wichtig für Adas Zukunft. Ich hörte nur zerstreut zu. Ich konnte hören, daß der alte Speier beschlossen hatte, seine Geschäfte in Argentinien zu liquidieren und seine sämtlichen *duros* Guido zu übertragen, damit er sie zur Gründung einer Firma in Triest verwendete; er würde dann nach Buenos Aires zurückkehren und mit Frau und Tochter auf einem kleinen Landgut leben, das ihm noch blieb. Ich verstand nicht, warum er Giovanni das alles in meinem Beisein erzählte, und ich weiß es heute noch nicht.

Auf einmal hatte ich den Eindruck, daß beide aufhörten zu reden und mich ansahen, als erwarteten sie von mir irgendeinen Rat, und um höflich zu sein, bemerkte ich:

»Es dürfte nicht klein sein, dieses Landgut, wenn es Ihnen reicht, um dort zu leben!«

Sofort brüllte Giovanni:

»Aber was redest du denn da?« Dieser Ausbruch der Stimme erinnerte an seine besten Zeiten, aber sicher ist, hätte er nicht so laut gebrüllt, dann hätte Signor Francesco meine Bemerkung gar nicht beachtet. So hingegen wurde er blaß und sagte:

»Ich will doch hoffen, daß Guido es nicht verabsäumt, mir die Zinsen meines Kapitals auszuzahlen.«

Weiterhin brüllend versuchte Giovanni ihn zu beruhigen:

»Was heißt hier Zinsen! Auch das Doppelte, wenn Sie es brauchen! Ist er vielleicht nicht Ihr Sohn?«

Signor Francesco schien trotzdem nicht sehr beruhigt und erwartete ausgerechnet von mir Worte der Zuversicht. Ich sagte sie ihm, auch reichlich, weil der Alte jetzt weniger hörte als zuvor.

Dann ging das Gespräch zwischen den beiden Geschäftsleuten weiter, aber ich hütete mich wohl, nochmals einzugreifen. Giovanni sah mich von Zeit zu Zeit über seine

Brille hinweg an, um mich im Auge zu behalten, und sein schwerer Atem wirkte wie eine Drohung. Dann sprach er lange, und irgendwann einmal fragte er mich:

»Findest du nicht auch?«

Ich nickte heftig.

Um so heftiger mußte meine Zustimmung wirken, als alle meine Gesten durch die Wut, die mich immer mehr erfaßte, mehr Nachdruck bekamen. Was hatte ich hier bloß zu schaffen und ließ unterdessen die Frist verstreichen, um meine guten Vorsätze in die Tat umzusetzen? Sie zwangen mich, eine für mich und Augusta so wichtige Tat aufzuschieben! Ich legte mir schon eine Entschuldigung zurecht, um zu gehen, aber in dem Moment stürmten die Frauen in Begleitung von Guido den Salon. Der hatte sofort nach Ankunft des Vaters seiner Braut einen prachtvollen Ring geschenkt. Keiner beachtete oder grüßte mich, nicht einmal die kleine Anna. Ada trug den funkelnden Edelstein schon am Finger zeigte ihn dem Vater, wobei sie ihren Arm auf der Schulter des Verlobten aufstützte. Auch die Frauen betrachteten ihn entzückt.

Ringe konnten mich schon gar nicht interessieren. Wo ich nicht einmal den Ehering trug, weil er meine Durchblutung behinderte! Ohne mich zu verabschieden, schlüpfte ich durch die Tür des Salons, ging auf die Haustür zu und war im Begriff, hinauszutreten. Augusta bemerkte jedoch meine Flucht und erreichte mich noch rechtzeitig. Ich war erstaunt über ihr verstörtes Aussehen. Ihre Lippen waren bleich wie am Tag unserer Hochzeit, kurz bevor wir in die Kirche gingen. Ich sagte ihr, ich hätte eine dringende Besorgung zu machen. Rechtzeitig fiel mir noch ein, daß ich wenige Tage zuvor aus einer Laune heraus eine sehr leichte Lesebrille gekauft hatte, die ich dann nicht ausprobiert hatte, nachdem ich sie in die Westentasche gesteckt hatte, wo ich sie spürte, und daher sagte ich ihr, ich hätte eine Verabredung beim Augenarzt, um eine Sehprüfung machen zu lassen, da mein Sehvermögen seit einiger Zeit nachzulassen schien. Sie antwortete, ich könne ja gleich gehen, nur würde sie mich bitten, mich zuvor in aller Form von Guidos Vater zu verabschieden. Voller Ungeduld zog ich die Schultern hoch, aber ich tat ihr doch den Gefallen.

Ich kehrte zurück in den Salon und alle grüßten mich freundlich. Sicher wie ich mir war, daß sie mich gleich wegschicken würden, war ich meinerseits einen Augenblick lang sogar guter Laune. Guidos Vater, der sich bei so viel Familie nicht gut zurechtfand, fragte mich:

»Sehen wir uns denn noch einmal vor meiner Abreise nach Buenos Aires?«

»Oh!« sagte ich, »*cada volta*, wenn Sie in dieses Haus kommen, werden Sie mich wahrscheinlich hier antreffen!«

Alle lachten, und ich ging triumphierend davon, hinausbegleitet auch von einem recht heiteren Abschiedsgruß von Augusta. Ich ging so ordnungsgemäß von dort weg, nachdem ich allen vorgeschriebenen Förmlichkeiten genügt hatte, daß ich sicher meines Weges gehen konnte. Aber da war ein weiterer Grund, der mich von den Zweifeln befreite, die mich bis zu diesem Zeitpunkt zurückgehalten hatten: Ich lief vom Haus meiner Schwiegereltern fort, um mich so weit wie möglich davon zu entfernen, das heißt bis zu Carla. In diesem Haus (so schien mir) verdächtigte man mich, und zwar nicht zum ersten Mal, auf niedrige Weise gegen Guido zu intrigieren. Ganz harmlos und völlig geistesabwesend hatte ich von diesem Landgut geredet, das sich in Argentinien befand, und sofort hatte Giovanni meine Worte so gedeutet, als wären sie vorsätzlich darauf angelegt gewesen, Guido bei seinem Vater zu schaden. Guido gegenüber hätte ich mich leicht erklären können, falls es nötig gewesen wäre: Für Giovanni und die anderen, die mich solcher Machenschaften für fähig hielten, genügte die Rache. Nicht daß ich mir vorgenommen hätte, hinzugehen und Augusta zu betrügen. Ich tat jedoch bei hellichtem Tag, was mir beliebte. Ein Besuch bei Carla bedeutete ja noch nichts Schlechtes, ja, wenn ich in dieser Gegend noch einmal mit meiner Schwiegermutter zusammengetroffen wäre und sie mich gefragt hätte, was ich hier zu schaffen hätte, hätte ich ihr prompt geantwortet:

»Oh, Werteste! Ich gehe zu Carla!« Es war dies daher das einzige Mal, daß ich zu Carla ging, ohne an Augusta zu denken. So tief hatte mich das Verhalten meines Schwiegervaters gekränkt!

Auf dem Treppenabsatz hörte ich den Widerhall von Carlas Stimme nicht. Ein Moment des Schreckens: Sollte sie ausgegangen sein? Ich klopfte und trat sogleich ein, noch bevor mich jemand hineingebeten hatte. Carla war wohl da, aber bei ihr war auch ihre Mutter. Sie nähten zusammen, in einer Gemeinsamkeit, die wohl häufig vorkommen mochte, die ich aber nie zuvor gesehen hatte. Sie arbeiteten beide an den Enden ein und desselben großen Lakens, sehr weit voneinander entfernt. Da war ich also zu Carla gelaufen und kam zu Carla in Gesellschaft ihrer Mutter. Das war etwas ganz anderes. Da ließen sich weder die guten noch die schlechten Vorsätze verwirklichen. Alles blieb weiterhin offen.

In großer Aufregung stand Carla auf, während die Alte langsam ihre Brille abnahm und in ein Etui steckte. Ich glaubte unterdessen, ich hätte noch andere Gründe, ungehalten zu sein als den, daß ich mich daran gehindert sah, mein Anliegen auf der Stelle vorzubringen. Waren dies denn nicht die Stunden, die Copler für die Gesangsübungen vorgesehen hatte? Freundlich begrüßte ich die Signora, und es fiel mir sogar schwer, mich diesem Akt der Höflichkeit zu unterziehen. Ich begrüßte auch Carla, fast ohne sie anzusehen. Ich sagte:

»Ich bin gekommen, um zu sehen, ob wir aus diesem Buch«, und ich wies auf den Garcia, der unaufgeschlagen an der Stelle, wo wir ihn hatten liegenlassen, auf dem Tisch lag, »noch etwas Nützliches herausholen können.«

Ich setzte mich auf den Platz, den ich tags zuvor eingenommen hatte, und schlug sofort das Buch auf. Carla versuchte zuerst, mir zuzulächeln, aber da ich ihre Freundlichkeit nicht erwiderte, setzte sie sich mit einem gewissen eilfertigen Gehorsam neben mich, um hineinzuschauen. Sie zögerte; sie verstand nicht. Ich schaute sie an und sah, daß sich auf ihrem Gesicht etwas ausbreitete, was Groll und Trotz bedeuten konnte. Ich stellte mir vor, daß sie so die Vorwürfe Coplers entgegenzunehmen pflegte. Nur war sie sich noch nicht sicher, ob meine Vorwürfe genau die wären, die Copler ihr machte, denn – so sagte sie mir später –, sie erinnerte sich daran, daß ich sie am Tag zuvor geküßt hatte, und daher glaubte sie, vor meinem Zorn für immer sicher zu sein. Daher war sie immer noch bereit, diesen ihren Groll in ein freundliches Lächeln zu verwandeln. Ich muß an dieser Stelle anmerken, denn später werde ich keine Zeit mehr dazu haben, daß mir dieses Zutrauen, mich mit diesem einzigen Kuß, den sie mir gewährt hatte, endgültig gezähmt zu haben, außerordentlich mißfiel: Eine Frau, die so denkt, ist äußerst gefährlich.

Aber in dem Moment war meine Stimmung genau dieselbe wie die Coplers, vorwurfsvoll und ärgerlich. Ich begann, laut vorzulesen, und zwar genau den Teil, den wir am Tag zuvor schon gelesen hatten und den ich selbst in pedantischer Manier zerpflückt hatte, ohne weiteren Kommentar, sondern nur einige Worte betonend, die mir bedeutsamer erschienen.

Mit etwas zittriger Stimme unterbrach mich Carla:

»Mir scheint, das haben wir schon gelesen!«

So war ich endlich gezwungen, mit meinen eigenen Worten zu reden. Auch das eigene Wort kann etwas Gesundheit bringen. Meine Worte waren nicht nur sanfter als meine Stimmung und mein Betragen, sondern sie führten mich sogar ins gesellschaftliche Leben zurück:

»Sehen Sie, Signorina«, und sofort begleitete ich die gefällige Anrede mit einem Lächeln, das auch das eines Liebhabers sein konnte, »ich würde diese Sachen gern noch einmal ansehen, bevor wir weitergehen. Vielleicht haben wir das gestern alles etwas voreilig beurteilt, und ein Freund von mir hat mich erst kürzlich darauf hingewiesen, daß man Garcia, um ganz zu begreifen, was er meint, ganz durchstudieren muß.«

Endlich verspürte ich das Bedürfnis, auch der armen alten Frau etwas Achtung zu erweisen, die sich im Lauf ihres Lebens, so wenig glücklich es verlaufen sein mochte, bestimmt noch nie in einer ähnlich peinlichen Lage befunden hatte. Also sandte ich auch ihr ein Lächeln, das mich mehr Mühe kostete als das, welches ich Carla geschenkt hatte:

»Die Sache ist nicht sehr unterhaltsam«, sagte ich zu ihr, »aber auch jemand, der sich nicht mit Gesang beschäftigt, kann mit einem gewissen Gewinn zuhören.«

Ich las stur weiter. Bestimmt fühlte Carla sich wohler, und über ihre schwellenden Lippen huschte etwas, was einem Lächeln glich. Die Alte dagegen wirkte immer noch wie ein armes, gefangenes Tier, und sie blieb in diesem Zimmer nur, weil ihre Schüchternheit sie daran hinderte, sich einen guten Abgang zu verschaffen. Und ich – um keinen Preis hätte ich meinen Wunsch verraten, sie aus diesem Zimmer hinauszuwerfen. Das wäre doch schwerwiegend und kompromittierend gewesen.

Carla war da resoluter: Sehr rücksichtsvoll bat sie mich, diese Lektüre einen Augenblick zu unterbrechen, und zur Mutter gewandt sagte sie, sie könne hinausgehen, und die Arbeit an diesem Leintuch würden sie am Nachmittag fortsetzen.

Die Signora kam zu mir und zögerte, ob sie mir die Hand reichen sollte. Ich drückte sie ihr sogar herzlich und sagte:

»Ich kann verstehen, daß diese Lektüre nicht allzu unterhaltsam ist.«

Es entstand der Eindruck, als wollte ich beklagen, daß sie uns verließ. Die Signora ging hinaus, nachdem sie das Laken, das sie bis dahin auf dem Schoß gehabt hatte, auf einem Stuhl abgelegt hatte. Carla folgte ihr dann einen Moment hinaus auf den Treppenabsatz, um ihr etwas zu sagen, während ich darauf brannte, sie endlich neben mir zu haben. Sie kam wieder herein, schloß die Tür hinter sich, und als sie auf ihren Platz zurückkam, hatte sie wieder so etwas Hartes um den Mund, das an Trotz in einem Kindergesicht erinnerte. Sie sagte:

»Jeden Tag um diese Zeit übe ich. Ausgerechnet jetzt mußte es mir passieren, daß da diese dringende Arbeit zu erledigen war!«

»Aber sehen Sie denn nicht, daß Ihr Gesang mir völlig gleichgültig ist?« rief ich und überfiel sie mit einer heftigen Umarmung, die dahin führte, daß ich sie in den Mund und dann sofort auf dieselbe Stelle küßte, wo ich am Tag zuvor hingeküßt hatte.

Komisch! Sie fing heftig an zu weinen und entzog sich mir. Schluchzend sagte sie, sie habe zu sehr gelitten, als sie mich so hereinkommen sah. Sie weinte aus dem üblichen Selbstmitleid heraus, das den überkommt, der sich in seinem Schmerz bemitleidet sieht. Tränen entspringen nicht dem Schmerz, sondern seiner Geschichte. Man weint, wenn man Unrecht anklagt. In der Tat war es ungerecht, dieses schöne Mädchen, das man küssen konnte, zum Üben zu zwingen.

Insgesamt verlief es schlechter, als ich es mir vorgestellt hatte. Ich mußte mich erklären, und um schnell zu machen, nahm ich mir nicht die nötige Zeit, um etwas zu erfinden, und erzählte die volle Wahrheit. Ich erzählte ihr von meiner Ungeduld, sie zu sehen und zu küssen. Ich hatte mir vorgenommen, frühmorgens zu ihr zu kommen; in dieser Absicht hatte ich schon die Nacht zugebracht. Natürlich konnte ich nicht sagen, was ich mir zu tun vorgenommen hatte, als ich zu ihr kam, aber das war auch kaum von Bedeutung. Es stimmte, ich hatte dieselbe schmerzliche Ungeduld empfunden, als ich zu ihr hatte gehen wollen, um ihr zu sagen, daß ich sie für immer verlassen würde, und als ich hergeeilt war, um sie in die Arme zu nehmen. Dann erzählte ich ihr von den Ereignissen des Vormittags und wie meine Frau mich gezwungen hatte, mit ihr zu meinen Schwiegereltern zu gehen, wo ich festgenagelt gewesen war und mir anhören mußte, wie von Geschäften die Rede war, die mich nichts angingen. Endlich gelingt es mir unter größten Anstrengungen, mich loszumachen, und eiligen Schritts lege ich einen weiten Weg zurück, und was finde ich? ... Das ganze Zimmer angefüllt mit diesem Laken!

Carla brach in Gelächter aus, weil sie begriff, daß ich nichts von Copler an mir hatte. Ihr Lachen war wie ein Regenbogen auf ihrem schönen Gesicht, und ich küßte sie noch einmal. Sie erwiderte meine Zärtlichkeiten nicht, sondern ertrug sie ergeben, eine Haltung, für die ich schwärme, vielleicht weil ich das schwache Geschlecht direkt proportional zu seiner Schwäche liebe. Zum ersten Mal erzählte sie mir, sie hätte von Copler gehört, daß ich meine Frau sehr liebte:

»Deshalb«, fügte sie hinzu, und ich sah den Schatten des ernsthaften Vorsatzes über ihr schönes Gesicht huschen, »kann es zwischen uns beiden nur gute Freundschaft geben und nichts sonst.«

An diesen so weisen Vorsatz glaubte ich nicht sehr, denn der gleiche Mund, der ihn aussprach, wußte sich nicht einmal jetzt meiner Küsse zu erwehren.

Carla sprach lange. Offenbar wollte sie mein Mitleid erwecken. Ich erinnere mich an alles, was sie sagte, und woran ich erst glaubte, als sie aus meinem Leben verschwand. Solange sie bei mir war, fürchtete ich sie immer als eine Frau, die den Einfluß, den sie auf mich hatte, früher oder später ausnützen würde, um mich und meine Familie zugrunde zu richten. Ich glaubte ihr nicht, als sie mir versicherte, sie verlange nichts weiter, als ihr eigenes Leben und das der Mutter gesichert zu sehen. Jetzt weiß ich mit Bestimmtheit, daß sie nie die Absicht hatte, mehr von mir zu bekommen, als sie brauchte, und wenn ich an sie denke, erröte ich vor Scham darüber, daß ich sie so schlecht verstanden und geliebt habe. Sie hat nichts von mir bekommen, die Ärmste. Ich hätte ihr alles gegeben, denn ich gehöre zu denen, die ihre Schulden begleichen. Aber ich wartete immer darauf, daß sie mich darum bitten würde.

Sie erzählte mir von ihrer verzweifelten Lage beim Tod ihres Vaters. Monatelang seien sie und die Alte gezwungen gewesen, Tag und Nacht an bestimmten Stickereien zu arbeiten, die ein Händler bei ihnen in Auftrag gab. In aller Unschuld glaubte sie, Hilfe müsse von der göttlichen Vorsehung kommen, und so sei sie manchmal stundenlang am Fenster gestanden und habe auf die Straße hinausgeschaut, von wo sie ja kommen mußte. Statt dessen kam Copler. Jetzt, sagte sie, sei sie zufrieden mit ihrem Zustand, aber sie und ihre Mutter verbrächten schlaflose Nächte, da die ihnen gewährte Hilfe recht unsicher war. Wenn sich nun eines Tages herausstellen sollte, daß sie weder die Stimme noch das Talent zum Singen hatte? Copler würde sie fallenlassen. Dann redete er davon, er würde ihr in ein paar Monaten in einem Theater einen Auftritt verschaffen. Und wenn das ein regelrechtes Fiasko wurde?

Immer noch in dem Bemühen, mein Mitleid zu erwecken, erzählte sie mir, daß das finanzielle Unheil ihrer Familie auch einen Liebestraum von ihr zerstört habe: Ihr Verlobter hatte sie sitzenlassen.

Mitleid lag mir nach wie vor fern. Ich sagte:

»Dieser Verlobte hat Sie wohl viel geküßt? So wie ich?«

Sie lachte, weil ich sie am Sprechen hinderte. So sah ich einen Mann vor mir, der mir den Weg wies.

Schon längst war die Stunde verstrichen, zu der ich zum Mittagessen hätte zu Hause sein sollen. Ich hätte gehen wollen. Für diesen Tag war es genug. Ich war weit entfernt von jenen Gewissensbissen, die mich in der Nacht wach gehalten hatten, und die Unruhe, die mich zu Carla gezerrt hatte, war völlig verschwunden. Aber ruhig war ich nicht. Es ist vielleicht mein Schicksal, es nie zu sein. Gewissensbisse hatte ich keine, weil Carla mir inzwischen so viele Küsse versprochen hatte, wie ich wollte, im Namen einer Freundschaft, die Augusta nicht kränken konnte. Ich glaubte den Grund für die Unzufriedenheit zu entdecken, die wie üblich undefinierbare Schmerzen durch meinen Organismus irren ließ. Carla sah mich in einem falschen Licht! Carla konnte mich verachten, wenn sie mich so begehrlich nach ihren Küssen sah, während ich Augusta liebte! Dieselbe Carla, die so tat, als würde sie mich so sehr achten, weil sie mich so sehr brauchte!

Ich beschloß, mir ihre Achtung zu erringen, und sagte Worte, die mir weh tun sollten wie die Erinnerung an ein gemeines Verbrechen, wie ein aus freien Stücken, ohne Notwendigkeit und ohne jeden Vorteil begangener Verrat.

Ich war schon fast an der Tür, und mit der Miene eines heiteren Menschen, der widerwillig etwas eingesteht, sagte ich zu Carla:

»Copler hat Ihnen von der Zuneigung erzählt, die ich meiner Frau entgegenbringe. Es stimmt: Ich habe sehr viel Achtung vor meiner Frau.«

Dann erzählte ich ihr lang und breit die Geschichte meiner Heirat, wie ich mich in Augustas ältere Schwester verliebt hatte, die nichts von mir hatte wissen wollen, da sie in einen anderen verliebt war, wie ich dann versucht hatte, eine andere ihrer Schwestern zu heiraten, die mich ebenfalls abwies, und wie ich mich schließlich damit abfand, Augusta zu heiraten.

Carla glaubte sofort an die Richtigkeit dieser Erzählung. Später erfuhr ich, daß Copler bei mir zu Hause etwas darüber gehört hatte und ihr ein paar nicht ganz, aber so gut wie wahre Details erzählt hatte, die ich nun berichtigt und bestätigt hatte.

»Ist Ihre Frau schön?« fragte sie nachdenklich.

»Das hängt vom Geschmack ab«, sagte ich.

Da war noch eine Instanz in mir wirksam, die mir bestimmte Dinge verbot. Ich hatte gesagt, ich achtete meine Frau, aber damit hatte ich noch längst nicht gesagt, ich würde sie nicht lieben. Ich hatte nicht gesagt, daß sie mir gefiel, aber auch nicht, daß sie mir überhaupt nicht gefallen könne. In dem Augenblick glaubte ich, sehr ehrlich zu sein; jetzt weiß ich, daß ich mit diesen Worten beide Frauen verraten habe und alle Liebe, meine und ihre.

Um ehrlich zu sein, ich war immer noch nicht ruhig; also fehlte noch etwas. Ich erinnerte mich an den Umschlag der guten Vorsätze und bot ihn Carla an. Sie öffnete ihn und gab ihn mir zurück mit den Worten, daß Copler ihnen wenige Tage zuvor den Monatsbeitrag gebracht habe und daß sie im Augenblick wirklich kein Geld brauche. Meine Unruhe wuchs, aus einer alten Vorstellung heraus, die ich mir gebildet hatte, daß wirklich gefährliche Frauen wenig Geld nicht annehmen. Sie bemerkte mein Unbehagen, und mit einer entzückenden Naivität, die ich erst jetzt zu schätzen weiß, da ich darüber schreibe, bat sie mich um wenige Kronen, von denen sie Teller kaufen wollte, die den zwei Frauen bei einem Malheur in der Küche verloren gegangen waren.

Dann geschah etwas, was ein unauslöschliches Zeichen in meinem Gedächtnis hinterließ. Im Moment des Abschieds küßte ich sie, aber diesmal erwiderte sie meinen Kuß mit aller Intensität. Mein Gift hatte gewirkt. In aller Unschuld sagte sie:

»Ich mag Sie, weil Sie so gut sind, und weil auch der Reichtum Sie nicht hat verderben können.«

Schelmisch setzte sie dann hinzu:

»Ich weiß nun, daß man Sie nicht warten lassen darf, und abgesehen davon ist bei Ihnen nichts zu befürchten.«

Auf dem Treppenabsatz fragte sie mich noch:

»Kann ich jetzt den Gesangslehrer zum Teufel schicken, zusammen mit Copler?«

»Wir werden sehen!«

Da blieb also doch etwas offen in unseren Beziehungen; alles übrige war klar ausgemacht worden.

Es ging mir daraufhin so schlecht, daß ich mich, als ich an die frische Luft kam, unschlüssig in die meinem Haus entgegengesetzte Richtung aufmachte. Fast hätte ich das Bedürfnis gehabt, gleich auf der Stelle zu Carla zurückzukehren, um ihr noch etwas zu erklären: meine Liebe zu Augusta. Das konnte man machen, weil ich ja nicht gesagt hatte, daß ich sie nicht liebte. Nur hatte ich zum Abschluß jener wahren Geschichte, die ich erzählt hatte, vergessen zu sagen, daß ich Augusta mittlerweile wahrhaft liebte. Carla hatte dann daraus geschlossen, daß ich sie überhaupt nicht liebte und hatte deshalb meinen Kuß so heftig erwidert und ihn mit einer Liebeserklärung ihrerseits unterstrichen. Mir schien, wäre diese Episode nicht gewesen, hätte ich Augustas vertrauensseligen Blick leichter ertragen. Und wenn man bedenkt, daß ich wenig zuvor noch froh gewesen war zu hören, daß Carla von meiner Liebe zu meiner Frau wußte, daß mir daher das Abenteuer, das ich gesucht hatte, aus freien Stücken in Form einer mit Küssen gewürzten Freundschaft angeboten wurde.

Im Volksgarten setzte ich mich auf eine Bank und zeichnete zerstreut mit dem Stock das Datum dieses Tages in den Kies. Dann lachte ich bitter: Ich wußte, daß dieses Datum nicht das Ende meiner Treulosigkeiten bezeichnete. Im Gegenteil, sie fingen mit diesem Tag an. Wo sollte ich die Kraft hernehmen, nicht zu dieser so begehrenswerten Frau zurückzukehren, die mich erwartete? Dann hatte ich ja schon Verpflichtungen übernommen, Verpflichtungen, die einzuhalten Ehrensache war. Ich hatte Küsse bekommen, und es war mir nur gestattet gewesen, den Gegenwert von ein paar Küchentellern zu geben! Es war tatsächlich eine unbezahlte Rechnung, was mich jetzt an Carla band.

Das Mittagessen war traurig. Augusta hatte nicht nach Erklärungen für meine Verspätung gefragt, und ich gab keine. Ich hatte Angst, mich zu verraten, um so mehr, als ich auf dem kurzen Weg vom Park nach Hause mit der Idee gespielt hatte, ihr alles zu erzählen, und darum konnte die Geschichte meines Betrugs mir in mein anständiges Gesicht geschrieben sein. Das wäre das einzige Mittel gewesen, mich zu retten. Indem ich Augusta alles erzählte, hätte ich mich unter ihren Schutz und ihre Aufsicht gestellt. Das wäre eine Tat von solcher Entschiedenheit gewesen, daß ich dann guten Gewissens das Datum dieses Tages hätte verzeichnen können, als Auftakt zu Anständigkeit und Gesundheit.

Man sprach über viele belanglose Dinge. Ich gab mir Mühe, heiter zu sein, doch ich brachte es nicht einmal zusammen, liebevoll zu sein. Ihr stockte der Atem; bestimmt erwartete sie eine Erklärung, die aber nicht kam.

Dann machte sie sich wieder an ihre große Arbeit, die Winterkleidung in speziellen Schränken unterzubringen. Ich sah sie häufig im Lauf des Nachmittags, ganz mit ihrer Arbeit beschäftigt, dort, am Ende des langen Gangs, mit dem Hausmädchen, das ihr zur Hand ging. Ihr großer Schmerz tat ihrer gesunden Geschäftigkeit keinen Abbruch.

Ruhelos ging ich oft von meinem Schlafzimmer ins Badezimmer. Ich hätte Augusta rufen und ihr wenigstens sagen mögen, daß ich sie liebte, weil ihr – dem schlichten Gemüt! – das genügt hätte. Hingegen grübelte und rauchte ich weiter.

Ich durchlief natürlich verschiedene Phasen. Es gab sogar einen Augenblick, in dem diese Anwandlung von Tugend unterbrochen wurde von lebhafter Ungeduld, den folgenden Tag heraufkommen zu sehen, um zu Carla eilen zu können. Kann sein, daß auch dieser Wunsch von irgendeinem guten Vorsatz inspiriert war. Im Grunde bestand die große Schwierigkeit darin, sich so, völlig allein, auf den Pflichtgehorsam festlegen zu können. Das Geständnis, das mir den Beistand meiner Frau verschafft hätte, war undenkbar, blieb also nur Carla, auf deren Mund ich mit einem letzten Kuß schwören konnte! Wer war Carla? Selbst Erpressung war nicht die größte Gefahr, auf die ich mich mit ihr einließ! Am folgenden Tag würde sie meine Geliebte werden: Wer weiß, was daraus dann folgen würde! Ich kannte sie nur aus dem, was dieser Idiot von Copler mir erzählt hatte, und auf der Grundlage von Informationen von so jemandem hätte ein umsichtigerer Mann, wie zum Beispiel Olivi, sich nicht einmal auf eine Geschäftsbeziehung eingelassen.

All die gesunde, schöne Geschäftigkeit Augustas rund um mein Haus war vergeudet. Die Roßkur der Ehe, die ich in meinem angestrengten Streben nach Gesundheit unternommen hatte, war gescheitert. Ich blieb kränker zurück denn je und verheiratet, zum eigenen und zum Schaden der anderen.

Später, als ich tatsächlich Carlas Liebhaber war und in Gedanken zu diesem traurigen Nachmittag zurückkehrte, konnte ich nicht begreifen, warum ich, bevor ich mich weiter einließ, nicht mit einem mannhaften Entschluß Halt gemacht hatte. Ich hatte meinen Fehltritt so sehr bedauert, bevor ich ihn beging, daß man ihn für leicht vermeidbar hätte halten sollen. Über die verspätete Einsicht kann man immer lachen, und auch über die verfrühte, weil sie nichts nützt. In diesen beklemmenden Stunden wurde in mein Wörterbuch beim Buchstaben C (Carla) in großen Lettern das Datum dieses Tages eingetragen mit der Anmerkung: »Letzter Fehltritt«. Aber der erste wirkliche Fehltritt, der zu weiteren Fehltritten verpflichtete, folgte erst am Tag darauf.

Zu später Stunde, als ich nichts Besseres zu tun wußte, nahm ich ein Bad. Ich fühlte Schmutz auf meinem Körper, und ich wollte mich waschen. Doch als ich im Wasser lag, dachte ich: »Um mich zu reinigen, müßte ich imstande sein, mich ganz in diesem Wasser aufzulösen.« Dann zog ich mich an, so willenlos, daß ich mich nicht einmal vorher ordentlich abtrocknete. Das Tageslicht schwand nun, und ich blieb am Fenster stehen und sah auf die frischen grünen Blätter an den Bäumen in meinem Garten. Schauer überliefen mich, und mit einer gewissen Befriedigung dachte ich, es wären Fieberschauer. Nicht den Tod wünschte ich mir, sondern Krankheit, eine Krankheit, die mir als Vorwand dienen könnte, zu tun, was ich wollte, oder die mich daran hindern sollte.

Nachdem sie so lange gezögert hatte, kam Augusta zu mir her. Als ich sie so sanft und arglos sah, wurden meine Schauer noch stärker, bis ich mit den Zähnen klapperte. Erschrocken zwang sie mich, ins Bett zu gehen. Ich klapperte immer noch mit den Zähnen vor Kälte, aber ich wußte schon, daß ich kein Fieber hatte, und hielt sie davon ab, den Arzt zu rufen. Ich bat sie, die Lampe auszumachen, sich neben mich zu setzen und nicht zu sprechen. Ich weiß nicht, wie lange wir so verharrten: Ich gewann die nötige Wärme zurück und auch etwas Vertrauen. Mein Geist war jedoch noch so getrübt, daß ich, als sie noch einmal davon sprach, den Arzt zu rufen, zu ihr sagte, ich würde den Grund für mein Unwohlsein kennen und würde ihn ihr später nennen. Wieder nahm ich mir vor, zu beichten. Es gab keinen anderen Weg, um mich von so viel Druck zu befreien.

So blieben wir noch eine ganze Weile lang stumm. Später bemerkte ich, daß Augusta von ihrem Sessel aufgestanden war und ganz zu mir herkam. Ich hatte Angst: Vielleicht hatte sie alles erraten. Sie nahm meine Hand, streichelte sie, dann legte sie ihre Hand leicht auf meinen Kopf, um zu fühlen, ob er glühte, und schließlich sagte sie:

»Damit mußtest du doch rechnen! Warum so viel schmerzliche Überraschung?«

Ich wunderte mich über ihre merkwürdigen Worte und zugleich darüber, daß sie durch ein unterdrücktes Seufzen hindurchkamen. Es war klar, daß sie nicht auf mein Abenteuer anspielte. Wie hätte ich vorhersehen sollen, daß ich so beschaffen war? Mit einer gewissen Schroffheit fragte ich sie:

»Was willst du denn damit sagen? Was sollte ich denn vorhersehen?

Verwirrt murmelte sie:

»Die Ankunft von Guidos Vater zu Adas Hochzeit...«

Endlich begriff ich: Sie glaubte, ich würde wegen der unmittelbar bevorstehenden Hochzeit Adas leiden. Mir schien, da tat sie mir wirklich Unrecht: Eines solchen Verbrechens war ich nicht schuldig. Ich fühlte mich unschuldig und rein wie ein Neugeborenes und sofort von allem Druck befreit. Ich sprang aus dem Bett:

»Du glaubst, ich leide wegen Adas Hochzeit? Du bist ja verrückt! Seitdem ich verheiratet bin, habe ich nicht mehr an sie gedacht. Ich habe mich nicht einmal mehr daran erinnert, daß heute ja Signor *Cada* angekommen ist!«

Ich küßte und umarmte sie voller Verlangen, und mein Benehmen war dabei von solcher Aufrichtigkeit, daß sie sich für ihren Verdacht schämte.

Aus ihrem lieben Gesicht war jede Wolke gewichen, und bald gingen wir beide hungrig zum Abendessen. An demselben Tisch, an dem wir wenige Stunden zuvor so gelitten hatten, saßen wir nun wie zwei gute Schulkameraden in den Ferien.

Sie erinnerte mich daran, daß ich ihr versprochen hatte, ihr den Grund für mein Unwohlsein zu nennen. Ich schützte eine Krankheit vor, jene Krankheit, die mir die Möglichkeit geben sollte, ohne Schuld zu tun, was mir beliebte. Ich erzählte ihr, daß ich mich schon am Morgen in Gesellschaft der beiden alten Herren zutiefst entmutigt gefühlt hätte. Dann sei ich die Brille abholen gegangen, die der Augenarzt mir verschrieben hatte. Vielleicht hatte mich dieses Zeichen des Alterns noch mehr gedemütigt. Und ich sei stundenlang durch die Straßen der Stadt gelaufen. Ich erzählte auch etwas von den Vorstellungen, unter denen ich so sehr gelitten hatte, und ich erinnere mich, daß darin sogar der Ansatz zu einem Geständnis enthalten war. Ich weiß nicht mehr, in welcher Verbindung mit der eingebildeten Krankheit, aber ich sprach jedenfalls auch von unserem Blut, das ständig im Kreis lief und uns aufrecht hielt, fähig zum Denken und Handeln und damit zu Schuld und Reue. Sie begriff nicht, daß es um Carla ging, aber mir kam es so vor, als hätte ich es gesagt.

Nach dem Abendessen setzte ich die Brille auf und tat

lange so, als würde ich die Zeitung lesen, aber diese Gläser trübten mir den Blick. Das steigerte meine heitere Erregung wie unter Alkohol. Ich sagte, ich könne nicht verstehen, was ich da las. Ich spielte weiterhin den Kranken.

Die Nacht verbrachte ich fast schlaflos. Ich erwartete Carlas Umarmung mit vollem, großem Verlangen. Ich begehrte genau sie, das Mädchen mit den üppigen, verschobenen Zöpfen und der so musikalischen Stimme, wenn ihr die Noten nicht aufgezwungen waren. Sie war auch wegen all dem begehrenswert geworden, was ich ihretwegen schon gelitten hatte. Die ganze Nacht hindurch begleitete mich ein eiserner Vorsatz. Ich würde ehrlich sein zu Carla, bevor sie die meine wurde, und würde ihr die volle Wahrheit über meine Beziehung zu Augusta sagen. In meiner Einsamkeit begann ich zu lachen: Das war doch sehr originell, an die Eroberung einer Frau zu gehen, mit der Liebeserklärung für eine andere auf den Lippen! Vielleicht würde Carla wieder zu ihrer Passivität zurückfinden! Na und wenn schon? Im Augenblick hätte nichts, was sie tat, den Wert ihrer Ergebenheit mindern können, deren ich glaubte, mir sicher sein zu dürfen.

Am folgenden Morgen murmelte ich beim Anziehen die Worte vor mich hin, die ich ihr sagen würde. Bevor sie die meine wurde, mußte Carla wissen, daß Augusta mit ihrem Charakter und auch mit ihrer Gesundheit (ich hätte viele Worte darauf verwenden können, zu erklären, was ich unter Gesundheit verstand, was ja auch für Carlas Erziehung hätte dienlich sein können) es verstanden hatte, meine Achtung, aber auch meine Liebe für sich zu gewinnen.

Beim Kaffeetrinken war ich so damit beschäftigt, mir eine ausgefeilte Rede zurechtzulegen, daß Augusta von mir kein Zeichen der Zuneigung bekam außer einem flüchtigen Kuß vor dem Hinausgehen. Wo ich doch ganz ihr gehörte! Ich ging zu Carla, um meine Leidenschaft für sie neu zu entfachen.

Kaum betrat ich Carlas Übungsraum, war ich so hoch erfreut, sie allein und bereit anzutreffen, daß ich sie sofort an mich zog und leidenschaftlich küßte. Ich erschrak vor dem Nachdruck, mit dem sie mich zurückstieß. Eine regelrechte Gewaltanwendung! Sie wollte nichts davon wissen, und ich blieb mit offenem Mund mitten im Raum stehen, schmerzlich enttäuscht.

Aber Carla faßte sich gleich wieder und murmelte:

»Sehen Sie denn nicht, daß die Tür offen geblieben ist und daß jemand die Treppe herunterkommt?«

Da nahm ich die Haltung eines offiziellen Besuchers an, bis der lästige Passant vorbei war. Dann schlossen wir die Tür. Sie wurde blaß, als sie sah, daß ich auch den Schlüssel umdrehte. Somit war alles klar. Wenig später murmelte sie mit erstickter Stimme in meinen Armen:

»Willst du das? Willst du das wirklich?«

Sie hatte mich geduzt, und das war ausschlaggebend. Ich hatte sogleich geantwortet: »Wenn ich doch nichts anderes ersehne!«

Ich hatte vergessen, daß ich zuvor etwas hätte klarstellen wollen.

Gleich darauf hätte ich anfangen wollen, von meiner Beziehung zu Augusta zu sprechen, da ich es vorher verabsäumt hatte. Doch im Moment war das schwierig. Mit Carla in diesem Augenblick von etwas anderem zu sprechen, wäre gewesen, wie die Bedeutung ihrer Hingabe mindern zu wollen. Selbst der gefühlloseste der Männer weiß, daß man so etwas nicht tun darf, auch wenn alle wissen, daß gar kein Vergleich ist zwischen der Bedeutung dieser Hingabe, bevor sie stattfindet, und unmittelbar danach. Es wäre eine große Beleidigung für eine Frau, die einem soeben zum ersten Mal ihre Arme geöffnet hat, hören zu müssen: »Vor allem muß ich klarstellen, was ich dir gestern gesagt habe...« Was heißt hier gestern? Nichts von dem, was am Tag davor passiert ist, darf erwähnenswert erscheinen, und wenn es einem Gentleman widerfährt, daß er nicht so empfindet, hat er eben Pech gehabt, und er muß es so anstellen, daß keiner es merkt.

Fest steht, daß ich dieser Gentleman war, der nicht so empfand, denn in der Verstellung machte ich Fehler, zu denen die Aufrichtigkeit nie fähig wäre. Ich fragte sie:

»Wie kommt es, daß du dich mir hingegeben hast? Womit habe ich das verdient?«

Wollte ich mich dankbar erweisen oder ihr einen Vorwurf machen? Vermutlich war es nur ein Versuch, mit den Erklärungen zu beginnen.

Etwas verwundert blickte sie auf, um meinen Gesichtsausdruck zu sehen:

»Mir scheint, du hast mich genommen«, und sie lächelte zärtlich, um mir zu zeigen, daß sie nicht die Absicht hatte, mir Vorwürfe zu machen.

Ich entsann mich, daß die Frauen das so wollten, man mußte sagen, sie seien genommen worden. Dann bemerkte sie selbst, daß sie einen Fehler gemacht hatte, daß Dinge genommen und Personen sich einig werden, und sie murmelte:

»Ich habe auf dich gewartet! Du bist der Ritter, der kommen mußte, um mich zu erlösen. Sicher ist es schlecht, daß du verheiratet bist, aber da du deine Frau nicht liebst, weiß ich wenigstens, daß mein Glück nicht das irgendeines anderen Menschen zerstört.«

Mein Schmerz an der Hüfte packte mich so heftig, daß ich aufhören mußte, sie zu umarmen. Also hatte ich mir die Bedeutung meiner unbesonnenen Worte doch nicht übertrieben? War es tatsächlich meine Lüge gewesen, die Carla bewogen hatte, die meine zu werden? Und wenn ich jetzt daran gedacht hätte, von meiner Liebe zu Augusta zu reden, hätte Carla das Recht gehabt, mir nichts Geringeres als einen Hinterhalt vorzuwerfen! Richtigstellungen und Erklärungen waren im Augenblick nicht mehr möglich. Später aber würde sich die Gelegenheit bieten, mich zu erklären und alles klarzustellen. In Erwartung, daß sie sich ergab, entstand da ein neues Band zwischen mir und Carla.

Dort, an Carlas Seite, lebte meine Leidenschaft für Augusta völlig ungebrochen wieder auf. Jetzt würde ich nur noch einen Wunsch haben: zu meiner wirklichen Frau zu laufen, nur um sie mit ihrer Arbeit beschäftigt zu sehen, während sie emsig wie eine Ameise unsere Sachen in einer Atmosphäre von Kampfer und Naphthalin in Sicherheit brachte.

Aber ich blieb meiner Pflicht treu, die überaus erschwert wurde durch einen Vorfall, der mich im ersten Moment sehr verwirrte, weil er mir wie eine weitere Bedrohung durch die Sphinx erschien, mit der ich es zu tun hatte. Carla erzählte mir, daß gleich nachdem ich am Tag zuvor gegangen war, der Gesangslehrer gekommen sei und sie ihn ganz einfach vor die Tür gesetzt habe.

Ich konnte eine Regung des Mißfallens nicht verbergen. Da konnte sie ja gleich den Copler über unser Verhältnis informieren!

»Was wird denn Copler dazu sagen?« rief ich.

Sie lachte, und dieses Mal suchte sie von sich aus Zuflucht in meinen Armen:

»Hatten wir nicht gesagt, wir würden auch ihn hinauswerfen?«

Sie war reizend, aber sie konnte mich nicht mehr für sich gewinnen. Auch ich fand gleich eine Haltung, die mir gut stand, die des Pädagogen nämlich, weil sie mir auch Gelegenheit bot, dem Ärger Luft zu machen, den ich auf dem Grund meines Herzens trug, Ärger über die Frau, die mir nicht erlaubte, so von meiner Frau zu sprechen, wie ich gewollt hätte. Man müsse arbeiten auf dieser Welt, sagte ich zu ihr, denn, wie sie ja schon wissen müsse, sei dies eine schlechte Welt, in der nur die Tüchtigen regierten. Und wenn ich nun sterben müßte? Was sollte dann aus ihr werden? Ich hatte die Möglichkeit, daß ich sie verlassen könnte, in einer Art und Weise in Aussicht gestellt, daß sie wirklich nicht beleidigt sein konnte, und in der Tat war sie gerührt. In der klaren Absicht, sie zu kränken, sagte ich dann zu ihr, daß ich bei meiner Frau einen Wunsch nur zu äußern brauchte, um ihn auch schon erfüllt zu sehen.

»Nun gut«, sagte sie resigniert, »dann werden wir dem Lehrer ausrichten lassen, daß er wiederkommen soll!« Dann versuchte sie, mir ihre Abneigung gegen diesen Lehrer plausibel zu machen. Tagtäglich mußte sie die Gesellschaft dieses unsympathischen alten Kerls ertragen, der sie endlose Male dieselben Übungen wiederholen ließ, die nichts nützten, rein gar nichts. Sie konnte sich an keinen einzigen schönen Tag erinnern, außer, wenn der Lehrer krank war. Sie hatte auch gehofft, er würde sterben, aber sie hatte eben kein Glück.

Schließlich wurde sie richtiggehend heftig in ihrer Verzweiflung. Immer nachdrücklicher klagte sie darüber, kein Glück zu haben: Sie war unglücklich, heillos unglücklich. Als sie sich erinnerte, daß sie mich sofort geliebt hatte, weil sie den Eindruck gehabt hatte, daß von meiner Art, meinen Reden, meinen Augen die Verheißung auf ein weniger hartes, weniger pflichtmäßiges, weniger ödes Leben ausginge, mußte sie weinen.

So lernte ich auch gleich ihr Schluchzen kennen, und es war mir lästig; es war so heftig, daß es ihren schwachen Organismus schüttelte, wenn es ihn durchlief. Mir war, als hätte ich sofort einen brutalen Anschlag auf meine Geldbörse und mein Leben zu erdulden. Ich fragte sie:

»Du glaubst doch nicht etwa, daß meine Frau nichts tut auf dieser Welt? Jetzt, während wir beide hier reden, hat sie ihre Lungen voll mit giftigen Dämpfen von Kampfer und Naphthalin.«

Carla schluchzte:

»Die Sachen, der Hausrat, die Kleider... die Glückliche!«

Irritiert dachte ich, wenn es nach ihr ginge, sollte ich wohl jetzt gleich all diese Dinge besorgen, nur um ihr die Beschäftigung zu verschaffen, der sie den Vorzug gab. Ich zeigte keinen Zorn, dem Himmel sei Dank, und gehorchte der Stimme der Pflicht, die da rief: »Sei zärtlich zu dem Mädchen, das sich dir hingegeben hat!« Ich war zärtlich zu ihr. Ich fuhr ihr mit der Hand sanft übers Haar. Das Ergebnis war, daß sich ihr Schluchzen beruhigte und ihre Tränen reichlich und hemmungslos flossen, wie Regen nach einem Gewitter.

»Du bist mein erster Geliebter«, sagte sie noch, »und ich hoffe, daß du mich auch weiterhin lieben wirst.«

Die Eröffnung, daß ich ihr erster Geliebter war, eine Bezeichnung, die den Platz für einen zweiten vorbereitete, konnte mich nicht sonderlich rühren. Es war eine Erklärung, die zu spät kam, denn das Thema hatten wir seit einer guten halben Stunde hinter uns gebracht. Und dann war es eine neuerliche Bedrohung. Eine Frau glaubt, ihrem ersten Geliebten gegenüber alle Rechte zu haben. Leise flüsterte ich ihr ins Ohr:

»Auch du bist meine erste Geliebte... seitdem ich geheiratet habe.«

Die Sanftheit der Stimme tarnte den Versuch, in dem Spiel gleichzuziehen.

Wenig später ging ich von ihr fort, denn um keinen Preis hätte ich zu spät zum Essen kommen mögen. Bevor ich ging, zog ich wieder den Umschlag aus der Tasche, den ich den Umschlag der guten Vorsätze nannte, weil ein ganz besonders guter Vorsatz ihn ins Leben gerufen hatte. Ich fühlte das Bedürfnis zu bezahlen, um mich freier zu fühlen. Sanft wies Carla das Geld wieder zurück, und da ärgerte ich mich mächtig, aber ich konnte mich beherrschen und zeigte den Ärger nicht, außer daß ich sehr zärtliche Worte herausbrüllte. Ich schrie, um sie nicht zu schlagen, aber niemand hätte das bemerken können. Ich sagte, als ich sie besaß, hätte ich das Ziel meiner Wünsche erreicht, und jetzt wolle ich das Gefühl haben, sie noch mehr zu besitzen, indem ich ganz für ihren Unterhalt aufkam. Daher solle sie sich hüten, mich zu ärgern, denn darunter würde ich zu sehr leiden. Da ich dringend weg wollte, faßte ich meine Vorstellungen in wenigen Worten zusammen, die – so herausgeschrien – sehr barsch wurden.

»Bist du nun meine Geliebte? Also obliegt dein Lebensunterhalt mir.«

Erschrocken gab sie ihren Widerstand auf und nahm den Umschlag, wobei sie mich ängstlich ansah und herauszufinden versuchte, was die Wahrheit war, mein haßerfülltes Gebrüll oder die liebevollen Worte, mit denen ihr alles gewährt wurde, was sie sich gewünscht hatte. Sie heiterte sich etwas auf, als ich vor dem Gehen mit den Lippen ihre Stirn streifte. Auf der Treppe kamen mir Zweifel, sie würde nun, da sie über dieses Geld verfügte und gehört hatte, daß ich mich in Zukunft um sie kümmerte, auch Copler vor die Tür setzen, falls er am Nachmittag zu ihr kommen sollte. Ich hätte diese Treppe wieder hinauflaufen und sie ermahnen mögen, mich doch nicht mit einer solchen Tat zu kompromittieren. Doch dazu war keine Zeit, und ich mußte fort.

Ich fürchte, wenn er dieses Manuskript liest, wird der Doktor denken, auch Carla wäre ein interessantes Subjekt für die Psychoanalyse gewesen. Er wird finden, diese Hingabe, der die Entlassung des Gesangslehrers vorausgegangen war, sei zu rasch erfolgt. Auch ich fand, sie habe als Lohn für ihre Liebe zu viele Zugeständnisse von mir erwartet. Es dauerte viele lange Monate, bis ich das arme Mädchen besser verstand. Vermutlich hatte sie sich nehmen lassen, um sich von der beklemmenden Vormundschaft Coplers zu befreien, und es mußte eine ziemlich schmerzhafte Überraschung für sie sein festzustellen, daß sie sich umsonst hingegeben hatte, da man von ihr auch weiterhin ausgerechnet das erwartete, was ihr so schwer fiel, den Gesang nämlich. Sie lag noch in meinen Armen und erfuhr, daß sie weitersingen mußte. Daher ein Zorn und ein Schmerz, die nicht die richtigen Worte fanden. Aus unterschiedlichen Gründen sagten wir daher beide äußerst seltsame Dinge. Wenn sie mich lieb hatte, fand sie zu all der Natürlichkeit zurück, die ihr durch Berechnung abhanden gekommen war. Natürlichkeit habe ich ihr gegenüber nie gekannt.

Im Fortlaufen dachte ich noch: »Wenn sie wüßte, wie sehr ich meine Frau liebe, würde sie sich anders benehmen.« Als sie es dann wußte, benahm sie sich tatsächlich anders.

Draußen im Freien atmete ich die Freiheit und verspürte keinen Schmerz darüber, daß ich sie aufs Spiel gesetzt hatte. Bis zum nächsten Tag war Zeit, und ich würde vielleicht eine Lösung für die Schwierigkeiten finden, die mich bedrohten. Beim Nachhauselaufen war ich auch so vermessen, mich gegen die Gesellschaftsordnung zu empören, als ob sie Schuld wäre an meinen Verfehlungen. Ich fand, sie hätte so eingerichtet sein sollen, daß es von Zeit zu Zeit (nicht immer) erlaubt sein müßte, auch mit Frauen Liebe zu machen, die man überhaupt nicht liebte, ohne Konsequenzen daraus befürchten zu müssen. Von Gewissensbissen keine Spur bei mir. Daher meine ich, daß Gewissensbisse nicht aus Reue über eine schon begangene schlechte Tat entspringen, sondern aus der Einsicht in die eigene schuldhafte Veranlagung. Der obere Teil des Körpers beugt sich herab, um den anderen Teil zu betrachten und zu beurteilen, und findet ihn mißgebildet. Er empfindet Abscheu davor, und das nennt man dann Gewissensbisse. In der antiken Tragödie kehrte das Opfer auch nicht ins Leben zurück, und dennoch vergingen die Gewissensbisse. Das bedeutete, daß die Mißbildung behoben war und daß die Tränen von jemand anderem nun überhaupt keine Bedeutung mehr hatten. Wo sollte da in mir Platz sein für Gewissensbisse, wenn ich mit so viel Freude und so viel Zuneigung zu meiner angetrauten Frau lief? Schon lange hatte ich mich nicht mehr so rein gefühlt.

Beim Mittagessen war ich zwanglos heiter und liebevoll zu Augusta. An jenem Tag gab es keinen einzigen Mißton zwischen uns. Keine Übertreibungen: Ich war, wie ich zu sein hatte, zu der Frau, die in allen Ehren und in vollkommener Sicherheit die meine war. Andere Male war ich übertrieben liebevoll, aber nur, wenn sich in meiner Seele ein Kampf zwischen den beiden Frauen abspielte, und wenn es mir durch Übertreibung der Liebesbezeugungen leichter fiel, Augusta zu verbergen, daß im Augenblick der Schatten einer anderen Frau ziemlich mächtig zwischen uns stand. Ich kann sogar sagen, daß Augusta mich daher lieber mochte, wenn ich nicht ganz und nicht in aller Aufrichtigkeit der ihre war.

Ich war selbst etwas überrascht über meine Ruhe und schrieb sie der Tatsache zu, daß ich Carla dazu hatte bewegen können, den Umschlag der guten Vorsätze anzunehmen. Nicht daß ich gemeint hätte, damit meine Rechnung beglichen zu haben. Aber mir war dabei so, als hätte ich angefangen, einen Ablaß zu zahlen. Verhängnisvollerweise ist das Geld die ganze Dauer meiner Beziehung zu Carla hindurch meine Hauptsorge geblieben. Bei jeder Gelegenheit legte ich welches beiseite, an einer gut versteckten Stelle in meiner Bibliothek, um für jede Forderung der Geliebten, die ich so sehr fürchtete, gewappnet zu sein. Dieses Geld, das Carla mir überließ, als sie von mir ging, hat dann zur Bezahlung ganz anderer Dinge gedient.

Wir sollten den Abend bei meinen Schwiegereltern bei einem Essen zubringen, zu dem nur die Familienangehörigen eingeladen waren und das anstelle des traditionellen Banketts den Auftakt zur Hochzeit bilden sollte, die zwei Tage später stattfinden würde. Guido wollte die Besserung in Giovannis Zustand, die er nicht für dauerhaft hielt, für seine Hochzeit nutzen.

Zeitig am Nachmittag ging ich mit Augusta zu meinem Schwiegervater. Unterwegs erinnerte ich sie daran, daß sie mich am Tag zuvor verdächtigt hatte, ich würde wegen dieser Hochzeit noch immer leiden. Sie schämte sich für ihren Verdacht, und ich sprach viel über meine Unschuld. Wo ich doch nach Hause gekommen war und gar nicht mehr daran gedacht hatte, daß da am selben Abend diese Festlichkeit war, die auf die Hochzeit einstimmen sollte!

Obgleich niemand anderer zu Gast war als wir Familienangehörigen, wollten die alten Malfentis, daß das Bankett feierlich vorbereitet werden sollte. Augusta war gebeten worden, den Raum schmücken und den Tisch dekorieren zu helfen. Alberta wollte nichts davon wissen. Sie hatte kurze Zeit vorher bei einem Wettbewerb für eine einaktige Komödie einen Preis bekommen und schickte sich nun munter an, das nationale Theater zu reformieren. So blieben rund um diesen Tisch Augusta und ich, unterstützt von einem Serviermädchen und von Luciano, einem Jungen aus Giovannis Büro, der ebensolche Begabung für die häusliche Ordnung zeigte wie für die im Büro.

Ich war dabei behilflich, Blumen auf den Tisch zu bringen und sie hübsch zu arrangieren.

»Du siehst«, sagte Augusta scherzend, »daß auch ich etwas zu ihrem Glück beitrage. Und selbst wenn sie mich bitten würden, das Hochzeitslager für sie vorzubereiten, ich würde es mit ebenso heiterer Miene tun!«

Später gingen wir zu den Brautleuten hinüber, die eben von einem Anstandsbesuch zurückgekehrt waren. Sie hatten sich in den abgeschiedensten Winkel des Salons gesetzt, und ich vermute, daß sie bis zu unserem Kommen geschmust hatten. Die Braut hatte noch nicht einmal ihr Straßenkleid abgelegt, und so erhitzt und gerötet sah sie sehr hübsch aus.

Ich glaube, um jede Spur der Küsse, die sie getauscht hatten, zu verwischen, wollten die Brautleute uns weismachen, sie hätten über Wissenschaft geredet. Das war albern, vielleicht auch unschicklich! Wollten sie uns von ihrer Intimität fernhalten, oder glaubten sie, ihre Küsse könnten irgend jemandem weh tun? Das konnte mir aber nicht meine gute Laune verderben. Guido hatte mir gesagt, Ada wolle ihm nicht glauben, daß bestimmte Wespen mit einem Stich andere, auch stärkere Insekten als sie selbst, lähmen könnten, um sie so, in gelähmtem Zustand, frisch und lebendig als Nahrung für ihre Nachkommenschaft aufzubewahren. Ich glaubte mich zu erinnern, daß es so etwas Ungeheuerliches in der Natur gab, aber in diesem Augenblick wollte ich Guido keine Genugtuung geben:

»Hältst du mich für eine Wespe, daß du dich an mich wendest?« sagte ich lachend zu ihm.

Wir ließen die Brautleute allein, damit sie sich mit erfreulicheren Dingen beschäftigen konnten. Doch mir begann der Nachmittag ziemlich lang zu werden und ich wäre gern nach Hause gegangen, um die Abendessenszeit in meinem Studio abzuwarten.

Im Vorzimmer trafen wir auf Doktor Paoli, der aus dem Schlafzimmer meines Schwiegervaters kam. Er war ein junger Arzt, der sich jedoch schon eine gute Klientel hatte erwerben können. Er war ganz blond und weiß und rot, wie ein großer Junge. In dem mächtigen Organismus war sein Auge jedoch so bedeutend, daß seine ganze Person dadurch Ernst und Gewicht bekam. Durch die Brille wirkte es größer, und sein Blick heftete sich wie eine Liebkosung an die Dinge. Jetzt, da ich sowohl ihn als auch Doktor S. – den mit der Psychoanalyse – so gut kenne, scheint mir, daß das Auge des einen mit voller Absicht forschend ist, während das von Doktor Paoli es aus einer unerschöpflichen Neugier heraus ist. Paoli sieht seinen Patienten ganz genau, aber auch dessen Frau und den Stuhl, auf dem sie sitzt. Gott weiß, wer von den beiden seine Patienten besser verarztet! Während der Krankheit meines Schwiegervaters ging ich oft zu Paoli, um ihn zu bewegen, der Familie nicht zu offenbaren, daß die Katastrophe, die sie bedrohte, unmittelbar bevorstand, und ich erinnere mich, daß er mich eines Tages länger ansah, als mir lieb war, und dann lächelnd sagte:

»Aber Sie vergöttern Ihre Frau ja!«

Er war ein guter Diagnostiker, denn tatsächlich vergötterte ich in diesem Moment meine Frau, die so sehr unter der Krankheit ihres Vaters litt und die ich tagtäglich betrog.

Er sagte uns, daß es Giovanni sogar besser ging als am Tag zuvor. Jetzt hatte er weiter keine Bedenken mehr, weil die Jahreszeit sehr günstig war, und er meinte, die Brautleute könnten unbesorgt verreisen. »Natürlich abgesehen«, fügte er vorsichtig hinzu, »von etwaigen unvorhersehbaren Komplikationen.« Seine Prognose hat sich bewahrheitet, denn die unvorhersehbaren Komplikationen sind bald eingetreten.

Beim Abschied erinnerte er sich daran, daß wir ja einen gewissen Copler kannten, an dessen Krankenbett er am selben Tag als Konsiliararzt gerufen worden war. Er hatte ihn mit einer plötzlichen Lähmung der Nieren vorgefunden. Er erzählte, daß die Paralyse sich mit schrecklichen Zahnschmerzen angekündigt habe. Hier stellte er eine düstere Prognose, wie üblich jedoch aufgehellt durch einen Zweifel:

»Sein Leben kann auch noch länger dauern, vorausgesetzt, er sieht die Sonne morgen früh.«

Vor Mitleid standen Augusta Tränen in den Augen, und sie bat mich, sofort zu unserem armen Freund zu laufen. Nach einigem Zögern erfüllte ich ihr den Wunsch, und zwar liebend gern, weil ich plötzlich ganz von Carla erfüllt war. Wie hart ich doch zu dem armen Mädchen gewesen war! Da stand sie nun, wenn Copler verschwand, einsam und allein auf diesem Treppenabsatz, überhaupt nicht kompromittierend, da sie ja von jeder Verbindung mit meiner Welt abgeschnitten war. Ich mußte unbedingt zu ihr laufen, um den Eindruck zu verwischen, den meine harte Haltung am Vormittag auf sie gemacht haben mußte.

Aber wohlweislich ging ich als erstes zu Copler. Ich mußte Augusta doch sagen können, daß ich ihn gesehen hatte.

Ich kannte die bescheidene, aber bequeme und passable kleine Behausung schon, die Copler in der Corsia Stadion bewohnte. Ein alter Rentner hatte ihm drei von seinen fünf Zimmern abgetreten. Ich wurde von diesem empfangen, einem dicken, keuchenden Mann mit roten Augen, der in dem kurzen, dunklen Flur unruhig auf und ab lief. Er erzählte mir, der behandelnde Arzt sei eben gegangen, nachdem er festgestellt hatte, daß Copler im Koma lag. Der Alte sprach leise, nach wie vor keuchend, als fürchtete er, die Ruhe des Sterbenden zu stören. Auch ich dämpfte die Stimme. Das ist eine Form von Respekt, wie wir Menschen das empfinden, während es gar nicht sicher ist, ob der Sterbende auf seinem letzten Stück Weg nicht lieber von klaren, kräftigen Stimmen begleitet würde, die ihn ans Leben erinnern.

Der Alte sagte mir, daß dem Sterbenden eine Schwester beistünde. Respektvoll blieb ich eine Weile vor der Tür zu diesem Zimmer stehen, in dem der arme Copler mit seinem Röcheln in völlig gleichmäßigem Rhythmus seine letzte Zeit maß. Sein geräuschvoller Atem setzte sich aus zwei Tönen zusammen: Zögernd hörte sich der an, den die eingeatmete Luft hervorbrachte, überstürzt der, mit dem die Luft entwich. Hatte er es so eilig mit dem Sterben? Eine Pause folgte auf die beiden Töne, und ich dachte, wenn diese Pause länger würde, dann würde das neue Leben beginnen.

Der Alte wollte, daß ich in das Zimmer hineinging, aber ich wollte nicht. Zu viele Sterbende schon hatten mich mit einem vorwurfsvollen Ausdruck angesehen.

Ich wartete nicht ab, daß diese Pause länger wurde, und lief zu Carla. Ich klopfte an die Tür ihres Übungsraums, die abgeschlossen war, aber niemand antwortete. Ungeduldig trat ich mit den Füßen gegen diese Tür, und da öffnete sich hinter mir die Wohnungstür. Die Stimme von Carlas Mutter fragte:

»Wer ist denn da?« Dann beugte die furchtsame Alte sich vor, und als sie mich in dem gelben Licht, das aus ihrer Küche fiel, erkannt hatte, bemerkte ich, daß ihr Gesicht sich ganz mit tiefem Rot überzogen hatte, das durch das klare Weiß ihrer Haare noch hervorgehoben wurde. Carla war nicht da, und sie erbot sich, den Schlüssel zum Übungsraum zu holen, um mich in diesem Raum zu empfangen, den sie als einzigen für würdig hielt, mich darin zu empfangen. Aber ich sagte ihr, sie solle keine Umstände machen, trat in ihre Küche ein und setzte mich ohne weiteres auf einen Holzstuhl. Auf der Feuerstelle brannte unter einem Topf ein bescheidenes Häuflein Kohle. Ich sagte ihr, sie solle nicht meinetwegen die Zubereitung des Abendessens vernachlässigen. Sie beruhigte mich. Sie koche Bohnen, die nie genug gekocht sein konnten. Die Ärmlichkeit des Essens, das in dem Haushalt zubereitet wurde, für dessen Unterhalt ich nunmehr allein aufkommen mußte, rührte mich und dämpfte den Ärger, den ich empfand, weil ich meine Geliebte nicht bereit gefunden hatte.

Die Signora blieb stehen, obwohl ich sie mehrmals freundlich aufgefordert hatte, sich zu setzen. Unvermittelt erzählte ich ihr, ich sei gekommen, der Signorina Carla eine ganz schlimme Nachricht zu überbringen: Copler lag im Sterben.

Die Alte ließ die Arme sinken und verspürte sofort das Bedürfnis, sich zu setzen.

»Mein Gott«, murmelte sie, »was machen wir denn jetzt?«

Dann erinnerte sie sich, daß das, was Copler zustieß, schlimmer war als das, was ihr zustieß, und sie fügte ein Wort des Bedauerns hinzu:

»Der arme Herr! Er ist so gut!«

Schon war ihr Gesicht von Tränen benetzt. Sie wußte offenbar nicht, daß der arme Mann, wenn er nicht rechtzeitig gestorben wäre, aus diesem Haus hinausgeworfen worden wäre. Auch das beruhigte mich. Welch vollkommene Diskretion mich doch umgab!

Ich wollte sie beruhigen und sagte ihr, was Copler bisher für sie getan hätte, würde fortan ich tun. Sie protestierte, sie weine nicht ihrer selbst wegen, sie wisse ja, daß sie von so vielen guten Menschen umgeben waren, sondern über das Schicksal ihres großen Wohltäters.

Sie wollte wissen, an welcher Krankheit er denn starb. Als ich ihr erzählte, wie die Katastrophe sich angekündigt hatte, erinnerte ich mich wieder an die Diskussion über die Nützlichkeit des Schmerzes, die ich vor einiger Zeit mit Copler gehabt hatte. Da hatten bei ihm also die Zahnnerven rebelliert und um Hilfe gerufen, weil in einem Meter Entfernung von ihnen die Nieren aufgehört hatten zu funktionieren.

So gleichgültig war mir das Schicksal meines Freundes, dessen Röcheln ich kurz zuvor noch gehört hatte, daß ich weiter mit seinen Ideen herumspielte. Wenn er mich noch hätte hören können, hätte ich ihm gesagt, daß auf diese Weise verständlich würde, wie beim eingebildeten Kranken die Nerven zu Recht wegen einer Krankheit schmerzen konnten, die in ein paar Kilometern Entfernung ausgebrochen war.

Zwischen der Alten und mir gab es nur noch wenig zu bereden, und ich willigte ein, hinüberzugehen und in ihrem Übungsraum auf Carla zu warten. Ich nahm den Garcia in die Hand und versuchte, ein paar Seiten zu lesen. Aber die Gesangskunst berührte mich wenig.

Die Alte kam noch einmal zu mir. Sie war unruhig, weil sie Carla nicht heimkommen sah. Sie erzählte mir, sie sei Teller kaufen gegangen, die sie dringend brauchten.

Meine Geduld war wirklich gleich am Ende. Zornig fragte ich sie:

»Ihr habt Teller zerbrochen? Könnt ihr denn nicht besser aufpassen?«

So wurde ich die Alte los, die im Hinausgehen brummte:

»Eh nur zwei … ich habe sie zerbrochen …«

Das verschaffte mir einen Moment der Erheiterung, weil ich wußte, daß alle zerbrochen worden waren, die es im Haus gab, und zwar nicht von der Alten, sondern eben von Carla. Später erfuhr ich, daß Carla alles andere als sanft zu ihrer Mutter war, die daher schreckliche Angst hatte, mit deren Beschützern zu viel über die Angelegenheiten ihrer Tochter zu reden. Offenbar hatte sie dem Copler einmal völlig arglos davon erzählt, wie lästig Carla die Gesangsstunden waren. Copler wurde wütend auf Carla, und die rächte sich an der Mutter.

Und so kam es, daß ich meine reizende Geliebte, als sie endlich zu mir kam, heftig und zornig liebte. Verzückt stammelte sie:

»Und ich habe an deiner Liebe gezweifelt! Den ganzen Tag hat mich der Wunsch verfolgt, mich umzubringen, weil ich mich einem Mann hingegeben habe, der mich gleich darauf so schlecht behandelt hat!«

Ich erklärte ihr, daß ich häufig von schweren Kopfschmerzen geplagt werde, und wenn ich in jenen Zustand verfiel, der mich, wenn ich ihm nicht tapfer getrotzt hätte, schleunigst zu Augusta zurückgetrieben hätte, kam ich immer wieder auf diese Schmerzen zu sprechen und konnte mich beherrschen. Ich machte mich, mit der Zeit. Unterdessen beweinten wir gemeinsam den armen Copler, wirklich gemeinsam!

Im übrigen war Carla das grausame Ende ihres Wohltäters nicht gleichgültig. Sie wurde blaß, als sie davon sprach:

»Ich kenne mich ja!« sagte sie. »Lange Zeit werde ich Angst haben, allein zu bleiben. Schon zu seinen Lebzeiten hat er mir solche Angst gemacht!«

Und zum ersten Mal schlug sie mir schüchtern vor, die ganze Nacht bei ihr zu bleiben. Ich dachte nicht im geringsten daran und hätte meinen Aufenthalt in diesem Zimmer auch nicht um eine halbe Stunde verlängern können. Aber stets darauf bedacht, dem armen Mädchen meine Gesinnung nicht zu enthüllen, über die ich selbst als erster betrübt war, erhob ich Einwände und sagte, so etwas sei nicht möglich, weil in dieser Wohnung ja auch ihre Mutter war. Wirklich verächtlich zog sie die Lippen herab:

»Wir würden das Bett hierher schaffen; Mama traut sich nicht, mir nachzuspionieren.«

Also erzählte ich ihr von dem Bankett für die Hochzeit, das mich zu Hause erwartete, aber dann verspürte ich das Bedürfnis, ihr zu sagen, daß es mir nie möglich sein würde, eine Nacht mit ihr zu verbringen. In dem Vorsatz, gut zu sein, den ich kurz zuvor gefaßt hatte, gelang es mir, meinen Tonfall zu zügeln, und so blieb ich stets liebevoll, aber mir schien, jedes weitere Zugeständnis, das ich ihr machte oder ihr auch nur in Aussicht stellte, wäre einem erneuten Betrug an Augusta gleichgekommen, den ich nicht begehen wollte.

In dem Moment fühlte ich, was mich am stärksten an Carla band: mein Vorsatz, liebevoll zu sein, und außerdem die Lügen über mein Verhältnis zu Augusta, die im Lauf der Zeit schön langsam abgeschwächt, ja ausgemerzt werden mußten. Daher begann ich mit diesem Unternehmen noch am selben Abend, natürlich mit der gebotenen Vorsicht, denn es war noch immer in allzu guter Erinnerung, welche Früchte meine Lüge getragen hatte. Ich sagte ihr, daß ich mich meiner Frau gegenüber sehr verpflichtet fühlte, die ja eine sehr schätzenswerte Frau sei, die es sicherlich verdient hätte, besser geliebt zu werden, und die nie erfahren sollte, wie ich sie betrog.

Carla umarmte mich:

»So liebe ich dich: gut und zärtlich, wie ich gleich beim ersten Mal gespürt habe, daß du bist. Nie werde ich versuchen, der Ärmsten weh zu tun.«

Es war mir unangenehm, daß sie Augusta die Ärmste nannte, aber ich war der armen Carla dankbar für ihre Milde. Es war immerhin gut, daß sie meine Frau nicht haßte. Ich wollte ihr meine Dankbarkeit erweisen und hielt Ausschau nach einem Zeichen der Zuneigung. Ich fand es schließlich. Ich schenkte auch ihr ihre Wäscherei: Ich gestattete ihr, daß sie den Gesangslehrer nicht zurückholen mußte.

Carla reagierte mit einem Gefühlsüberschwang, der mich ziemlich störte, den ich aber tapfer ertrug. Dann erzählte sie mir, daß sie den Gesang nie aufgeben würde. Sie sang den ganzen Tag, aber eben auf ihre Weise. Sie wollte mir sogar gleich eins ihrer Lieder vorsingen. Aber ich wollte nichts davon wissen, und lief ziemlich rüpelhaft davon. Deshalb glaube ich, daß sie auch in dieser Nacht an Selbstmord dachte, doch ich ließ ihr nie die Zeit, mir das zu sagen.

Ich kehrte zu Copler zurück, denn ich mußte Augusta ja die letzten Neuigkeiten von dem Kranken bringen, um sie in dem Glauben zu wiegen, ich sei all die Stunden bei ihm gewesen. Copler war vor etwa zwei Stunden gestorben, gleich nachdem ich gegangen war. In Begleitung des pensionierten Alten, der mit seinen Schritten weiterhin den kleinen Korridor durchmessen hatte, betrat ich das Sterbezimmer. Schon angekleidet lag der Leichnam auf der bloßen Matratze des Bettes. Er hielt ein Kreuz in Händen. Leise erzählte mir der Vermieter, daß sämtliche Formalitäten schon erledigt seien und eine Nichte des Verstorbenen kommen und die Nacht bei dem Leichnam verbringen würde.

So hätte ich gehen können, in dem Bewußtsein, daß meinem armen Freund all das wenige zuteil wurde, was er noch brauchen mochte, doch ich blieb ein paar Minuten, um ihn zu betrachten. Liebend gerne hätte ich gespürt, daß meinem Auge ein Träne aufrichtigen Mitgefühls entquoll für den Ärmsten, der so sehr mit seiner Krankheit gekämpft hatte, bis hin zu dem Versuch, eine Übereinkunft mit ihr zu finden. »Es ist schmerzlich!« sagte ich. Die Krankheit, gegen die es so viele Medikamente gab, hatte ihn brutal umgebracht. Das war wie ein Hohn. Aber meine Träne blieb aus. Nie war mir Coplers ausgezehrtes Gesicht so stark vorgekommen wie in der Totenstarre. Es schien wie mit dem Meißel in farbigen Marmor gehauen, und niemand hätte ihm angesehen, daß ihm die Verwesung unmittelbar bevorstand. Dennoch war es echtes Leben, was auf diesem Gesicht in Erscheinung trat: Voller Verachtung mißbilligte er vielleicht mich, den eingebildeten Kranken, oder vielleicht auch Carla, die nicht singen wollte. Für einen Augenblick zuckte ich zusammen, weil mir schien, als würde der Tote wieder anfangen zu röcheln. Sofort aber fand ich zur Gelassenheit des kritischen Betrachters zurück, als ich merkte, daß das, was mir wie ein Röcheln erschienen war, nichts weiter war als das von der Aufregung verstärkte Keuchen des Rentners.

Der begleitete mich dann zur Tür und bat mich, ihn zu empfehlen, falls ich von jemandem hören sollte, der eine bescheidene Unterkunft wie die seine brauchen konnte.

»Sie sehen ja, auch unter solchen Umständen habe ich es geschafft, meine Pflicht zu tun, und noch mehr, viel mehr!«

Zum ersten Mal erhob er die Stimme, in der ein Groll mitschwang, der zweifellos dem armen Copler galt, der seine Unterkunft ohne die gebührende Vorankündigung leer hinterlassen hatte. Ich versprach ihm alles, was er wollte, und lief davon.

Bei meinem Schwiegervater traf ich just in dem Moment ein, als sich die ganze Gesellschaft eben zu Tisch gesetzt hatte. Man fragte mich nach Neuigkeiten, und um die Fröhlichkeit dieser Runde nicht zu stören, sagte ich, Copler sei immerhin noch am Leben und es gebe daher noch Hoffnung.

Mir kam die Versammlung ziemlich traurig vor. Vielleicht bildete sich dieser Eindruck in mir beim Anblick meines Schwiegervaters, der zu einer Gemüsebrühe und einem Glas Milch verdammt war, während rings um ihn alle sich die köstlichsten Gerichte aufluden. Er war die ganze Zeit unbeschäftigt, und er brachte sie damit zu, den anderen auf den Mund zu schauen. Als er sah, daß Signor Francesco sich hingebungsvoll mit den Vorspeisen beschäftigte, murmelte er:

»Wenn man bedenkt, daß er zwei Jahre älter ist als ich!«

Und als Signor Francesco dann beim dritten Glas Wein angelangt war, brummelte er leise:

»Das ist das dritte! Zu ebensoviel Galle soll es ihm werden!«

Der Wunsch hätte mich nicht weiter gestört, wenn ich nicht auch an diesem Tisch gegessen und getrunken und gewußt hätte, daß dieselbe Verwandlung auch dem Wein gewünscht wurde, der durch meinen Mund floß. Daher begann ich, heimlich zu essen und zu trinken. Ich nutzte die paar Augenblicke, wenn mein Schwiegervater seine große Nase in die Tasse Milch steckte oder eine Bemerkung beantwortete, die an ihn gerichtet gewesen war, um dicke Brocken hinunterzuwürgen oder randvolle Gläser Wein hinunterzuschütten. Nur aus dem Wunsch heraus, die anderen zum Lachen zu bringen, wies Alberta Augusta darauf hin, daß ich zu viel trank. Scherzhaft drohte meine Frau mir mit dem Zeigefinger. Das war an sich nicht schlimm, aber es war insofern schlimm, als es sich nicht mehr lohnte, heimlich zu essen. Giovanni, der bis dahin fast nicht an mich gedacht hatte, sah mich über seine Brille hinweg mit einem wirklich haßerfüllten Blick an. Er sagte:

»Ich habe beim Wein oder beim Essen nie übertrieben.

Wer es damit übertreibt, der ist kein rechter Mann, sondern ein...«, und er wiederholte mehrmals das letzte Wort, das nicht gerade ein Kompliment war.

Durch die Wirkung des Weines rief diese Beleidigung zusammen mit dem Gelächter, von dem sie begleitet wurde, ein wirklich unsinniges Bedürfnis nach Rache in mir wach. Ich griff meinen Schwiegervater an seiner schwachen Stelle an: seiner Krankheit. Ich rief, nicht der sei kein rechter Mann, der das Essen übertrieb, sondern der, der sich sklavisch an die Vorschriften des Arztes hielt. Ich an seiner Stelle hätte da eine ganz andere Unabhängigkeit gezeigt. Bei der Hochzeit meiner Tochter hätte ich – schon allein aus Zuneigung – nicht zugelassen, daß man mich am Essen und Trinken hinderte.

Zornig bemerkte Giovanni:

»Dich möchte ich sehen, wenn du in meiner Haut stecken würdest!«

»Reicht es dir denn nicht, daß du mich in meiner eigenen siehst? Höre ich vielleicht auf zu rauchen?«

So gelang es mir zum ersten Mal, mich meiner Schwäche zu rühmen, und sofort steckte ich mir eine Zigarette an, um meinen Worten Nachdruck zu verleihen. Alle lachten und erzählten Signor Francesco, wie mein Leben voller letzter Zigaretten war. Aber das war nicht die letzte, und ich fühlte mich stark und angriffslustig. Ich verlor den Beifall der anderen jedoch sofort, als ich Giovanni in sein großes Wasserglas Wein einschenkte. Sie hatten Angst, Giovanni könne trinken, und sie schrien, um ihn daran zu hindern, bis Signora Malfenti dieses Glas in die Hand bekam und weit wegstellte.

»Nein wirklich, willst du mich umbringen?« fragte Giovanni sanft und sah mich neugierig an. »Du hast einen schlechten Wein!« Er hatte keinerlei Anstalten gemacht, den Wein anzurühren, den ich ihm eingeschenkt hatte.

Ich fühlte mich wirklich beschämt und besiegt. Fast hätte ich mich meinem Schwiegervater zu Füßen geworfen und ihn um Verzeihung gebeten. Doch auch das kam mir wie eine Weinlaune vor, und ich verwarf den Einfall. Um Verzeihung zu bitten, wäre ein Eingeständnis meiner Schuld gewesen, während das Festessen ja weiterging und lange genug dauern und mir Gelegenheit geben würde, diesen ersten, so mißglückten Scherz wiedergutzumachen. Kommt Zeit, kommt Rat. Nicht alle Betrunkenen verfallen gleich jeder erstbesten Weinlaune. Wenn ich zu viel getrunken habe, analysiere ich meine Unternehmungen genauso, wie wenn ich klaren Verstandes bin, und vermutlich auch mit dem gleichen Ergebnis. Ich beobachtete mich weiter um zu begreifen, wie ich auf den bösartigen Gedanken hatte kommen können, meinem Schwiegervater zu schaden. Und ich merkte, daß ich müde war, todmüde. Wenn alle gewußt hätten, was für einen Tag ich hinter mir hatte, sie hätten mich entschuldigt. Ganze zweimal hatte ich eine Frau genommen und gewaltsam verlassen, und zweimal war ich zu meiner Frau zurückgekehrt, um auch sie zweimal zu verleugnen. Da war es mein Glück, daß mir durch Assoziation dieser Leichnam wieder in den Sinn kam, bei dem ich vergeblich versucht hatte, zu weinen, und der Gedanke an die beiden Frauen verschwand; sonst hätte ich schließlich noch von Carla geredet. Hatte ich denn nicht ständig das Bedürfnis zu beichten, auch wenn ich nicht durch Wirkung des Weines hochherziger gestimmt war? Zuletzt sprach ich von Copler. Alle sollten es erfahren, daß ich an diesem Tag meinen großen Freund verloren hatte. Sie würden mein Benehmen entschuldigen.

Ich schrie, daß Copler tot war, wirklich tot, und daß ich bis dahin geschwiegen hatte, um sie nicht traurig zu stimmen. Da sieh an! Endlich fühlte ich sie in mir aufsteigen, die Tränen, und ich mußte meinen Blick abwenden, um sie zu verbergen.

Alle lachten, weil sie mir nicht glaubten, doch da trat die Hartnäckigkeit in Aktion, die auffälligste Eigenschaft des Weines. Ich schilderte den Toten:

»Starr wie er war, sah er aus wie von Michelangelo für alle Ewigkeit in Marmor gemeißelt.«

Allgemeines Schweigen trat ein, das Guido unterbrach, der ausrief:

»Und jetzt hast du nicht mehr das Bedürfnis, uns nicht traurig zu stimmen?«

Die Bemerkung war richtig. Ich hatte einen Vorsatz gebrochen, der mir gegenwärtig war! Sollte es keinen Weg geben, das wiedergutzumachen? Ich brach in schallendes Gelächter aus:

»Ich hab' euch drangekriegt! Er lebt, und es geht ihm besser!«

Alle sahen mich an, um aus der Sache schlau zu werden.

»Es geht ihm besser«, setzte ich ernst hinzu, »er hat mich erkannt und mir sogar zugelächelt.«

Alle glaubten mir, aber die Empörung war allgemein. Giovanni erklärte, wenn er nicht befürchten müsse, sich zu überanstrengen, würde er mir einen Teller an den Kopf werfen. Es war in der Tat unverzeihlich, daß ich das Fest mit einer solchen erfundenen Nachricht gestört hatte. Wäre sie wahr gewesen, hätte das keine Schuld bedeutet. Sollte ich ihnen nicht vielleicht doch besser die Wahrheit sagen? Copler war tot, und sobald ich allein war, würde ich die Tränen finden, ihn zu beweinen, spontan und ausgiebig. Ich suchte nach den richtigen Worten, aber Signora Malfenti unterbrach mich mit der ihr eigenen Würde der großen Dame:

»Lassen wir doch diesen armen Kranken jetzt in Ruhe. Wir wollen morgen an ihn denken.«

Ich gehorchte sofort, sogar in Gedanken, die sich endgültig von dem Toten abwandten: »Leb wohl! Warte auf mich! Ich komme nachher gleich wieder zu dir.«

Es war Zeit für die Trinksprüche. Giovanni hatte vom Arzt die Erlaubnis bekommen, zu diesem Zeitpunkt ein Glas Champagner zu trinken. Feierlich beobachtete er, wie man ihm den Wein einschenkte, und er weigerte sich, das Glas an die Lippen zu führen, bevor es nicht randvoll war. Nachdem er Ada und Guido ernst und schmucklos seine Glückwünsche dargebracht hatte, leerte er es langsam bis auf den letzten Tropfen. Er sah mich schief an und sagte, den letzten Schluck habe er speziell auf mein Wohl getrunken. Um den Wunsch, von dem ich wußte, daß er nicht gutgemeint war, außer Kraft zu setzen, machte ich mit beiden Händen unter dem Tischtuch die Hörner.*

Meine Erinnerung an den Rest des Abends ist etwas verschwommen. Ich weiß, daß auf Augustas Betreiben an diesem Tisch jede Menge Gutes über mich gesagt wurde und daß ich als ein vorbildlicher Ehemann hingestellt wurde. Alles wurde mir verziehen, und sogar mein Schwiegervater wurde freundlicher. Er fügte jedoch hinzu, er hoffe, Adas Ehemann werde sich als so gut erweisen wie ich, dabei aber gleichzeitig auch als besserer Geschäftsmann und vor allem als besserer... er suchte nach dem Wort. Er fand es nicht, und niemand in der Runde verlangte danach; auch Signor Francesco nicht, der mich, nachdem er mich am selben Morgen zum ersten Mal gesehen hatte, kaum kennen konnte. Ich meinerseits war nicht beleidigt. Wie einem doch das Gefühl, großes Unrecht wiedergutmachen zu müssen, das Gemüt besänftigt! Dankbaren Herzens nahm ich alle Beleidigungen entgegen, vorausgesetzt, sie waren von dieser Zuneigung begleitet, die ich nicht verdiente. Und in meinem von Müdigkeit und Wein benommenen Geist hätschelte ich, völlig heiter und gelassen, mein Bild als guter Ehemann, der dadurch nicht weniger gut wird, daß er die Ehe bricht. Man mußte gut sein, gut, gut, gut, und alles andere war nicht wichtig. Ich schickte Augusta mit der Hand einen Kuß, die ihn mit einem dankbaren Lächeln entgegennahm.

Dann gab es am Tisch welche, die meine Betrunkenheit ausnützen wollten, um etwas zum Lachen zu haben, und ich wurde genötigt, einen Toast auszubringen. Ich hatte schließlich akzeptiert, denn in diesem Augenblick schien es mir ausschlaggebend zu sein, so in aller Öffentlichkeit gute Vorsätze fassen zu können. Nicht daß ich in dem Moment an mir gezweifelt hätte, denn ich fühlte mich genau, wie ich geschildert worden war, aber ich würde noch besser werden, wenn ich vor so vielen Leuten einen Vorsatz verkündete, die ihn damit in gewisser Weise unterschrieben.

Und so kam es, daß ich in meinem Toast nur von Augusta und mir redete. Zum zweiten Mal in diesen Tagen erzählte ich die Geschichte meiner Hochzeit. Ich hatte sie für Carla verfälscht, indem ich meine Verliebtheit in meine Frau verschwieg; hier verfälschte ich sie andersherum, denn ich sprach nicht von den beiden, in der Geschichte meiner Hochzeit so wichtigen Personen, nämlich Ada und Alberta. Ich erzählte von meinem Zögern, über das ich untröstlich sei, weil es mir so viel Zeit meines Glücks geraubt habe. Dann unterstellte ich Augusta aus Ritterlichkeit ebenfalls ein gewisses Zögern. Aber sie verneinte unter lebhaftem Lachen.

Mit einigen Schwierigkeiten fand ich den roten Faden meiner Rede wieder. Ich erzählte, wie wir schließlich auf Hochzeitsreise gegangen waren und uns in sämtlichen Museen Italiens geliebt hatten. Ich steckte so bis über beide Ohren in Lügen, daß ich auch noch dieses verlogene Detail mit einflocht, das überhaupt keinen Zweck hatte. Und dann sagt man, im Wein läge die Wahrheit.

Augusta unterbrach mich ein zweites Mal, um die Dinge zurechtzurücken, und erzählte, wie sie die Museen hatte meiden müssen aufgrund der Gefahr, in die durch mich die Meisterwerke gerieten. Sie bemerkte nicht, daß sie so die Falschheit nicht nur dieses Details enthüllte! Wäre ein Außenstehender an diesem Tisch gewesen, er hätte bald entdeckt, welcher Art diese Liebe war, die ich da ausmalte, in einer Umgebung, wo sie so nicht hatte stattfinden können.

Ich nahm meine lange, verwaschene Rede wieder auf und erzählte von unserer Ankunft in unserem Heim und wie wir uns beide daran gemacht hatten, es zu vervollkommnen, indem wir dies und jenes einrichteten, unter anderem auch eine Wäscherei.

Immer noch lachend unterbrach Augusta mich noch einmal:

»Das ist doch kein Fest zu unseren Ehren, sondern zu Ehren von Guido und Ada! Sprich von ihnen!«

Alle pflichteten lautstark bei. Auch ich lachte, als ich feststellte, daß man durch mein Zutun zu einer echten, lautstarken Heiterkeit gelangt war, wie sie bei derartigen Gelegenheiten obligat ist. Aber ich fand nichts mehr zu sagen. Es kam mir so vor, als hätte ich stundenlang geredet. Ich kippte mehrere Gläser Wein hintereinander:

»Auf Ada!« Ich reckte mich einen Augenblick in die Höhe, um zu sehen, ob sie unter dem Tischtuch die Hörner gemacht hätte.

»Auf Guido!« und nachdem ich den Wein hinuntergeschüttet hatte, fügte ich hinzu:

»Von ganzem Herzen!« und vergaß, daß dem ersten Glas keine solche Erklärung hinzugefügt worden war.

»Auf euer erstes Kind!«

Und ich hätte noch viele solcher Gläser auf ihre Kinder getrunken, wenn ich nicht endlich daran gehindert worden wäre. Für diese armen Unschuldigen hätte ich allen Wein getrunken, den es auf diesem Tisch gab.

Dann wurde alles noch dunkler. Klar erinnere ich mich nur an eins: Meine Hauptsorge war, nicht betrunken zu wirken. Ich hielt mich aufrecht und sprach wenig. Ich mißtraute mir selbst, ich fühlte das Bedürfnis, jedes Wort genau abzuwägen, bevor ich es aussprach. Während die allgemeine Unterhaltung weiterging, mußte ich darauf verzichten, mich daran zu beteiligen, weil man mir nicht die Zeit ließ, meine trüben Gedanken zu klären. Ich wollte selbst ein Gespräch anfangen und sagte zu meinem Schwiegervater:

»Hast du gehört, der *Extérieur* ist um zwei Punkte gefallen?«

Ich hatte etwas gesagt, was mich überhaupt nichts anging und was ich auf der Börse gehört hatte; ich wollte nur über Geschäfte reden, ernsthafte Sachen, die einem Betrunkenen gewöhnlich nicht einfallen. Mir scheint, meinem Schwiegervater war die Sache weniger gleichgültig, und er nannte mich eine Unke. Bei ihm griff ich jedesmal daneben.

Daraufhin kümmerte ich mich um meine Tischnachbarin, Alberta. Die Rede war von Liebe. Sie interessierte sich rein theoretisch dafür, und mich interessierte sie in diesem Augenblick in der Praxis überhaupt nicht. Daher war es schön, darüber zu reden. Sie fragte mich nach Ansichten dazu, und ich gab sofort eine zum besten, die mir aufgrund der Erfahrung eben dieses Tages auf der Hand zu liegen schien. Eine Frau sei ein Objekt, das im Preis erheblich mehr schwanke als jeder Titel an der Börse. Alberta mißverstand mich und meinte, ich wolle eine Binsenweisheit sagen, nämlich daß eine Frau in einem gewissen Alter einen ganz anderen Wert habe als in einem anderen. Ich erklärte mich deutlicher: Eine Frau könne zu einer bestimmten Morgenstunde einen hohen Wert haben, zu Mittag nicht den geringsten, um am Nachmittag das Doppelte wert zu sein wie am Morgen, und am Abend geradezu mit einem negativen Wert abzuschließen. Ich erklärte den Begriff des negativen Werts: Diesen Wert hatte eine Frau, wenn ein Mann sich ausrechnete, welche Summe er bereit war zu zahlen, um sie wirklich ganz weit weg von sich zu schicken.

Dennoch sah die arme Komödienschreiberin die Richtigkeit meiner Entdeckung nicht ein, während ich mir da sicher war, wenn ich an die Wertschwankungen dachte, die Carla und Augusta an diesem Tag durchgemacht hatten. Der Wein tat das seine, als ich mich deutlicher erklären wollte, und ich entgleiste völlig.

»Schau einmal«, sagte ich zu ihr, »nehmen wir an, du hast jetzt einen Wert X und erlaubst mir, dein Füßchen mit meinem zu drücken, dann wertest du dich augenblicklich um mindestens ein weiteres X auf.«

Den Worten ließ ich auf der Stelle die Tat folgen.

Hochrot zog sie ihren Fuß zurück, und in dem Bemühen, witzig zu sein, sagte sie:

»Aber das ist Praxis und keine Theorie mehr. Ich werde deswegen bei Augusta Beschwerde einlegen.«

Ich muß zugeben, daß auch ich dieses Füßchen ganz anders denn als trockene Theorie empfand, aber ich protestierte und rief mit der größten Unschuldsmiene der Welt:

»Es ist reine, allerreinste Theorie, und es ist schlecht von dir, wenn du das anders empfindest.«

Weinphantasien sind wirkliche Ereignisse.

Lange Zeit haben ich und Alberta nicht vergessen, daß ich einen Teil ihres Körpers berührt und sie dabei darauf hingewiesen hatte, daß ich das aus Lust tat. Das Wort hatte die Tat herausgestrichen und die Tat das Wort. Bis sie heiratete, hatte sie für mich ein Lächeln und ein Erröten übrig, später hingegen Erröten und Zorn. So sind die Frauen nun einmal. Jeder Tag, der heraufzieht, beschert ihnen eine neue Deutung der Vergangenheit. Bestimmt kaum eintönig, ein solches Leben. Für mich dagegen war die Deutung dieser meiner Tat stets dieselbe: Raub eines kleinen Gegenstands von intensivem Geschmack, und es war Albertas Schuld, wenn ich zu einer bestimmten Zeit diese Tat in Erinnerung zu rufen suchte, während ich später Geld dafür gegeben hätte, um sie völlig in Vergessenheit geraten zu lassen.

Ich erinnere mich auch, daß bevor ich dieses Haus verließ, noch etwas viel Schlimmeres geschah. Ich blieb einen Augenblick lang mit Ada allein. Giovanni war schon vor längerer Zeit zu Bett gegangen, und die anderen verabschiedeten sich von Signor Francesco, der in Guidos Begleitung in sein Hotel ging. Ich sah Ada lange an, die ganz in weiße Spitze gekleidet war, Schultern und Arme nackt. Ich schwieg lange, obwohl ich das Bedürfnis verspürte, ihr etwas zu sagen; aber nachdem ich ihn genau geprüft hatte, unterdrückte ich jeden Satz, der mir über die Lippen kommen wollte. Ich erinnere mich, daß ich auch prüfte, ob es mir wohl erlaubt wäre zu sagen: »Wie es mich freut, daß du endlich heiratest und daß du meinen großen Freund Guido heiratest. Also wird jetzt alles aus sein zwischen uns.« Ich wollte lügen, denn jeder wußte, daß zwischen uns seit etlichen Monaten alles aus war, aber mir kam diese Lüge wie ein wunderschönes Kompliment vor, und sicher ist, daß eine Frau in solcher Robe Komplimente erwartet und sich darüber freut. Nach längerer Überlegung tat ich jedoch nichts dergleichen. Ich unterdrückte diese Worte, denn in dem Meer von Wein, in dem ich dahinschwamm, fand ich eine Planke, die mich rettete. Ich dachte, es wäre Unrecht von mir, Augustas Zuneigung aufs Spiel zu setzen, um Ada, die mich nicht mochte, einen Gefallen zu tun. Aber in dem Zweifel, der mir einen Augenblick lang den Geist verwirrte, und auch als ich mich dann mit einiger Anstrengung von diesen Worten losriß, warf ich Ada einen derartigen Blick zu, daß sie aufstand und hinausging, nachdem sie sich umgewandt und mich entsetzt angestarrt hatte und vielleicht drauf und dran gewesen war, wegzulaufen.

Selbst an seinen eigenen Blick erinnert man sich, und vielleicht sogar besser als an ein Wort; er ist bedeutsamer als ein Wort, weil es im gesamten Wortschatz kein Wort gibt, das eine Frau ausziehen kann. Ich weiß jetzt, daß dieser Blick von mir die Worte, die ich mir überlegt hatte, verfälscht hat, indem er sie vereinfachte. In Adas Augen hatte er versucht, durch ihre Kleider hindurchzudringen und auch durch ihre Haut. Und sicher hatte er bedeutet: »Willst du nicht unterdessen gleich mit mir ins Bett gehen?« Der Wein ist eine große Gefahr, vor allem, weil er nicht die Wahrheit ans Tageslicht bringt. Sondern genau das Gegenteil der Wahrheit: Er enthüllt vor allem die vergangene und vergessene Geschichte eines Menschen und nicht seinen gegenwärtigen Willen. Launisch bringt er auch all die kleinen Einfälle ans Licht, mit denen man in mehr oder weniger ferner Vergangenheit geliebäugelt und die man wieder vergessen hat. Er übersieht das Durchgestrichene und liest alles, was in unserem Herzen noch erkennbar ist. Und bekanntlich läßt sich nichts so ganz radikal durchstreichen, wie man es bei einem falsch verbuchten Wechsel macht. Unsere gesamte Geschichte ist da immer lesbar, und der Wein schreit sie hinaus und übergeht dabei, was das Leben später hinzugefügt hat.

Für den Nachhauseweg nahmen Augusta und ich einen Wagen. In der Dunkelheit hielt ich es für meine Pflicht, meine Frau zu küssen und zu umarmen, weil ich es bei ähnlichen Gelegenheiten schon oft so gehalten hatte, und ich befürchtete, wenn ich es nicht täte, hätte sie meinen können, es habe sich etwas geändert zwischen uns. Nichts war verändert zwischen uns: Auch das schrie der Wein hinaus! Sie hatte Zeno Cosini geheiratet, der ihr unwandelbar zur Seite stand. Was bedeutete es schon, wenn ich an jenem Tag andere Frauen besessen hatte, deren Zahl der Wein, um mich fröhlicher zu stimmen, erhöhte, indem er ich weiß nicht mehr ob Ada oder Alberta dazurechnete?

Ich erinnere mich, daß ich beim Einschlafen wieder einen Augenblick lang das marmorne Antlitz Coplers auf dem Totenbett vor mir gesehen habe. Es schien, als verlange er Gerechtigkeit, das heißt die Tränen, die ich ihm versprochen hatte. Aber er bekam sie auch da nicht, weil der Schlaf mich umfing und mir den Rest gab. Zuvor entschuldigte ich mich jedoch bei dem Gespenst: »Warte noch ein bißchen. Ich bin gleich bei dir!« Zu ihm kam ich nie mehr, weil ich nicht einmal zu seiner Beerdigung ging. Es gab so viel zu tun im Haus, und für mich auch außerhalb, daß für ihn keine Zeit blieb. Manchmal wurde über ihn geredet, aber nur, um über ihn zu lachen bei der Erinnerung daran, wie meine Weinlaune ihn mehrmals umgebracht hatte und wiederauferstehen ließ. Ja, er wurde sogar sprichwörtlich in der Familie, und wenn die Zeitungen, wie es ja öfter vorkommt, den Tod von jemandem bekanntmachen und widerrufen, dann sagen wir: »Wie der arme Copler.«

Am nächsten Morgen stand ich mit einigem Kopfweh auf. Die Schmerzen an der Hüfte machten mir ein wenig zu schaffen, vermutlich weil ich sie, solange die Wirkung des Weins anhielt, überhaupt nicht gespürt und die Gewöhnung daran sofort verloren hatte. Aber im Grunde war ich nicht traurig. Augusta trug zu meiner heiteren Stimmung bei, indem sie sagte, es wäre schlecht gewesen, wenn ich nicht zu diesem Hochzeitsessen gekommen wäre, denn vor meinem Eintreffen habe sie den Eindruck gehabt, auf einem Begräbnis zu sein. Ich brauchte also wegen meines Benehmens keine Gewissensbisse zu haben. Dann fühlte ich, daß eine einzige Sache mir nicht verziehen worden war: der unverschämte Blick auf Ada!

Als wir uns am Nachmittag begegneten, reichte Ada mir die Hand mit einer Befangenheit, die die meine nur noch steigerte. Vielleicht aber lastete ihr diese Flucht auf dem Gewissen, die alles andere als höflich gewesen war. Aber auch mein Blick war eine wirklich abscheuliche Tat gewesen. Ich erinnerte mich ganz genau an die Bewegung meiner Augen, und mir war klar, wie jemand, der einmal davon durchbohrt worden war, das nicht vergessen konnte. Das mußte durch ein strikt brüderliches Verhalten wiedergutgemacht werden.

Es heißt, wenn man leidet, weil man zu viel getrunken hat, gebe es keine bessere Kur, als weiter zu trinken. Ich suchte meine Wiederbelebung an diesem Morgen bei Carla. Ich ging zu ihr wirklich mit dem Wunsch, intensiver zu leben, und das ist es, was einen wieder zum Alkohol bringt, doch auf dem Weg zu ihr hätte ich gewünscht, daß sie mir eine ganz andere Intensität des Lebens verschaffte als am Tag zuvor. Es begleiteten mich recht ungenaue, aber allesamt ehrbare Vorsätze. Ich wußte, daß ich sie nicht sofort verlassen konnte, aber ich konnte mich doch peu à peu auf den Weg zu dieser hochmoralischen Tat machen. Unterdessen würde ich ihr weiterhin von meiner Frau erzählen. Ohne sich zu wundern, würde sie eines Tages wissen, daß ich meine Frau liebte. Ich hatte einen weiteren Umschlag mit Geld in der Jacke, um für alle Fälle gerüstet zu sein.

Ich kam zu Carla, und eine Viertelstunde später machte sie mir Vorwürfe mit Worten, die mir wegen ihrer Berechtigung lange im Ohr blieben: »Wie bist du doch grob in Liebesdingen!« Ich bin mir nicht bewußt, gerade in diesem Augenblick grob gewesen zu sein. Ich hatte angefangen, ihr von meiner Frau zu erzählen, und das Augusta gezollte Lob hatte in Carlas Ohren wie ebensoviele gegen sie gerichtete Vorwürfe geklungen.

Dann war es Carla, die mich verletzte. Zum Zeitvertreib hatte ich ihr erzählt, wie ich mich bei dem Bankett geärgert hatte, insbesondere wegen eines Toasts, den ich ausgebracht hatte und der völlig daneben gegangen war. Carla bemerkte:

»Wenn du deine Frau lieben würdest, würdest du am Tisch ihres Vaters keine falschen Toaste ausbringen.«

Und sie gab mir auch einen Kuß, um mich für die geringe Liebe zu belohnen, die ich meiner Frau entgegenbrachte.

Indessen hätte mich derselbe Wunsch nach einem intensiveren Erlebnis, der mich zu Carla getrieben hatte, sogleich wieder zu Augusta zurückgeführt, da sie die einzige war, mit der ich über meine Liebe zu ihr hätte reden können. Der als Medizin eingenommene Wein war schon zu viel, und ich wollte mittlerweile nun ganz anderen Wein. Doch an diesem Tag sollte meine Beziehung zu Carla feinere Formen annehmen und endlich von der Sympathie gekrönt werden, die die arme Kleine – wie ich später erfuhr – verdient hatte. Mehrfach hatte sie mir angeboten, mir ein Lied vorzusingen, aus dem Wunsch heraus, mein Urteil zu hören. Aber ich hatte von diesem Gesang nichts wissen wollen, an dem mir nicht einmal die Natürlichkeit mehr etwas bedeutete. Ich sagte ihr, da sie sich ja weigere zu lernen, lohne es sich auch nicht mehr, zu singen.

Das war wirklich eine schwere Kränkung von mir, und sie litt darunter. Sie saß neben mir, und um ihre Tränen vor mir zu verbergen, schaute sie starr auf ihre Hände, die sie im Schoß gefaltet hielt. Sie wiederholte ihren Vorwurf:

»Wie grob du erst zu jemand sein mußt, den du nicht liebst, wenn du schon zu mir so bist!«

Gutmütig, wie ich nun einmal bin, ließ ich mich von diesen Tränen erweichen und bat Carla, mir mit ihrer großen Stimme in dem kleinen Raum die Ohren zu zerfetzen. Jetzt zierte sie sich, und ich mußte sogar drohen, ich würde gehen, wenn sie mir den Gefallen nicht tat. Ich muß gestehen, daß es mir einen Moment lang schien, als hätte ich einen Vorwand gefunden, um mir meine Freiheit wenigstens vorübergehend zurückzuerobern, aber angesichts der Drohung begab sich meine ergebene Dienerin mit niedergeschlagenen Augen ans Klavier und setzte sich. Dann sammelte sie sich einen kurzen Augenblick und fuhr sich mit der einen Hand übers Gesicht, wie um jede Wolke daraus zu vertreiben. Das gelang ihr so prompt, daß es mich überraschte, und als diese Hand ihr Gesicht freigab, erinnerte nichts darin an den Schmerz von zuvor.

Sogleich erlebte ich eine große Überraschung. Carla sagte ihr Lied, sie erzählte es, schrie es nicht. Das Schreien war ihr – wie sie mir dann sagte – von ihrem Lehrer aufgezwungen worden; jetzt hatte sie es mit ihm zusammen auf Urlaub geschickt. Das Triestiner Volkslied:

Fazzo l'amor xe vero
Cossa ghe xe de mal
Volè che a sedes'ani
*Stio là come un cocal...**

ist eine Art Erzählung oder Geständnis: »Ja, ich habe einen Liebsten. Was ist denn Schlimmes dabei? Soll ich mit meinen sechzehn Jahren Trübsal blasen?« Carlas Augen glänzten verschmitzt und gestanden mehr noch als die Worte. Man mußte keine Angst haben, daß einem das Trommelfell verletzt wurde, und überrascht und bezaubert trat ich näher zu ihr hin. Ich setzte mich neben sie, und da erzählte sie das Liedchen wirklich mir, die Augen halb geschlossen, um mir im leisesten und reinsten Tonfall zu sagen, daß diese sechzehn Jahre Freiheit und Liebe wollten.

Zum ersten Mal sah ich nun Carlas Gesichtchen genau: Ein vollkommenes Oval, das nur von den tief geschwungenen Augenhöhlen und den zarten Backenknochen unterbrochen wurde und das noch reiner erschien durch ein makelloses Weiß, jetzt, da sie das Gesicht mir und dem Licht zugewandt hatte und es daher von keinem Schatten getrübt war. Und die weichen Züge in diesem Fleisch, das transparent wirkte und Blut und Adern so gut verbarg, die vielleicht zu schwach waren, um durchscheinen zu können, verlangten nach Zuneigung und Schutz.

Jetzt war ich bereit, ihr bedingungslos sehr viel Zuneigung und Schutz zu gewähren, auch in den Augenblicken, wenn mir so sehr danach sein würde, zu Augusta zurückzukehren, denn in dem Moment verlangte sie nichts als väterliche Zuneigung, die ich gewähren konnte, ohne einen Verrat zu begehen. Welche Genugtuung! Ich blieb da bei Carla, ich gewährte ihr, worum ihr ovales Gesichtchen bat, und entfernte mich nicht von Augusta! Meine Zuneigung zu Carla wurde feinsinniger. Von da an brauchte ich sie nicht mehr zu verlassen, wenn ich das Bedürfnis nach Anstand und Reinheit verspürte, sondern ich konnte bei ihr bleiben und das Thema wechseln.

Verdankte sich diese neue Sanftheit nun ihrem ovalen Gesichtchen, das ich da entdeckt hatte, oder ihrem musikalischen Talent? Unbestreitbar dem Talent! Das eigenartige Triestiner Lied endet mit einer Strophe, in der dasselbe junge Mädchen erklärt, daß es alt und heruntergekommen sei und nun keine andere Freiheit mehr brauche, als die, zu sterben. Carla legte weiterhin Verschmitztheit und Frohsinn in die anspruchslosen Verse. Es war immerhin die Jugend, die sich da für alt ausgab, um von diesem neuen Standpunkt aus um so besser auf ihr Recht pochen zu können.

Als sie damit zu Ende war und mich voll der Bewunderung sah, hatte auch sie mich zum ersten Mal – abgesehen davon, daß sie mich liebte – wirklich lieb. Sie wußte, daß mir dieses Liedchen besser gefallen würde als der Gesang, den ihr Lehrer ihr beigebracht hatte:

»Schade«, setzte sie traurig hinzu, »wenn man nicht in den *Cafés chantants* auftreten will, kann man sich damit seinen Lebensunterhalt nicht verdienen.«

Ich konnte sie leicht überzeugen, daß die Dinge so nicht lagen. Es gab auf dieser Welt große Künstlerinnen, die sprachen und nicht sangen.

Sie ließ sich Namen nennen. Sie war selig zu erfahren, wie bedeutend ihre Kunst werden könnte.

»Ich weiß«, setzte sie naiv hinzu, »daß dieser Gesang viel schwieriger ist als der andere, bei dem man nur aus vollem Hals zu schreien braucht.«

Ich lächelte und diskutierte nicht. Auch ihre Kunst war bestimmt schwierig, und sie wußte es, weil es die einzige Kunst war, die sie kannte. Dieses Liedchen hatte sie sehr viel Übung gekostet. Sie hatte es wieder und wieder aufgesagt und dabei die Betonung eines jeden Wortes, einer jeden Note korrigiert. Jetzt lernte sie ein anderes, aber sie würde es erst in ein paar Wochen können. Vorher wollte sie es nicht vortragen.

Es folgten köstliche Augenblicke in diesem Zimmer, wo sich bislang nur Szenen voller Gefühllosigkeit abgespielt hatten. Da eröffnete sich Carla also auch eine Karriere. Die Karriere, durch die ich sie loswerden würde. Derjenigen sehr ähnlich, die Copler für sie erträumt hatte! Ich schlug ihr vor, einen Lehrer für sie zu engagieren. Zuerst erschrak sie bei dem Wort, aber dann ließ sie sich leicht überzeugen, als ich ihr erklärte, daß man ja einen Versuch machen könne und es ihr frei stünde, ihn zu entlassen, wenn er ihr langweilig oder wenig nützlich erscheinen sollte.

Auch mit Augusta fühlte ich mich an diesem Tag sehr wohl. Ich war ausgeglichen, wie wenn ich von einem Spaziergang zurückgekehrt wäre und nicht aus Carlas Wohnung, oder wie der arme Copler sich gefühlt haben mochte, wenn er diese Wohnung an Tagen verließ, an denen sie ihm keinen Anlaß zum Ärger gegeben hatte. Ich genoß das, als ob ich eine Oase erreicht hätte. Für mich und für meine Gesundheit wäre es sehr schlimm gewesen, wenn sich meine ganze lange Beziehung zu Carla in einer ewigen Erregung abgespielt hätte. Dank der Wirkungsweise des Schönen verlief von diesem Tag an alles ruhiger, mit den leichten Unterbrechungen, die nötig waren, um sowohl meine Liebe zu Carla als auch die zu Augusta wiederzubeleben. Zwar bedeutete jeder Besuch bei Carla einen Betrug an Augusta, aber bald war alles in einem Bad von Gesundheit und guten Vorsätzen vergessen. Und der gute Vorsatz war nicht brutal und erregend wie früher, als ich daran herumwürgte, Carla zu erklären, daß ich sie nie wiedersehen würde. Ich war sanft und väterlich: Da dachte ich wieder an ihre Karriere. Eine Frau jeden Tag zu verlassen, um ihr am nächsten Tag wieder nachzulaufen, das wäre eine Anstrengung gewesen, der mein armes Herz nicht standgehalten hätte. So hingegen blieb Carla immer in meiner Macht, und ich schickte sie einmal in die eine, das andere Mal in die andere Richtung.

Lange Zeit waren die guten Vorsätze nicht so stark, daß sie mich dazu gebracht hätten, in der Stadt auf die Suche nach dem geeigneten Gesangslehrer für Carla zu gehen. Ich spielte mit dem guten Vorsatz, rührte mich aber nicht. Dann eröffnete mir Augusta eines schönen Tages, daß sie Mutter werde, und da wurde mein Vorsatz für einen Augenblick riesengroß, und Carla bekam ihren Lehrer.

Ich hatte auch deshalb so lange gezögert, weil deutlich war, daß Carla es auch ohne Lehrer verstanden hatte, in ihrer neuen Kunst wirklich ernsthafte Arbeit zu leisten. Jede Woche konnte sie mir ein neues Lied vortragen, das in Haltung und Worten gründlich durchdacht war. Bestimmte Noten hätten etwas mehr Schliff gebraucht, aber vielleicht würden sie sich von selbst verfeinern. Den entscheidenden Beweis dafür, daß Carla eine echte Künstlerin war, sah ich in der Art, wie sie ihre Lieder ständig verbesserte, ohne auf die besten Sachen zu verzichten, die ihr auf Anhieb eingefallen waren. Oft forderte ich sie auf, mir ihre erste Arbeit noch einmal aufzusagen, und jedesmal fand ich einen neuen und wirkungsvollen Akzent hinzugefügt. Bei ihrer mangelnden Bildung war es ein Wunder, daß es ihr in dem großen Bemühen um einen starken Ausdruck nie unterlaufen war, falsche oder übertriebene Töne in das Liedchen hineinzubringen. Als wahre Künstlerin fügte sie dem kleinen Bauwerk jeden Tag ein Steinchen hinzu, und alles übrige blieb unverändert. Nicht das Lied war immer gleich, sondern das Gefühl, von dem es eingegeben war. Vor dem Singen fuhr Carla sich immer mit der Hand übers Gesicht, und hinter dieser Hand entstand ein Moment der Sammlung, der genügte, um sie in das kleine Lustspiel hineinzuversetzen, das sie nun aufführen mußte. Ein Stück, das nicht immer kindlich war. Der ironische Mentor von

*Rosina te xe nata in un casoto,**

drohte zwar, aber nicht zu ernsthaft: »Rosina, bist in einem Saustall geboren.« Es hörte sich an, als wollte die Sängerin durchblicken lassen, sie wisse, daß das eine alltägliche Geschichte war. Carlas Überlegung war eine andere, doch sie führte schließlich zum selben Ergebnis:

»Meine Sympathie gehört Rosina, denn sonst wäre das Lied nicht wert, daß man es singt«, sagte sie.

Manchmal kam es vor, daß Carla unbewußt meine Liebe zu Augusta und meine Gewissensbisse schürte. Tatsächlich geschah das immer dann, wenn sie sich irgendwelche Offensiven gegen jene Position herausnahm, die meine Frau so solide besetzt hielt. Immer noch war sie von dem

Wunsch beseelt, mich eine ganze Nacht bei sich zu haben; sie gestand mir, dadurch, daß wir nie nebeneinander geschlafen hatten, käme es ihr vor, als ob wir weniger intim miteinander wären. Da ich mir angewöhnen wollte, sanfter mit ihr umzugehen, lehnte ich es nicht rundheraus ab, ihr den Wunsch zu erfüllen, aber fast immer dachte ich, daß es unmöglich wäre, so etwas zu tun, außer ich fände mich damit ab, Augusta am Morgen an einem Fenster zu sehen, wo sie die ganze Nacht auf mich gewartet hatte. Und dann, wäre das nicht ein neuerlicher Betrug an meiner Frau gewesen? Manchmal, das heißt, wenn ich voller Verlangen zu Carla lief, fühlte ich mich geneigt, sie zufriedenzustellen, doch gleich darauf sah ich die Unmöglichkeit und das Unschickliche daran. Aber so kamen wir lange Zeit weder dazu, die Aussicht darauf auszuschließen, noch sie in die Tat umzusetzen. Scheinbar waren wir uns einig: Früher oder später würden wir eine ganze Nacht miteinander verbringen. Und mittlerweile bestand auch die Möglichkeit dazu, denn ich hatte die Gercos dazu gebracht, diesen Mietern zu kündigen, die ihre Wohnung in zwei Teile teilten, und Carla hatte endlich ihr eigenes Schlafzimmer.

Nun geschah es, daß im Zustand meines Schwiegervaters kurz nach Guidos Hochzeit jene Verschlechterung eintrat, die zu seinem Tode führen sollte, und ich war unvorsichtig genug, Carla zu erzählen, daß meine Frau eine Nacht am Krankenbett ihres Vaters zubringen mußte, um meiner Schwiegermutter eine Ruhepause zu gönnen. Da gab es kein Entrinnen mehr: Carla verlangte, daß ich diese selbe Nacht, die für meine Frau so schmerzlich war, mit ihr verbringen sollte. Ich hatte nicht den Mut, gegen eine solche Laune aufzubegehren, und fügte mich schweren Herzens.

Ich bereitete mich auf dieses Opfer vor. Am Morgen ging ich nicht zu Carla, und so eilte ich am Abend voller Verlangen zu ihr, wobei ich mir auch sagte, daß es kindisch war, zu glauben, ich würde Augusta schwerwiegender betrügen, nur weil ich sie in einem Augenblick betrog, in dem sie aus anderen Gründen zu leiden hatte. So wurde ich sogar noch ungeduldig, weil die arme Augusta mich aufhielt, um mir zu erklären, was ich tun mußte, um die Dinge parat zu haben, die ich zum Abendessen, in der Nacht und auch zum Kaffee am nächsten Morgen benötigen könnte.

Carla empfing mich im Übungsraum. Wenig später trug uns diejenige, die ihre Mutter und Dienerin war, ein köstliches kleines Abendessen auf, zu dem ich die Süßspeisen beisteuerte, die ich mitgebracht hatte. Die Alte kam dann wieder, um den Tisch abzuräumen, und ich hätte mich wirklich am liebsten sofort hingelegt, aber es war wirklich noch zu früh, und Carla überredete mich, sie singen zu hören. Sie ging ihr ganzes Repertoire durch, und das war sicher der beste Teil an jenen Stunden, denn die bange Ungeduld, mit der ich meine Geliebte erwartete, erhöhte das Vergnügen, das Carlas Lieder mir immer bereitet hatten.

»Ein Publikum würde dich mit Blumen und Applaus überschütten«, erklärte ich irgendwann, wobei ich vergaß, daß es unmöglich gewesen wäre, ein ganzes Publikum in die Stimmung zu versetzen, in der ich mich befand.

Endlich legten wir uns beide in dasselbe große Bett in einem kleinen und völlig schmucklosen Zimmerchen. Es wirkte wie ein durch eine Wand abgeschnittener Flur. Ich war noch nicht müde, und der Gedanke, ich würde wegen der knappen Luft, die mir zur Verfügung stand, nicht schlafen können, selbst wenn ich müde gewesen wäre, brachte mich zu Verzweiflung.

Carla wurde von der scheuen Stimme der Mutter gerufen. Um zu antworten, ging sie an die Tür und öffnete sie einen Spaltbreit. Ich hörte, wie sie die Alte mit erregter Stimme fragte, was sie denn wolle. Scheu sagte die andere Worte, deren Sinn ich nicht verstand, und da schrie Carla, bevor sie der Mutter die Tür vor der Nase zuschlug:

»Laß mich in Ruhe. Ich hab dir doch gesagt, daß ich heute nacht hier schlafe!«

So erfuhr ich, daß Carla, die nachts von Angst geplagt wurde, immer mit der Mutter in ihrem früheren Schlafzimmer schlief, wo sie ein anderes Bett hatte, während das, in dem wir zusammen schlafen sollten, leer blieb. Es war bestimmt aus Angst, daß sie mich dazu gebracht hatte, Augusta so übel mitzuspielen. Mit spitzbübischer Fröhlichkeit, die ich nicht teilen konnte, gestand sie, daß sie sich bei mir sicherer fühle als bei ihrer Mutter. Dieses Bett in unmittelbarer Nachbarschaft dieses einsamen Übungsraums gab mir zu denken. Ich hatte es nie zuvor gesehen. Ich war eifersüchtig! Wenig später war ich verächtlich, auch wegen des Benehmens, das Carla ihrer armen Mutter gegenüber gezeigt hatte. Sie war aus einem etwas anderen Holz geschnitzt als Augusta, die auf meine Gesellschaft verzichtet hatte, um ihren Eltern beizustehen. Ich bin besonders empfindlich für mangelnde Achtung den Eltern gegenüber, ich, der ich mit so viel Ergebung die Launen meines armen Vaters ertragen habe.

Carla konnte weder von meiner Eifersucht noch von meiner Verachtung etwas bemerken. Die Regungen der Eifersucht unterdrückte ich, indem ich mich darauf besann, daß ich überhaupt kein Recht hatte, eifersüchtig zu sein, wo ich doch einen guten Teil meiner Tage damit zubrachte, mir zu wünschen, daß jemand mir meine Geliebte wegnehmen sollte. Ebenso hatte es überhaupt keinen Sinn, dem armen Mädchen meine Verachtung zu zeigen, jetzt, da ich schon wieder mit dem Wunsch spielte, sie endgültig zu verlassen, und obwohl meine Verachtung jetzt auch durch diejenigen Beweggründe größer wurde, die wenig zuvor noch meine Eifersucht ausgelöst hätten. Was not tat, war, sich so schnell wie möglich aus diesem kleinen Zimmerchen zu entfernen, das nicht mehr als einen Kubikmeter Luft enthielt und in dem es obendrein fürchterlich heiß war.

Ich erinnere mich auch nicht mehr genau an den Vorwand, den ich anführte, um sofort von hier wegzukommen. Mühsam begann ich mich anzukleiden. Ich sprach von einem Schlüssel, den ich vergessen hatte, meiner Frau zu geben, weshalb sie, falls es nötig werden sollte, nicht ins Haus hineinkäme. Ich zeigte den Schlüssel vor, der kein anderer war als der, den ich immer in der Tasche trug, der aber als Beweisstück für die Wahrheit meiner Behauptungen vorgewiesen wurde. Carla versuchte nicht einmal, mich aufzuhalten; sie zog sich an und begleitete mich bis hinunter, um mir Licht zu machen. Im Dunkeln auf der Treppe schien es mir, als musterte sie mich mit einem forschenden Blick, der mich verwirrte: Begann sie mich zu verstehen? Das war nicht so leicht, da ich mich nur zu gut zu verstellen wußte. Um ihr dafür zu danken, daß sie mich gehen ließ, drückte ich ihr weiterhin von Zeit zu Zeit die Lippen auf die Wangen und tat so, als ob ich trotzdem von derselben Begeisterung beseelt wäre, die mich zu ihr geführt hatte. Ich hatte dann auch keinen Grund, am Erfolg meiner Verstellung zu zweifeln. Wenig zuvor hatte Carla mir in einer Anwandlung von Liebe gesagt, der häßliche Name Zeno, der mir von meinen Eltern angehängt worden war, sei gewiß nicht das, was ich für meine Person verdient hätte. Sie hätte gern gehabt, daß ich Dario hieße, und da in der Dunkelheit nannte sie mich zum Abschied bei diesem Namen. Dann bemerkte sie, daß das Wetter umzuschlagen drohte, und bot mir an, einen Schirm für mich holen zu gehen. Aber ich konnte sie absolut nicht länger ertragen und lief davon, nach wie vor mit diesem Schlüssel in der Hand, an dessen Echtheit ich selbst zu glauben begann.

Die tiefe Dunkelheit der Nacht wurde von Zeit zu Zeit von grellen Blitzen durchzuckt. Das Donnergrollen hörte sich weit weg an. Die Luft war noch immer ruhig und stickig wie in Carlas Zimmerchen. Auch die großen Tropfen, die vereinzelt fielen, waren warm. Von oben drohte sichtlich Gefahr, und ich begann zu laufen. Ich hatte Glück, in der Corsia Stadion fand ich noch ein beleuchtetes Haustor offen, in das ich gerade noch rechtzeitig hineinschlüpfen konnte! Sofort darauf entlud sich das Gewitter auf die Straße. Der prasselnde Regen wurde von einem heftigen Windstoß unterbrochen, der auch den Donner mitzubringen schien, der auf einmal ganz nah war. Ich schauderte! Das wäre nun wirklich kompromittierend gewesen, wenn ich um diese Zeit in der Corsia Stadion vom Blitz erschlagen worden wäre! Nur gut, daß auch meine Frau mich als Mann mit Schrullen kannte, der imstande war, in der Nacht bis hierher zu laufen, und so gab es immer für alles eine Ausrede.

Über eine Stunde mußte ich in diesem Hauseingang ausharren. Immer wieder schien es, als wolle das Wetter sich beruhigen, doch dann hob sein Toben gleich wieder in anderer Form an. Jetzt hagelte es.

Der Pförtner des Hauses war gekommen, um mir Gesellschaft zu leisten, und ich mußte ihm ein paar Geldstücke geben, damit er mit der Schließung des Haustors noch etwas wartete. Dann kam ein Herr herein, weißgekleidet und triefnaß. Er war alt, hager und dürr. Ich habe ihn nie wiedergesehen, aber ich kann ihn nicht vergessen wegen des Leuchtens in seinen schwarzen Augen und der Energie, die seine ganze kleine Gestalt ausstrahlte. Er fluchte, weil er derart durchnäßt worden war.

Ich habe mich schon immer gern mit Leuten unterhalten, die ich nicht kenne. Bei ihnen fühle ich mich gesund und sicher. Das ist geradezu eine Erholung. Ich muß nur aufpassen, nicht zu hinken, und ich bin gerettet.

Als das Wetter sich endlich beruhigte, ging ich nicht etwa gleich zu mir nach Hause, sondern zu meinem Schwiegervater. Mir schien, ich müsse augenblicklich zum Appell eilen und mich damit brüsten, daß ich da war.

Mein Schwiegervater war eingeschlafen, und Augusta, die von einer geistlichen Schwester unterstützt wurde, konnte zu mir kommen. Sie sagte, ich hätte gut daran getan, zu kommen, und sie warf sich in meine Arme, um zu weinen. Sie hatte mitansehen müssen, wie furchtbar ihr Vater litt.

Sie bemerkte, daß ich ganz naß war. Ich mußte mich in einem Sessel ausstrecken, und sie packte mich in Decken ein. Dann konnte sie eine Weile an meiner Seite bleiben. Ich war sehr müde, und selbst in der kurzen Zeit, die sie bei mir bleiben konnte, kämpfte ich mit dem Schlaf. Ich fühlte mich sehr unschuldig, denn einstweilen hatte ich sie ja nicht betrogen, indem ich der ehelichen Wohnung eine ganze Nacht fernblieb. So schön war die Unschuld, daß ich sie noch zu vermehren suchte. Ich begann Worte zu sagen, die einem Geständnis glichen. Ich sagte ihr, daß ich mich schwach und schuldig fühlte, und da sie mich an diesem Punkt nach Erklärungen verlangend ansah, zog ich den

Kopf sofort wieder zurück in mein Schneckenhaus, verlegte mich auf die Philosophie und erzählte ihr, Schuldgefühle hätte ich bei jedem Gedanken und bei jedem Atemzug.

»So denken auch die Geistlichen«, sagte Augusta, »wer weiß, ob wir auf diese Weise nicht für eine Schuld bestraft werden, die wir gar nicht kennen.«

Sie sagte Worte, die zu ihren immer noch fließenden Tränen paßten. Mir kam es so vor, als hätte sie den Unterschied zwischen meinen Gedankengängen und denen der Geistlichen nicht recht begriffen, aber ich wollte nicht diskutieren, und bei dem eintönigen Rauschen des Windes, der stärker geworden war, und der Ruhe, zu der mir dieser Ansatz zu einem Geständnis verhalf, verfiel ich in einen langen und erholsamen Schlaf.

* * *

Als der Gesangslehrer an der Reihe war, wurde alles in wenigen Stunden erledigt. Ich hatte ihn schon vor einiger Zeit ausgesucht, und um ehrlich zu sein, war ich bei seinem Namen hängengeblieben, weil er der billigste Lehrer in Triest war. Um mich nicht zu kompromittieren, ging Carla selbst zu ihm hin und redete mit ihm. Ich sah ihn nie, aber ich muß sagen, mittlerweile weiß ich viel über ihn, und er ist einer der Menschen auf dieser Welt, die ich hochschätze. Er muß ein gesunder Einfaltspinsel sein, was merkwürdig ist bei einem Künstler, der für seine Kunst lebt, wie dieser Vittorio Lali. Kurzum, ein beneidenswerter, weil genialer und zugleich gesunder Mann.

Ich hörte gleich, daß Carlas Stimme weicher, geschmeidiger und sicherer wurde. Wir hatten Angst gehabt, daß der Lehrer sie zu Kraftübungen zwingen würde, so wie der, den Copler ausgesucht hatte. Vielleicht richtete er sich nach Carlas Wünschen, Tatsache ist jedenfalls, daß sie immer in ihrem bevorzugten Genre blieb. Erst viele Monate später bemerkte sie, daß sie leicht davon abgekommen war und sich dabei verfeinert hatte. Sie sang nicht mehr die Triestiner Liedchen, und dann auch keine neapolitanischen mehr, sondern sie war zu alten italienischen Liedern und zu Mozart und Schubert übergegangen. Ganz besonders erinnere ich mich an ein Mozart zugeschriebenes »Wiegenlied«,[*] und an Tagen, an denen ich die Traurigkeit des Lebens deutlicher spüre und dem herben Mädchen nachweine, das einmal mein war und das ich nicht geliebt habe, klingt mir das »Wiegenlied« wie ein Vorwurf in den Ohren. Dann sehe ich Carla wieder, als Mutter verkleidet, wie sie ihrer Brust die süßesten Töne entlockt, um ihr Kind in den Schlaf zu wiegen. Und doch, sie, die eine unvergeßliche Geliebte gewesen war, konnte keine gute Mutter sein, da sie ja eine schlechte Tochter war. Aber man sieht, daß die Befähigung, wie eine Mutter singen zu können, alle anderen überwiegt.

Von Carla erfuhr ich die Lebensgeschichte ihres Lehrers. Er hatte ein paar Jahre in Wien am Konservatorium studiert, und dann war er nach Triest gekommen, wo er das Glück gehabt hatte, für unseren größten Komponisten[*] zu arbeiten, der erblindet war. Er zeichnete dessen Kompositionen unter Diktat auf, aber er genoß auch sein Vertrauen, das Blinde ja ganz verschenken müssen. So lernte er seine Vorstellungen kennen, seine so ausgereiften Ansichten und die immer noch jugendlichen Träume. Bald hatte er die ganze Musik verinnerlicht, auch die, die Carla brauchte. Auch sein Aussehen wurde mir beschrieben; jung, blond, eher kräftig, nachlässig in der Kleidung, ein weiches, nicht immer frisch gewaschenes Hemd, eine Krawatte, die einmal schwarz gewesen sein mußte, lose flatternd, ein verlotterter Hut mit übertrieben breiter Krempe. Wortkarg – nach dem, was Carla mir sagte, und ich muß ihr glauben, denn wenige Monate später wurde er ihr gegenüber redselig, und sie sagte es mir sofort – und ganz auf die übernommene Aufgabe konzentriert.

Schon bald erfuhr mein Tagesablauf Komplikationen. Morgens brachte ich außer Liebe auch eine bittere Eifersucht zu Carla mit, die im Lauf des Tages wesentlich weniger bitter wurde. Es erschien mir unmöglich, daß dieser junge Mann die schmackhafte und leichte Beute verschmähen sollte. Carla tat erstaunt, daß ich so etwas denken konnte, aber ich war es genauso, sie erstaunt zu sehen. Erinnerte sie sich denn nicht mehr, wie sich das zwischen mir und ihr abgespielt hatte?

Eines Tages kam ich rasend vor Eifersucht zu ihr, und erschrocken erklärte sie sich sofort bereit, den Lehrer zu entlassen. Ich glaube nicht, daß ihr Schrecken allein durch die Angst ausgelöst wurde, sich meiner Unterstützung beraubt zu sehen, denn in jener Zeit erhielt ich von ihr Bekundungen ihrer Zuneigung, an denen ich nicht zweifeln kann und die mich bisweilen selig machten, während sie mir, wenn ich in einer anderen Verfassung war, auf die Nerven gingen und mir wie Feindseligkeiten Augusta gegenüber erschienen, mit denen ich mich gezwungenermaßen anfreunden mußte, soviel es mich auch kosten mochte. Ihr Vorschlag brachte mich in Verlegenheit. Ob im Augenblick der Liebe oder der Reue, ich wollte von ihr kein Opfer annehmen. Irgendeine Verbindung zwischen meinen beiden Seinszuständen mußte es ja geben, und ich wollte meine ohnehin schon geringe Freiheit, vom einen zum anderen überzuwechseln, nicht einschränken. Daher konnte ich einen solchen Vorschlag nicht annehmen, der mich jedoch vorsichtiger machte, so daß ich, auch wenn ich vor Eifersucht tobte, diese zu verbergen wußte. Meine Liebe wurde unbeherrschter und es endete damit, daß mir Carla, wenn ich sie begehrte und auch wenn ich sie überhaupt nicht begehrte, als minderwertiges Wesen erschien. Ob sie mich betrog oder nicht, es lag mir nichts an ihr. Wenn ich sie nicht haßte, dachte ich nicht daran, daß es sie gab. Ich gehörte der Sphäre von Gesundheit und Anstand an, in der Augusta herrschte und in die ich sofort mit Leib und Seele zurückkehrte, sobald Carla mich freigab.

Dank Carlas absoluter Aufrichtigkeit weiß ich ganz genau, welch wirklich lange Zeit hindurch sie ganz und gar die meine war, und meine damaligen Eifersuchtsanfälle können nur als Bekundung eines verborgenen Gerechtigkeitssinns angesehen werden. Ich mußte immerhin bekommen, was ich verdiente. Zuerst verliebte sich der Lehrer. Ich glaube, das erste Anzeichen seiner Liebe bestand in bestimmten Worten, die Carla mir mit triumphierender Miene wiedergab, weil sie meinte, sie markierten einen ersten großen künstlerischen Erfolg, für den sie mein Lob verdiene. Er hätte ihr gesagt, er habe seine Aufgabe als Gesangslehrer in der Zwischenzeit so lieb gewonnen, daß er ihr seinen Unterricht gratis weiter erteilen würde, wenn sie ihn nicht zahlen könne. Am liebsten hätte ich sie geohrfeigt, doch dann kam der Augenblick, in dem ich so tun konnte, als freue ich mich an diesem ihrem wirklichen Triumph. Sie vergaß dann den Krampf, der im ersten Moment mein Gesicht zur Gänze verzerrt hatte, wie wenn jemand in eine Zitrone beißt, und nahm heiter das verspätete Lob an. Er hatte ihr von seinen sämtlichen Angelegenheiten erzählt, was nicht viel war: Musik, Armut und Familie.

Die Schwester hatte ihm großen Kummer bereitet, und er hatte es verstanden, Carla eine große Abneigung gegen diese Frau zu vermitteln, die sie gar nicht kannte. Diese Abneigung erschien mir sehr brüskierend. Sie sangen jetzt gemeinsam Lieder von ihm, die mir recht armselig vorkamen, ganz gleich, ob ich Carla nun liebte oder ob ich sie als Fessel empfand. Es kann ja durchaus sein, daß sie was taugten, obgleich ich nie mehr etwas davon gehört habe. Er dirigierte dann irgendwelche Orchester in den Vereinigten Staaten, und vielleicht singt man dort ja auch diese Lieder.

Aber eines schönen Tages erzählte sie mir, daß er sie gebeten habe, seine Frau zu werden, und daß sie abgelehnt habe. Da verbrachte ich zwei wirklich scheußliche Viertelstunden: Die erste, als ich so wutentbrannt war, daß ich auf den Lehrer warten und ihn mit Fußtritten hätte hinauswerfen mögen, und die zweite, als ich keine Möglichkeit sah, eine Fortsetzung meines Verhältnisses mit dieser Heirat in Einklang zu bringen, die im Grunde etwas moralisch sehr Schönes war und zudem eine wesentlich verläßlichere Vereinfachung meiner Position, als es die Karriere war, die Carla in meiner Gesellschaft anzustreben gedachte.

Warum hatte sich dieser verfluchte Lehrer auf diese Weise erhitzt und so rasch? In einem Jahr der Beziehung hatte sich mittlerweile alles zwischen Carla und mir geglättet, auch meine finstere Miene, wenn ich sie verließ. Meine Gewissensbisse ertrug ich mittlerweile mit großer Leichtigkeit, und obwohl Carla immer noch Grund hatte, mich in der Liebe einen Grobian zu nennen, schien sie sich augenscheinlich daran gewöhnt zu haben. Das dürfte ihr auch nicht schwer gefallen sein, denn ich war nie mehr so brutal wie in den ersten Tagen unserer Beziehung, und nachdem sie diesen ersten Exzeß überstanden hatte, mußte ihr alles weitere im Vergleich dazu überaus sanft vorgekommen sein.

Daher war es für mich, auch als mir an Carla nicht mehr so viel lag, stets leicht abzusehen, daß ich nicht erfreut wäre, am nächsten Tag zu meiner Geliebten zu kommen und sie nicht mehr anzutreffen. Sicher wäre es wunderschön gewesen, dann zu Augusta heimkehren zu können, ohne das übliche Intermezzo mit Carla, und in dem Moment fühlte ich mich auch absolut imstande dazu; aber vorher hätte ich es ausprobieren wollen. Mein Vorsatz muß in diesem Moment ungefähr folgender gewesen sein: »Morgen werde ich sie bitten, den Antrag des Lehrers anzunehmen, aber heute hindere ich sie daran.« Und mit großer Mühe führte ich mich weiterhin als Geliebter auf. Jetzt, wenn ich darüber spreche, nachdem ich sämtliche Phasen meines Abenteuers verzeichnet habe, könnte es so aussehen, als hätte ich versucht, meine Geliebte an andere zu verheiraten und sie für mich zu behalten, wie es die Strategie eines Mannes gewesen wäre, der schlauer und ausgeglichener, wenn auch ebenso verkommen wäre wie ich. Aber das stimmt nicht: Sie sollte den Gesangslehrer ja heiraten, aber erst am nächsten Tag. Deshalb hörte erst da für mich auf, was ich beharrlich das Stadium meiner Unschuld nenne. Es war nicht länger möglich, Carla kurze Zeit am Tag abgöttisch zu lieben und sie dann vierundzwanzig Stunden unentwegt zu hassen, und jeden Morgen ahnungslos wie ein Neugeborenes aufzustehen und wieder einen Tag zu durchleben, ähnlich wie so viele andere, um sich über die Abenteuer zu wundern, die sie da hineinbrachte und die ich hätte auswendig kennen müssen. Das war nicht mehr möglich. Ich hatte die Aussicht vor mir, meine Geliebte für immer zu verlieren, wenn ich meinen Wunsch, sie loszuwerden, nicht beherrschte. Ich beherrschte ihn sofort!

Und so kam es, daß ich Carla an jenem Tag, an dem sie mir schon nichts mehr bedeutete, eine Liebesszene machte, die durch ihre Verlogenheit und ihr Feuer an diejenige erinnerte, die ich, benommen vom Wein, in jener Nacht Augusta im Wagen gemacht hatte. Nur daß hier der Wein fehlte und ich zuletzt vom Klang meiner Worte wirklich gerührt war. Ich erklärte, daß ich sie liebte, daß ich ohne sie nicht mehr sein könne und daß es mir andererseits vorkomme, als würde ich das Opfer ihres Lebens von ihr verlangen, wo ich ihr doch nicht annähernd das bieten konnte, was Lali ihr bot.

Das war ein wirklich neuer Ton in unserer Beziehung, in der es doch so viele Stunden großer Liebe gegeben hatte. Sie lauschte meinen Worten und war entzückt davon. Viel später schickte sie sich an, mich davon zu überzeugen, ich solle mir das nicht so zu Herzen nehmen, daß Lali sich verliebt hatte. Sie dachte überhaupt nicht daran!

Ich dankte ihr, immer noch mit derselben Inbrunst, die mich jedoch jetzt nicht mehr zu rühren vermochte. Ich fühlte einen gewissen Druck im Magen: Augenscheinlich war ich gefährdeter denn je. Anstatt nachzulassen, steigerte sich meine scheinbare Inbrunst, nur um mir ein paar Worte der Bewunderung für den armen Lali abringen zu können. Ich wollte ihn schließlich nicht verlieren, ich wollte ihn retten, aber für den nächsten Tag.

Als es darum ging, zu entscheiden, ob man den Lehrer behalten oder entlassen sollte, waren wir uns schnell einig. Ich wollte sie schließlich nicht außer um die Ehe auch um ihre Karriere bringen. Auch gestand sie, daß ihr an ihrem Lehrer viel lag: Jede Gesangsstunde lieferte ihr den Beweis dafür, wie notwendig sie seinen Beistand brauchte. Sie versicherte mir, ich könne ruhig sein und ihr vertrauen: Sie liebe mich und niemanden sonst.

Ganz offenkundig hatte sich mein Betrug ausgeweitet und um sich gegriffen. Ich hing mit einer neuen Zärtlichkeit an meiner Geliebten, die neue Bindungen schuf und auf ein Gebiet vordrang, das bislang allein meiner legitimen Liebe vorbehalten gewesen war. Aber wenn ich wieder bei mir zu Hause war, war auch diese Innigkeit nicht mehr da und ergoß sich um so stärker über Augusta. Für Carla hatte ich nichts als tiefes Mißtrauen übrig. Wer weiß, was wirklich dran war, an diesem Heiratsantrag! Ich hätte mich nicht gewundert, wenn Carla mir eines schönen Tages, ohne den anderen geheiratet zu haben, einen Sohn mit großer musikalischer Begabung geschenkt hätte. Und so fingen wieder meine eisernen Vorsätze an, die mich zu Carla hinbegleiteten, um von mir abzufallen, wenn ich bei ihr war, und mich wieder abzuholen, noch bevor ich sie verlassen hatte. Alles gänzlich folgenloses Zeug.

Und auch sonst hatten diese Neuerungen keine Folgen. Der Sommer ging vorbei und nahm meinen Schwiegervater mit sich. Ich hatte dann jede Menge zu tun in Guidos neuem Handelshaus, wo ich mehr arbeitete als an irgendeiner anderen Stelle, inklusive der diversen Fakultäten an der Universität. Über diese meine Tätigkeit werde ich später berichten. Auch der Winter ging vorüber, und dann sprießten in meinem kleinen Garten die ersten grünen Blätter, und diese sahen mich nie so verzagt wie die im Jahr zuvor. Meine Tochter Antonia wurde geboren. Carlas Gesangslehrer stand nach wie vor zu unserer Verfügung, doch Carla wollte noch immer nichts davon wissen, und ich auch nicht, noch nicht.

Schwerwiegende Folgen gab es hingegen in meinem Verhältnis zu Carla aufgrund von Ereignissen, die man wahrlich nicht für wichtig gehalten hätte. Sie gingen fast unbemerkt vorbei und wurden auffällig erst durch die Folgen, die sie nach sich zogen.

Genau bei Anbruch dieses Frühlings mußte ich einwilligen, mit Carla im Volksgarten spazierenzugehen. Das kam mir äußerst kompromittierend vor, aber Carla wünschte sich so sehr, an meinem Arm im Sonnenschein dahinzugehen, daß ich ihr schließlich den Willen tat. Es sollte uns nie, auch für kurze Augenblicke nicht, vergönnt sein, wie Mann und Frau zu leben, und auch dieser Versuch ging schlecht aus.

Um die neue unvorhergesehene Wärme besser zu genießen, die vom Himmel kam, wo die Sonne seit kurzem ihre Herrschaft offenbar wieder angetreten hatte, setzten wir uns auf eine Bank. An Werktagen war der Park vormittags menschenleer, und ich dachte mir, wenn ich mich nicht rührte, würde sich das Risiko, bemerkt zu werden, noch weiter verringern. Hingegen kam, die Krücke unter der Achsel, mit langsamen aber riesigen Schritten Tullio auf uns zu, der mit den vierundfünfzig Muskeln, und setzte sich, ohne uns eines Blickes zu würdigen, genau neben uns. Dann hob er den Kopf, unsere Blicke begegneten sich und er begrüßte mich:

»Lang ist's her! Wie geht es dir? Hast du endlich weniger zu tun?«

Er hatte sich genau neben mich gesetzt, und in meiner Überraschung bewegte ich mich so, daß er Carla nicht sehen konnte. Aber nachdem er mir die Hand geschüttelt hatte, fragte er mich:

»Deine Gattin?«

Er erwartete, vorgestellt zu werden.

Ich gab nach:

»Signorina Carla Gerco, eine Freundin meiner Frau.«

Dann log ich weiter, und von Tullio selbst weiß ich, daß die zweite Lüge genügt hat, um ihm alles zu enthüllen. Mit bemühtem Lächeln sagte ich:

»Signorina Gerco hat sich auch zufällig neben mich auf diese Bank gesetzt, ohne mich zu sehen.«

Der Lügner sollte immer bedenken, daß er, um glaubwürdig zu sein, nur die notwendigen Lügen sagen darf. Mit dem gesunden Menschenverstand der einfachen Leute sagte Tullio, als wir uns wieder einmal zufällig trafen, zu mir:

»Du hast zu viel erklärt, und deshalb habe ich geahnt, daß du lügst und daß diese schöne Signorina deine Geliebte ist.«

Da hatte ich Carla schon verloren, und mit dem größten Vergnügen bestätigte ich ihm, daß er ins Schwarze getroffen hatte, aber betrübt erzählte ich ihm, daß sie mich mittlerweile verlassen hatte. Er glaubte mir nicht, und ich war ihm dankbar dafür. Seine Ungläubigkeit schien mir ein gutes Zeichen zu sein.

Carla wurde nun so schlechter Laune, wie ich das bei ihr noch nie gesehen hatte. Ich weiß jetzt, daß in diesem Moment ihre Auflehnung begann. Ich bemerkte das nicht gleich, denn um Tullio zuzuhören, der angefangen hatte, mir von seiner Krankheit zu erzählen und von den Kuren, die er unternahm, kehrte ich ihr den Rücken zu. Später erfuhr ich, daß eine Frau, auch wenn sie sich ansonsten eher wenig freundlich behandeln läßt, außer in gewissen Momenten, es nicht duldet, in der Öffentlichkeit verleugnet zu werden. Sie bekundete ihren Unwillen eher dem armen

Hinkebein gegenüber als mir und antwortete ihm nicht, als er das Wort an sie richtete. Ich hörte Tullio auch nicht zu, denn im Moment gelang es mir nicht, mich für seine Kuren zu interessieren. Ich schaute ihm in die kleinen Augen, um zu begreifen, was er von dieser Begegnung dachte. Ich wußte, daß er mittlerweile pensioniert war und daß er, da er den ganzen Tag frei hatte, das ganze kleine Gesellschaftsgefüge unseres Triest von damals ohne weiteres mit seinen Tratschereien überziehen konnte.

Dann, nach langem Nachdenken, erhob sich Carla, um uns zu verlassen. Sie murmelte:

»Auf Wiedersehen«, und machte sich auf den Weg.

Ich wußte, daß sie böse auf mich war, und immer mit Rücksicht auf Tullios Anwesenheit versuchte ich, die nötige Zeit zu gewinnen, um sie zu besänftigen. Ich bat sie um Erlaubnis, sie zu begleiten, da ich genau in ihre Richtung gehen müsse. Dieser knappe Gruß von ihr bedeutete regelrecht den Abschied, und das war das erste Mal, daß ich ihn ernsthaft fürchtete. Die harte Drohung verschlug mir den Atem.

Aber Carla wußte selbst noch nicht, wohin sie so entschlossenen Schritts unterwegs war. Sie machte einem momentanen Ärger Luft, der bald verflogen sein würde.

Sie wartete auf mich, und dann ging sie wortlos neben mir her. Als wir zu Hause waren, brach sie in Tränen aus, was mich nicht schreckte, weil es sie dazu bewog, in meinen Armen Zuflucht zu suchen. Ich erklärte ihr, wer Tullio war und wieviel Schaden von seinem Gerede für mich ausgehen könnte. Da sie trotzdem weiterweinte, wenn auch immer noch in meinen Armen, wagte ich einen etwas resoluteren Ton: Wollte sie mich also kompromittieren? Hatten wir denn nicht immer gesagt, daß wir alles tun würden, um der armen Frau, die trotz allem meine Frau und die Mutter meiner Tochter war, Kummer zu ersparen?

Es schien, als würde Carla sich besinnen, aber sie wollte allein sein, um sich zu beruhigen. Ich eilte davon, hoch zufrieden.

Von diesem Abenteuer muß es kommen, daß sie dann jeden Augenblick den Wunsch hatte, in der Öffentlichkeit als meine Frau aufzutreten. Es war, als wollte sie mich, indem sie den Gesangslehrer nicht heiratete, zwingen, mehr von dem Platz einzunehmen, den sie ihm verweigerte. Lange plagte sie mich, daß ich zwei Plätze in einem Theater kaufen sollte, die wir von verschiedenen Seiten her kommend einnehmen würden, um dann wie durch Zufall nebeneinander zu sitzen. Ich kam mit ihr, allerdings mehrere Male, nur bis zum Volksgarten, diesem Meilenstein meiner Verfehlungen, zu dem ich nun von der anderen Seite her gelangte. Weiter nie! Darum glich meine Geliebte mir zuletzt auch gar zu sehr. Völlig grundlos hatte sie alle Augenblicke plötzliche Wutanfälle gegen mich. Sie besann sich zwar bald wieder, doch das genügte, um mich ganz, ganz brav und lammfromm zu machen. Oft fand ich sie in Tränen aufgelöst, und nie gelang es mir, eine Erklärung für ihren Kummer von ihr zu bekommen. Vielleicht war es meine Schuld, weil ich nicht nachdrücklich genug darauf beharrte. Als ich sie besser kannte, das heißt, als sie mich verließ, brauchte ich keine weiteren Erklärungen mehr. Unter dem Druck der Not hatte sie sich in das Abenteuer mit mir gestürzt, der ich überhaupt nichts für sie war. In meinen Armen war sie Frau geworden, und – wie ich zu denken geneigt bin – eine anständige Frau. Natürlich ist das in keiner Weise mir als Verdienst anzurechnen, um so weniger, als ich ja den ganzen Schaden hatte.

Sie verfiel auf eine neue Laune, die mich zunächst überraschte und gleich darauf zärtlich rührte: Sie wollte meine Frau sehen. Sie schwor, sie würde ihr nicht nahetreten und würde sich so verhalten, daß sie von ihr nicht bemerkt werden könnte. Ich versprach, ihr Bescheid zu sagen, sobald ich wüßte, daß meine Frau zu einer bestimmten Uhrzeit aus dem Haus ging. Sie durfte meine Frau nicht in der Nähe meiner Villa sehen, einer abgelegenen Gegend, wo der einzelne zu sehr auffällt, sondern auf irgendeiner belebten Straße der Stadt.

Um diese Zeit bekam meine Schwiegermutter ein Augenleiden, weshalb sie mehrere Tage lang die Augen verbunden halten mußte. Sie langweilte sich zu Tode, und um sie zu bewegen, ihre Behandlung strikt zu befolgen, hielten ihre Töchter abwechselnd bei ihr Wache: meine Frau am Vormittag, und Ada bis genau vier Uhr am Nachmittag. In einem plötzlichen Entschluß sagte ich Carla, daß meine Frau das Haus meiner Schwiegermutter jeden Tag um Punkt vier Uhr verließe. Selbst heute weiß ich noch nicht genau, weshalb ich Carla Ada als meine Frau präsentiert habe. Sicher ist, daß ich nach dem Heiratsantrag des Gesangslehrers das Bedürfnis verspürte, meine Geliebte enger an mich zu binden, und es kann sein, daß ich gemeint hatte, je schöner sie meine Frau fand, um so mehr würde sie den Mann schätzen, der ihr eine solche Frau (sozusagen) zum Opfer brachte. Augusta war um diese Zeit nichts anderes als eine vor Gesundheit strotzende Amme. Auch Vorsicht kann bei meiner Entscheidung eine Rolle gespielt haben. Ich hatte sicher recht, die Launen meiner Geliebten zu fürchten, und wenn sie sich Ada gegenüber zu irgendeiner unüberlegten Handlung hinreißen ließ, dann hätte das keine Bedeutung gehabt, da diese mir ja schon den Beweis geliefert hatte, daß sie nie versuchen würde, mich bei meiner Frau zu diffamieren.

Wenn Carla mich Ada gegenüber kompromittierte, hätte ich dieser alles erzählt, und, um ehrlich zu sein, auch mit einer gewissen Genugtuung.

Aber meine Taktik führte zu einem wirklich unvorhersehbaren Ergebnis. Von einer gewissen Bangigkeit getrieben, ging ich am nächsten Morgen früher als gewöhnlich zu Carla. Ich fand sie im Vergleich zum Vortag völlig verändert. Ein großer Ernst hatte sich über das edle Oval ihres Gesichtchens gebreitet. Ich wollte sie küssen, aber sie wies mich zurück, dann ließ sie zu, daß ich ihre Wangen mit den Lippen streifte, gerade so viel, damit ich ihr folgsam zuhörte. Ich setzte mich ihr gegenüber an die andere Seite des Tisches. Ohne übertriebene Eile nahm sie ein Blatt Papier, auf dem sie bis zu meinem Eintreffen geschrieben hatte, und legte es zu einigen Notenheften, die auf dem Tisch lagen. Ich beachtete dieses Blatt nicht, und erst später erfuhr ich, daß es ein Brief war, den sie an Lali schrieb.

Und doch weiß ich jetzt, daß Carlas Seele sogar in diesem Moment von Zweifeln zerrissen war. Ihr ernster Blick legte sich forschend auf mich; dann sah sie hinauf zum Licht, das durch das Fenster hereinschien, um sich besser sammeln zu können und ihr Inneres zu ergründen. Wer weiß! Wenn ich gleich erraten hätte, was für ein Kampf sich da abspielte, hätte ich mir meine entzückende Geliebte vielleicht noch bewahren können.

Sie erzählte mir von ihrer Begegnung mit Ada. Sie hatte vor dem Haus meiner Schwiegermutter auf sie gewartet, und als sie sie kommen sah, sofort erkannt.

»Da konnte man sich gar nicht täuschen. Du hast sie mir

in ihren wichtigsten Zügen beschrieben. Oh! Du kennst sie gut!«

Sie schwieg einen Augenblick, um der Rührung Herr zu werden, die ihr die Kehle zuschnürte. Dann fuhr sie fort:

»Ich weiß nicht, was da zwischen euch gewesen ist, aber nie mehr will ich diese Frau betrügen, die so schön und so traurig ist! Und heute noch schreibe ich dem Gesangslehrer, daß ich bereit bin, ihn zu heiraten!«

»Traurig!« rief ich überrascht. »Da täuschst du dich, oder es wird sie in dem Moment ein Schuh gedrückt haben.«

Ada und traurig! Wo sie doch immer lachte oder lächelte; selbst an diesem Morgen noch, als ich sie für einen Augenblick bei mir zu Hause gesehen hatte.

Doch Carla war besser informiert als ich:

»Ein Schuh, der drückt! Sie hatte den Gang einer Göttin, wenn sie über Wolken schreitet!«

Mit zunehmender Rührung erzählte sie mir, daß sie erreicht hatte, daß Ada ein Wort – ach, welch süßes Wort! – an sie richtete. Das Taschentuch war ihr hinuntergefallen, und Carla hob es auf und reichte es ihr. Ihr kurzes Dankeswort rührte Carla zu Tränen. Dann war da noch etwas anderes zwischen den Frauen: Carla behauptete, Ada hätte bemerkt, daß sie weinte, und sie habe sich mit einem betrübten Blick der Solidarität von ihr getrennt. Für Carla war alles klar: Meine Frau wußte, daß ich sie betrog, und sie litt darunter! Daher der Entschluß, mich nicht mehr zu sehen und Lali zu heiraten.

Ich wußte nicht, wie ich mich verteidigen sollte! Es fiel mir leicht, voller Abneigung von Ada zu sprechen, aber nicht von meiner Frau, der gesunden Amme, die überhaupt nichts davon mitbekam, was in mir vorging, so ganz hingegeben an ihre Aufgabe, wie sie war. Ich fragte Carla, ob ihr denn die Härte in Adas Blick nicht aufgefallen sei, und ob sie nicht bemerkt habe, daß ihre Stimme tief und rauh war, ohne jede Anmut. Um Carlas Liebe auf der Stelle wiederzugewinnen, hätte ich meiner Frau gern noch viele weitere Vergehen angehängt, aber das ging nicht, weil ich seit etwa einem Jahr meiner Geliebten gegenüber ja nichts anderes tat, als sie in den siebten Himmel zu loben.

Ich konnte mich auf andere Weise retten. Ich selbst wurde jetzt von einer großen Rührung erfaßt, die mir die Tränen in die Augen trieb. Mir schien, ich könne zu Recht Mitleid haben mit mir. Völlig ungewollt, hatte ich mich da in eine vertrackte Geschichte gestürzt, über die ich höchst unglücklich war. Diese Verwechslung zwischen Ada und Augusta war unerträglich. In Wahrheit war meine Frau nicht so schön und hatte Ada (sie war es, für die Carla solches Mitleid empfand) mir gegenüber großes Unrecht begangen. Daher war Carla wirklich ungerecht in ihrem Urteil über mich.

Meine Tränen stimmten Carla sanfter:

»Dario, Liebster! Wie wohl deine Tränen mir tun! Es muß da ein Mißverständnis zwischen euch beiden gegeben haben, und jetzt geht es darum, das aufzuklären. Ich will nicht zu streng über dich urteilen, aber ich werde diese Frau nie mehr betrügen, und ich will auch nicht der Grund für ihre Tränen sein. Das habe ich mir geschworen!«

Trotz ihres Schwurs betrog sie sie schließlich doch ein letztes Mal. Sie hätte sich mit einem letzten Kuß für immer von mir verabschieden wollen, aber diesen Kuß gewährte ich ihr nur in einer einzigen Form, sonst würde ich voller Groll fortgehen. Also gab sie nach. Beide murmelten wir:

»Zum letzten Mal!«

Es war ein köstlicher Augenblick. Der zu zweit gefaßte Entschluß war so wirksam, daß er jede Schuld tilgte. Wir waren unschuldig und selig! Mein gnädiges Geschick hatte mir einen Augenblick vollkommenen Glücks bereitgehalten.

Ich war so glücklich, daß ich die Komödie bis zum Zeitpunkt des Auseinandergehens weiterspielte. Wir würden uns nie mehr wiedersehen. Sie lehnte den Umschlag ab, den ich wie immer in der Tasche trug, und wollte nicht einmal ein Andenken von mir. Man mußte jede Spur der vergangenen Verfehlungen aus unserem neuen Leben tilgen. Da gab ich ihr bereitwillig einen väterlichen Kuß auf die Stirn, wie sie es zuvor gewollt hatte.

Dann auf der Treppe kam ich ins Zögern, denn die Sache wurde doch ein bißchen zu ernst, aber hätte ich gewußt, daß sie am nächsten Tag trotzdem zu meiner Verfügung stand, wäre mir der Gedanke an die Zukunft nicht so rasch gekommen. Sie sah mir von ihrem Treppenabsatz aus beim Hinuntergehen zu, und mit einem Anflug von Lachen rief ich ihr zu:

»Bis morgen!«

Überrascht und fast erschrocken zog sie sich zurück und entfernte sich mit den Worten:

»Nie mehr!«

Ich fühlte mich dennoch erleichtert, daß ich es gewagt hatte, das Wort auszusprechen, das mir den Weg zu einer weiteren letzten Umarmung ebnen sollte, wann ich es wünschte. Wunschlos und ohne Verpflichtungen verbrachte ich einen ganzen schönen Tag mit meiner Frau und dann in Guidos Büro. Ich muß sagen, daß das Fehlen von Verpflichtungen mich meiner Frau und meiner Tochter näherbrachte. Ich war für sie etwas mehr als sonst: nicht nur freundlich, sondern ein wirklicher Vater, der gelassen befiehlt und anordnet, sein ganzes Sinnen und Trachten auf sein Zuhause gerichtet. Als ich zu Bett ging, sagte ich mir in Form eines Vorsatzes:

»Alle Tage müßten sein wie dieser.«

Vor dem Einschlafen fühlte Augusta das Bedürfnis, mir ein großes Geheimnis anzuvertrauen: Sie hatte es am selben Tag von der Mutter erfahren. Ein paar Tage zuvor hatte Ada Guido überrascht, wie er eins ihrer Dienstmädchen küßte. Ada wollte großzügig darüber hinwegsehen, aber dann war das Mädchen frech geworden und Ada hatte sie hinausgeworfen. Am Tag zuvor hatten sie nun gespannt darauf gewartet, wie Guido die Sache aufnehmen würde. Falls er sich beklagte, hätte Ada die Trennung verlangt. Aber Guido hatte gelacht und eingewendet, Ada hätte nicht richtig gesehen, er habe jedoch nichts dagegen, daß diese Frau, obgleich sie unschuldig war, aus dem Haus entfernt würde, und er gab vor, aufrichtige Abneigung gegen sie zu empfinden. Es sah so aus, als wäre die Sache jetzt beigelegt.

Mir war wichtig zu erfahren, ob Ada sich womöglich verschaut hatte, als sie ihren Mann in dieser Position überraschte. Waren Zweifel noch möglich? Denn man mußte doch bedenken, daß zwei, wenn sie sich umarmen, eine ganz andere Position einnehmen, als wenn die eine dem anderen die Schuhe putzt. Ich war bester Laune. Ich fühlte sogar das Bedürfnis, mich im Urteil über Guido gerecht und abgeklärt zu zeigen. Ihrem Charakter nach war Ada sicher eifersüchtig, und es konnte sein, daß sie die Abstände verringert und die Personen verschoben hatte.

Betrübt sagte Augusta zu mir, sie sei sicher, daß Ada richtig gesehen hatte und daß sie jetzt aus übergroßer Liebe heraus falsch urteilte. Sie fügte hinzu:

»Sie hätte wirklich viel besser daran getan, dich zu heiraten!«

Ich, der ich mich zunehmend unschuldiger fühlte, beschenkte sie mit dem Satz:

»Bleibt die Frage, ob ich ein besseres Geschäft gemacht hätte, sie zu heiraten statt dich!«

Vor dem Einschlafen murmelte ich dann noch:

»Ein schöner Schuft! Das eigene Haus derart in den Schmutz zu ziehen!«

Ich war ehrlich genug, ihm genau den Teil seiner Handlung vorzuwerfen, den ich mir selbst nicht vorzuwerfen brauchte.

Am nächsten Morgen stand ich auf mit dem lebhaften Wunsch, daß wenigstens dieser erste Teil des Tages genauso sein möge wie der vorherige. Es war wahrscheinlich, daß die köstlichen Vorsätze vom Tag zuvor Carla nicht mehr verpflichteten als mich, und ich fühlte mich keineswegs daran gebunden. Sie waren zu schön gewesen, um verpflichtend zu sein. Sicher, die bange Erwartung, zu erfahren, was Carla davon hielt, brachte mich auf Trab. Mein Wunsch wäre gewesen, sie zu einem neuen Vorsatz bereit zu finden. So würde das Leben dahingehen, reich an Genüssen zwar, aber noch mehr an Anstrengungen, sich zu bessern, und jeder einzelne meiner Tage wäre zum großen Teil dem Guten gewidmet gewesen, und nur zu einem ganz geringen Teil den Gewissensbissen. Bangigkeit war dabei, denn in diesem ganzen Jahr, das für mich so reich an Vorsätzen gewesen war, hatte Carla nur den einen gehabt: mir zu zeigen, daß sie mich lieb hatte. Sie hatte ihn gehalten, und es war einigermaßen schwierig abzusehen, ob es ihr jetzt leicht fallen würde, den neuen Vorsatz zu halten, der mit dem alten brach.

Carla war nicht zu Hause. Das war eine schlimme Enttäuschung für mich, und ich biß mir vor Ärger in die Finger.

Die Alte bat mich in die Küche. Sie erzählte mir, Carla würde vor dem Abend heimkommen. Sie hatte ihr gesagt, sie würde auswärts essen, und deshalb gab es im Herd nicht einmal dieses kleine Feuer, das sonst dort brannte:

»Wußten Sie das nicht?« fragte mich die Alte und machte große Augen vor Überraschung.

In Gedanken und zerstreut murmelte ich:

»Gestern wußte ich es. Ich war aber nicht sicher, ob Carlas Mitteilung genau für heute galt.«

Ich ging, nachdem ich mich freundlich verabschiedet hatte. Ich knirschte mit den Zähnen, aber insgeheim. Es brauchte Zeit, bis ich den Mut fand, mich öffentlich aufzuregen. Ich betrat den Volksgarten und spazierte eine halbe Stunde darin herum, um mir die Zeit zu nehmen, die Dinge besser zu begreifen. Sie waren so klar, daß ich nichts mehr davon verstand. Mit einem Schlag wurde ich erbarmungslos gezwungen, einen solchen Vorsatz zu halten. Es ging mir schlecht, wirklich schlecht. Ich hinkte und kämpfte auch mit einer Art Atemnot. Ich habe solche Anfälle von Atemnot: Ich atme tadellos, zähle aber die einzelnen Atemzüge, denn ich muß sie vorsätzlich schön einen nach dem anderen machen. Ich habe nämlich das Gefühl, ich würde ersticken, wenn ich nicht aufpasse.

Um diese Zeit hätte ich in mein Büro gehen müssen oder besser, in Guidos Büro. Aber ich konnte unmöglich einfach so von diesem Ort weggehen. Was sollte ich denn dann tun? Ganz schön anders als der vorhergehende war dieser Tag! Wenn ich wenigstens die Adresse von diesem verfluchten Gesangslehrer gewußt hätte, der mir vor lauter Singen auf meine Kosten meine Geliebte abspenstig gemacht hatte.

Zuletzt kehrte ich zu der Alten zurück. Mir würde schon

etwas einfallen, was man Carla ausrichten konnte, um sie dazu zu bringen, mich wiederzusehen. Das Schwierigste war vorerst, sie so bald wie möglich in Reichweite zu haben. Der Rest würde keine großen Schwierigkeiten bereiten.

Ich fand die Alte an einem der Küchenfenster sitzend, mit Strümpfestopfen beschäftigt. Sie nahm die Brille ab, und fast ängstlich warf sie mir einen fragenden Blick zu. Ich zögerte! Dann fragte ich sie:

»Wissen Sie, daß Carla beschlossen hat, den Lali zu heiraten?«

Mir war, als erzählte ich diese Neuigkeit mir selbst. Carla hatte es mir wohl zweimal gesagt, aber am Tag davor hatte ich kaum darauf geachtet. Carlas Worte hatten das Ohr getroffen, und zwar klar und deutlich, denn ich hatte sie da wiedergefunden, aber sie waren abgeglitten, ohne tiefer einzudringen. Eben jetzt kamen sie bei den Eingeweiden an, die sich vor Schmerzen krümmten.

Die Alte sah mich an und zögerte ebenfalls. Sicher hatte sie Angst, irgendwelche Indiskretionen zu begehen, die man ihr zum Vorwurf machen konnte. Dann platzte sie heraus, sichtlich hocherfreut:

»Hat Carla es Ihnen gesagt? Dann wird es wohl so sein! Ich glaube, das wäre gut für sie! Wie finden Sie es denn?«

Jetzt lachte sie von Herzen, die verfluchte Alte, von der ich immer gemeint hatte, sie sei über meine Beziehungen zu Carla auf dem laufenden. Am liebsten hätte ich sie geschlagen, doch dann beschränkte ich mich darauf zu sagen, ich hätte gewartet, bis der Lehrer sich eine Position geschaffen hatte. Kurz, mir kam die Sache überstürzt vor.

In ihrer Freude wurde Carlas Mutter mir gegenüber zum ersten Mal gesprächig. Sie war nicht meiner Ansicht. Wenn man jung heiratete, mußte man nach der Hochzeit Karriere machen. Warum mußte man sie unbedingt vorher machen? Carla war so anspruchslos. Ihre Stimme würde jetzt weniger kosten, da sie ja im Ehemann nun auch den Gesangslehrer hatte.

Diese Worte, die einen Vorwurf gegen meinen Geiz beinhalten mochten, brachten mich auf eine Idee, die mir großartig erschien und mir für den Augenblick Erleichterung verschaffte. In dem Umschlag, den ich immer in meiner Brusttasche trug, mußte mittlerweile eine hübsche Summe sein. Ich zog ihn aus der Tasche, verschloß ihn und übergab ihn der Alten, damit sie ihn Carla gab. Vielleicht hatte ich auch den Wunsch, meine Geliebte endlich einmal anständig zu bezahlen, aber der stärkste Wunsch war der, sie wiederzusehen und wieder zu haben. Carla würde mich wiedersehen, sowohl im Fall sie mir das Geld zurückgeben wollte, als auch in dem, daß es ihr gelegen kam und sie es behalten wollte, denn dann hätte sie das Bedürfnis verspürt, mir zu danken. Ich atmete auf: Noch war nicht alles für immer zu Ende!

Ich sagte der Alten, daß in dem Umschlag ein wenig restliches Geld sei, das mir von Freunden des armen Copler für sie übergeben worden war. Sehr viel heiterer schon, ließ ich Carla dann ausrichten, daß ich das ganze Leben ein guter Freund für sie bleiben würde, und wenn sie Hilfe brauche, könne sie sich ohne weiteres an mich wenden. So konnte ich ihr meine Adresse zukommen lassen, welche die von Guidos Büro war.

Beim Weggehen war mein Schritt weitaus federnder als der, der mich hergeführt hatte.

Aber an diesem Tag hatte ich einen heftigen Streit mit Augusta. Es ging um eine Lappalie. Ich sagte, die Suppe sei versalzen, und sie behauptete, das stimme nicht. Da bekam ich einen wahnwitzigen Wutanfall, weil es mir so schien, als lache sie mich aus, und ich zog das Tischtuch mit Gewalt zu mir her, so daß alles Geschirr auf dem Tisch zu Boden flog. Die Kleine, die im Arm des Kindermädchens war, fing an zu schreien, was mich sehr beschämte, weil das kleine Mündchen mir Vorwürfe zu machen schien. Augusta wurde blaß, wie nur sie blaß werden konnte, nahm das Kind auf den Arm und ging hinaus. Ich fand auch ihre Reaktion übertrieben: Würde sie mich jetzt allein essen lassen wie einen Hund? Aber sofort kam sie ohne das Kind zurück, deckte den Tisch noch einmal neu und setzte sich vor ihren Teller, in dem sie mit dem Löffel herumrührte, als wollte sie gleich anfangen zu essen.

Insgeheim fluchte ich, aber ich wußte schon, daß ich ein Spielball in den Händen zügelloser Naturgewalten gewesen war. Der Natur, die keinerlei Probleme hatte, solche Gewalten zu ballen, und noch weniger, sie zu entfesseln. Meine Verwünschungen richteten sich nun gegen Carla, die so tat, als würde sie nur zum Vorteil meiner Frau handeln. Da sah man nun, wie sie sie mir zugerichtet hatte!

Gemäß einer Methode, der sie bis heute treu geblieben ist, protestiert Augusta nicht, sobald sie mich in diesem Zustand sieht, und sie weint nicht, und sie diskutiert auch nicht. Als ich behutsam anfing, sie um Entschuldigung zu bitten, wollte sie nur eines klarstellen: Sie hatte nicht gelacht, sie hatte nur gelächelt, auf die gleiche Weise, die mir so oft gefallen hatte und über die ich mich doch so oft beifällig geäußert hatte.

Ich war tief beschämt. Ich bat inständig, man möge die Kleine gleich zu uns bringen, und als ich sie im Arm hatte, spielte ich lange mit ihr. Dann setzte ich sie mir auf den

Kopf, und unter ihrem Kleidchen, das mir das Gesicht bedeckte, wischte ich mir die Augen, die sich mit den Tränen gefüllt hatten, die Augusta nicht vergossen hatte. Ich spielte mit der Kleinen, denn ich wußte, daß ich Augusta so wieder näherkam, ohne mich zu Entschuldigungen herbeilassen zu müssen, und tatsächlich hatten ihre Wangen schon wieder ihre übliche Farbe angenommen.

Dann ging auch dieser Tag sehr gut zu Ende, und der Nachmittag glich dem vorherigen. Es war wirklich genau dasselbe, wie wenn ich am Morgen Carla am üblichen Ort angetroffen hätte. Es hatte mir nicht gefehlt, daß ich mich nicht austoben konnte. Ich hatte wiederholt um Entschuldigung gebeten, denn ich mußte Augusta dazu bringen, wieder ihr mütterliches Lächeln zu lächeln, wenn ich Unsinn redete oder trieb. Wehe, wenn sie sich in meiner Gegenwart zu einer bestimmten Haltung hätte zwingen müssen oder wenn sie auch nur ein einziges Mal ihr gewohntes, inniges Lächeln hätte unterdrücken müssen, das mir wie das erschöpfendste und wohlwollendste Urteil erschien, das man über mich abgeben konnte.

Am Abend sprachen wir noch einmal über Guido. Offenbar war der Frieden zwischen ihm und Ada vollkommen. Augusta wunderte sich über die Gutmütigkeit ihrer Schwester. Diesmal jedoch war es an mir, zu lächeln, denn es war klar, daß sie sich an die eigene Gutmütigkeit nicht erinnerte, die gigantisch war. Ich fragte sie:

»Und wenn ich unser Haus in den Schmutz ziehen würde, würdest du mir das nicht verzeihen?« Sie zögerte:

»Wir haben unsere Kleine«, rief sie, »während Ada keine Kinder hat, die sie an diesen Mann binden.«

Sie liebte Guido nicht; ich denke manchmal, sie grollte ihm, weil er mir Leid zugefügt hatte.

Wenige Monate später schenkte Ada Guido Zwillinge, und Guido begriff nie, warum ich ihm so warmherzig dazu gratulierte. Jetzt, da sie Kinder hatten, konnte er, auch Augustas Meinung nach, die Hausmädchen ruhig haben.

Am nächsten Vormittag jedoch, als ich auf meinem Tisch im Büro einen Umschlag fand, von Carlas Hand an mich adressiert, atmete ich auf. Da war doch nichts aus, und man konnte, ausgestattet mit allem Notwendigen, weiterleben. In knappen Worten gab Carla mir ein Rendezvous, um elf Uhr vormittags im Volksgarten beim Eingang gegenüber ihres Hauses. Wir würden uns nicht in ihrem Zimmer treffen, aber doch an einem Ort, der ganz in seiner Nähe war.

Ich konnte es nicht erwarten und kam eine Viertelstunde zu früh zur Verabredung. Wäre Carla nicht am vereinbarten Ort gewesen, wäre ich direkt zu ihr nach Hause gegangen, was erheblich bequemer gewesen wäre.

Auch dieser Tag war erfüllt vom jungen Frühling, mild und hell. Als ich die lärmende Corsia Stadion verließ und in den Park eintrat, fand ich mich in einer ländlichen Stille wieder, von der man nicht behaupten kann, sie würde vom leisen, beständigen Rauschen der vom Windhauch umspielten Pflanzen unterbrochen.

Mit raschen Schritten schickte ich mich an, die Anlagen zu verlassen, als Carla mir entgegenkam. Sie hatte meinen Umschlag in der Hand und kam ohne ein Lächeln des Grußes näher, ja mit harter Entschlossenheit in dem blassen Gesichtchen. Sie trug ein einfaches Stoffkleid aus grobem Tuch mit blauen Streifen, das ihr sehr gut stand. Sie wirkte selbst wie ein Teil des Parks. Später, in den Momenten, in denen ich sie am meisten haßte, unterstellte ich ihr, sie hätte sich absichtlich so gekleidet, um sich begehrenswerter zu machen, in eben dem Augenblick, in dem sie sich mir verweigerte. Dabei war es der erste Frühlingstag, der sie kleidete. Man sollte auch bedenken, daß in meiner langen, aber schroffen Liebe der Schmuck meiner Dame eine überaus geringfügige Rolle gespielt hatte. Ich hatte immer schnurstracks diesen ihren Übungsraum angesteuert, und bescheidene Frauen sind wirklich sehr einfach, wenn sie zu Hause bleiben.

Sie reichte mir die Hand, die ich drückte und ihr dabei sagte:

»Ich danke dir, daß du gekommen bist!«

Wieviel schicklicher es doch für mich gewesen wäre, wenn ich das ganze Gespräch hindurch so sanft geblieben wäre!

Carla schien gerührt, und wenn sie sprach, brachte eine Art Krampf ihre Lippen zum Beben. Manchmal hinderte diese Lippenbewegung sie auch beim Singen daran, den Ton zu artikulieren. Sie sagte zu mir:

»Ich würde dir gerne den Gefallen tun und dieses Geld von dir annehmen, aber ich kann nicht, nie und nimmer kann ich das. Ich bitte dich, nimm es zurück.«

Da ich sie den Tränen nahe sah, tat ich ihr sofort den Gefallen und nahm den Umschlag an mich, den ich dann später in meiner Hand fand, lange nachdem ich diesen Ort verlassen hatte.

»Willst du wirklich nichts mehr von mir wissen?«

Ich stellte diese Frage und bedachte nicht, daß sie sie am Vortag beantwortet hatte. Aber war es denn möglich, daß sie, begehrenswert wie ich sie vor mir sah, sich mir vorenthielt?

»Zeno!« antwortete das Mädchen mit einiger Sanftmut,

»hatten wir uns denn nicht gelobt, daß wir uns nie wieder sehen wollten? Im Anschluß an dieses unser Gelöbnis bin ich Verpflichtungen eingegangen, ähnlich denen, die du schon hattest, bevor du mich kennengelernt hast. Sie sind ebenso heilig wie deine. Ich hoffe, daß deine Frau nunmehr gemerkt hat, daß du ganz ihr gehörst.«

In ihren Überlegungen war Adas Schönheit also weiterhin von Bedeutung. Wäre ich mir sicher gewesen, daß ihre Abkehr durch sie bedingt war, hätte ich Abhilfe zu schaffen gewußt. Ich hätte sie wissen lassen, daß Ada nicht meine Frau war und hätte ihr Augusta gezeigt mit ihrem schiefen Auge und mit ihrer Figur einer gesunden Amme. Aber waren nicht unterdessen die Verpflichtungen, die sie eingegangen war, wichtiger? Die mußte man anfechten.

Ich versuchte, ruhig zu sprechen, während auch mir die Lippen bebten, allerdings vor Verlangen. Ich erzählte ihr, daß sie noch nicht wisse, wie sehr sie die meine sei und wie sie nicht mehr das Recht habe, über sich zu verfügen. Mir ging der wissenschaftliche Beweis für das, was ich sagen wollte, im Kopf herum, nämlich dieses berühmte Experiment Darwins* mit einer Araberstute, aber dem Himmel sei Dank, daß ich nicht davon gesprochen habe, da bin ich mir fast sicher. Ich muß jedoch über Tiere gesprochen haben und über ihre physische Treue, und zwar in einem sinnlosen Gestammel. Dann ließ ich die schwierigeren Themen beiseite, für die in dem Augenblick weder sie noch ich zugänglich waren, und sagte:

»Welche Verpflichtungen kannst du eingegangen sein? Und welche Bedeutung können die haben im Vergleich zu einer Liebe wie der, die uns über ein Jahr verbunden hat?«

Ich packte sie grob bei der Hand, weil ich das Bedürfnis nach einer energischen Tat verspürte und kein Wort fand, das sie hätte ersetzen können.

Sie entzog sich meinem Griff mit solcher Energie, als ob es das erste Mal gewesen wäre, daß ich mir etwas derartiges herausnahm.

»Nie«, sagte sie in der Haltung eines Menschen, der einen Eid leistet, »nie bin ich eine heiligere Verpflichtung eingegangen! Ich bin sie eingegangen mit einem Mann, der mir gegenüber eine ebensolche übernommen hat.«

Da war kein Zweifel! Das Blut, das ihr plötzlich die Wangen färbte, war dorthin geschossen aus Verärgerung über den Mann, der ihr gegenüber keine einzige Verpflichtung eingegangen war. Und sie erklärte sich auch deutlicher:

»Gestern sind wir durch die Straßen gegangen, Arm in Arm und in Begleitung seiner Mutter.«

Es war klar, daß mir die geliebte Frau weglief, immer weiter fort von mir. Ich lief wie verrückt hinter ihr drein, mit gewissen Sprüngen wie ein Hund, dem ein leckeres Stück Fleisch streitig gemacht wird. Gewaltsam ergriff ich wieder ihre Hand:

»Nun gut«, schlug ich vor, »halten wir uns an der Hand und gehen wir so durch die ganze Stadt. In dieser ungewöhnlichen Pose gehen wir, damit man uns besser sieht, durch die Corsia Stadion, vorbei an den Volti di Chiozza, und dann den Corso ganz runter bis nach Sant'Andrea, um dann von einer völlig anderen Seite wieder zu unserem Zimmer zurückzukommen, damit die ganze Stadt uns sieht.«

Da verzichtete ich also zum ersten Mal auf Augusta! Und das kam mir wie eine Erlösung vor, denn sie war es ja, die mir Carla wegnehmen wollte.

Sie entzog sich erneut meinem Griff und sagte schroff:

»Das wäre so ungefähr derselbe Weg, den wir gestern gegangen sind!«

Da sprang ich noch einmal:

»Und er weiß, er weiß alles? Weiß er auch, daß du gestern die meine gewesen bist?«

»Ja«, sagte sie stolz. »Er weiß alles, alles.«

Ich fühlte mich verloren, und in meiner Wut war ich wie der Hund, der den, der ihm den ersehnten Bissen vorenthält, so daß er nicht mehr an ihn herankommt, in die Kleider beißt, und ich sagte:

»Dein Herr Bräutigam hat ja einen vorzüglichen Magen. Heute verdaut er mich, und morgen verdaut er alles, was du willst.«

Den genauen Klang meiner Worte hörte ich nicht. Ich wußte, daß ich schrie vor Schmerz. Sie dagegen zeigte einen Ausdruck der Empörung, dessen ich ihre sanften, braunen Gazellenaugen nicht für fähig gehalten hätte.

»Mir sagst du das? Und warum hast du nicht den Mut, es ihm zu sagen?«

Sie kehrte mir den Rücken zu und ging mit raschen Schritten in Richtung Ausgang. Ich bereute meine Worte schon, war jedoch benommen von der großen Überraschung, daß es mir von nun an verwehrt sein sollte, Carla weniger zärtlich zu behandeln. Das hielt mich wie angenagelt auf der Stelle fest. Die kleine blau-weiße Gestalt hatte mit kleinen, raschen Schritten schon den Ausgang erreicht, als ich mich entschloß, ihr nachzulaufen. Ich wußte nicht, was ich ihr sagen würde, aber wir konnten uns unmöglich so trennen.

An ihrer Haustür hielt ich sie auf und brachte nur aufrichtig den großen Schmerz dieses Augenblicks heraus:

»Sollen wir uns wirklich so trennen, nach so viel Liebe?«

Sie ging weiter, ohne mir zu antworten, und ich folgte ihr auch die Treppen hinauf. Dann sah sie mich mit ihrem feindseligen Blick an:

»Wenn Sie meinen Bräutigam sehen wollen, kommen Sie mit. Hören Sie ihn nicht? Er ist es, der da Klavier spielt.«

Erst da hörte ich die Synkopen des Schubertschen »Sei mir gegrüßt« in der Bearbeitung von Liszt.*

Obgleich ich in meiner Kindheit weder mit Säbel noch mit Stock herumhantiert habe, bin ich doch kein Angsthase. Das große Verlangen, das mich bisher gerührt hatte, war plötzlich verflogen. Vom Mann blieb in mir nur der Kampfgeist. Ich hatte gebieterisch etwas verlangt, was mir nicht zustand. Um meinen Fehler abzuschwächen, mußte man sich jetzt schlagen, denn sonst würde die Erinnerung an diese Frau, die damit drohte, mich von ihrem Bräutigam bestrafen zu lassen, grausam sein.

»Nun gut«, sagte ich. »Wenn du erlaubst, komme ich mit dir.«

Mir pochte das Herz, nicht aus Angst, sondern aus Furcht, keine gute Figur zu machen.

Ich stieg neben ihr hinauf. Aber plötzlich blieb sie stehen, lehnte sich an die Wand und begann wortlos zu weinen. Dort oben erklangen weiter die Noten des »Sei mir gegrüßt« auf diesem Klavier, das ich bezahlt hatte. Carlas Weinen verlieh diesen Tönen etwas sehr Rührendes.

»Ich tue, was du willst! Willst du, daß ich gehe?« fragte ich.

»Ja«, sagte sie, kaum imstande, dieses kurze Wort hervorzubringen.

»Leb wohl!« sagte ich zu ihr. »Da du es so willst, leb wohl für immer!«

Langsam stieg ich die Treppe hinunter und pfiff Schuberts Lied leise mit. Ich weiß nicht, ob es eine Täuschung war, aber mir kam es so vor, als riefe sie mir nach:

»Zeno!«

In dem Moment hätte sie mich auch mit diesem merkwürdigen Namen Dario rufen können, den sie als Kosenamen empfand, und ich wäre nicht stehen geblieben. Ich hatte große Lust zu gehen, und so kehrte ich sogar einmal rein zu Augusta zurück. Auch ein Hund, den man mit Fußtritten davon abhält, sich der Hündin zu nähern, läuft völlig rein davon, im Augenblick jedenfalls.

Als ich am nächsten Tag wieder in der Verfassung war, in der ich zum Volksgarten aufgebrochen war, schien mir schlicht und einfach, ich sei ein Feigling gewesen: Sie hatte mich gerufen, wenn auch nicht mit dem Namen der Liebe, und ich hatte nicht geantwortet! Dies war der erste Tag des Leids, auf den viele weitere der bitteren Verzweiflung folgten. Da ich nicht mehr verstand, warum ich so fortgegangen war, gab ich mir die Schuld: Ich hatte Angst vor diesem Mann oder Angst vor dem Skandal gehabt. Nun hätte ich wieder jede Kompromittierung in Kauf genommen, wie in dem Augenblick, als ich Carla diesen langen Spaziergang durch die ganze Stadt vorgeschlagen hatte. Ich hatte einen günstigen Zeitpunkt verpaßt, und ich wußte genau, daß bestimmte Frauen einen solchen nur ein einziges Mal haben. Mir hätte dieses eine Mal genügt.

Sofort beschloß ich, an Carla zu schreiben. Keinen einzigen Tag konnte ich mehr verstreichen lassen, ohne einen Versuch zu machen, ihr wieder näherzukommen. Wieder und wieder schrieb ich diesen Brief, um in diese wenigen Worte die ganze List und Raffinesse zu legen, deren ich fähig war. Ich schrieb ihn oft und oft neu, auch weil das

Briefeschreiben ein großer Trost für mich war; es waren die Ergüsse, die ich brauchte. Ich bat sie um Verzeihung für den Zorn, den ich ihr gegenüber gezeigt hatte, und behauptete, daß meine große Liebe Zeit brauche, um sich zu beruhigen. Ich fügte hinzu: »Jeder Tag, der vergeht, bringt mir ein Stückchen Frieden mehr«, und ich schrieb diesen Satz viele Male hin, immer zähneknirschend. Dann sagte ich ihr, daß ich mir die Worte nicht verzeihen könne, die ich an sie gerichtet hatte, und daß ich das Bedürfnis verspüre, sie um Vergebung zu bitten. Ich könne ihr leider das nicht bieten, was Lali ihr bot und dessen sie so würdig war.

Ich stellte mir vor, daß der Brief große Wirkung haben würde. Da Lali ja schon alles wußte, würde Carla ihn ihm zeigen, und für Lali könnte es von Vorteil sein, einen Freund meines Ranges zu haben. Ich träumte sogar davon, daß wir uns auf ein süßes Leben zu dritt einrichten könnten, denn meine Liebe war derart, daß ich in dem Augenblick mein Schicksal als milder empfunden hätte, wenn es mir gestattet gewesen wäre, Carla auch nur den Hof zu machen.

Am dritten Tag bekam ich ein kleines Billett von ihr. Ich wurde darauf weder mit Zeno noch mit Dario angeredet. Es lautete nur: »Danke! Seien auch Sie glücklich mit Ihrer Gattin, die alles Glück verdient!« Sie sprach von Ada, selbstverständlich.

Der günstige Zeitpunkt war nicht von Dauer gewesen und ist es bei Frauen nie, wenn man sie nicht bei den Zöpfen packt. Mein Begehren schlug sich in einer galligen Wut nieder. Nicht auf Augusta! Ich war so erfüllt von Carla, daß ich Gewissensbisse hatte deswegen und mich Augusta gegenüber zu einem blöden, stereotypen Lächeln zwang, das ihr echt erschien.

Ich mußte jedoch etwas unternehmen. Ich konnte doch schließlich nicht jeden Tag so warten und leiden! Ich wollte ihr nicht mehr schreiben. Geschriebenes hat für die Frauen zu wenig Bedeutung. Man mußte etwas Besseres finden.

Ohne eine bestimmte Absicht machte ich mich im Laufschritt auf den Weg zum Volksgarten. Dann, viel langsamer, zu Carlas Haus, und auf dem Treppenabsatz angekommen, klopfte ich an die Küchentür. Nach Möglichkeit hätte ich es ja vermieden, Lali zu sehen, aber ich hätte nichts dagegen gehabt, ihm zufällig über den Weg zu laufen. Das wäre die Krise gewesen, die ich spürbar brauchte.

Die alte Frau war wie üblich an der Feuerstelle, auf der zwei große Feuer brannten. Sie war erstaunt, mich zu sehen, aber ganz die gute Haut, die sie war, lachte sie dann. Sie sagte zu mir:

»Es freut mich, Sie zu sehen! Sie waren ja so daran gewöhnt, uns jeden Tag zu besuchen, daß man versteht, wenn sie es nicht schaffen, uns ganz zu meiden.«

Es war leicht, sie zum Reden zu bringen. Sie erzählte mir, daß die Liebe zwischen Carla und Vittorio groß war. An diesem Tag kamen er und seine Mutter zum Essen zu ihnen. Lachend setzte sie hinzu:

»Bald bringt er sie auch noch so weit, daß sie sogar zu seinen vielen Gesangsstunden mitgeht, die er jeden Tag geben muß. Nicht einmal für kurze Augenblicke können sie sich voneinander trennen.«

Mütterlich lächelte sie über dieses Glück. Sie erzählte mir, daß sie in wenigen Wochen heiraten würden.

Ich hatte einen schlechten Geschmack im Mund und war schon fast auf dem Weg zur Tür, um zu gehen. Dann blieb ich aber doch in der Hoffnung, das Gerede der Alten könnte mir eine gute Idee oder irgendeine Hoffnung eingeben. Der letzte Fehler, den ich Carla gegenüber begangen hatte, war ja genau der gewesen, daß ich davongelaufen war, ohne sämtliche Möglichkeiten geprüft zu haben, die mir noch offenstehen konnten.

Einen Moment lang glaubte ich auch, meine Idee gefunden zu haben. Ich fragte die Alte, ob sie denn wirklich beschlossen hätte, bis zu ihrem Tod die Dienerin ihrer Tochter zu spielen. Ich sagte ihr, ich wisse, daß Carla nicht gerade sanft mit ihr umging.

Sie hantierte beharrlich weiter an ihrem Herd, aber sie hörte mir zu. Sie war von einer Sanftmut, die ich nicht verdient hatte. Sie beklagte sich über Carla, die wegen Nichtigkeiten die Geduld verlor. Sie entschuldigte sich:

»Sicher, ich werde jeden Tag älter und vergesse alles. Ich kann nichts dafür!«

Aber sie hoffte, daß die Dinge jetzt besser gehen würden. Carlas schlechte Laune würde abnehmen, jetzt, da sie glücklich war. Und dann hatte Vittorio ihr vom ersten Moment an sehr viel Achtung erwiesen. Und während sie weiter damit beschäftigt war, aus einem Gemisch aus Teig und Obst bestimmte Stücke zu formen, fügte sie hinzu:

»Es ist meine Pflicht, bei meiner Tochter zu bleiben. Das geht gar nicht anders.«

Mit einem gewissen ängstlichen Nachdruck versuchte ich sie zu überzeugen. Ich sagte ihr, sie könne sich sehr wohl aus so viel Sklaverei befreien. Gab es denn nicht mich? Ich würde das Monatsgehalt, das ich bis dahin Carla ausgestellt hatte, an sie weiterzahlen. Ich wollte nur noch jemanden aushalten! Ich wollte die Alte bei mir behalten, die mir wie ein Teil der Tochter erschien.

Die Alte bekundete mir ihre Dankbarkeit. Sie pries meine Güte, aber sie brach in Gelächter aus bei der Vorstellung, daß man ihr vorschlagen könnte, ihre Tochter zu verlassen. Daran war gar nicht zu denken.

Das war ein hartes Wort, es prallte gegen meine Stirn, die sich zurückwölbte! Ich kehrte in diese große Einsamkeit zurück, wo Carla nicht war und nicht einmal ein Weg in Sicht, der zu ihr führte. Ich entsinne mich, daß ich eine letzte Anstrengung unternommen habe, um mir einbilden zu können, dieser Weg wäre wenigstens vorgezeichnet. Bevor ich ging, sagte ich zu der Alten, es könne ja durchaus sein, daß sie in nächster Zeit ihre Meinung änderte. In dem Fall bat ich sie, an mich zu denken.

Als ich dieses Haus verließ, war ich voller Entrüstung und Groll, ganz so, als ob man mich mißhandelt hätte, während ich mich zu einer guten Tat anschickte. Diese Alte hatte mich richtig beleidigt mit ihrem schallenden Gelächter. Es gellte mir noch immer in den Ohren, und es verhöhnte ja nicht nur meinen letzten Vorschlag.

In diesem Zustand wollte ich nicht zu Augusta gehen. Ich sah mein Schicksal voraus. Wäre ich zu ihr gegangen, hätte ich sie zuletzt schlecht behandelt, und sie hätte sich mit ihrer großen Blässe gerächt, die mir so weh tat. Lieber lief ich mit rhythmischen Schritten durch die Straßen, was zu ein wenig Ordnung in meinem Inneren führen würde. Und sie stellte sich auch wirklich ein, die Ordnung! Ich hörte auf, mich über mein Schicksal zu beklagen, und sah mich selbst, wie wenn ein großes Licht meine ganze Gestalt auf das Straßenpflaster projizieren würde, auf das ich schaute. Ich verlangte nicht nach Carla, ich wollte ihre Umarmung, und vorzugsweise ihre letzte Umarmung. So etwas Lächerliches! Ich biß mir auf die Lippen, um den

Schmerz, das heißt etwas Ernst auf mein lächerliches Konterfei hinzuwerfen. Ich wußte alles über mich selbst, und es war unverzeihlich, daß ich so sehr litt, weil sich mir eine einmalige Gelegenheit zur Entwöhnung bot. Carla war nicht mehr da, ganz wie ich es mir so häufig gewünscht hatte.

Als ich mit solcher Klarheit im Herzen wenig später in eine abgelegene Straße der Stadt kam, wo ich ohne jede Absicht hingeraten war, und eine geschminkte Frau mir ein Zeichen gab, lief ich ohne Zögern zu ihr.

Ich kam ziemlich spät zum Essen, aber ich war so lieb zu Augusta, daß sie sofort in fröhlicher Stimmung war. Ich war jedoch nicht imstande, mein kleines Mädchen zu küssen, und mehrere Stunden lang konnte ich auch nicht essen. Ich fühlte mich recht schmutzig! Ich schützte keine Krankheit vor, wie ich es andere Male getan hatte, um meine Vergehen und meine Reue zu verbergen und zu lindern. Ich glaubte nicht, daß ich in einem Vorsatz für die Zukunft Trost finden könnte, und zum ersten Mal faßte ich überhaupt keinen. Viele Stunden mußten vergehen, bis ich zu meinem gewohnten Rhythmus zurückgefunden hatte, der mich aus der düsteren Gegenwart heraus in die strahlende Zukunft führte.

Augusta bemerkte, daß da etwas Neues an mir war. Sie lachte darüber:

»Mit dir kann es einem nie fad werden. Jeden Tag bist du ein neuer Mensch.«

Genau! Diese Frau aus der Vorstadt glich keiner anderen, und ich hatte sie in mir.

Auch den Nachmittag und den Abend verbrachte ich mit Augusta. Sie war sehr beschäftigt, und ich blieb untätig in ihrer Nähe. Mir schien, in dieser Untätigkeit würde ich mitgetragen von einer Strömung, einer Strömung klaren Wassers: dem ehrbaren Leben in meinem Haus.

Ich überließ mich dieser Strömung, die mich trug, aber nicht reinwusch. Ganz im Gegenteil! Sie betonte nur noch meine Schmutzigkeit.

Natürlich gelangte ich in der folgenden, langen Nacht zum Vorsatz. Der erste war der eisernste. Ich würde mir eine Waffe zulegen, um mich auf der Stelle niederzuschießen, sobald ich mich auf dem Weg in diesen Teil der Stadt überraschen sollte. Dieser Vorsatz tat mir gut und besänftigte mich.

Ich stöhnte nie in meinem Bett, ja, ich ahmte die regelmäßigen Atemzüge des Schlafenden nach. So kehrte ich zu der uralten Idee zurück, mich durch ein Geständnis vor meiner Frau zu läutern, genau wie damals, als ich im Begriff war, sie mit Carla zu betrügen. Aber mittlerweile war dieses Geständnis ziemlich schwierig geworden, und zwar nicht wegen der Schwere der Verfehlung, sondern wegen der Komplikation, aus der es hervorgegangen war. Vor einem Richter wie meiner Frau hätte ich doch mildernde Umstände geltend machen müssen, und die wären nur dann zum Tragen gekommen, wenn ich von dem unvorstellbaren Gewaltakt hätte erzählen können, mit dem mein Verhältnis zu Carla abgebrochen worden war. Dann wäre es aber nötig gewesen, auch diesen mittlerweile alten Betrug einzugestehen. Er war reiner als dieser hier, aber (wer weiß?) für eine Ehefrau kränkender.

Durch gründliche Selbsterforschung gelangte ich zu immer vernünftigeren Vorsätzen. Ich gedachte, die Wiederholung derartiger Verfehlungen dadurch zu vermeiden, daß ich mir schleunigst ein anderes Verhältnis zulegte, so wie das, das ich verloren hatte und das ich sichtlich brauchte.

Aber die neue Frau schreckte mich auch. Tausend Gefahren würden mich und meine kleine Familie bedrohen. Eine andere Carla gab es nicht auf dieser Welt, und ich weinte die bittersten Tränen um sie, die liebe, die gute, die sogar versucht hatte, die Frau zu lieben, die ich liebte, und der das nicht gelungen war, weil ich ihr eine andere Frau vorgesetzt hatte, und zwar genau die, die ich ganz und gar nicht liebte!

7
Die Geschichte einer Geschäftsverbindung

Guido war es, der mich in seinem neuen Handelshaus bei sich haben wollte. Ich verging vor Verlangen dabeizusein, doch ich bin mir sicher, daß ich ihm diesen meinen Wunsch nie zu erkennen gegeben habe. Selbstverständlich war mir bei meiner Trägheit der Vorschlag zu einer solchen Geschäftstätigkeit in Gesellschaft eines Freundes sympathisch. Aber da war auch noch etwas anderes. Ich hatte die Hoffnung noch nicht aufgegeben, ein guter Geschäftsmann werden zu können, und es erschien mir leichter, voranzukommen, wenn ich Guido unterwies, als wenn ich mich von Olivi unterweisen ließ. Viele Menschen auf dieser Welt lernen nur, wenn sie sich selbst zuhören, oder können doch zumindest nicht lernen, wenn sie anderen zuhören.

Ich hatte auch noch andere Gründe, diese Verbindung zu wünschen. Ich wollte Guido nützlich sein! Erstens hatte ich ihn gern, und obwohl er sich stark und sicher geben wollte, erschien er mir wehrlos und eines Schutzes bedürftig, den ich ihm gerne gewähren wollte. Außerdem schien es mir auch vor meinem Gewissen, und nicht nur in Augustas Augen so zu sein, daß meine absolute Gleichgültigkeit gegenüber Ada sich um so klarer erweisen würde, je anhänglicher ich Guido gegenüber war.

Kurz, ich wartete nur auf ein Wort von Guido, um ihm zur Verfügung zu stehen, und dieses Wort kam nur deshalb nicht früher, weil er meinte, ich neigte nicht so sehr zum

Handel, da ich ja nichts von dem hatte wissen wollen, der mir im eigenen Haus geboten wurde.

Eines Tages sagte er zu mir:

»Ich habe die Höhere Handelsschule absolviert, aber es macht mir doch ein wenig Sorgen, wie ich auf gesunde Weise all diese Details regeln soll, die das gesunde Funktionieren eines Handelshauses gewährleisten. Es mag ja sein, daß ein Geschäftsmann nicht von allem und jedem eine Ahnung haben muß, denn wenn er eine Waage braucht, dann ruft er einen Waagenmacher, wenn er das Gesetz braucht, dann ruft er den Anwalt, und für die eigene Buchhaltung wendet er sich an einen Buchhalter. Aber es ist schon recht hart, die eigene Buchhaltung so von allem Anfang an einem Fremden übergeben zu müssen!«

Das war die erste deutliche Anspielung auf seine Absicht, mich bei sich zu haben. In Wirklichkeit hatte ich nicht mehr Erfahrung in Buchhaltung als die paar Monate, in denen ich für Olivi das Hauptbuch geführt hatte, aber ich war sicher, der einzige Buchhalter zu sein, der für Guido kein Fremder war.

Zum ersten Mal war deutlich die Rede von der Möglichkeit einer Verbindung zwischen uns, als er die Möbel für sein Büro aussuchen ging. Einfach so bestellte er zwei Schreibtische für das Direktionszimmer. Errötend fragte ich:

»Warum zwei?«

Er antwortete:

»Der andere ist für dich.«

Ich empfand solche Dankbarkeit für ihn, daß ich ihn fast umarmt hätte.

Als wir das Geschäft verlassen hatten, erklärte Guido mir etwas verlegen, daß er noch nicht in der Lage sei, mir eine

Position in seinem Haus anzubieten. Er stellte diesen Platz in seinem Zimmer lediglich bereit, um mich einzuladen, zu kommen und ihm Gesellschaft zu leisten, sooft es mir gefiel. Er wollte mich zu nichts verpflichten, und auch er konnte frei disponieren. Falls sein Unternehmen gutgehen sollte, würde er mir in der Direktion seines Hauses eine Stelle einräumen.

Im Gespräch über sein Unternehmen wurde Guidos schönes braunes Gesicht sehr ernst. Es schien, als hätte er sich schon alle Transaktionen überlegt, mit denen er sich befassen wollte. Er schaute, über meinen Kopf hinweg, in die Ferne und ich hatte solches Vertrauen in die Ernsthaftigkeit seiner Überlegungen, daß ich mich ebenfalls umwandte, um das zu schauen, was er sah, diese Transaktionen nämlich, die ihm Glück bringen sollten. Er wollte weder den Weg gehen, den unser Schwiegervater mit so viel Erfolg beschritten hatte, noch den von Olivi eingeschlagenen der Bescheidenheit und der Sicherheit. Beide waren für ihn Geschäftsleute vom alten Schlag. Man mußte einen ganz anderen Weg verfolgen, und er schloß sich gern mit mir zusammen, weil er mich für noch nicht von den Alten verdorben hielt.

All das erschien mir wahr. Mir wurde mein erster Geschäftserfolg beschert, und vor Freude errötete ich ein zweites Mal. Auf diese Weise und aus Dankbarkeit für die Wertschätzung, die er mir erwiesen hatte, kam es, daß ich ganze zwei Jahre lang mit ihm und für ihn arbeitete, einmal mehr, einmal weniger intensiv und ohne anderen Lohn als den Ruhm dieses Platzes im Direktionszimmer. Bis dahin war das bestimmt die längste Zeit, die ich mich je ein und derselben Beschäftigung gewidmet hatte. Ich kann mich dessen nur darum nicht rühmen, weil meine

Tätigkeit überhaupt keine Früchte trug, weder für mich noch für Guido, und im Handel kann man – wie jedermann weiß – nur nach dem Ergebnis urteilen.

Ich bewahrte mir die Zuversicht, auf dem Weg zu einer bedeutenden Geschäftstätigkeit zu sein, etwa drei Monate lang, der Zeitraum, der erforderlich war, um diese Firma zu gründen. Ich erfuhr, daß es mir zufallen würde, nicht nur Details wie Korrespondenz und Buchhaltung zu regeln, sondern auch den Geschäftsgang zu überwachen. Guido behielt trotzdem so großen Einfluß auf mich, daß er mich auch hätte zugrunde richten können, und nur mein guter Stern hat ihn daran gehindert. Ein Zeichen von ihm genügte, und ich lief zu ihm. Das erstaunt mich noch jetzt, da ich darüber schreibe, nachdem ich einen so großen Teil meines Lebens Zeit gehabt habe, darüber nachzudenken.

Und ich schreibe über diese zwei Jahre auch, weil mir meine Anhänglichkeit an ihn eine deutliche Bekundung meiner Krankheit zu sein scheint. Welchen Grund gab es denn, sich an ihn zu hängen, um den Großhandel zu lernen und gleich darauf bei ihm hängen zu bleiben, um ihm den Einzelhandel beizubringen? Welchen Grund gab es denn, sich in dieser Position wohlzufühlen, nur weil es mir so vorkam, als ob meine große Freundschaft für Guido große Gleichgültigkeit für Ada bedeutete? Wer verlangte denn all das von mir? Hätte zum Beweis unserer beiderseitigen Gleichgültigkeit nicht die Existenz all der Bälger genügt, die wir beharrlich in die Welt setzten? Ich war Guido nicht übel gesonnen, aber freiwillig hätte ich ihn mir sicher nicht zum Freund ausgesucht. Ich sah seine Fehler immer so deutlich vor mir, daß oft schon der Gedanke an ihn mich ärgerte, wenn mich nicht gerade irgendein Zeichen seiner Schwäche rührte. Lange Zeit opferte ich ihm meine Freiheit und ließ mich von ihm in die widerwärtigsten Situationen hineinziehen, nur um ihm zu helfen! Ein fürwahr untrügliches Anzeichen von Krankheit oder von großer Gutmütigkeit, zwei Eigenschaften, die in sehr inniger Beziehung zueinander stehen.

Das bleibt wahr, auch wenn sich im Lauf der Zeit zwischen uns eine große Zuneigung entwickelte, wie das immer geschieht zwischen rechtschaffenen Leuten, die sich tagtäglich sehen. Und meine Zuneigung war groß! Als er dahinging, spürte ich lange Zeit, wie er mir fehlte, ja, mein ganzes Leben erschien mir leer, da ja einen guten Teil davon er und seine Geschäfte in Anspruch genommen hatten.

Ich muß lachen, wenn ich mich daran erinnere, daß wir uns gleich bei unserem ersten Geschäft, dem Möbelkauf, gewissermaßen bei einem Termin irrten. Wir hatten uns die Möbel aufgehalst, und wir konnten uns noch nicht entscheiden, wo wir das Büro einrichten sollten. Bei der Wahl des Büros gab es eine Meinungsverschiedenheit zwischen Guido und mir, wodurch sie sich verzögerte. Bei meinem Schwiegervater und bei Olivi hatte ich immer gesehen, daß das Büro, um die Aufsicht über das Lager zu ermöglichen, direkt daneben lag. Angewidert verzog Guido das Gesicht und widersprach:

»Diese Triestiner Büros, in denen es nach Stockfisch und Leder stinkt!« Er versicherte, er würde die Aufsicht auch aus der Ferne organisieren können, aber vorerst zögerte er. Eines schönen Tages erklärte ihm der Möbelhändler, er solle sie nun abholen, sonst würde er sie auf die Straße werfen, und da lief er los, um den Vertrag für ein Büro abzuschließen, das letzte, das ihm angeboten worden war, ohne Lagerräume in der Nähe, aber mitten im Stadtzentrum. Und deshalb bekamen wir auch nie mehr ein Lager.

Das Büro bestand aus zwei weitläufigen und hellen Räumen und einem fensterlosen Zimmerchen. An die Tür dieses unbewohnbaren Zimmerchens wurde ein Schild mit der lapidaren Aufschrift: *Buchhaltung* geklebt; von den anderen beiden Türen bekam dann die eine die Aufschrift *Kassa*, und die andere wurde mit der so überaus englischen Bezeichnung *Privat* dekoriert. Auch Guido hatte in England das Handelswesen studiert und nützliche Begriffe von dort mitgebracht. Die *Kassa* war, wie es sich gehört, mit einer prächtigen Eisenkasse ausgestattet und mit dem traditionellen Gitter. Unser *Privat*-Zimmer wurde ein luxuriöser Raum, in samtigem Braun tapeziert und ausgestattet mit den beiden Schreibtischen, einem Sofa und verschiedenen sehr bequemen Sesseln.

Dann kam der Kauf der Bücher und der verschiedenen Gerätschaften. Hier war meine Rolle als Direktor unbestritten. Ich bestellte, und die Dinge trafen ein. Eigentlich hätte ich es lieber gehabt, wenn man meinen Anweisungen weniger prompt Folge geleistet hätte, aber es war meine Pflicht, all die Dinge anzugeben, die in einem Büro gebraucht wurden. Da glaubte ich, den großen Unterschied zwischen Guido und mir zu entdecken. Mein Wissen diente mir zum Reden und ihm zum Handeln. Wenn er so weit war, daß er wußte, was ich wußte, mehr aber nicht, kaufte er. Es stimmt zwar, daß er im Handel manchmal fest entschlossen war, nichts zu tun, das heißt, weder zu kaufen noch zu verkaufen, doch auch das schien mir die Entscheidung eines Menschen zu sein, der glaubt, viel zu wissen. Ich wäre auch im Nichtstun zögerlicher gewesen.

Bei diesen Anschaffungen war ich sehr vorsichtig. Ich lief zu Olivi, um für die Briefkopierer und für die Rechnungsbücher Maß zu nehmen. Dann half mir der junge Olivi, die

Bücher zu eröffnen und erklärte mir auch einmal die doppelte Buchführung, alles kein besonders schwieriges Zeug, aber man vergißt es so leicht. Wenn es ans Bilanzmachen ging, würde er mir auch das erklären.

Noch wußten wir nicht, was wir in diesem Büro machen würden (jetzt weiß ich, daß Guido es damals auch nicht wußte), und wir diskutierten über unsere gesamte Organisation. Ich erinnere mich, daß wir tagelang darüber redeten, wo wir die anderen Angestellten unterbringen würden, wenn wir sie brauchen sollten. Guido schlug vor, soviele dort Platz hatten, in die *Kassa* zu setzen. Doch der kleine Luciano, im Augenblick unser einziger Angestellter, erklärte, daß dort, wo die Kasse war, doch keine anderen Personen sein durften außer den Kassenbediensteten selbst. Es war ziemlich hart, uns von unserem Laufburschen belehren lassen zu müssen! Ich hatte eine Eingebung:

»Ich glaube mich zu erinnern, daß man in England alles per Scheck bezahlt.«

Das war etwas, was ich in Triest gehört hatte.

»Bravo!« sagte Guido. »Auch ich erinnere mich jetzt. Komisch, daß ich es vergessen hatte!«

Er begann, Luciano lang und breit zu erklären, wie es nicht mehr üblich wäre, mit so viel Geld zu hantieren. Die Schecks gingen von einem zum anderen in jeder beliebigen Höhe. Das war ein schöner Sieg für uns, und Luciano schwieg.

Dieser zog großen Vorteil aus dem, was er von Guido lernte. Heute ist unser Laufbursche ein allseits geachteter Geschäftsmann in Triest. Er grüßt mich noch immer mit einer gewissen Devotion, die durch ein Lächeln gemildert wird. Guido verwendete immer einen Teil des Tages darauf, zunächst Luciano zu belehren, dann mich und schließlich die Angestellte. Ich entsinne mich, daß er lange Zeit mit der Idee geliebäugelt hatte, sich auf Kommissionshandel zu verlegen, um nicht das eigene Geld aufs Spiel zu setzen. Er erklärte das Wesentliche dieses Handels zunächst mir, und da ich offenkundig zu schnell begriff, begann er es Luciano zu erklären, der ihm lange mit allen Anzeichen der lebhaftesten Aufmerksamkeit zuhörte, wobei seine großen Augen in dem noch bartlosen Gesicht glänzten. Man kann nicht behaupten, Guido habe seine Zeit vertan, denn Luciano ist der einzige von uns, der es in dieser Handelssparte zu etwas gebracht hat. Und dann heißt es, Wissen sei ein Garant für Erfolg!

Unterdessen trafen aus Buenos Aires die *pesos* ein. Das war eine ernste Angelegenheit! Zunächst war mir das ganz leicht vorgekommen, dagegen war der Markt von Triest aber nicht auf diese exotische Währung eingestellt. Wieder brauchten wir den jungen Olivi, der uns beibrachte, wie man diese Schecks einlöste. Als wir dann später uns selbst überlassen waren, da Olivi meinte, er habe uns nun in den sicheren Hafen gelotst, ist Guido einmal mehrere Tage lang mit prall gefüllten Taschen voller Kronen herumgelaufen, bis wir den Weg zu einer Bank fanden, die uns die unbequeme Last abnahm und uns ein Scheckheft aushändigte, das wir bald zu benutzen lernten.

Guido empfand das Bedürfnis, Olivi zu sagen, er möge ihm die sogenannte Niederlassung erleichtern:

»Ich versichere Ihnen, daß ich der Firma meines Freundes nie Konkurrenz machen werde!«

Aber der junge Mann, der vom Handel eine andere Auffassung hatte, antwortete:

»Wenn es doch in unserer Branche nur mehr Wettbewerb gäbe. Dann ginge es uns besser!«

Guido blieb der Mund offen stehen, er begriff nur allzu gut, wie das immer bei ihm war, und er klammerte sich an diese Theorie, die er jedem auftischte, der sie hören wollte.

Trotz seiner Höheren Schule hatte Guido einen wenig präzisen Begriff von Soll und Haben. Überrascht sah er zu, wie ich das Kapitalkonto anlegte, und auch, wie ich die Aufwände verzeichnete. Dann war er so versiert in Buchhaltung, daß er ein Geschäft, das man ihm vorschlug, zuerst vom buchhalterischen Gesichtspunkt aus prüfte. Es schien ihm nachgerade so zu sein, als würde einem die Kenntnis der Buchhaltung einen neuen Blick auf die Welt eröffnen. Überall tauchten für ihn Schuldner und Gläubiger auf, auch wenn zwei sich prügelten oder sich küßten.

Man kann durchaus sagen, daß er mit der größtmöglichen Vorsicht gewappnet ins Handelsgeschäft eintrat. Er lehnte eine Menge von Geschäften ab, ja, ein halbes Jahr lang lehnte er alle ab, und zwar mit der gelassenen Art dessen, der es besser weiß:

»Nein!« sagte er, und der Einsilber hörte sich an wie das Ergebnis präziser Berechnungen, auch wenn es sich um einen Artikel handelte, den er noch nie gesehen hatte. Aber all dieses Nachdenken war darauf verschwendet worden, nachzuprüfen, wie das Geschäft und dann der allfällige Gewinn oder der Verlust daraus durch die Bücher hätten gehen müssen. Das war, was er zuletzt gelernt hatte, und es hatte sich allen seinen Begriffen übergeordnet.

Es ist schmerzhaft für mich, so viel Schlechtes über meinen armen Freund sagen zu müssen, aber ich muß bei der Wahrheit bleiben, auch um mich selbst besser zu verstehen. Ich erinnere mich, wieviel Geisteskraft er darauf verwandte, unser kleines Büro mit Phantasieprodukten anzuräumen, die uns an aller gesunden Betriebsamkeit hinderten. Einmal verschickten wir, um mit der Kommissionsarbeit zu beginnen, per Post etwa tausend Rundschreiben. Guido stellte folgende Überlegung an:

»Wieviele Briefmarken wir doch sparen könnten, wenn wir schon vor dem Versand wüßten, welche von diesen Rundschreiben zu den Leuten kommen, die sie dann auch beachten!«

Der Satz allein hätte noch nichts verhindert, aber er gefiel ihm gar zu sehr, und so fing er an, die verschlossenen Rundschreiben in die Luft zu werfen, um nur die zu verschicken, die auf die Adresse fielen. Das Experiment erinnerte an etwas Ähnliches, was ich in der Vergangenheit getan hatte, aber dennoch scheint mir, mit mir ist es so weit nie gekommen. Natürlich sammelte ich die von ihm ausgeschiedenen Rundschreiben weder ein noch verschickte ich sie, weil ich mir ja nicht sicher sein konnte, daß es da nicht tatsächlich eine ernstzunehmende Intuition gegeben hatte, die ihn auf dieses Auswahlverfahren gebracht hatte, und ich folglich die Briefmarken nicht verschwenden durfte, die ja er zu bezahlen hatte.

Mein guter Stern hat verhindert, daß Guido mich ruinierte, aber derselbe gute Stern hat auch verhindert, daß ich einen allzu aktiven Part in seinen Geschäften übernahm. Ich sage das laut und deutlich, denn in Triest gibt es welche, die meinen, das sei nicht so gewesen: Während der Zeit, die ich mit ihm verbrachte, habe ich nie mit irgendeiner Intuition eingegriffen, etwa der Art wie beim Trockenobst. Nie habe ich ihn zu einem Geschäft angespornt, und nie habe ich ihn an irgendeinem gehindert. Ich war der Warner! Ich spornte ihn zur Aktivität an, zur Vorsicht. Aber ich hätte nicht gewagt, sein Geld auf den Spieltisch zu werfen.

An seiner Seite wurde ich sehr träge. Ich versuchte, ihn auf den rechten Weg zu bringen, und vielleicht gelang mir das aus einem Übermaß an Trägheit nicht. Im übrigen, wenn zwei sich zusammenfinden, ist es nicht an ihnen zu entscheiden, wer von beiden Don Quichotte sein soll und wer Sancho Pansa. Er machte das Geschäft, und als guter Sancho trottete ich ihm ganz gemächlich in meinen Büchern hinterher, nachdem ich es geprüft und kritisiert hatte, wie es meine Pflicht war.

Der Kommissionshandel wurde ein totales Fiasko, doch ohne uns irgendwelchen Schaden zuzufügen. Der einzige, der uns Waren schickte, war ein Schreibwarenhändler aus Wien, und einen Teil dieser Büroartikel verkaufte Luciano, der nach und nach herausfand, wieviel Kommission uns zustand und sie sich von Guido fast ganz abtreten ließ. Guido gab zuletzt nach, weil das Lappalien waren, und dann, weil das erste, auf solche Weise abgewickelte Geschäft Glück bringen mußte. Dieses erste Geschäft hinterließ uns als Spätfolge in der Abstellkammer eine Menge von Büroartikeln, die wir bezahlen und behalten mußten. Wir hatten so viel davon, daß es für den langjährigen Verbrauch eines wesentlich aktiveren Unternehmens als des unseren gereicht hätte.

Ein paar Monate lang war dieses kleine, helle Büro im Stadtzentrum ein angenehmer Treffpunkt für uns. Es wurde dort recht wenig gearbeitet (ich glaube, es sind dort insgesamt zwei Geschäfte über gebrauchtes leeres Verpackungsmaterial abgeschlossen worden, wofür sich am selben Tag Nachfrage und Angebot bei uns kreuzten und mit denen wir einen kleinen Gewinn erzielten) und viel geschwätzt, wie unter artigen Kindern, auch mit diesem harmlosen Tropf von Luciano, der sich, wenn von Geschäften die Rede war, erregte wie andere in seinem Alter, wenn sie von Frauen hören.

Damals fiel es mir leicht, mich harmlos mit den Harmlosen zu unterhalten, weil ich Carla noch nicht verloren hatte. Und aus dieser Zeit erinnere ich mich mit Vergnügen an den ganzen Tagesablauf. Abends zu Hause hatte ich Augusta viel zu erzählen, und ich konnte ihr alles sagen, was sich aufs Büro bezog, ohne jede Ausnahme und ohne Dinge hinzufügen zu müssen, um etwas zu verfälschen.

Ich machte mir überhaupt keine Sorgen, als Augusta beunruhigt ausrief:

»Aber wann werdet ihr denn anfangen, Geld zu verdienen?«

Geld? Daran hatten wir überhaupt noch nicht gedacht. Wir wußten, daß man zunächst abwarten und beobachten, die Waren, das Land und auch unser *Hinterland** erkunden mußte. Ein Handelshaus konnte man schließlich nicht so aus dem Ärmel schütteln! Und auch Augusta beruhigte sich bei meinen Erklärungen.

Dann fand in unserem Büro ein äußerst geräuschvoller Gast Aufnahme. Ein wenige Monate alter, unruhiger und zudringlicher Jagdhund. Guido mochte ihn sehr und hatte eine regelmäßige Versorgung mit Milch und Fleisch für ihn organisiert. Wenn ich weder etwas zu tun noch nachzudenken hatte, sah auch ich ihn mit Vergnügen durchs Büro springen, in den vier oder fünf Stellungen, die wir am Hund zu deuten wissen und derentwegen wir ihn so gern mögen. Aber ich fand nicht, daß er bei uns an seinem Platz war, laut und schmutzig wie er war! Für mich war die Anwesenheit dieses Hundes in unserem Büro der erste Beweis, den Guido dafür lieferte, daß er nicht würdig war, ein Handelshaus zu leiten. Das bewies einen absoluten Mangel an

Seriosität. Ich versuchte, ihm zu erklären, daß der Hund unseren Geschäften nicht förderlich sein könne, hatte aber nicht den Mut, darauf zu bestehen, und er brachte mich mit irgendeiner Antwort zum Schweigen.

Daher meinte ich, ich müsse mich der Erziehung dieses meines Kollegen annehmen, und mit dem größten Genuß versetzte ich ihm den einen oder anderen Fußtritt, wenn Guido nicht da war. Der Hund jaulte auf, und zunächst kam er zu mir zurückgelaufen, in dem Glauben, ich hätte ihn versehentlich gestoßen. Aber ein zweiter Fußtritt machte ihm den ersten besser verständlich, und da verkroch er sich, und bis Guido ins Büro kam, gab es keinen Frieden. Ich bereute es dann, gegen einen Unschuldigen gewütet zu haben, doch zu spät. Ich überhäufte den Hund mit Freundlichkeiten, aber er traute mir nicht mehr, und in Guidos Anwesenheit zeigte er seine Abneigung ganz deutlich.

»Merkwürdig!« sagte Guido. »Zum Glück weiß ich, wer du bist, denn sonst würde ich dir nicht trauen. Hunde täuschen sich gewöhnlich nicht in ihrer Abneigung.«

Um Guidos Verdacht zu zerstreuen, war ich schon drauf und dran, ihm zu erzählen, auf welche Weise ich mir die Abneigung des Hundes zu erringen gewußt hatte.

Bald hatte ich eine Auseinandersetzung mit Guido über eine Sache, die ich wirklich nicht so wichtig hätte nehmen müssen. Nachdem er sich so passioniert mit der Buchhaltung befaßt hatte, setzte er sich in den Kopf, seine familiären Ausgaben über das allgemeine Aufwandskonto abzurechnen. Nachdem ich mir bei Olivi Rat geholt hatte, widersetzte ich mich und verteidigte die Interessen des alten *Cada*. Es war in der Tat nicht gut möglich, auf dieses Konto alles zu setzen, was Guido und Ada ausgaben und dann auch das, was die Zwillinge kosteten, als sie auf die

Welt kamen. Das waren Ausgaben, für die Guido persönlich aufzukommen hatte und nicht die Firma. Zum Ausgleich regte ich an, nach Buenos Aires zu schreiben und sich auf ein Gehalt für Guido zu einigen. Der Vater weigerte sich, es auszusetzen, mit dem Hinweis, daß Guido schon fünfundsiebzig Prozent der Renditen beziehen würde, während ihm nur der Rest blieb. Mir erschien das die richtige Antwort, während Guido anfing, dem Vater lange Briefe zu schreiben, um die Frage von einer höheren Warte aus zu erörtern, wie er sich ausdrückte. Buenos Aires war sehr weit weg, und so währte diese Korrespondenz so lange, wie unser Haus währte. Aber ich machte meinen Stich! Das allgemeine Aufwandskonto blieb unberührt und wurde nicht durch Guidos Privatausgaben verdorben, und das Kapital wurde vom Zusammenbruch des Hauses zur Gänze in Mitleidenschaft gezogen, aber wirklich ganz und gar und ohne jeden Abzug.

Die fünfte Person, die in unserem Büro Aufnahme fand (rechnet man auch Argo dazu), war Carmen. Ich war bei ihrer Einstellung dabei. Ich war ins Büro gekommen, nachdem ich bei Carla gewesen war, und fühlte mich sehr heiter, von jener Heiterkeit, die der Fürst von Talleyrand um acht Uhr morgens zu verspüren pflegte. Im dunklen Flur sah ich eine junge Frau, und Luciano sagte mir, sie wolle mit Guido persönlich sprechen. Ich hatte zu tun und bat sie, da draußen zu warten. Guido kam wenig später in unser Zimmer, offenbar, ohne die Signorina gesehen zu haben, und Luciano brachte ihm das Empfehlungsschreiben, mit dem die Signorina ausgestattet war. Guido las es, und dann:

»Nein!« sagte er barsch und zog sich die Jacke aus, weil es warm war. Doch gleich darauf zögerte er:

»Ich werde mit ihr sprechen müssen, aus Respekt vor dem, der sie empfiehlt.«

Er bat sie herein, und ich betrachtete sie erst, als ich sah, daß Guido sich mit einem Satz auf seine Jacke gestürzt hatte, um sie anzuziehen, und sich mit seinem schönen braunen und geröteten Gesicht und funkelnden Augen dem Mädchen zugewandt hatte.

Nun bin ich mir sicher, genauso schöne Mädchen gesehen zu haben wie Carmen, aber nicht von einer so aggressiven, das heißt, auf den ersten Blick so deutlich erkennbaren Schönheit. Gewöhnlich werden die Frauen zunächst vom Begehren des Mannes erschaffen, während die hier diese erste Phase nicht brauchte. Als ich sie betrachtete, mußte ich lächeln und sogar lachen. Sie kam mir vor wie ein Industrieller, der durch die ganze Welt rennt und die hervorragende Qualität seiner Produkte hinausposaunt. Sie stellte sich vor, um eine Anstellung zu bekommen, aber ich hätte gute Lust gehabt, in die Verhandlungen einzugreifen und sie zu fragen: »Was für eine Anstellung? In einem Alkoven?«

Ich sah, daß ihr Gesicht ungeschminkt war, aber seine Farben waren so prägnant, so bläulich schimmernd das strahlende Weiß und der reifen Frucht so ähnlich das Rot, daß das Künstliche darin bis zur Vollkommenheit nachgeahmt war. In ihren großen braunen Augen brach sich eine solche Menge Licht, daß jede ihrer Bewegungen große Bedeutung erhielt.

Guido hatte ihr Platz angeboten, und bescheiden blickte sie auf die Spitze ihres Schirms oder wahrscheinlicher noch auf ihre Lackstiefelchen. Wenn er mit ihr sprach, hob sie rasch die Augen und richtete sie derart strahlend auf sein Gesicht, daß mein armer Chef davon wirklich niedergeschmettert war. Sie war bescheiden gekleidet, doch das bekam ihr nicht, weil jede Bescheidenheit auf ihrem Körper null und nichtig wurde. Nur die Stiefelchen waren Luxusartikel und erinnerten ein wenig an das blütenweiße Papier, das Velasquez seinen Modellen unter die Füße legte. Auch Velasquez hätte Carmen, um sie von ihrer Umgebung abzuheben, auf Lackschwarz gestellt.

Stillvergnügt hörte ich neugierig zu. Guido fragte sie, ob sie Stenographie könne. Sie bekannte, daß sie das überhaupt nicht könne, aber sie fügte hinzu, sie habe große Übung im Schreiben unter Diktat. Seltsam! Diese hochgewachsene, schlanke und so ebenmäßige Gestalt brachte eine rauhe Stimme hervor. Ich konnte meine Überraschung nicht verbergen:

»Sind Sie erkältet?« fragte ich sie.

»Nein!« antwortete sie mir. »Warum fragen Sie mich das?« Und sie war so überrascht, daß der Blick, mit dem sie mich umgarnte, noch intensiver war. Sie war sich nicht bewußt, eine so mißtönende Stimme zu haben, und ich hatte Grund zu der Annahme, daß auch ihr kleines Ohr nicht so vollkommen war, wie es wirkte.

Guido fragte sie, ob sie Englisch, Französisch oder Deutsch könne. Er überließ ihr die Wahl, denn noch wußten wir ja nicht, welche Sprache wir brauchen würden. Carmen antwortete, sie könne ein bißchen Deutsch, aber sehr wenig.

Guido traf nie irgendwelche Entscheidungen, ohne nachzudenken:

»Deutsch brauchen wir nicht, weil ich es selbst sehr gut kann.«

Die Signorina wartete auf das entscheidende Wort, das meiner Meinung nach schon gefallen war, und um es zu beschleunigen, erzählte sie, daß sie in ihrer neuen Stellung auch die Möglichkeit suche, praktische Erfahrung zu erwerben, und daß sie daher bereit sei, sich mit einem recht bescheidenen Lohn zufriedenzugeben.

Eine der ersten Wirkungen weiblicher Schönheit auf einen Mann ist, daß sie ihm den Geiz nimmt. Guido hob die Schultern, um zu bedeuten, daß er sich um solche Nebensächlichkeiten nicht kümmere, setzte ihr Gehalt fest, das sie dankbar annahm, und empfahl ihr sehr ernsthaft, Stenographie zu lernen. Diese Empfehlung machte er nur mit Rücksicht auf mich, dem gegenüber er sich kompromittiert hatte, als er erklärte, der erste Mitarbeiter, den er anstellen wolle, würde ein perfekter Stenograph sein.

Am selben Abend noch erzählte ich meiner Frau von meiner neuen Kollegin. Sie war über die Maßen betrübt darüber. Ohne daß ich es ihr gesagt hätte, dachte sie sofort, Guido habe dieses Mädchen angestellt, um sie zu seiner Geliebten zu machen. Ich diskutierte mit ihr, und auch wenn ich einräumen mußte, daß Guido sich ein wenig wie ein Verliebter betrug, behauptete ich, daß er sich von diesem Strohfeuer erholen könne, ohne daß das Folgen haben müßte. Das Mädchen schien alles in allem recht anständig.

Wenige Tage später bekamen wir – ich weiß nicht, ob zufällig – im Büro Besuch von Ada. Guido war noch nicht da, und sie hielt sich einen Augenblick bei mir auf, um mich zu fragen, um wieviel Uhr er kommen würde. Dann ging sie zögernd ins Nebenzimmer, wo in diesem Augenblick nur Carmen und Luciano waren. Carmen übte gerade an der Schreibmaschine, ganz darin vertieft, die einzelnen Buchstaben aufzufinden. Sie hob die schönen Augen, um Ada anzusehen, die sie musterte. Wie unterschiedlich die beiden Frauen doch waren! Sie ähnelten sich ein wenig, aber Carmen wirkte wie eine Karikatur von Ada. Ich dachte, daß die eine, obwohl aufwendiger gekleidet, wirklich dafür geschaffen war, Frau und Mutter zu werden, während der anderen, obgleich sie in dem Moment einen bescheidenen Kittel trug, um sich ihr Kleid an der Maschine nicht schmutzig zu machen, die Rolle der Geliebten zufiel. Ich weiß nicht, ob es auf dieser Welt Gelehrte gibt, die vielleicht sagen können, warum Adas wunderschöne Augen weniger Licht in sich sammelten als die Carmens, dafür aber ein echtes Organ waren, um Dinge und Menschen zu betrachten, und nicht, um sie in Verwirrung zu stürzen. So ertrug Carmen ohne weiteres ihren abschätzigen aber auch neugierigen Blick; lag vielleicht auch etwas Neid darin, oder legte den ich hinein?

Es war dies das letzte Mal, daß ich Ada noch schön sah, genauso, wie sie sich mir verweigert hatte. Dann kam ihre verheerende Schwangerschaft, und die Zwillinge brauchten den Eingriff des Chirurgen, um ans Licht der Welt zu kommen. Gleich darauf wurde sie von dieser Krankheit befallen, die ihr alle Schönheit raubte. Deshalb erinnere ich mich so gut an diesen Besuch. Aber ich erinnere mich auch daran, weil in dem Moment meine ganze Sympathie ihr galt, ihrer sanften und unaufdringlichen Schönheit, die von der so verschieden gearteten der anderen erschlagen wurde. Ich liebte Carmen sicher nicht, und ich kannte nichts von ihr außer den prachtvollen Augen, den herrlichen Farben, dann der rauhen Stimme und schließlich der Art – für die sie nichts konnte –, wie sie hier aufgenommen worden war. Ada hingegen hatte ich wirklich gern in dem Moment, und es ist schon eine merkwürdige Sache, eine Frau gernzuhaben, die man einmal glühend begehrt hat, die man nicht bekommen hat und an der einem jetzt nichts mehr liegt. Alles in allem gelangt man so zu denselben Bedingungen, in denen man sich befände, wenn sie unserem Wunsch entsprochen hätte, und es ist überraschend, wieder einmal feststellen zu können, wie bestimmte Dinge, für die wir leben, recht wenig Bedeutung haben.

Ich wollte ihr Leid abkürzen und ging ihr voraus ins andere Zimmer. Guido, der gleich darauf eintrat, wurde sehr rot beim Anblick seiner Frau. Ada nannte ihm einen völlig plausiblen Grund, weshalb sie gekommen war, aber gleich darauf und schon im Gehen fragte sie:

»Habt ihr eine neue Mitarbeiterin eingestellt?«

»Ja!« sagte Guido, und um seine Verwirrung zu verbergen, fiel ihm nichts Besseres ein, als sich zu unterbrechen und zu fragen, ob jemand für ihn gekommen sei. Nachdem er meine verneinende Antwort bekommen hatte, verzog er das Gesicht noch zu einem Ausdruck des Bedauerns, als ob er auf einen wichtigen Besuch gehofft hätte, während ich wußte, daß wir überhaupt niemanden erwarteten, und erst da sagte er mit gleichgültiger Miene, die er endlich zuwege brachte, zu Ada:

»Wir brauchten einen Stenographen!«

Ich amüsierte mich köstlich zu hören, daß er sich auch im Geschlecht der Person irrte, die er brauchte.

Carmens Ankunft brachte viel Leben in unser Büro. Ich rede gar nicht von der Lebhaftigkeit, die von ihren Augen ausging, ihrer freundlichen Erscheinung und dem Kolorit ihres Gesichts; ich rede wirklich von Geschäften. Guido wurde von der Anwesenheit dieses Mädchens zur Arbeit angespornt. In erster Linie wollte er mir und allen anderen beweisen, daß die neue Angestellte notwendig war, und jeden Tag erfand er neue Arbeiten, an denen auch er sich beteiligte. Dann war für lange Zeit seine Geschäftigkeit ein

Mittel, dem Mädchen wirkungsvoller den Hof zu machen. Und er erreichte einen unerhörten Grad der Wirksamkeit. Er mußte ihr die Form des Briefes erklären, den er ihr diktierte, und bei einer wahren Unmenge von Wörtern ihre Rechtschreibung verbessern. Er war dabei stets liebenswürdig. Das Mädchen hätte es ihm gar nicht genug danken können.

Wenige der Geschäfte, die er in seiner Verliebtheit ausheckte, trugen Früchte. Einmal hat er lange an einem Geschäft mit einem Artikel gearbeitet, von dem sich dann herausstellte, daß er verboten war. Eines schönen Tages sahen wir uns einem Mann mit schmerzverzerrtem Gesicht gegenüber, dem wir unwissentlich auf die Hühneraugen getreten waren. Er wollte wissen, was wir mit diesem Artikel zu schaffen hätten und argwöhnte, wir wären Beauftragte von potenten ausländischen Konkurrenten. Als er hinter unsere Unbedarftheit kam, lachte er uns ins Gesicht und versicherte uns, daß wir nichts ausrichten würden. Er behielt schließlich recht, doch bis wir uns mit dem Urteil abfanden, verging nicht wenig Zeit, und von Carmen wurden nicht wenige Briefe geschrieben. Wir fanden heraus, daß der Artikel unerreichbar war, denn er war von Schutzwällen umgeben. Ich sagte Augusta nichts von diesem Geschäft, aber sie sprach mit mir darüber, weil Guido mit Ada darüber gesprochen hatte, um ihr zu beweisen, wieviel unser Stenograph zu tun hatte. Aber das nicht getätigte Geschäft blieb sehr wichtig für Guido. Er sprach jeden Tag darüber. Er war überzeugt, daß in keiner anderen Stadt der Welt etwas Derartiges passieren würde. Unsere Geschäftswelt war erbärmlich, und jeder unternehmerisch denkende Geschäftsmann wurde darin stranguliert. So erging es auch ihm.

In der irren, wahllosen Folge von Geschäften, die in dieser Zeit durch unsere Hände gingen, war eines, an dem wir uns regelrecht die Finger verbrannten. Nicht wir hatten es ausgesucht; es war das Geschäft, das über uns herfiel. Wir wurden von einem Dalmatiner hinein gehetzt, einem gewissen Tacich, dessen Vater in Argentinien mit Guidos Vater zusammengearbeitet hatte. Zunächst kam er bloß zu uns, um handelsübliche Auskünfte von uns zu bekommen, die wir ihm auch beschaffen konnten.

Tacich war ein wunderschöner junger Mann, ja, fast zu schön. Groß und kräftig gebaut, hatte er ein olivbraunes Gesicht, in dem das Dunkelblau seiner Augen, die langen Wimpern und der kurze, dichte braune Schnurrbart mit seinen goldenen Lichtreflexen zu einem köstlichen Kolorit verschmolzen waren. Kurz, es gab da an ihm eine so harmonisch abgestimmte Farbkomposition, daß er mir der geborene Mann für Carmen zu sein schien. Auch ihm schien das so, und er kam jeden Tag zu uns. Die Gespräche in unserem Büro dauerten jeden Tag Stunden, waren aber nie langweilig. Die beiden Männer kämpften um die Frau, und wie alle Tiere in der Brunft protzten sie mit ihren besten Eigenschaften. Guido war etwas gehemmt durch die Tatsache, daß der Dalmatiner ihn auch zu Hause besuchen kam und daher Ada kannte, aber nichts konnte ihm in Carmens Augen mehr schaden; ich, der ich diese Augen nur zu gut kannte, wußte das sofort, während Tacich es erst sehr viel später erfuhr und, um häufiger einen Vorwand zu haben, sie zu sehen, bei uns statt beim Fabrikanten etliche Waggons Seife kaufte, die er um ein paar Prozent teurer bezahlte. Nach wie vor aus Liebe hetzte er uns dann in dieses verheerende Geschäft.

Sein Vater hatte beobachtet, daß Kupfersulfat regelmäßig

zu bestimmten Zeiten im Preis stieg und zu anderen fiel. Er beschloß daher, im günstigsten Moment in England zu Spekulationszwecken etwa sechzig Tonnen davon einzukaufen. Wir besprachen dieses Geschäft ausführlich, ja, wir bereiteten es vor, indem wir uns mit dem englischen Handelshaus in Verbindung setzten. Dann telegraphierte der Vater dem Sohn, daß er den rechten Moment für gekommen hielt, und nannte auch den Preis, zu dem er bereit war, das Geschäft abzuschließen. Verliebt wie er war, eilte Tacich zu uns und übertrug uns das Geschäft, wofür er als Preis einen schönen, großen und zärtlichen Blick von Carmen erhielt. Der arme Dalmatiner kassierte den Blick dankbar, nicht wissend, daß er eine Liebesbezeugung für Guido war.

Ich erinnere mich noch, mit welcher Ruhe und Sicherheit Guido sich an das Geschäft machte, das in der Tat zunächst ganz leicht aussah, denn man konnte die Ware in England zur Lieferung in unseren Hafen bestellen, wo sie, ohne von da weggeschafft zu werden, an unseren Käufer übergeben würde. Er legte genau die Summe fest, die er verdienen wollte, und mit meiner Hilfe bestimmte er für unseren englischen Freund das Preislimit beim Einkauf. Mit Hilfe des Wörterbuchs brachten wir die Depesche auf Englisch gemeinsam zustande. Nachdem sie abgeschickt war, rieb Guido sich die Hände und begann sich auszurechnen, wieviele Kronen ihm zum Lohn für diese leichte und kurze Mühe in die Kasse regnen würden. Um sich die Gunst der Götter zu bewahren, hielt er es für richtig, mir eine kleine Provision auszusetzen, und dann leicht verschmitzt auch eine für Carmen, die mit ihren Augen an dem Geschäft mitgewirkt hatte. Beide wollten wir ablehnen, doch er bat uns inständig, wenigstens so zu tun, als ob wir annehmen würden. Sonst fürchtete er nämlich unseren bösen Blick, und ich lenkte sofort ein, um ihn zu beruhigen. Ich wußte mit mathematischer Sicherheit, daß von meiner Seite für ihn nur die besten Wünsche kommen konnten, aber ich verstand, daß er daran zweifeln konnte. Wenn wir uns nicht hassen, hier auf Erden, dann lieben wir uns alle, aber unsere lebhaften Wünsche begleiten halt doch nur die Geschäfte, an denen wir beteiligt sind.

Das Geschäft wurde in jeder Hinsicht geprüft, und ich entsinne mich noch, daß Guido sich sogar ausrechnete, wieviele Monate er mit dem Gewinn, den er damit erzielen würde, seine Familie und sein Büro würde erhalten können, das heißt seine beiden Familien, wie er manchmal sagte, oder auch seine beiden Büros, wie er andere Male sagte, wenn er sich zu Hause sehr ärgerte. Es wurde allzu genau geprüft, dieses Geschäft, und wahrscheinlich glückte es deswegen nicht. Aus London kam eine kurze Depesche: *Vorgemerkt*, und dann die Angabe des Tagespreises für Sulfat, der wesentlich höher lag als der von unserem Käufer eingeräumte Preis. Leb wohl, Geschäft. Tacich wurde davon informiert, und wenig später verließ er Triest.

In dieser Zeit kam ich ungefähr einen Monat lang nicht ins Büro, daher ging ein Brief an die Firma, der harmlos aussah aber folgenschwer für Guido sein sollte, nicht durch meine Hände. In ihm bestätigte uns diese englische Firma ihre Depesche und setzte uns zuletzt davon in Kenntnis, daß sie unseren Kaufauftrag bis auf Widerruf für gültig erachtete. Guido dachte überhaupt nicht daran, diesen Widerruf zu tätigen, und als ich wieder ins Büro zurückkehrte, erinnerte ich mich nicht mehr an dieses Geschäft. So kam Guido mehrere Monate später eines Abends mit einer Depesche zu mir nach Hause, die er nicht verstand und von der er annahm, daß sie irrtümlich an uns geschickt worden war, obwohl unsere Telegraphenadresse klar und deutlich darauf angegeben war, die ich ordnungsgemäß hatte registrieren lassen, sobald wir in unserem Büro eingerichtet waren. Die Depesche bestand aus nur drei Worten: *60 tons settled*, und ich verstand sie sofort, was nicht schwer war, denn das Geschäft mit dem Kupfersulfat war das einzige größere Geschäft, das wir getätigt hatten. Ich sagte es ihm: Aus dieser Depesche ging hervor, daß der Preis, den wir für unseren Auftrag festgesetzt hatten, erreicht worden war, und daß wir mithin glückliche Besitzer von sechzig Tonnen Kupfersulfat waren.

Guido verwahrte sich:

»Wie kann man nur annehmen, daß ich die Ausführung meines Auftrags mit solcher Verspätung akzeptiere?«

Sofort fiel mir ein, daß das Bestätigungsschreiben der ersten Depesche in unserem Büro sein müßte, während Guido sich nicht erinnerte, dieses je bekommen zu haben. Beunruhigt schlug er vor, sofort ins Büro zu laufen, um nachzusehen, ob es da wäre, was mir sehr angenehm war, denn diese Diskussion vor Augusta war mir lästig, da sie nicht wußte, daß ich mich einen Monat lang im Büro nicht hatte blicken lassen.

Wir liefen ins Büro. Guido war so ungehalten, sich zu diesem ersten großen Geschäft gezwungen zu sehen, daß er bis nach London gelaufen wäre, um sich davor zu drücken. Wir schlossen das Büro auf; dann tasteten wir uns im Dunkeln vor bis in unser Zimmer und erreichten das Gas, das wir anzündeten. Der Brief war sofort gefunden, und er war so abgefaßt, wie ich vermutet hatte; er informierte uns nämlich, daß unser bis auf Widerruf gültiger Auftrag ausgeführt worden war.

Guido sah den Brief mit gerunzelter Stirn an, ich weiß nicht, ob aus Ärger oder wegen der Anstrengung, mit Blicken vernichten zu wollen, was sich da mit so schlichten Worten als wirklich ankündigte.

»Wenn man bedenkt«, bemerkte er, »daß man nur zwei Worte hätte schreiben müssen, um sich einen solchen Schaden zu ersparen!«

Das war sicher kein gegen mich gerichteter Vorwurf, denn ich war nicht im Büro gewesen, und auch wenn ich den Brief sofort finden konnte, hatte ich ihn doch zuvor nie gesehen. Aber um mich noch gründlicher von jedem Vorwurf reinzuwaschen, richtete ich ihn entschieden gegen ihn:

»Während meiner Abwesenheit hättest du doch alle Briefe sorgfältig lesen müssen!«

Guidos Stirn glättete sich. Er zuckte mit den Schultern und murmelte:

»Das kann am Ende noch unser Glück werden, dieses Geschäft.«

Wenig später verließ er mich, und ich kehrte nach Hause zurück.

Doch Tacich hatte recht: Zu gewissen Zeiten fiel das Kupfersulfat tief und tiefer, jeden Tag tiefer, und bei der Ausführung unserer Order und in der unmittelbaren Unmöglichkeit, die Ware zu diesem Preis an andere abzugeben, hatten wir Gelegenheit, das Phänomen in seiner Ganzheit zu studieren. Unser Verlust nahm zu. Am ersten Tag fragte Guido mich um Rat. Er hätte verkaufen können, mit einem kleinen Verlust im Verhältnis zu dem, den er später hinnehmen mußte. Ich wollte keine Ratschläge erteilen, aber ich verabsäumte nicht, ihn an Tacichs Überzeugung zu erinnern, wonach die Baisse mehr als fünf Monate anhalten würde. Guido lachte:

»Das hätte mir gerade noch gefehlt, daß ich mir jetzt meine Geschäfte von einem Provinzler führen lasse!«

Ich erinnere mich, daß ich sogar versuchte, ihn zu korrigieren, indem ich ihm sagte, daß dieser Provinzler in der kleinen dalmatinischen Stadt seit vielen Jahren seine Zeit damit zubrachte, das Kupfersulfat zu beobachten. Ich kann wegen des Verlusts, den Guido bei diesem Geschäft hinnehmen mußte, überhaupt keine Gewissensbisse haben. Hätte er auf mich gehört, wäre er ihm erspart geblieben.

Später erörterten wir das Geschäft mit dem Kupfersulfat mit einem Makler, einem kleinen, feisten Mann, lebhaft und schlau, der uns für diesen Ankauf tadelte, Tacichs Meinung aber nicht zu teilen schien. Seiner Ansicht nach bildete das Kupfersulfat wohl einen eigenen Markt, war aber doch den Preisschwankungen des Metalls unterworfen. Guido bezog eine gewisse Sicherheit aus diesem Gespräch. Er bat den Agenten, ihn über jede Preisbewegung auf dem laufenden zu halten; er würde warten und war gewillt, nicht nur ohne Verlust, sondern mit einem kleinen Gewinn zu verkaufen. Der Agent lachte unmerklich, und dann sagte er im Lauf des Gesprächs einen Satz, den ich mir gemerkt habe, weil er mir sehr wahr erschien:

»Merkwürdig, wie wenige Leute auf dieser Welt doch bereit sind, bei kleinen Verlusten aufzugeben; die großen Verluste sind es, die schlagartig zur großen Selbstaufgabe führen.«

Guido achtete nicht darauf. Ich bewunderte jedoch auch ihn, denn dem Agenten erzählte er nicht, auf welchem Wege wir zu diesem Ankauf gekommen waren. Ich sagte es ihm, und er brüstete sich deswegen. Er hätte befürchtet, sagte er mir, uns und auch unsere Ware zu diskreditieren, wenn er die Geschichte dieses Kaufs erzählte.

Dann sprachen wir längere Zeit nicht mehr über das Sulfat, bis nämlich aus London ein Brief eintraf, der uns zur Zahlung aufforderte und Anweisungen erbat wegen der Fracht. Sechzig Tonnen löschen und lagern! Guido drehte sich der Kopf. Wir rechneten nach, was wir ausgeben mußten, um diese Ware mehrere Monate lang zu lagern. Eine enorme Summe! Ich sagte nichts, aber der Makler, der die Ware gerne in Triest eintreffen hätte sehen, weil er dann früher oder später den Auftrag bekommen würde, sie zu verkaufen, wies Guido darauf hin, daß diese Summe, die ihm enorm erschien, nicht weiter ins Gewicht fiel, wenn man sie in »Prozenten« vom Warenwert ausdrückte.

Guido fing an zu lachen, denn die Bemerkung kam ihm sonderbar vor:

»Ich hab doch schließlich nicht bloß hundert Kilo Sulfat; ich habe sechzig Tonnen davon, leider!«

Er hätte sich schließlich von der offenbar richtigen Berechnung des Agenten überzeugen lassen, zumal bei einer kleinen Preisbewegung nach oben die Auslagen samt Zinsen gedeckt gewesen wären, hätte ihn in diesem Augenblick nicht eine seiner sogenannten Eingebungen gepackt. Wenn es ihm widerfuhr, daß er eine wirklich eigenständige Geschäftsidee hatte, war er geradezu besessen davon, und dann war in seinem Geist kein Platz für andere Überlegungen. Seine Idee war folgende: Die Ware war ihm franko Triest verkauft worden, von Leuten, die den Transport von England bezahlen mußten. Wenn er die Ware nun seinen eigenen Verkäufern überließe, die daher die Spesen für diesen Transport einsparen könnten, würde er von einem wesentlich günstigeren Preis profitieren können als dem, der ihm in Triest geboten wurde. Die Sache stimmte nicht so ganz, aber ihm zuliebe zweifelte das niemand an. Als die

Angelegenheit einmal liquidiert war, sagte er mit einem leicht bitteren Lächeln, das ihm wirklich wie das eines pessimistischen Denkers zu Gesicht stand:

»Reden wir nicht mehr davon. Die Lektion war teuer genug; jetzt muß man sie zu nutzen wissen.«

Es wurde aber noch darüber gesprochen. Nie mehr gewann er seine phantastische Sicherheit im Ablehnen von Geschäften zurück, und als ich ihm am Ende des Jahres zeigte, wieviel Geld wir verloren hatten, murmelte er:

»Dieses verdammte Kupfersulfat war mein Verhängnis! Ständig hatte ich das Bedürfnis, diesen Verlust wettzumachen!«

Mein Fernbleiben vom Büro war durch die Trennung von Carla verursacht gewesen. Ich hatte das Geturtel zwischen Carmen und Guido nicht länger mitansehen können. Sie sahen sich an, lächelten sich zu, und das in meiner Gegenwart. Voller Entrüstung ging ich fort, in einem Entschluß, den ich abends in dem Moment faßte, als ich das Büro abschloß, und ohne irgend jemandem etwas zu sagen. Ich war darauf gefaßt, daß Guido mich nach dem Grund für meine Abwesenheit fragen würde, und ich stellte mich darauf ein, ihm dann die Meinung zu sagen. Ich konnte sehr streng sein zu ihm, da er absolut nichts von meinen Ausflügen zum Volksgarten wußte.

Das war bei mir eine Art Eifersucht, weil Carmen mir vorkam wie Guidos Carla, eine sanftere und unterwürfigere Carla. Auch mit der zweiten Frau hatte er mehr Glück gehabt als ich, wie mit der ersten. Aber vielleicht – und das lieferte mir den Grund für einen neuen Vorwurf gegen ihn – verdankte er auch dieses Glück jenen Eigenschaften, um die ich ihn beneidete und die ich nach wie vor als minderwertig betrachtete: Parallel zu seiner Sicherheit auf der Geige lief auch seine Gewandtheit im Leben. Ich wußte mittlerweile mit Bestimmtheit, daß ich Carla Augusta geopfert hatte. Wenn ich in Gedanken zu den zwei Jahren des Glücks zurückkehrte, die Carla mir gegönnt hatte, fiel es mir schwer zu begreifen, wie sie mich – bei ihrer Art, die ich ja nun kannte – so lange hatte ertragen können. Hatte ich sie denn nicht jeden Tag aus Liebe zu Augusta gekränkt? Von Guido hingegen wußte ich mit Bestimmtheit, daß er Carmen würde genießen können, ohne an Ada auch nur zu denken. In seinem leichtlebigen Gemüt waren zwei Frauen nicht zu viel. Wenn ich mich mit ihm verglich, kam ich mir regelrecht unschuldig vor. Ich hatte Augusta ohne Liebe geheiratet, und doch konnte ich sie nicht betrügen, ohne darunter zu leiden. Vielleicht hatte er Ada auch ohne Liebe geheiratet, aber – obwohl mir jetzt überhaupt nichts an ihr lag – ich erinnerte mich an die Liebe, die sie mir eingeflößt hatte, und da ich sie so sehr geliebt hatte, schien mir, an seiner Stelle wäre ich einfühlsamer gewesen, als ich es jetzt an meiner war.

Es war nicht Guido, der mich aufgesucht hatte. Ich war es, der von allein in dieses Büro zurückkam, um Erleichterung von einer großen Langeweile zu suchen. Er verhielt sich gemäß den Abmachungen unseres Vertrages, denen zufolge ich zu überhaupt keiner regelmäßigen Tätigkeit in seinen Geschäften verpflichtet war, und wenn er zu Hause oder sonstwo mit mir zusammentraf, erwies er mir die übliche große Freundschaft, für die ich ihm immer dankbar war, und schien sich nicht zu erinnern, daß ich den Platz an diesem Tisch leer gelassen hatte, den er für mich gekauft hatte. Zwischen uns beiden gab es nur eine einzige Verlegenheit: die meine. Als ich an meinen Platz zurückkehrte, empfing er mich, als ob ich nur einen Tag aus dem

Büro fort gewesen wäre, brachte mit Wärme seine Freude zum Ausdruck, daß ich ihm nun wieder Gesellschaft leisten würde, und als er hörte, daß ich beabsichtigte, meine Arbeit wiederaufzunehmen, rief er:

»Da habe ich also recht daran getan, niemandem zu erlauben, deine Bücher anzurühren!«

Tatsächlich fand ich mein Hauptbuch und auch das Journal genau dort, wo ich sie liegen lassen hatte.

Luciano sagte zu mir:

»Hoffen wir, daß wir jetzt, wo Sie da sind, wieder in Bewegung kommen. Ich glaube, Signor Guido ist entmutigt wegen ein paar Geschäften, die er versucht hat und die ihm nicht geglückt sind. Sagen Sie ihm nichts davon, daß ich so mit Ihnen rede, aber sehen Sie zu, ob Sie ihn nicht aufmuntern können.«

Tatsächlich bemerkte ich, daß in diesem Büro recht wenig gearbeitet wurde, und bis der Verlust durch das Kupfersulfat uns aufrüttelte, war das Leben dort wahrhaft idyllisch. Ich schloß daraus sofort, daß Guido kein so dringendes Bedürfnis mehr verspürte, zu arbeiten, damit Carmen unter seiner Anleitung in Bewegung kam, und ebenso schnell, daß die Zeit des Hofierens zwischen ihnen vorbei war und daß sie unterdessen seine Geliebte geworden war.

Die Begrüßung durch Carmen hielt eine Überraschung für mich bereit, denn sofort fühlte sie sich gedrängt, mich an eine Sache zu erinnern, die ich völlig vergessen hatte. Anscheinend hatte ich mich, bevor ich das Büro verließ, in jenen Tagen, in denen ich so vielen Frauen nachgelaufen war, weil es mir nicht mehr möglich war, die meine zu erreichen, auch an Carmen herangemacht. Sie sprach mit großem Ernst und einiger Verlegenheit mit mir: Sie freue sich, mich wiederzusehen, weil sie glaube, daß ich Guido gern hätte und meine Ratschläge ihm nützlich sein könnten, und sie wolle eine schöne, geschwisterliche Freundschaft mit mir unterhalten – wenn ich einverstanden war. Genau etwas in dieser Art sagte sie zu mir und streckte mir dabei mit weit ausholender Geste ihre Rechte entgegen. Auf dem so schönen Gesicht, das immer sanft wirkte, lag ein sehr strenger Ausdruck, um die reine Geschwisterlichkeit der Beziehung, die mir angeboten wurde, zu unterstreichen.

Da erinnerte ich mich und errötete. Hätte ich mich früher daran erinnert, wäre ich wahrscheinlich nie wieder in dieses Büro zurückgekehrt. Es war eine so kurze Sache gewesen und eingestreut zwischen so viele andere Unternehmungen ähnlichen Kalibers, daß man, wenn sie jetzt nicht in Erinnerung gerufen worden wäre, auch hätte meinen können, es hätte sie nie gegeben. Wenige Tage nach der Trennung von Carla hatte ich angefangen, die Bücher zu prüfen, und ließ mir dabei von Carmen helfen, und um auf dieselbe Seite zu schauen, hatte ich ganz allmählich den Arm um ihre Taille gelegt und sie dann immer enger an mich gezogen. Mit einem Ruck hatte Carmen sich von mir losgemacht, und ich hatte daraufhin das Büro verlassen.

Ich hätte mich mit einem Lächeln verteidigen und sie auf diese Weise dazu bringen können, mit mir zu lächeln, denn Frauen sind doch so gerne bereit, über Vergehen dieser Art zu lächeln! Ich hätte ihr sagen können:

»Ich habe etwas versucht, was mir nicht geglückt ist, und das tut mir leid, aber ich bin nicht böse auf Sie, und ich will Ihr Freund sein, solange Sie es wünschen.«

Oder ich hätte auch antworten können wie ein ernsthafter Mensch, indem ich mich bei ihr und auch bei Guido entschuldigte:

»Entschuldigt mich und richtet nicht über mich, bevor ihr nicht wißt, in welcher Lage ich mich damals befunden habe.«

Doch mir fehlten die Worte. Meine Kehle war, glaube ich, von dem darin aufgestauten Ärger zugeschnürt, und ich konnte nicht sprechen. All diese Frauen, die mich entschieden abwiesen, gaben meinem Leben eine geradezu tragische Note. Noch nie hatte ich eine so unglückliche Zeit durchgemacht. Statt einer Antwort wäre ich allenfalls bereit gewesen, die Zähne zu fletschen, was recht unbequem ist, wenn man es verbergen muß. Vielleicht fehlten mir die Worte auch aufgrund des Schmerzes, eine Hoffnung so entschieden ausgeschlossen zu sehen, die ich gleichwohl hegte. Ich kann nicht umhin, mir einzugestehen: Besser als durch Carmen hätte sich die Geliebte, die ich verloren hatte, gar nicht ersetzen lassen, diese so wenig kompromittierende junge Frau, die mich um nichts weiter gebeten hatte, als um die Erlaubnis, an meiner Seite zu leben, bevor sie um diejenige bat, mich nicht mehr zu sehen. Eine Geliebte zu zweit ist als Geliebte am wenigsten kompromittierend. Sicher hatte ich mir das damals noch nicht so klar überlegt, doch ich fühlte es, und jetzt weiß ich es. Wenn ich Carmens Geliebter würde, hätte ich Ada Gutes getan und Augusta nicht übermäßig geschadet. Beide wären wesentlich weniger betrogen worden, als wenn Guido und ich jeder eine Frau ganz für sich gehabt hätten.

Die Antwort gab ich Carmen mehrere Tage später, aber ich erröte darüber noch heute. Der Aufruhr, in den mich die Trennung von Carla gestürzt hatte, mußte doch noch fortgewirkt haben, um mich so weit zu bringen. Ich bereue das wie sonst keine andere Tat in meinem Leben. Die gemeinen Worte, die wir uns da entschlüpfen lassen, reuen uns viel mehr als frevlerische Taten, zu denen unsere Leidenschaft uns verleitet. Natürlich meine ich damit nur solche Worte, die keine Taten sind, denn ich weiß sehr wohl, daß die Worte Jagos zum Beispiel wirkliche und wahrhaftige Taten sind. Aber Taten, einschließlich der Worte Jagos, begeht man, um Lust oder einen Vorteil daraus zu ziehen, und daran ist dann der gesamte Organismus beteiligt, auch jener Teil, der sich später zum Richter erheben wird, und der wird daher ein sehr wohlwollender Richter sein. Die dumme Zunge aber handelt zu ihrer eigenen und zur Befriedigung irgendeines kleinen Teils des Organismus, der sich ohne sie unterlegen fühlt, und nimmt zum Schein einen Kampf auf, wenn der Kampf schon aus und verloren ist. Sie will verletzen oder liebkosen. Sie bewegt sich immer zwischen riesenhaften Sinnbildern. Und wenn die glühend sind, versengen die Worte den, der sie gesagt hat.

Ich hatte bemerkt, daß sie nicht mehr die Farben hatte, die ihre so prompte Einstellung in unserem Büro bewirkt hatten. Ich stellte mir vor, sie seien durch ein Leiden verloren gegangen, von dem ich nicht zuließ, daß es physischer Natur hätte sein können, und ich schrieb es der Liebe zu Guido zu. Im übrigen neigen wir Männer sehr dazu, die Frauen zu bedauern, die sich den anderen hingeben. Nie sehen wir, welchen Vorteil sie sich davon versprechen können. Wir mögen den betreffenden Mann sogar gernhaben – wie es in meinem Fall ja war –, doch selbst dann können wir nicht vergessen, wie die Liebesabenteuer hier auf Erden gewöhnlich ausgehen. Ich empfand aufrichtiges Mitleid mit Carmen, wie ich es für Augusta oder Carla nie empfunden hatte. Ich sagte zu ihr: »Und da Sie schon einmal die Freundlichkeit hatten, mich zu ermuntern, Ihr

Freund zu sein, würden Sie mir da gestatten, Ihnen Ratschläge zu geben?«

Sie gestattete es mir nicht, denn wie alle Frauen in so schwieriger Lage glaubte auch sie, daß jeder Ratschlag ein Angriff sei. Sie errötete und stammelte: »Ich verstehe nicht! Warum sagen Sie denn das?« Und gleich darauf, um mich zum Schweigen zu bringen: »Wenn ich Rat bräuchte, würde ich mich mit Sicherheit an Sie wenden, Signor Cosini.«

Daher war es mir nicht gestattet, ihr Moral zu predigen, und das war von Nachteil für mich. Beim Moralpredigen hätte ich bestimmt einen höheren Grad der Aufrichtigkeit erlangt, womöglich, indem ich noch einmal versuchte, sie in meine Arme zu schließen. Ich würde mich nicht mehr darüber ärgern, daß ich versucht hatte, diese verlogene Rolle des Mentors einzunehmen.

Mehrere Tage in der Woche ließ Guido sich im Büro nicht einmal blicken, weil er eine Leidenschaft für Jagd und Fischfang entwickelt hatte. Ich hingegen war nach meiner Rückkehr eine Weile lang eifrig dort und hatte sehr viel damit zu tun, die Bücher auf den neuesten Stand zu bringen. Häufig war ich allein mit Carmen und Luciano, die mich als ihren Chef betrachteten. Ich hatte nicht den Eindruck, als ob Carmen unter Guidos Abwesenheit leiden würde, und ich stellte mir vor, sie liebte ihn so sehr, daß sie sich freute zu wissen, daß er sein Vergnügen hatte. Sie mußte auch Bescheid wissen über die Tage, an denen er abwesend sein würde, denn sie ließ keinerlei unruhige Erwartung erkennen. Von Augusta wußte ich, daß Ada da nicht so war und sich über die häufige Abwesenheit ihres Mannes bitter beklagte. Im übrigen war das nicht ihre einzige Klage. Wie alle ungeliebten Frauen beklagte sie sich über große Kränkungen ebenso heftig wie über kleine. Nicht nur, daß Guido sie betrog, sondern wenn er zu Hause war, spielte er immer Geige. Diese Geige, unter der ich so sehr gelitten hatte, war aufgrund ihrer vielfachen Verwendungsmöglichkeiten eine Art Speer des Achill. Ich erfuhr, daß sie auch durch unser Büro gekommen war, wo sie mit ein paar wunderschönen Variationen über den »Barbier von Sevilla« die Hofierung von Carmen befördert hatte. Dann war sie wieder abgereist, denn im Büro wurde sie nicht mehr benötigt, und war nach Hause zurückgekehrt, wo sie Guido die Langeweile ersparte, mit seiner Frau plaudern zu müssen.

Zwischen mir und Carmen war nie mehr etwas. Bald schon brachte ich ihr ein Gefühl der absoluten Gleichgültigkeit entgegen, als ob sie das Geschlecht gewechselt hätte, vergleichbar dem, was ich für Ada empfand. Lebhaftes Mitleid für beide, sonst nichts. Genau so!

Guido überhäufte mich mit Freundlichkeiten. Ich glaube, in dem Monat, in dem ich ihn allein gelassen hatte, hat er meine Gesellschaft schätzen gelernt. Ein Weibchen wie Carmen kann von Zeit zu Zeit recht angenehm sein, aber man kann sie doch nicht ganze Tage lang ertragen. Er lud mich zur Jagd und zum Fischfang ein. Ich verabscheue die Jagd und weigerte mich strikt, ihn dabei zu begleiten. Eines Abends jedoch ging ich schließlich aus lauter Langeweile mit ihm zum Fischfang. Den Fischen fehlt jede Kommunikationsmöglichkeit mit uns, und sie können daher nicht unser Mitleid erwecken. Schnappen sie doch selbst dann nach Luft, wenn sie gesund und munter im Wasser herumschwimmen! Nicht einmal der Tod verändert ihr Aussehen. Ihr Schmerz, sofern es den überhaupt gibt, bleibt unter den Schuppen vollständig verborgen.

Als er mich eines Tages zu einem nächtlichen Fischfang einlud, behielt ich mir vor zu sehen, ob Augusta mir erlauben würde, an diesem Abend auszugehen und so lange fortzubleiben. Ich sagte ihm, ich würde mich daran erinnern, daß sein Boot um neun Uhr abends vom Sartorius-Kai ablegte, und wenn ich könne, würde ich mich dort einfinden. Ich dachte daher, auch er müsse sofort wissen, daß er mich an diesem Abend nicht wiedersehen würde und daß ich, wie so viele andere Male auch schon, nicht zur Verabredung kommen würde.

Hingegen wurde ich an diesem Abend vom Geplärr meiner kleinen Antonia aus dem Haus gejagt. Je mehr die Mutter sie streichelte, desto mehr kreischte die Kleine. Da versuchte ich es mit meiner Methode, die darin bestand, diesem brüllenden Äffchen Beschimpfungen in sein kleines Ohr zu schreien. Ich erreichte damit lediglich, daß sich der Rhythmus des Geschreis änderte, denn nun schrie sie vor Schrecken. Dann hätte ich eine andere, etwas energischere Methode ausprobieren wollen, aber Augusta erinnerte sich rechtzeitig an Guidos Einladung, brachte mich zur Tür und versprach mir, allein zu Bett zu gehen, falls ich erst spät heimkommen sollte. Ja, nur um mich loszuwerden, würde sie sich sogar damit abfinden, den Kaffee am nächsten Morgen ohne mich zu trinken, wenn ich bis dahin ausbleiben sollte. Es gibt da eine kleine Meinungsverschiedenheit zwischen mir und Augusta – die einzige – bezüglich der Art, mit lästigen Kindern umzugehen: Meiner Meinung nach sind die Schmerzen des Kindes weniger wichtig als unserere, und es lohnt sich, ihm welche zuzufügen, damit den Erwachsenen eine große Störung erspart bleibt; sie dagegen findet, daß wir, die wir die Kinder gemacht haben, sie auch ertragen müssen.

Ich hatte reichlich Zeit bis zur Verabredung und schlenderte gemächlich durch die Stadt, betrachtete die Frauen und tüftelte gleichzeitig eine spezielle Vorrichtung aus, die jede Meinungsverschiedenheit zwischen mir und Augusta beheben würde. Aber die Menschheit war noch nicht reif für mein Gerät! Es war für eine ferne Zukunft bestimmt und konnte mir nicht mehr nützlich sein, außer um mir zu zeigen, aus welch geringfügigem Anlaß meine Auseinandersetzungen mit Augusta möglich wurden: weil ein kleines Gerät fehlte! Es wäre eine einfache Sache, eine Heim-Straßenbahn, ein Stühlchen auf Rädern und Gleisen, auf dem meine Kleine den Tag verbringen würde: Dann ein elektrischer Knopf, bei dessen Berührung die brüllende Kleine davonfahren würde bis zum entferntesten Winkel im Haus, von wo ihre durch die Entfernung gedämpfte Stimme uns sogar angenehm vorkommen würde. Und ich und Augusta würden ruhig und liebevoll zusammenbleiben.

Es war eine sternklare, mondlose Nacht, eine jener Nächte, in denen man sehr weit sieht und die daher besänftigen und beruhigen. Ich sah zu den Sternen hinauf, die noch eine Spur vom Abschiedsblick meines sterbenden Vaters tragen mochten. Die schreckliche Zeit, in der meine Kinder sich in die Hosen machten und plärrten, würde vorbeigehen. Dann würden sie so ähnlich sein wie ich; ich würde sie pflichtgemäß und ungezwungen lieben. In der schönen, weiten Nacht wurde ich wieder völlig heiter und gelöst und das ohne das Bedürfnis, Vorsätze zu fassen.

An der Spitze des Sartorius-Kais wurden die Lichter der Stadt von dem alten Häuschen abgeschirmt, von dem aus die eigentliche Spitze vorspringt wie eine kurze Mole. Die Dunkelheit war vollkommen, und die dunkle und ruhige Flut kam mir vor wie träge angeschwollen.

Ich betrachtete nunmehr weder den Himmel noch das Meer. Wenige Schritte von mir entfernt war eine Frau, die meine Neugier erregte durch einen Lackstiefel, der einen Augenblick in der Dunkelheit glänzte. Bei dem kurzen Abstand und in der Dunkelheit schien mir, daß diese hochgewachsene und vermutlich elegante Frau sich mit mir in einem geschlossenen Raum befände. Die angenehmsten Abenteuer können sich ja ergeben, wenn man am wenigsten daran denkt, und als ich sah, daß diese Frau auf einmal von sich aus näherkam, hatte ich einen Augenblick lang ein überaus angenehmes Gefühl, das sofort verschwand, als ich Carmens rauhe Stimme hörte. Sie wollte so tun, als freue sie sich zu hören, daß ich mit von der Partie war. Aber in der Dunkelheit und mit dieser Art von Stimme konnte man nicht so tun, als ob.

Barsch sagte ich zu ihr:

»Guido hat mich eingeladen. Aber wenn ihr wollt, mache ich was anderes und lasse euch allein.«

Sie widersprach, indem sie erklärte, sie sei ganz im Gegenteil glücklich, mich zum dritten Mal an diesem Tag zu sehen. Sie erzählte mir, in dem kleinen Boot würde das ganze Büro versammelt sein, weil auch Luciano dabei war. Und Gott sei unseren Geschäften gnädig, wenn es unterginge! Daß auch Luciano dabei sein würde, hatte sie mir sicher gesagt, um mir den Beweis für die Harmlosigkeit der Zusammenkunft zu geben. Dann plapperte sie noch munter weiter, erst sagte sie mir, es sei das erste Mal, daß sie mit Guido zum Fischen ginge, dann gestand sie, daß es das zweite Mal war. Es war ihr herausgerutscht, daß sie nichts dagegen habe, in einem Boot »an der Wegerung« zu sitzen, und ich hatte es merkwürdig gefunden, daß sie diesen Ausdruck kannte. So mußte sie mir beichten, daß sie ihn gelernt hatte, als sie zum ersten Mal mit Guido beim Fischen war.

»An dem Tag«, setzte sie hinzu, um die völlige Harmlosigkeit dieses ersten Ausflugs hervorzuheben, »sind wir auf Makrelenfang gegangen, nicht auf Goldbrassen. Am Vormittag.«

Schade, daß ich keine Zeit hatte, sie länger zum Plaudern zu bringen, denn da hätte ich alles erfahren können, was mir wichtig war, doch aus der Dunkelheit der Sacchetta tauchte Guidos Boot auf und steuerte rasch auf uns zu. Ich war immer noch im Zweifel: Da Carmen nun einmal dabei war, hätte ich da nicht gehen sollen? Vielleicht hatte Guido gar nicht die Absicht gehabt, uns alle beide einzuladen, denn ich erinnerte mich, daß ich seine Einladung ja fast ausgeschlagen hatte. Unterdessen legte das Boot an, und mit jugendlicher Sicherheit auch im Dunkeln stieg Carmen ein und unterließ es, sich auf die Hand zu stützen, die Luciano ihr geboten hatte. Da ich zögerte, brüllte Guido:

»Halt' uns doch nicht auf!«

Mit einem Sprung war auch ich im Boot. Dieser Sprung von mir war fast unwillkürlich: ein Effekt von Guidos Gebrüll. Mit großer Sehnsucht schaute ich aufs Land, aber ein Moment des Zögerns war genug, um mir das Aussteigen unmöglich zu machen. So setzte ich mich schließlich am Bug des nicht gerade großen Bootes nieder. Sobald ich mich an die Dunkelheit gewöhnt hatte, sah ich, daß am Heck mir gegenüber Guido saß, und zu seinen Füßen an der Wegerung Carmen. Luciano, der ruderte, war zwischen uns. Ich fühlte mich weder sehr sicher noch sehr behaglich in dem kleinen Boot, doch bald gewöhnte ich mich daran und betrachtete die Sterne, die mich erneut besänftigten. Es stimmte, daß Guido im Beisein von Luciano – einem ergebenen Diener der Familie unserer Frauen – niemals gewagt hätte, Ada zu betrügen, und es war daher gar nicht schlecht, daß ich bei ihnen war. Es war mein sehnliches Verlangen, diesen Himmel auszukosten, dieses Meer und die grenzenlose Ruhe. Wenn ich deshalb Gewissensbisse hätte haben und hätte leiden müssen, wäre ich besser zu Hause geblieben, um mich von der kleinen Antonia quälen zu lassen. Die kühle Nachtluft weitete mir die Lungen, und ich begriff, daß ich mich in Gesellschaft von Guido und Carmen gut unterhalten konnte, die ich im Grunde gern mochte.

Wir fuhren am Leuchtturm vorbei und kamen aufs offene Meer hinaus. Eine paar Meilen weiter draußen leuchteten die Lichter von zahllosen Segelbooten: Dort wurden den Fischen ganz andere Fallen gestellt. Vom Militärbad aus – einer mächtigen, schwarzen Mole auf Pfählen – begannen wir, vor der Küste von Sant'Andrea auf und ab zu rudern. Das war für Angler die beliebteste Stelle. Neben uns führten viele andere Boote still die gleichen Manöver aus wie wir. Guido bereitete die drei Angeln vor und brachte die Köder an, indem er kleine Garnelen am Schwanz auf den Haken spießte. Er gab jedem von uns eine Angel und sagte, daß meine am Bug – die einzige mit einem Bleigewicht – von den Fischen bevorzugt würde. In der Dunkelheit konnte ich meine Garnele mit dem durchstochenen Schwanz erkennen, und mir war, als bewege sie langsam den oberen Teil ihres Körpers, den Teil, der nicht zur Schale geworden war. Durch diese Bewegung wirkte sie auf mich eher nachdenklich als schmerzverzerrt. Vielleicht kann sich das, was in großen Organismen Schmerz erzeugt, in winzigen so weit reduzieren, bis es eine neue Erfahrung wird, ein

Denkanstoß. Ich warf die Angel aus und ließ sie, wie mir von Guido gesagt wurde, zehn Ellen hinunter. Nach mir ließen Carmen und Guido ihre Angeln ins Wasser. Guido hatte jetzt am Heck auch ein Ruder, mit dem er das Boot geschickt so vorwärtsbewegte, daß sich die Angelschnüre nicht ineinander verhakten. Scheinbar war Luciano noch nicht imstande, das Boot auf diese Weise zu lenken. Im übrigen hatte Luciano nun Dienst an dem kleinen Netz, mit dem er den Fisch aus dem Wasser holen würde, sobald er mit der Angel bis an die Oberfläche gezogen worden war. Lange Zeit hatte er nichts zu tun. Guido schwätzte viel. Wer weiß, ob er nicht mehr durch seine Leidenschaft fürs Dozieren als durch Liebe an Carmen gebunden war. Ich hätte gerne weghören wollen, um weiter an das kleine Tierchen zu denken, das ich der Gefräßigkeit der Fische aussetzte, im Wasser schwebend, und das mit dem Nicken seines Köpfchens – wenn es das auch unter Wasser fortsetzte – die Fische besser anlocken würde. Doch Guido rief mich wiederholte Male, und ich mußte mir seine Theorien über den Fischfang anhören. Der Fisch würde den Köder mehrmals berühren, und wir würden das spüren, aber wir mußten uns davor hüten, die Angel herauszuziehen, solange die Schnur nicht straff gespannt war. Dann mußten wir bereit sein, mit einem Ruck anzuziehen, bei dem der Haken sich in das Maul des Fisches bohren würde. Wie üblich war Guido weitschweifig in seinen Erklärungen. Er wollte uns deutlich erklären, was wir in der Hand spüren würden, wenn der Fisch an den Köder ging. Und er machte noch weiter mit seinen Erklärungen, als ich und Carmen den fast hörbaren Rückschlag in der Hand bei jeder Berührung des Köders schon aus Erfahrung kannten. Mehrfach mußten wir die Angel einholen und den Köder erneuern. Das kleine nachdenkliche Tierchen endete ungestraft im Rachen irgendeines umsichtigen Fisches, der dem Haken auszuweichen wußte.

An Bord gab es Bier und belegte Brötchen. Guido würzte das alles mit seinem unermüdlichen Geplapper. Jetzt sprach er von den unermeßlichen Schätzen, die im Meer lagen. Es handelte sich dabei weder um die Fische noch um die Schätze, die der Mensch darin versenkt hat, wie Luciano meinte. Im Meerwasser war Gold gelöst. Plötzlich erinnerte er sich, daß ich Chemie studiert hatte, und sagte zu mir:

»Du mußt doch auch etwas wissen von diesem Gold.«

Ich erinnerte mich nicht an viel, nickte aber und riskierte eine Bemerkung, über deren Wahrheit ich mir nicht sicher war. Ich erklärte:

»Das Meeresgold ist das teuerste von allen. Um einen von den Napoleons zu gewinnen, die in gelöster Form hier liegen, müßte man fünf davon ausgeben.«

Luciano, der sich erwartungsvoll mir zugewandt hatte, um die Reichtümer bestätigt zu bekommen, auf denen wir dahinschwammen, kehrte mir enttäuscht den Rücken. Ihm bedeutete dieses Gold jetzt nichts mehr. Guido hingegen gab mir recht und meinte sich zu erinnern, daß der Preis dieses Goldes exakt fünfmal so hoch war, genau wie ich gesagt hatte. Er lobte mich sogar und bestätigte meine Behauptung, von der ich wußte, daß sie bloß ein schrulliger Einfall war. Man sah, daß er mich als wenig gefährlich empfand und daß in ihm auch nicht ein Funken Eifersucht war wegen dieser Frau, die da zu seinen Füßen hingestreckt lag. Einen Augenblick lang überlegte ich, ob ich ihn nicht in Verlegenheit bringen sollte, indem ich erklärte, jetzt erinnerte ich mich besser, um einen dieser Napoleons aus dem Meer zu holen, genügten drei oder wären sogar zehn nötig.

Doch in diesem Augenblick wurde ich zu meiner Angel gerufen, die sich plötzlich mit einem kräftigen Ruck gestrafft hatte. Auch ich riß und schrie. Mit einem Satz war Guido bei mir und nahm mir die Angel aus der Hand. Ich überließ sie ihm gern. Er fing an, sie herauszuziehen, zuerst mit kleinen Bewegungen, dann, als der Widerstand nachließ, mit ganz großen. Und im trüben Wasser sah man den silbrigen Leib des stattlichen Tiers blinken. Nunmehr eilte es rasch und widerstandslos seinem Schmerz hinterher. Daher begriff ich nun auch den Schmerz des stummen Tiers, da dieses Dem-Tod-Entgegeneilen ihn förmlich hinausschrie. Bald lag der Fisch nach Luft schnappend zu meinen Füßen. Luciano hatte ihn mit dem Netz aus dem Wasser gezogen, ihn mir rücksichtslos weggerissen und ihm den Haken aus dem Maul entfernt.

Er befühlte den kräftigen Fisch:

»Eine Goldbrasse von drei Kilo!«

Voller Bewunderung nannte er den Preis, der im Fischgeschäft dafür verlangt würde. Dann bemerkte Guido, daß das Wasser ruhig war um diese Zeit und daß es schwierig sein würde, mehr Fische zu fangen. Er erzählte, die Fischer glaubten, wenn das Wasser weder stieg noch fiel, würden die Fische nicht fressen und könnten daher nicht gefangen werden. Er philosophierte über die Gefahren, die einem Tier durch seinen Appetit entstehen. Dann sagte er lachend und ohne zu bemerken, daß er sich dadurch kompromittierte:

»Du bist der einzige, der heute abend fischen kann.«

Mein Fang warf sich immer noch im Boot herum, als Carmen einen Schrei ausstieß. Ohne sich zu rühren und mit einem mühsam unterdrückten Lachen in der Stimme fragte Guido:

»Noch eine Goldbrasse?«

Verwirrt antwortete Carmen:

»Es kam mir so vor! Aber sie ist schon wieder weg von der Angel.«

Ich bin mir sicher, daß er sie, getrieben von seiner Begehrlichkeit, gekniffen hatte.

Mir war nicht mehr wohl in diesem Boot. Ich war nicht mehr so recht bei der Sache mit meiner Angel, ja, ich bewegte die Angelschnur so, daß die armen Tiere gar nicht anbeißen konnten. Ich erklärte, ich sei müde und bat Guido, mich in Sant'Andrea an Land zu lassen. Dann bemühte ich mich, seinen Verdacht zu zerstreuen, ich ginge fort, weil ich verärgert war über das, was Carmens Schrei mir enthüllt haben mußte, und ich erzählte ihm von der Szene, die meine Kleine an diesem Abend gemacht hatte, und von meinem Wunsch, mich rasch zu vergewissern, daß sie wohlauf war.

Zuvorkommend wie immer lenkte Guido das Boot ans Ufer. Er bot mir die Goldbrasse an, die ich gefangen hatte, aber ich lehnte ab. Ich schlug vor, sie ins Meer zu werfen und ihr die Freiheit wiederzugeben, was Luciano einen Protestschrei entlockte, während Guido gutmütig sagte:

»Wenn ich ihr Leben und Gesundheit wiedergeben könnte, würde ich das tun. Aber zu diesem Zeitpunkt taugt das arme Vieh nur noch für den Kochtopf!«

Ich folgte ihnen mit den Augen und konnte mich vergewissern, daß sie den von mir freigelassenen Raum nicht nutzten. Sie blieben dicht beieinander, und das Boot fuhr davon, den Bug etwas erhöht wegen des übermäßigen Gewichts am Heck.

Als ich erfuhr, daß meine Kleine Fieber bekommen hatte, erschien mir das wie eine göttliche Strafe. Hatte nicht ich sie krank gemacht, indem ich Guido gegenüber eine Sorge um ihre Gesundheit heuchelte, die ich gar nicht empfand? Augusta war noch nicht zu Bett gegangen, aber wenig zuvor war Doktor Paoli dagewesen und hatte sie beruhigt, er sagte, er sei sicher, daß ein plötzliches, so heftiges Fieber keine schwere Krankheit anzeigen könne. Lange blieben wir bei Antonia und betrachteten sie, wie sie auf ihrem kleinen Lager hingegossen dalag, das Gesichtchen mit der trockenen Haut intensiv gerötet unter den wirren, braunen Locken. Sie schrie nicht, wimmerte aber von Zeit zu Zeit mit einem kurzen Wimmern, das von einer übermächtigen Mattigkeit unterbrochen wurde. Mein Gott! Wie die Krankheit sie mir nahe brachte! Einen Teil meines Lebens hätte ich dafür gegeben, um ihr das Atmen zu erleichtern. Wie sollte ich nur die Gewissenspein loswerden, daß ich hatte meinen können, ich würde sie nicht lieben, und dann, daß ich die ganze Zeit, in der sie litt, fern von ihr und in solcher Gesellschaft zugebracht hatte?

»Sie sieht Ada ähnlich!« sagte Augusta schluchzend. Das stimmte! Wir bemerkten es da zum ersten Mal, und diese Ähnlichkeit wurde immer deutlicher, als Antonia nach und nach heranwuchs, so daß mir manchmal das Herz bebte bei dem Gedanken, es könne ihr das gleiche Schicksal blühen wie der Ärmsten, der sie ähnlich sieht.

Wir legten uns schlafen, nachdem wir das Bett des Kindes an das von Augusta herangerückt hatten. Aber ich konnte nicht schlafen: Ich hatte eine Last auf dem Herzen wie an den Abenden, wenn die Verfehlungen meines Tages sich in nächtlichen Bildern des Schmerzes und des Reue spiegelten. Die Krankheit der Kleinen lastete auf mir, als wäre sie mein Werk. Ich setzte mich zur Wehr! Ich war rein und konnte sprechen, ich konnte alles sagen. Und ich sagte alles. Ich erzählte Augusta von der Begegnung mit Carmen, von der Stellung, die sie im Boot einnahm, sodann von ihrem Schrei, der, wie ich annahm, durch eine grobe Liebkosung Guidos ausgelöst war, ohne daß ich mir da jedoch sicher sein konnte. Doch Augusta war sich sicher. Warum sonst sollte gleich darauf in Guidos Stimme Heiterkeit mitgeschwungen haben? Ich versuchte, ihre Überzeugung abzuschwächen, aber dann mußte ich noch weitererzählen. Auch was mich betraf, legte ich ein Geständnis ab und schilderte den Ärger, der mich aus dem Haus gejagt hatte, und meine Gewissensbisse, weil ich Antonia nicht zärtlicher liebte. Mir war sofort wohler und ich verfiel in tiefen Schlaf.

Am nächsten Morgen ging es Antonia besser; sie war fast fieberfrei. Still und ohne Atemnot lag sie da, aber sie war blaß und matt, als ob sie sich in einer für ihren kleinen Organismus übermäßigen Anstrengung verzehrt hätte; eindeutig war sie aus diesem kurzen Kampf schon siegreich hervorgegangen. In der Ruhe, die sich auch für mich daraus ergab, erinnerte ich mich zu meinem Leidwesen, daß ich Guido schrecklich desavouiert hatte, und ich verlangte von Augusta das Versprechen, daß sie meinen Verdacht niemandem mitteilen würde. Sie widersprach, hier ging es nicht um Verdacht, sondern um eindeutige Gewißheit, was ich bestritt, ohne sie überzeugen zu können. Dann versprach sie mir alles, was ich wollte, und ich ging beruhigt ins Büro.

Guido war noch nicht da, und Carmen erzählte mir, daß sie nach meinem Weggang noch Glück gehabt hätten. Sie hatten noch zwei weitere Goldbrassen gefangen, kleiner als meine, aber von beträchtlichem Gewicht. Ich wollte das nicht glauben und dachte, sie wolle mich überzeugen, daß sie bei meinem Weggang die Beschäftigung aufgegeben hatten, derer sie sich befleißigt hatten, solange ich da gewesen war. War das Wasser etwa nicht ruhig gewesen? Bis wann waren sie auf dem Meer gewesen?

Um mich zu überzeugen, ließ Carmen mir den Fang der beiden Goldbrassen auch von Luciano bestätigen, und von da an dachte ich, daß Luciano, um sich bei Guido einzuschmeicheln, zu allem fähig war.

Immer noch in der idyllischen Ruhe, die dem Geschäft mit dem Kupfersulfat vorausging, geschah in diesem Büro eine ziemlich merkwürdige Sache, die ich nicht vergessen kann, zum einen, weil sie Guidos maßlose Überheblichkeit zeigt, zum anderen, weil sie mich in ein Licht rückt, in dem ich mich nur schwer wiedererkennen kann.

Eines Tages waren wir alle vier im Büro, und der einzige von uns, der von Geschäften redete, war wie immer Luciano. Etwas in seinen Worten klang in Guidos Ohren wie ein Vorwurf, den er in Gegenwart von Carmen nur schwer ertragen konnte. Aber ebenso schwer war es, sich dagegen zu verwahren, weil Luciano Beweise dafür hatte, daß ein Geschäft, das er Monate zuvor empfohlen hatte und das von Guido abgelehnt worden war, demjenigen, der sich schließlich seiner angenommen hatte, eine ordentliche Menge Geld eingebracht hatte. Zuletzt erklärte Guido, er verabscheue den Handel, und er beteuerte, wenn er das Glück auf seiner Seite hätte, würde er Mittel und Wege finden, mit anderen, wesentlich intelligenteren Tätigkeiten Geld zu verdienen. Mit der Geige, zum Beispiel. Alle waren einverstanden mit ihm, und ich auch, aber mit der Einschränkung:

»Viel Üben ist allerdings Voraussetzung.«

Mein Vorbehalt gefiel ihm nicht, und sofort sagte er, wenn es ums Üben ginge, dann könne er auch viele andere Sachen machen, zum Beispiel Literatur. Auch hier waren die anderen einverstanden, ich selbst auch, jedoch mit einigen Einschränkungen. Ich erinnerte mich nicht gut an die Gesichtszüge unserer großen Literaten, und ich beschwor sie herauf, um einen zu finden, der Guido ähnlich sah. Da brüllte er:

»Wollt ihr ein paar gute Fabeln? Ich erfinde euch welche, wie Äsop!«

Alle lachten, außer ihm. Er ließ sich die Schreibmaschine geben und flüssig, als schriebe er unter Diktat, und mit weiter ausholenden Bewegungen, als es für zweckmäßiges Arbeiten an der Maschine erforderlich war, zeichnete er die erste Fabel auf. Er hielt das Blatt schon Luciano hin, doch da überlegte er es sich noch einmal, nahm es wieder und spannte es noch einmal in die Maschine und schrieb eine zweite Fabel; aber die kostete ihn mehr Mühe als die erste, so daß er die inspirierten Gesten vergaß und das Geschriebene mehrmals korrigieren mußte. Deshalb glaube ich, daß die erste der beiden Fabeln nicht von ihm stammte, die zweite hingegen wirklich seinem Hirn entsprungen war, dessen sie mir würdig erscheint. Die erste Fabel erzählte von einem kleinen Vogel, der zufällig bemerkte, daß das Türchen seines Käfigs offen geblieben war. Zunächst wollte er die Gelegenheit nützen und davonfliegen, doch dann überlegte er es sich anders, aus Furcht, daß er, wenn in seiner Abwesenheit das Türchen geschlossen würde, seine Freiheit einbüßen würde. Die zweite handelte von einem Elefanten, und sie war wirklich elephantastisch. Da es an Schwäche in den Beinen litt, ging das riesige Tier zu einem Mann und fragte um Rat. Der war ein berühmter

Arzt, der beim Anblick dieser mächtigen Gliedmaßen rief: »Noch nie habe ich so starke Beine gesehen.«

Luciano ließ sich von diesen Fabeln nicht beeindrucken, auch weil er sie nicht verstand. Er lachte ausgiebig, aber man sah, daß er es komisch fand, daß ihm so etwas als geschäftlich verwertbar vorgesetzt wurde. Dann lachte er auch aus Höflichkeit, als ihm erklärt wurde, daß das Vögelchen fürchtete, der Freiheit beraubt zu werden, in seinen Käfig zurückzukehren, und daß der Mann die Beine des Elefanten bewunderte, obgleich sie so schwach waren. Aber dann fragte er:

»Was bekommt man für zwei solche Fabeln?«

Guido spielte den Überlegenen:

»Das Vergnügen, sie geschrieben zu haben, und dann, wenn man mehr davon machen will, auch viel Geld.«

Carmen hingegen war tief bewegt. Sie bat um die Erlaubnis, diese beiden Fabeln abschreiben zu dürfen, und dankte ergeben, als Guido ihr die von ihm geschriebene Seite zum Geschenk machte, nachdem er sie auch mit der Feder signiert hatte.

Was hatte ich damit zu tun? Ich brauchte mich nicht um Carmens Bewunderung zu schlagen, an der mir, wie schon gesagt, nichts lag, aber wenn ich mich an mein Betragen erinnere, muß ich annehmen, daß auch eine Frau, die nicht durch unser Begehren herausgehoben ist, uns zum Kampf anspornen kann. Und war es denn nicht so, daß sich auch die mittelalterlichen Helden um Frauen schlugen, die sie nie gesehen hatten? Mir erging es an diesem Tag so, daß die stechenden Schmerzen in meinem armen Organismus plötzlich akut wurden, und daß ich dachte, ich könne sie nicht anders lindern, als indem ich mich mit Guido schlug und auf der Stelle ebenfalls Fabeln erfand.

Ich ließ mir die Schreibmaschine geben, und ich improvisierte wirklich. Wahr ist, daß ich die erste der Fabeln, die ich verfaßte, seit vielen Tagen schon mit mir herumtrug. Ich improvisierte den Titel: »Hymnus an das Leben.« Dann, nach kurzer Überlegung, schrieb ich darunter: »Dialog.« Es schien mir leichter, die Tiere reden zu lassen, als sie zu schildern. So entstand meine Fabel mit dem extrem kurzen Dialog:

Die nachdenkliche Garnele: »Das Leben ist schön, aber man muß aufpassen, wo man sich hinsetzt.«

Die Goldbrasse, unterwegs zum Zahnarzt: »Das Leben ist schön, aber man müßte all die verräterischen Tierchen abschaffen, die in ihrem schmackhaften Fleisch das spitze Metall verbergen.«

Jetzt mußte ich die zweite Fabel schreiben, aber mir gingen die Tiere aus. Da sah ich den Hund an, der in seiner Ecke lag, und er sah mich auch an. Diese scheuen Augen erinnerten mich an etwas: Wenige Tage zuvor war Guido voller Flöhe von der Jagd zurückgekehrt und war in unsere Kammer gegangen, um sich sauber zu machen. Da hatte ich sofort die Fabel und schrieb sie flüssig nieder: »Es war einmal ein Prinz, den bissen viele Flöhe. Er rief die Götter an, daß sie ihn mit einem einzigen Floh strafen sollten, dick und ausgehungert, aber nur einem, und die anderen sollten sie den anderen Menschen schicken. Doch keiner der Flöhe wollte allein bei diesem Vieh von einem Menschen bleiben, und er mußte sie alle behalten.«

In dem Moment erschienen mir meine Fabeln wunderbar. Die Dinge, die unserem Hirn entspringen, sind von erhabener Liebenswürdigkeit, besonders wenn man sie gleich nach ihrem Entstehen betrachtet. Um die Wahrheit zu sagen, mein Dialog gefällt mir auch jetzt, da ich so viel

Erfahrung im Schreiben habe. Das Loblied eines Sterbenden auf das Leben ist etwas sehr Sympathisches für diejenigen, die ihm beim Sterben zusehen, und es ist auch wahr, daß viele Sterbende ihre letzten Atemzüge verausgaben, um das zu benennen, was sie für die Ursache ihres Sterbens halten, womit sie ein Loblied auf das Leben der anderen anstimmen, die diese Unbill werden zu vermeiden wissen. Zur zweiten Fabel will ich nichts sagen, sie wurde ja scharfsinnig von Guido selbst kommentiert, der lachend ausrief:

»Das ist ja keine Fabel, das ist ein Mittel, mich ein Vieh zu nennen.«

Ich lachte mit ihm, und die Schmerzen, die mich zum Schreiben angespornt hatten, ließen sofort nach. Luciano lachte, als ich ihm erklärte, was ich hatte sagen wollen, und fand, daß niemand etwas für unsere Fabeln zahlen würde, weder für meine noch für die von Guido. Aber Carmen gefielen meine Fabeln nicht. Sie warf mir einen forschenden, bösen Blick zu, der wirklich neu war an diesen Augen, und den ich auffaßte, als wäre er ein gesprochenes Wort gewesen:

»Du magst Guido nicht!«

Das erschütterte mich regelrecht, denn in diesem Moment täuschte sie sich bestimmt nicht. Ich dachte, daß ich unrecht hatte, mich so zu benehmen, als ob ich Guido nicht leiden könnte, ich, der ich andererseits selbstlos für ihn arbeitete. Ich mußte darauf achten, wie ich mich benahm.

Sanftmütig sagte ich zu Guido:

»Ich will gerne anerkennen, daß deine Fabeln besser sind als meine. Man muß jedoch bedenken, daß es die ersten Fabeln sind, die ich in meinem Leben geschrieben habe.«

Er gab nicht auf:

»Glaubst du vielleicht, ich hätte schon welche geschrieben?«

Carmens Blick war schon freundlicher geworden, und um ihn noch milder zu stimmen, sagte ich zu Guido:

»Du hast bestimmt ein besonderes Talent für Fabeln.«

Aber das Kompliment brachte alle beide zum Lachen und gleich darauf auch mich, aber alle gutmütig, weil man sah, daß ich ohne jede böse Absicht gesprochen hatte.

Das Geschäft mit dem Kupfersulfat brachte mehr Ernsthaftigkeit in unser Büro. Es war keine Zeit mehr für Fabeln. Jetzt nahmen wir fast alle Geschäfte an, die uns vorgeschlagen wurden. Manche brachten etwas Gewinn, aber wenig; andere Verluste, aber große. Ein merkwürdiger Geiz war Guidos Hauptfehler, der außerhalb der Geschäfte so großzügig war. Wenn ein Geschäft sich als gut erwies, liquidierte er es schleunigst, begierig, den kleinen Gewinn einzustreichen, den er daraus zog. Wenn er sich dagegen in ein ungünstiges Geschäft verwickelt sah, konnte er sich nie entschließen, daraus auszusteigen, nur um möglichst den Moment hinauszuzögern, in dem er in die eigene Tasche greifen mußte. Deshalb, glaube ich, waren seine Verluste immer beträchtlich und seine Gewinne klein. Die Eigenschaften eines Geschäftsmanns sind nichts weiter als das Ergebnis aus seinem gesamten Organismus, von den Haarspitzen bis zu den Zehennägeln. Auf Guido hätte ein Ausdruck gepaßt, den die Griechen haben: »schlauer Dummkopf«. Wirklich schlau, aber auch wirklich dumm. Er steckte voller Listen, die zu nichts anderem taugten, als die schiefe Ebene zu schmieren, auf der er immer weiter hinunterrutschte.

Zusammen mit dem Kupfersulfat kamen für ihn völlig unverhofft die Zwillinge daher. Im ersten Moment war er alles andere als angenehm überrascht, aber gleich nachdem er mir das Ereignis verkündet hatte, gelang es ihm, einen Witz zu reißen, der mich sehr zum Lachen brachte, weshalb er aus Genugtuung über seinen Erfolg die finstere Miene nicht beibehalten konnte. Die beiden Kinder mit den sechzig Tonnen Sulfat assoziierend, sagte er:

»Ich bin halt dazu verdammt, en gros zu arbeiten!«

Um ihn zu trösten, erinnerte ich ihn daran, daß Augusta wieder im siebten Monat war, und daß ich in Sachen Kinder schon recht bald seine Tonnelage erreichen würde. Immer noch witzig antwortete er:

»Mir als gutem Buchhalter erscheint das nicht dasselbe.«

Nach ein paar Tagen erfaßte ihn eine Weile lang große Zuneigung zu den beiden Würmern. Augusta, die einen Teil des Tages bei ihrer Schwester verbrachte, erzählte mir, daß er sich jeden Tag ein paar Stunden lang mit ihnen beschäftigte. Er streichelte sie und wiegte sie in den Schlaf, und Ada war ihm so dankbar, daß zwischen den Eheleuten neue Liebe aufzukeimen schien. In diesen Tagen überwies er eine ziemlich stattliche Summe an eine Versicherungsgesellschaft, damit die beiden Kinder mit zwanzig ein kleines Vermögen vorfänden. Ich erinnere mich daran, weil ich diesen Betrag zu seinen Lasten verbucht habe.

Auch ich wurde eingeladen, die beiden Zwillinge anschauen zu kommen; ja, Augusta hatte mir gesagt, ich würde auch Ada begrüßen können, die mich allerdings nicht empfangen konnte, da sie noch im Bett bleiben mußte, obwohl seit der Geburt schon zehn Tage vergangen waren.

Die beiden Kinder lagen in zwei Wiegen in einem Kabinett neben dem Schlafzimmer der Eltern. Von ihrem Bett aus rief Ada mir zu:

»Sind sie nicht schön, Zeno?«

Ich war überrascht vom Klang dieser Stimme. Sie kam mir weicher vor: Das war ein echter Schrei, denn man hörte eine Anstrengung durch, und doch blieb sie so weich. Zweifellos kam die Weichheit in dieser Stimme von der Mutterschaft, aber ich war gerührt davon, weil ich sie in dem Augenblick entdeckte, als sie an mich gerichtet war. Diese Weichheit gab mir das Gefühl, als ob Ada mich nicht allein bei meinem Namen gerufen hätte, sondern auch ein liebevolles Adjektiv vorangestellt hätte, wie »lieber« oder »mein Bruder«. Ich empfand lebhafte Dankbarkeit dafür und wurde gütig und liebevoll. Feierlich antwortete ich:

»Schön, lieb, sie sehen sich ähnlich, zwei kleine Wunder.« Hingegen kamen sie mir vor wie zwei bleiche Kinderleichen. Sie jammerten alle beide und vertrugen sich nicht.

Bald nahm Guido sein früheres Leben wieder auf. Nach dem Geschäft mit dem Kupfersulfat kam er mit mehr Beständigkeit ins Büro, aber samstags ging er immer zur Jagd und kam nicht vor Montag am späten Vormittag zurück, gerade rechtzeitig, um vor dem Mittagessen noch einen Blick ins Büro zu werfen. Zum Fischen ging er abends und verbrachte oft die Nacht auf dem Meer. Augusta erzählte mir von Adas Kummer, die zwar unter rasender Eifersucht litt, aber auch darunter, daß sie tagsüber so viel allein war. Augusta versuchte, sie zu beruhigen, indem sie sie daran erinnerte, daß beim Jagen und Fischen keine Frauen anwesend waren. Doch Ada war hinterbracht worden – man wußte nicht, von wem –, daß Carmen Guido manchmal zum Fischfang begleitet hatte. Guido hatte das dann zugegeben und hinzugefügt, es sei doch nichts Schlechtes an einer Freundlichkeit einer Angestellten gegenüber, die ihm so nützlich war. Und dann, war denn nicht immer Luciano dabeigewesen? Schließlich versprach er, daß er sie nicht mehr einladen würde, da Ada es nicht mochte. Er erklärte, er wolle weder auf seine Jagd verzichten, die ihn viel Geld kostete, noch auf den Fischfang. Er sagte, er arbeite viel (und wirklich war in der Zeit in unserem Büro viel zu tun), und meinte, etwas Abwechslung stünde ihm zu. Ada war nicht dieser Ansicht und ihr schien, die beste Abwechslung würde er in der Familie finden, worin sie vorbehaltlos von Augusta unterstützt wurde, während mir diese Abwechslung zu volltönend erschien.

Da rief Augusta aus:

»Bist du etwa nicht jeden Tag zu festen Zeiten zu Hause?«

Das stimmte, und ich mußte zugeben, daß zwischen mir und Guido ein großer Unterschied bestand, aber ich konnte mir nichts darauf einbilden. Ich streichelte Augusta und sagte zu ihr:

»Das ist dein Verdienst, weil du sehr drastische Erziehungsmethoden angewandt hast.«

Im übrigen liefen für den armen Guido die Dinge von Tag zu Tag schlechter: Zuerst waren es zwar zwei Kinder gewesen, aber nur eine Amme, weil man hoffte, daß Ada eines der Kinder würde stillen können. Doch sie konnte nicht, und sie mußten noch eine Amme kommen lassen. Wenn Guido mich zum Lachen bringen wollte, ging er im Büro auf und ab und sagte im Takt dazu: »Eine Frau ... zwei Kinder ... zwei Ammen!«

Da war eine Sache, die Ada besonders haßte: Guidos Geige. Sie ertrug das Gejammer der Kinder, litt aber entsetzlich unter dem Klang der Geige. Zu Augusta hatte sie gesagt:

»Am liebsten würde ich wie ein Hund gegen diese Töne anjaulen.«

Seltsam! Augusta dagegen war selig, wenn sie im Vorbeigehen meine unrhythmischen Töne aus meinem kleinen Studio kommen hörte!

»Und dabei war doch auch Adas Heirat eine Liebesheirat«, sagte ich verwundert. »Ist nicht seine Geige das Beste an Guido?«

Solches Gerede war völlig vergessen, als ich Ada zum ersten Mal wiedersah. Ich war es nämlich, der ihre Krankheit zum ersten Mal bemerkte. An einem der ersten Novembertage – ein kalter Tag, ohne Sonne und feucht – verließ ich das Büro ausnahmsweise um drei Uhr nachmittags und eilte nach Hause, wo ich in meinem warmen Studio ein paar Stunden ausruhen und träumen wollte. Um dorthin zu gelangen, mußte ich durch den langen Korridor, und vor Augustas Arbeitszimmer machte ich halt, weil ich Adas Stimme hörte. Sie war sanft, aber unsicher (was sich gleichkommt, glaube ich) wie an jenem Tag, als sie an mich gerichtet gewesen war. Ich trat in dieses Zimmer ein, getrieben von der seltsamen Neugierde zu sehen, wie die heitere, ruhige Ada in diese Stimme schlüpfen konnte, die ein wenig an die einer unserer Schauspielerinnen erinnerte, wenn sie zu Tränen rühren will, ohne selbst Tränen vergießen zu können. In der Tat war es eine falsche Stimme, oder ich hörte sie doch so, und nur, weil ich die, die sie hervorbrachte, nicht einmal gesehen hatte, nahm ich sie zum zweiten Mal nach so vielen Tagen gleichermaßen gerührt und rührend wahr. Ich dachte, sie sprächen über Guido, denn welches andere Thema hätte Ada in dieser Weise rühren können?

Hingegen sprachen die beiden Frauen bei einer gemeinsamen Tasse Kaffee über häusliche Dinge: Wäsche, Personal usw. Aber Ada zu sehen, hatte mir genügt, um zu begreifen, daß diese Stimme nicht falsch war. Rührend war auch ihr Gesicht, auf dem ich als erster die tiefen Veränderungen entdeckte, und wenn diese Stimme nicht auf ein Gefühl abgestimmt war, spiegelte sie getreulich den gesamten Organismus wider und war daher wahr und wahrhaftig. Das spürte ich sofort. Ich bin kein Arzt und dachte daher nicht an eine Krankheit, sondern ich versuchte, mir die Veränderung in Adas Aussehen als Folge des Kindbetts zu erklären. Aber wie war zu erklären, daß Guido eine so große Wandlung an seiner Frau nicht bemerkt hatte? Während ich, der ich diese Augen auswendig kannte, diese Augen, die ich so sehr gefürchtet hatte, weil ich gleich bemerkt hatte, daß sie Dinge und Menschen kühl musterten, um sie anzunehmen oder zu verwerfen, ich konnte sofort feststellen, daß sie sich verändert hatten, größer geworden waren, als ob sie, um besser zu sehen, aus den Höhlen getreten wären. Diese großen Augen paßten nicht zu dem entkräfteten und farblosen Gesicht.

Mit viel Gefühl reichte sie mir die Hand:

»Ich weiß es ja«, sagte sie, »du nutzt jeden Augenblick, um nach deiner Frau und deiner Kleinen zu sehen.«

Ihre Hand war schweißnaß, und ich weiß, daß das Schwäche bedeutet. Um so mehr stellte ich mir vor, daß sie, sobald sie sich erholte, ihre früheren Farben und die klaren Linien der Wangen und der Augenhöhlen wiedererlangen würde.

Ich deutete die Worte, die sie an mich gerichtet hatte, als Vorwurf gegen Guido, und gutmütig antwortete ich, Guido als Eigentümer der Firma habe mehr Verantwortung als ich, die ihn eben ans Büro band.

Forschend sah sie mich an, um sich zu vergewissern, daß ich im Ernst sprach.

»Und doch«, sagte sie, »scheint mir, er könnte etwas mehr Zeit für seine Frau und seine Kinder finden«, und in ihrer Stimme lagen Tränen. Sie faßte sich wieder mit einem Lächeln, das um Nachsicht bat, und fügte hinzu:

»Außer den Geschäften sind da ja auch noch die Jagd und der Fischfang! Die, die nehmen wirklich viel Zeit weg.«

Mit einer Sprunghaftigkeit, die mich verwunderte, erzählte sie von den köstlichen Gerichten, die infolge von Guidos Jagd und Fischfang bei ihnen gegessen wurden.

»Trotzdem würde ich gerne darauf verzichten!« fügte sie dann mit einem Seufzer und einer Träne hinzu. Sie bezeichnete sich jedoch nicht als unglücklich, im Gegenteil! Sie erzählte, mittlerweile könne sie sich gar nicht mehr vorstellen, diese beiden Kinder nicht bekommen zu haben, die sie abgöttisch liebte! Und etwas schelmisch setzte sie mit einem Lächeln hinzu, daß sie sie jetzt noch mehr liebe, wo jedes von ihnen seine Amme habe. Sie schlief nicht viel, aber wenn sie dann endlich Schlaf fand, störte sie niemand. Und als ich sie fragte, ob sie denn wirklich so wenig schliefe, wurde sie wieder ernst und gerührt und sagte mir, das sei ihr größtes Leiden. Dann fügte sie heiter hinzu:

»Aber es geht schon besser!«

Kurz darauf verließ sie uns, aus zwei Gründen: Vor dem Abend mußte sie noch bei ihrer Mutter vorbeischauen, und dann konnte sie die Temperatur in unseren Räumen, die mit großen Öfen ausgestattet waren, nicht ertragen. Ich, der ich diese Temperatur gerade eben angenehm fand, dachte, es sei ein Zeichen von Stärke, wenn sie das übertrieben heiß fand:

»Du scheinst so schwach nicht zu sein«, sagte ich lächelnd, »du wirst sehen, wie anders du in meinem Alter empfindest.«

Sie fühlte sich sehr geschmeichelt, zu hören, daß sie als zu jung bezeichnet wurde.

Augusta und ich begleiteten sie bis auf den Treppenabsatz hinaus. Anscheinend empfand sie großes Bedürfnis nach unserer Freundschaft, denn diese wenigen Schritte ging sie zwischen uns beiden und stützte sich zuerst auf Augustas Arm und dann auch auf meinen, den ich sogleich ganz steif machte, aus Angst, ich könnte in die alte Gewohnheit verfallen, jeden weiblichen Arm zu drücken, der sich meiner Berührung darbot. Auf dem Treppenabsatz sprach sie noch viel, und als sie sich an ihren Vater erinnerte, bekam sie wieder feuchte Augen, zum dritten Mal in einer Viertelstunde. Als sie gegangen war, sagte ich zu Augusta, das sei keine Frau sondern ein Springquell. Obwohl ich Adas Krankheit gesehen hatte, maß ich ihr keinerlei Bedeutung bei. Sie hatte vergrößerte Augen, ein mageres Gesicht; ihre Stimme war verändert, und auch ihr Charakter in dieser Rührseligkeit, die nicht ihre war, doch ich führte all dies auf die zweifache Mutterschaft und auf Schwäche zurück. Kurz, ich erwies mich als hervorragender Beobachter, denn ich sah alles, aber als großer Ignorant, weil ich das eigentliche Wort nicht sagte: Krankheit!

Am Tag darauf bat der Frauenarzt, der Ada behandelte, um den Beistand von Doktor Paoli, und der sprach sofort das Wort aus, das ich nicht gleich hatte sagen können: *Morbus Basedowii.* Guido erzählte es mir, er schilderte mir mit großer Sachkenntnis die Krankheit und bedauerte Ada, die sehr litt. Ohne alle Böswilligkeit, aber ich glaube, mit seinem Mitleid und seinem Wissen war es nicht weit her. Er schaute betrübt drein, wenn er von seiner Frau sprach, aber wenn er Carmen Briefe diktierte, zeigte er seine ganze Lust am Leben und am Belehren; sodann glaubte er, derjenige

Basedow*, der der Krankheit ihren Namen gegeben habe, sei der Freund Goethes gewesen, wohingegen ich, als ich in einer Enzyklopädie über die Krankheit nachlas, sofort merkte, daß es sich um jemand anderen handelte.

Eine große, eine bedeutende Krankheit, die Basedowsche! Für mich war es äußerst wichtig, sie kennengelernt zu haben. Ich las in verschiedenen Monographien darüber nach und glaubte, erst da das wesentliche Geheimnis unseres Organismus zu entdecken. Ich glaube, bei vielen Menschen gibt es wie bei mir Zeiten, in denen bestimmte Ideen das ganze Hirn einnehmen und blockieren und es für alles andere verschließen. Wenn nun aber der Allgemeinheit dasselbe widerfährt! Sie lebt von Darwin, nachdem sie von Robespierre und Napoleon und dann von Liebig oder womöglich von Leopardi gelebt hat, wenn über dem gesamten Kosmos nicht überhaupt Bismarck thront!

Von Basedow aber lebte nur ich! Meiner Ansicht nach hatte er die Wurzeln des Lebens ans Licht gebracht, das so beschaffen ist: Alle Organismen verteilen sich auf einer Linie, an deren einem Ende die Basedowsche Krankheit steht, die den höchst verschwenderischen, irren Verschleiß von Lebensenergie in schwindelerregendem Tempo bedeutet, das Pochen eines rasenden Herzens, und am anderen stehen die durch organische Mißgunst verkümmerten Organismen, dazu bestimmt, an einer Krankheit zu sterben, die man für Erschöpfung halten könnte, die jedoch Faulheit ist. Der rechte Ausgleich zwischen den beiden Krankheiten liegt in der Mitte und wird unzutreffenderweise als Gesundheit bezeichnet, die lediglich ein Zwischenstadium ist. Und zwischen der Mitte und dem einen Ende – dem Basedowschen – befinden sich all jene, die dem Leben in Form von großen Wünschen, Ambitionen,

Genüssen und auch Arbeit Anreize geben und es voll auskosten, auf der anderen jene, die knausern und bloß Krümel auf den Teller des Lebens werfen und aus denen diese abscheulichen Langlebigen werden, die als Last für die Gesellschaft erscheinen. Anscheinend ist auch diese Last notwendig. Die Gesellschaft schreitet fort, weil die Basedowianer sie vorantreiben, und sie stürzt nicht ab, weil die anderen sie zurückhalten. Ich bin überzeugt, um eine Gesellschaft einzurichten, hätte man es sich leichter machen können, aber so ist sie nun einmal, mit dem Kropf an ihrem einen und dem Ödem an ihrem anderen Ende, und dagegen ist nichts zu machen. Dazwischen sind diejenigen, die beginnenden Kropf oder beginnendes Ödem haben, und auf der ganzen Linie, in der ganzen Menschheit fehlt die absolute Gesundheit.

Fehlte Ada auch der Kropf, nach dem, was Augusta mir sagte, hatte sie doch alle anderen Symptome der Krankheit. Arme Ada! Sie war mir wie die Verkörperung der Gesundheit und der Ausgeglichenheit erschienen, so daß ich lange gedacht hatte, sie hätte sich ihren Ehemann mit derselben kühlen Überlegung ausgesucht, mit der ihr Vater seine Waren aussuchte, und nun war sie von einer Krankheit erfaßt worden, die sie in einen ganz anderen Zustand versetzte: die psychischen Perversionen! Doch ich erkrankte zusammen mit ihr an einer leichten, aber langwierigen Krankheit. Ich dachte zu lange über Basedow nach. Ich glaube nämlich, an welchem Punkt des Universums auch immer man sich niederläßt, zuletzt vergiftet man sich. Man muß in Bewegung bleiben. Das Leben hat Gifte, es hat aber auch andere Gifte, die als Gegengifte dienen. Nur im Laufen entkommt man den ersten und kann sich die anderen zunutze machen.

Meine Krankheit war ein beherrschender Gedanke, ein Traum und auch ein Schrecken. Sie muß aus einer Überlegung entsprungen sein: Unter der Bezeichnung Perversion versteht man eine Abweichung von der Gesundheit, jener Art von Gesundheit, die uns einen Abschnitt unseres Lebens begleitet hat. Nun wußte ich ja, was Adas Gesundheit gewesen war. Konnte ihre Perversion sie nicht dazu bringen, mich zu lieben, den sie als Gesunde abgewiesen hatte?

Ich weiß nicht, wie diese Schreckensvision (oder diese Hoffnung) in meinem Hirn entstanden ist!

Vielleicht, weil Adas sanfte und brüchige Stimme mir liebevoll vorkam, wenn sie sich an mich richtete? Die arme Ada war ziemlich häßlich geworden, und ich konnte sie nicht mehr begehren. Doch ich betrachtete noch einmal unsere Beziehungen in der Vergangenheit, und da schien mir, wenn sie von plötzlicher Liebe zu mir erfaßt werden sollte, würde ich mich in einer ähnlich scheußlichen Lage befinden wie Guido gegenüber dem englischen Freund mit den sechzig Tonnen Kupfersulfat. Genau der gleiche Fall! Wenige Jahre zuvor hatte ich ihr meine Liebe erklärt und hatte keinerlei Widerruf geleistet, außer dadurch, daß ich ihre Schwester geheiratet habe. In diesem Abkommen war sie nicht durch das Gesetz, sondern durch die Ritterlichkeit geschützt. Ich fühlte mich ihr so tief verpflichtet, daß ich, sollte sie viele, viele Jahre später einmal bei mir auftauchen, durch die Basedowsche Krankheit womöglich mit einem schönen Kropf geschmückt, anstandshalber zu meiner Unterschrift würde stehen müssen.

Ich erinnere mich jedoch, daß durch eine solche Aussicht meine Gedanken an Ada liebevoller wurden. Bis dahin hatte ich mich bestimmt nicht gefreut, wenn man mir von

Adas Schmerzen berichtete, die Guido ihr verursachte, hatte mich aber doch mit einer gewissen Genugtuung in Gedanken wieder meinem eigenen Haus zugewandt, in das einzutreten Ada sich ja geweigert hatte und wo es keinerlei Leiden gab. Jetzt hatten die Dinge sich geändert: Diese Ada, die mich verächtlich abgewiesen hatte, gab es nicht mehr, es sei denn, meine medizinischen Lehrbücher irrten sich.

Ada war schwerkrank. Doktor Paoli riet wenige Monate später, sie solle von der Familie wegkommen und in ein Sanatorium in Bologna gehen. Das erfuhr ich von Guido, aber Augusta erzählte mir dann, daß der armen Ada selbst in diesem Moment große Unannehmlichkeiten nicht erspart blieben. Guido hatte die Dreistigkeit besessen, vorzuschlagen, Carmen solle während der Abwesenheit seiner Frau die Führung der Familie übernehmen. Ada hatte nicht den Mut, offen zu sagen, was sie von einem derartigen Vorschlag hielt, erklärte aber, sie würde sich nicht von zu Hause wegrühren, wenn ihr nicht erlaubt würde, die Führung des Haushalts Tante Maria zu übertragen, und Guido gab ohne weiteres nach. Er liebäugelte jedoch weiterhin mit der Idee, Carmen auf dem von Ada geräumten Platz zu seiner Verfügung zu haben. Eines Tages sagte er zu Carmen, wenn sie im Büro nicht allzu sehr beschäftigt wäre, hätte er ihr gern die Führung seines Hauswesens anvertraut. Luciano und ich sahen uns an, und sicher entdeckte jeder auf dem Gesicht des anderen einen boshaften Ausdruck. Carmen errötete und murmelte, das könne sie nicht annehmen.

»Genau«, sagte Guido zornig, »wegen dieser dummen Rücksichten auf die Welt kann man das nicht tun, was so nützlich wäre!«

Jedoch schwieg auch er bald, und es war erstaunlich, daß er eine so interessante Predigt abkürzte.

Die ganze Familie begleitete Ada zum Bahnhof. Augusta hatte mich gebeten, Blumen für die Schwester mitzubringen. Ich kam etwas zu spät mit einem schönen Strauß Orchideen, den ich Augusta gab. Ada beobachtete uns, und als Augusta ihr die Blumen überreichte, sagte sie:

»Ich danke euch von Herzen!«

Das sollte bedeuten, daß sie die Blumen auch von mir bekommen hatte, aber ich empfand das wie eine Bekundung von geschwisterlicher Zuneigung, zart aber auch ein wenig kühl. Basedow hatte sicher nichts damit zu tun.

Wie eine ganz junge Braut wirkte sie, die arme Ada, mit diesen vor Glück maßlos vergrößerten Augen. Ihre Krankheit konnte sämtliche Gefühle vorspiegeln.

Guido fuhr mit ihr, um sie zu begleiten, und wollte wenige Tage später zurückkommen. Wir warteten am Bahnsteig auf die Abfahrt des Zuges. Ada blieb an ihrem Wagenfenster stehen und winkte mit dem Taschentuch, solange sie uns sehen konnte.

Dann begleiteten wir die weinende Signora Malfenti nach Hause. Nachdem sie im Augenblick der Trennung Augusta geküßt hatte, küßte sie auch mich.

»Entschuldige!« sagte sie lachend unter Tränen, »ich habe das ohne Absicht getan, aber wenn du erlaubst, gebe ich dir noch einen Kuß.«

Sogar die kleine Anna, mittlerweile zwölfjährig, wollte mich küssen. Alberta, die im Begriff war, das nationale Theater aufzugeben, um sich zu verloben, und die mir gegenüber gewöhnlich etwas reserviert war, reichte mir an diesem Tag warmherzig die Hand. Alle mochten sie mich, weil meine Frau blühend aussah, und so bekundeten sie ihre Abneigung Guido gegenüber, dessen Frau krank war.

Doch genau da lief ich Gefahr, ein weniger guter Ehemann zu werden. Ich fügte meiner Frau großen Schmerz zu, ohne meine Schuld, und zwar durch einen Traum, an dem ich sie in aller Unschuld regelrecht teilnehmen ließ.

Und das war der Traum: Wir waren zu dritt, Augusta, Ada und ich, und schauten aus einem Fenster, und zwar genau aus dem kleinsten, das es in unseren drei Wohnungen gab, das heißt meiner, der meiner Schwiegermutter und der von Ada. Wir standen also im Haus meiner Schwiegermutter am Küchenfenster, das sich in Wirklichkeit auf einen kleinen Hof hin öffnet, während es im Traum genau auf den Corso ging. An dem kleinen Fensterbrett war so wenig Platz, daß Ada, die eingehängt zwischen uns stand, sich richtig eng an mich schmiegte. Ich schaute sie an und sah, daß ihre Augen wieder kalt und klar geworden waren und ihre Gesichtszüge ganz rein bis zum Nacken, den ich von den feinen Löckchen bedeckt sah, jenen Löckchen, die ich so oft gesehen hatte, wenn Ada mir den Rükken zukehrte. Trotz so viel Kälte (als welche mir ihre Gesundheit erschien) blieb sie eng an mich geschmiegt, wie ich es damals am Abend meiner Verlobung an dem sprechenden Tisch geglaubt hatte. Erfreut sagte ich zu Augusta (sicher in dem Bemühen, mich auch um sie zu kümmern): »Siehst du, wie sie genesen ist? Wo ist denn da der Basedow?« – »Siehst du denn nicht?« fragte Augusta, die als einzige von uns auf die Straße hinaussehen konnte. Mühsam beugten auch wir uns hinaus und erblickten eine große Menge, die bedrohlich voranrückte und dabei schrie. »Wo ist denn da der Basedow?« fragte ich noch einmal. Dann sah ich ihn. Er war es, der voranging, gefolgt von dieser

Menge: Ein alter Bettler, bedeckt von einem großen, zerlumpten Mantel, aber aus steifem Brokat, den großen Kopf von einer zerwühlten weißen Mähne bedeckt, die im Wind wehte, die Augen traten aus den Höhlen und blickten ängstlich drein, mit einem Blick, den ich bei gehetzten Tieren gesehen hatte, voller Angst und Bedrohung. Und die Menge brüllte: »Tötet den Giftsalber!«

Dann kam eine Pause leerer Nacht. Gleich darauf befanden Ada und ich uns auf der steilsten Treppe, die es in unseren drei Häusern gibt, derjenigen nämlich, die zum Speicher meiner Villa hinaufführt. Ada stand ein paar Stufen höher, aber mir zugewandt, der ich dabei war, hinaufzusteigen, während sie anscheinend heruntersteigen wollte. Ich umarmte ihre Beine, und sie beugte sich zu mir, ich weiß nicht, ob aus Schwäche, oder um näher bei mir zu sein. Einen Augenblick lang schien sie mir von ihrer Krankheit entstellt, aber als ich sie dann schwer atmend betrachtete, gelang es mir wieder, sie so zu sehen, wie sie mir am Fenster erschienen war, schön und gesund. Mit ihrer festen Stimme sagte sie zu mir: »Geh mir voraus, ich komme gleich nach!« Prompt machte ich kehrt, um ihr vorauszulaufen, aber nicht schnell genug, um nicht zu bemerken, daß meine Speichertür ganz, ganz langsam geöffnet wurde und Basedows weißer Wuschelkopf mit seinem halb furchtsamen, halb drohenden Gesicht herausschaute. Ich sah auch die unsicheren Beine und den armen, erbärmlichen Körper, den der Mantel nicht verhüllen konnte. Es gelang mir wegzulaufen, aber ich weiß nicht, ob um Ada vorauszueilen oder um vor ihr zu fliehen.

Anscheinend bin ich dann in der Nacht keuchend aufgewacht und habe in meiner Benommenheit Augusta den ganzen Traum oder einen Teil davon erzählt, um dann wieder in den ruhigsten und tiefsten Schlaf zu verfallen. Ich glaube, bei halbwachem Bewußtsein habe ich blindlings meinem alten Wunsch nachgegeben, meine Verfehlungen zu beichten.

Am Morgen lag auf Augustas Gesicht das wächserne Weiß der großen Anlässe. Ich erinnerte mich vollkommen an den Traum, aber nicht genau, was ich ihr davon berichtet hatte. Mit einer Miene schmerzlicher Resignation sagte sie zu mir:

»Du fühlst dich unglücklich, weil sie krank und fort ist, und deswegen träumst du von ihr.«

Ich verteidigte mich mit einem spöttischen Lachen. Nicht Ada war wichtig für mich, sondern Basedow, und ich erzählte ihr von meinen Lektüren und auch von den Anwendungen, die ich gemacht hatte. Aber ich weiß nicht, ob es mir gelang, sie zu überzeugen. Wenn man im Traum erwischt wird, ist es schwer, sich zu verteidigen. Das ist etwas ganz anderes, als wenn man frisch von der Tat zur Ehefrau kommt, nachdem man sie bei vollem Bewußtsein betrogen hat. Im übrigen hatte ich bei solchen Eifersüchteleien Augustas nichts zu verlieren, weil sie Ada so sehr liebte, daß ihre Eifersucht nach dieser Seite hin keinen Schatten warf, und was mich angeht, so behandelte sie mich sogar mit liebevollerer Aufmerksamkeit und war mir auch dankbarer für jedes kleine Zeichen der Zuneigung.

Wenige Tage später kehrte Guido mit den besten Nachrichten aus Bologna zurück. Der Leiter des Sanatoriums garantierte definitive Heilung, vorausgesetzt, Ada würde anschließend zu Hause viel Ruhe vorfinden. Guido gab die Prognose des Arztes einfach und ziemlich unüberlegt wieder und merkte nicht, daß dieses Urteil innerhalb der Familie Malfenti viele Vorbehalte ihm gegenüber bekräftigte. Und ich sagte zu Augusta:

»Da drohen mir also noch mehr Küsse von deiner Mutter.«

Anscheinend fühlte Guido sich in dem von Tante Maria geführten Haus nicht recht wohl. Manchmal ging er im Büro auf und ab und murmelte:

»Zwei Kinder... drei Ammen... keine Frau.«

Auch dem Büro blieb er häufiger fern, weil er seine schlechte Laune dadurch abreagierte, daß er sich bei Jagd und Fischfang gegen die Tiere austobte. Aber als wir gegen Ende des Jahres aus Bologna die Nachricht erhielten, daß Ada als geheilt betrachtet werde und sich auf die Heimkehr einstellte, schien mir nicht, daß er besonders glücklich darüber war. Hatte er sich an Tante Maria gewöhnt, oder sah er sie so wenig, daß es ihm leicht und angenehm war, sie zu ertragen? Mir gegenüber zeigte er seine schlechte Laune natürlich nicht, außer mit Äußerungen des Zweifels, daß Ada es vielleicht zu eilig hatte, das Sanatorium zu verlassen, bevor sie sich gegen einen Rückfall versichert hatte. In der Tat, als sie nach kurzer Zeit und noch im Lauf desselben Winters wieder nach Bologna zurückkehren mußte, sagte er triumphierend zu mir:

»Hab ich es nicht gesagt?«

Ich glaube allerdings nicht, daß in diesem Triumph eine andere Freude lag als die bei ihm so stark ausgeprägte, etwas vorhergesehen zu haben. Er wünschte Ada nichts Böses, aber er hätte sie gern lange in Bologna gehalten.

Als Ada wiederkam, war Augusta durch die Geburt des kleinen Alfio ans Bett gefesselt, und bei dieser Gelegenheit war sie wirklich rührend. Sie wollte, daß ich mit Blumen zum Bahnhof ging und Ada sagte, daß sie sie noch am selben Tag sehen wolle. Und wenn Ada nicht gleich vom Bahnhof aus zu ihr kommen könnte, bat sie mich, sofort wieder heimzukommen, um ihr Ada zu schildern und zu sagen, ob ihre Schönheit, auf die alle in der Familie so stolz waren, vollständig wiederhergestellt war.

Am Bahnhof waren ich, Guido und sonst nur Alberta, weil Signora Malfenti den größten Teil ihrer Tage bei Augusta verbrachte. Auf dem Bahnsteig versuchte Guido, uns von seiner großen Freude über Adas Ankunft zu überzeugen, aber Alberta hörte ihm zu und schützte dabei eine große Zerstreutheit vor, zu dem Zweck – wie sie mir später sagte –, ihm nicht antworten zu müssen. Mich für mein Teil kostete die Verstellung Guido gegenüber mittlerweile kaum noch Mühe. Ich hatte mir angewöhnt, so zu tun, als bemerkte ich seine Vorliebe für Carmen nicht, und ich hatte nie gewagt, auf seine Fehler gegenüber seiner Frau anzuspielen. Daher fiel es mir nicht schwer, eine aufmerksame Haltung anzunehmen, so als ob ich seine Freude über die Rückkehr seiner geliebten Frau bewunderte.

Als der Zug um Punkt zwölf Uhr mittags in den Bahnhof einfuhr, eilte er uns voraus seiner Frau entgegen, die aus dem Zug stieg. Er nahm sie in die Arme und küßte sie liebevoll. Ich, der ihn sah, wie er den Rücken krumm machte, um seine Frau zu küssen, die kleiner war als er, dachte: »Ein guter Schauspieler!« Dann nahm er Ada an der Hand und führte sie zu uns:

»Da ist sie, wiedergewonnen für unsere Zuneigung!«

Da zeigte er sich als das, was er war, nämlich falsch und ein Heuchler, denn wenn er der armen Frau genauer ins Gesicht geschaut hätte, hätte er bemerkt, daß sie nicht unserer Zuneigung, sondern unserer Gleichgültigkeit überantwortet wurde. Adas Gesicht war schlecht gebaut, denn es hatte zwar Wangen zurückgewonnen, aber an der falschen Stelle, als ob das Fleisch, als es wiederkehrte, vergessen hätte, wo es hingehörte, und sich zu weit unten angesetzt hätte. Sie sahen daher aus wie Schwellungen und nicht wie Wangen. Und die Augen waren in ihre Höhlen zurückgekehrt, doch keines hatte die Schäden beheben können, die es angerichtet hatte, als es daraus hervortrat. Sie hatten prägnante und tragende Linien verschoben oder zerstört. Als wir uns vor dem Bahnhof verabschiedeten, sah ich in der gleißenden Wintersonne, daß das ganze Kolorit dieses Gesichts nicht mehr das war, das ich so sehr geliebt hatte. Es war ausgebleicht, und auf den fleischigen Partien war es von roten Flecken gerötet. Es sah aus, als gehörte die Gesundheit nicht mehr zu diesem Gesicht und als wäre es gelungen, sie darauf vorzutäuschen.

Sofort erzählte ich Augusta, daß Ada wunderschön sei, genauso wie als junges Mädchen, und sie war selig darüber. Nachdem sie sie dann gesehen hatte, bestätigte sie mir das zu meiner Überraschung mehrmals, als ob meine frommen Lügen offenbare Wahrheiten gewesen wären. Sie sagte:

»Sie ist schön wie als junges Mädchen und so wie meine Tochter sein wird!«

Man sieht, daß das Auge einer Schwester nicht besonders scharfsichtig ist.

Lange Zeit sah ich Ada nicht wieder. Sie hatte zu viele Kinder und wir auch. Trotzdem richteten Ada und Augusta es so ein, daß sie sich mehrmals in der Woche sehen konnten, doch immer zu Zeiten, wenn ich außer Haus war.

Die Zeit des Jahresabschlusses rückte näher, und ich hatte viel zu tun. Ja, das war die Zeit meines Lebens, in der ich am meisten gearbeitet habe. Ein paar Tage lang saß ich sogar zehn Stunden an meinem Tisch. Guido hatte angeboten, mir von einem Buchhalter helfen zu lassen, doch davon wollte ich nichts wissen. Ich hatte eine Aufgabe übernommen und mußte sie erfüllen. Ich wollte Guido für meine verhängnisvolle einmonatige Abwesenheit entschädigen, und ich zeigte gerne auch vor Carmen meinen Eifer, der von nichts anderem inspiriert sein konnte als von meiner Zuneigung zu Guido.

Doch sowie ich in der Abrechnung der Konten vorankam, begann ich den starken Verlust zu entdecken, den wir in diesem ersten Jahr unserer Geschäftstätigkeit erlitten hatten. Besorgt sagte ich etwas davon unter vier Augen zu Guido, aber er, der sich bereitmachte zur Jagd, wollte mir nicht zuhören:

»Du wirst sehen, es ist gar nicht so schlimm, wie du meinst, und dann ist ja das Jahr noch nicht zu Ende.«

In der Tat waren es noch ganze acht Tage bis Sylvester.

Da vertraute ich mich Augusta an. Zuerst sah sie in dieser Sache nur den Schaden, der für mich daraus entstehen könnte. Frauen sind nun einmal so, aber Augusta war ungewöhnlich sogar unter den Frauen, wenn sie sich hier über den eigenen Schaden beklagte. Würde man am Ende nicht auch mich – fragte sie – an den von Guido erlittenen Verlusten ein bißchen für mitverantwortlich halten? Sie wollte, daß man sofort einen Rechtsanwalt konsultierte. Unterdessen müsse man sich von Guido distanzieren und aufhören, in dieses Büro zu gehen.

Es war nicht leicht für mich, sie zu überzeugen, daß man mich für gar nichts verantwortlich machen konnte, da ich nichts weiter war als ein Angestellter Guidos. Sie vertrat die Ansicht, wer kein festes Gehalt habe, könne nicht als Angestellter betrachtet werden, sondern als so etwas ähnliches wie ein Eigentümer. War sie erst einmal von etwas überzeugt, blieb sie natürlich bei ihrer Meinung, denn da entdeckte sie, daß ich nichts verlieren würde, wenn ich aufhörte, in dieses Büro zu gehen, wo ich mich als Geschäftsmann bestimmt noch in Verruf bringen würde. Zum Teufel: mein Ruf als Geschäftsmann! Auch ich war einverstanden, daß es wichtig war, ihn zu bewahren, und obwohl sie von der Argumentation her Unrecht gehabt hatte, kamen wir überein, daß ich das tun mußte, was sie wollte. Sie willigte ein, daß ich den Jahresabschluß fertig machte, da ich ihn angefangen hatte, aber dann würde ich einen Weg finden müssen, in mein kleines Studio zurückzukehren, in dem zwar kein Geld verdient wurde, aber auch keines verloren.

Doch da machte ich eine merkwürdige Erfahrung mit mir selbst. Ich war nicht imstande, diese Tätigkeit aufzugeben, obwohl ich es beschlossen hatte. Ich war verwundert darüber! Um die Dinge recht zu verstehen, muß man mit Bildern arbeiten. Ich erinnerte mich nun, daß die Verurteilung zur Zwangsarbeit in England früher so durchgeführt wurde, daß man den Verurteilten über einem Rad aufhängte, das von Wasserkraft angetrieben wurde, wodurch das Opfer gezwungen war, die Beine in einem bestimmten Rhythmus zu bewegen, da sie ihm sonst zertrümmert worden wären. Wenn man arbeitet, hat man immer das Gefühl eines derartigen Zwanges. Freilich ist die Position, auch wenn man nicht arbeitet, dieselbe, und ich glaube, die Behauptung ist richtig, daß Olivi und ich immer gleichermaßen aufgehängt waren; nur daß ich es in einer Weise war, daß ich die Beine nicht zu bewegen brauchte. Unsere Position ergab zwar ein unterschiedliches Resultat, aber heute weiß ich mit Sicherheit, daß dies weder Lob noch Tadel rechtfertigte. Kurz, es hängt vom Zufall ab, ob man über ein bewegliches oder ein unbewegliches Rad gehängt wird. Davon wegzukommen, ist immer schwer.

Mehrere Tage, nachdem ich den Jahresabschluß beendet hatte, ging ich weiterhin ins Büro, obwohl ich doch beschlossen hatte, gar nicht mehr hinzugehen. Unschlüssig verließ ich das Haus; unschlüssig wandte ich mich in eine Richtung, was fast immer die ins Büro war, und im Weitergehen klärte sich diese Richtung, bis ich mich auf dem gewohnten Sessel Guido gegenüber sitzend wiederfand. Zum Glück wurde ich irgendwann einmal gebeten, meinen Platz nicht zu räumen, und ich willigte sofort ein, da ich in der Zwischenzeit bemerkt hatte, daß ich darauf festgenagelt war.

Zum fünfzehnten Januar war meine Bilanz abgeschlossen. Eine wahrhaftige Katastrophe! Wir schlossen mit dem Verlust der Hälfte des Kapitals ab. Guido hätte sie dem jungen Olivi nicht zeigen wollen, weil er Indiskretionen von ihm befürchtete; aber ich hielt an der Hoffnung fest, daß er mit seiner großen Erfahrung irgendeinen Fehler darin entdecken würde, so daß sich die ganze Position veränderte. Es konnte irgendwelche Summen geben, die vom Soll, wo sie hingehörten, ins Haben gerutscht waren, und eine Korrektur hätte einen großen Unterschied gemacht. Mit einem Lächeln sicherte Olivi Guido die größte Diskretion zu und arbeitete dann einen ganzen Tag lang mit mir. Unglücklicherweise fand er keinen Fehler. Ich muß sagen, daß ich von dieser Revision zu zweit viel gelernt habe, und heute könnte ich auch bedeutendere Bilanzen als diese in Angriff nehmen und abschließen.

»Und was werdet ihr jetzt tun?« fragte der bebrillte junge Mann, bevor er ging. Ich wußte schon, was er empfehlen würde. Mein Vater, der in meiner Kindheit oft mit mir über das Handelswesen gesprochen hatte, hatte mir das schon beigebracht. Nach geltendem Recht hätten wir bei Verlust der Hälfte des Kapitals die Firma liquidieren müssen und womöglich auf neuer Basis wieder aufbauen. Ich ließ ihn den Ratschlag wiederholen. Er fügte hinzu:

»Es handelt sich um eine bloße Formalität.« Dann, lächelnd:

»Es kann teuer zu stehen kommen, sich nicht daran zu halten!«

Am Abend machte auch Guido sich daran, die Bilanz, mit der er sich noch nicht abfinden konnte, noch einmal durchzusehen. Er ging völlig unsystematisch vor, indem er aufs Geratewohl den einen oder anderen Betrag überprüfte. Ich wollte diesem sinnlosen Tun ein Ende setzen und teilte ihm Olivis Ratschlag mit, die Geschäftsführung sofort pro forma aufzulösen.

Bis dahin war Guidos Gesicht verkrampft gewesen vor Anspannung, in diesen Berechnungen den erlösenden Fehler zu finden: eine düstere Miene, die zusätzlich entstellt war von der Kontraktion, wie ein ekliger Geschmack im Mund sie hervorruft. Auf meine Mitteilung hin hob er das Gesicht, das sich im Bemühen um Aufmerksamkeit glättete. Er verstand nicht gleich, aber als er begriff, brach er gleich in ein herzliches Lachen aus. Ich deutete seinen Gesichtsausdruck so: hart, verbissen, solange er sich diesen Zahlen gegenüber sah, die sich nicht ändern ließen; heiter und entschlossen, wenn das schmerzliche Problem von einem Vorschlag beiseite geschoben wurde, der ihn in die Lage versetzte, sich erneut als Herr und Schiedsrichter zu fühlen.

Er wollte nicht verstehen. Ihm schien das der Ratschlag eines Feindes. Ich erklärte ihm, daß Olivis Ratschlag seinen Wert hatte, besonders wegen der Gefahr, die der Firma ganz klar drohte, noch mehr Geld zu verlieren und in Konkurs zu gehen. Ein eventueller Bankrott wäre fahrlässig gewesen, wenn nach dieser Bilanz, die nunmehr schon in unseren Büchern dokumentiert war, nicht die von Olivi angeratenen Maßnahmen ergriffen worden wären. Und ich fügte hinzu:

»Und auf fahrlässigen Bankrott steht nach unserem Gesetz Gefängnis!«

Guidos Gesicht lief so rot an, daß ich befürchtete, es könne ihm ein Hirnschlag drohen. Er brüllte:

»In diesem Fall braucht Olivi mir keine Ratschläge zu geben! Sollte das je eintreten, würde ich mir allein zu helfen wissen!«

Seine Entscheidung imponierte mir, und ich hatte das Gefühl, einen Menschen vor mir zu haben, der sich seiner Verantwortung voll und ganz bewußt ist. Ich dämpfte meine Stimme. Ich warf mich ganz auf seine Seite, und während ich vergaß, daß ich Olivis Ratschlag eben noch als erwägenswert hingestellt hatte, sagte ich zu ihm:

»Genau das habe ich ja Olivi auch entgegengehalten. Die Verantwortung liegt bei dir, und wir haben nichts damit zu tun, wenn du etwas über die Geschicke der Firma beschließt, die dir und deinem Vater gehört.«

In Wahrheit hatte ich das zu meiner Frau gesagt und nicht zu Olivi, aber insgesamt war es wahr, daß ich das irgend jemandem gesagt hatte. Jetzt, nachdem ich Guidos mannhafte Erklärung vernommen hatte, wäre ich auch in der Lage gewesen, es zu Olivi zu sagen, denn Entschlußkraft und Mut haben mich stets für sich eingenommen. Liebte ich doch allein schon die Ungezwungenheit so sehr, die aus diesen Eigenschaften folgen kann, freilich auch aus anderen, wesentlich niedriger gearteten!

Da ich Augusta alle seine Worte berichten wollte, um sie zu beruhigen, ließ ich nicht locker:

»Du weißt, daß man von mir sagt, und vermutlich zu Recht, daß ich überhaupt kein Talent für den Handel hätte. Ich kann ausführen, was du mir anschaffst, aber ich kann doch keine Verantwortung übernehmen für das, was du tust.«

Er pflichtete lebhaft bei. Er fühlte sich so wohl in der Rolle, die ich ihm zuwies, daß er seinen Schmerz über die schlechte Bilanz vergaß. Er erklärte:

»Ich bin der Alleinverantwortliche. Alles trägt meinen Namen, und ich würde es keinesfalls dulden, wenn jemand anderer neben mir sich Verantwortung aufbürden wollte.«

Das war bestens geeignet, um Augusta berichtet zu werden, aber viel besser noch, als ich verlangt hatte. Und man mußte die Miene sehen, die er aufsetzte, als er diese Erklärung abgab: Statt eines zur Hälfte Gescheiterten sah er aus wie ein Apostel! Er hatte sich bequem auf seine negative Bilanz gelehnt, und von da aus wurde er mein Herr und Gebieter. Diesmal, wie so viele andere Male auch in unserem gemeinsamen Leben, wurde mein Gefühlsüberschwang für ihn erstickt von seinen Äußerungen, die sein übertriebenes Selbstwertgefühl erkennen ließen. Er spielte falsch. Ja, ganz genau so mußte man es nennen; dieser große Musiker spielte falsch!

Unwirsch fragte ich ihn:

»Soll ich morgen für deinen Vater eine Kopie von der Bilanz machen?«

Einen Momentlang war ich im Begriff gewesen, eine noch viel gröbere Erklärung abzugeben und ihm zu sagen, daß ich gleich nach Abschluß der Bilanz aufhören würde, in sein Büro zu kommen. Ich tat es nicht, weil ich nicht wußte, was ich mit den vielen freien Stunden, die mir verbleiben würden, anfangen sollte. Aber meine Frage ersetzte fast vollständig die Erklärung, die ich mir verkniffen hatte. Hatte ich ihn doch daran erinnert, daß er in diesem Büro nicht der einzige Chef war.

Er zeigte sich überrascht von meinen Worten, weil sie ihm nicht zu dem zu passen schienen, was bis dahin, und zwar mit meiner eindeutigen Billigung, besprochen worden war, und im gleichen Ton wie zuvor sagte er:

»Ich werde dir sagen, wie diese Kopie gemacht werden muß.«

Ich protestierte schreiend. In meinem ganzen Leben habe ich nicht so viel geschrien wie mit Guido, weil er mir manchmal taub vorkam. Ich erklärte, daß es vor dem Gesetz auch eine Verantwortung des Buchhalters gebe und ich nicht bereit sei, hirnverbrannte Zahlenzusammenstellungen als genaue Kopien auszugeben.

Er wurde blaß und gab zu, daß ich recht hatte, fügte aber hinzu, er sei Herr darüber anzuordnen, daß überhaupt keine Auszüge aus seinen Büchern gemacht würden. Darin gab ich ihm bereitwillig recht, und erleichtert erklärte er, an seinen Vater würde er selber schreiben. Es hatte sogar den Anschein, als wolle er sich sofort hinsetzen und schreiben, doch dann änderte er seine Meinung und schlug mir vor, etwas Luft schnappen zu gehen. Ich wollte ihm den Gefallen tun. Ich vermutete, daß er die Bilanz noch nicht recht verdaut hatte und sich Bewegung verschaffen wollte, um sie hinunterzukriegen.

Der Spaziergang erinnerte mich an den in der Nacht nach meiner Verlobung. Es fehlte zwar der Mond, weil in der Höhe viel Nebel war, aber hier unten war es dasselbe, weil man durch die klare Luft sicher dahinschritt. Auch Guido erinnerte sich an diesen denkwürdigen Abend:

»Es ist das erste Mal, daß wir wieder gemeinsam nachts spazierengehen. Erinnerst du dich? Du hast mir damals erklärt, daß man sich auch auf dem Mond so küßte wie hier unten; jetzt hingegen küssen sie sich auf dem Mond ewig weiter; da bin ich mir sicher, obwohl man ihn heute abend nicht sieht: Hier unten dagegen ...«

Wollte er wieder anfangen, schlecht über Ada zu reden? Über die arme Kranke? Ich unterbrach ihn, allerdings sanft, indem ich mich fast mit ihm verbündete (hatte ich ihn denn nicht begleitet, um ihm das Vergessen zu erleichtern?):

»Eben! Hier unten kann man nicht immer küssen! Und dann ist das da oben ja auch nur das Bild des Kusses. Der Kuß ist vor allem Bewegung.«

Ich versuchte, allen seinen Problemen auszuweichen, das heißt Bilanz und Ada, und so konnte ich gerade noch rechtzeitig einen Satz unterdrücken, den ich im Begriff gewesen war, zu sagen, nämlich, daß der Kuß dort oben keine Zwillinge zeugte. Aber um von der Bilanz loszukommen, fiel ihm nichts Besseres ein, als sich über seine anderen Mißgeschicke zu beklagen. Wie ich geahnt hatte, redete er schlecht über Ada. Er fing damit an, zu bedauern, daß dieses erste Ehejahr für ihn so verheerend gewesen sei. Er redete nicht von den beiden Zwillingen, die so lieb und hübsch waren, sondern von Adas Krankheit. Er dachte, die Krankheit mache sie jähzornig, eifersüchtig und zugleich wenig liebevoll. Er endete mit dem trostlosen Ausruf:

»Das Leben ist ungerecht und hart!«

Es schien mir absolut unzulässig, auch nur ein einziges Wort zu sagen, das ein Urteil meinerseits zwischen ihm und Ada beinhalten könnte. Aber es kam mir vor, als müsse ich doch etwas sagen. Er hatte zuletzt vom Leben gesprochen und hatte ihm zwei Prädikate angehängt, die sich nicht gerade durch übertriebene Originalität auszeichneten. Ich entdeckte etwas Besseres, gerade weil ich mich angeschickt hatte, das, was er gesagt hatte, zu kritisieren. Oft sagt man Dinge und läßt sich dabei vom Klang der Worte leiten, wie sie sich zufällig aneinandergereiht haben. Dann sieht man flüchtig hin, ob das, was man gesagt hat, den Atem, den man dafür aufgewendet hat, wert war, und manchmal entdeckt man dann, daß die zufällige Aneinanderreihung eine Idee hervorgebracht hat. Ich sagte:

»Das Leben ist weder häßlich noch schön, sondern es ist originell!«

Als ich darüber nachdachte, hatte ich das Gefühl, etwas Wichtiges gesagt zu haben. Unter diesem Aspekt erschien mir das Leben so neu, daß ich es betrachtete, als sähe ich es zum ersten Mal, mit seinen gasförmigen, flüssigen und festen Körpern. Wenn ich jemandem davon erzählt hätte, der nicht daran gewöhnt wäre und daher nicht unseren Alltagsverstand besäße, würde er atemlos vor diesem riesigen zweckfreien Konstrukt stehen. Er würde mich fragen: »Aber wie habt ihr es ertragen?« Und hätte er sich dann über jedes Detail informiert, von den Himmelskörpern, die dort oben aufgehängt sind, damit man sie sieht aber nicht berührt, bis zu dem Geheimnis, das den Tod umgibt, hätte er sicherlich ausgerufen: »Sehr originell!«

»Originell, das Leben!« sagte Guido lachend. »Wo hast du denn das gelesen?«

Es lag mir nichts daran, ihm zu versichern, daß ich das nirgendwo gelesen hatte, denn sonst hätten meine Worte weniger Gewicht für ihn gehabt. Aber je mehr ich darüber nachdachte, desto origineller fand ich das Leben. Und man brauchte auch gar nicht von außen zu kommen, um zu sehen, auf wie absonderliche Weise es zusammengesetzt war.

Man brauchte nur an all das zu denken, was wir Menschen uns vom Leben erwartet haben, damit es einem völlig fremd erscheint und man zu dem Schluß gelangt, daß der Mensch vielleicht irrtümlich da hineingeraten ist und gar nicht da hineingehört.

Ohne uns über die Richtung unseres Spaziergangs abgesprochen zu haben, waren wir schließlich wie beim letzten Mal auf der Steigung der Via Belvedere angekommen. Als wir das Mäuerchen gefunden hatten, auf dem er sich in jener Nacht ausgestreckt hatte, stieg Guido hinauf und legte sich wieder dorthin, genau wie beim letzten Mal. Er summte vor sich hin, vielleicht immer noch bedrückt von seinen Gedanken, und bestimmt grübelte er nach über die unerbittlichen Zahlen seiner Buchhaltung. Ich hingegen erinnerte mich, daß ich ihn an dieser Stelle hatte ermorden wollen, und wenn ich meine Gefühle von damals mit denen von heute verglich, bewunderte ich einmal mehr die unvergleichliche Originalität des Lebens. Aber plötzlich erinnerte ich mich, daß ich kurz zuvor aus einer Anwandlung von Ehrgeiz heraus auf den armen Guido losgegangen war, und das an einem der schlimmsten Tage seines Lebens. Ich erforschte mich: Ohne sonderliche Schmerzen sah ich zu, wie Guido sich mit der Bilanz abquälte, die ich so sorgfältig aufgestellt hatte, und mir kam ein Zweifel und gleich darauf eine äußerst merkwürdige Erinnerung. Der Zweifel: War ich gut oder böse? Die Erinnerung, die plötzlich ausgelöst wurde durch diesen Zweifel, der mir nicht neu war: Ich sah mich als kleinen Jungen und doch (da bin ich mir sicher) in kurzen Röcken, wie ich das Gesicht hob, um meine lächelnde Mutter zu fragen: »Bin ich brav oder bös?« Damals mußte dieser Zweifel dem kleinen Kind eingeflößt worden sein von den vielen, die es brav genannt hatten, und von den vielen anderen, die es zum Spaß als bös bezeichnet hatten. Man brauchte sich überhaupt nicht zu wundern, daß das kleine Kind vor diesem Dilemma in Verlegenheit geriet. Oh, unvergleichliche Originalität des Lebens! Es war wunderbar, daß der Zweifel, den es dem Kleinen in so kindlicher Form zugemutet hatte, vom Erwachsenen, selbst als er schon die Hälfte des Lebens überschritten hatte, noch nicht aufgelöst worden war.

In der finsteren Nacht, genau an der Stelle, wo ich schon einmal hatte töten wollen, ängstigte mich dieser Zweifel zutiefst. Sicher hatte das kleine Kind, wenn es spürte, wie ihm dieser Zweifel durch den Kopf ging, von dem eben erst das Häubchen abgenommen worden war, nicht so sehr darunter gelitten, weil man den kleinen Kindern ja erzählt, daß man vom Bösesein wieder gesund wird. Um eine so große Angst abzuschütteln, wollte ich das wieder glauben, und es gelang mir. Wäre es mir nicht gelungen, hätte ich über mich weinen müssen, über Guido und über unser tieftrauriges Leben. Der Entschluß hat die Illusion erneuert! Der Entschluß, Guido beizustehen und zusammen mit ihm an der Entwicklung seines Unternehmens zu arbeiten, von dem sein Leben und das der Seinen abhing, und das ohne jeden Nutzen für mich. Unbestimmt sah ich die Möglichkeit, mich für ihn abzustrampeln, mich abzurackern und Kenntnisse zu erwerben, und ich räumte die Möglichkeit ein, daß ich, um ihm zu helfen, ein großer, unternehmungslustiger, ein glänzender Geschäftsmann werden könnte. Genau so dachte ich mir das, an jenem finsteren Abend in diesem höchst originellen Leben!

Unterdessen hörte Guido auf, an die Bilanz zu denken. Er verließ seinen Platz und wirkte aufgeheitert. Als ob er einen Schluß aus einer Überlegung gezogen hätte, von der ich nichts wußte, sagte er mir, daß er seinem Vater nichts sagen würde, denn sonst würde der arme alte Herr diese endlos weite Reise aus seiner Sommersonne in unsere Winternebel unternehmen. Dann sagte er mir, daß der Verlust auf den ersten Blick ungeheuer scheine, dann aber doch nicht so schlimm sei, wenn er ihn nicht ganz allein tragen müsse. Er würde Ada bitten, die Hälfte davon zu übernehmen, und zum Ausgleich dafür würde er ihr einen Teil des Ertrags vom kommenden Jahr abtreten. Die andere Hälfte des Verlusts würde er tragen.

Ich sagte nichts. Ich dachte auch, daß es mir untersagt war, Ratschläge zu erteilen, denn sonst hätte ich schließlich das getan, was ich absolut nicht wollte, nämlich mich zum Richter zwischen den beiden Eheleuten zu erheben. Im übrigen war ich in diesem Moment so voller guter Vorsätze, daß mir schien, Ada würde ein gutes Geschäft machen, wenn sie sich an einem von uns geführten Unternehmen beteiligte.

Ich begleitete Guido bis zu seiner Haustür und drückte ihm lange die Hand, um im stillen meinen Vorsatz, ihn gern zu haben, zu erneuern. Dann überlegte ich, ob ich ihm nicht etwas Freundliches sagen konnte, und ich fand schließlich folgenden Satz:

»Deine Zwillinge mögen eine gute Nacht haben und dich schlafen lassen, denn du brauchst sicher Ruhe.«

Im Weggehen biß ich mir auf die Lippen vor Ärger, daß mir nichts Besseres eingefallen war. Wo ich doch wußte, daß von den Zwillingen nun jeder seine Amme hatte und daß sie einen halben Kilometer von ihm entfernt schliefen und seinen Schlaf gar nicht stören konnten! Er hatte jedenfalls begriffen, wie der Wunsch gemeint war, denn er hatte ihn dankbar angenommen.

Zu Hause traf ich Augusta an, die sich mit den Kindern ins Schlafzimmer zurückgezogen hatte. Alfio hing an ihrer Brust, während Antonia in ihrem Bettchen schlief und uns den lockigen Nacken zukehrte. Ich mußte den Grund für meine Verspätung erklären, und daher erzählte ich ihr auch von dem Mittel, das Guido ausgeklügelt hatte, um seine Passiva loszuwerden. Augusta fand Guidos Ansinnen schändlich:

»An Adas Stelle würde ich mich weigern«, rief sie heftig, wenn auch leise, um den Kleinen nicht zu erschrecken.

Von meinen Vorsätzen zum Gutsein geleitet, wandte ich ein:

»Wenn ich in dieselben Schwierigkeiten käme wie Guido, würdest du mir dann also nicht helfen?«

Sie lachte:

»Das ist doch etwas ganz anderes! Wir beide würden schauen, was für sie am vorteilhaftesten ist!« und sie deutete auf den Jungen in ihrem Arm und auf Antonia. Nach einem Moment der Überlegung fuhr sie dann fort: »Und wenn wir Ada jetzt raten würden, ihr Geld herzugeben, um dieses Geschäft weiterzuführen, dem du bald nicht mehr angehören wirst, wären wir dann ihr gegenüber nicht zu Schadenersatz verpflichtet, wenn sie es verliert?«

Das zeugte von völliger Unkenntnis, aber in meinem neuen Altruismus rief ich aus:

»Und warum nicht?«

»Ja, siehst du denn nicht, daß wir zwei Kinder haben, an die wir denken müssen?«

Und ob ich die sah! Diese Frage war rein rhetorisch und wirklich völlig sinnlos.

»Und haben sie denn nicht auch zwei Kinder?« fragte ich siegesgewiß.

Sie fing schallend an zu lachen und erschreckte den kleinen Alfio, der zu saugen aufhörte und sofort losbrüllte. Sie kümmerte sich um ihn, lachte aber weiter, und ich nahm ihr Lachen hin, als ob ich es mir durch meinen Witz erobert hätte, während mir in dem Augenblick, als ich die Frage gestellt hatte, in Wirklichkeit große Liebe zu den Eltern sämtlicher Kinder und zu den Kindern sämtlicher Eltern den Busen bewegt hatte. Als dann darüber gelacht wurde, blieb von diesem Gefühl nichts mehr übrig.

Aber auch der Kummer darüber, daß ich mich nicht für wesentlich gut halten konnte, legte sich. Mir schien, als hätte ich das quälende Problem gelöst. Man war weder gut noch böse, wie man vieles andere auch nicht war. Die Güte war das Licht, dessen Strahlen die dunkle Seele des Menschen für Augenblicke erhellte. Eine brennende Fakkel war nötig, um Licht zu bringen (in meiner Seele war es dagewesen und würde früher oder später sicher wiederkehren), und in diesem Licht konnte das vernunftbegabte Wesen die Richtung wählen, in der es sich dann im Dunkeln weiterbewegen würde. Deshalb konnte man zeigen, daß man gut war, so gut und immer wieder gut, und das war das Entscheidende. Sobald das Licht wiederkäme, würde es einen nicht überraschen und nicht blenden. Ich würde draufblasen, um es früher auszulöschen, da ich es ja nicht brauchte. Weil ich es verstanden haben würde, meinen Vorsatz, das heißt die Richtung beizubehalten.

Der Vorsatz zum Gutsein ist friedlich und praktisch, und ich war jetzt ruhig und kalt. Merkwürdig! Durch mein Übermaß an Güte hatte ich mich selbst und meine Autorität mächtig überschätzt. Was konnte ich schon für Guido tun? Es war wohl wahr, daß ich in seinem Büro den anderen genauso überlegen war, wie in meinem Büro Olivis Vater über mir stand. Aber das bewies nicht viel. Und rein praktisch gesehen: Was würde ich denn Guido am nächsten Tag raten? Vielleicht eine Eingebung von mir? Wo man doch nicht einmal am Spieltisch den Eingebungen folgte, wenn man mit fremdem Geld spielte! Um ein Handelshaus zum Florieren zu bringen, muß man die alltägliche Arbeit dafür schaffen, und das kann man erreichen, indem man jeden Augenblick an der Organisation arbeitet. So etwas zu machen, war nichts für mich, und es erschien mir auch nicht gerecht, daß ich vor lauter Güte zu lebenslänglicher Langeweile verurteilt sein sollte.

Ich empfand jedoch den Eindruck, den meine Anwandlung von Güte auf mich gemacht hatte, wie eine Verpflichtung Guido gegenüber und konnte nicht einschlafen. Ich holte ein paarmal tief Luft, und einmal stöhnte ich sogar, sicher in dem Augenblick, als mir schien, ich sei verpflichtet, mich an Guidos Büro zu binden wie Olivi an meines gebunden war.

Im Halbschlaf murmelte Augusta:

»Was hast du? Hat es wieder Reibereien mit Olivi gegeben?«

Da war sie, die Idee, die ich suchte! Ich würde Guido raten, den jungen Olivi als Direktor zu sich zu nehmen! Dieser so ernsthafte und so fleißige junge Mann, den ich so ungern in meinen Geschäften sah, weil er sich offenbar darauf einrichtete, seinem Vater in deren Leitung nachzufolgen, um mich endgültig draußen zu halten, der gehörte ganz klar und zum Vorteil aller in Guidos Büro. Indem er ihm in seinem Haus eine Position schuf, würde Guido sich retten, und der junge Olivi würde in diesem Büro nützlicher sein als in meinem.

Die Idee begeisterte mich, und ich weckte Augusta, um sie ihr mitzuteilen. Auch sie war so angetan davon, daß sie ganz aufwachte. Ihr schien, daß ich mich so leichter aus den kompromittierenden Geschäften Guidos heraushalten könnte. Mit ruhigem Gewissen schlief ich ein: Ich hatte einen Weg gefunden, Guido zu retten, ohne mich zu verdammen, ja, ganz im Gegenteil.

Nichts ist widerwärtiger als die Ablehnung eines Ratschlags, den man sich ehrlich überlegt hat und der einen Mühe und sogar Stunden des Schlafs gekostet hat. Bei mir kam noch eine weitere Mühe hinzu: diejenige, mich von der Illusion zu lösen, ich selbst könne bei Guidos Geschäften nützlich sein. Eine entsetzliche Mühe. Zuerst war ich zu wahrhaftiger Güte gelangt, dann zu absoluter Objektivität, und da schickte man mich zum Teufel!

Guido lehnte meinen Ratschlag geradezu geringschätzig ab. Er hielt den jungen Olivi nicht für fähig, und dann mißfiel ihm das Erscheinungsbild dieses jugendliches Greises, und noch mehr mißfiel ihm diese so funkelnde Brille in seinem ausdruckslosen Gesicht. Die Argumente waren wirklich so, daß ich annehmen mußte, fundiert sei an ihnen nur eines: der Wunsch, mich zu ärgern. Zuletzt sagte er, als Vorstand würde er in seinem Büro nicht den jungen, sondern den alten Olivi akzeptieren. Aber ich glaubte nicht, ihm dessen Mitarbeit verschaffen zu können, und dann hielt ich mich nicht für imstande, von einem Moment auf den anderen die Leitung meiner eigenen Geschäfte zu übernehmen. Ich beging den Fehler, mich auf eine Diskussion einzulassen, und sagte ihm, der alte Olivi tauge nicht viel. Ich erzählte ihm, wieviel Geld mich seinerzeit seine Starrköpfigkeit gekostet hatte, als er diese Trockenfrüchte nicht rechtzeitig hatte kaufen wollen.

»Na also«, rief Guido. »Wenn der Alte nicht sonderlich viel taugt, was soll dann der Junge schon taugen, der nichts weiter ist als sein Schüler?«

Das war endlich ein stichhaltiges Argument und um so unangenehmer für mich, als ich es mit meinem unvorsichtigen Gerede selbst geliefert hatte.

Wenige Tage später erzählte mir Augusta, daß Guido Ada vorgeschlagen habe, die Hälfte des Verlusts in der Bilanz mit ihrem Geld aufzufangen. Ada weigerte sich und sagte zu Augusta:

»Er betrügt mich, und nun will er auch noch mein Geld!«

Augusta hatte nicht den Mut gehabt, ihr zu raten, sie solle es ihm geben, aber sie versicherte, sie habe ihr Bestes getan, um Ada von ihrem Urteil über die Treue ihres Mannes abzubringen. Diese hatte in einer Weise geantwortet, die vermuten ließ, daß sie in dieser Sache weitaus mehr wußte, als man glaubte. Und mir gegenüber argumentierte Augusta so: Für den Ehemann muß man zu jedem Opfer bereit sein, aber galt dieser Grundsatz auch für Guido?

In den folgenden Tagen wurde Guidos Betragen wirklich ungewöhnlich. Von Zeit zu Zeit kam er ins Büro und blieb nie länger als eine halbe Stunde. Er rannte davon wie einer, der sein Taschentuch zu Hause vergessen hat. Später erfuhr ich, daß er Ada neue Argumente vortragen ging, die ihm triftig erschienen, um sie dazu zu bewegen, seinen Willen zu tun. Er sah wirklich aus wie jemand, der zu viel geweint hat oder zu viel geschrien oder sich sogar geschlagen hat, und nicht einmal in unserer Gegenwart gelang es ihm, seine Gefühlsregungen zu beherrschen, die ihm die Kehle zuschnürten und die Tränen in die Augen treten ließen. Ich fragte ihn, was er denn habe. Er antwortete mit einem traurigen, aber freundschaftlichen Lächeln, um mir zu zeigen, daß er nicht böse auf mich war. Dann faßte er sich, um ohne übermäßige Erregung mit mir reden zu können. Schließlich sagte er einige wenige Worte: Ada quälte ihn mit ihrer Eifersucht.

Er erzählte mir also, sie würden ihre intimen Geschichten besprechen, während ich doch wußte, daß da auch diese Geschichte mit dem »Gewinn- und Verlustkonto« zwischen ihnen war.

Aber anscheinend war das nicht von Bedeutung. Das sagte er mir, und das sagte auch Ada zu Augusta, wenn sie ihr von nichts anderem erzählte als von ihrer Eifersucht. Auch die Heftigkeit dieser Auseinandersetzungen, die so tiefe Spuren in Guidos Gesicht gruben, ließ vermuten, daß sie die Wahrheit sagten.

Dann aber stellte sich heraus, daß zwischen den beiden Ehegatten von nichts anderem als der Geldfrage die Rede war. So sehr sie sich auch vom Schmerz ihrer verletzten Gefühle leiten ließ, hatte Ada diese jedoch aus Stolz nie erwähnt, und Guido – vielleicht aus dem Bewußtsein seiner Schuld heraus und obwohl er spürte, daß in Ada der Zorn der gekränkten Frau wütete – redete weiterhin über Geschäfte, als ob alles andere nicht existierte. Er mühte sich immer mehr ab, diesem Geld hinterherzulaufen, während sie, die von Geschäftsdingen überhaupt nicht berührt wurde, gegen Guidos Vorschlag nur ein einziges Argument einzuwenden hatte: Das Geld mußte für die Kinder bleiben. Und wenn er andere Argumente fand, seinen Frieden, den Vorteil, den ja vor allem die Kinder von seiner Arbeit haben würden, die Sicherheit, den gesetzlichen Vorschriften zu genügen, fertigte sie ihn mit einem harten »Nein« ab. Das erboste Guido und stachelte – wie bei Kindern – auch sein Begehren an. Aber beide glaubten – wenn sie mit anderen darüber redeten –, präzise zu sein, wenn sie behaupteten, sie litten aus Liebe und Eifersucht.

Es war eine Art Mißverständnis, was mich daran hinderte, rechtzeitig einzugreifen, um die leidige Geldfrage zu einem Ende zu bringen. Ich konnte Guido beweisen, daß sie wirklich nicht so wichtig war. Als Buchhalter bin ich etwas schwerfällig und verstehe die Dinge erst, wenn ich sie schwarz auf weiß auf die Bücher verteilt habe, doch mir scheint, ich habe schon bald verstanden, daß die Einlage, die Guido von Ada verlangte, an den Dingen nicht viel ändern würde. Wozu sollte es in der Tat gut sein, eine Bareinlage zu machen? Der Verlust erschien dadurch doch nicht geringer, es sei denn, Ada hätte eingewilligt, ihr Geld in dieser Buchhaltung zu vergeuden, was Guido ja nicht verlangte. Das Gesetz würde sich doch nicht täuschen lassen, wenn sich herausstellte, daß man, nachdem man soundso viel verloren hatte, etwas mehr riskieren wollte, indem man neue Kapitalgeber an die Firma band.

Eines Morgens ließ Guido sich im Büro nicht blicken, was uns erstaunte, denn wir wußten, daß er am Abend zuvor nicht auf die Jagd gegangen war. Beim Mittagessen erfuhr ich von der erschütterten und aufgeregten Augusta, daß Guido am Abend zuvor versucht hatte, seinem Leben ein Ende zu setzen. Mittlerweile war er außer Gefahr. Ich muß gestehen, diese Nachricht, die Augusta tragisch fand – mich ärgerte sie.

Er hatte zu diesem drastischen Mittel gegriffen, um den Widerstand seiner Frau zu brechen! Ich erfuhr auch gleich, daß er es mit allen Vorsichtsmaßnahmen getan hatte, denn bevor er das Morphium nahm, hatte er sich mit dem geöffneten Fläschchen in der Hand blicken lassen. So rief Ada bei der ersten Benommenheit, in die er verfiel, den Arzt, und er war sofort außer Gefahr. Ada hatte eine grauenhafte Nacht verbracht, weil der Arzt meinte, über den Ausgang der Vergiftung Vorbehalte machen zu müssen, und dann wurde ihre Aufregung durch Guido verlängert, der sie, als er wieder zu sich kam und vielleicht noch nicht bei vollem Bewußtsein war, mit Vorwürfen überschüttete, sie seine Feindin nannte, seine Verfolgerin, diejenige, die ihn an der gesunden Arbeit hinderte, an die er sich machen wollte.

Ada gewährte ihm sofort das Darlehen, das er verlangte, doch dann redete sie, in der Absicht, sich zu verteidigen, endlich Fraktur und machte ihm all die Vorwürfe, die sie so lange zurückgehalten hatte. So gelangten sie zu einem Einverständnis, denn ihm gelang es – so glaubte Augusta –, bei Ada sämtliche Zweifel an seiner Treue zu zerstreuen. Er wurde energisch, und als sie von Carmen redete, rief er:

»Bist du eifersüchtig auf sie? Nun, wenn du willst, schicke ich sie heute noch fort.«

Ada hatte nicht geantwortet und glaubte so, diesen Vorschlag angenommen zu haben, und daß er sich verpflichtet hatte.

Ich wunderte mich, daß Guido sich im Halbschlaf so hatte betragen können, und gelangte fast zu der Überzeugung, daß er nicht einmal die kleine Dosis Morphium genommen hatte, von der er sprach. Mir schien, die Vernebelung des Hirns durch Schlaf wirke sich unter anderem so aus, daß selbst das verstockteste Gemüt erweicht und zu den treuherzigsten Geständnissen bewegt würde. Hatte ich nicht unlängst selbst ein solches Erlebnis gehabt? Das steigerte meine Entrüstung und meine Verachtung Guido gegenüber.

Augusta weinte, als sie erzählte, in welcher Verfassung sie Ada angetroffen hatte. Nein! Ada war nicht mehr schön, mit diesen Augen, die wie vor Schreck aufgerissen waren.

Zwischen meiner Frau und mir gab es eine lange Diskussion, ob ich Guido und Ada sofort einen Besuch abstatten sollte oder ob es nicht besser wäre, so zu tun, als wisse man von nichts, und ihn erst im Büro wiederzusehen. Mir kam dieser Besuch wie eine unerträgliche Zumutung vor. Wenn ich ihn sah, wie hätte ich da nicht freimütig meine Meinung sagen sollen? Ich sagte:

»Eine solche Tat ist eines Mannes nicht würdig! Ich habe überhaupt keine Lust, mich umzubringen, aber wenn ich beschließen sollte, es zu tun, so kann kein Zweifel bestehen, daß es mir auf Anhieb gelingen würde!«

Genauso war mir zu Mute, und ich wollte es Augusta sagen. Aber mir schien, ich würde Guido zu viel der Ehre erweisen, wenn ich ihn mit mir verglich:

»Man braucht gar kein Chemiker zu sein, um zu wissen, wie man unseren Organismus zerstört, der ohnehin so empfindlich ist. Gibt es in unserer Stadt nicht fast jede Woche eine kleine Näherin, die die Phosphorlösung schluckt, die sie insgeheim in ihrer ärmlichen Kammer zubereitet hat, und trotz aller Rettungsversuche durch dieses primitive Gift zu Tode kommt, das schmächtige Gesicht noch verkrampft vom körperlichen wie vom seelischen Leid, das ihre arme unschuldige Seele hat erdulden müssen?«

Augusta wollte nicht gelten lassen, daß die Seele der kleinen selbstmörderischen Näherin so unschuldig sei, aber nach einem schwachen Protest kam sie auf ihren Versuch zurück, mich zu diesem Besuch zu bewegen. Sie erzählte mir, daß ich nicht befürchten müsse, in Verlegenheit zu kommen. Sie hatte auch mit Guido gesprochen, der ihr gegenüber so viel Gelassenheit gezeigt hatte, als ob er etwas absolut Gewöhnliches getan hätte.

Ich ging aus dem Haus, ohne Augusta den Gefallen zu tun, mich von ihren Argumenten überzeugt zu zeigen. Nach kurzem Zögern schickte ich mich unverzüglich an, meiner Frau ihren Wunsch zu erfüllen. Obwohl der Weg kurz war, bewirkte doch der Rhythmus meiner Schritte eine Milderung meines Urteils in bezug auf Guido. Ich erinnerte mich wieder an die Richtung, die das Licht mir gewiesen hatte, das wenige Tage zuvor mein Inneres erleuchtet hatte. Guido war ein Kind, ein Kind, dem ich meine Nachsicht versprochen hatte. Wenn es ihm nicht gelang, sich vorher umzubringen, würde auch er früher oder später zur Reife gelangen.

Die Haushälterin führte mich in ein kleines Zimmer, das Adas Studio sein mußte. Der Tag war trübe, und der kleine Raum, dessen einziges Fenster ein dicker Vorhang verdeckte, war dunkel. An der Wand hingen die Porträts der Eltern von Ada und von Guido. Ich blieb nicht lange dort, denn die Haushälterin kam zurück, um mich zu holen, und führte mich zu Guido und Ada in ihr Schlafzimmer. Das war groß und auch an diesem Tag hell, dank der beiden großen Fenster und der hellen Tapeten und Möbel. Guido lag mit verbundenem Kopf in seinem Bett, und Ada saß neben ihm.

Guido empfing mich ohne jede Verlegenheit, ja, mit der lebhaftesten Dankbarkeit. Er wirkte benommen, aber um mich zu begrüßen und mir sodann seine Anweisungen zu geben, konnte er sich aufraffen und wirkte völlig wach. Dann ließ er sich in die Kissen sinken und schloß die Augen. Erinnerte er sich, daß er die starke Wirkung des Morphiums simulieren mußte? Auf jeden Fall erregte er Mitleid und keinen Zorn, und ich fühlte mich sehr gut.

Ich sah Ada nicht gleich an: Ich hatte Angst vor der Basedow-Physiognomie. Als ich sie dann doch ansah, war ich angenehm überrascht, denn ich hatte Schlimmeres erwartet. Ihre Augen waren tatsächlich über die Maßen geweitet, aber die Schwellungen, die auf ihrem Gesicht anstelle der Wangen gewesen waren, waren verschwunden, und sie erschien mir schöner. Sie trug ein weites, rotes Hauskleid, hochgeschlossen bis zum Kinn, in dem ihr schmächtiger Körper sich verlor. Es war etwas sehr Keusches an ihr, und wegen dieser Augen etwas sehr Strenges. Ich konnte mir über meine Gefühle nicht völlig klar werden, aber ich dachte wirklich, neben mir stehe eine Frau, die jener Ada glich, die ich geliebt hatte.

Auf einmal riß Guido die Augen auf, zog unter dem Kissen einen Scheck hervor, auf dem ich sofort Adas Unterschrift erblickte, überreichte ihn mir und bat mich, ihn einzulösen sowie den Betrag auf ein Konto einzuzahlen, das ich auf Adas Namen eröffnen sollte.

»Auf den Namen Ada Malfenti oder Ada Speier?« fragte ich Ada im Scherz.

Sie hob die Schultern und sagte:

»Das wißt wohl ihr beide, wie es am besten ist.«

»Ich sage dir dann, wie du die anderen Buchungen machen mußt«, sagte Guido so kurz angebunden, daß es mich kränkte.

Ich war drauf und dran, ihn aus seinem Dämmerschlaf zu reißen, dem er sich sofort wieder überlassen hatte, indem ich erklärte, wenn er Buchungen wolle, dann solle er sie sich selbst machen.

Unterdessen wurde eine große Tasse schwarzen Kaffees gebracht, die Ada ihm reichte. Er zog die Arme unter der Decke hervor, und führte die Tasse mit beiden Händen zum Mund. Mit der Nase in der Tasse sah er jetzt wirklich aus wie ein Kind.

Als ich mich verabschiedete, versicherte er mir, daß er am nächsten Tag ins Büro kommen würde.

Ich hatte mich von Ada schon verabschiedet, daher war ich nicht wenig überrascht, als sie mich am Ausgang einholte. Sie atmete schwer:

»Ich bitte dich, Zeno! Komm einen Moment hierher. Ich muß dir etwas sagen.«

Ich folgte ihr in das kleine Zimmer, wo ich wenig zuvor gewesen war und von wo aus man jetzt das Weinen eines der Zwillinge hörte.

Im Stehen sahen wir uns an. Sie atmete noch immer schwer, und deswegen, nur deswegen, dachte ich einen Augenblick lang, sie hätte mich in dieses dunkle Zimmerchen geführt, um die Liebe von mir zu fordern, die ich ihr angeboten hatte.

In der Dunkelheit waren ihre großen Augen schrecklich. Ängstlich fragte ich mich, was ich tun sollte. Wäre es nicht meine Pflicht gewesen, sie in die Arme zu nehmen und ihr so zu ersparen, daß sie mich um etwas bitten mußte? Was für eine Wechselfolge von möglichen Entschlüssen in einem Augenblick! Es ist eine der großen Schwierigkeiten im Leben, zu erraten, was eine Frau will. Auf ihre Worte zu hören, hilft auch nicht weiter, denn eine ganze Rede kann durch einen Blick zunichte gemacht werden, und selbst der kann einen nicht leiten, wenn man sich durch ihren Willen in einem bequem dunklen Zimmerchen mit ihr befindet.

Da ich ihre Absichten nicht erraten konnte, versuchte ich, mich selbst zu verstehen. Was war mein Wunsch? Wollte ich diese Augen und diesen bis zum Skelett abgemagerten Körper küssen? Ich wußte keine entschiedene Antwort darauf zu geben, weil ich sie kurz zuvor in der strengen Keuschheit eines flauschigen Morgenrocks gesehen hatte, begehrenswert wie das Mädchen, das ich geliebt hatte.

Zu ihrer Angst hatte sich unterdessen auch Weinen hinzugesellt, und so wurde der Zeitraum, in dem ich nicht wußte, was sie wollte und was ich wünschte, immer länger. Endlich bekannte sie mir mit gebrochener Stimme noch einmal ihre Liebe zu Guido, so daß ich ihr gegenüber keine Pflichten und auch keine Rechte mehr hatte. Sie stammelte:

»Augusta hat mir gesagt, daß du Guido verlassen und dich nicht mehr um seine Sachen kümmern möchtest. Ich muß dich bitten, ihm auch weiterhin beizustehen. Ich glaube nicht, daß er es alleine schaffen kann.«

Sie bat mich, auch weiterhin zu tun, was ich ohnehin schon tat. Das war wenig, recht wenig, und ich versuchte, mehr zuzugestehen:

»Da du es willst, werde ich Guido weiter helfen; ja, ich werde mein Bestes tun, ihm noch wirksamer zu helfen, als ich es bisher getan habe.«

Schon wieder eine Übertreibung! Ich bemerkte sie im selben Augenblick, als sie mir unterlief, aber ich konnte nicht darauf verzichten. Ich wollte Ada sagen (oder ihr vielleicht vorlügen), daß sie mir am Herzen lag. Sie wollte nicht meine Liebe, sondern meine Unterstützung, und ich redete so mit ihr, daß sie glauben konnte, ich sei bereit, ihr beides zu gewähren.

Ada ergriff sofort meine Hand. Ich schauderte. Eine Frau bietet viel, wenn sie die Hand reicht! Das habe ich stets so empfunden. Wenn mir eine Hand gegeben wurde, schien es mir, als erfaßte ich die ganze Frau. Ich spürte ihre Statur, und in der sichtbaren Gegenüberstellung von meiner und ihrer war mir, als würde ich so etwas wie eine Umarmung vollziehen. Gewiß war es eine intime Berührung.

Sie setzte hinzu:

»Ich muß sofort zurück nach Bologna in die Klinik, und es wird mir eine große Beruhigung sein, dich bei ihm zu wissen.«

»Ich werde bei ihm bleiben!« antwortete ich mit resignierter Miene. Ada mußte meinen, daß diese resignierte Miene sich auf das Opfer bezog, das ich bereit war, ihr zu bringen. Ich hingegen fand mich gerade damit ab, in ein wirklich mehr als gewöhnliches Leben zurückzukehren, da sie ja nicht daran dachte, mir in das Ausnahmeleben zu folgen, das ich erträumt hatte.

Ich gab mir einen Ruck, um völlig auf den Boden zu kommen, und sofort entdeckte ich in meinem Kopf ein nicht einfaches buchhalterisches Problem. Ich sollte die Summe des Schecks, den ich in der Tasche trug, auf Adas Konto einzahlen. Das war klar, hingegen war überhaupt nicht klar, wie diese Verbuchung das Gewinn- und Verlustkonto betreffen sollte. Ich sagte nichts davon, aus dem Zweifel heraus, Ada wisse vielleicht nicht, daß es auf dieser Welt ein Hauptbuch gab, das Konten so unterschiedlicher Natur enthielt.

Aber ich wollte nicht aus diesem Zimmer gehen, ohne noch etwas gesagt zu haben. So kam es, daß ich, statt von Buchhaltung zu reden, einen Satz sagte, den ich im Augenblick nachlässig hinwarf, nur um irgend etwas zu sagen, den ich aber dann von großer Wichtigkeit für mich empfand, für Ada und für Guido, aber vor allem für mich selbst, der ich mich damit ein weiteres Mal kompromittierte. So wichtig war dieser Satz, daß ich mich viele Jahre lang daran erinnerte, wie ich nachlässig die Lippen bewegte, um ihn auszusprechen, in diesem dunklen Zimmerchen und in Anwesenheit der vier Porträts der Eltern von Ada und

Guido, die sich an der Wand gleichfalls untereinander vermählt hatten. Ich sagte:

»Am Ende hast du einen noch wunderlicheren Mann geheiratet als mich, Ada!«

Wie doch das Wort die Zeit überwindet! Selbst Ereignis, schließt es an Ereignis an! Es wurde Ereignis, tragisches Ereignis, weil es an Ada gerichtet war. Nie hätte ich in Gedanken so lebendig die Stunde heraufbeschwören können, als Ada zwischen mir und Guido gewählt hatte, auf dieser sonnigen Straße, wo ich es nach Tagen der Erwartung verstanden hatte, ihr zu begegnen, um neben ihr herzugehen und mich abzumühen, ihr ein Lachen abzuringen, das ich idiotischerweise wie ein Versprechen aufnahm! Und ich erinnerte mich auch, daß ich schon damals durch die Beeinträchtigung meiner Beinmuskeln unterlegen war, während Guido sich sogar noch unbefangener bewegte als selbst Ada und keinerlei Zeichen einer Unterlegenheit aufwies, wenn man nicht diesen merkwürdigen Stock als solche betrachten mußte, den er zu tragen pflegte.

Leise sagte sie:

»Das ist wahr!«

Dann liebevoll lächelnd:

»Aber ich bin froh für Augusta, daß du so viel besser bist, als ich immer dachte.« Dann mit einem Seufzer: »So viel, daß es mir den Schmerz darüber etwas erträglicher macht, daß Guido nicht der ist, den ich mir erhoffte.«

Ich schwieg, immer noch im Zweifel. Mir schien, sie habe mir gesagt, ich sei der geworden, der in ihren Hoffnungen Guido hätte werden sollen. War es also Liebe? Sie sagte noch:

»Du bist der beste Mann in unserer Familie, unsere Zuversicht, unsere Hoffnung.« Wieder ergriff sie meine Hand, und ich drückte sie ihr wohl zu fest. Sie entzog sie mir jedoch so rasch, daß jeder Zweifel zerstreut war. Und in diesem dunklen Zimmerchen wußte ich wieder, wie ich mich zu benehmen hatte. Vielleicht, um ihre Geste abzuschwächen, warf sie mir noch eine Zärtlichkeit zu: »Eben weil ich weiß, daß du so bist, tut es mir leid, daß ich dich habe leiden lassen. Hast du wirklich arg gelitten?«

Sogleich richtete ich die Augen ins Dunkel meiner Vergangenheit, um diesen Schmerz wiederzufinden, und ich murmelte:

»Ja!«

Nach und nach erinnerte ich mich an Guidos Geige, und dann, wie man mich aus diesem Salon hinausgeworfen hätte, wenn ich mich nicht an Augusta festgehalten hätte, und dann noch einmal der Salon im Hause Malfenti, wo es am Louis-XIV.-Tisch um Liebe ging, während man vom anderen Tisch aus zusah. Plötzlich erinnerte ich mich auch an Carla, denn auch mit ihr war es um Ada gegangen. Da hörte ich ganz lebendig Carlas Stimme, die mir sagte, daß ich zu meiner Frau gehörte, das heißt zu Ada. Während mir die Tränen in die Augen stiegen, wiederholte ich:

»Sehr! Ja! Sehr!«

Ada seufzte sogar: »Das tut mir ja so leid, wirklich!«

Sie faßte sich und sagte:

»Aber jetzt liebst du Augusta!«

Ein Seufzer unterbrach sie einen Augenblick, und ich zuckte zusammen, da ich nicht wußte, ob sie innehielt, um zu hören, ob ich diese Liebe bestätigen oder leugnen würde. Zu meinem Glück ließ sie mir keine Zeit zum Reden, denn sie fuhr fort:

»Jetzt besteht zwischen uns beiden eine echte geschwisterliche Zuneigung, und das muß auch so sein. Ich brauche dich. Für den Jungen da drüben muß ich von nun an eine Mutter sein, ich muß ihn beschützen. Willst du mir bei meiner schweren Aufgabe helfen?«

In ihrer großen Gefühlsbewegung stützte sie sich fast auf mich, wie in dem Traum. Ich aber hielt mich an ihre Worte. Sie bat mich um geschwisterliche Zuneigung; die Liebespflicht, die mich, wie ich meinte, an sie band, verwandelte sich so in ein weiteres Recht ihrerseits, und dennoch versprach ich ihr sofort, Guido zu helfen, ihr zu helfen und zu tun, was sie verlangen würde. Wäre ich gelassener gewesen, hätte ich von meinem Unvermögen sprechen müssen, die Aufgabe, die sie mir stellte, zu erfüllen, aber damit hätte ich die ganze unvergeßliche Gefühlsseligkeit dieses Augenblicks zerstört. Im übrigen war ich so gerührt, daß ich mein Unvermögen nicht spüren konnte. In diesem Augenblick dachte ich, daß es überhaupt kein Unvermögen gebe, für niemanden. Auch das von Guido wäre mit ein paar Worten, die ihm Begeisterung einflößten, wie weggeblasen.

Ada begleitete mich auf den Treppenabsatz hinaus und blieb dort ans Geländer gelehnt stehen, um mir beim Hinuntergehen zuzusehen. So hatte Carla es immer gemacht, aber es war merkwürdig, daß Ada das tat, die Guido liebte, und ich war ihr so dankbar dafür, daß ich, bevor ich die zweite Treppenrampe in Angriff nahm, noch einmal den Kopf hob, um sie zu sehen und zu grüßen. So hielt man das in der Liebe, aber auch, wie man sah, wenn es sich um Geschwisterliebe handelte.

So ging ich froh davon. Sie hatte mich bis auf diesen Treppenabsatz begleitet, und nicht weiter. Es gab keinen Zweifel mehr. Wir verblieben so: Ich hatte sie geliebt, und jetzt liebte ich Augusta, aber meine alte Liebe gab ihr das Recht auf meine Ergebenheit. Dann liebte sie auch noch dieses Kind, behielt mir jedoch eine große geschwisterliche Zuneigung vor, und zwar nicht nur, weil ich ihre Schwester geheiratet hatte, sondern um mich für die Schmerzen zu entschädigen, die sie mir zugefügt hatte und die ein geheimes Band zwischen uns waren. All das war recht süß, von einem Geschmack, der selten ist in diesem Leben. Sollte so viel Süße mir nicht echte Gesundheit schenken können? Tatsächlich ging ich an diesem Tag ohne Beeinträchtigung und ohne Schmerzen meines Wegs, ich fühlte mich großmütig und stark und trug im Herzen ein Gefühl der Sicherheit, das mir neu war. Ich vergaß, daß ich meine Frau betrogen hatte und zwar auf die ungehörigste Weise, oder ich nahm mir vor, es nicht mehr zu tun, was auf dasselbe hinausläuft, und ich fühlte mich wirklich so, wie Ada mich sah, als der beste Mann in der Familie.

Als diese heroische Stimmung nachließ, hätte ich sie auffrischen wollen, doch Ada war nach Bologna abgereist, und alle Bemühungen, neue Anregung aus dem zu beziehen, was sie mir schon gesagt hatte, blieben vergeblich. Ja! Ich würde das wenige, was ich konnte, für Guido tun, aber von einem solchen Vorsatz bekam ich weder mehr Luft in meine Lungen noch Blut in meine Adern. Für Ada blieb im Herzen eine große, neue süße Empfindung, die sich jedesmal erneuerte, wenn sie mich in ihren Briefen an Augusta mit ein paar lieben Worten bedachte. Ich erwiderte ihre Zuneigung von Herzen und begleitete ihre Kur mit meinen besten Wünschen. Wenn es ihr doch nur gelingen würde, ihre ganze Gesundheit und ihre ganze Schönheit zurückzugewinnen!

Am nächsten Tag kam Guido ins Büro und machte sich sofort daran, die Buchungen zu studieren, die er machen wollte. Er schlug vor:

»Verrechnen wir jetzt das Gewinn- und Verlustkonto zur Hälfte mit dem von Ada.«

Genau das war es, was er wollte und was überhaupt nichts nützte. Wäre ich der unbeteiligte Vollstrecker seines Willens gewesen, wie ich es bis vor wenigen Tagen gewesen war, hätte ich diese Buchungen ganz einfach ausgeführt und nicht mehr daran gedacht. Hingegen fühlte ich die Verpflichtung, ihm alles zu sagen; mir schien, ich würde ihn zur Arbeit ermuntern, wenn ich ihn wissen ließ, daß es nicht so einfach war, den Verlust, den wir uns zugezogen hatten, zu tilgen.

Ich erklärte ihm, daß, soweit ich wußte, Ada dieses Geld hergegeben hatte, damit es ihrem Konto gutgeschrieben würde, und das geschah nicht mehr, wenn wir diese Einlage tätigten und auf die andere Seite den halben Verlust aus der Bilanz hineinsteckten. Weiter, daß der Teil des Verlusts, den er auf sein eigenes Konto transferieren wollte, dorthin gehörte, ja sogar vollständig dorthin gehörte, was aber nicht dessen Tilgung war sondern vielmehr seine Bestätigung. Ich hatte viel darüber nachgedacht, und es fiel mir leicht, ihm alles zu erklären, und ich schloß:

»Gesetzt den Fall, wir gerieten in die Lage, die Olivi vorhergesehen hat – Gott bewahre! –, so wäre der Verlust aus unseren Büchern doch klar ersichtlich, sobald sie von einem versierten Fachmann eingesehen würden.«

Er sah mich entsetzt an. Er verstand genug von Buchhaltung, um mich zu verstehen, hingegen gelang es ihm nicht, weil sein Wunschdenken ihn daran hinderte, sich dem Offenbaren zu fügen. Dann setzte ich hinzu, um ihm alles ganz klar vor Augen zu führen:

»Siehst du nun, daß es überhaupt keinen Zweck hatte, daß Ada diese Einlage gemacht hat?«

Als er endlich begriff, wurde er sehr bleich und begann, nervös an den Fingernägeln zu kauen. Er war noch immer verblüfft, aber er wollte sich überwinden, und in seiner komischen Befehlshabermanier ordnete er an, daß diese Buchungen trotzdem gemacht werden sollten, und fügte hinzu:

»Um dich von jeder Verantwortung zu entbinden, bin ich bereit, die Bücher selbst zu schreiben und sogar zu unterzeichnen.«

Das war's! Er wollte weiterträumen an einem Ort, wo kein Platz für Träume ist: in der doppelten Buchführung!

Ich erinnerte mich daran, was ich mir selbst dort oben auf der Steigung der Via Belvedere gelobt hatte, und dann an Ada im dunklen Zimmerchen ihres Hauses, und großzügig sagte ich:

»Ich werde sofort die Buchungen machen, die du wünschst: Ich verspüre nicht das Bedürfnis, durch deine Unterschrift gedeckt zu sein. Ich bin hier, um dir zu helfen, nicht um dich zu behindern!«

Voller Gefühl drückte er mir die Hand:

»Das Leben ist schwierig«, sagte er, »und es ist ein großer Trost für mich, einen Freund wie dich an meiner Seite zu haben.«

Gerührt schauten wir uns in die Augen. Die seinen glänzten. Um der Rührung zu entgehen, die auch mich bedrohte, sagte ich lachend:

»Das Leben ist nicht schwierig, sondern sehr originell.«

Und auch er lachte von Herzen.

Dann blieb er bei mir, um zu sehen, wie ich dieses Gewinn- und Verlustkonto saldieren würde. Das war in wenigen Minuten getan. Dieses Konto starb, riß jedoch auch Adas Konto mit ins Nichts, deren Guthaben wir jedoch in einem Büchlein verzeichneten, für den Fall, daß aufgrund irgendeiner Naturkatastrophe jedes andere Zeugnis verschwunden wäre, und um uns vor Augen zu halten, daß wir ihr Zinsen zahlen mußten. Die andere Hälfte des Gewinn- und Verlustkontos erhöhte die schon beträchtliche Soll-Seite von Guidos Konto.

Von ihrer Natur her sind Buchhalter eine sehr zur Ironie neigende Spezies. Während ich diese Buchungen vornahm, dachte ich: »Ein Konto – das Gewinn und Verlust betitelte – war durch Totschlag umgekommen, das andere – Adas – war eines natürlichen Todes gestorben, weil es uns nicht gelang, es am Leben zu erhalten, hingegen brachten wir es nicht zuwege, Guidos Konto zu ermorden, das ja als Konto eines zweifelhaften Gläubigers und in diesem Zustand ein regelrechtes offenes Grab in unserer Firma war.«

Von Buchhaltung wurde noch lange geredet, in diesem Büro. Guido mühte sich ab, einen anderen Modus zu finden, der ihn womöglich besser vor den eventuellen Tücken (so nannte er das) des Gesetzes schützen konnte. Ich glaube, er hat auch den einen oder anderen Buchhalter zu Rate gezogen, denn eines Tages kam er ins Büro, um mir vorzuschlagen, die alten Bücher zu vernichten, nachdem wir neue angelegt hatten, in denen wir unter einem beliebigen Namen einen erfundenen Verkauf verzeichnen würden, der dann mit der von Ada geliehenen Summe bezahlt erscheinen würde. Es war schmerzlich, ihn enttäuschen zu müssen, denn er war von solcher Hoffnung beseelt ins Büro geeilt! Er schlug eine Fälschung vor, die mir wirklich zuwider war. Bisher hatten wir nichts anderes getan, als Realitäten zu verschieben, auf die Gefahr hin, denjenigen zu schaden, die stillschweigend ihre Einwilligung dazu gegeben hatten. Jetzt hingegen wollte er Warenbewegungen erfinden. Auch ich sah, daß sich so – und nur so – jede Spur des erlittenen Verlusts tilgen ließ, doch um welchen Preis! Man mußte auch den Namen des Käufers erfinden oder die Einwilligung dessen einholen, den wir als solchen erscheinen lassen wollten. Ich hatte nichts dagegen, die Vernichtung der Bücher mitanzusehen, die ich doch mit so viel Sorgfalt geführt hatte, aber neue anzulegen war lästig. Ich erhob Einwände, die Guido schließlich überzeugten. Eine Rechnung läßt sich nicht so leicht fälschen. Man müßte auch die Dokumente fälschen können, die die Existenz der Ware und das Eigentum daran bezeugen.

Er verzichtete auf seinen Plan, aber am nächsten Tag kam er mit einem anderen Plan ins Büro, der ebenfalls die Vernichtung der alten Bücher einschloß. Überdrüssig, jede andere Arbeit von derartigen Diskussionen behindert zu sehen, protestierte ich:

»Wenn man sieht, wieviel du daran denkst, könnte man meinen, du wolltest dich auf den Bankrott vorbereiten. Welche Bedeutung könnte sonst eine so unbeträchtliche Verringerung deines Kapitals haben? Bisher hat niemand ein Recht, Einblick in deine Bücher zu nehmen. Jetzt heißt es arbeiten und nochmals arbeiten und sich nicht mit Albernheiten abgeben.«

Er gestand mir, dieser Gedanke sei sein Alpdruck. Und wie hätte es anders sein können? Mit etwas Pech konnte er schnurstracks dieser strafrechtlichen Sanktion verfallen und im Gefängnis landen!

Durch mein Jurastudium wußte ich, daß Olivi sehr genau dargelegt hatte, welches die Pflichten eines Geschäftsmannes waren, der eine solche Bilanz gemacht hat, aber um Guido und auch mich von diesem Alpdruck zu erlösen, riet ich ihm, einen befreundeten Anwalt zu Rate zu ziehen.

Er antwortete, das habe er schon getan, besser gesagt, er sei nicht ausdrücklich zu diesem Zweck bei einem Anwalt gewesen, denn nicht einmal einem Anwalt wolle er dieses sein Geheimnis anvertrauen, sondern er hatte einen befreundeten Anwalt, mit dem er auf der Jagd war, zum Plaudern gebracht. Er wußte daher, daß Olivi sich weder getäuscht noch übertrieben hatte ... leider!

Da er ihre Vergeblichkeit einsah, hörte er auf, Erfindungen zur Fälschung seiner Buchführung zu machen, aber er gewann deshalb doch nicht seinen Frieden wieder. Jedesmal, wenn er ins Büro kam, wurde er wütend, wenn er in seine Bücher schaute. Eines Tages gestand er mir, daß es ihm beim Betreten unseres Zimmers so vorgekommen sei, als stünde er im Vorzimmer zum Gefängnis, und er habe weglaufen wollen.

Eines Tages fragte er mich:

»Weiß Augusta alles von unserer Bilanz?«

Ich errötete, denn ich glaubte einen Vorwurf aus der Frage herauszuhören. Aber klarerweise, wenn Ada von der Bilanz wußte, konnte auch Augusta davon wissen. Das überlegte ich mir nicht gleich in dieser Form, sondern mir schien vielmehr, ich hätte den Vorwurf verdient, den er mir machen wollte. Deshalb murmelte ich:

»Sie wird es wohl von Ada oder von Alberta erfahren haben, der es wohl Ada gesagt hat.«

Ich sah all die Kanäle vor mir, die zu Augusta führen konnten, und es kam mir nicht so vor, als leugnete ich damit, daß sie alles aus erster Quelle hatte, das heißt von mir, sondern als behauptete ich, schweigen wäre für mich zwecklos gewesen. Schade! Hätte ich hingegen gleich zugegeben, daß ich vor Augusta keine Geheimnisse hatte, hätte ich mich viel loyaler und anständiger gefühlt! Eine so geringfügige Sache, nämlich das Leugnen einer Tat, die man besser freimütig eingestanden und bekannt hätte, genügt, um die aufrichtigste Freundschaft zu trüben.

Ich verzeichne hier, obschon das weder für Guido noch für meine Geschichte irgendeine Bedeutung hatte, die Tatsache, daß mich einige Tage später dieses Klatschmaul von einem Börsenmakler, mit dem wir wegen des Kupfersulfats zu tun gehabt hatten, auf der Straße anhielt; er sah mich von unten nach oben an, wozu ihn seine kleine Statur zwang, die er noch zu übertreiben wußte, indem er in den Beinen einknickte, und sagte ironisch zu mir:

»Es heißt, ihr habt noch mehr so gute Geschäfte gemacht wie das mit dem Kupfersulfat!«

Dann, als er meine Betroffenheit sah, drückte er mir die Hand und fügte hinzu:

»Ich für mein Teil wünsche euch die besten Geschäfte. Ich hoffe, ihr habt daran keinen Zweifel!«

Und er ließ mich stehen. Ich vermute, unsere Angelegenheiten sind ihm von seiner Tochter berichtet worden, die auf dem Gymnasium in dieselbe Klasse ging wie die kleine Anna. Ich sagte Guido nichts von der kleinen Indiskretion. Meine vordringliche Aufgabe war es ja, unnötige Bedrängnisse von ihm fernzuhalten.

Ich war erstaunt, daß Guido im Hinblick auf Carmen gar nichts unternahm, obwohl ich doch wußte, daß er seiner Frau in aller Form versprochen hatte, sie zu entlassen. Ich glaubte, daß Ada wie beim ersten Mal nach ein paar Monaten nach Hause zurückkehren würde. Aber sie begab sich vielmehr, ohne über Triest zu kommen, zu einem Aufenthalt in einer kleinen Villa am Lago Maggiore, wohin Guido ihr wenig später die Kinder brachte.

Wieder daheim von dieser Reise – und ich weiß nicht,

ob er sich von selbst an sein Versprechen erinnerte oder ob Ada es ihm wieder ins Gedächtnis gerufen hatte – fragte er mich jedenfalls, ob es nicht möglich wäre, Carmen in meinem Büro anzustellen, das heißt in dem von Olivi. Ich wußte schon, daß in diesem Büro sämtliche Stellen besetzt waren, aber da Guido mich so angelegentlich darum bat, erklärte ich mich bereit, mit meinem Verwalter darüber zu sprechen. Durch einen glücklichen Zufall ging just in diesen Tagen ein Angestellter Olivis, aber er hatte ein geringeres Gehalt als das, welches Carmen dank Guidos großer Freigebigkeit in den letzten Monaten zugestanden worden war, der ja meiner Ansicht nach auf diese Weise seine Frauen vom Aufwandskonto bezahlen ließ. Der alte Olivi erkundigte sich bei mir nach Carmens Eignung, und obgleich ich ihm nur die besten Auskünfte gab, bot er an, sie vorerst zu denselben Bedingungen zu übernehmen, wie der entlassene Angestellte sie gehabt hatte. Ich berichtete Guido das, der sich niedergeschlagen und verlegen am Kopf kratzte.

»Wie kann man ihr nur ein geringeres Gehalt anbieten als das, was sie bekommt? Könnte man Olivi nicht dazu bringen, daß er ihr zumindest das bewilligt, was sie schon hat?«

Ich wußte, daß man das nicht konnte, und außerdem pflegte Olivi sich nicht mit seinen Angestellten verheiratet zu fühlen, so wie wir das taten. Sollte er bemerken, daß dieser Carmen eine Krone weniger zustand als der vereinbarte Lohn, so würde er ihr die ohne Erbarmen abziehen. Und so verblieben wir schließlich: Olivi bekam nie eine endgültige Antwort und verlangte sie auch nicht, und Carmen ließ ihre schönen Augen weiterhin in unserem Büro kullern.

Zwischen Ada und mir gab es ein Geheimnis, und es wahrte seine Bedeutung, eben weil es ein Geheimnis blieb. Sie schrieb eifrig an Augusta, erzählte ihr aber nie, daß sie eine Aussprache mit mir gehabt hatte, und nicht einmal, daß sie mir Guido ans Herz gelegt hatte. Auch ich sprach nicht davon. Eines Tages zeigte Augusta mir einen Brief von Ada, der mich anging. Zuerst fragte sie nach Neuigkeiten von mir und appellierte schließlich an meine Güte, daß ich ihr doch etwas über den Gang von Guidos Geschäften sagen sollte. Ich war verwirrt, als ich hörte, daß sie sich an mich wandte, und entspannte mich wieder, als ich sah, daß sie sich wie gewöhnlich an mich wandte, um sich nach Guido zu erkundigen. Wieder einmal riskierte ich nichts.

Mit Augustas Einverständnis und ohne mit Guido darüber zu sprechen, schrieb ich selber an Ada. Ich setzte mich mit dem Vorsatz an den Tisch, ihr wirklich einen Geschäftsbrief zu schreiben, und ich teilte ihr mit, ich sei sehr zufrieden mit der Art, wie Guido die Geschäfte nun führte, nämlich mit Beharrlichkeit und Umsicht.

Das stimmte, oder wenigstens war ich an diesem Tag mit ihm zufrieden, da es ihm gelungen war, Geld zu verdienen, indem er Waren verkaufte, die er schon seit etlichen Monaten in der Stadt gelagert hielt. Es stimmte wohl, daß er mehr Beharrlichkeit zeigte, aber er ging trotzdem jede Woche auf die Jagd und zum Fischen. Ich übertrieb gerne mit meinem Lob, denn so förderte ich, schien mir, Adas Genesung.

Ich las den Brief noch einmal, und er genügte mir nicht. Es fehlte etwas darin. Ada hatte sich an mich gewandt, und es war sicher, daß sie auch Nachricht von mir wollte. Deshalb wäre es ein Mangel an Höflichkeit gewesen, sie ihr nicht zu geben. Und nach und nach – ich erinnere mich daran, als würde es mir jetzt passieren – geriet ich in Verlegenheit an diesem Tisch, als würde ich Ada in diesem dunklen Zimmerchen wieder von Angesicht zu Angesicht gegenüberstehen. Sollte ich die mir gebotene kleine Hand fest drücken?

Ich schrieb, doch dann mußte ich den Brief neu schreiben, weil mir kompromittierende Worte entschlüpft waren: Ich sehnte mich danach, sie wiederzusehen, und ich hoffte, sie würde ihre ganze Gesundheit und ihre ganze Schönheit wiedererlangen. Das hieß aber doch, die Frau, die mir nur ihre Hand geboten hatte, um die Taille fassen. Es war meine Pflicht, nur diese Hand zu drücken, sie sanft und lange zu drücken, um anzudeuten, daß ich alles verstand, alles, was niemals ausgesprochen werden durfte.

Unerwähnt soll die ganze Phrasensammlung bleiben, die ich Revue passieren ließ, um etwas zu finden, was diesen langen und sanften und bedeutungsvollen Händedruck ersetzen könnte, vielmehr erwähne ich nur die Sätze, die ich dann auch schrieb. Ich sprach ausführlich vom Alter, das unweigerlich auf mich zukam. Nicht einen Augenblick lang konnte ich innehalten, ohne zu altern. Bei jedem Kreislauf meines Bluts kam etwas zu meinen Knochen und Adern hinzu, was Alter bedeutete. Jeden Morgen, wenn ich aufstand, erschien die Welt grauer, und ich merkte es nicht, weil alles im Farbton blieb; es gab an diesem Tag auch nicht einen Pinselstrich der Farbe vom Tag zuvor, sonst hätte ich ihn bemerkt und meine Wehmut hätte mich zum Verzweifeln gebracht.

Ich erinnere mich sehr gut, daß ich diesen Brief mit größter Befriedigung abschickte. Ich hatte mich mit diesen Worten überhaupt nicht kompromittiert, doch es erschien mir gewiß, daß Ada, wenn sie so dachte wie ich, diesen liebevollen Händedruck verstehen würde. Es war nicht viel Scharfsinn vonnöten, um zu erraten, daß diese langen Ausführungen über das Alter nichts anderes bedeuteten als meine Furcht, daß ich auf meinem Lauf durch die Zeit nicht mehr von der Liebe eingeholt werden könnte. Es war, als riefe ich der Liebe zu: »Komm, komm!« Hingegen bin ich mir nicht sicher, ob ich diese Liebe gewollt habe, und wenn es einen Zweifel daran gibt, so kommt er nur daher, daß ich weiß, daß ich in etwa so geschrieben habe.

Für Augusta fertigte ich eine Kopie dieses Briefes an, wobei ich die Ausführungen übers Alter wegließ. Sie hätte sie nicht verstanden, aber Vorsicht schadet nicht. Ich hätte erröten können, wenn ich gespürt hätte, wie sie mich ansah, während ich ihrer Schwester die Hand drückte. Jawohl! Ich konnte noch erröten. Und ich errötete auch, als ich ein Dankesbillett von Ada erhielt, worin sie meine Plaudereien übers Alter überhaupt nicht erwähnte. Mir schien, sie kompromittierte sich dadurch mir gegenüber viel mehr, als ich mich ihr gegenüber je kompromittiert hatte. Sie entzog ihre kleine Hand nicht meinem Druck. Sie ließ sie träge in der meinen ruhen, und für eine Frau ist Trägheit eine Art der Einwilligung.

Wenige Tage, nachdem ich diesen Brief geschrieben hatte, entdeckte ich, daß Guido angefangen hatte, an der Börse zu spekulieren. Ich erfuhr das durch eine Indiskretion des Maklers Nilini.

Ihn kannte ich seit vielen Jahren, weil wir zusammen auf dem Gymnasium gewesen waren, das er dann hatte aufgeben müssen, um ins Büro eines Onkels einzutreten. Wir hatten uns dann einige Male wiedergesehen, und ich erinnere mich, daß unsere unterschiedlichen Schicksale auf meiner Seite eine Überlegenheit in unser Verhältnis gebracht hatte. Damals grüßte er mich zuerst, und manchmal suchte er den Umgang mit mir. Das erschien mir natürlich, weniger erklärlich fand ich es hingegen, daß er ab einem nicht näher bestimmbaren Zeitpunkt mir gegenüber sehr überheblich wurde. Er grüßte mich nicht mehr und erwiderte meinen Gruß nur obenhin. Ich war bekümmert darüber, denn meine Haut ist sehr empfindlich und leicht zu verletzen. Aber was sollte ich machen? Vielleicht hatte er mich in Guidos Büro gesehen, wo ich in seinen Augen eine untergeordnete Stellung einnahm, und verachtete mich deswegen, oder mit der gleichen Wahrscheinlichkeit ließ sich vermuten, die Tatsache, daß ein Onkel von ihm gestorben war und ihn als freien Börsenmakler zurückgelassen hatte, sei ihm zu Kopf gestiegen. In kleineren Sozialwesen sind solche Reaktionen häufig. Ohne daß es regelrechte Feindseligkeiten gegeben hätte, sieht man sich eines schönen Tages mit Abneigung und Verachtung an.

Ich war daher überrascht, als ich ihn ins Büro kommen sah, wo ich alleine war; er erkundigte sich nach Guido. Er hatte den Hut abgenommen und mir die Hand entgegengestreckt. Dann hatte er sich sogleich mit der größten Selbstverständlichkeit in einen unserer großen Sessel fallen lassen. Ich betrachtete ihn mit Interesse. Ich hatte ihn seit vielen Jahren nicht mehr so aus der Nähe gesehen, und durch die Abneigung, die er mir immer bekundete, hatte er jetzt meine intensivste Aufmerksamkeit errungen.

Er war damals ungefähr vierzig und recht häßlich durch eine fast vollständige Glatze, die unterbrochen war von einer Oase dichter, schwarzer Haare im Nacken und einer anderen an den Schläfen, das Gesicht gelblich und mit zuviel Haut darin, trotz der großen Nase. Er war klein und mager und reckte sich hoch, so gut er konnte, so daß ich, wenn ich mit ihm redete, einen leichten, sympathischen Schmerz im Nacken verspürte, die einzige Sympathie, die ich für ihn empfand. An diesem Tag schien es mir, als verkneife er sich das Lachen und als sei sein Gesicht von einer Ironie oder einer Verachtung angespannt, die mich freilich nicht verletzen konnten, da er mich ja so freundlich begrüßt hatte. Hingegen entdeckte ich später, daß ihm diese Ironie durch eine Laune von Mutter Natur ins Gesicht geschrieben war. Seine kleinen Kieferknochen schlossen nicht exakt, und auf einer Seite des Mundes war zwischen ihnen ein Loch geblieben, in dem die stereotyp gewordene Ironie hauste. Vielleicht, um sich der Maske anzugleichen, die er außer beim Gähnen nicht loswurde, liebte er es, seinen Nächsten zu verspotten. Er war durchaus nicht dumm, und er verschoß giftige Pfeile, vorzugsweise jedoch auf Abwesende.

Er schwätzte viel und war phantasievoll, besonders in Börsengeschäften. Er sprach von der Börse, als ob es sich dabei um eine einzige Person handelte, die er schilderte, wie sie vor einer Drohung zitterte oder sich träge dem Schlaf überließ, und mit einem Gesicht, das lachen und auch weinen konnte. Er sah sie die Kursskala hinauftanzen oder unter Absturzgefahr heruntersteigen, dann bewunderte er sie, wie sie einen Wert hätschelte, wie sie einen anderen erwürgte, oder auch, wie sie die Leute zu Mäßigung und Arbeitseifer erzog. Da lag so viel Geld, auf dem Boden herum in der Börse, aber sich zu bücken und es aufzuheben, war nicht leicht.

Nachdem ich ihm eine Zigarette angeboten hatte, ließ ich ihn warten, und machte mir mit einer gewissen Korrespondenz zu schaffen. Nach einem Weilchen wurde er müde und sagte, er könne nicht länger bleiben. Im übrigen sei er nur gekommen, um Guido von gewissen Aktien mit dem seltsamen Namen Rio Tinto zu erzählen, deren Erwerb er Guido am Tag zuvor empfohlen hatte – ja, genau vierundzwanzig Stunden vorher –, sie waren an diesem Tag um circa zehn Prozent in die Höhe geschossen. Er lachte von Herzen.

»Während wir hier reden, besser, während ich hier warte, wird die Nachbörse ein Übriges getan haben. Wenn Signor Speier diese Aktien jetzt kaufen wollte, wer weiß, welchen Preis er dafür zahlen müßte. Wie ich doch erraten habe, wohin die Börse tendierte.«

Er brüstete sich mit seinem Volltreffer, den er seiner langen Vertrautheit mit der Börse verdankte. Er unterbrach sich, um mich zu fragen:

»Was, glauben Sie, bildet mehr: die Universität oder die Börse?«

Seine Kinnlade fiel noch etwas weiter herunter, und das Loch der Ironie vergrößerte sich.

»Natürlich die Börse!« sagte ich mit Überzeugung.

Das brachte mir einen gefühlvollen Händedruck von ihm ein, als er ging.

Guido spekulierte also an der Börse! Wenn ich aufmerksamer gewesen wäre, hätte ich schon früher darauf kommen können, denn als ich ihm eine genaue Abrechnung über die nicht unerheblichen Beträge vorlegte, die wir durch unsere letzten Geschäfte eingenommen hatten, hatte er sie lächelnd angesehen, aber auch etwas verächtlich. Er fand, wir hätten zu viel arbeiten müssen, um dieses Geld zu verdienen. Und man bedenke, daß wir mit ein paar Dutzend solcher Geschäfte den Verlust, den wir im vergangenen Jahr gemacht hatten, hätten decken können! Was sollte ich jetzt tun, ich, der ich wenige Tage zuvor noch eine Lobeshymne auf ihn geschrieben hatte?

Wenig später kam Guido ins Büro, und ich gab ihm wortwörtlich wieder, was Nilini gesagt hatte. Er hörte mit so gespannter Erwartung zu, daß er nicht einmal bemerkte, daß ich so von seinen Börsenspekulationen erfahren hatte, und lief davon.

Am Abend sprach ich mit Augusta darüber, die meinte, man solle Ada in Ruhe lassen und hingegen Signora Malfenti auf die Gefahren hinweisen, denen Guido sich aussetzte. Sie bat mich, auch ich solle mein Bestes tun, um ihn an Dummheiten zu hindern.

Lange legte ich mir die Worte zurecht, die ich ihm sagen mußte. Endlich setzte ich meinen Vorsatz zum aktiven Gutsein in die Tat um und hielt das Versprechen, das ich Ada gegeben hatte. Ich wußte, wie ich Guido packen mußte, um ihn dahin zu bringen, daß er mir gehorchte. »Jeder begeht einmal eine Leichtsinnigkeit«, würde ich ihm erklären, »und spekuliert an der Börse, vor allem aber ein Geschäftsmann, der eine solche Bilanz hinter sich hat.«

Am nächsten Tag fing ich optimal an:

»Du spekulierst also jetzt an der Börse? Willst du im Gefängnis landen?« fragte ich ihn streng. Ich war auf eine Szene gefaßt und hatte auch schon die Erklärung parat, daß ich, wenn er mit seinem Vorgehen die Firma in Mißkredit bringen wolle, unverzüglich aus dem Büro ausscheiden würde.

Guido wußte mich sofort zu entwaffnen. Bisher hatte er Schweigen bewahrt, aber jetzt erklärte er mir mit der Offenherzigkeit des guten Jungen seine Geschäfte bis ins Detail. Er spekulierte mit Bergwerksaktien ich weiß nicht welchen Landes, die ihm schon einen Gewinn eingebracht hatten, der fast ausreichen würde, um den Verlust in unserer Bilanz zu decken. Mittlerweile war jedes Risiko überstanden, und er konnte mir alles erzählen. Wenn er das Pech haben sollte, das zu verlieren, was er gewonnen hatte, würde er einfach aufhören zu spekulieren. Wenn das Glück hingegen weiter auf seiner Seite bliebe, würde er sich beeilen, meine Buchungen in Ordnung zu bringen, die er ständig als Bedrohung empfand.

Ich sah, daß kein Grund zur Aufregung war, daß man ihm vielmehr gratulieren mußte. Was die Fragen der Buchhaltung anging, sagte ich ihm, könne er fürs erste beruhigt sein, denn wo Bargeld vorhanden war, war selbst die lästigste Buchhaltung ganz leicht in Ordnung zu bringen. Wenn Adas Konto, wie rechtens, wieder in unsere Bücher aufgenommen würde und das, was ich den Abgrund unseres Unternehmens nannte, nämlich Guidos Konto, zumindest abnehmen würde, wäre unsere Buchführung tadellos.

Dann schlug ich ihm vor, diese Korrektur sofort vorzunehmen und die Börsenoperationen aufs Firmenkonto zu setzen. Zum Glück ging er darauf nicht ein, denn sonst wäre ich der Buchhalter des Spekulanten geworden und hätte mir noch größere Verantwortung aufgeladen. So hingegen gingen die Dinge voran, als wäre ich nicht dagewesen. Er lehnte meinen Vorschlag mit Gründen ab, die mir stichhaltig erschienen. Es sei ein böses Omen, so auf der Stelle seine Schulden zu begleichen, und es ist ein an sämtlichen Spieltischen verbreiteter Aberglaube, daß das Geld von anderen Glück bringt. Ich glaube das nicht, aber wenn ich spiele, lasse auch ich keine einzige Vorsichtsmaßregel außer Acht.

Eine Zeitlang machte ich mir Vorwürfe, daß ich Guidos Mitteilungen widerspruchslos hingenommen hatte. Doch als ich sah, daß Signora Malfenti sich genauso verhielt und mir erzählte, ihr Mann habe es verstanden, an der Börse ganz hübsch Geld zu gewinnen, und dann auch Ada, von der ich hörte, daß sie die Börsenspekulation wie jedes andere Handelsgeschäft betrachtete, da begriff ich, daß man mir in dieser Hinsicht absolut keinen Vorwurf machen konnte. Um Guido auf dieser schiefen Ebene aufzuhalten, hätte mein Protest nicht genügt, er würde völlig wirkungslos bleiben, wenn er nicht von sämtlichen Familienmitgliedern unterstützt wurde.

So kam es, daß Guido weiter spekulierte, und seine ganze Familie mit ihm. Ich war auch mit von der Partie, ging ich doch eine ziemlich merkwürdige freundschaftliche Beziehung zu Nilini ein. Sicher, ich konnte ihn nicht leiden, weil ich ihn ungebildet und anmaßend fand, aber anscheinend wußte ich aus Rücksicht auf Guido, der von ihm gute Ratschläge erwartete, meine Gefühle gut zu verbergen, so daß er schließlich glaubte, in mir einen ergebenen Freund zu haben. Ich will nicht leugnen, daß meine Freundlichkeit ihm gegenüber vielleicht auch dem Wunsch entsprang, dieses Unbehagen zu vermeiden, das seine Feindseligkeit in mir ausgelöst hatte, die so stark war wegen der Ironie, die über sein ganzes häßliches Gesicht lachte. Aber ich erwies ihm nie irgendeine andere Freundlichkeit, als ihm die Hand zu reichen und ihn zu begrüßen, wenn er kam und wenn er ging. Er dagegen war überaus freundlich, und ich konnte nicht anders, als seine Freundlichkeit dankbar anzunehmen, was ja wirklich das Höchstmaß an Freundlichkeit ist, das man auf dieser Welt aufbringen kann. Er besorgte mir auf dem Schwarzmarkt Zigaretten und verlangte von mir nur, was sie ihn kosteten, das heißt, sehr wenig. Wenn er mir sympathischer gewesen wäre, hätte er mich dazu bringen können, mit seiner Hilfe zu spekulieren; ich tat das nie, nur um ihn nicht noch öfter sehen zu müssen.

Ich sah ihn sogar zu oft! Er verbrachte Stunden in unserem Büro, obwohl er – wie man leicht bemerken konnte – nicht in Carmen verliebt war. Er kam wirklich, um mir Gesellschaft zu leisten. Anscheinend hatte er sich vorgenommen, mich in Politik zu unterweisen, worin er sich dank der Börse sehr gut auskannte. Er stellte mir die Großmächte vor, wie sie sich am einen Tag die Hände schütteln und am nächsten Tag einander ohrfeigen. Ich weiß nicht, ob er die Zukunft vorausgesehen hat, denn aus Abneigung hörte ich ihm nie zu. Ich behielt ein blödes, ewig gleiches Lächeln bei. Unser Mißverständnis wird sicher von einer falschen Auslegung meines Lächelns herrühren, das ihm wie ein Lächeln der Bewunderung vorgekommen sein wird. Ich habe keine Schuld daran.

Ich weiß nur die Dinge, die er jeden Tag wiederholte. Ich konnte feststellen, daß er ein Italiener unsicherer Couleur war, weil er meinte, es sei besser für Triest, wenn es österreichisch bliebe. Er bewunderte Deutschland, und besonders die deutschen Eisenbahnzüge, die so pünktlich ankamen. Auf seine Weise war er Sozialist, und er hätte gewollt, daß es für eine Einzelperson verboten sein solle, mehr als hunderttausend Kronen zu besitzen. Ich lachte nicht, als er eines Tages im Gespräch mit Guido zugab, genau hunderttausend zu besitzen und keinen Centesimo mehr. Ich lachte nicht, und fragte ihn auch nicht, ob er seine Theorie ändern würde, wenn er noch mehr Geld verdienen würde. Unsere Beziehung war wirklich seltsam. Ich konnte weder mit ihm lachen noch über ihn.

Wenn er einen von seinen Sprüchen aufgesagt hatte, reckte er sich auf seinem Sessel so in die Höhe, daß seine Augen zur Decke blickten, während das von mir so genannte mandibulare Loch mir zugewandt blieb. Und er konnte sehen mit diesem Loch! Manchmal wollte ich seine Stellung ausnützen, um an etwas anderes zu denken, aber er ermahnte mich zur Aufmerksamkeit, indem er mich sofort fragte:

»Hörst du mir auch zu?«

Nach jenem sympathischen Herzenserguß sprach Guido lange Zeit nicht mit mir über seine Geschäfte. Etwas berichtete mir anfänglich Nilini, aber dann wurde auch er reservierter. Von Ada selbst erfuhr ich, daß Guido weiterhin Gewinne machte.

Als sie zurückkam, fand ich sie noch um einiges häßlicher geworden. Sie war eher aufgeschwemmt als dick. Ihre nachgewachsenen Wangen saßen auch diesmal an der falschen Stelle und machten ihr ein fast quadratisches Gesicht. Die Augen hatten ihre Höhlen weiter entstellt. Meine Überraschung war groß, denn von Guido und anderen, die sie besucht hatten, hatte ich gehört, daß ihr jeder Tag, der verging, neue Kraft und Gesundheit schenkte. Aber die Gesundheit einer Frau ist in erster Linie ihre Schönheit.

Mit Ada erlebte ich noch mehr Überraschungen. Sie begrüßte mich liebevoll, aber nicht anders, als sie Augusta begrüßen würde. Es gab überhaupt kein Geheimnis mehr zwischen uns, und sicher erinnerte sie sich nicht mehr, daß sie geweint hatte, weil sie mich so sehr hatte leiden lassen. Um so besser! Sie vergaß endlich ihre Rechte mir gegenüber! Ich war ihr guter Schwager, und sie liebte mich nur, weil sie das zärtliche Verhältnis zwischen mir und meiner Frau unverändert vorfand, das im Hause Malfenti schon immer Gegenstand der Bewunderung war.

Eines Tages machte ich eine Entdeckung, die mich ziemlich überraschte. Ada hielt sich noch immer für schön! In der Ferne, dort am See, hatte man ihr den Hof gemacht, und es war klar, daß sie ihre Erfolge genoß. Vermutlich übertrieb sie diese, denn es kam mir überspannt vor, zu behaupten, sie habe den Ort verlassen müssen, um sich den Nachstellungen eines Verliebten zu entziehen. Ich will gerne einräumen, daß etwas Wahres daran gewesen sein kann, denn vermutlich konnte sie jemandem, der sie früher nicht gekannt hatte, weniger häßlich erscheinen. Aber doch nicht in diesem Ausmaß, mit diesen Augen, mit diesem Teint und dieser Gesichtsform! Uns erschien sie häßlicher, denn da wir uns daran erinnerten, wie sie gewesen war, bemerkten wir die von der Krankheit angerichteten Verwüstungen um so deutlicher.

Eines Abends luden wir Guido und sie zu uns nach Hause ein. Es war ein angenehmes Beisammensein, wirklich familiär. Es schien wie die Fortsetzung unserer Verlobung zu viert. Doch auf Adas Haar lag kein Lichtschein.

Beim Auseinandergehen blieb ich einen Moment mit ihr allein, um ihr in den Mantel zu helfen. Sofort empfand ich unsere Beziehungen etwas anders. Wir waren allein gelassen, und vielleicht konnten wir uns das sagen, was wir in Gegenwart anderer nicht sagen wollten. Während ich ihr hineinhalf, überlegte ich und fand schließlich das, was ich ihr sagen mußte:

»Du weißt, daß er jetzt spekuliert!« sagte ich ernst. Manchmal kommen mir Zweifel, mit diesen Worten hätte ich versucht, unser letztes Zusammensein in Erinnerung zu rufen, von dem ich nicht zulassen wollte, daß es so völlig in Vergessenheit geraten war.

»Ja«, sagte sie lächelnd, »und er tut sehr gut daran. Er ist ziemlich gut geworden, nach allem, was man mir erzählt.«

Ich lachte mit ihr, laut. Ich fühlte mich jeder Verantwortung enthoben. Als sie ging, murmelte sie:

»Diese Carmen, ist die immer noch in eurem Büro?«

Ich kam nicht dazu, zu antworten, denn sie lief weg. Unsere Vergangenheit gab es nicht mehr zwischen uns. Doch da war ihre Eifersucht. Die war lebendig wie bei unserer letzten Begegnung.

Wenn ich jetzt darüber nachdenke, finde ich, ich hätte lange bevor ich ausdrücklich darauf hingewiesen wurde, bemerken müssen, daß Guido angefangen hatte, an der Börse zu verlieren. Aus seinem Gesicht verschwand dieser Ausdruck von Triumph, der es erhellt hatte, und es zeigte sich darin wieder die große Angst wegen dieser auf solche Weise abgeschlossenen Bilanz.

»Warum machst du dir deswegen Sorgen«, fragte ich ihn in meiner Naivität, »wenn du doch das Erforderliche schon in der Tasche hast, um diese Buchungen vollkommen real zu machen? Wenn man so viel Geld hat, geht man nicht ins Gefängnis.« Damals hatte er, wie ich später erfuhr, schon nichts mehr in der Tasche.

Ich glaubte so fest daran, daß er das Glück gepachtet hatte, daß ich etliche Hinweise nicht beachtete, die mich eines Besseren hätten belehren können.

Eines Abends im August schleifte er mich wieder mit sich zum Fischen. Beim blendenden Schein eines fast vollen Mondes war wenig Aussicht, etwas an die Angel zu bekommen. Aber er bestand darauf und meinte, auf dem Meer würden wir etwas Erleichterung von der Hitze finden. In der Tat fanden wir dort nichts anderes. Nach einem einzigen Versuch steckten wir nicht einmal mehr die Köder an die Haken und ließen die Angeln aus dem Boot hängen, das Luciano aufs offene Meer hinausruderte.

Die Mondstrahlen reichten bestimmt bis zum Meeresgrund hinab und schärften den großen Tieren den Blick und wiesen sie auf die Gefahr hin, aber auch die kleinen Tierchen, die imstande sind, den Köder abzuknabbern, nicht aber, mit dem kleinen Maul an den Haken zu kommen. Unsere Köder waren nichts weiter als eine Gabe an das Kleinvieh.

Guido streckte sich am Heck aus und ich am Bug. Wenig später murmelte er:

»Wie traurig, all dieses Licht!«

Vermutlich sagte er das, weil das Licht ihn am Schlafen hinderte, und ich stimmte zu, um ihm einen Gefallen zu tun, und auch, um nicht durch eine dumme Diskussion die feierliche Stille zu stören, durch die wir uns langsam dahinbewegten. Aber Luciano protestierte und sagte, daß ihm dieses Licht über die Maßen gut gefalle. Da Guido nicht antwortete, wollte ich ihn zum Schweigen bringen, indem ich ihm sagte, daß das Licht gewiß etwas Trauriges sei, weil man die Dinge dieser Welt sah. Und dann behindere es den Fischfang. Da lachte Luciano und schwieg.

Lange Zeit blieben wir still. Ich gähnte mehrfach den Mond an. Ich bereute es, daß ich mich hatte überreden lassen, in dieses Boot zu steigen.

Plötzlich fragte mich Guido:

»Du bist doch Chemiker, könntest du mir sagen, was wirksamer ist, pures Veronal* oder mit Natrium angereichertes?«

In Wirklichkeit wußte ich nicht einmal, daß es Veronal in dieser Form als Natrium-Barbitursäure gab. Man kann schließlich nicht erwarten, daß ein Chemiker die Welt auswendig kann. Ich weiß von Chemie so viel, daß ich in meinen Büchern sofort jedwede Information finden kann und darüber hinaus auch – wie man in diesem Fall sieht – über Dinge diskutieren kann, die ich nicht weiß.

Natrium? Aber wenn doch jeder wußte, daß Natriumverbindungen diejenigen sind, die leichter assimiliert werden. Zum Thema Natrium erinnerte ich mich an einen Hymnus auf dieses Element – und gebe ihn mehr oder weniger exakt wieder –, den ein Professor von mir in seiner einzigen Einführungsvorlesung, die ich je besucht habe, angestimmt hatte. Das Natrium sei ein Vehikel, auf das die anderen Elemente aufsprangen, um schneller voranzukommen. Und der Professor hatte daran erinnert, wie das Natriumchlorid von einem Organismus in den anderen überging und wie es sich durch die reine Schwerkraft im tiefsten Loch der Erde sammelte, im Meer. Ich weiß nicht, ob ich den Gedankengang meines Professors exakt wiedergab, aber in dem Moment, angesichts dieser riesigen Fläche von Natriumchlorid, sprach ich mit unendlicher Hochachtung vom Natrium.

Nach einem Zögern fragte Guido noch:

»So daß, wer sterben will, mit Natrium angereichertes Veronal nehmen müßte?«

»Ja«, antwortete ich.

Als ich mich dann erinnerte, daß es Fälle gibt, in denen man einen Selbstmord vortäuschen möchte, und da ich nicht gleich merkte, daß ich Guido an eine unangenehme Episode seines Lebens erinnerte, setzte ich hinzu:

»Und wer nicht sterben will, muß reines Veronal nehmen.«

Guidos Nachforschungen über das Veronal hätten mir zu denken geben können. Ich hingegen begriff nichts, beschäftigt wie ich war mit dem Natrium. In den folgenden Tagen war ich in der Lage, Guido neue Beweise für die Eigenschaften beizubringen, die ich dem Natrium zugeschrieben hatte: Auch um Amalgamierungen zu beschleunigen, die ja nichts anderes sind als heftige Umarmungen zwischen zwei Körpern, Umarmungen, die die Verbindung oder die Assimilation ersetzen, gibt man dem Quecksilber Natrium bei. Das Natrium war der Mittler zwischen Gold und Quecksilber. Aber Guido war das Veronal schon nicht mehr wichtig, und jetzt glaube ich, daß sich zu dem Zeitpunkt seine Aussichten an der Börse verbessert hatten.

Im Lauf einer Woche kam Ada gut dreimal ins Büro. Erst nach dem zweiten Mal kam ich auf die Idee, daß sie mit mir reden wollte.

Beim ersten Mal traf sie auf Nilini, der wieder einmal dabei war, mich zu bilden. Sie wartete eine ganze Stunde, daß er ging, aber sie machte den Fehler, mit ihm zu plaudern, und er glaubte daher, bleiben zu müssen. Nachdem ich sie miteinander bekannt gemacht hatte, atmete ich erleichtert auf, daß Nilinis mandibulares Loch nicht mir zugewandt war. Ich beteiligte mich nicht an ihrem Gespräch.

Nilini war sogar witzig und überraschte Ada, als er erzählte, im Tergesteo würde ebensoviel gelästert wie im Salon einer Dame. Nur daß man seiner Ansicht nach an der Börse wie immer besser informiert war als anderswo. Ada fand, er mache die Frauen schlecht. Sie sagte, daß sie nicht einmal wisse, was Lästerei sei. An diesem Punkt griff ich ein, um zu bestätigen, daß ich in den langen Jahren, die ich sie kannte, aus ihrem Mund kein Wort gehört hätte, das auch nur von fern an Lästerei erinnert habe. Ich lächelte, als ich das sagte, denn ich meinte, ihr einen Vorwurf zu machen. Sie lästerte über niemanden, weil sie sich um die Angelegenheiten anderer gar nicht kümmerte. Zuerst, bei voller Gesundheit, hatte sie an ihre eigenen Angelegenheiten gedacht, und als die Krankheit von ihr Besitz ergriff, blieb in ihr nur ein kleines Plätzchen frei, das von ihrer Eifersucht besetzt war. Sie war eine echte Egoistin, aber sie nahm mein Zeugnis mit Dankbarkeit auf.

Nilini tat so, als glaubte er weder ihr noch mir. Er sagte, er kenne mich seit vielen Jahren und er halte mich für sehr naiv. Das amüsierte mich und amüsierte auch Ada. Sehr verärgert war ich allerdings, als er – zum ersten Mal vor dritten – erklärte, daß ich einer seiner besten Freunde sei und daß er mich daher von Grund auf kenne. Ich wagte nicht zu widersprechen, aber ich fühlte mich von dieser dreisten Erklärung in meinem Schamgefühl verletzt wie ein junges Mädchen, dem man in aller Öffentlichkeit vorwerfen würde, es habe Hurerei getrieben.

Ich sei so naiv, sagte Nilini, daß Ada mit der üblichen Gerissenheit der Frauen in meiner Gegenwart lästern könne, ohne daß ich es bemerke. Mir schien, daß Ada sich bei diesen zweifelhaften Komplimenten weiterhin amüsierte, während ich später erfuhr, daß sie ihn reden ließ, in der Hoffnung, er würde an ein Ende kommen und gehen. Aber da konnte sie lange warten.

Als Ada zum zweiten Mal wiederkam, traf sie mich mit Guido an. Da las ich einen Ausdruck von Ungeduld auf ihrem Gesicht, und ich erriet, daß sie wirklich zu mir wollte. Bis sie wiederkam, wiegte ich mich in meinen üblichen Träumen. Im Grunde verlangte sie von mir keine Liebe, aber zu oft wollte sie mit mir unter vier Augen allein sein. Für Männer ist schwer zu begreifen, was Frauen wollen, auch weil sie selbst es manchmal nicht wissen.

Hingegen brachten ihre Worte kein neues Gefühl in mir hervor. Kaum konnte sie mit mir sprechen, erstickte ihre Stimme vor Erregung, aber nicht etwa, weil sie das Wort an mich richtete. Sie wollte wissen, aus welchem Grund

Carmen nicht weggeschickt worden war. Ich erzählte ihr alles, was ich darüber wußte, einschließlich unseres Versuchs, ihr bei Olivi eine Stelle zu beschaffen.

Sie war sofort ruhiger, weil das, was ich ihr sagte, genau dem entsprach, was ihr von Guido gesagt worden war. Dann erfuhr ich, daß die Eifersuchtsanfälle bei ihr periodisch auftraten. Sie kamen ohne ersichtlichen Grund und verschwanden durch ein Wort, das sie überzeugte.

Sie stellte mir noch zwei Fragen: Ob es wirklich so schwierig war, eine Stelle als Angestellte zu finden, und ob Carmens Familie sich in einer solchen Lage befand, daß sie vom Verdienst des Mädchens abhing.

Ich erklärte ihr, daß es zu dem Zeitpunkt in Triest für Frauen tatsächlich schwer war, in einem Büro Arbeit zu finden. Was ihre zweite Frage anging, konnte ich ihr keine Antwort geben, denn ich kannte von Carmens Familie niemanden.

»Guido dagegen kennt alle in diesem Haus«, murmelte Ada im Zorn, und wieder netzten ihr Tränen die Wangen.

Dann drückte sie mir zum Abschied die Hand und dankte mir. Durch die Tränen hindurch lächelnd, sagte sie, sie wisse, daß sie auf mich zählen könne. Das Lächeln gefiel mir, denn es galt gewiß nicht dem Schwager, sondern dem, der mit geheimen Banden an sie gebunden war. Ich versuchte, zu beweisen, daß ich dieses Lächeln verdiente, und murmelte:

»Was ich für Guido fürchte, ist nicht Carmen, sondern seine Spekulation an der Börse!«

Sie hob die Schultern:

»Das hat keine Bedeutung. Ich habe auch mit Mama darüber gesprochen. Papa hat auch immer an der Börse spekuliert, und er hat so viel Geld damit verdient!«

Diese Antwort brachte mich aus der Fassung, und ich gab nicht nach:

»Dieser Nilini gefällt mir nicht. Es stimmt gar nicht, daß ich sein Freund bin!«

Überrascht sah sie mich an:

»Auf mich wirkt er wie ein Gentleman. Auch Guido mag ihn sehr. Und ich glaube auch, daß Guido jetzt sehr umsichtig in seinen Geschäften ist.«

Ich war fest entschlossen, ihr nichts Schlechtes über Guido zu sagen, und schwieg. Als ich allein war, dachte ich nicht an Guido, sondern an mich selbst. Es war vielleicht gut, daß Ada mir endlich wie eine Schwester erschien und sonst nichts. Sie versprach keine Liebe und drohte auch nicht damit. Etliche Tage lang lief ich ruhelos und verstört durch die Stadt. Ich verstand mich selbst nicht. Warum fühlte ich mich, als ob Carla mich in diesem Moment verlassen hätte? Es war mir nichts Neues zugestoßen. Ehrlich gesagt, glaube ich, daß ich immer das Abenteuer gebraucht habe oder irgendeine Komplikation, die ihm ähnlich ist. Meine Beziehung zu Ada war mittlerweile überhaupt nicht mehr kompliziert.

Eines Tages predigte Nilini von seinem Sessel aus mehr als gewöhnlich: Am Horizont zog ein Unwetter herauf, nichts Geringeres als die Verteuerung des Geldes. Die Börse war auf einmal saturiert und konnte nichts mehr aufnehmen.

»Werfen wir Natrium hinein!« schlug ich vor.

Die Unterbrechung gefiel ihm gar nicht, aber um sich nicht ärgern zu müssen, überging er sie: Mit einem Schlag war das Geld auf dieser Welt knapp und damit teuer geworden. Er war überrascht, daß das jetzt passierte, während er es für einen Monat später vorhergesehen hatte.

»Sie werden das ganze Geld auf den Mond geschickt haben!« sagte ich.

»Das sind ernste Dinge, über die man nicht lachen sollte«, behauptete Nilini und sah dabei nach wie vor an die Decke. »Jetzt wird man sehen, wer das Zeug zum echten Kämpfer hat und wer hingegen beim ersten Schlag unterliegt.«

So wie ich nicht begriff, warum das Geld auf dieser Welt knapper werden konnte, so ahnte ich nicht, daß Nilini Guido unter die Kämpfer einreihte, die man auf die Probe stellen mußte. Ich war so daran gewöhnt, mich mit Zerstreutheit gegen seine Predigten zu wappnen, daß auch diese, die ich wohl hörte, spurlos an mir vorüberging.

Aber wenige Tage später schlug Nilini ganz andere Töne an. Es hatte sich etwas Neues ergeben. Er hatte herausgefunden, daß Guido mit einem anderen Börsenmakler Geschäfte gemacht hatte. Nilini begann, in erregtem Ton zu protestieren, daß er es Guido gegenüber nie an etwas habe fehlen lassen, nicht einmal an der gebotenen Diskretion. Dafür wollte er mein Zeugnis. Hatte er Guidos Geschäfte nicht sogar vor mir geheim gehalten, den er nach wie vor für seinen besten Freund hielt? Aber nun war er von jeder Zurückhaltung entbunden und konnte es auch laut herausschreien, daß Guido bis über beide Ohren im Minus steckte. Was die Geschäfte anging, die mit seiner Hilfe gemacht worden waren, versicherte er, daß man bei der leisesten Erholung durchhalten und bessere Zeiten abwarten konnte. Es sei jedoch ein starkes Stück, daß Guido ihm bei der ersten Widrigkeit Unrecht getan hatte.

Von wegen Ada! Nilinis Eifersucht war unbezähmbar. Ich wollte Nachrichten von ihm, und er hingegen geriet nur immer mehr in Zorn und redete unentwegt von dem Unrecht, das ihm angetan worden war. Deshalb blieb er, ganz gegen seine Absicht, auch weiterhin verschwiegen.

Am Nachmittag traf ich Guido im Büro. Er war auf unserem Sofa ausgestreckt, in einem merkwürdigen Übergangszustand zwischen Verzweiflung und Schlaf. Ich fragte ihn:

»Dir steht das Wasser also jetzt bis zum Hals?«

Er antwortete mir nicht gleich. Er hob den Arm, mit dem er sich das erschöpfte Gesicht bedeckte, und sagte:

»Hast du je einen unglückseligeren Menschen gesehen als mich?«

Er senkte den Arm wieder und veränderte seine Lage, indem er sich auf den Rücken drehte. Er schloß die Augen wieder, und es sah aus, als hätte er meine Anwesenheit schon vergessen.

Ich konnte ihm keinen Trost spenden. Es kränkte mich wirklich, daß er glaubte, der unglückseligste Mensch der Welt zu sein. Das war keine Übertreibung bei ihm; das war eine ausgemachte Lüge. Ich hätte ihm beigestanden, wenn ich gekonnt hätte, aber es war mir unmöglich, ihn zu trösten. Meiner Meinung nach verdient Mitleid nicht einmal jemand, der unschuldiger und unglückseliger ist als Guido, denn sonst wäre in unserem Leben Platz nur für dieses Gefühl, was äußerst langweilig wäre. Das Naturgesetz gibt kein Anrecht auf Glück, sondern es schreibt ganz im Gegenteil Not und Schmerz vor. Wenn die Nahrung hingestellt wird, eilen von allen Seiten die Parasiten herbei, und fehlen sie, kommen sie schleunigst zur Welt. Bald reicht die Beute nur noch knapp, und gleich darauf reicht sie gar nicht mehr, denn die Natur stellt keine Berechnungen an, sondern macht Erfahrungen. Wenn die Nahrung nicht mehr reicht, müssen die Konsumenten eben weniger werden kraft des Todes, dem Schmerzen vorausgehen, und so wird für einen Augenblick das Gleichgewicht wiederhergestellt. Wozu jammern? Und doch jammern alle. Diejenigen, die nichts von der Beute bekommen haben, sterben und beklagen schreiend, ihnen sei Unrecht geschehen, und diejenigen, die einen Teil bekommen haben, finden, sie hätten Anrecht auf einen größeren Teil gehabt. Warum sterben und leben sie nicht schweigend? Sympathisch ist dagegen die Freude dessen, der einen beträchtlichen Teil der Nahrung für sich zu erobern wußte, eine Freude, die sich auch im Angesicht der Sonne und unter Beifall bekunden kann. Der einzig zulässige Schrei ist der des Siegers.

Guido dagegen! Ihm gingen alle Eigenschaften ab, um Reichtum zu erwerben oder auch nur zusammenzuhalten. Er kam vom Spieltisch und heulte, weil er verloren hatte. Er benahm sich also nicht einmal wie ein Gentleman, und das stieß mich ab. Deshalb, und nur deshalb, fand Guido in dem Augenblick, als er sie so sehr gebraucht hätte, meine Zuneigung nicht. Selbst meine wiederholten Vorsätze konnten mich so weit nicht bringen.

Unterdessen wurden Guidos Atemzüge allmählich immer regelmäßiger und geräuschvoller. Er schlief ein! Wie wenig mannhaft er doch war im Unglück! Man hatte ihm die Nahrung weggenommen, und er schloß die Augen, vielleicht um zu träumen, er besäße sie noch immer, anstatt sie ordentlich weit aufzumachen, um zu sehen, ob er nicht wenigstens einen kleinen Teil davon ergattern konnte.

Ich wurde neugierig, ob Ada von dem Unglück informiert worden war, das ihm zugestoßen war. Ich fragte ihn das mit lauter Stimme. Er zuckte zusammen und brauchte eine

Pause, um sich an sein Unglück zu gewöhnen, das er plötzlich wieder im vollen Umfang vor sich sah.

»Nein!« murmelte er. Dann schloß er die Augen wieder.

Sicher neigen alle, die starke Erschütterungen erlitten haben, zum Schlaf. Der Schlaf erneuert die Kräfte. Zögernd betrachtete ich ihn noch. Aber wie konnte man ihm helfen, wenn er schlief? Dies war nicht der Zeitpunkt zum Schlafen. Ich packte ihn grob bei der Schulter und schüttelte ihn:

»Guido!«

Er hatte wirklich geschlafen. Unsicher sah er mich an, die Augen noch vom Schlaf verhangen, dann fragte er mich:

»Was willst du?« Gleich darauf wiederholte er zornig seine Frage: »Was willst du denn?«

Ich wollte ihm helfen, sonst hätte ich überhaupt nicht das Recht gehabt, ihn aufzuwecken. Nun wurde ich auch wütend und schrie, daß dies nicht der Zeitpunkt zum Schlafen sei, weil man schleunigst zusehen mußte, wie sich Abhilfe schaffen ließe. Man müsse rechnen und mit sämtlichen Mitgliedern unserer und seiner Familie in Buenos Aires Gespräche führen.

Guido setzte sich auf. Er war noch ein wenig benommen davon, auf diese Weise aufgeweckt worden zu sein. Bitter sagte er zu mir:

»Du hättest mich besser schlafen lassen. Was meinst du denn, wer soll mir jetzt schon helfen? Erinnerst du dich nicht, wie weit ich beim letzten Mal gehen mußte, um das bißchen zu bekommen, das ich brauchte, um mich zu retten? Jetzt geht es um beträchtliche Summen! An wen, meinst du denn, soll ich mich wenden?«

Ohne jede Zuneigung, ja, im Zorn darüber, daß ich nun zum Geben genötigt war und den Meinen Entbehrungen auferlegen mußte, rief ich:

»Und bin ich nicht auch da?« Dann riet mir der Geiz, mein Opfer von Anfang an einzuschränken.

»Ist denn nicht Ada da? Ist denn nicht unsere Schwiegermutter da? Können wir uns denn nicht zusammentun, um dich zu retten?«

Er erhob sich und kam auf mich zu, in der klaren Absicht, mich zu umarmen. Aber genau das wollte ich nicht. Nachdem ich ihm meine Hilfe angeboten hatte, hatte ich jetzt das Recht, ihm Vorwürfe zu machen, und ich nutzte es weidlich aus. Ich warf ihm seine gegenwärtige Schwäche vor, und dann auch seine Überheblichkeit, die bis zu diesem Moment angehalten und ihn in den Ruin geführt hatte. Er hatte nach eigenem Gutdünken gehandelt, ohne sich mit irgend jemandem zu beraten. So viele Male hatte ich versucht, Auskünfte von ihm zu bekommen, um ihn zurückzuhalten und zu retten, aber er hatte sie mir verweigert und sein Vertrauen einzig Nilini vorbehalten.

Hier lächelte Guido, er lächelte doch tatsächlich, der Lump! Er sagte mir, daß er seit zwei Wochen nicht mehr mit Nilini arbeite, da er sich in den Kopf gesetzt habe, daß ihm dessen Visage Unglück bringe.

Typisch für ihn waren dieser Schlaf und dieses Lächeln: Er ruinierte alle um sich herum und lächelte. Ich verhielt mich wie ein strenger Richter, denn um Guido zu retten, mußte man ihn erziehen. Ich wollte wissen, wieviel er verloren hatte, und ich wurde wütend, als er mir sagte, er wisse es nicht genau. Ich wurde noch einmal wütend, als er mir eine relativ kleine Summe nannte, was, wie sich dann herausstellte, der Betrag war, der bei der Liquidation am 15. des Monats zu zahlen war, bis zu welchem es nur noch zwei Tage waren. Aber Guido behauptete, bis Ende des Monats sei Zeit, und die Dinge könnten sich ändern.

Der Geldmangel auf dem Markt würde nicht ewig dauern.

Ich schrie:

»Wenn auf dieser Welt das Geld fehlt, willst du es dann vom Mond bekommen?« Ich setzte hinzu, daß man auch nicht einen Tag länger spekulieren dürfe. Man dürfe nicht riskieren, den schon riesigen Verlust weiter in die Höhe zu treiben. Ich sagte auch, daß der Verlust in vier Teile aufgeteilt würde, die ich, er (das heißt sein Vater), Signora Malfenti und Ada tragen würden, daß wir zu unserem Handelsgeschäft ohne Spekulationsrisiken zurückkehren mußten, und daß ich in unserem Büro nie mehr weder Nilini noch irgendeinen anderen Börsenmakler sehen wollte.

Mit viel Sanftmut bat er mich, nicht so laut zu schreien, weil die Nachbarn uns hören konnten.

Ich gab mir große Mühe, mich zu beruhigen, und es gelang mir auch, unter der Bedingung freilich, daß ich ihn leise weiter beschimpfen konnte. Sein Verlust war sogar Folge eines Verbrechens. Man mußte ein Rindvieh sein, um sich in solche Gewässer zu begeben. Mir schien wirklich, er hatte es nötig, eine gehörige Lektion abzubekommen.

Hier protestierte Guido sanft. Wer hatte denn nicht an der Börse spekuliert? Unser Schwiegervater, der doch ein so solider Geschäftsmann war, ist nicht einen Tag seines Lebens ohne irgendeine Verpflichtung gewesen. Und dann – Guido wußte es –, auch ich hatte ja spekuliert.

Ich protestierte, daß ein Unterschied sei zwischen Spekulation und Spekulation. Er hatte an der Börse sein ganzes Vermögen riskiert, ich die Einkünfte eines Monats.

Es war betrüblich für mich, daß Guido auf so kindische Weise versuchte, sich von seiner Verantwortung freizusprechen. Er behauptete, Nilini habe ihn dazu verführt, mehr zu riskieren, als er wollte, indem er ihm einredete, er würde ihm zu einem großen Vermögen verhelfen.

Ich lachte und lachte ihn aus. Nilini sei nicht zu tadeln, denn er verfolgte seine Geschäftsinteressen. Und im übrigen, nachdem er Nilini verlassen hatte, hatte er da nicht mit Hilfe eines anderen Maklers überstürzt den eigenen Einsatz erhöht? Der neuen Verbindung hätte er sich rühmen können, wenn er mit ihr und ohne Nilinis Wissen angefangen hätte, mit kleineren Einsätzen zu spekulieren. Um das wiedergutzumachen, reichte es bestimmt nicht, den Börsenmakler zu wechseln und auf demselben Weg, verfolgt von demselben Pech, weiterzumachen. Er wollte mich schließlich bewegen, ihn in Ruhe zu lassen, und mit einem Schluchzen in der Kehle gab er zu, daß er Fehler gemacht hatte.

Ich hörte auf, ihm Vorwürfe zu machen. Jetzt tat er mir wirklich leid, und ich hätte ihn auch umarmt, wenn er es gewollt hätte. Ich sagte ihm, ich würde mich sofort darum kümmern, das Geld zu beschaffen, das ich beisteuern mußte, und daß ich mich auch darum kümmern könnte, mit unserer Schwiegermutter zu sprechen. Er hingegen würde Ada übernehmen.

Mein Mitleid nahm zu, als er mir gestand, daß er gerne statt meiner mit unserer Schwiegermutter sprechen würde, aber daß es eine Qual für ihn sei, mit Ada sprechen zu müssen.

»Du kennst ja die Frauen! Von Geschäften verstehen sie nichts, oder nur, wenn sie gut ausgehen!« Er würde gar nicht sprechen und würde Signora Malfenti bitten, daß sie Ada über alles in Kenntnis setzte.

Diese Entscheidung erleichterte ihn enorm, und wir gingen gemeinsam hinaus. Ich sah ihn mit hängendem Kopf neben mir einhergehen, und es reute mich, daß ich ihn so grob behandelt hatte. Aber wie sollte ich es anders machen, wenn ich ihn gern hatte? Er mußte doch Vernunft annehmen, wenn er nicht in seinen Ruin laufen wollte! Wie mußte nur sein Verhältnis zu seiner Frau beschaffen sein, wenn er so sehr fürchtete, mit ihr zu sprechen!

Aber unterdessen kam er auf etwas, was mich erneut verärgerte. Beim Gehen hatte er herausgefunden, wie er den Plan, der ihm so sehr gefallen hatte, vervollkommnen konnte. Nicht genug damit, daß er nicht mit seiner Frau sprechen müßte, wollte er es so einrichten, daß er sie an diesem Abend nicht zu Gesicht bekam, weil er sofort zur Jagd aufbrechen würde. Nach diesem Entschluß trübte nichts mehr seine Miene. Anscheinend hatte die Aussicht genügt, ins Freie gehen zu können, fernab von allen Sorgen, damit er auch gleich aussah, als ob er schon dort wäre und die Freiheit in vollen Zügen genießen würde. Ich war empört! Mit der gleichen Miene hätte er ganz sicher an die Börse zurückkehren und weiterspekulieren können, um so das Vermögen der Familie und auch das meine aufs Spiel zu setzen.

Er sagte zu mir:

»Ich will mir dieses letzte Vergnügen gönnen, und ich lade dich ein, mitzukommen, unter der Bedingung, daß du versprichst, die Ereignisse von heute mit keinem einzigen Wort zu erwähnen.«

Bis hierher hatte er lächelnd gesprochen. Angesichts meiner ernsten Miene wurde auch er ernster. Er fügte hinzu:

»Das siehst du doch auch, daß ich Ruhe brauche, nach einem solchen Schlag. Dann wird es mir leichter fallen, an meinen Platz im Kampf zurückzukehren.«

Seine Stimme war von einem Gefühl verschleiert, an dessen Aufrichtigkeit ich nicht zu zweifeln vermochte. Daher vermochte ich meinen Ärger zu zügeln und ihn nur durch Ablehnung seiner Einladung zum Ausdruck zu bringen, indem ich ihm sagte, ich müsse in der Stadt bleiben, um das nötige Geld zu besorgen. Das war ja Vorwurf genug! Ich war unschuldig und blieb auf meinem Posten, während er, der Schuldige, es sich gut gehen lassen konnte.

Wir waren vor der Haustür von Signora Malfenti angelangt. Er hatte die freudestrahlende Miene in Erwartung von ein paar Stunden Vergnügen nunmehr verloren, und solange er mit mir zusammen war, lag ein gleichbleibender Ausdruck jenes Kummers auf seinem Gesicht, an den ich ihn wieder erinnert hatte. Doch bevor er mich verließ, konnte er sich durch eine Äußerung der Unabhängigkeit und – wie mir schien – des Grolls Luft machen. Er sagte mir, er sei wirklich erstaunt, einen solchen Freund in mir zu entdecken. Er zögere, das Opfer anzunehmen, das ich ihm bringen wolle, und er wünsche (wünsche wirklich), ich solle wissen, daß er mich in keiner Weise für verpflichtet hielt und daß ich daher frei sei, zu geben oder nicht zu geben.

Ich bin mir sicher, daß ich errötete. Um meine Verlegenheit zu überwinden, sagte ich zu ihm:

»Warum willst du, daß ich mich zurückziehen soll, wenn ich dir, ohne daß du mich um irgend etwas gebeten hast, erst vor wenigen Minuten angeboten habe, dir zu helfen?«

Er sah mich ein wenig unsicher an, dann sagte er:

»Da du es so willst, nehme ich das einfach an und danke dir. Aber wir machen einen völlig neuen Gesellschaftervertrag, damit jeder bekommt, was ihm zusteht. Ja, wenn Arbeit da ist und du sie weiterhin verrichten willst, mußt du dein Gehalt bekommen. Wir werden die neue Gesellschaft auf eine völlig andere Basis stellen. So brauchen wir nicht mehr zu befürchten, daß es uns schaden könnte, den Verlust in unserem ersten Geschäftsjahr vertuscht zu haben.«

Ich antwortete:

»Dieser Verlust hat überhaupt keine Bedeutung mehr, und du solltest nicht mehr daran denken. Versuch jetzt, unsere Schwiegermutter auf deine Seite zu bringen. Das, und nichts sonst, ist im Augenblick wichtig.«

So gingen wir auseinander. Ich glaube, ich habe gelächelt über die Naivität, mit der Guido seine innersten Gefühle zeigte. Er hatte mir diese lange Rede nur gehalten, um meine Gabe annehmen zu können, ohne Dankbarkeit bezeugen zu müssen. Aber ich stellte keine Ansprüche. Mir genügte es zu wissen, daß er mir diesen Dank wirklich schuldete.

Übrigens fühlte auch ich mich erleichtert, nachdem ich mich von ihm getrennt hatte, als ob ich eben erst ins Freie gekommen wäre. Ich fühlte förmlich die Freiheit, die mir durch meine Vorsätze, ihn zu erziehen und wieder auf den rechten Weg zu bringen, ja genommen war. Im Grunde ist der Pädagoge schlimmer gebunden als der Schüler. Ich war fest entschlossen, ihm dieses Geld zu besorgen. Natürlich kann ich nicht sagen, ob ich das aus Zuneigung zu ihm oder zu Ada tat, oder vielleicht, um jenen kleinen Teil an Verantwortung loszuwerden, der mir zufallen konnte, weil ich in seinem Büro gearbeitet hatte. Kurz, ich hatte beschlossen, ihm einen Teil meines Vermögens zu opfern, und noch heute blicke ich mit großer Genugtuung auf diesen Tag in meinem Leben. Dieses Geld rettete Guido, und mir verschaffte es große Gewissensruhe.

Bis zum Abend bummelte ich mit der größten Ruhe herum, und so versäumte ich den rechten Zeitpunkt, um

Olivi an der Börse abzupassen, an den ich mich ja wenden mußte, um mir eine so gewaltige Summe zu beschaffen. Dann dachte ich, daß die Sache nicht so dringend war. Ich hatte einiges Geld zu meiner Verfügung, und das langte vorerst, um mich an der Abrechnung zu beteiligen, die am 15. des Monats gemacht werden mußte. Für das Monatsende würde ich später sorgen.

An diesem Abend dachte ich nicht mehr an Guido. Später, das heißt, als die Kinder im Bett waren, machte ich verschiedene Anläufe, um Augusta von Guidos finanziellem Desaster und von dem Schaden, der davon auf mich zurückfallen würde, zu erzählen, doch dann wollte ich mich nicht mit Diskussionen herumärgern, und dachte, Augusta zu überzeugen, würde ich mir besser für den Zeitpunkt aufheben, wenn die Regelung dieser Angelegenheit von allen beschlossen war. Und dann wäre es doch seltsam gewesen, daß Guido sich amüsierte und ich mich derweil hier herumärgern sollte.

Ich schlief ausgezeichnet, und am Morgen ging ich, die Brusttasche nicht sehr prall mit Geld gefüllt (ich trug da den mir von Carla zurückgelassenen Umschlag, den ich bis dahin andächtig für sie selbst oder einen ihrer Erben aufbewahrt hatte, sowie noch etwas Geld, das ich auf einer Bank hatte abheben können), ins Büro. Den Vormittag verbrachte ich mit Zeitunglesen, während Carmen nähte und Luciano Multiplikationen und Additionen übte.

Als ich zur Mittagessenszeit nach Hause kam, fand ich Augusta bestürzt und niedergeschlagen vor. Ihr Gesicht war von jener großen Blässe überzogen, die nur bei Schmerzen auftrat, die von mir herrührten. Sanft sagte sie zu mir:

»Ich habe erfahren, daß du beschlossen hast, einen Teil deines Vermögens zu opfern, um Guido zu helfen! Ich weiß, daß ich nicht das Recht hatte, darüber in Kenntnis gesetzt zu werden …«

So sehr zweifelte sie an ihrem Recht, daß sie zögerte. Dann fuhr sie fort, mir mein Schweigen vorzuwerfen:

»Aber es stimmt auch, daß ich nicht bin wie Ada, denn ich habe mich deinem Willen noch nie widersetzt.«

Es brauchte Zeit herauszufinden, was vorgefallen war. Augusta war zu Ada gekommen, als die gerade das Problem Guido mit der Mutter besprach. Sobald sie sie sah, war Ada in Tränen ausgebrochen und hatte ihr von meiner Großzügigkeit erzählt, die sie absolut nicht annehmen wollte. Im Gegenteil, sie hatte Augusta gebeten, mich zu bewegen, mein Angebot zurückzuziehen.

Ich bemerkte sofort, daß Augusta an ihrer alten Krankheit litt, der Eifersucht auf die Schwester, aber ich maß dem kein Gewicht bei. Mich erstaunte die Haltung, die Ada eingenommen hatte:

»Ist sie dir beleidigt vorgekommen?« fragte ich und machte große Augen vor Erstaunen.

»Nein! Nein! Nicht beleidigt!« rief die ehrliche Augusta. »Sie küßte und umarmte mich … vielleicht, damit ich dich umarme.«

Das schien mir eine ziemlich komische Ausdrucksweise zu sein. Sie sah mich forschend und mißtrauisch an.

Ich protestierte:

»Glaubst du etwa, daß Ada in mich verliebt ist? Was fällt dir denn ein?«

Doch es gelang mir nicht, Augusta zu beruhigen, deren Eifersucht mich schrecklich ärgerte. Auch Guido war zu diesem Zeitpunkt wohl nicht mehr bei seinen Vergnügungen und verbrachte gewiß ein paar scheußliche Minuten zwischen seiner Schwiegermutter und seiner Frau, aber auch ich hatte großen Ärger, und mir schien, ich müsse viel zuviel leiden, wo ich doch völlig unschuldig war.

Ich versuchte Augusta zu beruhigen, indem ich sie zärtlich küßte. Sie wich etwas zurück, um mich besser sehen zu können, und machte mir sehr sanft einen leisen Vorwurf, der mich sehr rührte:

»Ich weiß ja, daß du mich auch liebst«, sagte sie zu mir.

Offenbar war Adas Verfassung nicht wichtig für sie, sondern meine, und ich hatte eine Idee, wie ich ihr meine Unschuld beweisen konnte:

»Ada ist also in mich verliebt?« sagte ich lachend. Dann, nachdem ich mich von Augusta losgemacht hatte, damit sie mich besser sehen konnte, blies ich die Wangen ein wenig auf und riß die Augen unnatürlich weit auf, so daß ich der kranken Ada glich. Augusta sah mich verwundert an, aber bald erriet sie meine Absicht. Sie brach in Gelächter aus, für das sie sich gleich schämte.

»Nein«, sagte sie zu mir, »ich bitte dich, verspotte sie nicht.« Dann gab sie, immer noch lachend, zu, daß es mir gelungen war, genau jene Wölbungen nachzuahmen, die Adas Gesicht einen so erstaunlichen Ausdruck gaben. Und ich wußte das, denn während ich sie nachahmte, war es mir vorgekommen, als umarmte ich Ada. Und als ich allein war, wiederholte ich diese Übung mehrmals, voll Verlangen und Abscheu.

Am Nachmittag ging ich ins Büro, in der Hoffnung, Guido dort anzutreffen. Dort wartete ich eine Weile auf ihn, und dann beschloß ich, zu ihm nach Hause zu gehen. Ich mußte doch wissen, ob es nötig war, Olivi um Geld zu bitten. Ich mußte meine Pflicht erfüllen, obwohl es mir unangenehm war, Ada ein weiteres Mal von Dankbarkeit entstellt wiederzusehen. Wer weiß, welche Überraschungen ich von dieser Frau noch zu gewärtigen hatte!

Auf der Treppe zu Guidos Haus traf ich Signora Malfenti, die schwer atmend hinaufstieg. Sie erzählte mir lang und breit, was bisher in der Sache mit Guido entschieden worden war. Am Abend zuvor waren sie auseinandergegangen, mehr oder weniger einig in der Überzeugung, daß man diesen Mann retten mußte, der ein verheerendes Pech hatte. Erst am Morgen hatte Ada erfahren, daß ich daran mitwirken sollte, Guidos Verlust zu decken, und sie hatte sich entschieden geweigert, das anzunehmen. Signora Malfenti entschuldigte sie:

»Was willst du machen? Sie will sich keine Skrupel aufladen, daß sie ihre Lieblingsschwester um das Ihre gebracht hat.«

Auf dem Treppenabsatz blieb Signora Malfenti stehen, um zu verschnaufen und auch, um zu reden, und lachend sagte sie zu mir, daß die Sache ohne jeden Schaden für irgendwen ausgehen würde. Vor dem Essen seien sie, Ada und Guido zu einem Anwalt gegangen, um einen Ratschlag von ihm einzuholen, das war ein alter Freund der Familie und jetzt auch Vormund der kleinen Anna. Der Anwalt hatte gesagt, daß man nicht zu zahlen brauche, weil man von Gesetzes wegen nicht dazu verpflichtet sei. Guido hatte lebhaft widersprochen und von Ehre und Pflicht geredet, aber zweifellos, wenn erst einmal alle, einschließlich Ada, beschlossen, nicht zu zahlen, würde auch er sich fügen müssen.

»Aber seine Firma wird an der Börse für bankrott erklärt werden?« sagte ich bestürzt.

»Wahrscheinlich!« sagte Signora Malfenti, bevor sie mit einem Seufzer den letzten Treppenabschnitt in Angriff nahm.

Guido pflegte nach dem Essen zu ruhen, und deshalb wurden wir von Ada allein empfangen, in diesem kleinen Salon, den ich so gut kannte. Als sie mich sah, war sie einen Augenblick lang verwirrt, einen einzigen Augenblick nur, den ich jedoch erfaßte und klar und deutlich festhielt, als ob mir ihre Verwirrung ausdrücklich mitgeteilt worden wäre. Dann gab sie sich einen Ruck und reichte mir die Hand, mit einer entschiedenen, mannhaften Bewegung, die das weibliche Zögern, das ihm vorausgegangen war, auslöschen sollte.

Sie sagte zu mir:

»Augusta wird dir gesagt haben, wie dankbar ich dir bin. Ich bin außerstande, dir jetzt zu sagen, was ich fühle, weil ich verwirrt bin. Ich bin auch krank. Ja, sehr krank! Ich bräuchte wieder das Sanatorium in Bologna!«

Vor Schluchzen konnte sie kaum weiterreden:

»Ich bitte dich jetzt um einen Gefallen. Ich bitte dich, Guido zu sagen, daß du auch nicht imstande bist, ihm dieses Geld zu geben. So werden wir ihn leichter dahin bringen, zu tun, was er tun muß.«

Zuerst hatte sie aufgeschluchzt beim Gedanken an die eigene Krankheit; dann schluchzte sie wieder, bevor sie weiter über ihren Mann sprach:

»Er ist ein Junge, und als solchen muß man ihn behandeln. Wenn er weiß, daß du bereit bist, ihm dieses Geld zu geben, wird er sich noch mehr auf seine Idee versteifen und auch den Rest sinnlos opfern. Sinnlos, denn mittlerweile wissen wir mit absoluter Sicherheit, daß der Bankrott an der Börse legitim ist. Das hat der Anwalt gesagt.«

Sie teilte mir die Meinung einer anderen Autorität mit, ohne nach der meinen zu fragen. Als alter Börsengänger hätte meine Meinung neben der des Anwalts auch ihr Gewicht haben können, aber ich erinnerte mich nicht einmal an meine Meinung, obgleich ich eine hatte. Dagegen erinnerte ich mich, daß ich in eine schwierige Lage gebracht wurde. Ich konnte mich von der Verpflichtung, die ich Guido gegenüber eingegangen war, nicht zurückziehen: Zum Ausgleich für diese Verpflichtung hatte ich mich ja berechtigt gefühlt, ihm alle möglichen Beschimpfungen ins Ohr zu brüllen, womit ich eine Art von Zinsen auf das Kapital einstrich, das ich ihm jetzt nicht mehr verweigern konnte.

»Ada!« sagte ich zögernd. »Ich glaube nicht, daß ich mich so von einem Tag auf den anderen lossagen kann. Wäre es nicht besser, wenn du Guido davon überzeugtest, die Dinge so zu machen, wie du es willst?«

Mit der großen Sympathie, die sie immer für mich übrig hatte, sagte Signora Malfenti, daß sie meine besondere Position sehr gut verstehen könne und daß Guido sich im übrigen, wenn ihm nur ein Viertel der benötigten Summe zur Verfügung stünde, ohnehin ihrem Willen würde fügen müssen.

Aber Ada hatte noch nicht ausgeweint. Das Gesicht ins Taschentuch gedrückt, sagte sie unter Tränen:

»Du hast schlecht daran getan, sehr schlecht, dieses wirklich unerhörte Angebot zu machen! Jetzt sieht man, wie schlecht du daran getan hast!«

Sie schien mir zwischen großer Dankbarkeit und großem Groll zu schwanken. Dann setzte sie hinzu, sie wolle nicht, daß je wieder von diesem Angebot gesprochen werde, und sie bat mich, dieses Geld nicht zu beschaffen, denn entweder würde sie mich daran hindern, es ihm zu geben, oder sie würde Guido daran hindern, es anzunehmen.

Ich war so verlegen, daß ich schließlich zu einer Lüge griff. Ich sagte nämlich, daß ich das Geld schon besorgt hätte, und ich deutete auf meine Brusttasche, wo ich diesen Umschlag trug, der so leicht wog. Diesmal sah Ada mich mit einem Ausdruck echter Bewunderung an, worüber ich mich vielleicht gefreut hätte, wenn ich nicht gewußt hätte, daß ich sie nicht verdiente. Jedenfalls war es genau diese Lüge, für die ich keine andere Erklärung weiß als meine merkwürdige Neigung, mich vor Ada größer zu machen, als ich bin, die mich daran hinderte, auf Guido zu warten, und mich aus diesem Haus trieb. Es hätte ja auch passieren können, daß ich wider Erwarten auf einmal gebeten würde, das Geld, das ich behauptete bei mir zu haben, herauszugeben, und wie wäre ich dann dagestanden? Ich sagte, ich hätte dringende Geschäfte im Büro, und lief davon.

Ada begleitete mich zur Tür und versicherte mir, sie wolle Guido dazu bewegen, zu mir zu kommen, um mir für meine Güte zu danken und sie zurückzuweisen. Sie gab eine derartige Erklärung mit einer derartigen Entschlossenheit ab, daß ich zusammenzuckte. Mir war, als würde dieser feste Entschluß zum Teil auch mich treffen. Nein! In diesem Augenblick liebte sie mich nicht. Mein Akt der Güte war zu groß. Er erschlug die Menschen, über die er hereinbrach, und man brauchte sich nicht zu wundern, daß die Begünstigten sich wehrten. Auf dem Weg ins Büro versuchte ich, das Unbehagen loszuwerden, das Adas Haltung mir bereitet hatte, indem ich mir in Erinnerung rief, daß ich dieses Opfer Guido brachte und niemandem sonst. Was hatte Ada damit zu tun? Ich nahm mir vor, das Ada selbst bei der ersten Gelegenheit wissen zu lassen.

Ich ging nur deshalb ins Büro, um mir den Gewissenskonflikt zu ersparen, einmal mehr gelogen zu haben. Nichts erwartete mich dort. Seit dem Morgen fiel ein anhaltender Nieselregen, der die Luft dieses zaghaften Frühlings merklich abgekühlt hatte. Mit ein paar Schritten wäre ich zu Hause gewesen, während ich, um ins Büro zu gehen, einen viel weiteren Weg zurücklegen mußte, was ziemlich lästig war. Aber mir schien, ich müsse eine Verpflichtung erfüllen.

Wenig später stieß Guido zu mir. Er schickte Luciano aus dem Büro, um mit mir allein zu bleiben. Er hatte diesen aufgewühlten Gesichtsausdruck, der ihm in seinen Kämpfen mit seiner Frau half und den ich so gut kannte. Er mußte geweint und geschrien haben.

Er fragte mich, was ich von den Plänen seiner Frau und unserer Schwiegermutter hielte, von denen er wußte, daß sie mir schon eröffnet worden waren. Ich gab mich zögerlich. Ich wollte meine Meinung nicht sagen, die mit der der beiden Frauen unvereinbar war, und ich wußte, wenn ich die ihre übernahm, würde ich neue Szenen von Guidos Seite auslösen. Dann hätte ich es doch zu bedauerlich gefunden, wenn meine Hilfe zögerlich gewirkt hätte, und schließlich war ich mir ja mit Ada einig, daß die Entscheidung von Guido kommen mußte und nicht von mir. Ich sagte ihm, man müsse rechnen, schauen, auch andere Leute dazu hören. Ich sei kein solcher Geschäftsmann, daß ich ihm in einer so wichtigen Angelegenheit hätte Ratschläge erteilen können. Und um Zeit zu gewinnen, fragte ich ihn, ob er wolle, daß ich Olivi zu Rate zog.

Das genügte, um ihn zum Schreien zu bringen:

»Dieser Idiot!« brüllte er. »Ich bitte dich, laß den aus dem Spiel!«

Ich war überhaupt nicht geneigt, mich zur Verteidigung Olivis zu echauffieren, doch meine Ruhe allein genügte nicht, um Guido wieder aufzumuntern. Wir waren in derselben Situation wie am Tag zuvor, nur daß jetzt er schrie und ich mit Schweigen dran war. Alles eine Frage der Einteilung. Ich wußte vor lauter Verlegenheit nicht aus noch ein.

Aber er wollte unbedingt, daß ich meine Meinung sagte. Dank einer Eingebung, die ich für göttlich halte, fand ich sehr gute Worte für ihn, und zwar so gute, daß, wenn sie auch nur irgendeine Wirkung gehabt hätten, die anschließende Katastrophe vermieden worden wäre. Ich sagte ihm, daß ich zunächst die beiden Probleme trennen würde, dasjenige der Liquidation am 15. von dem der Abrechnung am Monatsende. Alles in allem sei am 15. keine allzu hohe Summe zu zahlen, und man müsse die Frauen zunächst dazu bringen, diesen relativ geringfügigen Verlust hinzunehmen. Dann würden wir die nötige Zeit haben, um die andere Liquidation mit Umsicht in Angriff zu nehmen.

Guido unterbrach mich, um mich zu fragen:

»Ada hat mir gesagt, du hast das Geld schon in der Tasche parat. Hast du es hier?«

Ich errötete. Aber da hatte ich sofort eine andere Lüge parat, die mich rettete:

»Da sie dieses Geld bei dir zu Hause ja nicht angenommen haben, habe ich es gerade eben auf der Bank deponiert. Aber wir können es wiederhaben, wann wir wollen, auch gleich morgen früh.«

Da hielt er mir vor, ich hätte meine Meinung geändert. Wenn ich doch am Tag zuvor noch erklärt hatte, nicht diese zweite Liquidation abwarten zu wollen, um alles ordnungsgemäß zu erledigen! Und hier bekam er einen heftigen Zornausbruch, der ihn schließlich entkräftet aufs Sofa warf! Er würde Nilini aus dem Büro hinauswerfen, und diese anderen Makler, die ihn zum Spekulieren verleitet hatten.

Oh! Beim Spekulieren sei ihm wohl vage die Möglichkeit des Ruins vor Augen gestanden, nie und nimmer aber die Unterwerfung unter Frauen, die nicht das mindeste begriffen.

Ich ging zu ihm hin und drückte ihm die Hand, und wenn er es gestattet hätte, hätte ich ihn umarmt. Ich wollte ja nichts weiter, als daß er zu dieser Entscheidung gelangte. Keine Spekulation mehr, sondern die tägliche Arbeit!

Das würde unsere Zukunft sein und seine Unabhängigkeit. Jetzt ging es darum, diese kurze, harte Phase durchzustehen, doch dann würde alles leicht und einfach sein.

Niedergeschlagen aber ruhiger, verließ er mich wenig später. Auch in seiner Schwäche war er ganz von einer kraftvollen Entscheidung durchdrungen.

»Ich gehe zu Ada zurück!« murmelte er mit einem bitteren aber entschiedenen Lächeln.

Ich begleitete ihn bis zur Tür, und ich hätte ihn auch bis zu ihm nach Hause begleitet, wenn vor der Tür nicht der Wagen auf ihn gewartet hätte.

Die Nemesis verfolgte Guido. Eine halbe Stunde, nachdem er mich verlassen hatte, dachte ich, es wäre klug von mir gewesen, zu ihm nach Hause zu gehen und ihm beizustehen. Nicht, daß ich geargwöhnt hätte, es drohe ihm irgendwelche Gefahr, aber ich war nun voll und ganz auf seiner Seite und hätte daran mitwirken können, Ada und Signora Malfenti davon zu überzeugen, ihm zu helfen. Der Bankrott an der Börse war etwas, was mir nicht gefiel, und insgesamt betrachtet war der auf uns vier aufgeteilte Verlust zwar nicht unerheblich, bedeutete aber für keinen von uns den Ruin.

Dann besann ich mich, daß meine größte Pflicht nunmehr nicht war, Guido beizustehen, sondern am nächsten Tag die

Summe für ihn parat zu haben, die ich ihm versprochen hatte. Sofort machte ich mich auf die Suche nach Olivi, und ich stellte mich auf einen neuen Kampf ein. Ich hatte mir eine Methode ausgedacht, wie ich den großen Betrag über mehrere Jahre meiner Firma refundieren würde, wobei ich jedoch binnen weniger Monate alles das überweisen mußte, was vom Erbe meiner Mutter übrig blieb. Ich hoffte, daß Olivi keine Schwierigkeiten machen würde, denn ich hatte ihn bis dahin nie um mehr gebeten als das, was mir an Zinsen und Gewinnen zustand, und ich konnte auch versprechen, ihn nie wieder mit derartigen Anfragen zu behelligen. Außerdem war klar, daß ich hoffen konnte, wenigstens einen Teil des Betrags von Guido wiederzubekommen.

An diesem Abend konnte ich Olivi nicht auftreiben. Er war gerade aus dem Büro gegangen, als ich dort hinkam. Sie vermuteten, er sei zur Börse gegangen. Ich fand ihn auch dort nicht, und da ging ich zu ihm nach Hause, wo ich erfuhr, daß er auf der Sitzung einer Wirtschaftsvereinigung war, in der er ein Ehrenamt innehatte. Dort hätte ich ihn antreffen können, aber unterdessen war es Nacht geworden, und es fiel ein anhaltender, dichter Regen, der die Straßen in lauter Bäche verwandelte.

Es war ein strömender Regen, der die ganze Nacht hindurch anhielt, und an den man sich noch viele Jahre lang erinnerte. Der Regen fiel völlig ruhig, geradezu senkrecht, stets gleichbleibend dicht. Von den Anhöhen rings um die Stadt lief der Schlamm herunter und verstopfte zusammen mit den Überresten unseres städtischen Lebens unsere spärlichen Kanäle. Als ich beschloß, nach Hause zu gehen, nachdem ich in einem Unterstand vergeblich abgewartet hatte, daß der Regen aufhörte, und als ich klar sah, daß es sich eingeregnet hatte und keine Änderung zu erwarten war, watete man, selbst wenn man auf den höchsten Stellen des Pflasters ging, durch Wasser. Fluchend und durchnäßt bis auf die Haut lief ich nach Hause. Ich fluchte auch, weil ich auf der Suche nach Olivi viel wertvolle Zeit verloren hatte. Es kann ja sein, daß meine Zeit nicht gar so kostbar ist, aber sicher ist, daß ich schrecklich leide, wenn ich feststellen muß, daß ich umsonst gearbeitet habe. Und beim Laufen dachte ich: »Verschieben wir alles auf morgen, wenn es hell, schön und trocken ist. Morgen werde ich zu Olivi gehen und morgen werde ich mich zu Guido begeben. Möglicherweise werde ich früh aufstehen, aber es wird hell und trocken sein.« Ich war so von der Richtigkeit meiner Entscheidung überzeugt, daß ich zu Augusta sagte, alle hätten beschlossen, jede weitere Entscheidung auf den nächsten Tag zu verschieben. Ich zog mich um, trocknete mich ab, und mit den bequemen und warmen Pantoffeln an den geplagten Füßen aß ich zunächst zu Abend und legte mich dann hin, um bis zum Morgen fest zu schlafen, während der Regen wie mit Tauen an die Fensterscheiben schlug.

So erfuhr ich erst spät von den Ereignissen der Nacht. Zunächst hörten wir, daß der Regen schließlich an verschiedenen Stellen der Stadt Überschwemmungen ausgelöst hatte, und dann, daß Guido tot war.

Erst viel später erfuhr ich, wie etwas derartiges hatte geschehen können. Gegen elf Uhr abends ungefähr, als Signora Malfenti gegangen war, eröffnete Guido seiner Frau, daß er eine Unmenge Veronal geschluckt habe. Er wollte seine Frau davon überzeugen, daß er verloren sei. Er umarmte sie, küßte sie, bat sie um Verzeihung, daß sie seinetwegen hatte leiden müssen. Dann, noch bevor seine Rede zum Gestammel wurde, versicherte er ihr, daß sie die einzige Liebe seines Lebens gewesen sei. Sie glaubte zunächst weder dieser Versicherung noch daran, daß er so viel Gift geschluckt hatte, daß er daran sterben könnte. Sie glaubte auch nicht, daß er das Bewußtsein verloren hätte, sondern meinte, er simuliere, um ihr wieder Geld zu entreißen.

Als dann beinah eine Stunde vergangen war und er immer tiefer schlief, bekam sie einen gewissen Schrecken und schrieb ein Billett an einen Arzt, der nicht weit entfernt von ihnen wohnte. Auf dieses Billett schrieb sie, daß ihr Mann sofortige Hilfe bräuchte, weil er eine große Menge Veronal geschluckt habe.

Bis dahin hatte es in diesem Haus keine Aufregungen gegeben, die die Haushälterin, eine ältere Frau, die erst seit kurzem im Haus war, auf die Schwere ihrer Mission hätten hinweisen können.

Der Regen tat ein übriges. Die Haushälterin fand sich knietief im Wasser wieder und verlor das Billett. Sie bemerkte es erst, als sie schon beim Arzt war. Sie konnte ihm allerdings sagen, daß es dringend war, und veranlaßte ihn, ihr zu folgen.

Doktor Mali war ein Mann von ungefähr fünfzig Jahren, alles andere als eine Leuchte, aber ein praktischer Arzt, der immer seine Pflicht getan hatte, so gut er konnte. Seine eigene Klientel war nicht groß, aber er hatte viel zu tun für eine sehr mitgliederstarke Vereinigung, die ihn nicht gerade üppig entlohnte. Er war kurz vorher nach Hause gekommen und gerade dabei, sich am Feuer zu wärmen und zu trocknen. Man kann sich vorstellen, mit welchen Gefühlen er jetzt seinen warmen Winkel verließ. Als ich anfing, den Ursachen für den Tod meines armen Freundes etwas genauer nachzugehen, ließ ich es mir auch angelegen sein, die Bekanntschaft von Doktor Mali zu machen.

Von ihm erfuhr ich nicht mehr als dies: Als er ins Freie kam und spürte, wie er durch den Regenschirm hindurch vom Regen klitschnaß wurde, bereute er es, Medizin studiert zu haben statt Landwirtschaft, da er sich entsann, daß der Bauer zu Hause bleibt, wenn es regnet.

Sobald er an Guidos Bett trat, war Ada völlig beruhigt. Jetzt, mit dem Arzt an ihrer Seite, erinnerte sie sich besser, wie Guido sie vor Monaten drangekriegt hatte, indem er einen Selbstmord vortäuschte. Nicht mehr sie mußte Verantwortung übernehmen, sondern der Doktor, der über alles informiert werden mußte, auch über die Gründe, derentwegen man an einen vorgetäuschten Selbstmord denken mußte. Und diese Gründe erfuhr der Doktor alle, während er gleichzeitig auf die Wogen lauschte, die durch die Straßen fegten. Da man ihm nicht Bescheid gegeben hatte, daß er zu einem Fall von Vergiftung gerufen wurde, fehlte ihm alles nötige Gerät zur Behandlung. Er murmelte ein paar bedauernde Worte, die Ada nicht verstand. Das Schlimmste war, daß er, um eine Magenspülung vorzunehmen, niemanden hätte schicken können, um die nötigen Dinge zu holen, sondern selbst hätte gehen und dabei den Weg zweimal zurücklegen müssen. Er fühlte Guidos Puls und fand ihn großartig. Er fragte Ada, ob Guido vielleicht immer einen sehr tiefen Schlaf hatte. Ada antwortete, daß ja, aber doch nicht in diesem Maß. Der Doktor untersuchte Guidos Augen: Sie reagierten prompt auf Licht! Er ging und empfahl, ihm von Zeit zu Zeit ein paar kleine Löffel sehr starken schwarzen Kaffees einzuflößen.

Ich erfuhr auch, daß er, auf der Straße angelangt, wütend murmelte:

»Bei einem solche Wetter sollte es nicht erlaubt sein, einen Selbstmord vorzutäuschen!«

Als ich ihn kennenlernte, wagte ich nicht, ihm wegen seiner Fahrlässigkeit einen Vorwurf zu machen, aber er ahnte ihn und verteidigte sich: Er sagte mir, er sei so erstaunt gewesen, am Morgen zu erfahren, daß Guido tot war, daß er vermutete, er sei zu sich gekommen und habe noch mehr Veronal genommen. Dann fügte er hinzu, daß Laien der ärztlichen Kunst sich nicht vorstellen konnten, wie ein Arzt im Lauf seiner Berufspraxis sich daran gewöhnen müsse, sein Leben vor seinen Patienten in Sicherheit zu bringen, die es darauf abgesehen hätten und nur an ihr eigenes dächten.

Nach etwas mehr als einer Stunde hatte Ada genug davon, Guido das Löffelchen zwischen die Zähne zu schieben, und als sie sah, daß er immer weniger davon zu sich nahm und der Rest aufs Kissen rann, erschrak sie neuerlich und bat die Haushälterin, zu Doktor Paoli zu gehen. Diesmal gab die Haushälterin acht auf das Billett. Aber sie brauchte über eine Stunde bis zur Wohnung des Arztes. Es ist ja natürlich, daß man, wenn es so heftig regnet, von Zeit zu Zeit das Bedürfnis hat, in einem Hauseingang stehenzubleiben. Ein solcher Regen macht ja nicht nur naß, sondern peitscht einen durch.

Doktor Paoli war nicht zu Hause. Er war kurz zuvor zu einem Patienten gerufen worden und war fortgegangen mit den Worten, er hoffe, bald zurück zu sein. Doch dann hatte er es scheinbar vorgezogen, bei seinem Patienten zu warten, bis der Regen aufhörte. Seine Dienstmagd, eine sehr gutmütige und nicht mehr ganz junge Person, ließ Adas Haushälterin beim Feuer Platz nehmen und sorgte für ihre Stärkung. Der Doktor hatte die Adresse seines Patienten nicht hinterlassen, und so verbrachten die beiden Frauen mehrere Stunden gemeinsam am Feuer. Der Doktor kam erst wieder, als der Regen aufgehört hatte. Als er dann mit sämtlichen Gerätschaften, die er bei Guido schon angewandt hatte, bei Ada eintraf, dämmerte es. An diesem Bett hatte er nur noch eine Aufgabe: vor Ada zu verbergen, daß Guido schon tot war, und Signora Malfenti kommen zu lassen, bevor Ada es bemerkte, damit sie ihr im ersten Schmerz beistehen konnte.

Aus diesem Grund erreichte uns die Nachricht erst sehr spät und ungenau.

Als ich vom Bett aufgestanden war, verspürte ich zum letzten Mal eine Anwandlung von Zorn gegen den armen Guido: Jedes Unglück komplizierte er mit seinen Komödien! Ich ging ohne Augusta aus dem Haus, da sie ja den Kleinen nicht so ohne weiteres allein lassen konnte. Draußen hielt mich ein Zweifel zurück! Hätte ich nicht warten können, bis die Banken öffneten und Olivi in seinem Büro war, um vor Guido mit dem Geld zu erscheinen, das ich versprochen hatte? So wenig glaubte ich an die Nachricht von der Schwere von Guidos Zustand, die mir doch überbracht worden war!

Die Wahrheit erfuhr ich von Doktor Paoli, dem ich auf der Treppe begegnete. Ich war dermaßen erschüttert davon, daß ich fast hinuntergefallen wäre. Seitdem ich mit ihm lebte, war Guido für mich ein sehr wichtiger Mensch geworden. Solange er am Leben war, sah ich ihn in einem bestimmten Licht, welches das Licht eines Teils meiner Tage war. Durch sein Sterben änderte sich dieses Licht so, als ob es plötzlich durch ein Prisma fiele. Genau das war es, was mich blendete. Er hatte Fehler gemacht, aber sofort sah ich, daß von seinen Fehlern, da er nun tot war, nichts zurückblieb. Meiner Ansicht nach war das ein Idiot, dieser Spaßvogel, der auf einem Friedhof voller glorifizierender

Grabinschriften fragte, wo denn an diesem Ort die Sünder begraben würden. Die Toten sind nie Sünder gewesen. Guido war mittlerweile rein! Sein Tod hatte ihn reingewaschen.

Der Doktor war gerührt, weil er Adas Schmerz miterlebt hatte. Er erzählte mir etwas von der grauenhaften Nacht, die sie verbracht hatte. Unterdessen war es gelungen, sie davon zu überzeugen, daß die Menge Gift, die Guido geschluckt hatte, so groß war, daß keine Hilfe etwas hätte ausrichten können. Wehe, wenn sie etwas anderes erfahren sollte!

»Allerdings«, fügte der Doktor untröstlich hinzu, »wenn ich ein paar Stunden früher gekommen wäre, hätte ich ihn gerettet. Ich habe die leeren Giftfläschchen gefunden.«

Ich untersuchte sie. Eine starke Dosis, aber nur wenig stärker als beim letzten Mal. Er zeigte mir einige Fläschchen, auf denen Veronal aufgedruckt stand. Also keine Natriumbarbitursäure. Wie niemand sonst konnte ich nun sicher sein, daß Guido nicht hatte sterben wollen. Ich habe das aber nie jemandem gesagt.

Paoli verließ mich, nachdem er mir gesagt hatte, im Augenblick solle ich nicht versuchen, Ada zu sehen. Er hatte ihr starke Beruhigungsmittel verabreicht und bezweifelte nicht, daß sie bald ihre Wirkung tun würden.

Auf dem Flur hörte ich aus jenem Zimmerchen, wo ich zweimal von Ada empfangen worden war, ihr verhaltenes Weinen. Es waren einzelne Worte, die ich nicht verstand, aber voller Kummer. Das Wort *er* kehrte mehrmals wieder, und ich versuchte mir vorzustellen, was sie sagte. Es war eine Wiederherstellung ihrer Beziehung zu dem armen Toten. Die konnte derjenigen, die sie zu dem Lebenden gehabt hatte, wohl nicht gut ähnlich sein. Für mich war klar, daß sie ihrem Mann gegenüber zu seinen Lebzeiten Fehler gemacht hatte. Er starb wegen eines von allen gemeinsam begangenen Verbrechens, weil er mit Zustimmung von ihnen allen an der Börse spekuliert hatte. Als es ans Zahlen ging, hatten sie ihn allein gelassen. Und er hatte sich beeilt, zu zahlen. Als einziger Angehöriger hatte ich, der ich wirklich nichts damit zu tun hatte, als Verpflichtung empfunden, ihm zu helfen.

Im ehelichen Schlafzimmer lag der arme Guido allein, von einem Leintuch bedeckt. Die schon fortgeschrittene Totenstarre brachte hier nicht Kraft zum Ausdruck, sondern eine große Verwunderung, tot zu sein, ohne es gewollt zu haben. Auf seinem braunen und schönen Gesicht zeichnete sich ein Vorwurf ab. Sicher nicht gegen mich.

Ich ging zu Augusta und forderte sie auf, zu ihrer Schwester zu gehen und ihr beizustehen. Ich war sehr gerührt, und Augusta weinte, als sie mich umarmte:

»Du warst ein Bruder für ihn«, murmelte sie. »Jetzt erst bin ich einverstanden mit dir, daß wir einen Teil unseres Vermögens opfern, um sein Andenken rein zu erhalten.«

Ich war bemüht, meinem armen Freund alle Ehre zu erweisen. Zunächst heftete ich an die Tür zum Büro eine Nachricht, die die Schließung wegen Todes des Eigentümers bekanntgab. Ich selbst setzte den Text für die Todesanzeige auf. Aber erst am nächsten Tag wurden im Einvernehmen mit Ada die Vorkehrungen für die Beerdigung getroffen. Da erfuhr ich, daß Ada beschlossen hatte, der Bahre auf dem Friedhof bis ans Grab zu folgen. Sie wollte ihm alle Liebesbeweise erbringen, die sie noch geben konnte. Die Ärmste! Ich wußte, was für ein Schmerz das ist, Gewissensbisse an einem Grab! Ich hatte ja auch so darunter gelitten, beim Tod meines Vaters.

Den Nachmittag verbrachte ich eingeschlossen im Büro in Gesellschaft von Nilini. So ergab es sich, daß wir eine kleine Bilanz von Guidos Situation ziehen konnten. Erschreckend! Nicht nur das Kapital der Firma war vernichtet, sondern Guido war Schuldner über noch einmal soviel, wenn er für alles hätte aufkommen müssen.

Es wäre mir ein Bedürfnis gewesen, zu arbeiten, wirklich zu arbeiten, zugunsten meines armen verstorbenen Freundes, aber ich konnte nichts anderes, als träumen. Meine erste Idee wäre gewesen, mein ganzes Leben in diesem Büro aufzuopfern und zugunsten von Ada und ihren Kindern zu arbeiten. Aber war ich mir denn sicher, daß ich das auch gut konnte?

Nilini schwätzte wie üblich, während ich weit, weit in die Ferne schaute. Auch er verspürte das Bedürfnis, seine Beziehung zu Guido radikal zu ändern. Jetzt verstand er alles! Als der arme Guido ihm Unrecht getan hatte, war er schon von der Krankheit befallen gewesen, die ihn zum Selbstmord führen sollte. Deshalb war nun alles vergessen. Er hielt seine Predigt und erklärte, daß er nun einmal so sei. Er könne niemandem böse sein. Er habe Guido immer gemocht und mochte ihn immer noch.

Es endete damit, daß Nilinis Träume sich mit den meinen verbanden und daß sie sich überlagerten. Nicht im schwerfälligen Handelsgeschäft würde man das Mittel gegen eine derartige Katastrophe finden, sondern an der Börse selbst. Und Nilini erzählte mir von einem mit ihm befreundeten Menschen, der es durch Verdoppelung des Einsatzes verstanden hatte, sich im letzten Moment zu retten.

Wir redeten stundenlang miteinander, aber Nilinis Vorschlag, das von Guido angefangene Börsenspiel weiterzuführen, kam zuletzt, kurz vor Mittag, und ich willigte sofort ein. So erfreut willigte ich ein, als ob es mir damit gelungen wäre, meinen Freund wieder zum Leben zu erwecken. Es endete damit, daß ich auf den Namen des armen Guido eine Menge Aktien mit seltsamen Namen kaufte: *Rio Tinto*, *South French* und so weiter.

So begannen für mich jene fünfzig Stunden der maximalen Arbeitsleistung, die ich in meinem ganzen Leben je erbracht habe. Zunächst und bis zum Abend blieb ich und lief mit großen Schritten im Büro auf und ab, in der Erwartung zu hören, ob meine Aufträge ausgeführt worden waren. Ich befürchtete, daß man an der Börse von Guidos Selbstmord gehört haben könnte und sein Name für weitere Operationen keine Bonität mehr haben könnte. Doch wurde dieser Tod einige Tage lang nicht auf Selbstmord zurückgeführt.

Als Nilini mich dann endlich benachrichtigen konnte, daß alle meine Aufträge ausgeführt worden waren, begann für mich eine Phase echter Anspannung, die noch verstärkt wurde durch die Tatsache, daß ich in dem Augenblick, als ich die vereinbarten Papiere erhielt, informiert wurde, daß ich auf alle schon einen ziemlich bedeutenden Anteil verlor. Ich erinnere mich an diese Anspannung wie an regelrechte Arbeit. In der Erinnerung habe ich das merkwürdige Gefühl, als sei ich fünfzig Stunden lang ohne Unterbrechung am Spieltisch gesessen und hätte mit höchster Konzentration Karten gespielt. Ich kenne niemanden, der eine derartige Anspannung so lange durchgehalten hätte. Jede Preisbewegung wurde von mir verzeichnet, überwacht, und dann (warum soll ich es nicht sagen?) einmal nach oben gedrückt, einmal gebremst, wie es für mich, oder besser für meinen armen Freund günstiger war. Sogar meine Nächte waren schlaflos.

Da ich befürchtete, jemand aus der Familie könne eingreifen und mich an dem Rettungswerk hindern, das ich begonnen hatte, sprach ich mit niemandem über die Liquidation zur Monatsmitte, als sie fällig war. Ich zahlte alles selbst, weil sich sonst niemand an diese Verpflichtung erinnerte, da alle um den Leichnam geschart waren, der auf seine Beisetzung wartete. Im übrigen war bei dieser Liquidation weniger zu zahlen, als seinerzeit festgesetzt, weil das Glück sofort auf meiner Seite gewesen war. Mein Schmerz über Guidos Tod war so groß, daß mir schien, ich würde ihn lindern, wenn ich mich auf jede nur erdenkliche Weise kompromittierte, sowohl mit meiner Unterschrift, als auch mit der Bereitstellung meines Geldes. So weit begleitete mich der Traum von Güte, den ich vor langer Zeit an seiner Seite geträumt hatte. Ich litt so sehr unter dieser Anspannung, daß ich in eigener Sache nie mehr an der Börse spekuliert habe.

Vor lauter Konzentration auf das Spiel (dies meine vorwiegende Beschäftigung) nahm ich schließlich nicht an Guidos Beerdigung teil. Und das kam so. Genau an jenem Tag machten die Werte, in die wir investiert hatten, einen Sprung nach oben. Nilini und ich verbrachten unsere Zeit mit Berechnungen, wieviel von dem Verlust wir wieder hereinholen würden. Das Vermögen des alten Speier erschien jetzt bloß halbiert! Ein großartiges Ergebnis, das mich mit Stolz erfüllte. Es geschah genau das, was Nilini zwar vorhergesehen hatte, jedoch in sehr zweifelndem Ton, der jetzt, da er seine Worte wiederholte, natürlich verschwand, und er stellte sich als sicheren Propheten hin. Meiner Meinung nach hatte er das vorhergesehen und das Gegenteil. Er würde sich nie irren, aber ich sagte es ihm nicht, denn für mich war es nützlich, daß er mit seinem

Ehrgeiz beim Geschäft blieb. Auch seine Wünsche konnten die Preise beeinflussen.

Wir verließen um drei das Büro, und wir rannten, denn in dem Moment fiel uns wieder ein, daß die Beerdigung um dreiviertel drei stattfinden sollte.

Auf der Höhe der Volti di Chiozza sah ich in der Ferne den Trauerzug, und ich meinte, sogar den Wagen eines Freundes zu erkennen, den er für Ada zur Beerdigung geschickt hatte. Ich sprang mit Nilini in eine Droschke und gab dem Kutscher Anweisung, dem Trauerzug zu folgen. In dieser Droschke pokerten Nilini und ich weiter. So fern war uns jeder Gedanke an den armen Verstorbenen, daß wir uns über die langsame Gangart der Droschke beschwerten. Wer weiß, was unterdessen ohne unsere Aufsicht an der Börse geschah? Auf einmal sah mich Nilini wirklich mit seinen Augen an und fragte mich, warum ich nicht in eigener Sache etwas an der Börse machte.

»Momentan«, sagte ich, und ich weiß nicht, warum ich errötete, »arbeite ich nur zugunsten meines armen Freundes.«

Sodann setzte ich nach einem leichten Zögern hinzu:

»Danach denke ich an mich selbst.« Ich wollte ihn in der Hoffnung lassen, er könne mich zur Spekulation bewegen, immer in dem Bemühen, ihn mir ganz als Freund zu erhalten. Aber insgeheim formulierte ich die Worte, die ich nicht wagte, ihm gegenüber auszusprechen: »Nie werde ich mich in deine Hände begeben!« Er fing nun an zu predigen:

»Wer weiß, ob sich je wieder eine ähnliche Gelegenheit bietet!« Er vergaß, daß er mir beigebracht hatte, daß an der Börse jederzeit Gelegenheit war.

Als wir zu der Stelle kamen, wo die Wagen für gewöhnlich stehenbleiben, streckte Nilini den Kopf aus dem Fenster und stieß einen Schrei der Überraschung aus. Der Wagen fuhr weiter hinter dem Begräbnis her, das zum griechischen Friedhof unterwegs war.

»War Signor Guido denn Grieche?« fragte er erstaunt.

In der Tat ging der Trauerzug über den katholischen Friedhof hinaus und bewegte sich auf irgendeinen anderen Friedhof zu, den jüdischen, griechischen, protestantischen oder serbischen.

»Kann sein, daß er Protestant war!« sagte ich zuerst, aber dann erinnerte ich mich gleich, daß ich auf seiner Hochzeit gewesen war, und die hatte in der katholischen Kirche stattgefunden.

»Das muß ein Irrtum sein!« rief ich aus und meinte, sie wollten ihn am falschen Ort begraben.

Nilini brach plötzlich in ein so unbändiges Gelächter aus, daß es ihn entkräftet in den Wagenfonds warf, den großen Mund in dem kleinen Gesicht weit aufgerissen.

»Wir haben uns geirrt!« rief er aus. Als es ihm gelang, seinen Heiterkeitsausbruch zu zügeln, überschüttete er mich mit Vorwürfen. Ich hätte sehen müssen, wohin wir fuhren, denn ich hätte Zeitpunkt, Personen usw. kennen müssen. Es war das Begräbnis von jemand anderem!

Da ich verärgert war, hatte ich nicht mit ihm gelacht, und jetzt fiel es mir schwer, seine Vorwürfe zu ertragen. Warum hatte er selbst nicht auch genauer hingesehen? Ich hielt meine schlechte Laune nur deshalb im Zaum, weil mir die Börse wichtiger war als das Begräbnis. Wir stiegen aus dem Wagen aus, um uns besser zurechtzufinden, und gingen auf den Eingang zum katholischen Friedhof zu. Der Wagen folgte uns. Ich bemerkte, daß die Hinterbliebenen des anderen Verstorbenen uns überrascht nachschauten, weil sie sich nicht zu erklären wußten, warum wir, nachdem wir diesem Ärmsten bis zur äußersten Grenze die Ehre erwiesen hatten, ihn mittendrin verließen.

Ungeduldig eilte Nilini mir voraus. Nach einem kurzen Zögern fragte er den Wärter:

»Ist die Beerdigung von Signor Guido Speier schon angekommen?«

Der Wärter schien nicht überrascht von der Frage, die mir komisch vorkam. Er antwortete, er wisse es nicht. Er wußte nur zu sagen, daß in der letzten halben Stunde zwei Beerdigungen auf den Friedhof gekommen waren.

Ratlos besprachen wir uns miteinander. Klarerweise konnte man nicht wissen, ob der Trauerzug schon drinnen oder noch draußen war. Da entschied ich für mich selbst. Für mich war es unstatthaft, zu der schon begonnenen Zeremonie hinzuzukommen und sie zu stören. Also würde ich den Friedhof nicht betreten. Andererseits aber konnte ich nicht riskieren, auf dem Rückweg auf den Trauerzug zu treffen. Ich verzichtete also auf meine Teilnahme an der Beerdigung und würde auf einem langen Umweg über Servola in die Stadt zurückgehen. Ich ließ Nilini den Wagen, der aus Rücksicht gegenüber Ada, die er kannte, nicht darauf verzichten wollte, sich blicken zu lassen.

Mit raschen Schritten, um jeder möglichen Begegnung auszuweichen, stieg ich die Landstraße hinauf, die zu dem Dorf führte. Nun tat es mir überhaupt nicht mehr leid, daß ich beim falschen Begräbnis gewesen war und dem armen Guido nicht die letzte Ehre erwiesen hatte. Ich konnte mich nicht bei diesen religiösen Handlungen aufhalten. Andere Pflichten drängten mich: Ich mußte die Ehre meines Freundes retten und sein Vermögen zugunsten seiner Witwe und der Kinder verteidigen. Wenn ich Ada mitteilte, daß es mir gelungen war, Dreiviertel des Verlusts wieder hereinzuholen (und im Geist ging ich noch einmal die so oft angestellte Berechnung durch: Guido hatte das Doppelte des Vermögens seines Vaters verloren, und nach meiner Intervention reduzierte sich der Verlust auf die Hälfte dieses Vermögens. Es war also richtig. Ich hatte wirklich Dreiviertel des Verlusts wieder hereingeholt), würde sie mir sicher verzeihen, daß ich nicht zur Beerdigung gekommen war.

An diesem Tag war das Wetter wieder schön geworden. Es schien eine prächtige Frühlingssonne, und die Luft über den noch nassen Wiesen und Feldern war klar und gesund. Durch die Bewegung, die ich mir etliche Tage lang nicht gegönnt hatte, weiteten sich meine Lungen. Ich sprühte nur so vor Gesundheit und Kraft. Gesundheit wird nur im Vergleich offensichtlich. Ich verglich mich mit dem armen Guido und stieg hoch, hoch empor mit meinem Sieg in genau dem Kampf, in dem er unterlegen war. Alles war Gesundheit und Kraft rings um mich. Auch die Wiesen mit dem noch jungen Gras. Der anhaltende und ergiebige Regenguß, die Katastrophe vom Vortag, hatte jetzt nur wohltuende Auswirkungen, und die strahlende Sonne brachte der noch gefrorenen Erde die ersehnte Wärme. Es war sicher, je weiter die Katastrophe in die Ferne rückte, desto unangenehmer würde dieser blaue Himmel werden, wenn er sich nicht rechtzeitig bedeckte. Aber das war eine Vorhersage aus späterer Erfahrung, und damals beachtete ich sie nicht; sie kommt mir erst jetzt, da ich schreibe. In jenem Moment war mein Gemüt ein einziger Hymnus auf meine Gesundheit und auf die der gesamten Natur; immerwährende Gesundheit.

Mein Schritt wurde schneller. Ich freute mich darüber, daß er sich so leicht anfühlte. Als ich den Hügel von Servola hinunterstieg, beschleunigte er sich fast bis zum Laufen. Als ich auf der Promenade von Sant'Andrea angekommen war, im Flachen, wurde er wieder langsamer, aber ich hatte immer noch das Gefühl einer großen Leichtigkeit. Die Luft trug mich.

Ich hatte völlig vergessen, daß ich von der Beerdigung meines engsten Freundes kam. Ich hatte den Schritt und den Atem des Siegers. Doch meine Freude und mein Sieg waren eine Hommage an meinen armen Freund, in dessen Interesse ich in die Schranken getreten war.

Ich ging ins Büro, um die Schlußnotierungen zu sehen. Sie waren etwas schwächer, aber das konnte mir meine Zuversicht nicht nehmen. Ich würde wieder pokern, und ich zweifelte nicht, daß ich mein Ziel erreichen würde.

Schließlich mußte ich zu Ada nach Hause gehen. Augusta kam an die Tür und öffnete mir. Sofort fragte sie mich:

»Wie hast du das fertiggebracht, bei der Beerdigung zu fehlen, du, der einzige Mann in unserer Familie?«

Ich legte Schirm und Hut ab, und etwas verwirrt sagte ich ihr, daß ich gerne gleich auch mit Ada reden würde, damit ich mich nicht wiederholen müsse. Einstweilen aber könne ich ihr versichern, daß ich meine guten Gründe gehabt hätte, bei der Beerdigung zu fehlen. Ich war mir da nicht mehr so sicher, und plötzlich hatte meine Hüfte angefangen zu schmerzen, vielleicht vor Müdigkeit. Es muß die Bemerkung von Augusta gewesen sein, die mich daran zweifeln ließ, daß meine Abwesenheit bei der Beerdigung, die einen Skandal ausgelöst haben mußte, entschuldigt werden könnte; ich sah sämtliche Teilnehmer an der traurigen Zeremonie vor mir, die von ihrem Schmerz abgelenkt wurden und sich fragten, wo ich nur sein mochte.

Ada kam nicht. Dann erfuhr ich, daß man ihr nicht einmal Bescheid gegeben hatte, daß ich sie erwartete. Ich wurde von Signora Malfenti empfangen, die mit einer so strengen Miene mit mir zu sprechen begann, wie ich sie noch nie an ihr gesehen hatte. Ich begann mich zu entschuldigen, aber ich war weit entfernt von der Sicherheit, mit der ich vom Friedhof in die Stadt geflogen war. Ich stotterte. Ich erzählte ihr auch weniger Wahres als Fußnote zu jener Wahrheit, die mein mutiges Eingreifen an der Börse zu Guidos Gunsten ja war, nämlich, daß ich wenige Stunden vor der Beerdigung eine Depesche nach Paris hätte abschicken müssen, um einen Auftrag zu geben, und es nicht fertiggebracht hätte, das Büro zu verlassen, bevor ich nicht die Antwort erhalten hätte. Es stimmte, daß Nilini und ich nach Paris hatten telegraphieren müssen, allerdings zwei Tage vorher, und zwei Tage vorher hatten wir auch die Antwort bekommen. Kurz, ich begriff, daß die Wahrheit nicht ausreichte, um mich zu entschuldigen, vielleicht auch deshalb, weil ich sie nicht vollständig sagen durfte und von der so wichtigen Operation nicht erzählen konnte, die mich seit Tagen beschäftigte, nämlich die weltweiten Wechselkurse mit meinem Wunschdenken zu regulieren. Aber Signora Malfenti entschuldigte mich, als sie die Summe hörte, auf die sich Guidos Verlust nun belief. Sie dankte mir mit Tränen in den Augen. Und ich war wieder nicht der einzige Mann in der Familie, sondern der beste.

Sie bat mich, am Abend mit Augusta zu Ada zu kommen, der sie in der Zwischenzeit alles erzählen würde. Im Augenblick war Ada nicht imstande, irgend jemanden zu empfangen. Und ich für mein Teil ging gerne mit meiner Frau fort. Nicht einmal sie empfand das Bedürfnis, bevor wir das Haus verließen, sich von Ada zu verabschieden, die zwischen verzweifeltem Weinen und völliger Niedergeschlagenheit schwankte, was sie daran hinderte, ihre Gesprächspartner überhaupt wahrzunehmen.

Ich hatte eine Hoffnung:

»Also ist es nicht Ada, die meine Abwesenheit bemerkt hat?«

Augusta gestand mir, sie hätte darüber schweigen wollen, so übertrieben waren ihr die Bekundungen von Adas Ärger über mein Fernbleiben vorgekommen. Ada verlangte Erklärungen von ihr, und als Augusta ihr sagen mußte, daß sie nichts davon wußte, da sie mich noch nicht gesehen hatte, ließ sie sich erneut in ihrer Verzweiflung gehen und schrie, Guido habe ja so enden müssen, da er von der ganzen Familie gehaßt wurde.

Mir schien, Augusta hätte mich verteidigen und Ada daran erinnern müssen, wie ich allein bereit gewesen war, Guido auf gebührende Weise zu helfen. Hätte man auf mich gehört, hätte Guido keinen Grund gehabt, einen Selbstmord zu versuchen oder vorzutäuschen.

Augusta hingegen hatte geschwiegen. Sie war von Adas Verzweiflung so erschüttert gewesen, daß sie befürchtete, sie zu verletzen, wenn sie angefangen hätte zu diskutieren. Im übrigen war sie zuversichtlich, daß die Erklärungen von Signora Malfenti Ada nun von der Ungerechtigkeit, die sie mir gegenüber beging, überzeugen würde. Ich muß sagen, daß ich diese Zuversicht auch hatte, und sogar zugeben, daß ich mich von dem Moment an in der Gewißheit wiegte, Adas Überraschung und ihre Dankbarkeitsbezeugungen zu erleben. Wo doch bei ihr dank Basedow alles übertrieben war.

Ich kehrte ins Büro zurück, wo ich erfuhr, daß es an der Börse wieder eine leichte Andeutung einer Aufwärtsbewegung gab, ganz leicht, aber schon so, daß man hoffen konnte, am nächsten Tag bei der Eröffnung die Kurse vom Morgen noch vorzufinden.

Nach dem Abendessen mußte ich allein zu Ada gehen, weil Augusta durch eine Unpäßlichkeit der Kleinen daran gehindert war, mich zu begleiten. Ich wurde von Signora Malfenti empfangen, die mir sagte, sie habe eine Arbeit in der Küche zu versehen und daher werde sie Ada und mich allein lassen müssen. Dann gestand sie mir, daß Ada sie gebeten hatte, sie mit mir allein zu lassen, weil sie mir etwas sagen wollte, das andere nicht hören sollten. Bevor sie mich in dem kleinen Salon allein ließ, in dem ich mich schon zweimal mit Ada aufgehalten hatte, sagte Signora Malfenti lächelnd zu mir:

»Weißt du, sie ist noch nicht bereit, dir deine Abwesenheit bei Guidos Beerdigung zu verzeihen, aber... so gut wie!«

In diesem Zimmerchen pochte mir immer das Herz. Diesmal nicht aus Furcht, mich von jemandem geliebt zu sehen, den ich nicht liebte. Seit wenigen Augenblicken und nur wegen der Worte Signora Malfentis hatte ich eingesehen, daß ich schwer gegen das Andenken des armen Guido gefehlt hatte. Ada selbst, die jetzt wußte, daß ich ihr als Entschuldigung für diese Verfehlung ein Vermögen bot, wußte mir nicht gleich zu verzeihen. Ich hatte mich gesetzt und betrachtete die Porträts von Guidos Eltern. Der alte Cada wirkte zufrieden, was sich, wie mir schien, meinem Wirken verdankte, während Guidos Mutter, eine hagere Frau in einem Kleid mit weiten Ärmeln und einem Hütchen, das auf einem Berg von Haaren die Balance hielt, eher streng wirkte. Na ja! Vor der Fotokamera nimmt jeder ein anderes Aussehen an, und ich schaute anderswohin, empört über mich selbst, daß ich diese Gesichter erforschte. Die Mutter konnte bestimmt nicht vorausgesehen haben, daß ich an der Beisetzung ihres Sohnes nicht teilnehmen würde!

Aber die Art, wie Ada mit mir redete, war eine schmerzliche Überraschung. Sie mußte sich lange überlegt haben, was sie mir sagen wollte, und sie ging auf meine Erklärungen, meine Proteste und meine Klarstellungen überhaupt nicht ein, die sie nicht vorhergesehen haben konnte und auf die sie daher nicht vorbereitet war. Wie ein erschrecktes Pferd lief sie ihren Weg, bis ans Ende.

Sie kam herein, schlicht mit einem schwarzen Morgenmantel bekleidet, die Haare in großer Unordnung, zerzaust und vielleicht auch gerauft von einer Hand, die sich erbittert zu schaffen machen will, wenn sie schon nichts beschwichtigen kann. Sie kam bis an den Tisch, an dem ich saß, und stützte sich mit den Händen darauf, um mich besser zu sehen. Ihr Gesicht war wieder abgemagert und hatte sich dieser merkwürdigen Gesundheit entledigt, die ihm an den falschen Stellen zuwuchs. Es war nicht schön wie damals, als Guido sie erobert hatte, aber niemand hätte bei seinem Anblick an die Krankheit gedacht. Sie war weg! Hingegen war da ein so großer Schmerz, daß der sie insgesamt zur Geltung brachte. Ich verstand diesen ungeheuren Schmerz so gut, daß ich nicht sprechen konnte. Solange ich sie ansah, dachte ich: »Welche Worte könnte ich ihr sagen, die dem gleichkommen würden, sie brüderlich in meine Arme zu schließen, um sie zu trösten und dazu zu bringen, sich auszuweinen?« Als ich mich dann angegriffen fühlte, wollte ich mich wehren, aber zu schwach, und sie hörte mich nicht.

Sie redete und redete, und ich kann all ihre Worte nicht wiedergeben. Wenn ich mich nicht täusche, begann sie damit, mir ernsthaft doch ohne jede Wärme dafür zu danken, daß ich so viel für sie und die Kinder getan hatte. Gleich darauf machte sie mir Vorwürfe:

»Damit hast du es so angestellt, daß er für etwas gestorben ist, was es wirklich nicht wert war.«

Dann senkte sie die Stimme, als ob sie das, was sie mir sagte, geheimhalten wollte, und in ihrer Stimme lag mehr Wärme, eine Wärme, die von ihrer Liebe zu Guido herrührte und (oder schien es mir bloß so?) auch zu mir:

»Und ich entschuldige dich, daß du nicht zu seinem Begräbnis gekommen bist. Du konntest nicht, und ich entschuldige dich. Auch er würde dich entschuldigen, wenn er noch am Leben wäre. Was hättest denn du bei seiner Beerdigung gemacht? Du, der du ihn nicht geliebt hast! Gutmütig wie du bist, hättest du um meinetwillen weinen können, meiner Tränen wegen, aber nicht um seinetwillen, den du ... immer gehaßt hast! Armer Zeno! Mein Bruder!«

Es war ungeheuerlich, daß man mir so etwas sagen und die Wahrheit derart verdrehen konnte. Ich protestierte, aber sie hörte mich nicht. Ich glaube, ich habe gebrüllt, oder wenigstens fühlte ich die Anstrengung davon in der Kehle:

»Aber das ist ein Irrtum, eine Lüge, eine Verleumdung. Wie kannst du so etwas nur glauben?«

Nach wie vor leise fuhr sie fort:

»Ich selbst habe ja nicht verstanden, ihn zu lieben. Nicht einmal in Gedanken habe ich ihn je betrogen, aber mein Gefühl war so, daß ich nicht die Kraft hatte, ihn zu schützen. Ich schaute auf deine Beziehung zu deiner Frau und beneidete euch darum. Sie schien mir besser als die, die er mir bot. Ich bin dir dankbar, daß du nicht zum Begräbnis gekommen bist, denn sonst hätte ich nicht einmal heute etwas begriffen. So hingegen sehe und verstehe ich alles.

Auch, daß ich ihn nicht geliebt habe: Wie sonst hätte ich denn sogar seine Geige hassen können, den vollkommensten Ausdruck seiner großen Seele?«

Da legte ich meinen Kopf auf den Arm und verbarg mein Gesicht. Die Beschuldigungen, die sie gegen mich erhob, waren so ungerecht, daß man gar nicht darüber diskutieren konnte, und dabei war ihre Unvernünftigkeit durch ihren gefühlvollen Ton so stark gemildert, daß meine Reaktion darauf nicht scharf ausfallen konnte, wie sie es aber hätte müssen, um siegreich zu sein. Andererseits hatte Augusta mir schon das Beispiel eines respektvollen Schweigens gegeben, um so viel Schmerz nicht zu kränken und zu verbittern. Als meine Augen sich jedoch schlossen, sah ich in der Dunkelheit, daß ihre Worte eine neue Welt erschaffen hatten, wie alle unwahren Worte. Jetzt meinte ich auch zu verstehen, daß ich Guido immer gehaßt hatte und an seiner Seite ausgeharrt hatte, um ihn schlagen zu können. Sie hatte Guido außerdem mit seiner Geige zusammengebracht. Hätte ich nicht gewußt, daß sie in ihrem Schmerz und in ihrer Gewissenspein blind herumtappte, hätte ich glauben können, daß diese Geige als ein Teil von Guido ausgepackt worden war, um mich im Innersten von der Anschuldigung des Hasses zu überzeugen.

Dann sah ich in der Dunkelheit wieder Guidos Leichnam vor mir, und in seinem Gesicht stand immer noch das Staunen, drüben zu sein, des Lebens beraubt. Erschrocken hob ich den Kopf. Es war besser, es mit Adas Beschuldigungen aufzunehmen, von denen ich wußte, daß sie ungerecht waren, als diese Schau in der Dunkelheit.

Aber sie sprach immer noch von mir und Guido:

»Und du, armer Zeno, hast, ohne es zu wissen, weiter neben ihm gelebt und ihn gehaßt. Du hast ihm Gutes getan um meiner Liebe willen. Das durfte nicht sein! Es mußte so enden! Auch ich habe einmal geglaubt, ich könnte die Liebe ausnützen, von der ich wußte, daß du sie für mich hegst, um rings um ihn den Schutz zu verstärken, der ihm nützlich sein konnte. Geschützt werden konnte er nur von jemandem, der ihn liebte, und von uns hat ihn niemand geliebt.«

»Was hätte ich denn mehr für ihn tun können?« fragte ich, heiße Tränen weinend, um sie und mich selbst meine Unschuld fühlen zu lassen. Tränen ersetzen manchmal einen Schrei. Ich wollte nicht schreien und war sogar unschlüssig, ob ich sprechen sollte. Aber ich mußte ihre Behauptungen übertönen und weinte.

»Ihn retten, mein lieber Bruder! Einer von uns beiden hätte ihn retten müssen. Ich hingegen war an seiner Seite und habe es nicht verstanden, aus Mangel an wahrer Liebe, und du bist fern geblieben, abwesend, immer abwesend, bis er begraben war. Dann bist du erschienen, sicher, gewappnet mit deiner ganzen Liebe. Aber vorher hast du dich nicht um ihn gekümmert. Und dabei war er bis zum Abend bei dir. Und du hättest es dir ausmalen können, wenn du dir Gedanken um ihn gemacht hättest, daß etwas Schlimmes geschehen würde.«

Die Tränen hinderten mich am Sprechen, aber ich brummte etwas, was die Tatsache feststellen sollte, daß er die Nacht zuvor damit zugebracht hatte, sich im Sumpf bei der Jagd zu vergnügen, weshalb niemand auf dieser Welt hätte vorhersehen können, welchen Gebrauch er von der darauffolgenden Nacht machen würde.

»Er brauchte die Jagd, er brauchte sie!« wies sie mich mit erhobener Stimme zurecht. Und dann, als ob die Anstrengung dieses Schreis übermäßig gewesen wäre, brach sie mit einem Mal zusammen und fiel bewußtlos zu Boden.

Ich erinnere mich, daß ich einen Augenblick zögerte, Signora Malfenti zu rufen. Mir schien, diese Ohnmacht enthülle etwas von dem, was sie gesagt hatte.

Signora Malfenti und Augusta liefen herbei. Während sie Ada stützte, fragte mich Signora Malfenti:

»Hat sie mit dir über diese segensreichen Börsenoperationen gesprochen?« Dann: »Das ist heute schon die zweite Ohnmacht!«

Sie bat mich, einen Moment hinauszugehen, und ich trat auf den Korridor hinaus, wo ich wartete, um zu erfahren, ob ich wieder hineinkommen oder gehen sollte. Ich bereitete mich auf weitere Auseinandersetzungen mit Ada vor. Sie vergaß, daß wenn man so vorgegangen wäre, wie ich vorgeschlagen hatte, das Unglück bestimmt vermieden worden wäre. Man brauchte ihr das nur zu sagen, um sie von dem Unrecht zu überzeugen, das sie mir tat.

Wenig später kam Signora Malfenti zu mir und sagte mir, daß Ada wieder zu sich gekommen sei und sich von mir verabschieden wolle. Sie ruhte auf dem Sofa, auf dem bis kurz zuvor ich gesessen hatte. Als sie mich sah, begann sie zu weinen, und das waren die ersten Tränen, die ich sie vergießen sah. Sie reichte mir die schweißnasse kleine Hand:

»Addio, lieber Zeno! Ich bitte dich, denk daran! Denk immer daran! Vergiß nicht!«

Signora Malfenti mischte sich ein und fragte, an was ich denken solle, und ich sagte ihr, Ada wünsche, daß Guidos gesamte Position an der Börse sofort aufgelöst werden sollte. Ich errötete über meine Lüge und befürchtete auch ein Dementi von Ada. Aber statt mich zu dementieren, brüllte sie los:

»Ja! Ja! Alles muß aufgelöst werden! Von dieser grauenhaften Börse will ich nichts mehr hören!«

Sie war wieder blasser, und um sie zu beschwichtigen, versicherte ihr Signora Malfenti, daß sofort alles gemacht würde, wie sie es wünschte.

Dann begleitete Signora Malfenti mich bis zur Tür und bat mich, die Dinge nicht zu überstürzen: Ich solle das tun, was ich in Guidos Interesse für das Beste hielt. Aber ich antwortete, daß ich kein Vertrauen mehr hätte. Das Risiko war enorm, und ich konnte es nicht mehr wagen, in dieser Weise mit den Interessen eines anderen zu verfahren. Ich glaubte nicht mehr an die Börsenspekulation, oder wenigstens fehlte mir das Zutrauen, daß mein Pokern deren Gang beeinflussen könne. Ich mußte daher sofort liquidieren, hochzufrieden, daß es so gelaufen war.

Ich wiederholte Augusta Adas Worte nicht. Warum hätte ich sie betrüben sollen? Aber diese Worte blieben, auch weil ich sie niemandem weitersagte, sie hämmerten mir in den Ohren und begleiteten mich lange Jahre hindurch. Sie klingen weiterhin in mir nach. Oft analysiere ich sie noch heute. Ich kann nicht behaupten, daß ich Guido geliebt habe, aber nur deshalb, weil er ein merkwürdiger Mensch war. Und doch bin ich ihm brüderlich zur Seite gestanden und habe ihm geholfen, so gut ich konnte. Adas Vorwurf habe ich nicht verdient.

Mit ihr war ich nie wieder allein. Sie verspürte nicht das Bedürfnis, mir mehr zu sagen, noch ich dasjenige, eine Erklärung zu verlangen, vielleicht, um ihren Schmerz nicht aufzufrischen.

An der Börse ging die Sache aus, wie ich vorhergesehen hatte, und Guidos Vater hatte bestimmt seine Freude, nachdem ihm eine erste Depesche den Verlust seines gesamten Vermögens angekündigt hatte, die Hälfte davon unangetastet wiederzubekommen. Mein Werk, an dem ich mich nicht so erfreuen konnte, wie ich mir erwartet hatte.

Ada behandelte mich voller Zuneigung die ganze Zeit über bis zu ihrer Abreise nach Buenos Aires, wohin sie mit den Kindern zur Familie ihres Mannes fuhr. Sie war sehr gern mit mir und Augusta zusammen. Manchmal wollte ich mir einbilden, daß an dieser ganzen Rede von ihr ein geradezu wahnwitziger Schmerzanfall schuld gewesen sei, und daß sie sich gar nicht mehr daran erinnerte. Aber als dann in unserer Gegenwart wieder einmal von Guido die Rede war, wiederholte und bestätigte sie in knappen Worten alles, was sie mir an jenem Tag gesagt hatte:

»Er wurde von keinem geliebt, der Ärmste!«

Als sie an Bord ging, mit einem ihrer beiden Kinder auf dem Arm, das leicht kränkelte, küßte sie mich. Dann, in einem Augenblick, als niemand in unserer Nähe war, sagte sie zu mir:

»Addio, Zeno, mein Bruder. Ich werde mich immer daran erinnern, daß ich es nicht verstanden habe, ihn genug zu lieben. Das mußt du wissen! Ich verlasse mein Land gerne. Es kommt mir so vor, als würde ich meinen Gewissensbissen davonfahren!«

Ich machte es ihr zum Vorwurf, daß sie sich so grämte. Ich erklärte, sie sei eine gute Ehefrau gewesen, und daß ich das wisse und es bezeugen könne. Ich weiß nicht, ob es mir gelang, sie zu überzeugen. Sie sprach nicht mehr, von Schluchzen überwältigt. Dann, lange Zeit später, fühlte ich, daß sie mit diesen Worten beim Abschied von mir auch die Vorwürfe hatte erneuern wollen, die sie mir gemacht hatte. Aber ich weiß, daß sie mich zu unrecht verurteilte. Ich brauche mir sicher nicht vorzuwerfen, ich hätte Guido nicht gern gehabt.

Der Tag war trübe und düster. Es schien, als würde eine einzige, ausgedehnte und überhaupt nicht bedrohliche Wolke den Himmel verfinstern. Ein großer Segler versuchte, durch Rudern aus dem Hafen zu kommen, seine Segel hingen schlaff von den Masten. Nur zwei Männer ruderten, und mit zahllosen Schlägen gelang es ihnen kaum, das schwere Schiff vorwärts zu bewegen. Auf offener See würden sie eine günstige Brise finden, vielleicht.

Vom Deck des Dampfers herab grüßte Ada und schwenkte ihr Taschentuch. Dann kehrte sie uns den Rükken zu. Sicher schaute sie nach Sant'Anna, wo Guido ruhte. Ihre kleine, elegante Gestalt wurde immer vollkommener, je weiter sie sich entfernte. Mir standen die Tränen in den Augen. Da verließ sie uns also, und nie mehr würde ich ihr meine Unschuld beweisen können.

8
Psychoanalyse

3. Mai 1915

Mit der Psychoanalyse habe ich abgeschlossen. Nachdem ich sie ein ganzes halbes Jahr lang regelmäßig praktiziert habe, geht es mir schlechter als vorher. Ich habe den Doktor noch nicht verabschiedet, aber mein Entschluß ist unwiderruflich. Gestern habe ich ihm vorerst einmal bestellen lassen, ich sei verhindert, und jetzt soll er ruhig ein paar Tage auf mich warten. Wenn ich mir wirklich sicher wäre, daß ich über ihn lachen kann, ohne mich zu ärgern, dann wäre ich auch imstande, ihn wiederzusehen. Aber ich habe Angst, ich würde zuletzt handgreiflich werden.

Seit Ausbruch des Krieges langweilt man sich in dieser Stadt mehr als vorher, und um die Psychoanalyse zu ersetzen, wende ich mich wieder meinen geliebten Blättern zu. Seit einem Jahr hatte ich kein Wort geschrieben, wobei ich wie in allem anderen den Vorschriften des Doktors gehorchte, der behauptete, während der Kur dürfe ich mich nur bei ihm auf mich konzentrieren, denn eine Selbstbesinnung ohne seine Aufsicht würde die Blockaden verstärken, die meine Aufrichtigkeit, meine Gelöstheit behinderten. Aber jetzt fühle ich mich unausgewogener und kränker denn je, und ich glaube, beim Schreiben werde ich mich leichter von dem Schaden erholen, den die Behandlung mir zugefügt hat. Wenigstens bin ich mir sicher, daß dies die richtige Methode ist, einer Vergangenheit, die nicht mehr schmerzt, wieder Bedeutung zu verleihen und die langweilige Gegenwart schneller vergehen zu lassen.

Mit solcher Hingabe hatte ich mich dem Doktor anvertraut, daß ich ihm vollsten Glauben schenkte, als er mir sagte, ich sei geheilt, meine Schmerzen jedoch, die mich trotzdem plagten, wollte ich nicht wahrhaben. Zu ihnen sagte ich: »Das seid doch nicht ihr!« Aber jetzt gibt es keinen Zweifel! Sie sind es wirklich! Die Knochen in meinen Beinen haben sich in zuckende Gräten verwandelt, die mein Fleisch und meine Muskeln verletzen.

Aber das wäre mir nicht so wichtig, und das ist auch nicht der Grund, weshalb ich die Therapie bleiben lasse. Wenn die Stunden der Selbstbesinnung beim Doktor weiterhin interessante Überraschungen und Gefühlsregungen zutage gefördert hätten, hätte ich sie nicht aufgegeben oder hätte damit bis zum Ende des Krieges gewartet, der mich an jeder anderen Tätigkeit hindert. Aber jetzt, da ich alles wußte, nämlich, daß es sich um nichts weiter als eine alberne Illusion handelte, einen Trick, nur dazu gut, ein paar hysterische alte Weiber zu rühren, wie konnte ich da die Gesellschaft dieses lächerlichen Mannes ertragen, mit diesem Blick, der sich prüfend gibt, und dieser Anmaßung, die es ihm erlaubt, sämtliche Phänomene dieser Welt rund um seine große, neue Theorie zu gruppieren? Ich werde die freie Zeit, die mir bleibt, mit Schreiben verbringen. Zunächst werde ich ehrlich die Geschichte meiner Therapie aufschreiben. Zwischen mir und dem Doktor war jede Aufrichtigkeit verloren gegangen, und jetzt atme ich auf. Ich muß mir keinen Zwang mehr antun. Ich muß mich zu keinem Glauben zwingen, noch muß ich einen vortäuschen. Eben um meine wahre Meinung besser zu verbergen, glaubte ich, ich müsse ihm in Rückenlage meine Ehrerbietung erweisen, und er nützte das aus und erfand jeden Tag etwas Neues. Meine Therapie müßte beendet sein, weil meine Krankheit ausfindig gemacht worden ist. Es war keine andere als die, welche vor Zeiten der selige Sophokles an dem armen Ödipus diagnostiziert hat: Ich hatte meine Mutter geliebt und hätte meinen Vater töten wollen!

Nicht, daß ich mich darüber ärgerte! Gebannt lauschte ich. Es war eine Krankheit, die mich zu höchstem Adel erhob. Beachtlich, diese Krankheit, deren Vorläufer bis in mythische Zeiten zurück reichten! Und ich ärgere mich auch jetzt nicht, da ich hier allein bin mit der Feder in der Hand. Ich lache von Herzen darüber. Der beste Beweis dafür, daß ich diese Krankheit nicht gehabt habe, ist die Tatsache, daß ich nicht davon geheilt bin. Diese Beweisführung würde auch den Doktor überzeugen. Er mag ganz ruhig sein: Seine Worte konnten mir die Erinnerung an meine Kindheit nicht verderben. Ich schließe die Augen, und sofort sehe ich rein, kindlich und unschuldig die Liebe zu meiner Mutter vor mir, und meinen Respekt vor meinem Vater und die große Zuneigung zu ihm.

Der Doktor schenkt auch diesen verdammten Bekenntnissen hier zu viel Glauben und will sie mir nicht zurückgeben, damit ich sie durchsehen kann. Mein Gott! Er hat nichts studiert außer Medizin und weiß daher nicht, was es für uns, die wir Dialekt sprechen und ihn nicht schreiben können, bedeutet, auf Italienisch zu schreiben. Ein schriftliches Bekenntnis ist immer verlogen. Mit jedem Wort Toskanisch, das wir verwenden, lügen wir. Wenn er wüßte, wie gern wir all die Dinge erzählen, für die wir die Formulierung parat haben, und wie wir diejenigen vermeiden, die uns zwingen würden, aufs Wörterbuch zurückzugreifen! Genau nach diesem Prinzip wählen wir aus unserem

Leben die bemerkenswerten Episoden aus. So wird verständlich, wie unser Leben ganz anders aussähe, wenn es in unserem Dialekt mündlich erzählt würde.

Der Doktor gestand mir, daß ihm in seiner ganzen langen Berufspraxis noch nie eine so heftige Emotion untergekommen sei wie bei mir, wenn ich auf die Bilder stieß, zu denen er mir seiner Ansicht nach verholfen hatte. Deshalb war er auch so rasch bereit, mich für geheilt zu erklären.

Und ich täuschte diese Emotion nicht vor. Ganz im Gegenteil, es war eine der tiefsten, die ich in meinem ganzen Leben empfunden habe. Schweißüberströmt, wenn ich das Bild erschuf, tränenüberströmt, wenn ich es vor mir hatte. Anfänglich hatte ich die Hoffnung gehegt, eines Tages wieder in Unschuld und Natürlichkeit leben zu können. Monatelang hielt diese Hoffnung mich aufrecht und beseelte mich. Ging es denn etwa nicht darum, mit der lebendigen Erinnerung mitten im Winter Mairosen zu züchten? Der Doktor selbst versicherte, daß die Erinnerung strahlend und vollständig sein würde, so daß sie ein neues Licht auf mein Leben werfen würde. Die Rosen würden ihren vollen Duft verströmen und wohl auch ihre Dornen haben.

Und so holte ich, indem ich ihnen ständig nachlief, diese Bilder auch ein. Jetzt weiß ich, daß ich sie erfunden habe. Aber erfinden ist eine Schöpfung und keine Lüge. Meine Erfindungen waren wie die Gestalten des Fiebertraums, die durchs Zimmer laufen, damit man sie von allen Seiten sieht, und die einen dann auch berühren. Sie hatten die Festigkeit, die Farbe und die Zudringlichkeit von lebenden Dingen. Kraft meines Wunsches projizierte ich die Bilder, die ja nur in meinem Kopf existierten, in den Raum, den ich vor mir sah, einen Raum, in dem ich Luft, Licht und auch die beklemmenden Winkel spürte, die in keinem Raum, durch den ich je gegangen bin, gefehlt haben.

Wenn ich in diesen Zustand der völligen Entspanntheit verfiel, der die Sinnestäuschung begünstigen sollte und mir nichts anderes zu sein schien als die Verbindung einer großen Anstrengung mit einer großen Trägheit, glaubte ich, diese Bilder seien echte Reproduktionen von fernen Tagen. Ich hätte gleich ahnen können, daß sie das nicht waren, denn kaum hatten sie sich verflüchtigt, erinnerte ich mich zwar an sie, aber ohne jede Erregung oder Rührung. Ich erinnerte mich daran wie an ein Ereignis, das einem von jemandem berichtet wird, der nicht dabei gewesen ist. Wären es echte Reproduktionen gewesen, hätte ich auch weiter darüber lachen und weinen müssen, wie im ersten Moment, als ich sie sah. Und der Doktor registrierte. Er sagte: »Wir haben dies gehabt, wir haben jenes gehabt.« In Wahrheit hatten wir nicht viel mehr als Schriftzeichen, Bildergerippe.

Ich hatte guten Grund zu glauben, daß es sich um ein Wachrufen meiner Kindheit handelte, weil das erste der Bilder mich in einen nicht allzu fernen Zeitabschnitt hineinstellte, von dem ich auch zuvor eine blasse Erinnerung bewahrt hatte, die es zu bestätigen schien. Es hat in meinem Leben ein Jahr gegeben, in dem ich zur Schule ging und mein Bruder noch nicht. Und offenbar fiel die Stunde, die ich in Erinnerung rief, in dieses Jahr. Ich sah mich, wie ich an einem sonnigen Frühlingsmorgen aus meiner Villa kam, unseren Garten durchquerte, um in die Stadt hinunterzugehen, immer weiter hinunter, an der Hand unserer alten Haushälterin Catina. In der Szene, die ich träumte, kam mein Bruder nicht vor, aber er war ihr Held. Ich spürte, wie er im Haus frei und glücklich war, während ich zur Schule ging. Ich ging dahin, mit Schluchzen in der Kehle, widerspenstigem Schritt und heftigem Groll im Herzen. Ich sah nur einen dieser Schulwege, aber der Groll in meinem Herzen sagte mir, daß ich jeden Tag zur Schule ging und mein Bruder jeden Tag zu Hause blieb. In alle Ewigkeit, während in Wirklichkeit, glaube ich, mein Bruder, der nur ein Jahr jünger war als ich, nach gar nicht langer Zeit ebenfalls zur Schule ging. Aber damals schien mir die Wahrheit des Traums unanfechtbar: Ich war dazu verdammt, immer zur Schule zu gehen, während mein Bruder die Erlaubnis hatte, zu Hause zu bleiben. Neben Catina einhergehend, berechnete ich die Dauer der Tortur: bis Mittag! Während er zu Hause ist! Und ich erinnerte mich auch, daß mich an den Tagen davor Drohungen und Verweise in der Schule irritiert haben mußten, und daß ich auch da gedacht hatte: Ihm können sie nichts anhaben. Das war eine Vision von enormer Deutlichkeit gewesen. Catina, die ich als klein gekannt hatte, war mir groß erschienen, bestimmt, weil ich so klein war. Uralt war sie mir auch damals schon vorgekommen, aber man weiß ja, daß die ganz Jungen die Älteren immer als uralt ansehen. Und auf dem Weg, den ich zurücklegen mußte, um zur Schule zu gehen, bemerkte ich auch die merkwürdigen Pfeiler, die damals die Gehsteige unserer Stadt säumten. Es ist wahr, ich bin früh genug geboren, um auch als Erwachsener noch diese Pfeiler an unseren Straßen im Zentrum zu sehen. Aber an der Straße, durch die ich an jenem Tag mit Catina ging, gab es sie schon nicht mehr, sobald ich aus dem Kindesalter heraustrat.

Mein Glaube an die Echtheit dieser Bilder blieb auch dann noch aufrecht, als mein durch diesen Traum angeregtes Gedächtnis kaltblütig weitere Einzelheiten aus dieser Zeit bloßlegte. Die wichtigste: Auch mein Bruder beneidete mich, und zwar weil ich zur Schule ging. Ich war mir sicher, daß ich das bemerkt hatte, aber das reichte nicht, um die Wahrheit des Traums sogleich zu entkräften. Später raubte es ihm jeden Anschein von Wahrheit: Eifersucht hatte es wirklich gegeben, aber im Traum war sie verschoben.

Die zweite Vision trug mich ebenfalls in einen jüngeren Zeitraum zurück, obwohl dieser lange vor dem ersten lag. Ein Zimmer in meiner Villa, aber ich weiß nicht welches, weil es größer ist als jedes der dort tatsächlich vorhandenen. Es ist seltsam, daß ich mich in dieses Zimmer eingeschlossen sah und daß ich sofort eine Einzelheit davon wußte, die nicht Ergebnis der schlichten Vision sein konnte: Das Zimmer war weit entfernt von der Stelle, wo sich damals meine Mutter und Catina aufhielten. Und zweitens: Ich ging noch nicht zur Schule.

Das Zimmer war ganz weiß, ja, ich habe noch nie ein so weißes und so vollständig von der Sonne erhelltes Zimmer gesehen. Drang die Sonne damals durch die Wände? Sicher stand sie schon hoch, aber ich war noch immer im Bett, mit einer Tasse in der Hand, aus der ich den ganzen Milchkaffee geschlürft hatte und in der ich weiter mit einem Löffelchen herumstocherte, um den Zucker herauszuholen. Irgendwann einmal konnte der Löffel nichts mehr zusammenkratzen, und da versuchte ich, mit der Zunge auf den Grund der Tasse zu kommen. Aber es gelang mir nicht. Deshalb hielt ich schließlich die Tasse in einer Hand und den Löffel in der anderen, und ich sah meinem Bruder zu, der in dem Bett neben meinem lag, wie er, später dran als ich, mit der Nase in der Tasse noch seinen Kaffee schlürfte. Als er endlich das Gesicht hob, sah ich, wie es sich zur Gänze unter den Sonnenstrahlen zusammenzog, die voll darauf fielen, während meines (Gott weiß warum) im Schatten lag. Sein Gesicht war blaß und durch einen leichten Überbiß etwas entstellt. Er sagte zu mir:

»Leihst du mir deinen Löffel?«

Erst da bemerkte ich, daß Catina vergessen hatte, ihm einen Löffel zu bringen. Sofort und ohne jedes Zögern antwortete ich:

»Ja! Wenn du mir dafür ein bißchen was von deinem Zucker gibst.«

Ich hielt den Löffel hoch, um seinen Wert hervorzukehren. Doch sofort erklang Catinas Stimme im Raum:

»Schäm dich! Du Halsabschneider!«

Schrecken und Scham ließen mich wieder in die Gegenwart zurückfallen. Ich hätte mit Catina streiten wollen, aber sie, mein Bruder und ich, so wie ich damals war, klein, unschuldig und halsabschneiderisch, wir entschwanden und stürzten in den Abgrund.

Ich bedauerte es, diese Scham so stark empfunden zu haben, daß sie das Bild zerstörte, zu dem ich mit so viel Mühe gelangt war. Ich hätte so gut daran getan, den Löffel bereitwillig und *gratis* herzugeben und nicht über diese schlechte Tat von mir zu streiten, die vermutlich die erste war, die ich begangen habe. Vielleicht hätte Catina meine Mutter zu Hilfe gerufen, um mich zu bestrafen, und ich hätte sie endlich wiedergesehen.

Ich sah sie jedoch wenige Tage später wieder, oder ich glaubte, sie wiederzusehen. Ich hätte gleich begreifen können, daß das eine Sinnestäuschung war, denn das Bild meiner Mutter, so wie ich es mir in Erinnerung gerufen hatte, glich zu sehr ihrem Porträt, das ich über meinem Bett hängen habe. Aber ich muß gestehen, daß meine Mutter sich in der Vision bewegte wie eine lebende Person.

Viel, sehr viel Sonne, so daß sie einen blendete! Aus dem, was ich für meine Jugend hielt, schien für mich so viel Sonne herüber, daß man schwerlich bezweifeln konnte, daß sie es auch war. Unser Eßzimmer in den Nachmittagsstunden. Mein Vater ist nach Hause gekommen und sitzt auf einem Sofa neben Mama, die mit einer bestimmten waschfesten Tinte Initialen auf viel Weißwäsche aufdruckt, die über den Tisch verstreut herumliegt, an dem sie sitzt. Ich bin unter dem Tisch, wo ich mit Murmeln spiele. Ich krieche immer näher zu Mama hin. Vermutlich wünsche ich mir, daß sie bei meinen Spielen mitmacht. Um mich zwischen den beiden aufzustellen, klammere ich mich mit einem Mal an die Wäsche, die vom Tisch herunterhängt, und da passiert ein fürchterliches Malheur. Das Tintenfläschchen fällt mir auf den Kopf, die Tinte läuft mir über Gesicht und Kleider, über Mamas Rock und verursacht auch auf Papas Hosen einen leichten Fleck. Mein Vater hebt ein Bein, um mir einen Tritt zu verpassen ...

Aber ich war rechtzeitig von meiner weiten Reise zurückgekehrt und befand mich hier, in Sicherheit, erwachsen und alt geworden. Ich muß es bekennen! Einen Augenblick lang litt ich unter der angedrohten Strafe, und gleich darauf tat es mir leid, daß ich bei der schützenden Geste, die zweifelsohne von Mama gekommen wäre, nicht hatte dabeisein können. Aber wer kann diese Bilder anhalten, wenn sie zu entfliehen beginnen durch diese Zeit, die noch nie so sehr dem Raum geglichen hat? Das war meine Auffassung, solange ich an die Echtheit dieser Bilder glaubte! Jetzt glaube ich nicht mehr daran, leider (oh, wie leid mir das tut!), und ich weiß, daß nicht die Bilder mir davonliefen, sondern daß meine klarsichtig gewordenen Augen wieder in den wirklichen Raum schauten, in dem kein Platz ist für Phantasmen.

Jetzt berichte ich noch von den Bildern eines anderen Tages, denen der Doktor solche Bedeutung beimaß, daß er mich für geheilt erklärte.

In dem Halbschlaf, dem ich mich überließ, hatte ich einen Traum, der lähmend war wie ein Alptraum. Ich träumte von mir selbst, wie ich wieder zum Kind geworden war, und das nur, um diesen Jungen zu sehen, wie er ebenfalls träumte. Er lag stumm da, ergriffen von einem Glück, das seinen ganzen kleinen Organismus durchdrang. Ihm war, als wäre er endlich am Ziel seines langgehegten Wunsches angelangt. Und doch lag er allein und verlassen da! Aber er sah und hörte mit solcher Deutlichkeit, wie man im Traum selbst Dinge aus der Ferne hören und sehen kann. Der Knabe, der in einem Zimmer meiner Villa lag, sah (Gott weiß, auf welche Art und Weise), daß auf dem Dach auf einem ganz festen Fundament ein gemauerter Käfig stand, ohne Fenster und Türen, der aber doch von so viel Licht erhellt wurde, wie es angenehm sein mochte, und mit reiner, wohlriechender Luft versorgt wurde. Und der Junge wußte, daß nur er allein zu diesem Käfig gelangen konnte, und vielleicht sogar, ohne hinzugehen, weil der Käfig zu ihm kommen würde. In diesem Käfig gab es nur ein Möbelstück, einen Sessel, und auf diesem saß eine mollige, köstlich gebaute Frau, in Schwarz gekleidet, blond, mit großen, blauen Augen, die Hände schneeweiß und die kleinen Füße in zierlichen Lackschuhen, von denen unter den Röcken nur ein leichter Schimmer zu sehen war. Ich muß sagen, daß diese Frau mit ihrem schwarzen Kleid und ihren Lackschühchen mir wie aus einem Stück erschien. Das war alles sie! Und der Junge träumte davon, diese Frau zu besitzen, jedoch auf die seltsamste Weise: Er war sich sicher, oben und unten Stückchen von ihr abbeißen zu können.

Wenn ich jetzt darüber nachdenke, wundere ich mich, daß der Doktor, der mein Manuskript ja doch, wie er behauptet, so aufmerksam gelesen hat, sich nicht an den Traum erinnerte, den ich hatte, bevor ich zu Carla ging. Als ich eine Weile später erneut darüber nachdachte, wollte mir scheinen, daß dieser Traum nichts anderes war als jener andere, leicht abgewandelt, kindlicher eben.

Der Doktor hingegen zeichnete alles genau auf, und dann fragte er mich mit etwas dümmlicher Miene:

»War Ihre Mutter blond und mollig?«

Die Frage überraschte mich und ich antwortete, auch meine Großmutter sei so gewesen. Aber für ihn war ich geheilt, wirklich geheilt. Ich sperrte den Mund auf, um mich mit ihm darüber zu freuen, und stellte mich auf das ein, was folgen mußte, das heißt, keine Nachforschungen, Untersuchungen, Versenkungen mehr, sondern eine echte und sorgfältige Umerziehung.

Von da an waren diese Sitzungen eine ausgesprochene Qual, und ich machte damit nur weiter, weil es mir immer schwer gefallen ist, stehenzubleiben, wenn ich mich bewege, oder mich in Bewegung zu setzen, wenn ich stillstehe. Manches Mal, wenn er mir zu arge Sachen sagte, wagte ich einen Einwand. Es stimmte doch nicht – wie er glaubte –, daß jedes meiner Worte und jeder meiner Gedanken verbrecherisch waren. Da machte er große Augen. Ich war geheilt und wollte es nicht wahrhaben! Das hieß doch wirklich blind sein: Ich hatte erfahren, daß ich gewünscht hatte, meinem Vater die Frau – meine Mutter! – wegzunehmen, und ich fühlte mich nicht geheilt? Ein unerhörter Starrsinn meinerseits: Der Doktor räumte jedoch ein, daß ich noch gründlicher geheilt sein würde, wenn meine Umerziehung beendet war, in deren Folge ich mich daran gewöhnt haben würde, diese Dinge (der Wunsch, den Vater zu töten und die eigene Mutter zu küssen) als absolut harmlos zu betrachten, derentwegen man kein schlechtes Gewissen zu haben brauchte, weil so etwas selbst in den besten Familien häufig vorkam. Was verlor ich denn eigentlich dabei? Eines Tages sagte er mir, ich sei nun wie ein Rekonvaleszent, der sich noch nicht daran gewöhnt hat, ohne Fieber zu leben. Nun gut: Ich würde warten, daß ich mich daran gewöhnte.

Er spürte, daß ich noch nicht so recht der Seine war, und kam daher neben der Umerziehung von Zeit zu Zeit auch auf seine Therapie zurück. Er versuchte es wieder mit den Träumen, aber echte hatten wir keinen einzigen mehr. Von so langem Warten verärgert, erfand ich schließlich einen. Ich hätte es nicht getan, wenn ich die Schwierigkeiten einer solchen Täuschung hätte vorhersehen können. Es ist nämlich gar nicht leicht, zu stottern, als ob man versunken im Halbtraum läge, in Schweiß auszubrechen oder zu erbleichen, sich nicht zu verraten, eventuell vor Anstrengung hochrot zu werden und nicht zu erröten: Ich redete, als wäre ich zu der Frau im Käfig zurückgekehrt und hätte sie dazu gebracht, mir durch ein Loch, das sich unversehens in der Wand des Zimmerchens aufgetan hatte, einen Fuß zum Lutschen und Essen herauszustrecken. »Den linken! Den linken!« murmelte ich, womit ich ein kurioses Detail in die Vision einfügte, das sie den vorausgegangenen Träumen womöglich noch ähnlicher machte. So bewies ich auch, daß ich die Krankheit, die der Doktor von mir forderte, vollkommen begriffen hatte. Ödipus als Kind war genau so: Er lutschte den linken Fuß der Mutter, und den rechten überließ er dem Vater. In meiner Bemühung, mir das wirklich vorzustellen (was alles andere als ein Widerspruch ist), täuschte ich mich auch selbst, als ich den Geschmack dieses Fußes im Mund spürte. Beinah mußte ich erbrechen.

Nicht nur der Doktor, auch ich hätte mir gewünscht, weiterhin von diesen kostbaren, mehr oder weniger echten Bildern meiner Jugend heimgesucht zu werden, wenn ich sie mir nur nicht erst ausdenken mußte. Da sie beim Doktor nicht mehr kamen, versuchte ich sie fern von ihm hervorzurufen. Allein war ich in Gefahr, sie zu vergessen, aber schließlich hatte ich es ja nicht auf eine Kur abgesehen! Ich wollte noch immer Mairosen im Dezember. Ich hatte sie schon bekommen; warum sollte ich sie nicht wieder bekommen?

Beim Alleinsein langweilte ich mich auch noch genug, aber dann kam anstelle der Bilder etwas, was sie eine Weile lang ersetzte. Ich glaubte ganz einfach, eine bedeutende wissenschaftliche Entdeckung gemacht zu haben. Ich glaubte mich berufen, die gesamte Farbenlehre zu komplettieren. Meine Vorgänger Goethe und Schopenhauer hätten sich das nie träumen lassen, was man durch geschickte Manipulation der Komplementärfarben zustande bringen kann.*

Dazu muß man wissen, daß ich meine Zeit in meinem Studio damit zubrachte, auf einem Sofa gegenüber dem Fenster zu liegen, von wo aus ich ein Stück Meer und Horizont sehen konnte. Nun verweilte ich eines Abends, als es am von Wolken zerklüfteten Himmel einen farbenprächtigen Sonnenuntergang zu sehen gab, lange Zeit dabei, auf einem Stück Himmel eine herrliche Farbe zu bewundern, ein reines, sanftes Grün. Es war auch viel rote

Farbe am Himmel, die sich über die westlichen Wolkenränder ergoß, aber das Rot war noch bläßlich, ausgebleicht von den direkten, weißen Sonnenstrahlen. Geblendet schloß ich nach einer gewissen Zeitspanne die Augen, und man sah, daß meine Aufmerksamkeit und meine Zuwendung dem Grün gegolten hatten, denn auf meiner Netzhaut entstand seine Komplementärfarbe, ein funkelndes Rot, das nichts zu tun hatte mit dem leuchtenden aber blassen Rot am Himmel. Ich betrachtete, ich liebkoste diese von mir erzeugte Farbe. Die Überraschung war groß, als ich beim Öffnen der Augen dieses flammende Rot am Himmel sah, das sich ganz darauf ausbreitete und auch das Smaragdgrün verdeckte, das ich dann lange nicht mehr fand. Da hatte ich also eine Methode entdeckt, die Natur einzufärben! Natürlich wurde das Experiment mehrmals von mir wiederholt. Das Schönste ist, daß in dieser Einfärbung auch Bewegung war. Als ich die Augen wieder aufmachte, nahm der Himmel nicht gleich die Farbe meiner Netzhaut an. Ja, es gab da sogar einen Moment des Zögerns, in dem ich das Smaragdgrün noch einmal wiedersehen konnte, welches das Rot hervorgebracht hatte, von dem es vernichtet werden würde. Dieses tauchte unversehens aus der Tiefe empor und breitete sich aus wie ein fürchterlicher Brand.

Als ich mir der Richtigkeit meiner Beobachtung sicher war, brachte ich sie dem Doktor, in der Hoffnung, unsere langweiligen Sitzungen damit zu beleben. Der Doktor fertigte mich kurz ab und sagte, ich hätte eine überempfindliche Netzhaut, Ursache sei das Nikotin. Beinahe wäre mir entschlüpft, daß dann ja auch die Bilder, die wir für die Wiedergabe von Ereignissen aus meiner Jugend gehalten hatten, eine Auswirkung des nämlichen Gifts sein konnten.

Aber damit hätte ich ihm enthüllt, daß ich nicht geheilt war, und er hätte versucht, mich dazu zu bringen, mit der Kur wieder von vorne anzufangen.

Nicht immer jedoch hielt dieser Trottel mich für so schlimm vergiftet. Das beweist auch das Umerziehungsprogramm, das er ausprobierte, um mich von dem zu heilen, was er meine Raucherkrankheit nannte. Dies waren seine Worte: Das Rauchen schade mir nicht, und wenn ich mich davon überzeugt hätte, daß es harmlos sei, würde es das auch wirklich sein. Dann fuhr er fort: Jetzt, da die Beziehung zu meinem Vater wieder ans Tageslicht gebracht und meinem Urteil als Erwachsener unterbreitet worden sei, könne ich einsehen, daß ich dieses Laster angenommen hätte, um mit meinem Vater zu rivalisieren, und daß ich dem Tabak eine giftige Wirkung zugeschrieben hätte, aus einem tiefinneren moralischen Empfinden heraus, das mich für die Rivalität mit ihm bestrafen wolle.

An dem Tag verließ ich das Haus des Doktors und rauchte wie ein Schlot. Es ging darum, einen Versuch zu machen, und ich stellte mich bereitwillig dafür zur Verfügung. Den ganzen Tag lang rauchte ich ohne Unterbrechung. Es folgte darauf eine vollkommen schlaflose Nacht. Meine chronische Bronchitis war wiederaufgeblüht, und an der gab es keinen Zweifel, denn die Folgen davon waren leicht im Spucknapf zu entdecken.

Am nächsten Tag erzählte ich dem Doktor, daß ich viel geraucht hätte und daß es mir jetzt nicht mehr wichtig sei. Lächelnd sah der Doktor mich an, und ich ahnte, daß ihm vor Stolz die Brust schwoll. In aller Ruhe fuhr er mit meiner Umerziehung fort! Er ging dabei mit der Gewißheit vor, jedes Stück Boden, auf das er seinen Fuß setzte, blühen zu sehen.

An diese Umerziehung erinnere ich mich nur sehr schwach. Ich ließ sie über mich ergehen, und wenn ich aus diesem Raum trat, schüttelte ich mich wie ein Hund, der aus dem Wasser kommt, und auch ich blieb zwar feucht, aber nicht pudelnaß.

Mit Empörung erinnere ich mich jedoch, daß mein Arzt behauptete, Doktor Coprosich habe recht gehabt, die Worte an mich zu richten, die mir so viel Groll verursacht hatten. Aber dann hätte ich ja wohl auch die Ohrfeige verdient, die mein Vater mir im Sterben geben wollte? Ich weiß nicht, ob er das auch gesagt hat. Mit Sicherheit weiß ich hingegen, daß er behauptete, ich hätte auch den alten Malfenti gehaßt, den ich an die Stelle meines Vaters gesetzt hatte. Viele auf dieser Welt glaubten, ohne ein gewisses Maß an Liebe nicht leben zu können; ich hingegen verlor ihm zufolge das Gleichgewicht, wenn mir ein gewisses Maß an Haß fehlte. Ich hätte die eine oder andere seiner Töchter geheiratet, und es sei einerlei gewesen, welche, weil es mir darum gegangen sei, ihren Vater an eine Stelle zu setzen, wo er für meinen Haß erreichbar war. Und dann hätte ich sein Haus verunglimpft, das ich zu dem meinen gemacht hatte, so gut ich konnte. Ich hätte meine Frau betrogen, und es sei klar, daß ich, wenn es mir gelungen wäre, auch Ada und Alberta verführt hätte. Natürlich denke ich gar nicht daran, das zu leugnen, ja, ich mußte sogar lachen, als der Doktor mir das sagte und dabei ein Gesicht aufsetzte wie Christoph Kolumbus, als er Amerika erreichte. Ich glaube allerdings, daß er der einzige auf dieser Welt ist, der sich, wenn er hört, daß ich mit zwei wunderschönen Frauen ins Bett gehen wollte, fragt: Schauen wir einmal, warum der da mit ihnen ins Bett gehen will.

Noch schwerer erträglich für mich war das, was er glaubte, über mein Verhältnis zu Guido sagen zu können. Aus meinen eigenen Erzählungen hatte er von der Abneigung erfahren, die den Beginn meiner Beziehung zu ihm begleitet hatte. Seiner Ansicht nach hatte diese Abneigung nie aufgehört, und Ada hätte recht gehabt, in meinem Fernbleiben von der Beerdigung den letzten Ausdruck davon zu sehen. Er erinnerte sich nicht daran, daß ich damals mit meinem Liebeswerk beschäftigt war, Adas Vermögen zu retten, und ich ließ mich auch nicht dazu herab, ihn daran zu erinnern.

Anscheinend hat der Doktor auch Nachforschungen über Guido angestellt. Er behauptet, als Adas Erwählter habe er nicht so sein können, wie ich ihn schilderte. Er entdeckte, daß ein riesiges Holzlager ganz in der Nähe des Hauses, wo wir die Psychoanalyse praktizieren, der Firma Guido Speier & Co. gehört hatte. Warum hatte ich davon nichts gesagt?

Wenn ich etwas darüber gesagt hätte, wäre das eine weitere Schwierigkeit in meiner ohnehin schon so schwierigen Darstellung gewesen. Diese Auslassung ist nur der Beweis dafür, daß ein Bekenntnis von mir auf Italienisch weder vollständig noch aufrichtig sein konnte. In einem Holzlager gibt es eine enorme Vielfalt an Holzsorten, die wir hier in Triest mit barbarischen Namen bezeichnen, die dem Dialekt, dem Kroatischen, dem Deutschen und manchmal sogar dem Französischen entstammen (*zapin* zum Beispiel entspricht keineswegs *sapin*). Wer würde mir das treffende Vokabular dafür besorgen? Hätte ich, in meinem Alter, bei einem toskanischen Holzhändler eine Stelle antreten sollen? Im übrigen machte das Holzlager der Firma Guido Speier & Co. nur Verluste. Und dann hatte ich nichts darüber zu sagen, weil es immer unangetastet liegenblieb, außer als Diebe zuschlugen und diese Hölzer mit den barbarischen Namen fliegen ließen, als ob sie dazu bestimmt wären, zu Tischchen für spiritistische Experimente verarbeitet zu werden.

Ich schlug dem Doktor vor, bei meiner Frau, bei Carmen oder bei Luciano, der ein großer, allseits bekannter Geschäftsmann ist, Informationen über Guido einzuholen. Meines Wissens wandte er sich an keinen von diesen, und ich muß annehmen, er unterließ es aus Angst, er müßte mitansehen, wie aufgrund dieser Informationen sein ganzes Gebäude aus Anklagen und Verdächtigungen in sich zusammenstürzte. Wer weiß, warum er einen solchen Haß auf mich entwickelt hat? Auch er muß ein Mordshysteriker sein, der sich, weil er vergeblich seine Mutter begehrt hatte, an denen rächt, die damit überhaupt nichts zu tun haben.

Es endete damit, daß ich mehr als genug hatte von diesem Kampf, den ich mit dem Doktor ausfechten mußte, den ich dafür bezahlte. Ich glaube, daß auch diese Träume mir nicht gut getan haben, und die Freiheit, so viel zu rauchen, wie ich wollte, schlug mich schließlich vollends nieder. Ich hatte ein gute Idee. Ich ging zu Doktor Paoli.

Ich hatte ihn seit vielen Jahren nicht gesehen. Er war leicht ergraut, aber seine Statur eines Grenadiers war vom Alter weder zu rundlich geworden noch gebeugt. Immer noch schaute er die Dinge mit einem Blick an, der eine Liebkosung schien. Diesmal entdeckte ich, warum mir das so vorkam. Offenbar bereitet ihm das Schauen Vergnügen, und er schaut die schönen und die schäbigen Dinge mit demselben Wohlwollen an, mit dem andere Leute Liebkosungen austeilen.

Ich war zu ihm hinaufgegangen mit der Absicht, ihn zu fragen, ob er glaube, daß ich mit der Psychoanalyse weitermachen solle. Als ich mich jedoch diesem kühlen Forscherblick gegenübersah, hatte ich nicht den Mut dazu. Ich machte mich womöglich lächerlich, wenn ich erzählte, daß ich in meinem Alter mich zu einer solchen Scharlatanerie hatte verleiten lassen. Es war mir unangenehm, schweigen zu müssen, denn wenn Paoli mir die Psychoanalyse verboten hätte, so hätte das meine Position erheblich vereinfacht, aber es wäre mir zu unangenehm gewesen, mich zu lange von seinen großen Augen liebkost zu sehen.

Ich erzählte ihm von meiner Schlaflosigkeit, von meiner chronischen Bronchitis, einem Furunkel an der Wange, der mich damals quälte, von gewissen stechenden Schmerzen in den Beinen und schließlich von meinen merkwürdigen Gedächtnislücken.

Paoli analysierte meinen Urin in meinem Beisein. Das Gemisch verfärbte sich schwarz, und Paoli wurde nachdenklich. Das war endlich eine echte Analyse und keine Psychoanalyse mehr. Mit Sympathie und Rührung erinnerte ich mich an meine ferne Vergangenheit als Chemiker und an echte Analysen: Ich, ein Glasröhrchen und ein Reagenzstoff! Der andere, der Analysierte, schläft, bis der Reagenzstoff ihn gebieterisch weckt. Widerstand gibt es in dem Röhrchen nicht, oder er läßt bei der geringsten Temperaturerhöhung nach, und Täuschung fehlt völlig. In diesem Röhrchen geschah nichts, was an mein Betragen hätte erinnern können, wenn ich, um Doktor S. einen Gefallen zu tun, neue Einzelheiten aus meiner Kindheit erfand, die die Diagnose des Sophokles bestätigen sollten. Hier hingegen war alles Wahrheit. Die zu analysierende Sache war in der Eprouvette eingeschlossen und erwartete, stets identisch mit sich selbst, den Reagenzstoff. Wenn er kam, sagte sie immer dasselbe Wort. In der Psychoanalyse wiederholt man nie dieselben Bilder oder dieselben Worte. Man müßte sie umbenennen. Nennen wir sie das psychische Abenteuer. Genauso: Wenn man eine solche Analyse beginnt, ist es, als ginge man in einen Wald, ohne zu wissen, ob man dort auf einen Räuber trifft oder auf einen Freund. Und wenn das Abenteuer vorbei ist, weiß man es genauso wenig. Darin erinnert die Psychoanalyse an den Spiritismus.

Aber Paoli glaubte nicht, daß es sich um Zucker handelte. Er wollte mich am nächsten Tag wiedersehen, nachdem er diese Flüssigkeit durch Polarisierung analysiert hatte.

Ich indes ging ruhmreich davon, mit Diabetes beladen. Ich war schon im Begriff, zu Doktor S. zu gehen, um ihn zu fragen, wie er denn nun in meinem Inneren die Ursachen für diese Krankheit analysieren würde, um sie auszuräumen. Aber ich hatte genug von diesem Individuum, und ich wollte ihn nicht einmal wiedersehen, um ihn zu verspotten.

Ich muß gestehen, daß die Diabetes für mich von großer Süße war. Ich erzählte Augusta davon, der sofort die Tränen in den Augen standen:

»Dein ganzes Leben lang hast du so viel von Krankheit geredet, daß du schließlich doch eine bekommen mußtest!« sagte sie; dann versuchte sie, mich zu trösten.

Ich liebte meine Krankheit. Mit Sympathie erinnerte ich mich an den armen Copler, dem die wirkliche Krankheit lieber war als die eingebildete. Mittlerweile war ich einverstanden mit ihm. Die wirkliche Krankheit war ja so einfach: Man mußte sie nur machen lassen. Und tatsächlich, als ich in einem Lehrbuch der Medizin die Beschreibung meiner süßen Krankheit las, entdeckte ich in ihren verschiedenen Stadien so etwas wie ein Lebensprogamm (kein Todesprogramm!). Vorsätze ade: Endlich war ich sie los. Alles würde seinen Lauf nehmen, ohne irgendein Eingreifen meinerseits.

Ich entdeckte auch, daß meine Krankheit immer oder fast immer sehr süß war. Der Kranke ißt und trinkt viel, und schlimmes Leiden gibt es nicht, wenn man darauf achtet, die Beulen zu vermeiden. Und dann stirbt man in einem zuckersüßen Koma.

Wenig später rief Paoli mich am Telefon an. Er teilte mir mit, daß da keine Spur von Zucker war. Ich ging am nächsten Tag zu ihm, und er verschrieb mir eine Diät, die ich nur wenige Tage befolgte, und auf einem unleserlichen Rezept ein Gebräu, das ich einen ganzen Monat lang schlucken mußte.

»Hat die Diabetes Ihnen sehr Angst gemacht?« fragte er mich lächelnd.

Ich widersprach, sagte ihm aber nicht, daß ich mich jetzt, da die Diabetes mich im Stich gelassen hatte, sehr einsam fühlte. Er hätte mir nicht geglaubt.

Um diese Zeit fiel mir das berühmte Werk des Doktor Beard über Neurasthenie in die Hände. Ich befolgte seinen Rat und wechselte alle acht Tage die Medizin nach seinen Rezepturen, die ich fein säuberlich abschrieb. Einige Monate lang schien mir die Behandlung gut zu tun. Nicht einmal Copler hatte in seinem Leben so reichlichen Trost an Medikamenten gehabt wie ich damals. Dann ging auch dieser Glauben vorüber, aber einstweilen hatte ich meine Rückkehr zur Psychoanalyse von Tag zu Tag aufgeschoben.

Dann begegnete ich zufällig Doktor S. Er fragte mich, ob ich beschlossen hätte, die Kur aufzugeben. Er war jedoch sehr höflich, viel mehr als früher, als er mich in der Hand hatte. Offenbar wollte er mich wieder einfangen. Ich sagte ihm, ich hätte dringende Geschäfte, Familienangelegenheiten, die mich in Anspruch nähmen und mir Sorgen machten, und sobald ich Ruhe fände, würde ich wieder zu ihm kommen. Ich hätte ihn gern gebeten, mir mein Manuskript zurückzugeben, aber ich traute mich nicht; das hätte so viel bedeutet wie ihm zu gestehen, daß ich von der Kur nichts mehr wissen wollte. Ich behielt mir einen solchen Versuch für spätere Zeiten vor, wenn er bemerkt haben würde, daß ich an die Kur gar nicht mehr dachte, und sich damit abgefunden hatte.

Bevor er ging, sagte er in der Absicht, mich wieder einzufangen, ein paar Worte zu mir:

»Wenn Sie Ihre Seele prüfen, werden Sie sie verändert finden. Sie werden sehen, Sie kommen sofort zu mir zurück, sobald Sie nur bemerken, daß ich es in verhältnismäßig kurzer Zeit verstanden habe, Sie ein Stück gesünder zu machen.«

In Wirklichkeit glaube ich jedoch, daß ich mir mit seiner Beihilfe vor lauter Herumstudieren in meiner Seele nur neue Krankheiten zugezogen habe.

Ich bin damit beschäftigt, von seiner Kur zu genesen. Ich vermeide Träume und Erinnerungen. Durch sie hat mein armer Kopf sich so verändert, daß er nicht mehr sicher auf dem Hals sitzt. Ich bin schrecklich zerstreut. Ich rede mit Leuten, und während ich eine Sache sage, versuche ich unwillkürlich, mich an eine andere zu erinnern, die ich kurz zuvor gesagt oder getan habe und an die ich mich nicht mehr erinnere, oder auch an einen Gedanken von mir, der mir enorm wichtig erscheint, von jener Wichtigkeit, die mein Vater seinen Gedanken zuschrieb, die er kurz vor seinem Tod hatte und an die er sich auch nicht erinnern konnte.

Wenn ich nicht im Irrenhaus landen will, weg mit diesem Spielzeug.

15. Mai 1915

Wir haben zwei Feiertage in unserer Villa in Lucinico verbracht. Mein Sohn Alfio muß sich von einer Grippe erholen und wird ein paar Wochen mit der Schwester in der Villa bleiben. Wir kommen zu Pfingsten wieder hierher.

Endlich ist es mir gelungen, zu meinen liebgewordenen Gewohnheiten zurückzukehren und mit dem Rauchen aufzuhören. Es geht mir schon viel besser, seitdem ich es verstanden habe, die Freiheit abzuschaffen, die dieser Idiot von Doktor mir hatte gestatten wollen. Heute, da genau Monatsmitte ist, war ich beeindruckt von der Schwierigkeit, die unser Kalender einem ordentlichen und regelmäßigen Entschluß entgegensetzt. Kein Monat gleicht dem anderen. Um den eigenen Entschluß stärker hervorzuheben, würde man das Rauchen doch gerne zusammen mit etwas anderem aufgeben, zum Beispiel mit dem Monat. Aber abgesehen von Juli und August und Dezember und Januar gibt es keine aufeinanderfolgenden Monate, die nach Anzahl der Tage ein Paar bilden würden. Eine richtige Unordnung in der Zeit!

Um mich besser auf mich selbst zu besinnen, verbrachte ich den Nachmittag des zweiten einsamen Tages an den Ufern des Isonzo. Es gibt für die Selbstbesinnung nichts Besseres, als fließendes Wasser zu betrachten. Man hält still, und das Wasser bringt die nötige Abwechslung, weil es sich in Farbe und Form nicht einen Augenblick lang gleich ist.

Es war ein merkwürdiger Tag. Bestimmt wehte in der Höhe ein starker Wind, denn die Wolken änderten ständig ihre Form, doch die Atmosphäre unten bewegte sich nicht. Von Zeit zu Zeit kam es vor, daß die schon wärmende Sonne zwischen den dahinziehenden Wolken ein Loch fand und diesen oder jenen Teil eines Hügels oder einen Berggipfel mit ihren Strahlen überflutete und dabei das sanfte Maigrün aufleuchten ließ, inmitten des Schattens, der die ganze Landschaft bedeckte. Die Temperatur war mild, und auch dieses Dahinjagen der Wolken am Himmel hatte etwas Frühlingshaftes. Kein Zweifel: Das Wetter erholte sich!

Meine Selbstbesinnung war echt und tief, einer jener seltenen Augenblicke von wirklich großer Objektivität, die einem das geizige Leben vergönnt, in denen man endlich aufhört, sich für ein Opfer zu halten und sich so zu fühlen. Inmitten dieses Grüns, das unter diesen vereinzelten Sonnenstrahlen so köstlich aufleuchtete, vermochte ich meinem Leben und auch meiner Krankheit zuzulächeln. Die Frau hatte darin eine enorme Bedeutung. Möglichst stückweise, ihre zierlichen Füße, ihre Taille, ihr Mund waren der Inhalt meiner Tage. Und indem ich noch einmal mein Leben und meine Krankheit betrachtete, liebte ich sie, verstand ich sie! Wieviel schöner war doch mein Leben gewesen als das der sogenannten Gesunden, derer, die ihre Frau jeden Tag schlugen oder hätten schlagen wollen, außer in gewissen Augenblicken. Mich hingegen hatte stets Liebe geleitet. Wenn ich schon nicht an meine Frau gedacht hatte, so hatte ich doch immer noch an sie gedacht, um sie um Verzeihung dafür zu bitten, daß ich auch an die anderen dachte. Andere verließen die Frau, enttäuscht und am Leben verzweifelt. Bei mir war das Leben nie ohne Begehren gewesen, und die Illusion erstand unversehrt sofort nach jedem Schiffbruch wieder neu, im Traum von vollkommenen Gliedmaßen, Stimmen und Haltungen.

In dem Augenblick fiel mir ein, daß unter den vielen Lügen, die ich Doktor S., diesem tiefgründigen Beobachter, aufgetischt hatte, auch die war, daß ich meine Frau nach Adas Abreise nicht mehr betrogen hätte. Auch zu dieser Lüge fabrizierte er seine Theorien. Aber dort, am Ufer dieses Flusses, fiel mir plötzlich mit Schrecken ein, daß es stimmte, daß ich seit ein paar Tagen, vielleicht, seitdem ich die Kur aufgegeben hatte, nicht mehr die Gesellschaft anderer Frauen gesucht hatte. Ob ich womöglich geheilt war, wir Doktor S. behauptet? In meinem Alter schauen die Frauen mich schon seit einer Weile nicht mehr an. Wenn ich nun aufhöre, sie anzuschauen, ja, dann ist jede Beziehung zwischen uns abgeschnitten.

Wenn mir ein solcher Zweifel in Triest gekommen wäre, hätte ich ihn sofort ausräumen können. Hier war das um einiges schwieriger.

Wenige Tage zuvor hatte ich die Memoiren von Da Ponte* in Händen gehabt, des Abenteurers und Zeitgenossen von Casanova. Auch er war bestimmt durch Lucinico gekommen, und ich träumte davon, einer seiner gepuderten Damen zu begegnen, deren Gliedmaßen unter Krinolinen verborgen waren. Mein Gott! Wie stellten diese Frauen es nur an, sich so schnell und so häufig zu ergeben, bewehrt mit all diesem Plunder?

Mir kam der Gedanke an die Krinoline trotz der Kur ziemlich erregend vor. Aber das war doch ein reichlich affektiertes Begehren von mir, und es reichte nicht aus, um mir Gewißheit zu verschaffen.

Die Erfahrung, die ich suchte, machte ich kurz darauf, und sie genügte, um mich zu vergewissern, aber sie hatte ihren Preis. Um ihretwillen trübte und verdarb ich die reinste Beziehung, die ich in meinem Leben gehabt habe.

Ich begegnete Teresina, der ältesten Tochter des Bauern von einem neben meiner Villa gelegenen Hof. Seit zwei Jahren war der Vater verwitwet, und seine zahlreiche Kinderschar hatte in Teresina eine neue Mutter gefunden; sie war ein kräftiges Mädchen, das morgens aufstand zum Arbeiten und zu arbeiten aufhörte, um sich niederzulegen und Kraft zu schöpfen, um weiterarbeiten zu können. An diesem Tag führte sie den Esel, der gewöhnlich unter der Obhut des kleinen Bruders war, und ging neben dem mit frischem Gras beladenen Karren einher, weil das schmächtige Tier das Gewicht des Mädchens über die leichte Steigung nicht auch noch hätte hinauftragen können.

Im Jahr zuvor war Teresina mir noch wie ein Kind vorgekommen, und ich hatte für sie nichts übrig gehabt als väterlich lächelndes Wohlwollen. Doch auch am Tag zuvor, bei unserem ersten Wiedersehen, und obgleich ich fand, daß sie herangewachsen war, das braune Gesichtchen ernster geworden, die schmalen Schultern breiter über dem Busen, der sich in der kargen Entwicklung des ausgemergelten kleinen Körpers allmählich vorwölbte, hatte ich sie weiterhin als unreifes Mädchen angesehen, an dem ich nichts lieben konnte als die außergewöhnliche Tatkraft und den Mutterinstinkt, die den kleinen Geschwistern zugute kamen. Wäre da nicht diese verflixte Kur gewesen und die Notwendigkeit, auf der Stelle zu überprüfen, in welchem Stadium sich meine Krankheit befand, so hätte ich auch diesmal aus Lucinico abreisen können, ohne so viel Unschuld getrübt zu haben.

Sie trug keine Krinoline. Und das runde, fröhliche Gesicht kannte keinen Puder. Sie ging barfuß und ließ nackt auch das halbe Bein sehen. Das Gesichtchen, die kleinen Füße und das Bein konnten mich nicht entflammen. Das Gesicht und die Gliedmaßen, die Teresina sehen ließ, hatten dieselbe Farbe; der freien Natur gehörten sie alle an, und es war durchaus nichts dabei, daß sie der frischen Luft preisgegeben waren. Vielleicht vermochten sie mich deshalb nicht zu entflammen. Aber als ich mich so kalt fühlte, erschrak ich. Sollte ich nach der Kur die Krinoline brauchen?

Ich fing damit an, den Esel zu streicheln, dem ich eine kleine Ruhepause verschafft hatte. Dann versuchte ich, mich Teresina zuzuwenden, und drückte ihr nicht weniger als zehn Kronen in die Hand. Das war der erste Anschlag! Im Jahr davor hatte ich ihr und ihren Geschwistern nur Centesimi in die Händchen gelegt, um ihnen meine väterliche Zuneigung zu bekunden. Aber man weiß, daß väterliche Zuneigung etwas anderes ist. Teresina war erstaunt über die reiche Gabe. Sorgfältig hob sie ihr Röckchen hoch, um das kostbare Stück Papier in ich weiß nicht welchen verborgenen Taschen zu verstauen. So sah ich noch ein Stück Bein mehr, aber auch dies braun und keusch.

Ich wandte mich wieder dem Esel zu und gab ihm einen Kuß auf den Kopf. Meine Zärtlichkeit forderte die seine heraus. Er streckte sein Maul vor und stieß seinen großen Liebesschrei aus, den ich stets voller Achtung vernommen habe. Wie er doch die Entfernungen überwindet und wie bedeutungsvoll er ist, mit diesem ersten Schrei, der Anrufung ist und sich wiederholt, dann schwächer wird und in einem verzweifelten Weinen endet. Doch so aus der Nähe vernommen, tat mir das Trommelfell davon weh.

Teresina lachte, und ihr Lachen machte mir Mut. Ich wandte mich nun wieder ihr zu und packte sie gleich am

Oberarm, an dem ich mit der Hand langsam zur schmächtigen Schulter hinauf glitt, und prüfte dabei ganz genau meine Empfindungen. Dem Himmel sei Dank, ich war noch nicht geheilt! Ich hatte die Kur rechtzeitig beendet.

Doch mit einem Stockhieb trieb Teresina den Esel zum Weitergehen an, um ihm zu folgen und mich stehenzulassen.

Ich lachte von Herzen, denn ich blieb heiter, auch wenn das Bauernmädchen nichts von mir wissen wollte, und sagte zu ihr:

»Hast du einen Bräutigam? Du solltest einen haben. Es ist schade, daß du noch keinen hast!«

Im Weitergehen sagte sie zu mir:

»Wenn ich mir einen nehme, wird er bestimmt jünger sein als Sie!«

Meine Heiterkeit wurde davon nicht getrübt. Ich hätte Teresina eine kleine Lektion erteilen mögen und versuchte mich zu erinnern, wie bei Boccaccio* »Meister Alberto von Bologna auf feine Weise eine Frau beschämt, die ihn wegen seiner Liebe zu ihr beschämen wollte«. Aber Maestro Albertos Überlegung tat ihre Wirkung nicht, denn Madonna Margherita de' Ghisolieri erwiderte ihm: »Die Liebe eines so verständigen und ehrenwerten Mannes, wie Ihr es seid, ist mir teuer. Deshalb gebietet, soweit sich das mit meinem guten Ruf vereinbaren läßt, über mich wie über Euer Eigentum.«

Ich versuchte, es besser zu machen:

»Wann wirst du dich mit alten Männern abgeben, Teresina?« schrie ich, damit sie, die schon weit weg war, mich hörte.

»Wenn ich auch alt bin«, schrie sie, herzhaft lachend und ohne stehenzubleiben.

»Aber dann wollen die Alten nichts mehr von dir wissen. Hör auf mich! Ich kenne sie!«

Laut schreiend gefiel ich mir in meinem geistreichen Witz, der direkt von meinem Geschlecht kam.

In dem Moment taten sich an einer Stelle des Himmels die Wolken auf und ließen Sonnenstrahlen durch, die Teresina erreichten und auf sie fielen, die nun rund vierzig Meter von mir entfernt und etwa zehn oder mehr Meter höher war als ich. Sie war braun, klein, doch sie strahlte!

Mich beleuchtete die Sonne nicht! Wenn man alt ist, bleibt man im Schatten, auch wenn man geistreich ist und Witz hat.

26. Juni 1915

Der Krieg hat mich eingeholt! Ich, der ich den Kriegsgeschichten lauschte, als ginge es um einen Krieg aus einer anderen Zeit, über den zu reden erheiternd war, über den sich Sorgen zu machen aber albern gewesen wäre, ich also geriet mitten hinein, staunend und zugleich befremdet darüber, nicht eher bemerkt zu haben, daß ich früher oder später betroffen sein würde. Ich hatte seelenruhig in einem Gebäude gelebt, wo es im Erdgeschoß brannte, und hatte nicht vorausgesehen, daß früher oder später das ganze Gebäude mit mir in den Flammen zusammenstürzen würde.

Der Krieg packte mich, schüttelte mich wie einen Staublappen, beraubte mich mit einem Schlag meiner gesamten Familie und auch meines Geschäftsführers. Von einem Tag auf den anderen war ich ein völlig neuer Mensch, oder, um genauer zu sein, alle vierundzwanzig Stunden meines Tages waren völlig neu. Seit gestern bin ich etwas ruhiger, weil ich endlich, nach einem Monat Wartezeit, erste Nachrichten von meiner Familie bekommen habe. Sie befindet sich gesund und wohlauf in Turin, während ich schon alle Hoffnung aufgegeben hatte, sie je wiederzusehen. Ich muß den ganzen Tag in meinem Büro verbringen. Ich habe da nichts zu tun, aber die Olivis, die ja italienische Staatsbürger sind, mußten abreisen, und alle meine wenigen besseren Angestellten sind gegangen, um sich hier oder da durchzuschlagen, und daher muß ich als Aufseher auf meinem Posten bleiben. Abends gehe ich nach Hause, mit den schweren Magazinschlüsseln in der Tasche. Heute, da ich mich wesentlich ruhiger fühle, habe ich dieses Manuskript ins Büro mitgenommen, um die lange Zeit besser herumzubringen. Tatsächlich verschaffte es mir eine wunderbare Viertelstunde, in der ich erfahren habe, daß es auf dieser Welt eine Zeit so voller Stille und Ruhe gegeben hat, daß es möglich war, sich mit derartigen Spielereien abzugeben.

Das wäre ja noch schöner, wenn jemand mich ernsthaft auffordern wollte, in einen halb bewußten Zustand zu verfallen, um auch nur eine Stunde meines vorigen Lebens noch einmal durchleben zu können. Ich würde ihm ins Gesicht lachen. Wie kann man sich von einer solchen Gegenwart abwenden, um auf die Suche nach völlig belanglosen Dingen zu gehen? Mir scheint, erst jetzt habe ich meine Gesundheit und meine Krankheit endgültig losgelassen. Ich gehe durch die Straßen unserer notleidenden Stadt und fühle, daß ich ein Privilegierter bin, der nicht in den Krieg muß und der jeden Tag findet, was er zum Essen braucht. Im Vergleich zu allen anderen fühle ich mich so glücklich – insbesondere, seitdem ich Nachricht von den Meinen bekommen habe –, daß es mir scheinen würde, den Zorn der

Götter heraufzubeschwören, wenn es mir auch noch vollkommen gut ginge.

Der Krieg und ich sind uns auf eine gewaltsame Weise begegnet, die mir jetzt aber ein wenig komisch vorkommt.

Augusta und ich waren nach Lucinico zurückgefahren, um dort gemeinsam mit den Kindern Pfingsten zu verbringen. Am 23. Mai stand ich früh auf. Ich mußte vor dem Kaffee Karlsbader Salz einnehmen und auch einen Spaziergang machen. Eben während dieser Kur in Lucinico fiel mir auf, daß das Herz, wenn man nüchtern ist, tatkräftiger an der Behebung anderer Mängel arbeitet und dabei auf den ganzen Organismus großes Wohlbehagen ausstrahlt. Meine Theorie sollte noch an jenem selben Tag abgerundet werden, an dem man mich so wohltuend zwang, Hunger zu leiden.

Beim Verabschieden hob Augusta den völlig weißen Kopf vom Kissen und erinnerte mich daran, daß ich meiner Tochter versprochen hatte, ihr Rosen zu beschaffen. Unser einziger Rosenstock war verwelkt, und man mußte also welche besorgen. Meine Tochter ist ein schönes Mädchen geworden und sieht Ada ähnlich. Von einem Moment auf den anderen hatte ich ihr gegenüber die Rolle des mürrischen Lehrmeisters aufgegeben und war zu der des Kavaliers übergewechselt, der die Weiblichkeit auch in der eigenen Tochter ehrt. Sofort wurde sie ihrer Macht gewahr und mißbrauchte sie, zu meinem und Augustas großem Vergnügen. Sie wollte Rosen, und man mußte sie ihr beschaffen.

Ich hatte vor, gemütlich zwei Stunden spazierenzugehen. Die Sonne schien prächtig, und da ich die Absicht hatte, nur zu gehen und keine Rast zu machen, bis ich wieder zu Hause war, nahm ich nicht einmal Jacke und Hut. Zum Glück erinnerte ich mich daran, daß ich die Rosen ja bezahlen mußte, und ließ daher mit der Jacke nicht auch die Geldbörse zu Hause.

Zunächst einmal begab ich mich auf das benachbarte Anwesen, zu Teresinas Vater, um ihn zu bitten, mir Rosen zu schneiden, die ich auf dem Rückweg abholen wollte. Ich trat in den großen, von einer ziemlich zerbröckelten Mauer eingefaßten Hof, und traf niemanden an. Ich rief Teresinas Namen. Aus dem Haus kam das kleinste der Kinder, ein Junge, der damals sechs Jahre alt sein mochte. Ich legte ihm ein paar Centesimi ins Händchen, und er erzählte mir, daß die ganze Familie frühmorgens auf die andere Seite des Isonzo aufgebrochen war, zu einem Arbeitstag auf einem Kartoffelacker, wo die Pflanzen angehäufelt werden mußten.

Das war mir nicht unangenehm. Ich kannte den Acker und wußte, daß ich, um hinzukommen, ungefähr eine Stunde Zeit brauchen würde. Da ich mir vorgenommen hatte, etwa zwei Stunden zu gehen, war es mir angenehm, meinen Spaziergang mit einem bestimmten Zweck verbinden zu können. So war nicht zu befürchten, ich könnte ihn in einem plötzlichen Anfall von Faulheit unterbrechen. Ich machte mich auf den Weg über die Ebene, die höher liegt als die Straße, weswegen ich nur die Böschung und ein paar blühende Baumwipfel sah. Ich war wirklich froh: So in Hemdsärmeln und ohne Hut fühlte ich mich sehr unbeschwert. Ich sog die reine Luft ein und machte, wie ich das seit einiger Zeit öfter tat, beim Gehen die Lungengymnastik von Niemeyer*, die ein deutscher Freund mir beigebracht hatte, eine sehr nützliche Sache für jeden, der eine eher sitzende Lebensweise hat.

Als ich bei dem Acker angekommen war, sah ich Teresina, die genau auf der Straßenseite arbeitete. Ich ging zu ihr hin, und da bemerkte ich, daß weiter drüben, zusammen mit dem Vater, Teresinas beide kleine Brüder arbeiteten, deren Alter ich nicht hätte angeben können, so zwischen zehn und vierzehn Jahren. Bei einer Anstrengung mögen alte Leute sich ja vielleicht erschöpft fühlen, aber dank der Erregung, die damit einhergeht, immer noch jünger als in der Untätigkeit. Lachend trat ich zu Teresina:

»Noch hast du Zeit, Teresina. Überleg' dir's nicht zu lange.«

Sie verstand mich nicht, und ich erklärte ihr auch nichts. Das war nicht nötig. Da sie sich nicht erinnerte, konnte ich ihr gegenüber unsere früheren Umgangsformen wiederaufnehmen. Ich hatte das Experiment schon wiederholt und hatte auch diesmal ein günstiges Ergebnis erzielt. Indem ich diese wenigen Worte an sie richtete, hatte ich sie anders als nur mit Blicken gestreichelt.

Mit Teresinas Vater wurde ich mir ohne weiteres über die Rosen einig. Er erlaubte mir, so viele abzuschneiden, wie ich wollte, und über den Preis würden wir dann schon nicht streiten. Er wollte sofort zu seiner Arbeit zurück, während ich mich auf den Heimweg machte, doch dann überlegte er es sich anders und lief mir nach. Als er mich eingeholt hatte, fragte er mich ganz leise:

»Haben Sie nichts gehört? Es heißt, der Krieg ist ausgebrochen.«

»Sicher! Das wissen wir doch alle! Seit einem Jahr ungefähr«, antwortete ich.

»Von dem rede ich nicht«, sagte er ungehalten. »Ich rede von dem mit...«, und er deutete in Richtung auf die nahe Grenze nach Italien. »Wissen Sie nichts darüber?« Gespannt wartete er auf meine Antwort.

»Aber das ist doch klar«, sagte ich vollkommen sicher zu ihm, »wenn ich nichts davon weiß, dann heißt das eben, daß es wirklich nichts gibt. Ich komme aus Triest, und die letzten Worte, die ich dort gehört habe, besagten, daß der Krieg wirklich endgültig abgewendet ist. In Rom haben sie das Ministerium gestürzt, das den Krieg wollte,* und jetzt haben sie dort Giolitti.«

Er beruhigte sich sofort:

»Also werden diese Kartoffeln, die wir hier abdecken und die so gut anschlagen, dann auch wirklich uns gehören! Es gibt so viele Schwätzer auf dieser Welt!« Mit dem Hemdsärmel wischte er sich den Schweiß ab, der ihm von der Stirn rann.

Da ich ihn schon so zufrieden sah, wollte ich ihn noch zufriedener machen. Ich mag nun einmal glückliche Menschen. Daher sagte ich Dinge, an die ich mich wirklich nicht gerne erinnere. Ich behauptete, daß der Krieg, selbst wenn er ausbrechen würde, nicht hier ausgetragen würde. Zunächst einmal war da das Meer, auf dem sie schließlich auch einmal kämpfen mußten, und dann fehlte es in Europa ja nun wahrlich nicht an Schlachtfeldern, wenn man welche wollte. Da waren Flandern und die verschiedenen Départements in Frankreich. Dann hatte ich gehört – ich wußte nicht mehr, von wem –, daß auf der Welt mittlerweile ein solcher Bedarf an Kartoffeln war, daß man sie sogar auf den Schlachtfeldern sorgfältig zusammenlas. Ich redete viel und sah dabei immer Teresina an, die sich klein und zierlich auf den Boden gehockt hatte, um ihn abzutasten, bevor sie die Hacke ansetzte.

Vollkommen beruhigt kehrte der Bauer zu seiner Arbeit zurück. Ich hingegen hatte ihm einen Teil meiner Ruhe abgetreten, und es blieb mir viel weniger davon übrig. Bestimmt waren wir in Lucinico zu nah an der Grenze. Ich würde mit Augusta darüber reden. Vielleicht täten wir gut daran, nach Triest zurückzukehren, und vielleicht auch noch weiter hinauf oder hinunter. Sicher, Giolitti war wieder an der Macht, aber man konnte nicht wissen, ob er, einmal da oben, die Dinge auch weiterhin in demselben Licht sehen würde, in dem er sie gesehen hatte, als ein anderer dort oben war.

Noch nervöser machte mich die zufällige Begegnung mit einer Abteilung Soldaten, die auf der Straße in Richtung Lucinico marschierte. Die Soldaten waren nicht mehr jung, und sie waren sehr schlecht gekleidet und ausgerüstet. An der Seite baumelte ihnen das, was wir in Triest die Durlindana nannten, jenes lange Bajonett, das die Österreicher im Sommer 1915 aus alten Beständen hatten ausheben müssen.

Eine Weile ging ich hinter ihnen her, ängstlich darauf bedacht, möglichst bald zu Hause zu sein. Dann störte mich ein gewisser Geruch von gebeiztem Wild, der von ihnen ausging, und ich verlangsamte den Schritt. Meine Unruhe und meine Eile waren albern. Ebenso albern war es, mich zu beunruhigen, weil ich die Unruhe eines Bauern miterlebt hatte. Mittlerweile konnte ich meine Villa in der Ferne sehen, und die Abteilung war nicht mehr auf der Straße. Ich beschleunigte den Schritt, um endlich zu meinem Milchkaffee zu kommen.

Hier begann mein Abenteuer. An einer Wegbiegung sah ich mich von einem Wachposten aufgehalten, der brüllte: »*Zurück*!«,* wobei er in Schießstellung ging. Ich wollte auf Deutsch mit ihm reden, da er ja auf Deutsch gebrüllt hatte, aber er kannte nur dieses eine Wort Deutsch, das er immer bedrohlicher wiederholte.

Man mußte also *zurück*gehen, und während ich mich ständig umschaute, aus Angst, der andere könnte schießen, um sich besser verständlich zu machen, zog ich mich mit einer gewissen Eile zurück, die auch dann nicht von mir wich, als ich den Soldaten nicht mehr sah.

Aber noch hatte ich es nicht aufgegeben, sofort zu meiner Villa gelangen zu wollen. Ich dachte, wenn ich über den Hügel rechts von mir ginge, würde ich weit hinter dem bedrohlichen Wachtposten wieder herunterkommen.

Der Aufstieg war nicht schwer, insbesondere weil das hohe Gras von vielen Leuten plattgetreten war, die hier vor mir entlanggekommen sein mußten. Sicher waren sie durch die abgesperrte Straße dazu gezwungen gewesen. Im Gehen gewann ich meine Sicherheit wieder und dachte, daß ich bei meiner Ankunft in Lucinico sofort zum Ortsvorsteher gehen würde, um mich über die Behandlung zu beschweren, die ich über mich hatte ergehen lassen müssen. Wenn er erlaubte, daß die Feriengäste so behandelt wurden, dann würde bald niemand mehr nach Lucinico kommen!

Auf der Kuppe des Hügels angelangt, mußte ich jedoch zu meiner bösen Überraschung entdecken, daß sie von dieser Abteilung Soldaten mit dem Wildgeruch besetzt war. Viele Soldaten ruhten sich im Schatten eines Bauernhäuschens aus, das ich schon lange kannte und das um diese Tageszeit völlig leer war; drei von ihnen schienen Wache zu halten, aber nicht nach dem Abhang hin, von wo ich gekommen war, und einige andere standen im Halbkreis vor einem Offizier, der ihnen Anweisungen gab, die er auf einer Landkarte in seiner Hand erläuterte.

Ich besaß nicht einmal einen Hut, der mir zum Grüßen dienen konnte. Mich mehrmals verbeugend und mit meinem schönsten Lächeln näherte ich mich dem Offizier, der, sobald er mich erblickte, aufhörte mit seinen Soldaten zu reden, und begann, mich anzusehen. Auch die fünf Schwachköpfe um ihn herum schenkten mir ihre volle Aufmerksamkeit. Unter all diesen Blicken und auf dem unebenen Gelände war es überaus schwer, sich zu bewegen.

Der Offizier brüllte:

»*Was will der dumme Kerl hier?*«

Erstaunt, daß ich ohne alle Ursache so beleidigt wurde, wollte ich mich mannhaft beleidigt zeigen, aber dennoch schlug ich mit der gebotenen Diskretion einen anderen Weg ein und versuchte, auf die Seite zu gelangen, auf der ich nach Lucinico kommen würde. Der Offizier fing an zu brüllen, wenn ich auch nur einen Schritt weiter täte, würde er auf mich schießen lassen. Ich wurde sofort wieder sehr höflich, und von dem Tag an bin ich bis heute, da ich dies schreibe, stets sehr höflich geblieben. Es war eine Zumutung, mit einem solchen Kerl umgehen zu müssen, aber für's erste hatte es den Vorteil, daß er fließend Deutsch sprach. Das war ein derartiger Vorteil, daß es mir dessen eingedenk leichter fiel, freundlich mit ihm zu reden. Es wäre schlimm gewesen, wenn dieser Hammel nicht einmal Deutsch verstanden hätte. Ich wäre verloren gewesen.

Schade, daß ich diese Sprache nicht fließend genug beherrschte, denn sonst wäre es mir ein Leichtes gewesen, diesen finsteren Herrn zum Lachen zu bringen. Ich erzählte ihm, daß mich in Lucinico mein Milchkaffee erwartete, von dem ich nur durch seine Abteilung getrennt war.

Er lachte, er lachte doch wahrhaftig. Er lachte und fluchte dabei weiter und hatte nicht die Geduld, mich ausreden zu lassen. Er erklärte, der Milchkaffee von Lucinico würde von anderen getrunken werden, und als er hörte, daß außer dem Milchkaffee da auch meine Frau war, die auf mich wartete, brüllte er:

»*Auch Ihre Frau wird von anderen gegessen werden.*«

Mittlerweile war er besserer Laune als ich. Dann tat es ihm offenbar leid, daß er Dinge zu mir gesagt hatte, die, vom grölenden Gelächter der fünf Schwachköpfe noch verstärkt, beleidigend wirken konnten; er wurde ernst und erklärte mir, daß ich ein paar Tage lang nicht hoffen sollte, Lucinico wiederzusehen, ja, daß er mir in aller Freundschaft raten würde, nicht mehr danach zu fragen, denn diese Frage allein war ausreichend, um mich verdächtig zu machen!

»*Haben Sie verstanden?*«

Ich hatte verstanden, aber es war schließlich nicht so leicht, auf den Milchkaffee zu verzichten, von dem ich nicht mehr als einen halben Kilometer entfernt war. Nur deshalb zögerte ich, zu gehen, weil klar war, wenn ich von diesem Hügel hinunterstieg, würde ich an diesem Tag nicht mehr zu meiner Villa kommen. Und so fragte ich, um Zeit zu gewinnen, den Offizier ganz freundlich:

»Aber an wen müßte ich mich denn wenden, um nach Lucinico gehen zu können und wenigstens meine Jacke und meinen Hut zu holen?«

Ich hätte bemerken müssen, daß der Offizier nur darauf wartete, mit seiner Landkarte und seinen Männern allein gelassen zu werden, aber ich hatte nicht erwartet, einen solchen Zorn bei ihm zu entfesseln.

Er brüllte, daß mir die Ohren dröhnten, er hätte mir doch schon gesagt, daß ich ihn nicht mehr fragen sollte. Dann empfahl er mir lautstark, dahin zu gehen, *wohin der Teufel Sie tragen will.* Die Vorstellung, mich tragen zu lassen, mißfiel mir durchaus nicht, weil ich sehr müde war, aber ich zögerte noch. Unterdessen jedoch geriet der Offizier vor lauter Brüllen immer mehr in Rage und rief in wirklich bedrohlichem Ton einen der fünf Männer, die um ihn herumstanden, zu sich; er redete ihn mit *Herr Gefreiter* an und gab ihm den Befehl, mich den Hügel hinunter zu begleiten und mich zu bewachen, bis ich auf der Straße nach Gorizia verschwunden wäre, und auf mich zu schießen, wenn ich zögern sollte, zu gehorchen.

Daher stieg ich eher gerne von der Hügelkuppe herunter: »*Danke schön*«, sagte ich, sogar ohne jede ironische Absicht.

Der Gefreite war ein Slawe, der leidlich gut Italienisch sprach. Er meinte, in Gegenwart des Offiziers brutal sein zu müssen, und um mich dazu zu bringen, daß ich beim Abstieg vor ihm herging, schrie er mich an:

»Marsch!« Aber als wir weiter weg waren, wurde er ganz zahm und zutraulich. Er fragte mich, ob ich Neues vom Krieg wüßte und ob es wahr sei, daß der Eintritt Italiens unmittelbar bevorstünde. Gespannt wartete er auf meine Antwort.

Also nicht einmal sie, die den Krieg ja machten, wußten, ob es Krieg gab oder nicht! Ich wollte ihn so glücklich machen wie nur möglich, und gab ihm die Auskünfte, die ich auch Teresinas Vater schon aufgetischt hatte. Die lagen mir dann schwer auf dem Gewissen. In dem furchtbaren Unwetter, das dann losbrach, sind wahrscheinlich alle Menschen, die ich beruhigt habe, umgekommen. Wer weiß, welche Überraschung sich, im Tod erstarrt, auf ihren Gesichtern abgezeichnet haben mag. Er war schon unbeugsam, mein Optimismus. Hatte ich den Krieg denn nicht aus den Worten des Offiziers herausgehört und deutlicher noch aus seinem Tonfall?

Der Gefreite war sehr erfreut, und zum Dank gab auch er mir den Rat, ich solle nicht mehr versuchen, nach Lucinico zu kommen.

Nach meinen Auskünften meinte er, daß die Anordnungen, die mich daran hinderten, nach Hause zu gehen, am nächsten Tag aufgehoben würden. Aber vorerst riet er mir, nach Triest zum *Platzkommando* zu gehen, wo ich vielleicht eine Sondererlaubnis bekommen könnte.

»Bis nach Triest?« fragte ich erschrocken. »Nach Triest, ohne Jacke, ohne Hut und ohne Milchkaffee?«

Soweit der Gefreite wußte, riegelte, während wir hier sprachen, ein dichter Kordon von Infanterie den Grenzübergang nach Italien ab und schuf eine neue, unüberwindliche Grenze. Mit einem überlegenen Lächeln erklärte er mir, daß seiner Ansicht nach der kürzeste Weg nach Lucinico über Triest führte.

Da ich es nun zu wiederholten Malen hörte, schickte ich mich darein und machte mich auf den Weg in Richtung Gorizia, in der Absicht, den Mittagszug zu nehmen, um nach Triest zu fahren. Ich war aufgeregt, aber ich muß gestehen, ich fühlte mich sehr wohl. Ich hatte wenig geraucht und überhaupt nichts gegessen. Es war eine Unbeschwertheit in mir, die mir lange Zeit abgegangen war. Es war mir überhaupt nicht unangenehm, noch weiter gehen zu müssen. Die Beine schmerzten mich ein wenig, aber ich glaubte, daß ich es bis Gorizia aushalten könnte, so frei und tief war mein Atem. Als ich die Beine tüchtig ausholend warmgelaufen hatte, war mir das Gehen gar nicht mehr beschwerlich. In diesem Wohlbehagen schlug ich mir den Takt und fand, da ich ungewöhnlich rasch ging, *allegro*, zu meinem Optimismus zurück. Hier wurde gedroht, da wurde gedroht, aber zum Krieg würde es nicht kommen.

Daher war ich unschlüssig, als ich nach Gorizia kam, ob ich nicht ein Hotelzimmer nehmen sollte, wo ich die Nacht verbringen könnte, um am nächsten Tag nach Lucinico zurückzukehren und dem Ortsvorsteher meine Beschwerden vorzutragen.

Erst einmal lief ich zum Postamt, um Augusta anzurufen. Aber in meiner Villa antwortete niemand.

Als der Beamte, ein Männlein mit schütterem Bart, das in seiner Kleinheit und Steifheit lächerlich und eigensinnig wirkte – das einzige, woran ich mich von ihm erinnere –, mich am stummen Telefon zornig fluchen hörte, kam er zu mir her und sagte:

»Das ist schon das vierte Mal heute, daß Lucinico nicht antwortet.«

Als ich mich zu ihm umdrehte, leuchtete in seinen Augen eine große, fröhliche Bosheit (ich irrte mich! auch daran erinnere ich mich noch!), und seine leuchtenden Augen suchten die meinen, um zu sehen, ob ich wirklich so überrascht und wütend war. Es dauerte gute zehn Minuten, bis ich begriff. Dann gab es keinen Zweifel mehr für mich. Lucinico befand sich in der Feuerlinie oder würde sich in wenigen Augenblicken darin befinden. Als ich diesen beredten Blick vollauf verstand, war ich auf dem Weg ins Café, um in Erwartung des Frühstücks die Tasse Milchkaffee zu trinken, die mir seit dem Morgen zustand. Ich machte sofort kehrt und ging zum Bahnhof. Ich wollte den Meinen näher sein und begab mich – die Hinweise meines Freundes, des Gefreiten, befolgend – nach Triest.

Während dieser kurzen Fahrt brach der Krieg aus.

Da ich meinte, recht bald in Triest zu sein, trank ich am Bahnhof von Gorizia, obwohl ich Zeit dafür gehabt hätte, nicht einmal die Tasse Kaffee, nach der ich mich schon so lange sehnte. Ich stieg in meinen Waggon, und allein bleibend, dachte ich an meine Lieben, von denen ich auf so merkwürdige Weise getrennt worden war. Der Zug fuhr ungehindert bis über Monfalcone hinaus.

Es sah so aus, als sei der Krieg noch nicht bis dorthin gelangt. Ich eroberte mir meine Ruhe, indem ich mir überlegte, daß sich die Dinge in Lucinico vermutlich genauso abspielten wie diesseits der Grenze. Um diese Zeit würden Augusta und meine Kinder auf der Reise ins Landesinnere Italiens sein. Zu dieser Beruhigung gesellte sich die erstaunliche, umfassende Ruhe durch meinen Hunger hinzu und bescherte mir einen langen Schlaf.

Vermutlich war es der nämliche Hunger, der mich aufweckte. Mein Zug war mitten in den sogenannten Steinfeldern von Triest stehengeblieben. Das Meer war nicht zu sehen, obwohl es ganz nah sein mußte, weil einem ein leichter Dunst die Fernsicht nahm. Der Karst ist im Mai sehr reizvoll, doch kann diesen Reiz nur der verstehen, der nicht vom farben- und lebenstrunkenen Frühling anderer Gegenden verwöhnt ist. Hier ist der Fels, der überall hervortritt, von einem sanften Grün umrahmt, das nicht bescheiden ist, weil es bald zum beherrschenden Farbton der Landschaft wird.

Unter anderen Umständen hätte ich mich maßlos geärgert, nicht essen zu können, wo ich doch solchen Hunger hatte. An diesem Tag hingegen zwang mich die Größe des historischen Ereignisses, dessen Zeuge ich war, zur Resignation, und ich fügte mich. Der Zugführer, dem ich Zigaretten schenkte, konnte mir nicht einmal ein Stückchen Brot besorgen. Ich erzählte niemandem von meinen Erlebnissen am Vormittag. Ich wollte in Triest mit einigen guten Bekannten darüber sprechen. Von der Grenze her, wohin ich angestrengt lauschte, kam überhaupt kein Gefechtslärm. Wir blieben an dieser Stelle stehen, um acht oder neun Züge vorbeizulassen, die nach Italien hinunter brausten. Die schwärende Wunde (wie die italienische Front in Österreich sofort genannt wurde) hatte sich aufgetan und brauchte Material, um ihren Eiter zu nähren. Und die armen Männer zogen grinsend und singend dorthin. Aus all diesen Zügen drangen dieselben Klänge der Freude und der Trunkenheit.

Als ich in Triest ankam, war die Nacht schon über die Stadt herabgesunken.

Die Nacht war vom Widerschein vieler Brände erhellt, und ein Freund, der mich in Hemdsärmeln nach Hause gehen sah, rief mir zu:

»Hast du bei den Plünderungen mitgemacht?«

Endlich kam ich dazu, etwas zu essen, und legte mich sofort schlafen.

Eine echte, große Müdigkeit trieb mich ins Bett. Ich glaube, sie kam von den Hoffnungen und Zweifeln, die sich in meinem Geist bekämpften. Es ging mir immer noch sehr gut, und ich erinnere mich, daß ich meinen Tag in dem kurzen Zeitraum, der dem Schlaf vorausgeht und dessen Bilder ich durch die Psychoanalyse festzuhalten gelernt hatte, mit einer weiteren kindisch-optimistischen Vorstellung beschloß: An der Grenze gab es noch keine Toten, also ließ sich der Frieden immer noch wiederherstellen.

Jetzt, da ich weiß, daß meine Familie gesund und wohlauf ist, ist mir das Leben, das ich führe, nicht unangenehm. Ich habe nicht viel zu tun, aber man kann nicht sagen, ich sei untätig. Man muß weder kaufen noch verkaufen. Der Handel wird sich wieder erholen, wenn Frieden ist. Olivi hat mir aus der Schweiz Ratschläge zukommen lassen. Wenn er wüßte, wie schlecht seine Ratschläge in diese völlig veränderte Umgebung passen! Im Moment tue ich einstweilen gar nichts.

24. März 1916

Seit Mai vergangenen Jahres hatte ich dieses Büchlein nicht mehr angerührt. Da schreibt mir doch aus der Schweiz der Dr. S. und bittet mich, ihm meine weiteren Aufzeichnungen zu schicken. Das ist eine seltsame Bitte, aber ich habe nichts dagegen, ihm auch dieses Büchlein zu schicken, aus dem er ganz klar ersehen kann, was ich von ihm und seiner Kur halte. Da er alle meine Bekenntnisse besitzt, mag er auch diese wenigen Seiten behalten und ein paar mehr, die ich zu seiner Erbauung gerne hinzufüge. Ich habe wenig Zeit, weil mein Geschäft mich den ganzen Tag ausfüllt. Aber dem Herrn Dr. S. will ich doch meine Meinung sagen. Ich habe so lange darüber nachgedacht, daß ich jetzt ganz klare Vorstellungen habe.

Einstweilen glaubt er noch, hier weitere Eingeständnisse von Krankheit und Schwäche zu erhalten, dagegen wird er die Schilderung einer soliden, vollkommenen Gesundheit erhalten, soweit mein reichlich fortgeschrittenes Alter das erlaubt. Ich bin geheilt! Ich will nicht nur keine Psychoanalyse machen, sondern ich brauche sie auch nicht. Und meine Gesundheit kommt nicht nur daher, daß ich mich inmitten so vieler Geplagter als privilegiert empfinde. Ich fühle mich nicht relativ gesund. Ich bin absolut gesund. Seit langem schon wußte ich, daß meine Gesundheit nichts anderes als meine Überzeugung sein konnte, und daß es folglich eine eines Schlafträumers würdige Dummheit war, sie mit Kuren statt durch Überzeugung behandeln zu wollen. Zwar leide ich an gewissen Schmerzen, aber innerhalb meiner Gesamtgesundheit sind sie ohne Bedeutung. Ich kann hier oder da einen Umschlag auflegen, aber alles übrige muß sich rühren und regen und darf nie in Unbeweglichkeit verharren wie die Brandigen. Und dann kann man Herz und Schmerz, kurz, das Leben doch nicht wie eine Krankheit betrachten, nur weil es weh tut.

Ich gebe zu, daß mein Schicksal erst umschlagen und meinen Organismus durch Kampf und vor allem durch Sieg warmlaufen lassen mußte, um mich von meiner Gesundheit zu überzeugen. Was mich geheilt hat, war mein Geschäft, und das soll Dr. S. wissen.

Entsetzt und tatenlos stand ich da und betrachtete die verwüstete Welt, bis Anfang August letzten Jahres. Da begann ich zu *kaufen*. Ich hebe dieses Verb hervor, weil es eine höhere Bedeutung hat als vor dem Krieg. Im Mund eines Geschäftsmannes bedeutete es damals, daß er bereit war, einen bestimmten Artikel zu kaufen. Aber als ich es sagte, wollte ich damit bedeuten, daß ich Käufer jedweder Ware war, die mir angeboten würde. Wie alle starken Menschen hatte ich nur eine Idee im Kopf, und von der lebte ich, und das war mein Glück. Olivi war nicht in Triest, aber es ist sicher, daß er ein derartiges Risiko nicht zugelassen und es anderen vorbehalten hätte. Für mich hingegen war es kein Risiko. Ich wußte den glücklichen Ausgang mit vollkommener Sicherheit voraus. Zuerst hatte ich mich, wie es in Kriegszeiten seit jeher Brauch ist, darangemacht, das ganze Vermögen in Gold umzuwandeln, aber es gab da eine gewisse Schwierigkeit, Gold zu kaufen und zu verkaufen. Sozusagen flüssiges, mobiles Gold war die Ware, und ich hortete sie. Von Zeit zu Zeit tätige ich auch Verkäufe, aber stets in geringerem Umfang als die

Einkäufe. Da ich zum richtigen Zeitpunkt begann, waren meine Einkäufe und Verkäufe so günstig, daß letztere mir die bedeutenden Mittel gaben, die ich für erstere brauchte.

Mit großem Stolz erinnere ich mich, daß mein erster Ankauf anscheinend eine regelrechte Dummheit und nur dazu gut war, meine neue Idee prompt in die Wirklichkeit umzusetzen: ein nicht sehr großer Posten Weihrauch. Der Verkäufer pries mir die Möglichkeit, Weihrauch als Ersatz für Harz zu verwenden, das schon knapp zu werden begann, aber als Chemiker war ich mir vollkommen sicher, daß Weihrauch nie und nimmer Harz würde ersetzen können, von dem er *toto genere* verschieden war. Meiner Vorstellung nach würde die Welt in ein solches Elend geraten, daß sie Weihrauch als Ersatz für Harz würde hinnehmen müssen. Und ich kaufte! Wenige Tage ist es jetzt her, daß ich einen kleinen Teil davon verkauft habe, und ich habe dabei den Betrag eingenommen, den ich zum Erwerb des gesamten Postens gebraucht hatte. In dem Moment, als ich dieses Geld einstrich, weitete sich mir die Brust im Vollgefühl meiner Kraft und meiner Gesundheit.

Wenn der Doktor diesen letzten Teil meines Manuskripts bekommen hat, sollte er mir das Ganze zurückgeben. Ich würde es mit echter Klarsicht neu schreiben, denn wie konnte ich mein Leben verstehen, solange ich diese letzte Phase noch nicht kannte? Vielleicht habe ich so viele Jahre nur gelebt, um mich darauf vorzubereiten!

Natürlich bin ich nicht naiv, und ich verzeihe dem Doktor, daß er das Leben an sich als Bekundung von Krankheit sieht. Das Leben ähnelt ein wenig der Krankheit, die Höhen und Tiefen durchläuft und tägliche Besserungen und Verschlechterungen kennt. Im Unterschied zu anderen Krankheiten ist das Leben immer tödlich. Es verträgt keine Behandlungen. Das wäre, als wollte man die Löcher, die wir im Körper haben, zustopfen, weil man sie für Wunden hält. Kaum behandelt, würden wir ersticken.

Das gegenwärtige Leben ist bis an die Wurzeln vergiftet. Der Mensch hat sich an die Stelle von Bäumen und Tieren gesetzt und hat die Luft verpestet, hat jeden Freiraum versperrt. Und es kann noch schlimmer kommen. Das traurige und rastlose Tier könnte andere Kräfte entdecken und in seinen Dienst nehmen. Eine Bedrohung dieser Art liegt in der Luft. Großer Reichtum wird die Folge davon sein ... in der Zahl der Menschen. Jeder Quadratmeter wird von einem Menschen besetzt sein. Wer wird uns vom Mangel an Luft und Raum heilen? Allein wenn ich daran denke, ersticke ich!

Aber das ist es nicht, es ist nicht nur das.

Jede Bemühung, uns die Gesundheit zu schenken, ist vergebens. Die kann nur dem Tier eigen sein, das nur einen Fortschritt kennt, den des eigenen Organismus. Als die Schwalbe begriff, daß es für sie kein Überleben gab außer in der Migration, vergrößerte sie den Muskel, der die Flügel bewegt und der zum erheblichsten Teil ihres Organismus wurde. Der Maulwurf grub sich ein, und sein ganzer Körper glich sich seinen Bedürfnissen an. Das Pferd wurde größer und veränderte seinen Fuß. Bei manchen Tieren kennen wir ihre Fortschritte nicht, doch es wird sie gegeben und nie werden sie ihre Gesundheit geschädigt haben.

Der brillentragende Mensch dagegen erfindet die Werkzeuge außerhalb seines Körpers, und wenn es Gesundheit und Vornehmheit gab bei denen, die sie erfunden haben, mangelt es daran fast immer bei denen, die sie benutzen. Werkzeuge kann man kaufen, verkaufen und stehlen, und der Mensch wird dabei immer schlauer und schwächer.

Ja, es ist klar, daß seine Schläue proportional zu seiner Schwäche wächst. Seine ersten Werkzeuge schienen Verlängerungen seines Arms zu sein und konnten nur durch dessen Kraft wirksam werden, doch mittlerweile steht das Werkzeug in überhaupt keinem Verhältnis mehr zu den Gliedmaßen. Und es ist das Werkzeug, das die Krankheit schafft, weil es sich von dem Gesetz abwendet, das auf der ganzen Welt schöpferisch wirkt. Das Gesetz des Stärkeren ist verschwunden, und wir haben die heilsame natürliche Auslese* verloren. Etwas ganz anderes als die Psychoanalyse wäre vonnöten: Unter dem Gesetz dessen, der die größte Zahl von Werkzeugen besitzt, werden Krankheiten und Kranke gedeihen.

Vielleicht werden wir durch eine unerhörte, von den Werkzeugen verursachte Katastrophe zur Gesundheit zurückfinden. Wenn die Giftgase nicht mehr ausreichen, wird ein ganz normaler Mann insgeheim in seinem irdischen Zimmer einen einzigartigen Sprengstoff erfinden, mit dem verglichen die derzeit existierenden Sprengstoffe als harmloses Spielzeug erscheinen. Und ein anderer, ebenfalls ganz normaler Mann, der aber etwas kränker ist als die anderen, wird diesen Sprengstoff stehlen, und er wird in den Mittelpunkt der Erde hinunter klettern, um ihn dort anzubringen, wo seine Wirkung maximal sein kann. Es wird eine ungeheure Explosion geben, die niemand hört, und zurückverwandelt in die Form galaktischen Nebels, wird die Erde durch die Himmel irren, frei von Parasiten und Krankheiten.

Anmerkungen

Doktor S. – Eine Kunstfigur, die auf verschiedene Personen anspielen mag. G. A. Camerino (*Svevo*, Rom 1980, S. 433 ff.) zufolge könnte sich hinter »Doktor S.« der Triestiner Psychoanalytiker Spitz verbergen, den Svevo in einem Brief vom 3.12.1927 erwähnt. J. Gatt-Rutter meint, »Doktor S.« trage Züge, die Svevo dem Begründer der Psychoanalyse, *S*igmund Freud selbst, zuspreche. (*Italo Svevo. A Double Life*, Clarendon: Oxford 1988, S. 248) – Sein Verhältnis zur Psychoanalyse beschreibt Svevo sarkastisch-ironisch: »Ich lernte die Psychoanalyse im Jahre 1910 kennen. Einer meiner Freunde, der nervös erkrankt war, fuhr nach Wien, um sich psychoanalytisch behandeln zu lassen. Daß dadurch meine Aufmerksamkeit auf die Psychoanalyse gelenkt wurde, war das einzig erfreuliche Ergebnis dieser Kur. Mein Freund ließ sich zwei Jahre lang psychoanalytisch behandeln und kehrte schließlich nahezu völlig gebrochen zurück. … Als Behandlungsmethode war die Psychoanalyse für mich ohne jedes Interesse. Ich war gesund, oder wenn ich krank war, liebte ich meine Krankheit vielleicht so sehr, daß ich gewillt war, sie für mich zu behalten und mit allen Kräften gegen jedermann zu verteidigen. Jedenfalls gab ein Freudianer, dem ich mich anvertraute, meiner Antipathie gegen den Stil seines Meisters diese Deutung. Das primitive Tier, das auch in mir stecke, meinte er, bisse wütend um sich, um seine Krankheit vor jedem Eingriff zu schützen. Aber die Psychoanalyse ließ mich fortan nicht mehr los. Es wurde ihr freilich nicht schwer, mich festzuhalten, da mein Geist von nichts anderem gefesselt war.« (vgl. Italo Svevo, *Raconti, saggi e pagine sparse*, Dall'Oglio: Mailand 1968, S. 688) 8

Soldi – In Österreich-Ungarn waren mit der Währungsreform von 1892 die Goldkrone und der Heller eingeführt worden; natürlich 13 zirkulierten aber auch schon zu Zeiten der k.u.k-Monarchie, bevor es Ende des Ersten Weltkriegs italienisch wurde, im grenznahen, »halbitalienischen« Triest italienische Centesimo, Soldo und Lira.

19 **jener ... Gesundheitsapostel, den Goldoni schildert** - Vermutlich eine Anspielung auf Celso, den hypochondrischen Helden in *Il Vecchio bizzarro*, einer der weniger bekannten Komödien von Carlo Goldoni (1707–1793), in der Goldoni Molières Motiv vom *Malade imaginaire* variiert.

23 **Ruhmkorffsche Spule** – Heinrich Daniel Ruhmkorff (1803–1877; in der OA irrtümlich: Rumkorff), Erfinder u.a. der hydraulischen Presse und zahlreicher elektrischer und elektromagnetischer Geräte; die berühmte Ruhmkorffsche Spule wurde vor allem zur Behandlung der Neurasthenie eingesetzt.

24 **Graz** – Hauptstadt der Steiermark, Sitz einer traditionsreichen, im 16. Jahrhundert gegründeten Universität und einer Technischen Hochschule. Da die österreichische Obrigkeit die Gründung einer Universität in Triest stets verweigerte, mußte das Triestiner Bürgertum seine Söhne und Töchter zum Studium nach Wien, Graz oder Innsbruck schicken.

44 **»Letzte Zigarette«** – italienisch *ultima sigaretta*, abgekürzt US. Die typisch Svevosche, etwas launig-kalauernde Erklärung »US steht nicht für United States« läßt sich leider im Deutschen nur nachahmen, nicht wiedergeben.

44 **Philosophie von Ostwald** – Wilhelm Ostwald (1853–1932), deutscher Chemiker und Nobelpreisträger 1906; seine *Vorlesungen über Naturphilosophie* erschienen ab 1902 in Leipzig.

45 **mit dreißig ein erledigter Mensch** – Anspielung auf den berühmten Bekenntnisroman eines anderen Dreißigjährigen, Giovanni Papinis *Un Uomo finito*, Florenz 1912; deutsch von A.v.Nostiz, *Ein erledigter Mensch*, Frankfurt 1980.

Doktor Canestrini – Unter den vielen fiktiven Ärzten, die diesen Roman bevölkern, ist Luigi Canestrini (1854–1926) eine reale Gestalt. Über ein halbes Jahrhundert lang Psychiater und Neurologe an der Triestiner Psychiatrie, war »Doktor Canestrini« in der Stadt eine Institution. *49*

Tergesteo – Eindrucksvoller Bau im Zentrum von Triest und Symbol des Triestiner Handelskapitalismus; hier war zu Svevos Zeiten die Börse von Triest untergebracht. *87*

Cobden – Richard Cobden (1804–1865), englischer Unternehmer und Wirtschaftspolitiker, einer der wichtigsten Exponenten des Manchestertums, einer politischen Strömung des wirtschaftspolitisch kompromißlosen Liberalismus. *91*

griechischen Philosophen – Anspielung auf Sokrates, der auf die Frage, ob man heiraten solle oder nicht, geantwortet haben soll: »Bereuen wirst du es in beiden Fällen.« *123*

Karl I. – König von England, Schottland und Irland; nachdem ihm das »Rumpfparlament« den Prozeß gemacht hatte, wurde er am 30. Januar 1649 in Whitehall hingerichtet. *137*

das Toskanische – Das Toskanische hat Dank der großen Florentiner (Dante, Boccaccio, Petrarca) bei der Herausbildung des Italienischen großen Einfluß ausgeübt. Als auch für die Ungebildeten verbindliche Hochsprache hat sich Italienisch aber erst vergleichsweise spät, im 19. Jahrhundert, durchgesetzt. Der Umstand, daß sich die italienische Schriftsprache so stark am gesprochenen Florentinisch orientierte, verdankt sich nicht zuletzt der literarischen Autorität, die das Werk von A. Manzoni besaß. Im Gefolge der politischen Einigung Italiens (1860/61) wurde die Vereinheitlichung der Sprechsprache zum Gegenstand erbitterter politischer Polemik. Als Triestiner setzt Svevo das Hochitalienische immer wieder mit dem Toskanischen gleich. *149*

174 **Chaconne** – J.S. Bachs Partita Nr. 2 für Violine in d-Moll aus dem Jahre 1720, BWV 1004.

196 **das Verschmutzen ... behördlich verboten** – »Die Acht verbieten hier jede Verunreinigung«, lautet wörtlich übersetzt die im Original kursiv hervorgehobene Sentenz; es scheint sich um ein geflügeltes Wort zu handeln, das vermutlich die Anschläge zitiert, mit denen die Octo custodie (die »Acht Wächter«) der *Magistratura degli Otto* (einer Art politischer Polizei, die in Florenz seit dem 14. Jahrhundert für die öffentliche Ordnung zuständig war) an den Plätzen der Stadt zur Sauberkeit mahnten.

198 **die Lektüre Weiningers** – Chronologische Unstimmigkeit: Der Spaziergang von Zeno und Guido findet am 10. Mai 1891 statt; die ersten Publikationen von Otto Weininger (1880–1903), den sie im Gespräch erwähnen, sind kurz vor der Jahrhundertwende erschienen; sein Hauptwerk *Geschlecht und Charakter*, über das viel und lange debattiert worden ist, erschien erst 1903.

198 **der Dichter Zamboni** – Anspielung auf den Triestiner Schriftsteller Filippo Zamboni (1826–1910) und dessen *Pandemonio. Il bacio nella luna*, Firenze 1911.

217 **Carnegie und Vanderbilt** – Andrew Carnegie (1837–1919) und Cornelius Vanderbilt (1794-1877), zwei der berühmtesten amerikanischen Selfmademen ihrer Zeit, die mit ihrem enormen Reichtum kulturelle Einrichtungen förderten. Von daher Zenos Vergleich mit den Medici. Sie seien »vom selben Schlag« (italienisch: *razza*), sofern sie Kaufleute, aber auch sofern sie Juden sind.

231 **mittels der Lektüre von Renan und Strauß** – Ernest Renan (1823–1892) und David Friedrich Strauß (1808–1874), beide haben Bücher zur Leben-Jesu-Forschung verfaßt.

244 **La mia bandiera** – Der genaue Titel des volkstümlichen Liedes lautet *Mia sposa sarà la bandiera*, komponiert 1876 von Augusto Rotoli. Es erzählt die Geschichte eines Mannes, der großmütig für einen anderen in den Krieg zieht, damit seine Geliebte mit dem anderen glücklich werden kann.

Vollständiger Traktat ... Akademie der Wissenschaften zu Paris – 251
Traité complet de l'art du chant, von dem Bariton und Gesangslehrer Manuel Patricio Rodriguez Garcia (1805–1906), erschienen in drei Teilen in Paris, 1840 und 1851.

Geleotto – In dem mittelalterlichen Prosaroman *Lancelot du Lac* 257
schürt Galehaut die schuldhafte Liebe zwischen Lancelot und Guenièvre. Im Fünften Gesang der *Hölle* in Dantes *Divina Commedia* führt dieses Buch die Lesenden, Francesca da Rimini und ihren Schwager Paolo Malatesta, zum Ehebruch und wird von den beiden als *Galeotto* bezeichnet. Seither ist dieser Name Synonym für Kuppler und Verführer zu unerlaubter Liebe.

machte ich ... die Hörner – Italienisch *fare le corna*: In Italien weit 309
verbreitete Geste mit der Hand. Zeigefinger und kleiner Finger werden aufgestellt, während die anderen Finger zusammengelegt sind. Die apotropäische Geste soll böse Wünsche und den bösen Blick abwenden.

... comme un cocal – Erste Strophe des volkstümlichen Triestiner 320
Liedchens *No steme tormentar* (»Quält mich nicht«), komponiert 1890 von Ugo Urbanis.

casoto – Triestinisch: Rumpelkammer, Bordell. Der also etwas 324
zweideutige Refrain stammt aus dem Lied *Metamorfosi di Rosina* (»Rosinas Verwandlungen«), entstanden 1893.

ein Mozart zugeschriebenes »Wiegenlied« – Das von dem Arzt 332
Bernhard Fries stammende Lied wurde traditionell Mozart zugeschrieben (KV 350).

für unseren größten Komponisten – Anspielung auf den Triestiner 332
Komponisten Antonio Smareglia (1854–1929), Autor von Opern wie *Nozze Istriane* (1895) und *La Falena* (1897), die mit einigem Er-

folg in Wien und Prag aufgeführt wurden. Hier gibt es wieder eine chonologische Unstimmigkeit: Smareglia erblindete 1900, während die Begegnung zwischen Lali und Carla im Roman 1893 stattfindet.

357 **dieses berühmte Experiment Darwins** – Darwin berichtet (in: *Das Variiren der Thiere und Pflanzen im Zustande der Domestikation*, Stuttgart 1875) von einer Erfahrung, die zu seiner Überraschung (es war kein Expriment) Lord Morton mit seiner Araberstute gemacht hatte. Nach einer ersten Befruchtung durch ein Quagga brachte sie erwartungsgemäß einen Bastard zur Welt. Als sie später von einem schwarzen Araberhengst gedeckt worden war, hatte sie zwei Fohlen mit deutlichen Merkmalen des Quagga (kurze, borstige Mähne, Streifen im Fell) geboren. Dieses Beispiel führt auch Weininger in *Geschlecht und Charakter* an (s. Anm. zu Seite 198), als Beleg dafür, daß die physische Natur »matriarchalisch« sei. Das Quagga ist ein im vorigen Jahrhundert ausgerottetes, zebraähnliches Wildpferd.

360 **Bearbeitung von Liszt** – Schubert »Sei mir gegrüßt«, op. 20, D. 741; für Klavier vertont von Franz Liszt in »Zwölf Lieder von Franz Schubert«, Nr. 1.

380 **Hinterland** – Deutsch im Original

428 **derjenige Basedow** – Karl von Basedow (1799–1854), deutscher Arzt, erkannte 1840 die nach ihm benannte Krankheit, zu deren Symptomen aufgrund einer Überfunktion der Schilddrüse hervortretende Augen (die berühmten »Glotzaugen«), Kropf, Herzjagen und erhöhter Bludruck gehören. Johannes Bernhard Basedow (1724–1790) – mit dem Guido den »Freund Goethes« verwechselte – war ein prominenter Vertreter der Aufklärungspädagogik.

489 **Veronal** – Handelsname eines seinerzeit sehr gebräuchlichen Schlafmittels auf der Basis von Barbitursäure. Mit Natrium angereichert, wird die Säure zu Salz, und dieses Natrium-Barbiturat ist wesentlich rascher wirksam. An dieser Stelle sind Zenos chemische Kenntnisse nicht völlig verläßlich, wenn er (im italienischen Original) von Natrium-Veronal spricht.

meine Vorgänger Goethe und Schopenhauer – Zeno bezieht sich *554*
hier auf J.W. Goethe *Zur Farbenlehre*, erschienen 1810, und Arthur Schopenhauer *Über das Sehen und die Farben* (1816), die sich beide kritisch mit Newtons rein quantitativer Theorie des Lichts auseinandersetzen. Die Anregung zu den Überlegungen Zenos könnte aber auch von dem Chemiker Ostwald stammen (s. Anm. zu Seite 44), der 1918 in Leipzig ein Buch mit dem Titel *Goethe, Schopenhauer und die Farbenlehre* publiziert hatte.

die Memoiren von Da Ponte – Lorenzo da Ponte (1749–1838), heute *566*
vor allem bekannt als Libretto-Schreiber Mozarts; seine Memoiren erschienen erstmals 1823 in New York.

wie bei Boccaccio – Die erwähnte Novelle ist im *Dekameron* die 10. *569*
des Ersten Tags. Der über siebzigjährige Meister Alberto verliebt sich in die wesentlich jüngere Margherita de' Ghisolieri, die glaubt, sich über den alten Mann lustig machen zu können. Er pariert ihr aber so würdevoll, daß die Lächerlichkeit auf die Spötterin zurückfällt.

Lungengymnastik von Niemeyer – Paul Niemeyer (1820–1871), deut- *573*
scher Arzt und Verfasser zahlreicher populärmedizinischer und diätetischer Schriften, wie *Die Lunge*, Leipzig 1876.

das Ministerium gestürzt, das den Krieg wollte – Der für den *575*
Kriegseintritt plädierende Antonio Salandra wurde 1915 kurzfristig von Giovanni Giolitti (1842–1928) abgelöst, der jedoch am 21. Mai 1915 fluchtartig Rom verließ, woraufhin Italien am 24. Mai 1915 Österreich-Ungarn den Krieg erklärte.

Zurück – Die in der folgenden Passage (bis S. 582) kursiv hervorge- *576*
hobenen Ausdrücke sind im Original deutsch.

die natürliche Auslese – Anspielung Zenos auf Charles Darwin *589*
Entstehung der Arten durch natürliche Zuchtwahl, Stuttgart 1863.

A. N.

Nachbemerkung der Übersetzerin

Heute zählt Italo Svevo fraglos zu den großen Romanciers vom Beginn dieses Jahrhunderts, und gewöhnlich wird sein Name in einem Atemzug mit Marcel Proust und James Joyce genannt. Das war nicht immer so, und zumal in Italien waren Svevos Rang und Bedeutung heftig umstritten, auch 1925 noch, als dieser dritte und letzte Roman von ihm erschien. Das liegt einesteils gewiß an der Epoche, in die die frühe Rezeption seiner Werke fiel; das liegt aber auch an deren sprachlicher Gestalt. Der »italienische Schwabe« oder »schwäbische Italiener« – so zu Deutsch das Pseudonym des Autors, der eigentlich Ettore Schmitz hieß – fühlte sich im Italienischen nie recht zu Hause. Er konnte gut Deutsch, das in der damals noch österreichischen Handels- und Hafenstadt Triest Amts- und Verkehrssprache war, und natürlich konnte er Triestiner Dialekt, in dem sich das gesellschaftliche und familiäre Leben abspielte. Aus dieser – relativen – Unsicherheit im Italienischen rührt das her, was Svevo anfangs von der italienischen Kritik vehement als »schlechter Stil« angekreidet wurde.

Wie läßt sich der beschreiben? Da ist eine gewisse Unsicherheit in der italienischen Idiomatik, die Svevo häufig verformt, nicht selten nach deutschem Muster; da sind teils obsessive Wortwiederholungen, die in der gesprochenen Sprache zulässig, im schriftlichen Gebrauch jedoch eher verpönt sind; vor allem aber sind da die ständigen Brüche im semantischen Register, weswegen einzelne Worte entweder wie Einsprengsel in einem fremden Bedeutungsfeld stehen, oder, was häufiger ist, nicht das treffende, sondern ein »daneben liegendes«, »unpräzises« Wort eingesetzt wird, oder schließlich der häufigste Fall, fremde Register miteinander verknüpft werden, so daß dann Überlegungen zur Liebe etwa mit dem Vokabular der Handelssprache angestellt werden.

Diese Besonderheiten von Svevos Stil sind mittlerweile philologisch entschlüsselt worden und gelten nicht länger als Defizite oder Anomalien, sondern als konstitutive Elemente eines Textes, dessen Anliegen es ja ist, ein Bewußtsein, »La coscienza di Zeno«, zur Darstellung zu bringen. In derartigen sprachlichen Fehlleistungen manifestiert sich, psychoanalytisch gesprochen, das Unbewußte, das Zenos Bewußtsein bedrängt, verschiebt und desavouiert.

Die neuere, an der Linguistik geschulte Übersetzungstheorie fordert Treue nun aber gerade solchen formalen Bedeutungsträgern gegenüber. Die ältere Übersetzung dieses Textes von 1929 aus der Feder des mit Svevo befreundeten Piero Rismondo ist spürbar bemüht, dem Autor in Deutschland zu literarischer Anerkennung zu verhelfen. Im Sinne publikumsfreundlicher Lesbarkeit läßt Rismondo große Freiheit walten, sei es auf syntaktischer Ebene, wo Satzgrenzen willkürlich verschoben werden, sei es auf semantischer Ebene, wo die genannten Komplikationen des Textes beruhigt und geglättet werden, nicht selten durch schlichte Auslassung der fraglichen Stellen. Das Ergebnis ist eine treue Nacherzählung des Originals mit erheblich veränderten sprachlichen Mitteln. Für Rismondos Übersetzung trifft Eugenio Montales Beobachtung zu: »Svevo in Übersetzung wirkt elegant, während er ermüdend und tiefsinnig war, verstrickt und zugleich frei, ein Autor aller Zeiten und doch Triestiner in seiner schwierigsten Phase.« Im Gegensatz dazu bemüht sich die vorliegende Neuübersetzung, Semantik und Syntagma des Originals im Deutschen so genau wie möglich nachzubilden. Sie ist daher eine sehr *gebundene* Übersetzung, die gewiß nicht forsch und elegant daherkommt wie die ältere. Doch wenn es im Ausgleich dafür gelungen ist, den Tiefsinn wie den hintergründigen Witz von Svevos Prosa deutlicher zum Vorschein zu bringen, dann hat sie ihren Zweck erfüllt.

B. K.

Wilhelm Genazino

Die Relativität des Glücks

Leben und Schreiben des Italo Svevo

> Das Lachen ist nicht mehr ehrfurchtsvoll – es ist Zeichen des Schreckens. Das Lachen ist Ausdruck der Kompromißhaltung, die der Mensch gegenüber dem einnimmt, was ihn abstößt, wenn dieses ihm nicht mehr ernst erscheint.
>
> Georges Bataille; *Madame Edwarda*, 1937

I. Svevos epische Welt

Es gibt neben ihm, vielleicht mit Ausnahme von Samuel Beckett, kaum einen Autor, der die Endlichkeit menschlichen Lebens mit ähnlich duldsamer Fassung hingenommen und beschrieben hat wie der Italiener Italo Svevo. Er hat das Altern, das ins Leben vorverlegte Sterben, mit einer Standhaftigkeit angenommen, als sei das Ende des Menschen die einzige ordentliche Verrichtung, die eine Person zeitlebens zustande bringen kann. Unter den Verfassern der Weltliteratur ist er einer der wenigen, die ihre Leser für nichts einnehmen und von nichts überzeugen wollen. Italo Svevo ist ein Autor ohne Belehrungstonfall. Sein Werk läßt Leser mit verschiedenen Voraussetzungen zu; mancher seiner Texte ist so leicht und einfach, daß er kaum mehr als die Ansprüche gehobener Unterhaltung zu erfüllen scheint. Man kann in sein Gelächter einstimmen, man kann ihn einen Komiker nennen und sonst kaum etwas bemerken. Svevos literarische Liebenswürdigkeit hat schon manchen

Leser verführt, seinen Ernst und seine ausweglose Wahrhaftigkeit nicht zu sehen. Aber Svevos Werk hat viele Seiten; wir wollen ihm nicht dieses oder jenes Etikett aufkleben, an denen es auch seinem Werk nicht fehlt, sondern seine epische Welt kennenlernen.

Mit 37 Jahren, 1892, veröffentlichte er in seiner Heimatstadt Trieste seinen ersten Roman *Ein Leben* (*Una vita*). Der Verfasser war im Erscheinungsjahr schon seit zwölf Jahren Angestellter der Triestiner Filiale der Wiener Union-Bank, der er danach noch weitere sechs Jahre angehörte. Das Leben der Angestellten in einem italienischen Bankhaus der Jahrhundertwende ist auch der Inhalt des Romans *Ein Leben*. Der Angestellte Alfonso Nitti, die Hauptfigur des Buches, ein junger Mann vom Land, verführt Annetta, die Tochter des Bankiers, schreckt aber vor einer Heirat zurück und nimmt sich statt dessen Urlaub, um auf dem Land (bei seiner Mutter) Besinnung und Abstand zu finden. Alfonso Nitti, der erste Rückzugs-Held im Werk von Svevo, ist nicht darauf aus, die Wirklichkeit nach seinen Wünschen zu gestalten. Durch Abwesenheit läßt er die Welt quasi eine Weile ohne sich weitergehen, und erst bei der Rückkehr erfährt er, was inzwischen geschehen ist: Annetta hat sich mit einem anderen Angestellten der Bank verlobt. Alfonso indessen fühlt sich den neuen, veränderten Gegebenheiten in der Bank moralisch nicht mehr gewachsen und weiß keinen anderen Ausweg als den Selbstmord.

Alfonso reagiert auf Annetta mit tief gespaltener Männlichkeit. Einerseits idealisiert er sie zu einem schönen Engel, der ihn vergessen macht, daß man auf eine Frau auch sachlich angemessen reagieren kann. Andererseits verachtet er sie als Dummchen, das sich einbildet, in den freien Stunden einen Roman schreiben zu können. Entsprechend schwankend und gefühlsmäßig anstrengend ist sein Zugang zu Annetta. Die Verhaltensweisen der Zeit begünstigen die Maskenhaftigkeit der Sitten. Der Roman spielt 1892; das heißt, die Sexualität muß hinter einem Kanon von riskanten Höflichkeiten verborgen bleiben. Zärtlichkeiten muß Alfonso seiner Geliebten »ablisten«, einen Kuß gar »rauben«. Wenn er sie besuchen will, muß er damit rechnen, daß er nicht »vorgelassen« wird; Annetta schickt das Hausmädchen zur Tür und läßt ausrichten, sie sei »unpäßlich«. Die jederzeit verfügbare Unpäßlichkeit der Frauen wird nicht nur sichtbar als strategisches Moment für die möglichst vielversprechende Selbstverfügung in die Ehe, sondern auch als unbewußte Rache für die zynische Doppelbödigkeit männlichen Verlangens. In diesem Durcheinander von unsicheren Perspektiven, die das Ich nur einengen, und törichten erotischen Manövern, die ihr Ziel zwar kennen, es aber nicht erreichen dürfen, entfaltet Svevo die Komödie eines Mannes, der immer die vorgeschriebenen Haltungen einnehmen möchte. Dabei verliert er nicht nur das Objekt seiner Begierde aus den Augen; auch gegenüber seinen Kollegen hat er sich auf eine Weise kompromittiert, die er nicht wieder auszugleichen versteht.

Aber, wie immer bei Svevo, ist die ironische Komödie nur die Gegenseite des gewöhnlichen Ernstes. Der Roman *Ein Leben* ist außerdem einer der ersten kritischen Angestellten- und Büroromane der europäischen Literatur überhaupt. Wahrscheinlich war der Roman für seine Zeit zu unerbittlich, und möglicherweise ist er deswegen folgenlos geblieben. (Robert Walsers Angestelltenroman *Der Gehilfe* erschien sechzehn Jahre später, 1908, und konnte ebenfalls nicht angemessen aufgenommen werden.) Svevo zeigt die Angestellten als eine Schar von subalternen Schwächlingen, die immerzu um ihre Positionen besorgt sein müssen. Die Welt ist noch sehr klein, und sie kennen ihren Chef persönlich und verkehren (wie bei Walser) in dessen Privatwohnung. Die Tage vergehen mit Einbildungen und Vermutungen darüber, wie es um die persönliche Einstellung des Chefs zu jedem einzelnen von ihnen bestellt sein mag. Durch die Übernähe zum Betrieb entsteht im Subjekt das Gefühl des Ausgeliefertseins. Alfonso Nitti verschafft sich Entlastung, indem er in kulturell omnipotente Phantasien ausweicht; er ist überzeugt, eines Tages ein philosophisches Werk schreiben zu können, und doch weiß er, daß diese Phantasien nur Wunschträume sind. Besonders nach realen Demütigungen im Büro vertieft er sich in Lektüre: »Wenn er in einem philosophischen Werk las, überkamen ihn größenwahnsinnige Träume. Sie entsprangen nicht seiner Veranlagung des Geistes, sondern waren die Folge der äußeren Umstände, in denen er lebte.« Das war 1892, mitten in der europäischen Hochindustrialisierung, als die weißen Kragen der Angestellten eben erst ihre Täuschungen ausstrahlten, zu klar, zu rücksichtslos, zu schneidend. Wenn nach Gründen gesucht wird, warum sich Svevo nicht schon mit diesem ersten Roman als Autor hat etablieren können, dann muß man sich vergegenwärtigen, daß zur Zeit der Jahrhundertwende ein Angestellter unangefochten die Position eines Aufsteigers vertrat, der sich vor Fabrikarbeit oder Tagelöhnerei hatte retten können. Aus den Angestellten wurde die bewunderte neue Klasse, und deswegen war es kaum möglich, ausgerechnet mit einer unbarmherzigen Kritik dieser allgemein akzeptierten Einschätzung der Angestellten zu avancieren.

Sechs Jahre später, 1898, veröffentlichte Svevo seinen zweiten Roman *Ein Mann wird älter* (*Senilità*). Wieder ist sein Held, Emilio Brentani, ein Angestellter, und wieder will dieser Brentani die Gunst einer Frau dauerhaft an sich binden. Allerdings sind diesmal die Gewichte anders verteilt. Die Welt der Angestellten spielt so gut wie keine Rolle mehr. Der 35jährige Emilio, auch er ein Rückzugs-Held, lebt mit seiner unverheirateten Schwester zusammen, für die er sich verantwortlich fühlt. Aus Langeweile beginnt Emilio eine »Affäre« mit der einfachen Angiolina; ganz gegen seine Absicht wird er dieser Angiolina aber mehr und mehr hörig, obwohl diese ihn ein ums andere Mal betrügt. Emilio, der sich aus übergroßer Empfindlichkeit eigentlich nicht mehr recht ins Leben hineintrauen wollte, steht plötzlich mitten im Zentrum jener Schmerzen, die er hatte vermeiden wollen. Der erste Satz des Romans ist bereits eine Bitte um Schmerzvermeidung: »Schon mit den ersten Worten, die er an sie richtete, wollte er sie darauf aufmerksam machen, daß er nicht die Absicht habe, das Risiko einer ernstlichen Liebesbeziehung einzugehen.« In der Spannung dieses Satzes liegt der Widerspruch des Svevoschen Helden; aus Angst vor Schmerzen kommt Brentani diesen immer näher, und durch den unmöglichen und deswegen lächerlichen Versuch, Leben und mithin Lebensschmerz zu verhindern, entsteht Komik. Svevos Figuren fürchten die Bedrohung des Lebens durch Ernsthaftigkeit; ihre Schmerzunlust (Freud) ist so groß, daß sie in lebensverzögernde, lebensverdünnende und lebensumgehende Manöver ausweichen müssen. Sie bemerken dabei nicht, daß auch Lebensverhinderung Schmerzen stiftet, und zwar genau dieselben, die bei direkter Konfrontation mit dem umgangenen Konflikt entstanden wären. Die versuchte Umgehung des Schmerzes schafft aber immerhin Gelegenheit zu individueller Besinnung und Abstand. Das Zögern, das ganz und gar Svevosche Zögern, ist ein durchgehendes Bauelement seiner Prosa. Durch ihr ewiges Zaudern erleben Svevos Figuren immer wieder neue Umwandlungen ihrer Gefühle. Am Ende von solchen Umwandlungsketten haben sie von sich selbst ein authentisches Gefühl und dadurch den Eindruck subjektiver Klugheit, der sich natürlich auch wieder als Täuschung herausstellt. Franz Kafka hat die Auswirkungen von Irrtum und Versäumnis im Leben argloser Personen beschrieben. Svevo weicht diesen lebensstrukturierenden Mächten (Irrtum und Versäumnis) durch strategisches Zögern vorher aus und erliegt ihnen dann doch: natürlich nicht mit dem Alptraum Kafkas, sondern mit dem Gelächter des milde gestimmten Verlierers, der weiß, daß das menschliche Denken ein kompliziertes System von Mehrfach-Täuschungen ist.

Die Lebensweisen, die sich aus der Schmerz-Umgehung ergeben, sind schwebend, leicht, träumerisch. Manche Ereignisse möchte Brentani am liebsten durch Träume verlängern, andere will er komplett gegen Träume eintauschen. »jedes Ereignis ist roh, ungeordnet, mißtönend«, schrieb Svevo in seinem leider noch nicht deutsch vorliegenden Tagebuch. Natürlich ist *Ein Mann wird älter* nicht nur ein Roman über den Umgang mit Gemütsschmerzen. Es ist ebensosehr ein Buch über die frei flutende männliche Begierde, über das Umherwildern der Gefühle und – über das Altwerden. Nicht über das wirkliche, physische Altern, über die beleidigende Verringerung des Lebens, über die Svevo erst dreißig Jahre später geschrieben hat. Brentani ist erst 35 Jahre alt, aber er fühlt das kommende Alter als Melancholie einer Schwäche, an deren Rand er eben angekommen ist. Brentani empfindet, daß eine Person seines Alters mehrere einander widersprechende Altersgefühle zugleich hat; das Real-Alter spaltet sich auf in verschiedene Altersüberzeugungen. Die Regung des Verlangens fühlt sich im Subjekt zum Beispiel immer jünger an als die Regung der sich fast immer uralt fühlenden Erfahrung. Gar nicht zu reden von der ebenfalls sehr alten Regung der Todessehnsucht, die überbeschäftigt ist mit der Vereinheitlichung der anderen Altersgefühle; und Vereinheitlichung heißt endgültige Ordnung, heißt Tod.

Svevo hat sowohl das Konzept der kindischen Naivität als auch das Konzept der ausgefuchsten Greisenvorsicht im Kopf und spielt dem Leser abwechselnd beide Konzepte wie Spielkarten zu. Das Spiel, das dabei gespielt wird, heißt: Anstatt des Lebens gibt es immer nur ein Arrangement von Gelegenheiten. Und das Nachspiel dazu heißt: Jeder, der mehr will als Gelegenheiten, endet in den Labyrinthen der Täuschung. Svevo verlangt von seinen Lesern die Einsicht, daß über biographisch-persönliche Entscheidungen, die zum Zeitpunkt ihres Geschehens als schwerwiegend empfunden werden, im Grunde sofort gelacht werden kann. Dieses Lachen führt er uns in seinen Romanen vor, indem er Figuren zeigt, die ihr Leben durch überraschende Einsichten vorzeitig komödienhaft erleben. Oder, mit Svevo formuliert: Die Figuren werden zu ihren eigenen »lachenden Nebenmenschen«.

Denn »das Leben ist weder häßlich noch schön, es ist originell«, sagt Zeno Cosini, der Held des dritten und letzten Romans von Svevo, wenn wir den fragmentarisch gebliebenen Roman *Der Greis* (*Il veccione*) einmal nicht mitrechnen. In der Ansicht, daß das Leben lediglich originell sei, kommt wieder die Svevosche Weigerung zum Ausdruck, über reale Enttäuschungen hinaus Tragik zu empfinden oder, anders ausgedrückt, die Mißhelligkeit des Lebens durch selbst fabrizierte Melancholie zu verlängern. Zeno Cosini, ein junger Triestiner Kaufmann, will die schöne Ada heiraten. Während eines geselligen Abends im häuslichen Kreis der Auserwählten macht er (das Zimmer ist verdunkelt: Die Familie unterhält sich bei spiritistischen Übungen) aus Versehen Adas schielender Schwester Augusta die Liebesgeständnisse. Die überraschte Augusta nimmt den Antrag schicksalsergeben an; Zeno Cosini erschrickt zwar kurz, greift aber nicht korrigierend in seine eigene falsche Liebesgeschichte ein, sondern fügt sich dem von ihm selbst eingeleiteten Geschick. Das heißt, das Subjekt weiß nicht, was seine Liebesrealität ist. Als seine Realität kennt er lediglich das innere Gebot, niemanden enttäuschen zu dürfen. Am Ende heiratet Zeno Cosini nicht Ada, sondern tatsächlich Augusta, ohne sie recht zu begehren und ohne jemals aufhören zu können, sich nach der verfehlten Ada zu sehnen. Aber weil er auch mit Augusta zufrieden, ja glücklich ist, relativiert sich mit fortschreitendem Lebensalter sein Liebesirrtum immer mehr bis hin zu der Überzeugung, daß die falsche Frau eigentlich doch die richtige war: Das Leben ist weder häßlich noch schön, sondern originell. Grundlage der Ironie sind wieder überraschend frei werdende Einsichten in die laufende Überschätzung von Lebensentscheidungen.

Hinter Komik und Ironie ist natürlich Svevos zweiter und dritter Blick spürbar. Die Möglichkeit, die »falsche« Entscheidung zu korrigieren, zieht Cosini wegen zu großer Ehrfurcht vor dem großen, ihn überfordernden Schmerz (in diesem Fall: dem der Trennung von der bereits angenommenen Augusta) gar nicht erst in Erwägung. Die Trennungsidee bleibt aber latent in der einmal getroffenen Entscheidung für einen Menschen immer vorhanden und auch aktivierbar. Im Zentrum des inneren Vorbehalts, den Cosini seiner Ehefrau Augusta gegenüber lebenslang nicht ganz aufgibt, richtet sich nach langen Ehejahren seine Geliebte Carla ein. An und mit Carla entwickelt Svevo das nie endende Taktieren des Subjektes mit dem Trennungsschmerz. Wenn Cosini mit der Geliebten die real gar nicht mehr mögliche Ablösung von seiner Ehefrau halluziniert, wird die Täuschung als die Substanz des Lebens sichtbar: Er hat die Illusion der Trennung auf der Basis einer realen Untrennbarkeit. So kann Cosini seinem Trennungswunsch immer nachgehen, ohne ihn je einlösen zu müssen; er kann seine Täuschungen lieben, ohne an sie glauben zu müssen. Dieses Spiel überschreitet natürlich niemals seine Grenzen; sobald Cosini der Wirklichkeit der Trennung von seiner Ehefrau ein wenig zu nahe kommt, wird die Unlust zu groß und Cosini weicht mit Wonne zurück in die schmerzfreien Zonen der früher geschaffenen Ordnung.

In seinem Todesjahr, 1928, begann Italo Svevo mit der Niederschrift des Romans *Der Greis*, der nicht vollendet wurde, weil Svevo im Alter von 67 Jahren einen Autounfall erlitt und an seinen Folgen starb. Der Greis leidet an der verschärften Aufspaltung seiner Lebensgefühle; er ist einerseits alt, weil ihm die Vitalität des Körpers nicht mehr zu Gebote steht, andererseits aber hält ihn die Erscheinung der Lust psychisch jung und läßt ihn die Schwäche des Fleisches nur schwer akzeptieren. Die Phantasie, das heißt die Lust, ist seinem Leben immer voraus. Diese Widersprüchlichkeit in der Erfahrung macht die Figur des Greises in hohem Maße realistisch-authentisch. Svevos Greis ist weit entfernt von Verklärung oder gar Uminterpretation des Alters – etwa in die segensreiche Summe des Lebens und was es dergleichen mehr gibt. Im Gegenteil. Sein Alltag wird von Schlaganfällen (oder der Furcht vor ihnen) und familiären Demütigungen bestimmt, und der Greis weicht diesem »grauenvollen wirklichen Leben« nicht aus: Er hält ihm stand bis zum Ende. »Ich lebe in demselben untätigen Dahindämmern, in dem man stirbt«, heißt es. Seine Familie erlaubt ihm nicht mehr, seine Meinungen zu äußern. Sein Sohn erklärt ihn gar für »blöd«. Über sein Aussehen gibt er sich keinen Täuschungen hin: »Meine Häßlichkeit ist mir stets gegenwärtig.« Und der bei alten Menschen beliebten Vorstellung eigene Erfahrungen an die Nachkommenden vermitteln zu können, gibt er sich gar nicht erst hin, nachdem er erleben muß, daß Teile seiner Spuren schon zu seinen Lebzeiten von den Jüngeren verwischt werden. Die Meinungen und Verhaltensweisen der jüngeren Familienangehörigen wirken sich unmittelbar lebensverkürzend aus: »Es ist auch schwer, Leute zu lieben, die, von keinerlei Schlaganfall bedroht, einen mit dem Ausdruck hassenswerter Unbeschwertheit bedauern, bemitleiden und sich dabei unterhalten.« Der herannahende Tod rationiert das Leben beinahe von Monat zu Monat; unter dem Zeichen der laufenden Existenzverknappung wandelt sich das Leben um in bloße Betrachtung. Seine »tägliche Medizin« lautet deshalb: »Ich betrachte die Frauen, die vorübergehen.« Denn die Lust ist es, die am schwersten altert; während das Fleisch schon lange trauert, sucht sie sich immerzu neue Objekte. Dennoch fehlt diesem Greis jegliche Todespanik; es fehlen ihm apokalyptische, religiöse oder mystische Anwandlungen, die sich so gern einstellen, wenn sich Personen vom Leben trennen sollen. Svevos Greis ist identisch mit seinen Schwächen und weiß, daß altes Leben kaum mehr ist als eine rührende Resteverwertung.

Auf der Höhe der Greisenhaftigkeit tritt so etwas wie eine Vor-Todes-Ruhe ein. Der Alte ist nur noch gelangweilt. Die Dinge gleiten an ihm vorbei; »ob man sie ansah oder schlief, kam ungefähr auf eins heraus«. Nicht einmal Jugenderinnerungen plagen ihn mehr; sein Blick ist nach vorne gerichtet, und vorne ist nichts mehr. Womit soll ein Greis seine Tage ausfüllen? Die Menschen sind zu lange alt; sie haben zuviel Gelegenheit, das bißchen aktives Dasein nachträglich zu bedenken. Die Gewißheit des baldigen Todes könnte jeden Alten dazu ermutigen, auch vor schrillen und herausfordernden Befriedigungen nicht zurückzuschrecken. Wenn einmal das Gefühl vorherrscht, daß das Leben aus dem Leim geht, brauchen auch die Erlebnisse nicht mehr zu stimmen. Svevos Greis lernt Felicita kennen, eine Tabakhändlerin, die ihre Einkünfte durch Prostitution verbessert. Der Greis besucht und bezahlt Felicita regelmäßig, das Geld, das er ihr gibt, sind seine Gefühle, die sonst niemand mehr haben will. Seinen Besuchen bei Felicita fehlt jegliches abenteuerlich-verruchte Moment; im Gegenteil: »Ich empfand meinen Entschluß, mir eine Geliebte zu nehmen, so, als schickte ich mich an, in die Apotheke zu gehen.« Die Beziehung zu einer Prostituierten symbolisiert auch die Aussöhnung mit einem Ersatz, dessen Original nicht mehr zu haben sein wird; deswegen sind die Erlebnisse mit Felicita der reale Endpunkt seines Lebens. Felicita ist eine »flüchtige Beziehung«, die »nur dem Zweck dient, sich vor dem Tod zu retten«. Damit antwortet der Svevosche Geist auf die prinzipielle Kränkung, daß jegliche Lebensplanung immer falsch sein muß, weil alles, was der Mensch unternimmt, tendenziell über den Tod hinausweist und dann doch von ihm abgebrochen, nicht: beendet wird. Gegen diese Kränkung hilft nur noch die

Aufsplitterung des alt gewordenen Lebens in kleine Einheiten, die von Anfang bis Ende noch erlebbar sind.

Trotz dieser realistischen Melancholie treibt der Greis sein Leben immer wieder in Situationen hinein, in denen sich ein anarchistischer Lebenswitz offenbart, der keine Rücksichten mehr zu nehmen braucht. Liebenswürdig bösartig sagt ihm Felicita eines Tages: »Weißt du, es graust mir gar nicht vor dir.« Ein paar Augenblicke lang will der Greis daraufhin konventionell gekränkt sein, aber dann findet er zur Wahrheit eines Affekts zurück und flüstert ihr ins Ohr: »Merkwürdig! Auch mir graust es gar nicht vor dir.«

Die Entfaltung des Altersprozesses bestätigt Svevo als einen der großen psychologischen Realisten der Weltliteratur. Wer sich vergegenwärtigt, mit welchen Tricks und Kampagnen sich unsere Gesellschaft um die Tatsache des Alterns herumdrückt, der begreift, daß die Lektüre dieses Romanfragments beinahe so etwas wie ein subversiver Akt ist; mindestens in diesen unseren Jahren, in denen das Fitneß-Selbstverständnis unserer Gesellschaft inzwischen dazu übergegangen ist, auch noch den physischen Verschleiß der Alten zu dynamisieren. Der Svevosche Greis erlaubt sich, sein Leben unnütz und belanglos zu finden. Müßte er den heutigen Aufmarsch der Therapeuten und Animateure erleben, die ihm die »Freizeit« vertreiben wollten, dann hätte er nur höhnisch und grausam lachen müssen – ungefähr so ähnlich, wie Italo Svevo während des Schreibens oft lachen mußte, wie seine Tochter Letizia Fonda Saxio gern erzählte.

Italo Svevo hat noch nicht ganz aufgehört, ein »Fall« zu sein, zumindest in Deutschland nicht. Ein Teil dieses Falles ist, daß es bis heute keine Svevo-Biographie in deutscher Sprache gibt. Wer sich über sein Leben und Werk informieren möchte, muß entweder englische oder italienische Biographien lesen oder sich in der Städtischen Bibliothek in Trieste umsehen, wo es einen Italo-Svevo-Raum mit reichhaltigem Material gibt.

Svevo wurde am 19. Dezember 1861 in Trieste geboren. Seine männlichen Vorfahren stammten aus Deutschland; Adolf Schmitz, Svevos Großvater, ein Rheinländer, war als österreichischer Finanzbeamter nach Treviso gekommen und hatte dort die italienische Rosa Macerata geheiratet. Svevos Vater, Francesco Schmitz, war als Kaufmann in der venetianisch-friaulischen Glasindustrie tätig gewesen. Und Ettore Schmitz, wie Italo Svevo eigentlich hieß, war das fünfte von acht Kindern. Seine Kindheit verbrachte er in der Vielvölkerstadt Trieste, die bis 1918 zu Österreich gehörte. Mit zwölf Jahren wurde Ettore mit seinen Brüdern Adolfo und Elio in ein deutsches Internat nach Segnitz bei Würzburg geschickt (es existiert heute nicht mehr), wo er fünf Jahre blieb. Mit siebzehn kehrte er nach Trieste zurück und begann, Theaterstücke zu schreiben. Der wirtschaftliche Niedergang des Vaters veranlaßte ihn, seine literarischen Pläne vorerst aufzugeben, er wurde Bankangestellter in Trieste.

Svevo galt nur wenige Jahre seines Lebens öffentlich als Schriftsteller. Es ist ein Kennzeichen des Svevoschen Schreibens, daß es entweder nur zögernd, sehr spät oder gar nicht zur Kenntnis genommen wurde. Die Nichtachtung begann schon zu seinen Lebzeiten und in seinem eigenen Land.

Auf seinen ersten Roman *Ein Leben* reagierte immerhin noch die lokale Kritik. Unglücklicherweise war es ein Charakteristikum von Svevo, daß er zur Fortführung seines literarischen Lebens Lob und Ermunterung der Kritik ganz unmittelbar benötigte. Nur die immerhin örtliche Bestätigung ermunterte ihn zur Niederschrift seines zweiten Romans *Ein Mann wird älter*, der sechs Jahre später wiederum in Trieste erschien. Die ästhetisierende, am sprachlichen Pomp von D'Annunzio orientierte italienische Kritik nahm auch Svevos zweiten Roman nicht wahr. Sie stieß sich an seinem angeblich schlechten Italienisch, an seinem Triestinisch, einer Spielart des venetianischen Dialekts, in der sich deutsche, slawische und friaulische Momente mischen. Ein Mann wie Svevo konnte die Ignoranz der Kritik nicht verstehen; mehr noch: Er konnte sie seinerseits nicht wirklich verzeihen. Dazu war das Schreiben für ihn viel zu sehr ein Instrument der Selbsterhöhung. Er neigte dazu, gerade so wie seine Romanfiguren, äußeren Ereignissen einen übertriebenen Aussagewert zuzugestehen; deswegen mußte er seiner öffentlichen Mißachtung als Autor eine übertriebene private Folgeauswirkung zugestehen.

Svevo war beleidigt und zog sich für rund fünfundzwanzig Jahre aus dem literarischen Leben zurück. Das unverstandene und gekränkte Moment dieses Rückzugs läßt sich aus vielen Mitteilungen erschließen. Klipp und klar vertraute er seinem Tagebuch an: »Der Mißerfolg von Senilità, die ich mit siebenunddreißig Jahren veröffentlichte, brachte mich zu dem Entschluß, die Literatur ganz und gar aufzugeben.« Es gibt noch heftigere, das heißt noch verletztere Eintragungen in diesem Tagebuch; zum Beispiel: »Ich habe diese lächerliche und schädliche Sache, die man Literatur nennt, aus meinem Leben ausgemerzt.« Ausgemerzt hatte er aber nicht seine Literatur, sondern nur die Idee seiner Karriere mit ihr. 1896 hatte er Livia Veneziana geheiratet, die Tochter des reichen Triestiner Schiffslackherstellers Giochino Veneziani, und mit seiner Heirat hatte sich auch sein Leben verändert. Der Bankangestellte Svevo trat in die Firma seines Schwiegervaters ein und wurde ein erfolgreicher Unternehmer. Die Firma expandierte; außer auf ein paar italienische brachte sie es auch zu einer Londoner Niederlassung. Svevo war selbst geschäftlich in London gewesen, und es war notwendig geworden, daß er seine englische Sprachkenntnisse verbesserte. Und als er sich in Trieste bei der Berlitz-School angemeldet hatte, traf er auf einen Englischlehrer, der für seine andere, schon fast begrabene literarische Existenz eine wunderbare Wiederbelebung war. Es war James Joyce, ein unter schwierigen Umständen lebender Mittzwanziger, der selbst Schriftsteller werden wollte. Vorerst war er aber nur Englischlehrer in Trieste, und das sollte er noch eine Weile bleiben. Joyce und Svevo wurden zwar unpassende, aber aneinander interessierte Freunde. Joyce las dem fülligen, gemütlichen italienischen Industriellen seine Erzählungen vor, und eines Tages traute sich auch Svevo, seinem Englischlehrer seine beiden früheren Romane zum Lesen zu geben. Joyce las sie und erklärte dann seinem überraschten Schüler: »Wissen Sie, daß Sie ein verkannter Schriftsteller sind! Es hat Stellen in Senilità, die selbst Anatole France nicht hätte besser machen können« – so nachzulesen in der Joyce-Biographie von Richard Ellmann. Das Ergebnis dieser Anerkennung war, daß Svevo wieder zu schreiben begann. Innerhalb von vierzehn Tagen (so hat Stanislaus Joyce später mitgeteilt) schreibt Svevo seinen dritten Roman *Zenos Gewissen* (*La coscienza di Zeno*), der 1923 in Bologna erschien. Noch einmal ignorierte ihn die italienische Kritik. Dafür setzte sich nun Joyce für den Italiener in Frankreich ein; er beauftragte Svevo, seinen neuen Roman an die französischen Kritiker Valery Larbaud und Benjamin Crémieux zu schicken. Tatsächlich schrieben Larbaud und Crémieux begeisterte Rezensionen in Pariser Literaturblättern nicht nur über den neuen, sondern auch über die früheren Romane Svevos.

Die französische Anerkennung kann als späte Wende im literarischen Leben von Svevo verstanden werden. Überrascht und verwundert faßte er neues Selbstvertrauen.

»Er geriet wie ein großes Kind unvermittelt in die sogenannten literarischen Milieus«, schrieb der damals junge Lyriker Eugenio Montale, der Svevos Stimmungsumschwung aus der Nähe erlebte. An Larbaud schrieb Svevo: »Wenn Sie nur wüßten, welch einen Auftrieb Ihre beiden Briefe meinem Leben gegeben haben! Ich habe Senilità wieder gelesen und sehe jetzt das Buch, das ich schon resigniert als ein Nichts aufgeben wollte, in dem Licht, das Ihr Urteil darauf wirft.«

Svevo besann sich wieder auf seine andere, nur angefangene Existenz als Schriftsteller; er schrieb und schrieb, als wäre er nicht schon fast am Ende, sondern erst am Anfang seines Schreiblebens. Die italienische Kritik nahm halb verärgert, halb aggressiv das französische Lob für Svevo zur Kenntnis. Natürlich war es nicht einfach, sich aus dem Ausland über heimische Weltliteratur aufklären lassen zu müssen. Nach der Veröffentlichung von *Zenos Gewissen* bis zu seinem Tod im Jahre 1928 blieben Svevo nur noch fünf Schreibjahre. In dieser Zeit entstanden viele Erzählungen, darunter *Kurze sentimentale Reise*, und der unvollendete vierte Roman *Der Greis* (*Il vecchione*).

An dieser Geschichte ist nur eines sonderbar und traurig: warum ein Autor, der so souverän war in seinen literarischen Erfindungen, in seiner Stoffwahl und deren Ausführung, warum ein solcher Autor sich freiwillig so abhängig machte vom Zuspruch seiner Zeit. Die Abhängigkeit war so groß, daß sie ihn als Autor fünfundzwanzig Jahre lang außer Kraft setzte, und sie war so falsch und so rührend und so voller Schwäche, daß sie von heute aus nur noch schwer begreiflich erscheint. Als 1927, im Aufwind der französischen Anerkennung, seine vergessenen Romane *Ein Leben* und *Ein Mann wird älter* in Italien wieder aufgelegt wurden, fügte er der Neuausgabe von *Ein Mann wird älter* ein Nachwort bei, in dem er auf seine »schmerzliche Einsamkeit« als Schriftsteller zu sprechen kam. »Ich fügte mich einem so einmütigen Urteil (es gibt keine vollkommenere Einmütigkeit als die des Schweigens) und enthielt mich fünfundzwanzig Jahre lang des Schreibens. Wenn dies ein Irrtum war, dann war es mein Irrtum.« Seine öffentliche Geltung als Autor drückte zugleich seinen privaten Selbstwert aus; im Gespräch mit Joyce formulierte er sein Urteil: »Ich konnte nur den einen Schluß daraus ziehen, daß ich kein Schriftsteller sei.«

Wer diese sonderbare Selbstauslöschung verstehen will, muß hinter Svevos Schriftstellerlaufbahn seine persönliche Sozialgeschichte sehen. Durch seine Erziehung – als Internatszögling hatte er Schiller, Jean Paul, Schopenhauer, Turgenjew und Shakespeare gelesen, später Ibsen, Gogol, Dostojewski und Tolstoi – stand er der Kultur näher als dem Erwerbsleben. Durch Heirat war es dem städtisch gebildeten Kleinbürger Svevo gelungen, sich von der achtzehn

Jahre lang währenden Fron niedrig bezahlter Büroarbeit zu befreien. Das »Glück« dieses Aufstiegs war aber nicht besser zu verstehen als zuvor das »Unglück« mit der Literatur; beide biographischen Prozesse speisten sich aus ein und derselben Lebensgeschichte. Die unverstandene Abfolge zwang ihn zu einer Umgruppierung seines Werte-Gefüges, die zwar von den Ereignissen seiner Biographie notwendig diktiert, aber nicht von seiner inneren Überzeugung (die bei der alten Glückserwartung mit der Literatur blieb) getragen wurde. Die Irritation darüber, daß die Gesellschaft die erwarteten Ruhmesprämien verweigerte, war in Svevos Existenzkalkül nicht vorgesehen. Wie sein Held Alfonso Nitti wollte er mit der Gesellschaft ein Gegengeschäft abschließen: große private Leistung gegen anhaltende öffentliche Anerkennung. Er lieferte zwar die Leistung, aber die Anerkennung blieb aus. Ein ordentlicher Kaufmann wiederholt solche Geschäfte nicht. Es blieb Svevo nichts anderes übrig, als seinen Erfolg als Geschäftsmann irritiert zu akzeptieren und den Mißerfolg mit der Literatur viel zu heftig zu verdammen.

Ein zweites Moment, das zu seiner Melancholie beigetragen haben mag, kam hinzu. Svevo selbst hatte in seinem ersten Roman *Ein Leben* das Kulturbedürfnis der Angestellten lächerlich gemacht und verhöhnt. In diesem Roman gibt es den geschätzten »Mittwoch-Club«, in dem sich die Angestellten treffen, um über die kulturellen Ereignisse der Stadt und ihre eigenen Amibitionen zu plaudern. In diesem Club – und eben nicht bei der Arbeit – werden die Angestellten als Personen sichtbar. Dadurch erscheint die Kultur als hygienische, entlastende Beigabe zum außengeleiteten, entfremdeten Berufsleben. Nach Maßgabe dieser Einschätzung konnte Svevo nicht selbst ein Autor sein, der sich tagsüber als Geschäftsmann abarbeitete, um sich am Abend mit Literatur wieder aufzubauen. Entweder oder. Das heißt, er hätte seine früh erlangte Vorstellung von der Souveränität eines Schriftstellers nachträglich wieder eingeschränkt, wenn er sich im Alter ernsthaft auf Freizeit-Schriftstellerei eingelassen hätte. Übrig blieb nur eine in der Stille weitergepflegte Idee, nämlich die Idee vom Beruf des Künstlers als Sehnsuchtsberuf des unter seinen Beschäftigungen leidenden Erwerbsbürgers.

Diese Idee taucht im Werk immer wieder als Motiv auf. Svevo bevorzugte Helden, die zwar Angestellte oder Kaufleute waren, aber »eigentlich« waren sie verhinderte oder gewesene oder zur Zeit gerade nicht schreibende Schriftsteller. Nicht nur Alfonso Nitti aus *Ein Leben* wollte immer schreiben. Emilio Brentani in *Ein Mann wird älter*, ein »unbedeutender Beamter einer Versicherungsanstalt«, ist ebenfalls eigentlich Schriftsteller, der vor vielen Jahren einen Roman veröffentlicht hatte, der »von den Kritikern der Stadt sehr gelobt worden war«. Der vergreiste, immer mehr hinfällige Pensionär aus der langen Erzählung *Vom guten alten Herrn und vom schönen Mädchen* wird unter Einfluß seines letzten Liebesabenteuers zum Schriftsteller, wenngleich er mit den von ihm geschriebenen Seiten auch nicht mehr glücklich wird. In der umfangreichen Erzählung *Ein gelungener Scherz* ist die kindische Existenz eines auf seinen Erfolg wartenden Schriftstellers ausschließlicher Handlungsinhalt; in diesem Fall ist der Schriftsteller durch das Ausbleiben von Anerkennung auf eine geradezu närrische Weise verletzlich geworden, so daß er schließlich das Opfer eines Scherzes seiner Freunde wird: Sie machen ihm vor, ein deutscher Verleger sei angereist, um seine Werke zu drucken. Er glaubt seinen Freunden, um sich dann, nach der Enthüllung des Scherzes, noch tiefer zurückzuziehen. Diese nicht ausagierten Schriftstellerfiguren sind die Gläubiger von Svevos realem Wunsch, endlich ein Schriftsteller und nichts als dies zu sein. Und in der Nicht-Einlösung dieses Wunsches scheint wieder das Muster des Verzichts und des Rückzugs durch, den Svevo zur wichtigsten menschlichen Bewegung seiner literarischen Figuren gemacht hat.

III. Haltbare Mißverständnisse

Über Svevos Wirkung außerhalb Italiens ist Einigkeit schnell hergestellt: Es gibt sie nicht. *La coscienza di Zeno* war der erste Roman, der in deutscher Sprache zugänglich war; es erschien 1929 in der Schweiz unter dem Titel *Zeno Cosini*, ohne jedoch Svevo als neuen Autor im deutschsprachigen Roman situieren zu können. Zu seinen ersten Lesern außerhalb Italiens gehörte Robert Musil, der es, so steht es in Musils *Tagebüchern*, mit »großem Vergnügen« las. Danach hat sich Martha Musil die italienische Originalausgabe von *Ein Mann wird älter* (*Senilità*) beschafft, war von diesem Buch aber, wie Musil notierte, »lange nicht so entzückt wie von Zeno Cosini«.

Die zweite deutsche Vorkriegspublikation, ein Band Erzählungen mit dem Titel *Ein gelungener Scherz und andere Novellen* fiel in das Jahr 1932. Im beginnenden deutschen Faschismus konnte aber auch dieses Buch seinen Autor nicht durchsetzen. So verzögerte sich die Präsentation Svevos bis spät in die Nachkriegszeit; erst in den sechziger und siebziger Jahren sind die drei Romane, das Fragment des vierten Romans und zahlreiche Erzählungen erstmals in deutscher Sprache erschienen. Anders als zu Svevos Lebzeiten in Italien wurden sie von der deutschen Kritik verständig und lobend, zum Teil begeistert aufgenommen. Aber wieder stieß Svevo auf eine merkwürdige Reserviertheit, die der einstigen Zurückhaltung der italienischen Kritik nicht nachsteht: Die deutschen Leser, sieht man von einigen Liebhabern ab, nahmen Svevos Werk bis heute nicht an.

Dafür bieten sich zwei Gründe an: zum einen die sperrige Uneinheitlichkeit von Svevos Werk selbst, zum zweiten Svevos durchgehender melancholischer Realismus.

Die Uneinheitlichkeit des Werks verführt sogar geübte Leser zu einseitigen, übereilten Befunden. Wer Svevo erst einmal auf seine entzückende Heiterkeit festgelegt hat (wie die Musils), kommt mit seiner zähen Traurigkeit nicht mehr zurecht. Wieder andere Leser, die sich von Svevos psychologischer Kühle beeindrucken lassen, wissen nicht recht, ob sie über einen solchen Autor auch lachen dürfen. Der Kritiker Günter Blöcker zum Beispiel nannte Svevo (*Kritisches Lesebuch*, 1962) einen »kalten, unbeteiligten Betrachter«. Das war Svevo auch, besonders in seinem ersten Roman *Ein Leben*. In *Ein Mann wird älter* und in *Zenos Gewissen* ist der Betrachter aber weder unbeteiligt noch kalt, sondern im Gegenteil gefühlig, weich und teilnehmend. Svevo hat all diese Haltungen in sein Werk integriert, und zwar doch wohl so, daß keine der Haltungen am Ende werkspezifisch genannt werden kann: nicht die Komik und Heiterkeit (*Zenos Gewissen*), nicht die Tragik (*Ein Leben*), nicht die Melancholie (*Ein Mann wird älter*) und nicht die Bitterkeit (*Der Greis*).

Allenfalls der typisch melancholisch-realistische Tonfall zieht sich durch alle Bücher Svevos hindurch. Svevos Realismus beruht auf der Tatsache, daß er von der tragischen

Konzeption des Menschen kein besonderes Aufheben gemacht hat. Leben und Literatur waren für ihn Auseinandersetzungen mit den Täuschungen des Anscheins. Die prinzipielle Entwertung des Lebens, die in dieser Haltung verborgen ist, teilt sich den Lesern perspektivisch mit – und schreckt alle ab, die in der Kultur immer noch die Rettung vor dem Alltag suchen. Es ist kein Zufall, daß Franz Kafka, mit dem Svevo oft verglichen wurde, heute ein Volksschriftsteller geworden ist, während Italo Svevo noch immer als Geheimtip dienen kann. Svevo hat Realität nicht (wie Kafka) symbolisiert und damit endlos ästhetisierbar gemacht. Hätte er es getan, säßen am Fuße seines Werkes ebenfalls Heerscharen von Interpreten. Aber bei Svevo gibt es nur wenig zu enträtseln, dafür aber um so mehr zu akzeptieren. Der Anblick von Täuschungen, für Kafka ein Greuel, war für Svevo nur ein Anlaß, die Konditionen des Menschen gelassen zu erforschen: realistisch und wahrhaftig auch dann, wenn sich dabei die selbstverständliche Achtung vor dem Leben nicht immer aufrecht erhalten ließ.